사키

23 세계문학 단편선

사키

김석희 옮김

현대문학

차례

짐승과 초짐승

레지널드 이야기

Reginald in Russia

앤 부인의 침묵

The Reticence of Lady Anne

에그버트는 널찍하고 어두컴컴한 응접실로 들어갔다. 그때 그는 자기가 비둘기장에 들어가고 있는지 폭탄 공장에 들어가고 있는지는 모르지만 어떤 사태도 각오하고 있다는 듯한 태도였다. 점심 식탁에서 벌어진 사소한 부부 싸움은 아직 확실한 결말이 나지 않았고, 문제는 앤 부인이 싸움을 재개하거나 그만둘 마음이 얼마나 강한가였다. 차탁자 옆의 안락의자에 앉아 있는 그녀의 자세는 좀 부자연스럽게 딱딱했다. 12월 오후의 어스름 속에서 에그버트의 코안경은 아내의 얼굴 표정을 분간하는 데 실질적인 도움을 주지 못했다.

둘 사이에 놓인 냉랭한 분위기를 깨기 위해 그는 희미한 종교적 빛에 대해 자기 소견을 말했다. 겨울이나 늦가을 오후 4시 반부터 6시 사이에는 에그버트나 앤 부인이 그 말을 하는 것이 버릇이었다. 그것은 그들 결혼 생활의 일부였다. 거기에 대해 특별히 정해진 대답은 없었고, 앤 부인은 아무 응답도 하지 않았다.

돈 타르퀴니오*는 페르시아 융단 위에 몸을 쭉 뻗고 누워서 난롯불을 쬐고 있었다. 언짢을 수도 있는 앤 부인의 기분에는 전혀 관심이 없어 보였다. 그의 혈통은 융단만큼 흠잡을 데 없는 순종 페르시아 고양이였고, 그의 목털은 두 번째 겨울을 맞이하여 보기 좋게 풍성해지고 있었다. 고양이한테 돈 타르퀴니오라는 이름을 붙여 준 것은 르네상스를 좋아하는 급사 아이였다. 에그버트와 앤 부인이었다면 플러프**라고 이름을 지었을 테지만, 그들은 굳이 고집을 부리지 않았다.

에그버트는 직접 차를 따랐다. 앤 부인이 먼저 침묵을 깰 기미를 보이지 않았기 때문에 그는 또다시 마음을 다잡고 시베리아를 정복한 예르마크***와 같은 노력을 해 보기로 했다.

"점심때 내가 한 말은 순전히 학문에만 적용되는 거야. 그런데 당신은 거기에 불필요하게 개인적인 의미를 덧붙인 것 같아."

앤 부인은 침묵의 방벽을 고수했다. 피리새가 〈타우리스의 이피게니아〉****에 나오는 가락으로 간격을 메웠다. 에그버트는 그 가락을 당장 알아들었다. 피리새는 그 가락밖에 부르지 않으며, 또한 애초에 그 피리새를 사온 것도 그 가락을 부른다는 얘기를 들었기 때문이었다. 에

---

* 영국의 소설가 프레드릭 롤프(1860~1913)의 소설 『돈 타르퀴니오』(1905)의 주인공으로, 르네상스 시대에 활동한 것으로 묘사된 허구의 인물.
** Fluff, 솜털.
*** 티모페예비치 예르마크(?~1585): 제정 러시아 카자흐의 수령으로, 1582년에 시비르한 국汗國을 정복하고 러시아의 시베리아 정복의 기초를 닦았다.
**** 독일의 작곡가 크리스토프 빌리발트 글루크(1714~1787)가 작곡한 4막 오페라(1779년에 초연).

그버트와 앤 부인은 좋아하는 오페라인 〈런던탑의 근위대〉*에 나오는 가락을 불러 주기를 더 바랐다. 그들은 예술적인 문제에서는 취향이 비슷했는데, 예술에서는 정직하고 명백한 그림, 예를 들면 제목만 봐도 내용을 알 수 있는 그림을 좋아했다. 마구가 채워져 있지만 기수가 타지 않은 군마가 흐트러진 모습으로 비틀거리며 안마당으로 들어온다. 안마당에는 기절하여 창백한 얼굴로 쓰러진 여자들로 가득 차 있다. 그 그림의 가장자리에 '나쁜 소식'이라는 제목이 쓰여 있으면, 그것은 어떤 군사적 이변을 설명하는 그림이라는 것을 그들에게 분명히 암시해 주었다. 그들은 그 그림이 전달하고자 하는 것을 이해하고, 더 둔감한 지성을 가진 친구들에게 그것을 설명했다.

침묵이 계속되었다. 앤 부인의 불만은 4분 동안 예비적인 침묵이 계속된 뒤 분명히 표출되고 현저하게 유창해지는 것이 통례였다. 에그버트는 우유병을 집어 들어 돈 타르퀴니오의 접시에 우유를 조금 따랐다. 접시는 이미 가장자리까지 가득 차 있었기 때문에 지저분하게 넘쳐흐른 것은 당연한 결과였다. 이리 와서 흘러넘친 우유를 핥아 먹으라고 에그버트가 호소하자 돈 타르퀴니오는 놀라움과 흥미가 뒤섞인 눈으로 그를 바라보았다. 하지만 그 흥미는 곧 스르르 사라지고 고양이는 일부러 모른 체하며 고개를 돌려 버렸다. 돈 타르퀴니오는 삶에서 다양한 역할을 맡을 준비가 되어 있었지만, 진공 카펫 청소는 거기에 포함되지 않았다.

"우리가 좀 어리석게 굴고 있다고 생각지 않아?" 에그버트가 쾌활하게 말했다. 앤 부인은 설령 그렇게 생각했다 해도 그렇다고 말하지 않

---

* 영국의 작곡가 아서 설리번(1842~1900)이 작곡한 코믹 오페라(1888년에 초연).

왔다.

"아마 잘못은 적어도 부분적으로는 나한테 있을 거야." 에그버트가 말을 이었지만 쾌활한 태도는 점점 사라져 가고 있었다. "결국 나는 인간일 뿐이야. 당신은 내가 인간일 뿐이라는 사실을 잊고 있는 것 같아."

그는 사티로스의 피를 이어받아 상반신은 사람이고 하반신은 염소라는 암시라도 있었던 것처럼 그 점을 강조했다.

피리새는 〈타우리스의 이피게니아〉에 나오는 가락을 다시 부르기 시작했다. 에그버트는 우울한 기분이 들었다. 앤 부인은 차를 마시고 있지 않았다. 어쩌면 그녀는 몸이 찌뿌듯한지도 모른다. 하지만 몸이 찌뿌듯할 때 그렇다고 말하지 않는 것은 앤 부인의 버릇이 아니었다. "내가 소화불량으로 어떤 고통을 겪고 있는지, 아무도 몰라." 이것이 그녀가 즐겨 쓰는 말이었다. 하지만 그녀의 소화불량에 대해 아는 사람이 없는 것은 아무도 그녀의 말을 제대로 경청하지 않았기 때문이었다. 그 문제에 대한 정보량은 연구 논문 한 편을 충분히 쓸 수 있을 정도로 어마했다.

분명히 앤 부인은 몸이 찌뿌듯한 게 아니었다.

에그버트는 자기가 부당한 대우를 받고 있다고 생각하기 시작했다. 그리고 자연스럽게 그는 양보를 하기 시작했다.

그는 벽난로 앞에 깔아 놓은 융단으로 걸어가서 돈 타르퀴니오에게 자리를 좀 비켜 달라고 설득하여 최대한 깔개 가운데에 자리를 잡고 나서 말했다.

"내가 책임을 져야 마땅한지도 몰라. 그렇게 해서 상황을 좀 더 행복한 쪽으로 돌릴 수 있다면, 나는 더 나은 생활을 하겠다고 기꺼이 약속하겠어."

과연 그게 가능할지는 좀 의심스러웠다. 중년에 접어든 뒤 그에게도 이런저런 유혹이 다가왔다. 하지만 모두 집요하거나 강렬하지 않은 일시적인 유혹뿐이었다. 그 유혹은 12월에 크리스마스 선물을 받지 못한 푸줏간 아이가 새삼 희망을 가질 이유도 전혀 없는데 2월에 크리스마스 선물을 달라고 요구하는 것과 비슷했다. 그는 여자들이 1년 내내 광고 매체를 통해 사도록 강요당하는 생선용 나이프와 모피 목도리를 살 마음이 전혀 없는 것처럼 그런 유혹에 굴복할 마음도 전혀 없었다. 그래도 누가 요구하지도 않았는데 그 잠재적인 죄를 이렇게 자진해서 포기하는 것은 꽤 감동적이었다.

앤 부인은 감동한 기색을 전혀 보이지 않았다.

에그버트는 안경을 통해 신경질적으로 그녀를 바라보았다. 아내와의 말다툼에서 지는 것은 결코 새로운 경험이 아니었다. 하지만 독백에서 지는 것은 처음 맛보는 굴욕이었다.

"나는 저녁 식사를 위해 옷을 갈아입으러 가겠어." 그는 의도적으로 제 목소리가 약간 엄격하고 단호한 울림을 띠게 했다.

문간에서 결국 마음이 약해진 그는 한 번 더 호소할 수밖에 없었다. "우리는 정말 어리석게 굴고 있지 않아?"

에그버트가 나가고 문이 닫혔을 때, 돈 타르퀴니오는 속으로 '바보!' 하고 말했다. 이어서 그는 벨벳처럼 부드러운 앞발을 허공으로 들어 올리더니, 피리새 새장 바로 밑에 있는 책꽂이 위로 가볍게 훌쩍 뛰어 올랐다. 그가 새의 존재를 알아차린 듯 보인 것은 이번이 처음이었지만, 사실 녀석은 오랫동안 공들여 세운 행동 방침을 신중하고 정확하게 실행하고 있었다. 자신을 절대 군주로 여겼던 피리새는 갑자기 몸의 배기량을 평소의 3분의 1로 줄였다. 그런 다음 무력하게 날갯짓을 하면서 새된 소리로 울었다. 새장을 뺀 그의 몸값은 27실링이었지만, 앤 부인은 전혀 개입할 낌새를 보이지 않았다. 그녀는 죽은 지 두 시간이 지나 있었다.

깜박 잊은 지명
The Lost Sanjak

교화사*는 자신이 줄 수 있는 위안을 주기 위해 마지막으로 사형수 감방에 들어갔다.

"내가 받고 싶은 위안은 내 이야기를 들어 줄 사람한테 기막힌 내 사연을 온전히 그대로 털어놓는 것뿐입니다." 사형수가 말했다.

"시간이 너무 오래 걸리면 안 돼요." 교화사는 손목시계를 들여다보면서 말했다.

사형수는 몸이 떨리는 것을 억누르고 입을 열었다.

"사람들은 내가 폭력을 휘둘러서 그 벌을 받고 있다고 생각할 겁니다. 하지만 실제로는 내 성격과 교육이 특별하지 않아서, 그 특수성 부

---

* 교도소에서 수감자를 교화敎化시키는 것을 임무로 하는 공무원.

족에 희생된 겁니다."

"특수성 부족이라고요?" 교화사가 말했다.

"내가 영국에서 헤브리디스 제도*의 동물에 대해 잘 알거나 카몽이스**의 시를 원어로 암송할 수 있는 사람으로 알려져 있었다면, 내 신원이 나에게 죽느냐 사느냐의 문제가 된 위기에 신원을 증명하기가 전혀 어렵지 않았을 겁니다. 하지만 나는 적당히 좋은 교육을 받았을 뿐이고, 특수성을 피하는 일반적인 기질을 갖고 있었지요. 원예와 역사와 옛 위인들에 대해 일반적으로 조금은 알고 있지만, '스텔라 반 데르 로펜'이 국화 이름인지 아니면 미국 독립전쟁의 영웅인지, 아니면 루브르 미술관에 걸려 있는 롬니***의 작품 이름인지를 즉석에서 당신한테 말할 수는 없을 겁니다."

교화사는 의자에 앉은 채 불안하게 자세를 바꾸었다. 선택지가 세 개 제시되었는데, 그것이 모두 그럴듯해 보였기 때문이다.

사형수가 말을 이었다.

"나는 현지 의사의 아내와 사랑에 빠졌습니다. 아니, 사랑에 빠졌다고 생각했지요. 내가 왜 그랬는지 모르겠습니다. 그 여자가 정신적으로나 육체적으로나 어떤 매력을 갖고 있었다는 기억은 없으니까요. 지난 일들을 돌이켜 보면 그 여자는 분명히 평범했던 것 같습니다. 하지만 의사는 한때 아내와 사랑에 빠졌을 것이고, 그가 한 일은 다른 남자도 할 수 있죠. 그녀는 내 관심을 반기는 것 같았고, 그 점에서는 나를 부추겼다고 말할 수도 있겠지만, 내가 이웃에 대한 관심 이상의 특

* 영국 스코틀랜드 서북쪽 기슭에 있는 섬 무리.
** 루이스 드 카몽이스(1524~1580): 포르투갈의 민족 시인.
*** 조지 롬니(1734~1802): 영국의 초상화가.

별한 감정을 갖고 있는 줄은 그녀도 솔직히 몰랐을 겁니다. 사람이 죽음에 직면하게 되면 공정해지고 싶은 법이죠."

교화사는 거기에 동의하는 말을 중얼거렸다.

"어쨌든 내가 어느 날 저녁에 의사가 없는 틈을 이용하여 내 딴에는 열정이라고 믿은 감정을 고백하자 그녀는 정말로 경악했습니다. 그녀는 자기 삶에서 나가 달라고 간청했고, 나는 어떻게 해야 그녀의 삶에서 나갈 수 있을지 전혀 몰랐지만 거기에 동의할 수밖에 없었지요. 소설과 연극에서는 그런 일이 일상적으로 일어난다는 건 알고 있었고, 여자의 감정이나 의도를 오해한 경우에는 인도에 유배되어 변경에서 노역에 종사해야 한다는 것도 알고 있었습니다. 나는 의사의 집 현관에서 마찻길을 따라 대문까지 비틀비틀 걸어 나올 때는 어떤 행동을 취해야 할지에 대해 뚜렷한 생각을 갖고 있지 않았고, 잠자리에 들기 전에 『타임스 아틀라스』*나 봐야겠다고 막연히 생각했을 뿐이었지요. 그러다가 어둡고 한적한 간선도로에서 느닷없이 시체를 발견했던 겁니다."

사형수의 이야기에 교화사는 눈에 띄게 흥미를 보였다.

"옷차림으로 보아 시체는 구세군 대위였습니다. 어떤 끔찍한 사고가 그를 덮친 것 같았고, 머리가 으깨질 정도로 손상이 심해서 사람 같지도 않았습니다. 아마 자동차 사고로 죽은 모양이라고 생각했지요. 그때 갑자기 또 다른 생각이 억누르기 어려울 만큼 집요하게 나를 사로잡았습니다. 내 신분을 버리고 의사 부인의 삶에서 영원히 벗어날 수 있는 멋진 기회가 생겼다는 생각이었지요. 먼 나라로 위험한 항해

---

* 영국 런던의 《타임스》 신문사에서 1895년에 발간한 세계지도책.

를 할 필요도 없고, 목격자도 없는 사고로 죽은 미지의 피해자와 옷을 바꿔 입고 신분을 교환하기만 하면 되는 겁니다. 나는 꽤나 어렵게 시체의 옷을 벗기고 다시 내 옷을 입혔습니다. 희미한 불빛 속에서 구세군 대위의 시중을 들어 본 적이 있는 사람이라면 누구나 그 어려움을 인정할 겁니다. 나는 주머니에 지폐를 가득 넣고 있었지요. 의사 부인에게 남편과 헤어져 나랑 함께 살자고 설득할 수 있다면 생활비는 내가 부담할 생각이었으니까요. 그 돈은 내가 가진 재산의 상당 부분을 차지하고 있었지요. 그래서 나는 정체불명의 구세군 대위로 변장하고 세상에 몰래 들어왔을 때 돈이 없지 않았습니다. 그 돈이면 구세군 장교라는 역할을 꽤 오랫동안 쉽게 유지할 수 있을 거라고 생각했지요. 나는 장이 서는 가까운 읍으로 갔고, 시간이 늦었지만 싸구려 여관에서 몇 실링을 내놓자 당장 맛있는 식사와 하룻밤 보낼 잠자리가 조달되었습니다. 이튿날 나는 이 소도시에서 저 소도시로 정처 없이 헤매는 여행을 떠났지요. 나는 내 갑작스러운 변덕의 결과에 벌써 약간 넌더리가 났습니다. 몇 시간 뒤에는 그 염증이 상당히 심해졌지요. 지방 신문에 살인 사건 기사가 나 있어서 보았더니, 바로 내가 미지의 누군가에게 살해되었다는 내용이었고, 떠돌이 구세군 장교가 용의자로 지목되었더군요. 구세군 장교가 범죄 현장 근처 도로에 숨어 있는 것을 목격한 사람이 있었다는 겁니다. 일이 골치 아프게 된 거죠. 내가 자동차 사고로 오해한 것은 분명 야만적인 공격과 살인 사건이었고, 진범이 잡힐 때까지는 내가 그 사건에 끼어든 경위를 설명하기가 무척 어려울 테니까요. 내 신원이야 어떻게든 입증할 수 있겠지만, 피살자와 옷을 바꿔 입은 이유를 대려면 의사 부인을 끌어들이지 않을 수 없을 테니까요. 내 머리가 이 문제를 열심히 궁리하는 동안 나는 잠재적으로 제2의 본능에 따랐습니다. 범죄 현장에서 되도록 멀리 도망쳐서, 나에게 죄를 씌울 게 분명한 구세군 제복을 벗어 버리기로 한 겁니다. 그런데 그게 쉽지 않았어요. 눈에 잘 띄지 않는 옷가게 두세 군데에 들어가 보았지만, 내가 들어가면 주인은 반드시 경계하고 의심하는 태도를 취했고, 나는 옷을 갈아입고 싶은 마음이 간절했지만 그들은 이런저런 핑계를 대면서 나한테 옷을 팔려고 하지 않는 것이었어요. 내가 경솔하게 바꿔 입은 구세군 제복은 그 누군가의 치명적인 셔츠*만큼이나 벗기가 어려운 것 같았지요."

"그랬군요." 교화사는 서둘러 말했다. "이야기를 계속하세요."

"무엇 때문인지는 모르지만, 나는 의심을 불러일으키는 그 옷을 벗을 수 있을 때까지는 경찰에 자수하는 것이 안전하지 않을 거라는 느낌이 들었습니다. 나를 어리둥절하게 만든 것은 왜 아무도 나를 붙잡으려 하지 않을까 하는 것이었습니다. 내가 가는 곳마다 뗄 수 없는 그림자처럼 의심이 나를 따라다닌 건 의심할 여지가 없었으니까요. 내가 나타날 때마다 나를 노려보고, 팔꿈치로 옆 사람을 찌르고, 수군대고, 심지어는 큰 소리로 '저게 바로 그놈이야' 외치기도 했고, 내가 식당에 들어가면, 손님이 별로 없는 식당이었는데도 어느새 나를 훔쳐보는 손님들로 가득 차게 되었지요. 나는 억누를 수 없는 대중의 감시를 받으며 쇼핑을 하려고 애쓰는 왕족들의 기분에 공감하기 시작했습니다. 그런데 나를 그림자처럼 따라다니는 이 분명치 않은 미행은 공공연한 적대 행위보다 내 신경을 더 심하게 압박했지만, 그래도 내 자유를 속박하려는 시도는 전혀 이루어지지 않았습니다. 나중에 그 이

---

* 그리스 신화에 나오는 네소스의 셔츠를 가리킨다. 영웅 헤라클레스는 네소스의 피에 젖은 셔츠를 입었기 때문에 그 피에 들어 있던 치명적인 독으로 죽었다.

유를 알았지요. 한적한 간선도로에서 살인 사건이 일어났을 때, 때마침 가까운 곳에서 블러드하운드* 대회가 열리고 있었는데, 런던의 신문 하나가 살인 용의자를 맨 먼저 찾아낸 블러드하운드 주인에게 상을 주겠다고 제의하는 바람에 열여덟 쌍의 블러드하운드가 용의자를 추적하고 있었던 것입니다. 즉 나를 추적하고 있었던 것이죠. 게다가 경쟁자들의 승산에 대한 내기가 전국에서 유행하게 되었지요. 개들은 열세 개 군에 걸쳐 폭넓게 배치되었고, 이때쯤에는 경찰과 대중이 똑같이 내 움직임을 훤히 알게 되었지만, 원래 내기를 좋아하는 국민성이 끼어들어 내가 너무 일찍 체포되는 것을 막고 있었던 겁니다. 야심적인 지방 경찰관들이 내가 오랫동안 처벌을 면하고 있는 상황에 종지부를 찍고 싶어 할 때마다 '개들에게 기회를 주라'는 것이 사람들 사이에 널리 퍼진 대중적 정서였습니다. 블러드하운드 한 쌍이 마침내 나를 잡은 것은 사실 별로 극적인 사건은 아니었어요. 내가 그 개들에게 말을 걸고 토닥이지 않았다면 놈들이 과연 나한테 주의를 기울였을지 의심스럽네요. 하지만 그 사건은 엄청난 당파적 물의를 불러일으켰지요. 우승팀에 이어 두 번째로 결승선에 가까이 있었던 개들의 주인은 미국인이었는데, 우승팀의 조상은 6세대 전에 오터하운드와 교배하여 피가 섞였고, 상은 맨 먼저 용의자를 잡은 블러드하운드 팀에 주기로 되어 있었으니까, 오터하운드의 피가 64분의 1이나 섞인 개는 순종 블러드하운드로 생각할 수 없다는 이유로 이의를 제기한 겁니다. 이 문제가 결국 어떻게 해결되었는지는 잊어버렸지만, 그것은 대서양 양쪽에서 수많은 논쟁을 불러일으켰지요. 나도 그 논쟁에 참

* 개의 한 품종. 후각이 예민하여 사람을 찾을 때 이용한다.

여해서, 실제 살인자는 아직 잡히지 않았으니까 모든 논쟁은 과녁을 벗어난 거라고 지적했습니다. 하지만 이 점에 대해서는 대중이나 전문가들의 의견이 거의 일치한다는 사실을 나는 곧 발견했습니다. 내 정체가 밝혀지고 내 동기가 입증되는 게 마음에 들지는 않았지만 꼭 필요한 일이었기 때문에 나는 불안한 마음으로 그것을 기대하고 있었지요. 그런데 그 일에서 가장 불쾌한 부분은 내 신원과 동기를 입증할 수 없다는 것이었고, 나는 그것을 곧 알게 되었지요. 전에는 차분하고 평온했던 내 표정이 지난 몇 주 동안 겪은 일 때문에 사납고 겁먹은 표정으로 변한 것을 거울 속에서 보았을 때, 몇 명 안 되는 내 친구와 친척들이 나를 몰라보고 오히려 간선도로에서 살해된 사람이 나라고 주장하는 것을 듣고도 놀랄 수가 없었습니다. 피살자가 나라는 믿음은 항간에 널리 퍼져 있었고, 내 친구와 친척들도 그 생각을 바꾸려 하지 않았지요. 게다가 설상가상으로 피살자의 고모, 분명히 지능이 아주 낮은 여자가 나를 제 조카로 인정했을 뿐만 아니라, 내가 젊은 시절에 타락한 생활을 했으며, 나를 더 나은 길로 인도하려고 내 엉덩이를 때리면서 갖은 애를 썼고, 그 노력은 가상했지만 아무 소용도 없었다는 이야기까지 경찰관한테 늘어놓은 겁니다.”

“하지만 당신이 교육으로 얻은 학식은 분명……” 교화사가 말했다.

“바로 그게 결정타였어요. 전문 지식의 부족이 나한테 치명적으로 불리하게 작용했지요. 나는 경솔하게 구세군 대위로 변장하는 바람에 끔찍한 재난을 당하게 되었지만, 죽은 구세군 대위는 현대의 싸구려 교육을 얇은 베니어판처럼 겉에 붙이고 있었을 뿐입니다. 그러니까 내 학식 수준은 그 사람과 전혀 다르다는 것을 증명하기는 아주 쉬워야 마땅했지만, 나는 신경이 과민해져 있어서 나에게 제시된 테스트를 비참하게도 모조리 실패하고 말았지요. 내가 조금 알고 있었던 프랑스어도 나를 버렸어요. 구스베리에 대한 간단한 구절도 프랑스어로 번역하지 못했으니까요. 구스베리를 프랑스어로 뭐라고 하는지 잊어버렸거든요."

교화사는 다시 의자에 앉은 채 불안하게 몸을 뒤틀었다.

사형수는 다시 말을 이었다.

"그리고 나는 마지막 실패를 했습니다. 우리 마을에는 작은 토론 클럽이 있었고, 나는 의사 부인에게 기쁨을 주고 강한 인상을 심어 주기 위해 발칸 반도의 위기에 대해 개략적인 강연을 하겠다고 약속한 게 생각났어요. 권위 있는 저서 한두 권과 지난 잡지에 실린 기사에서 강연 자료를 충분히 모을 수 있을 거라고 생각했지요. 검사는 내가 그 사람이라고 주장하고 있는 인물—실제로 나는 그 사람이었지만—이 마을에서는 발칸 문제에 대한 일종의 권위자로 행세한 정황에 주목했지요. 그래서 나를 심문하던 검사는 별로 중요하지 않은 문제에 대해 질문을 퍼붓다가 도중에 악마처럼 느닷없이 노비파자르*가 어디 있는지 말할 수 있느냐고 물은 거예요. 나는 그게 결정적인 질문이라는 걸 느꼈지요. 왠지 그 대답이 상트페테르부르크나 베이커 가**일 거라는 생각이 들더군요. 나는 잠깐 망설이면서 호기심에 찬 얼굴들을 둘러보다가 베이커 가를 택했답니다. 그리고 다 틀렸다는 걸 알았지요. 검사는, 조금이라도 발칸 문제에 정통한 사람이라면 노비파자르를 지도의 익숙한 곳에서 그렇게 갑자기 다른 곳으로 옮길 수는 없었을 거라

---

* 발칸 반도 남부에 있는 산자크. 발칸 전쟁 때 세르비아가 페르시아로부터 빼앗았다. 산자크는 군郡에 해당하는 오스만 제국의 행정단위로, 이 작품의 제목에 나와 있다.

** 영국의 작가 코난 도일의 추리소설에 나오는 명탐정 셜록 홈스의 사무실이 있는 런던 시내 거리.

는 사실을 전혀 어렵지 않게 입증한 겁니다. 그것은 구세군 대위가 했을 법한 대답이었고, 나는 바로 그 대답을 했던 것이지요. 구세군 대위와 범죄를 연결 짓는 상황 증거는 설득력이 있었고, 나는 내가 구세군 대위라는 것을 꼼짝없이 입증한 거예요. 그렇게 해서 나는 나 자신을 죽인 죄로 교수형에 처해지게 된 겁니다. 10분 뒤면 나는 죽게 되겠지만, 그런 살인은 결코 일어나지 않았고, 어쨌든 나는 그 살인을 저지르지 않았습니다."

*

약 15분 뒤에 교화사가 자기 거처로 돌아왔을 때는 감옥의 망루 위에 검은 깃발이 펄럭이고 있었다. 식당에서는 아침 식사가 그를 기다리고 있었지만, 그는 우선 서재로 가서 『타임스 아틀라스』를 꺼내 발칸 반도의 지도를 조사했다. 그런 다음 지도책을 탁 덮으면서 말했다. "그런 일은 누구한테나 일어날 수 있어."

토드워터의 반목

The Blood-Feud of Toad-Water

크릭 가족은 토드워터에 살았고, 운명의 여신은 그 쓸쓸한 고원지대에 손더스 가족의 집도 마련해 주었다. 이 두 집 주위에는 몇 킬로미터에 걸쳐 이웃도 굴뚝도 없었고, 기분 좋은 영적 교류나 사교적 교제가 이루어지는 느낌을 주는 묘지조차도 없었다. 목초지와 덤불과 헛간, 좁은 오솔길과 황무지 말고는 아무것도 없었다. 토드워터는 그런 곳이었다. 그래도 토드워터는 자신의 역사를 갖고 있었다.

시장이 드문드문 흩어져 있는 벽지에 밀려난 채 함께 살고 있으니까, 위대한 인류에 속하는 이 두 가족은 바깥세상에서 함께 고립된 비슷한 상황이 불러일으킨 유대감으로 서로 의지하며 사이좋게 살았을 거라고 여겨질 수도 있었다. 그리고 아마 한때는 정말로 그랬을 것이다. 하지만 사정이 달라졌다. 완전히 달라졌다. 운명의 여신은 그렇게 피할 수 없는 인연으로 두 가족을 묶어 놓고, 크릭 가족에게는 지상의 소유물 중에서 잡다한 가금류를 기르고 유지하라고 명령했고, 손더스 가족에게는 농작물 재배에 어울리는 기질을 주었다. 여기에 불화와 증오의 원인이 되는 재료가 준비되어 있었다. 농작물을 재배하는 사람과 가축을 키우는 사람 사이의 반목은 결코 새로운 일이 아니기 때문이다. 『창세기』 제4장에서도 그 오랜 흔적을 찾아볼 수 있다. 그리고 늦은 봄의 어느 화창한 오후에 드디어 불화가 시작되었다. 그런 일이 대개 그렇듯이, 얼핏 보기에는 아무 목적도 없고 시시한 일이 불화의 발단이었다. 닭 특유의 방랑벽이 도진 크릭 가족네 암탉 한 마리가 합법적으로 먹이를 찾던 구역에 싫증이 나서, 이웃한 두 집의 토지를 구분하는 낮은 담장을 훌쩍 뛰어 넘었다. 그리고 거기 담장 너머에서, 길을 잘못 든 암탉은 자기에게 주어진 시간과 기회가 한정되어 있다는 것을 서둘러 의식하고, 양파 모종에 위안과 행복을 주기 위해 마련된 폭신한 묘판을 발톱으로 긁어 대고 부리로 파헤쳤다. 비옥한 흙덩이와 식물 뿌리가 암탉의 앞뒤에 소나기처럼 뿌려졌고, 암탉의 작업 구역은 시시각각 넓어졌다. 양파는 상당한 피해를 입었다.

이 불운한 순간, 손더스 부인은 자기나 남편이 뽑는 것보다 더 빨리 자라는 잡초의 사악함에 대한 비난으로 제 영혼을 채우기 위해 밭두둑을 천천히 걷다가 잡초보다 더 엄청난 불만거리를 발견하고 당황하여 우뚝 멈춰 섰다. 그 재난의 시간에 그녀는 본능적으로 위대한 어머니인 대지에 의존했고, 커다란 두 손으로 발밑에 놓인 단단한 갈색 흙을 모아서 커다란 흙덩어리를 만들었다. 겨냥은 말할 거리도 안 될 만큼 부정확했지만, 그녀는 아주 진지하게 목표를 맞추기로 결심하고 약탈자에게 흙덩어리를 퍼부었다. 파열한 흙덩어리는 서둘러 떠나는 암탉에게서 항의와 공포의 울음소리를 불러일으켰다. 불운을 당했을 때 침착성을 유지하는 것은 암탉이나 여성들의 속성이 아니다. 손더스 부인은 엉망이 된 양파 묘판을 보고, 단어 사전에서 비국교도의 양심이 말하거나 노래하도록 허락하는 부분의 비속어를 퍼부었다. 그러는 동안 바스코다가마종 암탉은 자신의 슬픔에 관심을 끌어들이는 음악을 목구멍으로 점점 더 크게 연주하여, 그것을 흉내 내는 토드워터의 새들을 모조리 깨우고 있었다.

크릭 부인은 많은 자녀를 거느리고 있었고, 그래서 그녀가 사는 세상의 눈으로 보면 성마른 기질을 갖는 게 허용되었다. 도처에 존재하는 크릭 부인의 자녀들 가운데 누군가가 목격자의 권위를 가지고 이웃인 손더스 부인이 자제력을 잃고 자기네 암탉―시골에서 알을 제일 잘 낳는 가장 좋은 암탉―에게 돌멩이를 던지는 것을 보았다고 고자질했을 때, 크릭 부인은 '기독교를 믿는 여자에게는 어울리지 않는 말'로 자기 생각을 표현했다. 손더스 부인은 크릭 부인에게 불리한 일들을 기억하고 있었기 때문에, 자기네 암탉들이 남의 밭에 들어가도록 내버려 두고 그들을 악용하는 크릭 부인의 행동에 놀라지도 않았다. 동시에 크릭 부인도 손더스 부인에게 전혀 명예롭지 않은 과거 사건이 알려지지 않고 숨겨진 것을 기억하고 있었다. 그리고 4월 오후의 희미해져 가는 햇빛 속에서 두 여자는 두 집의 경계를 이루는 담장 양쪽에서 서로 대결하며, 이웃의 가족사에 남아 있는 흠과 오점을 떨리는 호흡과 함께 기억해 냈다. 우선 엑서터의 구빈원에서 무일푼으로 죽은 크릭 부인의 고모가 있었다. 하지만 손더스 부인의 외삼촌이 알코올 중독으로 죽은 것은 누구나 알고 있는 사실이었다. 다음에는 브리스틀에 사는 크릭 부인의 사촌이 있었다. 손더스 부인이 그의 이름을 들먹였을 때의 새된 목소리와 의기양양한 말투로 미루어 보면, 그는 적어도 교회에서 도둑질하는 정도의 죄를 지었을 게 분명하지만, 두 사람이 동시에 자기 기억을 말하고 있었기 때문에 그의 파렴치한 행위를 손더스 부인의 올케의 친정어머니에 대한 기억을 어둡게 만든 추문과 구분하기는 어려웠다. 손더스 부인의 올케의 친정어머니는 왕을 죽인 대역 죄인이었을지도 모르지만, 크릭 부인이 묘사한 것처럼 지독한 사람이 아닌 것은 확실했다. 교전 중인 두 사람은 점점 강해지는 확신을 억누를 수 없다는 태도로 당신은 절대 현모양처가 아니라고 서로 욕했다. 그 후 그들은 더 이상 할 말이 남지 않았다고 느끼고 긴 침묵 속으로 빠져들었다. 되새들이 사과나무 속에서 날카롭게 울고, 벌들은 매자나무 덤불 주위에서 윙윙거리고, 희미해지는 햇빛은 유쾌하게 밭을 비스듬히 질러갔지만, 이웃집 사이에는 증오의 장벽이 솟아올랐다. 그 증오는 점점 퍼져서 사방에 스며들어 영원히 사라지지 않게 되었다.

남편들도 결국은 말다툼에 끌려들었고, 아이들은 이웃집의 부정한 아이들과 어떤 관계를 갖는 것도 금지되었다. 아이들은 날마다 같은 길을 따라 학교까지 5킬로미터를 걸어가야 했기 때문에 이것은 정말 곤란했지만, 어쩔 수 없었다. 그렇게 양가의 교류는 단절되었지만 고양이들은 예외였다. 소문은 손더스 가의 암고양이가 낳은 게 분명한 새끼 고양이들의 아빠로 크릭 가의 수고양이를 끈질기게 지목했다. 이를 한탄한 손더스 부인은 새끼 고양이들을 물에 빠뜨려 죽였지만, 그래도 치욕은 남았다.

봄이 가고 여름이 왔다. 그리고 여름에 이어 겨울이 왔다. 하지만 계절이 바뀌어도 반목은 여전히 지속되었다. 사실 한때는 종교의 치유력이 토드워터에 과거의 평화를 되찾아 줄 것처럼 여겨진 적도 있었다. 적대적인 양가의 가족들은 영혼을 환하게 밝히는 분위기로 가득 찬 '부흥 다과회'에서 나란히 앉게 되었다. 찬송가는 찻잎과 뜨거운 물로 만들어진 음료와 한데 어우러져, 그 홍차의 근원을 본받았다. 단단하게 만들어진 롤빵의 장식은 딱딱한 종교적 조언을 부드럽게 해 주었고, 종교적 축제 분위기에 들뜬 손더스 부인은 마음이 누그러져서 아름다운 저녁이라고 크릭 부인에게 조심스럽게 말을 걸었다. 크릭 부인도 아홉 잔째 마신 차와 네 번째로 부른 찬송가의 영향을 받아서 아름다운 저녁이 계속되었으면 좋겠다는 희망을 과감하게 표현했지만, 손더스 씨가 어리석게도 농작물 수확이 줄어들었다고 말하는 바람에 구석에 밀려났던 반목이 원래의 기세를 되찾아 구석에서 성큼성큼 앞으로 나왔다. 손더스 부인은 평화와 기쁨, 대천사와 화려한 영광을 말하는 마지막 찬송가를 진심으로 합창했지만, 마음속으로는 엑서터의 구빈원에서 무일푼으로 죽은 크릭 부인의 고모를 생각하고 있었다.

세월이 지났다. 이 드라마에 출연한 배우들 가운데 일부는 미지의 나라로 여행을 떠났다. 다른 양파들은 싹을 틔워 무성해졌다가 자신의 갈 길을 갔다. 잘못을 저지른 암탉은 제 잘못을 속죄한 지 오래였다. 암탉은 두 발이 몸통에 꽁꽁 묶이고 더없이 평화로운 표정을 지은 채 반스터플 시장의 아치 지붕 밑에 누워 있었다.

하지만 토드워터의 반목은 오늘날까지 살아남아 있다.

가브리엘 어니스트
Gabriel-Ernest

"자네 숲 속에 야수가 한 마리 있어." 화가 커닝햄이 마차를 타고 역으로 가면서 말했다. 그가 마차에 타고 있는 동안 입 밖에 낸 말은 그것뿐이었지만, 밴 칠리가 끊임없이 지껄였기 때문에 상대의 침묵이 두드러지지 않았다.

"여우 한두 마리와 족제비 몇 마리가 살고 있을 뿐이야. 더 무서운 놈은 없어." 밴 칠리가 말했다. 화가는 아무 말도 하지 않았다.

"아까 야수라고 말한 게 무슨 뜻이었지?" 나중에 플랫폼에서 밴 칠리가 물었다.

"아무것도 아니야. 내 상상이야. 기차가 오는군." 커닝햄이 말했다.

그날 오후 밴 칠리는 여느 때처럼 숲으로 산책을 하러 나갔다. 그의 서재에는 알락해오라기 박제가 하나 있었고, 그는 야생화의 이름을 아주 많이 알고 있었다. 따라서 고모가 그를 훌륭한 박물학자라고 부르는 것도 조금은 근거가 있을지 모른다. 어쨌거나 그는 훌륭한 보행자였다. 산책하는 동안 본 것을 모두 머릿속에 기억해 두는 것이 그의 습관이었다. 현대 과학에 이바지하기 위해서라기보다는 오히려 나중에 이야깃거리로 삼기 위해서였다. 푸른 종 모양의 꽃이 피기 시작하면 그는 모든 사람에게 그 사실을 알렸다. 일부러 그가 가르쳐 주지 않아도 철이 되면 그런 일이 일어난다는 것을 다른 사람들도 모두 알았을지 모르지만, 어쨌든 그들은 그가 무엇이든 솔직하게 털어놓고 말하는 사람이라고 느꼈다.

하지만 밴 칠리가 그날 오후에 본 것은 그가 평소에 경험하는 범위에서 훨씬 벗어난 것이었다. 참나무 숲의 우묵한 구덩이에 깊은 연못이 있고, 매끄러운 바위선반이 그 연못 위로 불쑥 튀어나와 있었는데, 열대여섯 살쯤 되어 보이는 소년이 그 바위선반 위에 팔다리를 뻗고 누워서 물에 젖은 갈색 팔다리를 햇볕에 말리고 있었다. 양쪽으로 갈라진 채 젖은 머리카락은 머리에 찰싹 달라붙어 있었고, 연갈색 눈은 너무 밝아서 호랑이 눈처럼 번득였다. 아이는 그 눈을 밴 칠리 쪽으로 돌린 채 나른하면서도 경계하는 눈빛으로 그를 바라보고 있었다. 그것은 전혀 예기치 않은 일이었다. 말하기 전에 먼저 생각부터 하는 것은 밴 칠리에게는 새로운 경험이었지만, 그는 자기가 그 과정을 거치고 있다는 것을 깨달았다. 저 사나워 보이는 아이는 도대체 어디서 왔을까? 물방앗간 주인의 아내가 두 달쯤 전에 아이 하나를 잃었는데, 물방아용 물줄기에 휩쓸려 간 것으로 여겨졌지만, 그 아이는 반쯤 자란 소년이 아니라 갓난아기였다.

"거기서 뭐 하고 있는 거냐?" 그가 물었다.

"뻔하잖아요. 햇볕을 쬐고 있어요." 소년이 대답했다.

"넌 어디 사니?"

"여기, 이 숲에 살아요."

"숲 속에서 살 수는 없어."

"아주 좋은 숲이에요." 소년은 친절이라도 베푸는 듯한 목소리로 말했다.

"하지만 밤에는 어디서 자니?"

"나는 밤에 자지 않아요. 밤은 내가 가장 바쁜 시간이거든요."

밴 칠리는 이해할 수 없는 문제와 씨름하는 듯한 초조감에 사로잡히기 시작했다.

"뭘 먹고 사니?" 그가 물었다.

"고기요." 소년이 대답했다. 그는 마치 고기를 맛보고 있는 것처럼 천천히 맛있게 발음했다.

"고기라고? 무슨 고기?"

"흥미가 있는 모양이니까 말씀드리죠. 토끼, 들새, 산토끼, 닭, 제철에는 새끼 양, 그리고 구할 수 있을 때는 어린애도 먹어요. 하지만 아이들은 내가 주로 사냥을 하는 밤에는 대개 꽁꽁 닫힌 집 안에 있어서 좀처럼 잡기가 어려워요. 내가 어린애 고기를 마지막으로 맛본 게 벌써 두 달 전이에요."

밴 칠리는 그를 놀리는 게 분명한 마지막 말을 무시하고, 사냥이라는 주제로 소년을 끌어들이려고 애썼다.

"산토끼를 잡아먹는다고? 허튼소리 마. 우리 언덕 비탈에 사는 산토끼는 쉽사리 잡히지 않아."

"나는 밤중에 네발로 사냥을 해요." 소년의 대답은 좀 아리송했다.

"사냥개와 함께 사냥을 한다는 뜻이겠지?" 밴 칠리는 과감하게 물어 보았다.

소년은 천천히 몸을 굴려 바위에 등을 대고 반듯이 누운 다음, 야릇한 소리로 낮게 웃었다. 낄낄거리는 소리처럼 유쾌하면서도 으르렁거리는 소리처럼 불쾌하기도 한 소리였다.

"나랑 같이 가고 싶어 할 개는 없을걸요. 특히 밤에는."

밴 칠리는 눈빛도 이상하고 말투도 이상한 소년에게는 정말로 기분 나쁠 만큼 무시무시한 무언가가 있다고 느끼기 시작했다.

"나는 너를 이 숲에 계속 둘 수 없어." 그가 위압하듯 말했다.

"당신 집보다는 여기에 나를 놔두는 게 나을걸요." 소년이 말했다.

말끔히 정돈된 집에 이 벌거벗은 들짐승 같은 아이가 함께 산다는 것은 생각만 해도 걱정과 불안을 불러일으켰다.

"네가 나가지 않으면, 강제로 내보낼 수밖에 없어." 밴 칠리가 말했다.

소년은 번개처럼 몸을 번드쳐 연못 속으로 뛰어들었다. 그리고 잠시 후 물에 젖어 빛나는 그의 몸은 밴 칠리가 서 있는 둔덕에 내던져졌다. 수달이 그런 몸놀림을 보였다면 별로 놀랍지 않았을 것이다. 하지만 소년의 그런 몸놀림은 꽤나 놀라웠다. 밴 칠리는 저도 모르게 뒷걸음치다가 발이 미끄러져, 하마터면 잡초가 무성하게 자란 미끄러운 둔덕에 나동그라질 뻔했다. 그의 눈에서 그리 멀지 않은 곳에 그 호랑이 같은 노란색 눈이 있었다. 그는 본능적으로 손을 목으로 반쯤 들어올렸다. 그러자 소년은 다시 소리 내어 웃었다. 으르렁거리는 소리가 낄낄거리는 소리를 거의 몰아낸 웃음이었다. 이어서 소년은 또다시 놀랄 만큼 재빠른 몸놀림으로 무성한 잡초와 양치류 속으로 뛰어들어 그의 시야에서 사라졌다.

"정말 놀라운 녀석이군!" 밴 칠리는 일어나면서 중얼거렸다. 그때 그는 '자네 숲 속에 야수가 한 마리 있어'라고 한 커닝햄의 말을 기억해냈다.

천천히 집으로 걸어가면서 밴 칠리는 그 놀라운 야생 소년 탓으로 돌릴 수 있는 다양한 사건들을 마음속으로 검토하기 시작했다.

무엇 때문인지 최근 숲 속에서 사냥감이 줄어들었고, 농장에서 닭들이 사라졌고, 산토끼가 알 수 없는 이유로 점점 드물어졌다. 그리고 무언가가 언덕에서 새끼 양들을 통째로 채 간다는 불평이 그에게 들어왔다. 그 야생 소년이 밀렵꾼 개들과 함께 시골에서 정말로 사냥을 했을 가능성이 있을까? 소년은 밤에 '네발'로 사냥한다고 말했지만, '특히 밤에는' 어떤 개도 그에게 다가오고 싶어 하지 않는다는 이상한 암시를 주었다. 그것은 확실히 영문 모를 말이었다. 밴 칠리는 지난 한두 달 동안 벌어진 다양한 약탈 행위를 속으로 검토하다가 갑자기 걸음을 멈춰 섰다. 발걸음만 멈춘 게 아니라 생각도 딱 멈추었다. 두 달 전 물방앗간에서 사라진 아이는 물방아용 물줄기에 떨어져 휩쓸려 갔을 거라고 사람들은 추측했지만, 아이의 어머니는 집의 언덕 쪽, 즉 물과는 반대쪽에서 새된 비명 소리를 들었다고 주장했다. 물론 상상할 수도 없는 일이지만, 소년은 두 달 전에 어린애 고기를 먹었다고 말했다. 농담으로도 해서는 안 되는 말이었다.

밴 칠리는 여느 때의 습관과는 반대로 숲에서 발견한 것에 대해 남들에게 털어놓고 싶은 마음이 나지 않았다. 수상하고 위험한 인물이 그의 숲 속에 숨어 살고 있다는 사실이 알려지면, 교구 평의원이자 치안판사라는 그의 지위가 위태로워질 것 같았다. 약탈당한 새끼 양과 닭들에 대한 손해배상 청구서가 그의 문간에 쌓일 수도 있었다. 그날 밤 저녁 식탁에서 그는 여느 때와는 달리 말이 없었다.

"네 목소리는 어디로 가 버렸니?" 고모가 말했다. "남들이 보면 네가 늑대라도 본 줄 알겠다."

늑대를 보면 벙어리가 된다는 옛날 속담이 있지만, 그 속담을 잘 모르는 밴 칠리는 고모의 말이 좀 우습다고 생각했다. 그가 자기 땅에서 늑대를 보았다면 벙어리가 되기는커녕 그 이야기를 하느라 아주 바쁘게 혀를 놀렸을 것이다.

이튿날 아침 식탁에서 밴 칠리는 어제의 사건에 대한 불안감이 사라지지 않은 것을 의식하고, 기차를 타고 이웃 도시로 가서 커닝햄을 만나 봐야겠다고 마음먹었다. 그가 도대체 무엇을 보았기에 '숲 속의 야수' 운운했는지 알아보고 싶었던 것이다. 이렇게 결심하고 나자 평소의 쾌활함이 일부 되돌아왔다. 그는 거실로 천천히 걸어가면서 쾌활한 가락을 콧노래로 흥얼거렸다. 그가 방으로 들어간 순간 그 가락은 갑자기 경건한 기원으로 바뀌었다. 다소 과장된 휴식 자세로 장의자 위에 팔다리를 뻗고 누워 있는 것은 숲 속의 소년이었다.

소년은 밴 칠리가 지난번에 보았을 때만큼 물에 젖어 있지는 않았지만, 몸차림에서 그 밖의 변화는 전혀 눈에 띄지 않았다.

"어떻게 감히 여기 온 거냐?" 밴 칠리는 격분하여 물었다.

"숲 속에 있으면 안 된다고 했잖아요." 소년은 침착하게 말했다.

"하지만 여기 오라고 하지도 않았어. 우리 고모가 너를 보면!"

그런 불상사를 막기 위해 밴 칠리는 서둘러 이 불청객의 알몸뚱이를 《모닝 포스트》지로 덮었다. 그 순간 고모가 방으로 들어왔다.

"얘는 길을 잃고 기억상실증에 걸린 가엾은 애예요. 자기가 누군지,

어디서 왔는지도 모르고 있어요." 밴 칠리는 부랑아의 얼굴을 불안하게 훔쳐보면서 필사적으로 설명했다.

고모는 엄청난 흥미를 느꼈다.

"네 속옷에는 아마 표시가 되어 있을 거야." 고모가 넌지시 말했다.

"애는 속옷도 다 잃어버린 것 같아요." 밴 칠리는 《모닝 포스트》지가 움직이지 않도록 신문지를 붙잡으면서 말했다.

발가벗은 아이는 길 잃은 새끼 고양이나 버려진 강아지만큼 따뜻한 감정을 고모에게 불러일으켰다.

"그 애를 위해 할 수 있는 일은 뭐든지 다 해야 돼." 고모는 그렇게 결정하고 목사관으로 당장 심부름꾼을 보냈다. 심부름꾼은 목사관 사동의 옷 한 벌과 셔츠, 신발 따위를 갖고 돌아왔다. 옷을 입고 몸을 씻고 몸단장을 했는데도 밴 칠리가 보기에 소년의 괴기스러움은 조금도 사라지지 않았지만, 고모는 소년을 무척 귀엽게 생각했다.

"저 아이의 진짜 이름을 알 때까지 임시로 이름을 붙여 주어야겠다. 가브리엘 어니스트가 어때? 잘 어울릴 것 같은데."

밴 칠리는 동의했지만, 속으로는 그 이름이 정말로 그 애한테 어울리는 이름인지 의심스러웠다. 소년이 처음 집에 들어왔을 때 침착하고 나이 많은 스패니얼 개가 집에서 뛰쳐나가 몸을 덜덜 떨고 요란하게 짖어 대며 과수원 구석에서 한 발짝도 나오지 않으려 한 것과, 평소에 밴 칠리만큼 수다스러운 카나리아가 겁먹은 병아리 같은 소리만 냈다는 사실 때문에 그의 불안은 전혀 줄어들지 않았다. 그는 지체 없이 커닝햄을 찾아가서 조언을 청하기로 결심했다.

그가 마차를 타고 역으로 떠날 때, 고모는 그날 오후 다과 시간에 그녀의 주일학교 아이들을 대접할 때 가브리엘 어니스트의 도움을 받기로 결정하고 이런저런 준비를 하고 있었다.

커닝햄은 처음에는 그 문제에 대해 이야기하고 싶어 하지 않았다.

"우리 어머니는 뇌에 문제가 생겨서 돌아가셨어." 그가 설명했다. "그러니까 내가 실제로 보았거나 보았다고 생각하는 터무니없이 환상적인 것에 대해 깊이 생각하기를 싫어하는 이유를 이해하겠지."

"하지만 실제로 자네는 뭘 보았나?" 밴 칠리는 고집스럽게 물었다.

"내가 보았다고 생각한 것은 너무 터무니없어서 제정신을 가진 사람이라면 아무도 그게 실제로 일어난 일이라고 생각할 수 없을 거야. 나는 자네와 함께 지낸 마지막 날 저녁에 과수원 문 옆의 울타리에 몸이 반쯤 가려진 채 사라져 가는 저녁놀을 바라보며 서 있었지. 그러다가 갑자기 벌거벗은 아이가 언덕 비탈에 서서 역시 저녁놀이 진 하늘을 바라보고 있는 것을 알아차렸어. 나는 그 아이가 가까운 연못에서 미역을 감다가 올라온 모양이라고 생각했지. 그 아이의 자세가 그리스 신화에 나오는 목신 판을 연상시켰기 때문에 나는 당장 그 아이를 모델로 쓰고 싶어졌어. 그래서 다음 순간에는 아마 그 아이한테 말을 걸었을 거야. 하지만 바로 그때 태양이 아래로 뚝 떨어져 시야에서 사라졌고, 주황색과 분홍색도 풍경에서 모두 사라져서 차가운 회색만 남았지. 그와 동시에 놀라운 일이 일어났어. 그 아이도 사라져 버린 거야."

"뭐? 흔적도 없이 사라져 버렸다고?" 밴 칠리는 흥분하여 물었다.

"그게 이 이야기의 무서운 부분이야. 아이가 조금 전까지 서 있던 언덕 비탈에는 번득이는 엄니와 잔인해 보이는 노란 눈을 가진 커다란 늑대 한 마리가 서 있었어. 자네 생각에는 아마……"

하지만 밴 칠리는 생각처럼 쓸데없는 짓을 하느라 꾸물대지 않았다. 이미 그는 역을 향해 전속력으로 달려가고 있었다. 그는 전보를 치려는 생각을 버렸다. '가브리엘 어니스트는 늑대인간이에요'라고 전보를 쳐도 상황을 전달하기에는 역부족이었다. 고모는 그것을 암호문으로 생각하고, 그가 암호를 풀 열쇠를 자기한테 주는 것을 깜박 잊었다고 생각할 것이다. 이제는 어떻게든 해 지기 전에 집에 도착하기를 바랄 수밖에 없었다. 그것이 유일한 희망이었다. 그가 기차역에 내려서 세낸 마차는 기울어 가는 저녁 햇살을 받아 분홍색과 자주색으로 물든 시골길을 분통 터질 만큼 느린 속도로 달려갔다. 그가 집에 도착했을 때 고모는 먹다 남은 잼과 케이크를 치우고 있었다.

"가브리엘 어니스트는 어디 있어요?" 그는 비명을 지르듯이 물었다.

"투프네 꼬마를 집에 데려다주려고 나갔어." 고모가 말했다. "시간이 너무 늦어서, 그 아이를 혼자 집에 보내는 건 위험하다고 생각했지. 저녁놀이 진 하늘이 정말 아름답지 않니?"

밴 칠리가 서녘 하늘의 아름다운 저녁놀을 알아차리지 못한 것은 아니지만, 거기에 남아서 그 아름다움을 논하지는 않았다. 그는 지금까지 내 본 적이 없는 속도로 투프네 집으로 이어지는 시골길을 달렸다. 한쪽에는 물방아용 물줄기가 급류를 이루어 달리고 있었고, 또 한쪽에는 휑뎅그렁한 언덕 비탈이 솟아 있었다. 희미해져 가는 붉은 해의 테두리가 아직 지평선 위에 올라와 있었다. 다음 모퉁이만 돌면 그가 추적하고 있는 한 쌍의 모습이 보일 터였다. 그 순간 주위에서 빛깔이 갑자기 사라지고, 회색빛 한 줄기가 바르르 떨면서 풍경 위에 내려앉았다. 밴 칠리는 공포에 질려 날카롭게 울부짖는 소리를 듣고 달리기를 멈추었다.

투프네 꼬마와 가브리엘 어니스트의 모습은 두 번 다시 볼 수 없었지만, 길에 버려진 가브리엘 어니스트의 옷이 발견되었다. 그래서 투프네 꼬마가 물에 빠지자 소년이 꼬마를 구하려고 옷을 벗고 물속에 뛰어들었다가 둘 다 목숨을 잃은 것으로 간주되었다. 밴 칠리와 당시 가까이에 있었던 몇몇 일꾼들은 옷이 발견된 지점 근처에서 아이가 큰 소리로 비명을 지르는 것을 들었다고 증언했다. 다른 아이가 열한 명이나 있는 투프 부인은 죽은 아이를 점잖게 체념했지만, 밴 칠리의 고모는 집 없는 아이의 죽음을 진심으로 슬퍼했다. 그녀의 주도로 '다른 사람을 위해 용감하게 목숨을 바친 미지의 소년, 가브리엘 어니스트'에게 바치는 기념 동판이 교회 벽에 장식되었다.

밴 칠리는 어지간한 일은 고모에게 양보했지만, 가브리엘 어니스트의 기념 동판 제작을 위해 돈을 기부하는 것은 단호하게 거절했다.

라플로슈카의 영혼
The Soul of Laploshka

라플로슈카는 내가 지금까지 만난 사람 가운데 가장 인색한 남자였지만, 가장 유쾌한 사람이기도 했다. 그는 다른 사람들에 대해 아주 불쾌한 말을 했지만, 그게 아주 매력적이어서 사람들은 자기가 없는 데서 라플로슈카가 험담을 해도 너그럽게 봐주었다. 우리는 심술궂은 가십을 우리 입으로 말하기는 싫어하지만, 우리 대신 그것을 해 주는 사람, 게다가 아주 잘해 주는 사람한테는 항상 감사하는 법이다. 그런데 라플로슈카는 그것을 정말로 잘했다.

당연히 라플로슈카는 교제 범위가 넓었고, 교제할 상대를 선택할 때 상당한 주의를 기울였기 때문에 그들 가운데 상당수는 남을 대접하는 일에 대한 그의 일방적인 견해를 너그럽게 묵인할 수 있을 정도의 은행 잔고를 가진 사람들이었다. 그래서 그는 적당한 재산밖에는 갖고 있지 않았지만 수입의 범위 안에서 편안하게 살 수 있었고, 너그러운 여러 지인들의 수입으로 더욱 안락하게 살 수 있었다.

하지만 가난한 사람이나 자기처럼 제한된 재력밖에 없는 사람들에게는 잠시도 방심하지 않고 경계하는 태도를 보였다. 그는 실링이든 프랑이든 당시 널리 보급된 동전이 그의 주머니에서 곤경에 빠진 친구의 주머니 속으로 넘어가거나 그 친구가 써 버리지 않을까 하는 두려움에 끊임없이 시달리는 것 같았다. 좋은 결과가 나올 수 있는 거라면 나쁜 짓도 무조건 한다는 원칙에 따라 2프랑짜리 시가 한 대는 부유한 물주에게 기꺼이 주기도 하지만, 웨이터에게 팁을 주기 위해 잔돈이 필요할 때 자신이 동전을 갖고 있다고 인정하기보다는 차라리 거짓 맹세의 고통에 탐닉할 사람이 라플로슈카라는 것을 나는 잘 알고 있었다. 동전을 빌려줘도 빌린 사람은 기회—그는 돈을 빌려 간 사람이 절대로 잊지 않도록 온갖 수단을 동원했을 것이다—가 오면 지체 없이 그 돈을 갚았을 테지만 사고는 언제든지 일어날 수 있고, 아무리 보잘것없는 동전 하나라도 잠시나마 그의 주머니에서 멀어지는 것은 피해야 할 재난이었다.

이 사랑스러운 약점을 아는 사람은 본의 아니게 인심을 쓰면서 호기를 부리는 것에 대한 라플로슈카의 공포를 이용하고 싶은 유혹에 끊임없이 사로잡히곤 했다. 예컨대 그가 거스름돈으로 받은 은화를 손에 가득 쥐고 있을 때 그를 마차에 태워 주겠다고 제의한 뒤, 마차삯을 치를 돈이 모자란 척하면서 6펜스만 빌려 달라고 요구하여 그를 당황하게 하는 것이다. 이런 것은 기회만 있으면 얼마든지 창의적으로 생각해 낼 수 있는 사소한 고문이었다. 라플로슈카의 지략을 공정하게 평가하면, 그가 '싫다'고 말하여 자기 평판을 위태롭게 만들지 않고 아무리 곤혹스러운 딜레마에서도 어떻게든 교묘하게 빠져나간 것은 인정할 수밖에 없다. 하지만 신들은 대부분의 사람들에게 언젠가는 기회를 주고, 내 기회는 어느 날 저녁 라플로슈카와 내가 큰길의 싸구려 식당에서 함께 저녁을 먹고 있을 때 찾아왔다. 식사가 끝났을 때 나에게 약간 급한 전갈이 와서 자리를 떠야 했다. 나는 그가 흥분하여 항의하는 것도 아랑곳하지 않고 잔인하게 외쳤다. "내 몫까지 계산해 줘. 내일 갚을 테니까." 이튿날 아침 일찍 라플로슈카는 내가 평소에 잘 다니지 않는 골목을 걷고 있을 때 본능적으로 나를 찾아냈다. 그는 밤새 잠을 이루지 못한 사람처럼 보였다.

"자네는 어젯밤에 나한테 2프랑을 빚졌어." 이것이 그가 숨을 헐떡거리며 던진 인사말이었다.

나는 화제를 돌리려고 더 많은 소동이 일어날 것 같은 포르투갈의 정세에 대해 이야기했다. 하지만 라플로슈카는 귀먹은 살무사처럼 건성으로 듣고 있다가 재빨리 2프랑 문제로 돌아갔다.

"아무래도 계속 빚을 지고 있어야겠어." 나는 쾌활하고 잔인하게 말했다. "지금은 땡전 한 푼도 없거든." 그러고는 거짓말로 덧붙였다. "나는 여섯 달, 아니 어쩌면 그보다 더 오랫동안 이곳을 떠나 있을 작정이야."

라플로슈카는 아무 말도 하지 않았지만, 눈이 조금 튀어나오고 두 볼이 발칸 반도의 민족 지도처럼 얼룩덜룩한 색깔을 띠었다. 그날 해질녘에 그는 죽었다. '심장마비'가 의사의 진단이었지만, 그보다 사정을 잘 알고 있는 나는 그가 비탄에 빠져 죽었을 것으로 안다.

그의 2프랑을 어떻게 할 것인가 하는 문제가 제기되었다. 라플로슈카를 죽인 것도 문제지만, 그가 그토록 사랑한 돈을 차지하는 것은 내가 냉혹한 사람이라는 것을 보여 주게 될 것이다. 나는 도저히 그렇게는 할 수 없었다. 평범한 해결책은 2프랑을 가난한 사람에게 주는 것이지만, 현재 상황에는 결코 어울리지 않았다. 그의 재산을 그렇게 남용하는 것만큼 고인을 괴롭히는 것은 없었을 것이기 때문이다. 반대로 부자에게 2프랑을 주는 것은 상당한 재치를 필요로 하는 작전이었다. 하지만 이 곤경에서 벗어나는 간단한 방법이 다음 일요일에 저절로 나타난 것 같았다. 그것은 내가 파리에서 가장 인기 있는 성당에 가서 전 세계에서 모여든 사람들로 가득 메워진 측랑으로 밀고 들어갔을 때였다. '사제의 빈민들'을 위한 헌금 주머니가 도저히 뚫고 들어갈 수 없을 것처럼 보이는 인간 바다를 가로지르면서 파도에 시달리며 힘들게 나아가고 있었다. 그런데 내 앞에서 웅장하고 화려한 음악을 감상하고 있던 한 독일인은 돈을 내고 음악을 들으라는 그 암시 때문에 음악 감상이 방해받는 것을 바라지 않은 게 분명했다. 그는 자선을 베풀라는 이 요구를 주위에 다 들릴 만큼 큰 소리로 제 친구에게 비판했다.

"그들은 돈이 필요 없어. 돈이 너무 많아서 탈이지. 그들은 결코 가난하지 않아. 그들은 모두 제멋대로 하는 응석받이야."

정말로 그렇다면 내가 갈 길은 분명해 보였다. 나는 '사제의 부자들'에게 축복의 말을 중얼거리면서 헌금 주머니에 라플로슈카의 2프랑을 떨어뜨렸다.

약 3주 뒤에 나는 우연히 빈에 가게 되었다. 어느 날 저녁, 나는 베링거 가의 아담하지만 훌륭한 식당에 앉아서 맛있는 음식을 먹고 있었다. 시설은 소박했지만, 커틀렛과 맥주와 치즈는 흠잡을 데가 없었다. 좋은 음식은 좋은 손님을 끌어들이는 법이다. 출입문 가까이에 있는 작은 탁자 하나를 제외하고는 모든 자리가 손님들로 채워져 있었다. 식사가 반쯤 진행되었을 때 나는 우연히 그 빈자리 쪽을 힐끗 보고 그 자리가 더 이상 비어 있지 않은 것을 알았다. 싼 음식 중에서도 가장 싼 음식을 찾는 사람처럼 메뉴를 들여다보고 있는 것은 바로 라플로슈카였다. 그는 고개를 들어 나를 보더니 "자네가 지금 먹고 있는 건 나의 2프랑이야" 하고 말하는 것처럼 내 음식을 힐끗 보고는 얼른 고개를 돌렸다. '사제의 빈민들'은 정말로 가난했던 게 분명했다. 커틀릿은 내 입 안에서 가죽으로 변했고, 맥주는 김이 빠져서 미지근해진 것 같았다. 나는 에멘탈 치즈를 맛보지도 않고 남겼다. 내 머릿속에는 빨리 식당에서 나가고 싶다는 생각, '그것'이 앉아 있는 탁자에서 멀리 도망치고 싶은 생각밖에 없었다. 그리고 나는 도망치듯 식당을 나올 때 피콜로 연주자에게 준 돈―이것도 내가 그에게 빚진 2프랑의 일부였다―을 비난하듯 노려보는 라플로슈카의 시선을 느꼈다. 이튿날 나는 값비싼 고급 레스토랑에서 점심을 먹었다. 나는 살아 있는 라플로슈카라면 자기 돈으로 먹기 위해 그곳에 들어올 생각은 절대로 하지 않을 거라고 확신했고, 그 장벽은 죽은 라플로슈카도 지킬 것이라고 기대했다. 내 생각은 틀리지 않았다. 하지만 그 식당에서 나올 때 나는 그가 식당 입구에 붙어 있는 메뉴를 참담한 얼굴로 들여다보고 있는 것을 발견했다. 그러다가 그는 천천히 밀크홀 쪽으로 걸어갔다. 난생처음으로 나는 빈 생활의 매력과 즐거움을 잃었다.

그 후 나는 파리든 런던이든, 그 밖의 어디에 가든 계속 수많은 라플로슈카를 보았다. 극장의 특등석에 자리를 잡으면 항상 맨 위층 일반석의 어두운 구석에서 몰래 나를 지켜보고 있는 그의 눈길을 의식했다. 비 내리는 오후, 내 클럽에 들어가려고 하면 건너편 문간에서 비에 젖은 채 비를 피하고 있는 그가 눈에 들어오곤 했다. 내가 공원의 유료 의자에 앉는 작은 사치에 탐닉할 때에도 그는 대개 내 맞은편에 있는 무료 벤치에 앉아 있었다. 그는 절대로 나를 노려보지는 않지만, 언제나 교묘하게 내 존재를 의식하고 있었다. 친구들은 나의 변한 모습에 대해 말하기 시작했고, 산더미처럼 쌓인 일을 떠나서 좀 쉬라고 충고했다. 나는 라플로슈카를 떠나고 싶었다.

어느 일요일—교회가 평소보다 더 붐볐으니까 아마 부활절이었을 것이다—나는 또다시 인기 있는 파리 성당에서 음악을 듣는 군중 속으로 밀고 들어갔고, 또다시 헌금 주머니가 인간 바다를 가로질러 파도에 시달리면서 다가오고 있었다. 내 뒤에 있던 영국 여자가 아직 멀리 있는 헌금 주머니에 돈을 넣으려고 헛된 노력을 쏟고 있었다. 그래서 나는 돈을 받아서 그 돈이 목적지에 도달하도록 도와주었다. 그것은 2프랑짜리 은화였다. 문득 어떤 영감이 내 머리에 떠올랐다. 나는 내 동전 한 닢을 헌금 주머니에 떨어뜨리고, 영국 여자의 은화는 내 주머니에 슬쩍 집어넣었다. 이렇게 나는 유산을 받을 이유가 없는 빈민들한테서 라플로슈카의 2프랑을 되찾은 것이다. 군중 속에서 빠져나올 때 나는 여자 목소리가 말하는 것을 들었다. "아무래도 저 사람이 내 돈을 헌금 주머니에 넣은 것 같지 않아. 파리에는 그런 놈들이 우글거려." 하지만 내 마음은 오랜만에 가벼웠다.

여전히 나는 돈을 받을 자격이 있는 부자들에게 되찾은 돈을 주어야 하는 미묘한 사명에 직면해 있었다. 또다시 나는 우연한 영감을 기대했고, 또다시 행운은 나에게 호의를 보여 주었다. 이틀 뒤, 소나기가 내려서 나는 비를 피해 센 강 좌안에 있는 유서 깊은 성당으로 들어갔다. 그리고 그곳에서 파리에서 가장 부유하면서도 가장 낡고 추레한 옷을 입고 다니는 R. 남작이 오래된 목조 작품을 들여다보고 있는 것을 발견했다. 지금이야말로 절호의 기회였다. 나는 프랑스어를 명백한 영국식 악센트로 말했지만, 거기에 강한 미국식 억양을 붙여서 이 성당이 지어진 연대와 규모, 그 밖에 미국 관광객이 알고 싶어 할 만한 세부 사항에 대해 남작에게 질문 공세를 퍼부었다. 남작이 즉시 나누어 줄 수 있을 만한 정보를 얻자 나는 그의 손에 영국 여자의 은화를 엄숙하게 쥐어 주고 그것이 '당신을 위한 돈'이라는 것을 분명히 보증한 다음 돌아섰다. 남작은 약간 당황했지만 기꺼이 그 상황을 받아들였다. 그는 벽에 고정된 작은 상자로 다가가서 라플로슈카의 2프랑을 상자 속에 떨어뜨렸다. 상자 위에는 이런 문구가 붙어 있었다. '사제의 빈민들을 위하여.'

그날 저녁, '카페 드 라 페'* 옆의 붐비는 모퉁이에서 나는 휙 지나가는 라플로슈카의 모습을 언뜻 보았다. 그는 미소를 지으며 모자를 살짝 들어 올리고는 사라졌다. 나는 그 후 두 번 다시 그를 보지 못했다. 결국 돈은 받을 자격이 있는 부자에게 '주어졌고', 라플로슈카의 영혼은 평안을 얻었다.

* 파리 중심가, 오페라 극장 앞에 있는 유명한 카페. '평화 다방'이라는 뜻.

사냥 자루
The Bag

　　"소령님이 차를 마시러 오고 있어." 후펑턴 부인이 조카딸에게 말했다. "방금 말을 끌고 마구간 쪽으로 돌아갔어. 넌 최대한 명랑하고 활기차게 굴어야 돼. 그분은 요즘 좀 우울하니까."

　　팰러비 소령은 그가 거의 통제할 수 없는 상황의 희생자였고, 그가 거의 통제할 수 없는 성미의 희생자였다. 그는 인기가 높았던 전임 회장이 위원회와 충돌하고 회장직을 그만둔 뒤 그 후임으로 '펙스데일 사냥 클럽'의 회장이 되었지만, 사냥꾼들 가운데 최소한 절반은 그에게 노골적인 적개심을 드러냈고, 나머지 사람들도 재치와 사교성이 없는 그와 사이가 멀어졌다. 그래서 기부금이 줄어들기 시작했고, 여우도 약을 올리듯 점점 드물어졌고, 철조망이 느닷없이 나타나 사냥을 방해하는 일도 점점 잦아졌다. 그러니 소령이 발작적으로 우울증에 빠지는 것도 당연한 노릇이었다.

후핑턴 부인이 팰러비 소령의 열성적인 지지자가 된 것은 머지않아 그와 결혼하기로 결심했기 때문이었다. 걸핏하면 화를 내고 성미 급한 소령의 기질은 악명이 높았지만, 3천 파운드나 되는 연수입은 그 결점을 상쇄하고도 남을 정도였고, 장차 남작 작위를 물려받게 된다는 사실은 그녀가 그를 지지하는 쪽으로 기울어진 결정적인 이유였다. 결혼 문제에 대한 소령의 계획은 지금으로서는 후핑턴 부인의 계획만큼 진전된 단계가 아니었지만, 소령은 벌써 사람들이 이러쿵저러쿵 떠들어 댈 만큼 자주 후핑턴 저택에 드나들고 있었다.

"소령님은 어제 또 한심한 참가자들을 데리고 사냥을 나갔단다." 후핑턴 부인이 말했다. "너는 왜 그 미련한 러시아 녀석 대신 훌륭한 사냥꾼을 한두 명 함께 데려가지 않았니? 나는 그 이유를 모르겠구나."

"블라디미르는 미련하지 않아요." 조카딸이 항의했다. "그 애는 내가 지금까지 만나 본 소년들 가운데 가장 재미있는 아이예요. 고모의 재미없는 사냥꾼들과 잠깐만 비교해 보세요."

"하지만 노라, 그 애는 말을 못 타잖아."

"러시아인들은 대개 말을 못 타요. 하지만 그 애는 총을 잘 쏘아요."

"그래? 그런데 뭘 쏘지? 어제는 사냥 자루에 딱따구리 한 마리를 넣어서 가져왔더구나."

"하지만 꿩 세 마리와 토끼 몇 마리도 쏘았어요."

"자루에 딱따구리를 포함시킨 건 그걸로 변명이 안 돼."

"외국 사람들은 우리보다 다양한 사냥감을 잡아요. 어떤 대공은 우리가 능에를 뒤쫓는 것만큼 진지하게 독수리를 사냥하죠. 어쨌든 나는 블라디미르한테 설명했어요. 어떤 새를 쏘는 건 사냥꾼으로서의 품격을 떨어뜨리는 일이라고. 물론 그 애는 이제 겨우 열아홉 살이니까 품격에 호소하면 확실해요."

후핑턴 부인은 콧방귀를 뀌었다. 블라디미르와 접촉한 사람들은 대부분 그의 쾌활함이 강한 전염성을 갖고 있다는 것을 알았지만, 지금 그가 신세지고 있는 이 집의 안주인은 그런 종류의 전염에 면역성을 갖고 있었다.

"소령님이 들어오는 소리가 들리는구나." 그녀가 말했다. "나는 가서 차를 준비할게. 우리는 여기 홀에서 차를 마실 거야. 내가 내려오기 전에 소령님이 들어오시면 즐겁게 해 드리고, 무엇보다도 쾌활하게 굴어야 돼."

노라는 인생을 살 만하게 만들어 주는 여러 가지 사소한 것들을 고모의 호의에 의존하고 있었고, 단조로운 시골집의 일상에 반가운 변화를 주려고 데려온 러시아 젊은이가 별로 좋은 인상을 주지 못했기 때문에 당혹감을 느끼고 있었다. 하지만 그 젊은이는 어떤 결점도 전혀 의식하지 못하고, 홀로 불쑥 뛰어 들어왔다. 피곤했는지 몸차림은 여느 때만큼 단정하지 못했지만, 분명히 밝고 환한 표정이었다. 그의 사냥 자루는 기분 좋게 가득 찬 것처럼 보였다.

"내가 뭘 잡았게?" 그가 물었다.

"꿩, 산비둘기, 토끼." 노라는 운에 맡기고 적당히 대답했다.

"아니, 큰 짐승 하나야. 영어로는 뭐라고 부르는지 모르겠지만. 털은 갈색인데 거무스름한 꼬리를 갖고 있어."

노라의 안색이 달라졌다.

"나무 위에 살면서 딱딱한 열매를 먹어?" 노라는 '큰'이라는 형용사가 과장일지도 모른다고 생각하면서 물었다.

블라디미르는 소리 내어 웃었다.

"아니야. 이건 비엘카*가 아니야."

"헤엄을 치고 물고기를 먹어?" 노라는 그게 수달이기를 마음속으로 기도하면서 물었다.

"아니." 블라디미르는 사냥 자루를 묶은 끈을 푸느라 손을 바삐 놀리면서 말했다. "이건 숲에 살고, 토끼와 병아리를 먹어."

노라는 털썩 주저앉아 두 손으로 얼굴을 가렸다.

"맙소사!" 그녀는 울부짖었다. "애가 여우를 잡았어!"

블라디미르는 깜짝 놀라서 그녀를 쳐다보았다. 그녀는 흥분하여 말을 마구 쏟아 내면서 그게 얼마나 끔찍한 상황인지를 설명하려고 애썼다. 하지만 소년은 아무것도 이해하지 못하고 그저 놀랐을 뿐이다.

"감춰. 어서 감추라고!" 노라는 아직 열리지 않은 사냥 자루를 가리키며 미친 듯이 말했다. "우리 고모와 소령님이 이제 곧 여기 올 거야. 저걸 저 궤짝 위로 던져. 그러면 고모와 소령님도 보지 못할 거야."

블라디미르는 잘 겨냥하여 사냥 자루를 던졌다. 하지만 허공을 날아갈 때, 자루를 묶은 끈이 벽에 붙박인 영양의 가지뿔에 걸렸다. 그래서 자루는 그 속에 들어 있는 무서운 짐과 함께 이제 곧 찻잔이 놓이게 될 벽감 바로 위에 대롱대롱 매달리게 되었다. 바로 그 순간 후핑턴 부인과 소령이 홀로 들어왔다.

"소령님은 내일 우리 사냥감을 덤불에서 몰아내실 거야." 부인은 무척 만족스러운 얼굴로 발표했다. "스미더스는 우리가 멋진 사냥 솜씨를 보여 줄 수 있을 거라고 자신 있게 말했어. 견과류 숲에서 이번 주

---

* 다람쥐를 뜻하는 러시아어.

에만 여우를 세 번 보았다고 맹세하더군."

"나도 그렇게 되기를 바라고 있습니다. 정말로 그렇게 되어야 할 텐데." 소령이 우울하게 말했다. "한 마리도 못 잡고 공치는 날이 계속되면 곤란합니다. 이쯤에서 그걸 중단시켜야 돼요. 여우가 어떤 숲에 평생 세입자로 정착했다는 소문은 자주 듣지만, 막상 여우를 숲에서 몰아내려고 가서 보면 흔적도 없어요. 우리가 여우몰이를 하기 바로 전날 누군가가 위든 부인네 숲에서 여우를 총으로 쏘았거나 덫으로 잡은 게 분명합니다."

"소령님, 만약에 누군가가 우리 숲에서 그런 못된 짓을 하려고 하면, 사형에 처하기 전에 잠깐 참회할 시간을 주겠어요." 후핑턴 부인이 말했다.

노라는 반사적으로 차탁자로 가서, 샌드위치 접시 주위에 파슬리를 다시 배열하느라 바쁘게 손가락을 놀렸다. 그녀의 한쪽 옆에는 소령의 침울한 얼굴이 커다랗게 다가와 있었고, 반대쪽 옆에는 블라디미르가 있어서 그녀는 겁에 질린 소년의 참담한 눈을 계속 의식하고 있었다. 그리고 이 모든 것 위에 '그것'이 매달려 있었다. 그녀는 차탁자보다 높은 곳을 감히 쳐다볼 수가 없었다. 금방이라도 범죄를 고발하는 여우의 피가 뚝뚝 떨어져 새하얀 테이블보를 얼룩지게 할 것만 같았다. 고모는 '쾌활하게 굴라'는 신호를 그녀에게 거듭해서 보냈지만, 지금 그녀는 이가 딱딱 마주치는 것을 막는 데에만 전념하고 있었다.

"넌 오늘 뭘 잡았니?" 후핑턴 부인이 평소와 달리 입을 다물고 있는 블라디미르에게 불쑥 물었다.

"아무것도…… 이렇다 할 만한 건 아무것도 못 잡았어요." 소년이 말했다.

잠깐 멈추었던 노라의 심장은 잃은 시간을 벌충하려고 어지럽게 뛰었다.

"너도 이렇다 할 만한 걸 발견하면 좋을 텐데." 후핑턴 부인이 말했다. "모두 말문이 막힌 것 같아."

"스미더스는 그 여우를 언제 마지막으로 보았답니까?" 소령이 물었다.

"어제 아침에요. 거무스름한 꼬리를 가진 멋진 수컷이었대요." 후핑턴 부인은 비밀을 털어놓았다.

"아하, 내일은 그 꼬리를 따라 한바탕 신나게 달리겠군." 소령이 잠시 기분이 좋아져서 말했다. 그리고 우울한 침묵이 다시 차탁자 주위에 내려앉았다. 기운 없이 음식을 씹는 소리와 이따금 받침접시에서 찻숟가락이 달그락거리는 소리만이 침묵을 깰 뿐이었다. 후핑턴 부인의 폭스테리어가 마침내 그 자리의 분위기를 바꿔 주었다. 그 개는 차탁자 위에 놓인 음식들을 좀 더 잘 보려고 빈 의자 위로 펄쩍 뛰어올랐지만, 이제는 위쪽을 향해 코를 킁킁거리고 있었다. 거기에 차를 마실 때 먹는 쿠키보다 흥미로운 무언가가 있는 게 분명하다는 듯이.

"왜 이렇게 흥분하지?" 개가 갑자기 성난 목소리로 짖고 신경질적으로 낑낑거리자, 후핑턴 부인이 물었다.

"아니, 저건 네 사냥 자루잖아, 블라디미르! 저 안에 뭐가 들어 있지?" 부인이 말을 이었다.

"아주 강한 냄새가 나는군." 소령이 이제 일어나면서 말했다.

그러자 소령과 후핑턴 부인의 머리에 한 가지 생각이 동시에 번득였다. 그들의 얼굴은 서로 다르지만 조화로운 자줏빛으로 붉어졌고, 그들은 똑같이 비난하는 목소리로 외쳤다.

"너, 여우를 잡았구나!"

노라는 그들이 악행이라고 여기는 블라디미르의 행동을 서둘러 변명하려 했지만, 그들이 그녀의 말을 들었을지는 의심스럽다. 소령은 쇼핑을 하러 시내에 간 여자가 미친 듯이 이 옷 저 옷을 입어 보듯 자신의 분노를 다양한 말로 표현했다. 그는 운명과 전반적인 상황을 욕하고 악담을 퍼부었다. 그는 눈물도 나오지 않을 만큼 통렬한 자기 연민에 빠져 강하고 깊게 자신을 동정했고, 지금까지 만난 모든 사람들에게 영원하고 비정상적인 벌을 내렸다. 실제로 그는 일주일 동안 죽음의 천사의 도움을 받았다 해도 그 천사가 개인적으로 사건을 조사할 시간은 거의 갖지 못했을 거라는 인상을 주었다. 그의 외침 소리가 잠시 중단되면 후핑턴 부인이 단조로운 어조로 불평을 늘어놓는 소리와 폭스테리어가 스타카토로 짖어 대는 소리를 들을 수 있었다. 그들의 말을 알아듣지 못하는 블라디미르는 의자에 앉아서 담배를 만지작거리며, 오래전에 제 어휘로 받아들여 소중히 여기던 박력 있는 영어 형용사를 이따금 낮은 소리로 되풀이하고 있었다. 그는 러시아의 민간설화를 생각해 냈다. 어떤 젊은이가 마법에 걸린 새를 쏘았다가 극적인 결말을 맞는다는 이야기였다. 그러는 동안 소령은 감옥에 갇힌 사이클론처럼 홀을 빙글빙글 돌다가 전화기를 발견하자, 기쁜 듯이 전화기에 덤벼들어 지체 없이 사냥 클럽 간사에게 전화를 걸어서 클럽 회장직을 사임하겠다고 선언했다. 이때쯤에는 하인 하나가 소령의 말을 현관에 데려다 놓았고, 몇 초 뒤에는 후핑턴 부인의 날카롭고 단조로운 목소리가 독무대를 이루게 되었다. 하지만 소령이 분노를 표출한 뒤였기 때문에 그녀가 난폭한 말을 퍼부으려고 아무리 애를 써도 충분한 효과를 거두지 못했다. 바그너의 오페라를 듣고 나서 곧장 평범한 폭풍우 속으로 들어간 것 같았다. 그녀는 자신의 장광설이 안티클라이막스*에 지나지 않는다는 것을 깨달은 듯, 이런 장면에서는 다소 필요한 울음을 갑자기 터뜨리며 방에서 나가 버렸다. 뒤에 남은 것은 앞선 소란 못지않게 무서운 침묵이었다.

"저걸 어떡하지?" 마침내 블라디미르가 물었다.

"땅에 묻어." 노라가 말했다.

"그냥 묻으라고?" 블라디미르는 조금 안심하여 말했다. 그는 목사가 매장식에 입회하겠다고 고집을 부리거나 무덤 위로 예포를 쏘아야 할지도 모른다고 생각했던 것이다.

그리하여 11월 저녁의 어스름 속에서 러시아 소년은 행운을 비는 러시아 교회의 기도문을 중얼거리며 후핑턴 저택의 라일락 나무 밑에 커다란 족제비 한 마리를 서둘러, 그러면서도 정중하게 묻어 주었다.

---

* 장중하고 엄숙한 말을 한 뒤에 가볍거나 우스운 말을 하여 분위기를 반전시키는 것.

생쥐
The Mouse

    시어도릭 볼러는 소싯적부터 중년이 될 때까지 다정한 어머니의 슬하에서 자랐다. 어머니의 가장 큰 소망은 거친 현실에서 아들을 지켜주는 것이었다. 그런 어머니가 세상을 떠나자 시어도릭은 너무나 현실적인, 그가 각오했던 것보다 훨씬 더 거친 세상에 혼자 남겨졌다. 그런 기질을 갖고 그런 식으로 키워진 사람에게는 간단한 기차 여행도 성가시고 불쾌한 일로 가득 찼다. 9월의 어느 날 아침, 기차의 이등칸 객실에 자리를 잡은 그는 심란한 기분과 정신적 혼란을 의식하고 있었다. 시골 목사관에서 머물다가 돌아가는 길이었는데, 물론 목사관 사람들은 잔인하지도 않고 술에 취해 떠들어 대는 사람들도 아니었지만, 집 안의 각종 설비에 대한 감독이 재난을 초래할 만큼 허술했다. 조랑말이 끄는 마차가 그를 역까지 태워다 주기로 되어 있었지만,

그 마차는 한 번도 제대로 정비된 적이 없었다. 그리고 그가 떠날 시간이 다가왔는데도 필요한 물건을 내주어야 할 잡역부가 어디에도 보이지 않았다. 이런 비상사태에 시어도릭은 어쩔 수 없이 목사의 딸과 함께 조랑말에 마구를 채우는 일을 떠맡고, 말로 표현하지는 않았지만 강한 불쾌감을 느꼈다. 그는 마구간이라고 불리는 어두컴컴한 헛간—군데군데 생쥐 냄새가 나기도 했지만 대체로 마구간다웠다—에 들어가 손으로 더듬거리며 이리저리 돌아다녀야 했다. 시어도릭은 생쥐를 두려워하지는 않았지만 삶의 거친 현실에 속하는 것으로 분류하고, 신이 도덕적 용기를 조금만 발휘했다면 오래전에 생쥐가 세상에 없어서는 안 될 존재는 아니라고 인정하고 생쥐의 유통을 정지시켰을지도 모른다고 생각했다.

기차가 역에서 미끄러져 나갈 때 시어도릭은 자기 몸에서 마구간 냄새가 희미하게 풍기고, 평소에는 잘 솔질되어 티끌 하나 묻어 있지 않는 옷에 곰팡내 나는 지푸라기 한두 개가 붙었을지도 모른다는 생각이 들어서 신경이 곤두섰다. 다행히 그 객실에 탄 다른 승객은 그와 비슷한 또래의 여자 한 사람뿐이었는데, 그 여자는 남의 거동을 탐색하기보다는 잠을 자고 싶은 것 같았다. 기차는 약 한 시간 뒤에 종착역에 도착할 때까지 멈추지 않을 예정이었고, 객차는 구식이어서 복도로 연결되지 않았기 때문에, 반쯤 보장된 시어도릭의 프라이버시를 다른 승객이 침해할 가능성은 전혀 없었다. 하지만 기차가 정상적인 속도에 도달하자마자 그는 객실에 잠자고 있는 여자와 단둘이 있는 게 아니라는 것을 못마땅하지만 명확하게 인식하게 되었다. 심지어는 그의 옷 속에도 그 혼자만 있는 게 아니었다. 그의 살 위를 스멀스멀 기어 다니는 따뜻한 무언가가 눈에 보이지는 않지만 역겹기 짝이 없는 생물의 존재를 알려 주었다. 그가 조랑말에게 마구를 채우는 동안 길 잃은 생쥐 한 마리가 현재의 은신처로 뛰어든 게 분명했다. 그는 몰래 발을 구르고 몸을 흔들고 여기저기 닥치는 대로 꼬집었지만 침입자를 쫓아내는 데 실패했다. 침입자의 좌우명은 '보다 높이'인 것 같았다.

옷의 합법적 주인은 쿠션에 기댄 채 중복 점유 상태를 종식시킬 방법을 생각해 내려고 서둘러 머리를 굴렸다. 꼬박 한 시간 동안 방랑하는 생쥐들을 위한 간이 숙소 역할을 계속하는 끔찍한 일은 생각할 수도 없었다(그는 이미 상상 속에서 침입자의 수를 적어도 두 배로 늘려놓고 있었다). 하지만 옷을 벗는 정도의 과감한 조치라도 취하지 않고는 고문자를 몰아낼 수 없을 것이고, 여자 앞에서 옷을 벗는 것은 아무리 건전한 목적을 위해서라 해도 귓불이 붉어질 만큼 참담하고 수치스러운 노릇이었다. 원래 그는 여자 앞에서는 속이 비치는 양말조차 드러내지 못했다. 하지만 이 경우 여자는 아무리 봐도 확실하게 깊이 잠들어 있었다. 반면에 생쥐 쪽은 방랑 기간을 압축하여 몇 분 이내에 정력적으로 여행을 끝내려 애쓰는 것 같았다. 윤회설이 사실이라면 이 생쥐는 전생에 '알프스 산악회' 회원이었을 게 분명했다. 생쥐는 때로는 위로 올라가는 데 열중한 나머지, 발을 헛딛고 1센티미터쯤 미끄러지곤 했다. 그러면 생쥐는 놀라서, 또는 아마도 화가 나서 그를 물어뜯었다.

시어도릭은 평생에 가장 대담한 조치를 취할 수밖에 없었다. 그는 얼굴이 홍당무가 된 채, 잠들어 있는 길동무를 괴로운 눈으로 지켜보면서 재빨리 그리고 소리 없이 기차 여행용 무릎덮개의 양쪽 끝을 객실 양쪽에 있는 선반에 고정시켜, 객실을 가로지르는 가리개를 설치했다. 그렇게 임시변통으로 만든 좁은 탈의실에서 제 몸을 둘러싸고 있는 트위드 싸개에서 몸의 일부와 생쥐 전체를 서둘러 구출하기 시작했다. 풀려난 생쥐가 바닥으로 난폭하게 뛰어내릴 때, 칸막이로 쳐 놓은 무릎덮개도 고정되어 있던 선반에서 미끄러져 바닥에 툭 떨어졌다. 그는 심장이 오싹했다. 거의 동시에 자고 있던 여자가 깨어나 눈을 떴다. 시어도릭은 생쥐보다 빠른 몸놀림으로 무릎덮개에 덤벼들어 주름이 풍부한 모포를 턱 높이까지 끌어올려 반쯤 벌거벗은 몸을 가리면서 객실 구석에 주저앉았다. 그는 여자가 객실에 설치된 줄을 잡아당겨 비상 신호를 보내리라 예상하고 말없이 기다렸다. 목과 이마의 혈관 속을 피가 빠르게 달리며 고동쳤다. 하지만 여자는 기묘하게 숨을 죽이고 있는 동승자를 말없이 노려보는 것으로 만족했다. 저 여자는 내 알몸을 얼마나 많이 보았을까? 시어도릭은 자문했다. 그리고 저 여자는 지금의 내 자세를 어떻게 생각할까?

"아무래도 내가 오한이 든 것 같습니다." 그는 필사적으로 용기를 내어 말했다.

"그거 안됐군요." 그녀가 말했다. "창문을 열어 달라고 부탁하려던 참이었는데."

"말라리아에 걸린 모양이에요." 시어도릭은 이를 딱딱 마주치면서 덧붙였다. 제 말을 뒷받침하고 싶은 욕망 때문만이 아니라 공포 때문에 이가 딱딱 마주쳤다.

"내 여행 가방에 브랜디가 좀 있으니까, 선반에서 내려 주실래요?" 그의 길동무가 말했다.

"아니, 괜찮습니다. 나는 어떤 약도 먹지 않거든요." 그는 진지하게 말했다.

"열대 지방에서 말라리아에 걸리셨겠죠?"

시어도릭이 열대 지방에 대해 아는 거라고는 실론 섬에 사는 숙부가 해마다 선물로 차를 한 상자 보내 준다는 것뿐이었기 때문에, 말라리아조차 그에게서 빠져나가고 있는 듯한 느낌이 들었다. 사태의 진상을 조금씩 그녀에게 알려 줄 수 있을까 하고 그는 생각했다.

"생쥐를 두려워하세요?" 얼굴이 그보다 더 빨개질 수 있는지는 모르지만, 어쨌든 그는 얼굴을 더욱 빨갛게 붉히면서 대담하게 물었다.

"하토 주교*를 먹어 치운 생쥐들처럼 떼 지어 들어오지만 않으면 무섭지 않아요. 그런데 그건 왜 물으세요?"

"방금 내 옷 속을 생쥐 한 마리가 기어 다니고 있었거든요." 시어도릭은 제 목소리 같지 않은 목소리로 말했다. "정말 곤란하기 이를 데 없는 상황이었죠."

"꼭 끼는 옷을 입고 있다면 정말 곤란하셨겠군요." 그녀가 말했다. "하지만 생쥐는 오히려 편안했을지도 몰라요."

"부인이 주무시는 동안 어떻게든 생쥐를 쫓아내야 했습니다." 그가 말을 이었다. 그러고는 침을 꿀꺽 삼키면서 덧붙여 말했다. "나는 생쥐를 쫓아내려다가 이 꼴이 된 겁니다."

"생쥐 한 마리를 쫓아냈다고 해서 오한이 들지는 않을 텐데요." 그녀가 외쳤다. 그 경박한 태도가 시어도릭한테는 혐오스럽게 느껴졌다.

---

* 독일 남서부 마인츠빙엔의 라인 강가 모래톱에 '생쥐탑'(중세시대 라인 강을 지나는 배로부터 세금을 징수하기 위해 세워졌다)이 있는데, 이곳에는 이름에 얽힌 전설이 전해 온다. 마인츠의 대주교인 하토 2세는 높은 세금을 걷어 사치스러운 생활을 했는데, 흉년이 든 해에 주민들이 곡식을 나눠 달라고 간청하자 주민들을 창고로 모은 뒤 불을 질러 죽였다. 그러자 거대한 쥐 떼가 나타났고, 쫓기던 대주교는 생쥐탑으로 피신했는데, 결국 탑 속에 있는 쥐들에게 잡아먹혔다는 이야기이다.

분명히 그녀는 그의 곤경을 알아차렸고, 그가 당황하여 쩔쩔매는 것을 즐기고 있었다. 그의 몸속에 있는 모든 피가 한 곳에 총동원되어 그의 얼굴을 새빨갛게 물들인 것 같았고, 수많은 생쥐보다 더 나쁜 굴욕의 고통이 그의 영혼 위아래로 기어 다녔다. 그리고 머리가 다시 돌아가기 시작하자 완전한 공포가 굴욕감을 밀어내고 그 자리를 차지했다. 시시각각 기차는 사람들로 붐비는 종착역을 향해 쏜살같이 달려가고 있었다. 지금은 객실 구석에서 그를 빤히 지켜보는 한 쌍의 눈이 그를 마비시켜 무력하게 만들고 있을 뿐이지만, 종착역에 도착하면 수십 개의 눈이 그 한 쌍의 눈을 대신하여 그를 흘낏거릴 것이다. 가능성은 희박하고 절망적이지만, 한 가닥 희망이 없는 것은 아니었다. 앞으로 몇 분이 그것을 결정할 터였다. 길동무가 행복한 잠에 빠져들 수도 있다. 하지만 시간이 갈수록 그 가능성은 점점 사라져 갔다. 시어도릭은 이따금 그녀를 몰래 훔쳐보았지만, 깜박거리지도 않고 크게 뜬 눈만 보았을 뿐이다.

　"종착역이 가까워지고 있는 것 같은데요." 그녀가 말했다.

　시어도릭은 여행이 끝났음을 알리는 작고 꼴사나운 집들이 많아지는 것을 이미 알아차리고, 그와 함께 공포가 점점 커지는 것을 느꼈다. 그녀의 말은 신호 같은 작용을 했다. 사냥꾼에게 쫓기는 짐승이 은신처에서 뛰쳐나와 일시적인 안전을 얻을 수 있는 다른 피난처로 미친 듯이 돌진하듯, 그는 무릎덮개를 옆으로 내던지고 흩어진 옷들을 미친 듯이 주워 입었다. 그는 창밖으로 지나가는 교외의 한산한 역들을 의식했고, 목이 메어서 숨이 막히고 심장이 망치질하듯 두근거리는 감각을 의식했고, 그가 감히 쳐다보지도 못하는 객실 구석의 얼음 같은 침묵을 의식했다. 마침내 옷을 다 입고 거의 착란 상태에 빠진 그가 자리에 털썩 주저앉은 순간, 기차가 속도를 늦추어 천천히 기어가듯 종착역으로 미끄러져 들어갔다. 그러자 여자가 말했다.

"미안하지만 나를 마차에 태워 줄 짐꾼을 불러 주실 수 없을까요? 몸도 좋지 않으신데 성가시게 해서 죄송하지만, 눈이 먼 사람은 기차 역에서는 너무 무력하답니다."

클로비스의 연대기
The Chronicles of Clovis

에스메

Esmé

"사냥 이야기는 모두 똑같아요." 클로비스가 말했다. "경마 이야기가 모두 똑같은 거나 마찬가지죠. 그리고……"

"내 사냥 이야기는 네가 지금까지 들은 어떤 이야기와도 달라." 남작부인이 말했다. "그 일은 꽤 오래전에, 내가 스물세 살쯤 되었을 때 일어났단다. 그때는 나도 남편과 떨어져 살지 않았어. 너도 알다시피 그때는 우리 둘 다 상대에게 별거수당을 줄 여유가 없었거든. 속담이 뭐라고 하든, 가난 때문에 깨지는 가정보다는 오히려 가난 때문에 유지되는 가정이 더 많아. 하지만 우리는 항상 다른 패거리와 함께 사냥을 했지. 이런 건 이 이야기와는 아무 관계도 없지만……"

"사냥을 시작하기 전에 사냥꾼들이 모두 모였을 텐데요." 클로비스가 말했다.

"물론 모였지. 사냥에 참가하는 사람들이 모두 모였고, 물론 콘스턴스 브로들도 왔단다. 가을 풍경이나 교회의 크리스마스 장식과 잘 어울리는, 다부진 몸매에 혈색 좋은 아가씨들 있잖니? 콘스턴스도 그런 아가씨였어. 그런데 콘스턴스가 나한테 이러는 거야. '뭔가 무서운 일이 일어날 것 같은 예감이 들어요. 내 얼굴이 창백해 보이지 않으세요?'

콘스턴스는 갑자기 나쁜 소식을 들은 듯 순무만큼 창백한 얼굴로 주위를 두리번거리고 있었어. 그래서 나는 이렇게 말해 줬지.

'창백하기는커녕 여느 때보다 혈색이 더 좋아 보이는걸. 하지만 너한테는 아주 쉬운 일이잖아.'

콘스턴스가 이 말뜻을 알아차리기 전에 우리는 본격적으로 사냥에 착수했어. 사냥개들이 가시금작화 덤불 속에 누워 있는 여우 한 마리를 발견했거든."

"그럴 줄 알았어요. 제가 지금까지 들은 여우 사냥 이야기에는 어김없이 여우와 가시금작화 덤불이 등장했으니까요."

"콘스턴스와 나는 좋은 말을 타고 있었어." 남작 부인은 침착하게 말을 이었다. "그래서 우리는 상당히 가파른 길이었지만 별로 어렵지 않게 선두를 유지할 수 있었지. 하지만 마지막 단계에서 우리가 너무 독자적인 코스를 택한 게 분명해. 사냥개들을 놓치고 나서 정신을 차리고 보니, 어느 지점에서도 몇 킬로미터나 떨어진 곳을 정처 없이 걷고 있었으니까 말이다. 그건 정말 분통 터지는 일이었어. 그래서 나도 조금씩 자제력을 잃기 시작했지. 그러다가 산울타리를 뚫고 나아간 순간, 바로 아래쪽 골짜기에서 일제히 사냥감을 추적하고 있는 사냥개들을 발견하고 얼마나 기뻤는지 몰라.

'저기 있어요!' 콘스턴스가 외치고는 놀라서 숨죽인 목소리로 덧붙이더구나. '그런데 도대체 저 개들이 뭘 사냥하고 있는 거죠?'

그건 확실히 보통 여우가 아니었어. 키는 여우의 두 배가 넘었고, 머리는 짧고 흉측하게 생긴 데다 목이 엄청나게 굵었지.

'저건 하이에나야. 패브햄 경네 정원에서 탈출한 게 분명해.'

그 순간, 쫓기던 짐승이 휙 돌아서서 사냥개들과 맞섰어. 그러자 사냥개들은 (여섯 쌍 정도였는데) 반원형으로 둘러서서 바보 같은 표정을 짓고 있는 거야. 녀석들은 나머지 개들과 헤어져 이 낯선 냄새를 쫓아왔고, 이제 냄새의 원천을 따라잡았는데, 이 사냥감을 어떻게 처리해야 할지 몰라서 쩔쩔매고 있는 게 분명했어.

하이에나는 우리가 다가가는 것을 보고는 안심해서 우호적인 태도를 보였어. 아마 그 녀석은 인간들의 상냥한 태도에는 익숙해져 있었지만, 처음 겪어 보는 사냥개 무리는 녀석한테 나쁜 인상을 주었을 거야. 개들은 사냥감이 우리한테 친밀한 태도를 보이자 더욱 당황한 것 같았고, 멀리서 뿔피리 소리가 들려오자 중뿔나게 굴지 말고 조용히 그곳을 떠나라는 반가운 신호로 받아들였지. 그래서 콘스턴스와 나와 하이에나만 점점 짙어지는 어스름 속에 남겨지게 되었단다.

'우리는 이제 어떡하죠?' 콘스턴스가 묻더구나.

'그걸 나한테 물으면 어떡해?' 나는 말했지.

'하이에나와 함께 밤새도록 여기 있을 수는 없잖아요.'

'네가 어떤 걸 편안하다고 생각하는지는 모르지만, 나는 하이에나가 없어도 밤새도록 여기 있을 생각이 없어. 우리 집은 불행한 가정일지는 모르지만, 적어도 더운 물과 찬물이 나오고 내 시중을 들어줄 하인들도 있고, 그 밖에 여기서는 찾을 수 없는 편리한 설비도 갖추어져 있

지. 아무래도 나무가 우거진 오른쪽 산마루로 가는 게 좋겠어. 크롤리 가도가 바로 저 너머에 있을 거야.'

우리는 희미하게 남은 수레바퀴 자국을 따라서 천천히 달렸고, 하이 에나는 경쾌하게 우리를 따라왔지.

'도대체 저 녀석을 어떻게 처리하죠?' 콘스턴스가 묻더구나. 당연한 질문이지.

'사람들은 대개 하이에나를 어떻게 처리하지?' 나는 심술궂게 되물 었어.

'나는 지금까지 한 번도 하이에나를 상대해 본 적이 없어요.' 콘스턴 스가 대답하더라.

'그건 나도 마찬가지야. 저 녀석이 암놈인지 수놈인지만 알면 이름 을 지어 줄 수도 있을 텐데. 아, 녀석을 에스메라고 부르면 되겠다. 에 스메는 암놈한테도 수놈한테도 어울리는 이름이니까.'

아직 길가의 물체를 분간할 수 있을 만큼은 햇빛이 남아 있었고, 낮 은 덤불에서 산딸기를 따고 있는 반쯤 벌거숭이의 집시 소년과 마주 쳤을 때는 기운 없이 축 처져 있던 우리도 활기를 찾았지. 말을 탄 두 여자와 하이에나 한 마리가 갑자기 유령처럼 불쑥 나타나자 그 아이 는 비명을 지르며 달아나 버렸어. 어쨌든 그 아이를 붙잡고 이야기를 나눴다 해도 뭔가 유용한 지리적 정보는 거의 얻지 못했을 거야. 하지 만 가는 도중에 어디선가 집시 야영지를 만날 가능성은 있었지. 우리 는 희망을 안고 계속 갔지만, 1킬로미터쯤 가는 동안은 아무 일도 일 어나지 않았어.

'그 아이는 거기서 뭘 하고 있었을까요?' 콘스턴스가 묻더구나.

'산딸기를 따고 있었던 게 분명해.' 내가 대답했지.

'나는 그 애의 비명 소리가 마음에 안 들어요. 웬일인지 그 울부짖는 소리가 내 귀에서 떠나질 않아요.'

나는 콘스턴스의 병적인 공상을 비난하지 않았어. 사실은 나도 끈질기게 울부짖는 소리가 나를 따라오는 듯한 느낌에 약간은 신경이 곤두서 있었으니까. 나는 좀 뒤처져 있는 에스메에게 예의상 말을 걸었지. 그러자 녀석은 폴짝폴짝 몇 번 뛰어서 우리 옆으로 다가오더니, 휙 우리를 지나치는 거야.

그 순간 울부짖는 소리가 계속 우리를 따라온 이유를 알게 되었단다. 집시 아이는 에스메의 입에 단단히, 그리고 아마도 아프게 물려 있었어.

'맙소사.' 콘스턴스가 비명을 질렀어. '어떡하죠? 어떻게 하면 좋아요?'

최후의 심판 날 콘스턴스는 천사가 우리를 심문하는 것보다 더 많은 질문을 할 게 분명해.

'어떻게 손을 쓸 수 없을까요?' 콘스턴스는 지친 말들 앞에서 한가롭게 걸어가는 에스메를 보면서 울음 섞인 목소리로 묻더구나.

나 개인적으로는 그 순간 내 머리에 떠오른 방법을 모두 다 써 보고 있었어. 영어와 프랑스어와 사냥터지기의 언어로 에스메에게 호통을 치기도 하고 꾸짖기도 하고 달래기도 했지. 가죽끈이 안 달린 사냥 채찍으로 공기를 갈라 보기도 했지만, 그 우스꽝스러운 채찍질은 전혀 효과가 없었어. 내 도시락 바구니를 녀석에게 던지기도 했지. 실제로 내가 그 이상 또 뭘 할 수 있었을지, 난 정말 모르겠어. 여전히 우리는 점점 짙어지는 어둠 속을 터벅터벅 가고 있었고, 그 거칠고 검은 형체는 우리 앞을 터덜터덜 가고 있었고, 애처로운 음악 소리가 윙윙거리며 우리 귓속으로 흘러들고 있었지. 그때 갑자기 에스메가 옆으로 펄쩍 뛰더니, 우리가 따라갈 수 없는 빽빽한 덤불 속으로 들어가 버리는 거야. 울부짖는 소리는 날카로운 비명으로 바뀌었다가 완전히 그쳐 버렸어. 이 이야기를 할 때면 나는 이 대목을 언제나 서둘러서 적당히 넘어가 버려. 정말이지 생각만 해도 끔찍하니까. 그 짐승이 몇 분 동안 사라졌다가 다시 나타났을 때, 녀석은 참을성을 가지고 자기를 이해해 달라는 태도였어. 우리가 찬성하지 않을 짓을 저지르긴 했지만, 자기로서는 충분히 정당화할 수 있는 짓이라는 걸 알고 있는 듯했지.

'당신은 어떻게 저 게걸스러운 짐승이 옆에서 나란히 달리게 내버려 둘 수 있죠?' 콘스턴스가 묻더구나. 콘스턴스는 여느 때보다도 더 백색증에 걸린 순무처럼 보였어.

'우선 나는 그걸 막을 수가 없어. 그리고 둘째, 에스메가 지금 이 순간 게걸스러운지는 의심스러워.'

콘스턴스는 몸서리를 치더구나. 그러고는 또다시 쓸데없는 질문을 던지는 거야.

'그 가엾은 애는 고통이 심했을까요?'

'모든 징후로 보아 그런 것 같아. 하지만 그건 순전히 화가 나서 지른 비명이었을지도 몰라. 아이들은 가끔 그럴 때가 있으니까.'

거의 칠흑처럼 캄캄해졌을 때 우리는 갑자기 간선도로로 들어섰어. 번득이는 불빛과 모터 소리가 불쾌할 만큼 가까운 거리에서 동시에 우리를 지나쳐 갔어. 1초 뒤에 쿵 하는 소리와 날카로운 외침 소리가 들렸지. 차가 멈춰 섰고, 내가 그 지점으로 돌아가서 보니 한 젊은이가 길가에 너부러져 있는 검은 덩어리 위에 몸을 숙이고 있는 거야.

'당신이 나의 에스메를 죽였군요.' 나는 비통하게 외쳤어.

'정말 죄송합니다.' 젊은이가 말했지. '저도 개들을 키우기 때문에 부인의 기분이 어떨지 알고 있습니다. 보상으로 제가 할 수 있는 일이라면 뭐든지 다 하겠습니다.'

'당장 묻어 주세요.' 나는 말했어. '그 정도는 요구할 수 있다고 생각해요.'

'윌리엄, 삽을 가져와.' 그가 운전수에게 외쳤어. 돌발 사고에 대비하여 서둘러 길가에 매장할 준비를 갖추고 있었던 게 분명해.

충분히 큰 무덤을 파는 데에는 시간이 좀 걸렸어.

'정말 몸집도 크고 멋진 녀석이군요.' 운전수가 시체를 구덩이 속에 굴려 넣으면서 말했어. '상당히 귀중한 동물이었던 것 같은데요.'

'작년에 버밍엄에서 열린 강아지 품평회에서 2등상을 받았어요.' 나는 단호하게 말했지.

그러자 콘스턴스가 코를 울리더구나.

'울지 마.' 나는 비탄에 잠긴 것처럼 말했지. '한순간에 다 끝나 버렸어. 별로 고통스럽지 않았을 거야.'

그러자 젊은이가 간절한 목소리로 말하는 거야.

'보상으로 제가 무언가를 하게 해 주셔야 합니다.'

나는 괜찮다고 말했지만, 젊은이는 내 주소를 알려 달라고 고집을 부리더구나.

물론 우리는 초저녁에 있었던 사건에 대해서는 비밀을 지켰고, 패브햄 경도 하이에나가 탈출해 없어진 사실을 광고하지 않았지. 2년 전에 오로지 과일만 먹는 동물 한 마리가 그의 정원에서 탈출했을 때 경은 양 떼를 귀찮게 굴었다는 이유로 열한 건이나 배상을 요구받았고, 이웃집 양계장에 닭을 다시 채워 달라는 요구를 받았는데, 하이에나가 탈출한 사실이 알려지면 손해배상 청구액은 정부의 보조금을 상회하는 규모에 이르렀을 테니까 말이다. 집시들도 사라진 아이에 대해 똑같이 입을 다물었어. 넓은 야영지에 사는 집시들은 아이가 정확히 몇 명인지 몰랐을 거야. 아이가 한두 명 없어져도 정말로 그걸 알 수 있을까 싶어."

남작 부인은 말을 끊고 잠시 생각에 잠겼다가 다시 말을 이었다.

"그런데 이 이야기에는 속편이 있단다. 나는 로즈메리 가지에 에스메라는 이름이 박힌 다이아몬드 브로치를 우편으로 받았는데, 말이 나온 김에 덧붙이자면 나는 콘스턴스 브로들의 우정을 잃었어. 그 브로치를 팔았을 때, 콘스턴스에게 수익금을 나누어 주는 것을 거부했거든. 당연한 것이, 이 사건에서 에스메 부분은 내가 지어낸 것이고, 하이에나 부분은 패브햄 경한테 속해 있었으니까. 그게 정말로 패브햄 경의 하이에나라면 말이다. 물론 그렇다는 증거는 전혀 없지만……"

중매쟁이
The Match-Maker

호텔 간이식당의 시계가, 무시당하는 것을 인생의 사명으로 삼는 사람처럼 겸손하고 조심스럽게 11시를 쳤다. 시간이 쏜살같이 흘러 정말로 먹고 마시는 것을 그만두고 잠자리에 들어야 할 시간이 되면, 조명기구는 여느 때처럼 그 사실을 알릴 터였다.

6분 뒤, 클로비스는 오래전에 간단한 식사로 대충 끼니를 때운 사람처럼 행복한 기대감을 안고 저녁 식탁으로 다가왔다.

"배고파 죽겠어." 그는 우아하게 앉는 동시에 메뉴를 읽으려고 애쓰면서 말했다.

"그럴 줄 알았어." 이 저녁 식사에 그를 초대한 사람이 말했다. "네가 제시간에 나타난 걸 보고 배가 많이 고픈가 보다고 짐작했지. 내가 '식생활 개선가'라는 걸 미리 말해 뒀어야 하는 건데. 나는 빵을 넣은 우유 두 잔과 건강 비스킷을 주문했어. 괜찮지?"

클로비스는 몇 분의 1초 동안 옷깃 위가 창백해졌지만, 곧 안 그런 척했다.

"아무리 그렇다 해도 먹을 걸 가지고 농담하면 안 돼. 실제로 그런 사람들이 있지. 내가 아는 사람들 중에도 그런 자들이 있는데, 세상에 있는 온갖 찬탄할 만한 음식을 생각한 다음, 톱밥을 우적우적 씹고 그것을 자랑스럽게 여기면서 평생을 보내는 놈들 말이야."

"그들은 금욕과 고행으로 자신을 정화하려고 애쓴 중세의 '채찍질 고행자' 같은 사람들이야."

"그래도 그 사람들한테는 핑계라도 있었지." 클로비스가 말했다. "그들은 영원불멸의 영혼을 구하기 위해 그렇게 했잖아. 굴과 아스파라거스와 와인을 좋아하지 않는 사람도 역시 영혼과 위장을 갖고 있다는 건 굳이 말할 필요도 없어. 그런 사람들은 불행해지려는 본능이 고도로 발달했을 뿐이야."

클로비스는 귀중한 몇 분 동안 빠르게 사라지는 굴과 다정한 입맞춤을 즐겼다.

"나는 굴이 어떤 종교보다도 아름답다고 생각해. 굴은 자기에 대한 우리의 불친절을 용서할 뿐만 아니라 그걸 정당화해. 굴은 계속 자기네한테 무서운 존재가 되어 달라고 우리를 부추기지. 굴은 일단 저녁 식탁에 오르면 사람의 영혼 속으로 완전히 들어가 버리는 것 같아. 기독교나 불교에는 굴의 이타심에 필적하는 게 없어. 내 새 조끼가 마음에 들어? 오늘 밤에 처음 입었는데."

"네가 최근에 입었던 다른 조끼들과 별반 다를 게 없어 보이는데? 오히려 더 나빠 보여. 새 야회용 조끼를 입는 건 네 습관이 되어 가고 있어."

"사람은 젊은 시절에 무절제한 짓을 한 대가를 치른다지만, 다행히도 옷에는 그 말이 해당되지 않아. 그건 그렇고…… 우리 어머니는 결혼할 생각을 하고 있어."

"또?"

"처음이야."

"너는 아들이니까 당연히 알고 있겠지. 나는 네 어머니가 적어도 한두 번은 결혼하신 줄 알았어."

"수학적으로 정확하게 말하면 세 번 결혼하셨지. 내 말은 우리 어머니가 결혼에 대해 생각한 게 이번이 처음이라는 뜻이야. 다른 때는 생각하고 자시고 할 것도 없이 그냥 결혼했었지. 사실은 이번에도 결혼에 대해 생각하고 있는 건 어머니가 아니라 나야. 너도 알다시피 우리 어머니의 마지막 남편이 죽은 지 2년이 지났어."

"너는 간결함이 과부 생활의 요체라고 생각하는 게 분명해."

"나는 어머니가 침울해지고 기분이 가라앉기 시작했다는 인상을 받았는데, 그건 어머니한테 전혀 어울리지 않아. 내가 알아차린 첫 번째 징후는 우리가 수입보다 많은 생활비를 쓰고 있다고 어머니가 불평하기 시작했을 때였지. 요즘 괜찮은 사람들은 모두 수입보다 많은 생활비를 쓰고, 별 볼 일 없는 사람들은 남들보다 더 잘 살고 있어. 유능한 몇몇 개인은 용케도 양쪽 다 해내고 있지."

"그건 유능하다기보다 부지런한 거야."

"그런데 위기가 찾아왔어." 클로비스는 아까 하던 이야기로 돌아갔다. "우리 어머니가 갑자기 밤늦게까지 자지 않고 깨어 있는 것은 사람에게 좋지 않다는 지론을 내세우기 시작하면서, 내가 매일 밤 늦어도

1시까지는 집에 들어오기를 바라셨지. 지난 생일에 열여덟 살이 된 나한테 그게 어떤 일일지 상상해 봐."

"수학적으로 정확하게 말하면 너는 지난번 생일만이 아니라 지지난번 생일에도 열여덟 살이었어."

"그건 내 잘못이 아니야. 어머니가 서른일곱 살에 머물러 있는 동안은 나도 절대 열아홉 살이 되지 못할 거야. 사람은 세상 체면도 조금은 생각해야 돼."

"아마 네 어머니는 결혼하여 정착하는 과정에서 조금은 나이가 드실 거야."

"우리 어머니는 절대로 그렇게 생각지 않으실걸. 여자의 개혁은 항상 다른 사람들의 실패 위에서 시작되지. 내가 어머니의 남편을 찾아준다는 생각에 이렇게 열중한 건 바로 그 때문이야."

"벌써 남편감을 고르는 단계까지 간 거야? 아니면 그냥 막연한 생각만 툭 던져서 암시를 주고, 그 암시의 힘에 기대를 걸고 있을 뿐이야?"

"어떤 일이 서둘러 이루어지기를 바라면, 자기가 직접 그 일을 맡아서 처리해야 돼. 나는 클럽에서 조니라는 군인이 하는 일 없이 어슬렁거리는 것을 보고, 한두 번 그를 집에 데려가서 점심을 대접했지. 그는 인도에서 도로를 건설하고 기근을 구제하고 지진 피해를 최소화하는 등, 변방에서 사람이 하는 그런 종류의 일을 모두 하면서 거의 평생을 보냈어. 그는 바짝 약이 오른 코브라한테 열다섯 개 원주민 언어로 이치에 닿는 말을 할 수 있고, 크로케* 구장에서 미쳐 날뛰는 코끼리를 발견하면 어떻게 해야 하는지도 아마 알고 있을 거야. 하지만 그 사람

---

* 긴 자루가 달린 나무망치로 나무공을 쳐서 여섯 개의 기둥문을 통과시켜 득점을 겨루는 경기.

은 여자한테는 아주 수줍고 내성적이었어. 나는 그 사람이 절대적인 여성 혐오자라고 어머니한테 살짝 귀띔해 주었지. 그래서 어머니는 말할 것도 없이 당신이 아는 적지 않은 기술을 총동원하여 그 사람을 유혹하려고 최선을 다했지."

"그래서 그 양반이 반응을 보였어?"

"그가 클럽에서 어떤 사람한테 말하더군. 식민지에 있는 친구를 위해 중노동을 많이 해야 하는 일자리를 찾고 있다고. 그래서 짐작건대 그 사람은 우리 어머니와 결혼하여 우리 가족이 될 생각이 아닌가 싶어."

"너는 결국 개혁의 희생자가 될 운명인 것 같아."

클로비스는 입술에서 커피 자국을 닦아 내고 막 시작된 미소의 흔적도 닦아 냈다. 그리고 오른쪽 눈꺼풀을 천천히 내렸다. 그것을 해석하면 아마 '나 원 참, 한심하군!' 정도의 뜻이었을 것이다.

토버모리
Tobermory

8월 말, 비에 씻긴 어느 쌀쌀한 오후였다. 자고새들은 아직 안전하
거나 냉장되어 있거나, 애매한 상태에 놓인 계절이다. 사냥할 것은 아
무것도 없다. 하지만 북쪽이 브리스틀 해협에 접해 있다면 살진 수사
슴을 합법적으로 추적할 수 있다. 파티가 열린 블렘리 부인의 집은 북
쪽이 브리스틀 해협에 접해 있지 않아서, 이날 오후 차탁자 주위에는
그녀의 손님들이 모두 모여 있었다. 아무것도 할 일이 없는 계절이고
진부한 파티였지만, 그들이 지쳐서 조바심을 내는 기미는 전혀 없었
다. 자동 연주 피아노를 두려워하는 기색도 없고, 카드놀이에 대한 갈
망을 억누르고 있는 기색도 없다. 모두 입을 벌리고 숨김없이 노골적
으로 주의를 기울이고 있는 것은 코넬리어스 애핀이라는 수수하고 소
극적인 인물이었다.

그는 이 파티에 참석한 손님들 가운데 평판이 가장 애매모호한 사람이었다. 어떤 사람이 그가 '영리하다'고 말했고, 그래서 블렘리 부인은 그가 영리함을 조금이라도 발휘하면 손님들이 모두 즐거워할 거라는 정도의 기대감을 가지고 그를 초대했던 것이다. 그날 티타임*이 될 때까지 그녀는 그가 정말로 영리한지, 영리하다면 어떤 분야에서 영리한지를 알아내지 못했다. 그는 재치 있는 사람도 아니었고, 크로케 챔피언도 아니었고, 최면술 능력을 갖고 있지도 않았고, 아마추어 연극의 연출가도 아니었다. 웬만한 정신적 결함쯤은 너그럽게 봐줄 만큼 멋진 외모를 갖고 있지도 않았다. 그는 단순한 '애핀 씨'로 격하되었고, 코넬리어스라는 거창한 이름도 속이 빤히 들여다보이는 허세로 보였다. 그런데 지금 그가 어떤 발견—화약이나 인쇄기나 증기기관 따위의 발명은 거기에 비하면 아주 하찮게 여겨질 만큼 놀라운 발견—을 세상에 내놓았다고 주장하고 있었다. 과학은 최근 수십 년 동안 많은 방면에서 어리둥절할 만큼 많은 진보를 이룩했지만, 이것은 과학적 업적이라기보다는 오히려 기적의 영역에 속하는 것 같았다.

"아니 그래, 당신이 사람의 말을 하는 기술을 동물한테 가르치는 방법을 발견했고, 우리 고양이 토버모리가 그 방법을 써서 성공한 첫 번째 제자라는 것을 정말로 우리더러 믿으라는 거요?" 윌프리드 경이 물었다.

"그건 내가 지난 17년 동안 연구한 문제입니다." 애핀 씨가 말했다. "하지만 8, 9개월 전에야 겨우 희미하게 빛나는 성공으로 보상을 받았지요. 물론 나는 수천 마리의 동물을 실험했지만, 최근에는 오로지 고

---

* 영국인들이 오후 4~5시쯤 다과를 들면서 휴식을 갖는 시간.

양이만 가지고 실험했습니다. 이 놀라운 동물은 고도로 발달한 야생 본능을 모두 그대로 유지하면서도 놀랄 만큼 훌륭하게 우리 인간의 문명에 동화되었습니다. 여기저기 고양이들 사이에서 유별나게 뛰어난 지능을 가진 고양이를 우연히 발견하게 됩니다. 수많은 인간들 속에서 남달리 높은 지능을 가진 사람을 우연히 발견하듯 말입니다. 나는 일주일 전에 토버모리를 처음 알게 되었는데, 그때 비범한 지능을 가진 '슈퍼 고양이'와 만나고 있다는 것을 당장 깨달았지요. 나는 최근 실험에서 많은 진전을 이룩하여 성공에 바싹 다가가 있었는데, 여러분이 토버모리라고 부르는 고양이 덕에 드디어 목표에 도달하게 된 겁니다."

애핀 씨는 우쭐한 억양을 빼려고 애쓴 목소리로 그 놀라운 선언을 끝맺었다. 아무도 "래츠!"*라고는 말하지 않았지만, 클로비스의 일그러진 입술은 불신의 뜻을 나타내는, 그 설치류를 연상시키는 단음절 낱말을 발음하듯 움직였다.

"그러니까 당신은 쉬운 문장을 말하고 이해하도록 토버모리를 가르쳤다고 말할 작정인가요?" 노처녀인 레스커 양이 잠시 입을 다물었다가 물었다.

"친애하는 레스커 양." 불가능을 가능하게 만든 사람은 참을성 있게 말했다. "사람은 어린아이들과 야만인과 멍청한 어른들을 그런 식으로 조금씩 천천히 가르칩니다. 고도로 발달한 지능을 가진 동물의 경우에는 일단 첫걸음을 떼는 문제를 해결하면, 그렇게 불완전하고 불확실한 방법을 쓸 필요는 전혀 없습니다. 토버모리는 완전히 정확하

---

* rats. '쥐'라는 뜻이지만, '설마'라는 뜻의 감탄사로도 쓰인다.

게 우리 언어를 말할 수 있어요."

"설마!" 클로비스가 이번에는 아주 분명하게 말했다. 윌프리드 경은 좀 더 정중했지만, 클로비스 못지않게 회의적이었다.

"그 고양이를 데려와서 직접 판단하는 게 좋지 않을까요?" 블렘리 부인이 제안했다.

윌프리드 경이 동물을 찾으러 갔다. 다른 사람들은 무덤덤한 얼굴로 다소 교묘한 객실의 복화술을 목격하게 될 거라고 예상했다.

곧 윌프리드 경이 방으로 돌아왔다. 햇볕에 탄 그의 얼굴은 창백해져 있었고 그의 눈은 흥분하여 크게 팽창해 있었다.

"세상에! 정말이야!"

그의 흥분은 틀림없는 진짜였고, 그의 말을 들은 사람들은 다시금 흥미를 가지고 몸을 앞으로 내밀었다.

윌프리드 경은 안락의자에 털썩 주저앉더니 숨을 헐떡이며 말을 이었다.

"고양이는 끽연실에서 꾸벅꾸벅 졸고 있었어요. 내가 차를 마시러 오라고 불렀더니, 고양이는 여느 때처럼 나를 보고 눈을 깜박거렸지요. 나는 다시 말했지요. '가자, 토비. 우리를 기다리게 하지 마.' 그랬더니 맙소사! 녀석은 기뻐서 달려오더니, 놀랄 만큼 자연스러운 목소리로 가겠다고 말하는 거예요. 점잔을 빼면서 천천히 그렇게 말했다고요. 나는 너무 놀라서 펄쩍 뛰어오를 뻔했지 뭐요."

사람들은 애핀 씨가 말했을 때는 쉽사리 믿지 않고 의심했지만, 윌프리드 경의 말은 즉각적인 설득력이 있었다. 놀란 외침 소리가 바벨탑 같은 합창으로 터져 나왔고, 과학자는 그 혼란의 한복판에 앉아서 자신의 엄청난 발견이 낳은 최초의 성과를 말없이 즐기고 있었다.

왁자지껄한 소란 속에서 토버모리가 방으로 들어오더니, 벨벳처럼 부드러운 걸음걸이와 부자연스럽게 태연한 태도로 차탁자 주위에 둘러앉은 사람들에게로 다가왔다.

갑자기 어색하고 조심스러운 침묵이 사람들을 덮쳤다. 말하는 능력을 인정받은 고양이에게 대등하게 말을 걸기가 왠지 거북한 것 같았다.

"우유 좀 마실래, 토비?" 블렘리 부인이 약간 긴장한 목소리로 물었다.

"그래, 마실게." 고양이는 무덤덤한 말투로 시큰둥하게 대답했다.

이 말을 들은 사람들은 흥분으로 온몸이 떨리는 것을 간신히 억눌렀다. 블렘리 부인이 우유를 접시에 따를 때 약간 손을 떤 것도 이것으로 변명이 될지 모른다.

"내가 우유를 너무 많이 흘린 것 같아." 그녀가 토버모리한테 사과하듯 말했다.

"괜찮아. 내 양탄자가 아니니까." 이것이 토버모리의 대답이었다.

또다시 침묵이 내려앉았다. 이윽고 레스커 양이 교구 목사 같은 태도로 사람의 말을 배우기가 어려웠느냐고 물었다. 토버모리는 잠시 그녀를 바라보다가 전경과 배경의 중간 지점에 눈을 고정시켰다. 따분한 질문은 그의 인생 계획에 들어 있지 않은 게 분명했다.

"인간의 지성을 어떻게 생각해?" 메이비스 펠링턴이 불안한 태도로 물었다.

"지성이면, 특별히 누구의 지성을 말하는 건데?" 토버모리가 차갑게 되물었다.

"글쎄, 예를 들면 내 지성은 어때?" 메이비스가 힘없이 웃으며 말했다.

"그러면 내 입장이 난처해져." 이렇게 말하는 토버모리의 말투와 태도는 전혀 난처해 보이지 않았다. "당신을 이 파티에 초대하자는 말이 나왔을 때 월프리드 경은 당신이 자기가 아는 사람들 가운데 가장 멍청한 여자라고 항의했지. 그리고 손님을 대접하는 것과 정신박약자를 돌보는 것은 큰 차이가 있다는 말도 했어. 그러자 블렘리 부인은 당신이 멍청해서 초대하는 거라고 대답했지. 자기네 고물차를 살 만큼 멍청한 사람은 당신밖에 없을 거라고. 차를 뒤에서 밀면 오르막길을 제법 잘 올라가기 때문에 '시시포스의 시샘'이라고 불리는 그 똥차 말이야."

그날 아침에 블렘리 부인이 메이비스에게 문제의 그 차가 데번셔에 있는 그녀의 집에서 쓰기에 딱 좋을 거라고 지나가는 말처럼 말하지 않았다면, 블렘리 부인의 항의가 조금은 효과가 있었을 것이다.

바필드 소령이 화제를 바꾸려고 굵은 목소리로 끼어들었다.

"마구간에 가서 삼색털 얼룩고양이와 함께 농탕이나 치는 게 어떠냐, 응?"

그가 이렇게 말한 순간, 모두 그것이 큰 실수였다는 것을 깨달았다.

"그런 문제는 대개 남들 앞에서 공공연히 논하지 않아." 토버모리가 차갑게 말했다. "당신이 이 집에 온 뒤 당신의 행동을 조금 관찰해 봤는데, 내가 당신의 연애질로 화제를 옮기면 당신은 꽤나 난처할 것 같은데?"

이 말에 당황한 것은 바필드 소령만이 아니었다.

"요리사가 네 저녁 식사를 준비했는지 보러 갈까?" 블렘리 부인은 토버모리의 저녁 식사 시간까지는 적어도 두 시간이 남아 있다는 사실을 모른 체하고 서둘러 제의했다.

"고맙지만, 나는 차를 마시자마자 저녁을 먹진 않아. 소화불량으로 죽고 싶지는 않으니까."

"너도 알다시피 고양이는 목숨이 아홉 개잖아." 윌프리드 경이 진심으로 말했다.

"그럴지도 모르지. 하지만 간은 하나뿐이야."

"애들레이드!" 코넷 부인이 말했다. "당신은 저 고양이가 하인들 방에서 우리 험담을 하도록 부추길 작정인가요?"

이제는 정말로 모든 사람이 당황하여 허둥댔다. 타워스 저택에 있는 대부분의 침실 창문 앞에는 폭이 좁은 장식 난간이 달려 있었는데, 바로 이것이 토버모리가 하루 종일 즐겨 찾는 산책길이었다는 사실을 생각해 내고 그들은 경악했다. 거기서 토버모리는 비둘기를 관찰할 수 있었지만, 그 밖에 또 무엇을 관찰했는지는 아무도 모른다. 토버모리가 지금처럼 거리낌 없는 태도로 추억에 잠길 작정이라면, 그 결과는 사람들을 당황하게 하는 정도로 끝나지는 않을 터였다. 화장대에서 많은 시간을 보내고 유목민처럼 자유분방한 기질을 갖고 있지만 시간을 엄수하는 성격으로 평판이 나 있는 코넷 부인은 바필드 소령 못지않게 불안해 보였다. 맹렬하게 감각적인 시를 쓰고 흠잡을 데 없는 생활을 하는 스크로웬 양은 짜증스러운 표정만 지었을 뿐이다. 혼자 있을 때에도 점잖고 고결한 사람이라 해도 반드시 그것을 모든 사람에게 알리고 싶어 하는 것은 아니다. 열일곱 살에 벌써 완전하게 타락하여 더 나빠지려고 애쓰는 것을 오래전에 포기해 버린 버티 반 탄은 칙칙한 얼굴이 치자꽃처럼 창백해졌지만, 오도 핀스베리처럼 방에서 뛰쳐나가는 실수는 저지르지 않았다. 오도 핀스베리는 목사가 되기 위한 공부를 하는 것으로 알려진 젊은 신사였는데, 다른 사람들의 추문을 듣게 될지도 모른다고 생각하자 불안해졌을지도 모른다. 클로비스는 겉으로는 침착한 태도를 유지할 만큼 냉정했지만, 속으로는 일종의 입막음 돈으로 《익스체인지 마트》* 대리인을 통해 특상품 생쥐 한 상자를 조달하려면 며칠이 걸릴까를 계산하고 있었다.

지금처럼 미묘한 상황에서도 애그니스 레스커는 너무 오랫동안 뒷전에 머물러 있는 것을 참지 못했다.

"도대체 내가 왜 이런 시골구석에 내려왔을까?" 그녀는 연극적인 투로 물었다.

토버모리가 당장 그 말을 받았다.

"어제 당신이 크로케 구장에서 코넷 부인한테 한 말로 미루어 판단하면, 당신은 이곳에 먹으러 왔어. 당신이 그랬잖아. 당신의 지인들 가운데 블렘리 부부만큼 함께 지내기가 따분한 사람은 없지만 일급 요리사를 고용할 만큼은 영리하다고, 그렇지 않다면 이 시골구석에 다시 내려올 사람을 찾기는 어려울 거라고."

"그건 한마디도 사실이 아니야! 코넷 부인한테 따지겠어." 애그니스는 당황하여 외쳤다.

"코넷 부인은 나중에 당신이 한 말을 버티 반 탄한테 그대로 옮겼어." 토버모리가 말을 이었다. "그리고 이렇게 말했지. '그 여자는 진짜기아 행진 참가자야. 하루에 네 번 푸짐한 식사를 할 수만 있다면 어디든 기꺼이 갈 거야.' 그러자 버티 반 탄이 말하기를……"

여기서 다행히 이야기가 중단되었다. 토버모리는 덩치 크고 노란 수

* 1868년 영국에서 창간된 상품 안내 주간지. 2009년까지 발행되었다.

고양이가 목사관에서 관목 숲을 지나 마구간 쪽으로 가는 것을 얼핏 보았다. 그래서 열린 프랑스식 창문*으로 뛰쳐나가더니 순식간에 사라졌다.

지나치게 똑똑한 제자가 사라지자 코넬리어스 애핀은 신랄한 비난과 걱정스러운 질문과 겁먹은 간청의 허리케인에 포위되었다. 이런 상황을 초래한 책임은 그에게 있었고, 마땅히 그는 사태가 악화하는 것을 막아야 했다. 토버모리는 그 위험한 재능을 다른 고양이들한테 나누어 줄 수 있을까? 이것이 그가 답변해야 했던 첫 번째 질문이었다. 토버모리가 절친인 마구간의 암고양이한테 자신이 새로 얻은 재능을 전수했을 가능성은 있지만, 아직은 그의 가르침이 더 넓게 퍼졌을 것 같지는 않다고 그는 대답했다.

"그렇다면……" 코넷 부인이 말했다. "토버모리는 값비싼 고양이이고 멋진 애완동물일지 모르지만, 녀석과 마구간 고양이를 지체 없이 없애 버려야 한다는 데에는 애들레이드 당신도 물론 동의하리라 믿어요."

"내가 지난 15분 동안 벌어진 일을 즐겼다고 생각하는 건 아니겠죠?" 블렘리 부인이 신랄하게 말했다. "남편과 나는 토버모리를 무척 좋아해요. 적어도 이 끔찍한 재능이 토버모리에게 주입되기 전에는 그랬어요. 하지만 지금 우리가 할 일은 토버모리를 되도록 빨리 죽이는 것뿐이에요."

"토버모리가 저녁 식사로 항상 먹는 생선 찌꺼기에 스트리크닌**을 넣으면 돼." 월프리드 경이 말했다. "그리고 마구간 고양이는 내가 직

---

* 뜰이나 발코니로 통하는 두 짝으로 된 유리문.
** 마전馬錢의 씨에 함유된 알칼로이드로, 매우 독성이 강하다.

접 가서 물에 빠뜨려 죽이겠어. 마부는 제 애완동물을 잃어서 슬퍼하겠지만, 두 고양이가 전염성 강한 옴에 걸려서 개들한테 옴이 퍼질까 걱정이라고 말하면 마부도 납득할 거요."

"하지만 내 위대한 발견은 어떻게 되는 겁니까?" 애핀 씨가 간청했다. "그렇게 오랫동안 연구하고 실험한 끝에 겨우……"

"농장의 더럼종 육우한테 가서 실험하면 돼요. 그 소들은 적절한 통제를 받고 있으니까." 코넷 부인이 말했다. "아니면 동물원의 코끼리도 괜찮아요. 코끼리는 지능이 아주 높대요. 그리고 코끼리는 우리 침실에 들어와서 살금살금 돌아다니거나 의자 밑에 몰래 숨어 있거나 하지 않는 장점도 갖고 있어요."

대천사가 무아지경에 빠져 천년왕국의 도래를 선언한 다음, 그것이 헨리온템스*와 겹치기 때문에 무기한 연기할 수밖에 없다는 것을 알았다 해도, 자신의 놀라운 위업이 이런 대접을 받는 것을 본 코넬리어스 애핀보다 더 심한 좌절감을 느끼지는 않았을 것이다. 하지만 여론은 그에게 불리했다. 실제로 그 문제에 대해 대중의 의견을 들었다면, 강력한 소수는 애핀까지도 스트리크닌으로 독살하는 데 찬성표를 던졌을 가능성이 있다.

부족한 열차 운행과 사태가 완전히 마무리되는 것을 보고 싶은 마음 때문에 파티에 참석한 사람들은 즉각 해산하지 않았지만, 그날 만찬회는 그다지 성공적인 모임은 아니었다. 윌프리드 경은 마구간 고양이와 아주 힘든 시간을 보냈고, 그 후에는 마부와 또 괴로운 시간을 보내야 했다. 저녁 식탁에서 애그니스 레스커는 보란 듯이 바싹 마른

---

* 영국 옥스퍼드셔 주의 템스 강가에 있는 소도시. 이곳에서 해마다 유명한 국제 조정 대회가 열린다.

토스트 한 조각만 먹겠다고 고집을 부렸고, 그 토스트가 무슨 원수라도 되는 것처럼 물어뜯었다. 메이비스 펠링턴은 식사하는 동안 내내 양심을 품은 얼굴로 침묵을 지켰다. 블렘리 부인은 이야기의 흐름을 계속 이어 가면서 그것이 대화가 되기를 바랐지만, 그녀의 관심은 문간에 쏠려 있었다. 주의 깊게 독약을 섞은 생선 찌꺼기 한 접시가 찬장에 준비되었지만, 저녁 식사가 끝나고 디저트가 나온 뒤에도 토버모리는 식당에도 부엌에도 나타나지 않았다.

무덤처럼 음산한 분위기로 일관한 저녁 식사도 그 후 초상집에서 밤샘이라도 하는 듯한 끽연실의 분위기에 비하면 쾌활한 편이었다. 적어도 음식을 먹고 마시는 것은 주의를 다른 데로 돌릴 수 있는 기회를 제공해 주었고, 그 자리에 널리 퍼진 당혹감을 감추어 주었다. 모두 신경이 곤두서고 긴장한 상태에서 브리지* 게임을 할 수도 없는 노릇이었고, 오도 핀스베리가 〈숲 속의 멜리장드〉를 우울한 목소리로 불렀지만 청중의 반응은 냉담했다. 그 후로는 모두 암묵적으로 음악을 연주하는 것을 피했다. 11시에 하인들은, 토버모리를 위해 여느 때처럼 식기실의 작은 창문은 열어 두었다고 말하고 잠자리에 들었다. 손님들은 신간 잡지를 정독한 다음, 점점 '배드민턴 문고'**와 여러 권을 묶은 《펀치》지***에 의존하게 되었다. 블렘리 부인은 주기적으로 식기실에 갔다가 매번 께느른하고 우울한 표정으로 돌아와서 질문을 미리 차단해 버렸다.

2시에 클로비스가 방을 지배하고 있는 침묵을 깼다.

---

* 트럼프 게임의 일종으로, 네 명이 두 팀으로 나누어 진행한다.
** 1885년부터 영국에서 발간된 각종 스포츠 서적 시리즈. 1920년까지 서른세 권이 나왔다.
*** 1841년 7월에 창간된 영국의 주간 풍자만화 잡지. 2002년 5월에 폐간되었다.

"녀석은 오늘 밤에는 나타나지 않을 겁니다. 아마 지금쯤은 신문사에 가서 회고록의 1회분을 구술하고 있겠지요. '아무개 부인의 추천 도서'는 신문에 실리지 않을 거예요. 토버모리의 회고록이 오늘의 주역이 되겠죠."

이런 말로 사람들을 유쾌하게 해 준 뒤, 클로비스는 잠을 자러 갔다. 파티에 참석한 다른 사람들도 긴 간격을 두고 그를 본받았다.

아침 일찍 차를 가지고 손님들 방을 돌아다닌 하인들은 똑같은 질문을 받고 똑같은 대답을 했다. 토버모리는 돌아오지 않았다고.

아침 식사는 저녁 식사보다 더 불쾌한 행사였지만, 식사가 끝나기 전에 상황이 바뀌었다. 덤불숲 속에 죽어 있는 토버모리를 정원사가 발견하고 집으로 가져온 것이다. 목에 물린 자국이 있고 발톱이 노란 털로 뒤덮인 것으로 미루어 보아, 토버모리는 목사관의 덩치 큰 수고 양이와 불공정한 싸움을 벌인 게 분명했다.

정오까지는 대부분의 손님이 타워스 저택을 떠났고, 블렘리 부인은 점심을 먹은 뒤 자신의 귀중한 애완동물을 잃은 데 대해 목사관에 맹렬히 항의하는 편지를 쓸 만큼 기력을 회복했다.

토버모리는 애핀의 성공적인 제자였고, 후계자를 갖지 못할 운명이었다. 몇 주 뒤, 그때까지 성마른 징후를 보인 적이 없는 드레스덴 동물원의 코끼리 한 마리가 우리를 탈출하여, 분명히 그 코끼리를 놀리고 있었던 영국인을 죽였다. 피해자의 성은 신문에 오펀과 에펠린으로 다양하게 보도되었지만, 이름은 코넬리어스로 정확하게 보도되었다.

"그 가엾은 코끼리한테 독일어의 불규칙 동사를 가르치려고 했다면 죽어도 싸지." 클로비스가 말했다.

패클타이드 부인의 호랑이

Mrs. Packletide's Tiger

호랑이 한 마리를 쏘는 것이 패클타이드 부인의 희망이고 목표였다. 죽이고 싶은 욕망이 갑자기 그녀를 덮친 것도 아니고, 주민 백만 명당 야생동물의 수를 조금 줄이면 인도를 현재보다 더 안전하고 건강에 좋은 곳으로 만들 수 있을 거라고 생각한 것도 아니다. 그녀가 니므롯*의 자취를 따르는 쪽으로 갑자기 방향을 바꾼 강력한 동기는 루나 빔버턴이 최근에 알제리 조종사가 모는 비행기를 타고 10킬로미터를 비행한 뒤에는 언제나 그 이야기만 하고 다른 이야기는 전혀 하지 않는다는 사실이었다. 그런 수작을 멋지게 되받아칠 방법은 호랑이 가죽을 직접 조달하여 신문에 사진이 대문짝만 하게 실리는 것뿐

* 성서에 나오는 인물. 인류 최초의 영웅이요, 뛰어난 사냥꾼.

이었다. 패클타이드 부인은 커즌 가*에 있는 그녀의 집에서 열릴 오찬회를 이미 마음속에 그리고 있었다. 그 오찬회는 표면상으로는 루나 빔버턴을 축하하는 모임이지만, 호랑이 가죽으로 만든 깔개가 전경의 대부분을 차지하고, 그 호랑이를 사냥한 이야기가 화제를 독차지하게 될 터였다. 그녀는 또한 루나 빔버턴의 다음 생일에는 호랑이 발톱으로 만든 브로치를 선물하기로 마음먹고, 벌써 브로치의 디자인까지 생각해 두었다. 주로 굶주림과 사랑에 좌우되는 것으로 여겨지는 세상에서 패클타이드 부인은 예외였다. 그녀의 행동과 동기를 지배하는 것은 주로 루나 빔버턴에 대한 미움이었다.

상황은 순조로웠다. 패클타이드 부인은 지나친 위험이나 고생 없이 호랑이를 사냥할 기회를 마련해 준다면 1천 루피**를 주겠다고 제의했는데, 마침 이웃 마을이 훌륭한 경력을 가진 호랑이 한 마리가 즐겨 찾는 곳이라는 것을 자랑으로 삼고 있었다. 그 호랑이는 나이가 들면서 몸이 점점 쇠약해지자 사냥을 포기하고 작은 가축만 잡아먹고 있었다. 1천 루피를 벌 수 있다는 기대는 마을 사람들의 사냥 본능과 장사 본능을 자극했다. 혹시라도 호랑이가 새로운 사냥터로 떠나려고 시도할 경우엔 호랑이를 원래의 사냥터로 돌려보내기 위해 가까운 밀림 변두리에는 밤낮으로 아이들을 배치했고, 호랑이가 현재의 사냥터에 계속 만족하도록 값싼 염소들을 일부러 놓아두었다. 한 가지 큰 걱정은 마님이 사냥을 하기로 정해진 날 이전에 호랑이가 늙어 죽지나 않을까 하는 것이었다. 밭에서 하루 일을 마친 뒤 아기를 데리고 밀림을 지나 집으로 돌아가는 어머니들은 훌륭한 가축 도둑의 편안한 잠을 깨울까

* 영국 런던의 메이페어 지역에 있는 거리.
** 인도의 화폐단위.

두려워서 노래를 부르는 것도 그만두었다.

드디어 중대한 밤이 왔다. 구름 한 점 없는 달밤이었다. 편안하고 편리한 위치의 나무 위에 좌대가 만들어졌고, 그 위에 패클타이드 부인과 그녀의 말벗으로 고용된 메빈 양이 웅크리고 앉았다. 조용한 밤에는 귀가 좀 어두운 호랑이한테도 충분히 들릴 거라고 기대할 수 있을 만큼 유난히 끈질기게 우는 능력을 타고난 염소 한 마리가 정확한 거리에 묶였다. 정확하게 조준기를 맞춘 라이플과 심심풀이로 혼자 카드놀이를 하기 위한 작은 카드 한 벌을 갖고, 여자 사냥꾼은 좌대 위에서 사냥감이 오기를 기다렸다.

"그래도 조금은 위험하겠죠?" 메빈 양이 물었다.

사실 그녀는 야생동물에 대해서는 별로 걱정하지 않았지만, 받고 있는 급료보다 조금이라도 많은 서비스를 하는 것은 병적으로 싫어했다.

"당치 않은 소리." 패클타이드 부인이 말했다. "늙어 빠진 호랑이야. 그러고 싶어도 여기까지 뛰어오를 수는 없을 거야."

"늙은 호랑이라면, 더 싼 값으로 손에 넣을 수도 있을 거예요. 1천 루피는 큰돈이에요."

루이자 메빈은 돈의 국적이나 명칭에 관계없이 돈 전반에 대해 언니처럼 보호적인 태도를 취했다. 그녀의 정력적인 개입 덕분에 러시아의 한 호텔에서는 많은 루블이 팁으로 낭비되는 것을 면한 적도 있었다. 호랑이 잔해의 시장가격 하락에 대한 그녀의 고찰은 주인공인 호랑이가 나타나는 바람에 갑자기 중단되었다. 호랑이는 묶여 있는 염소를 보자마자 땅바닥에 납작 엎드렸다. 겉으로 보기에는, 이용할 수 있는 은폐물을 모두 이용하고 싶은 욕망 때문이라기보다 중요한 공격을 시작하기 전에 잠깐 휴식을 취하기 위해서인 것 같았다.

"병든 녀석인 것 같아요." 루이자 메빈이 옆 나무에 매복해 있는 마을 촌장을 위해 힌두스타니어로 크게 말했다.

"쉿!" 패클타이드 부인이 말했다.

그 순간 호랑이가 먹이를 향해 천천히 다가가기 시작했다.

"지금이에요, 지금!" 메빈 양이 흥분하여 재촉했다. "호랑이가 염소를 건드리지 않으면 우리는 염소값을 낼 필요가 없어요." (미끼는 추가 요금을 내야 했다.)

라이플이 요란한 총성과 함께 발사되었고, 황색과 갈색 무늬의 커다란 짐승은 한쪽으로 펄쩍 뛰어올랐다가 벌러덩 뒤집혀서 죽은 듯이 꼼짝도 하지 않았다. 순식간에 원주민들이 현장에 몰려들었고, 흥분한 그들의 외침 소리는 기쁜 소식을 마을에 빠르게 전달했고, 마을에서는 북을 두드리는 소리가 승리의 합창을 이어받았다. 그리고 그들의 승리와 기쁨은 패클타이드 부인의 마음속에서 당장 되풀이되었다. 커즌 가의 그 오찬회가 벌써 헤아릴 수 없을 만큼 가까이 다가온 것 같았다.

호랑이한테서는 라이플에 치명상을 입은 흔적을 전혀 발견할 수 없었지만, 오히려 염소가 치명상을 입고 단말마의 몸부림을 치고 있다는 사실을 지적한 것은 루이자 메빈이었다. 엉뚱한 동물이 총에 맞았고, 정작 사냥감은 갑작스러운 총성에 놀라 심장마비를 일으킨 데다 노쇠가 죽음을 재촉한 게 분명했다. 이 사실을 알고 패클타이드 부인은 당연히 곤혹스러워했지만, 어쨌든 죽은 호랑이의 소유권은 그녀에게 있었고, 1천 루피를 벌고 싶은 마을 사람들은 그녀가 호랑이를 쏘았다는 허구를 기꺼이 묵인했다. 그리고 메빈 양은 부인에게 고용된 말벗이었다. 그래서 패클타이드 부인은 가벼운 마음으로 카메라 앞에 섰고, 사진과 함께 그녀의 명성은 《텍사스 위클리》 지면에서부터 《노보에 브레미아》의 월요 증보판까지 퍼졌다. 루나 빔버턴은 몇 주 동안이나 사진이 실린 신문을 보지 않았고, 호랑이 발톱으로 만든 브로치 선물에 감사하다는 그녀의 편지는 억눌린 감정의 본보기였다. 그녀는 오찬회에 참석하는 것도 거절했다. 감정을 억누르는 데에는 한계가 있어서, 그 한계선을 넘어서면 억눌린 감정은 아주 위험해진다.

호랑이 가죽으로 만든 깔개는 커즌 가에서 영주 저택으로 옮겨졌고, 당연히 그곳 주민들은 그것을 자세히 살펴보고 감탄했다. 패클타이드 부인이 가장무도회에 디아나*로 분장하고 참석한 것은 그녀에게 잘 어울리는 적절한 일로 여겨졌다.

하지만 그녀는 각자 자기가 죽인 짐승의 가죽을 입고 참석하는 원시적 무도회를 열자는 클로비스의 유혹적인 제안에는 찬성하지 않았다.

가장무도회가 끝나고 며칠 뒤에 루이자 메빈이 말했다.

"실제로 무슨 일이 일어났는지 알면 모두 얼마나 재미있어 할까요!"

"무슨 뜻이야?" 패클타이드 부인이 급히 물었다.

"마님이 쏜 건 염소인데 호랑이가 놀라서 죽은 것 말이에요." 메빈은 불쾌하게 낄낄 웃으면서 말했다.

"아무도 안 믿을걸." 패클타이드 부인은 그렇게 말했지만, 그녀의 안색은 우편물 접수 마감 시간 전에 옷감 견본책을 서둘러 넘기는 것처럼 빠르게 변하고 있었다.

---

* 로마 신화에 나오는 사냥의 여신.

"루나 빔버턴은 믿을 거예요." 메빈 양이 말했다. 패클타이드 부인의 얼굴은 보기 흉한 백록색으로 고정되었다.

"설마 비밀을 폭로하진 않겠지?" 부인이 물었다.

"저는 도킹 근처에서 마음에 드는 주말 별장을 한 채 보았어요." 메빈 양은 겉보기에는 아무 관계도 없는 엉뚱한 이야기를 꺼냈다. "값은 680파운드이고, 자유 보유 부동산이에요. 싸고 좋은 집인데, 공교롭게도 저는 돈이 없어요."

＊

루이자 메빈이 '레 포브스'＊라고 이름 짓고 여름이면 정원 화단에 타이거릴리＊＊가 화려하게 피어나는 예쁜 주말 별장은 그녀의 친구들에게 경이와 찬탄의 대상이다.

"루이자가 어떻게 그 집을 구했는지 놀랍다"는 것이 대체적인 의견이다.

패클타이드 부인은 더 이상 큰 짐승을 사냥하는 일에 탐닉하지 않는다. 친구들이 그 이유를 물으면 이렇게 대답한다.

"부대 비용이 너무 많이 들어."

＊ Les Fauves, '야수들'이라는 뜻의 프랑스어.
＊＊ tiger-lilies, 참나리.

배스터블 부인의 둔주
The Stampeding of Lady Bastable

"내가 북부의 맥그리거네 집에 가 있는 동안 엿새만 더 우리 클로비스를 재워 주면 고맙겠는데……" 생그레일 부인이 아침 식탁 너머로 졸린 듯이 말했다. 무언가를 간절히 원할 때면 편안하고 졸린 듯한 목소리로 말하는 것이 그녀의 한결같은 방식이었다. 이런 방식은 듣는 사람들로 하여금 마음을 놓게 해서, 그녀가 무언가를 부탁하고 있다는 것을 미처 깨닫기도 전에 그 부탁을 들어주도록 만드는 경우가 많았다.

하지만 배스터블 부인은 그렇게 쉽사리 기습당하지 않았다. 아마 그녀는 그 목소리를 알고 있고, 그 목소리가 무엇의 전조인지도 알았을 것이다. 게다가 그녀는 무엇보다도 클로비스를 잘 알고 있었다.

배스터블 부인은 토스트 한 조각을 보고 얼굴을 찡그린 다음, 먹히는 토스트보다 오히려 먹는 자신이 더 아프다는 인상을 전달하고 싶은 것처럼 아주 천천히 토스트를 먹었다. 하지만 클로비스를 엿새 더 재워 주겠다는 말은 그녀 입에서 나오지 않았다.

"그렇게만 해 주면 나는 정말 편할 거야." 생그레일 부인은 무심하고 태평스러운 말투를 포기하고 다그치듯이 말했다. "나는 클로비스를 맥그리거네 집에 데려가고 싶지 않아. 겨우 엿새니까."

"그보다 더 길어질 것 같은데." 배스터블 부인은 음울하게 말했다. "지난번에 클로비스가 여기 일주일 동안 머물렀을 때도……"

"나도 알아." 생그레일 부인은 서둘러 그녀의 말을 가로막았다. "하지만 그건 2년 전이었어. 그때는 클로비스도 어렸잖아."

"하지만 클로비스는 나아지지 않았어. 못된 짓을 하는 새로운 방법만 배우고 있으면 나이를 먹어 봤자 아무 소용도 없지."

생그레일 부인은 반박할 수가 없었다. 클로비스가 열일곱 살이 된 이후, 그녀는 아들의 억누를 수 없는 고집과 변덕을 자기가 아는 모든 사람들에게 끊임없이 한탄했고, 따라서 정중하게 회의적인 말이라도 한마디 하면 클로비스가 앞으로 나아질 낌새는 거의 없다는 대답을 듣는 게 고작이었다. 그녀는 상대를 구슬리려는 헛된 노력을 포기하고 노골적인 뇌물 작전으로 나갔다.

"여기서 엿새 동안만 그 애를 재워 주면, 아직 해결되지 않은 그 브리지 내기돈은 탕감해 줄게."

아직 해결되지 않은 내기돈은 49실링에 불과했지만, 배스터블 부인은 돈을 무척 사랑했다. 브리지에서 돈을 잃었는데 그 돈을 주지 않아도 되는 것은 그녀의 눈에 카드 테이블을 매력적으로 보이게 만드는 희귀한 경험이었다. 이런 경우가 아니면 카드 테이블이 그녀의 눈에 그렇게 매력적으로 보일 수는 없었을 것이다. 생그레일 부인도 브리지에서 돈을 따는 데 열심인 것은 배스터블 부인과 맞먹을 정도였지만, 엿새 동안 아들을 편리하게 '인간 창고'에 가두어 둘 수 있다는 전망과 부수적으로 북부까지 가는 아들의 기차 요금을 절약할 수 있다는 생각 때문에 그 희생을 감수했던 것이다. 클로비스가 아침 식탁에 뒤늦게 나타났을 때 거래는 이미 끝난 뒤였다.

"배스터블 부인이 친절하게도 내가 맥그리거네 집에 가 있는 동안 너는 여기 계속 머물러도 좋다고 하셨어." 생그레일 부인이 졸린 듯이 말했다.

클로비스는 전혀 어울리지 않는 태도로 그 자리에 어울리는 말을 했다. 그러고는 잔뜩 찌푸린 얼굴로 아침 식사가 담긴 접시들을 무슨 응징이라도 하는 것처럼 공략하기 시작했다. 그의 등 뒤에서 맺어진 협정은 그에게는 이중으로 불쾌했다. 우선 그는 맥그리거네 아이들에게 포커 페이션스*를 어떻게 하는지 가르쳐 주고 싶었다. 둘째, 배스터블 가에서 제공하는 음식은 양만 푸짐하고 맛은 없는 것이어서, 클로비스는 그것을 '무례함을 불러일으키는 푸짐함'이라고 표현했다. 그의 어머니는 표면상 졸린 듯한 눈꺼풀 뒤에서 그를 관찰하면서, 오랜 경험에 비추어 볼 때 자신의 책략이 성공했다고 기뻐하기는 아직 이르다는 것을 깨달았다. 지그소 퍼즐의 편리한 자리에 클로비스를 끼워 넣는 것과 그를 그 자리에 머물러 있게 하는 것은 다른 문제였다.

배스터블 부인은 아침 식사를 끝내자마자 거실로 당당하게 퇴각하여 신문을 뒤적이면서 한 시간쯤 조용히 보내는 것이 일상적인 버릇

* 혼자서 하는 카드놀이의 일종.

이었다. 신문은 거기에 있었고, 그녀는 어차피 신문대금을 내고 있으니까 신문에서 그 돈만큼의 것을 얻어 내도 좋다고 생각했다. 정치에는 별로 관심이 없었지만, 조만간 중대한 사회적 격변이 일어나 모든 사람이 서로 상대를 죽일 것 같은 예감에 사로잡혔고, 그 예감이 꽤 마음에 들었다. "그건 우리가 생각하는 것보다 빨리 올 거야." 그녀는 넌지시 말하곤 했다. 하지만 이 주장이 제공하는 근거는 빈약하고 애매모호해서 특별히 뛰어난 능력을 가진 수학 전문가도 그 근거에서 대략의 날짜를 산출해 내기는 어려웠을 것이다.

이날 아침, 신문들 사이에 앉아 있는 배스터블 부인의 모습은 클로비스가 아침 식사를 하는 동안 줄곧 마음속으로 모색하고 있던 힌트를 그에게 주었다. 어머니는 짐 꾸리는 작업을 감독하려고 위층으로 올라갔고, 그는 여주인 및 하인들과 함께 1층에 있었다. 하인들이 바로 이 상황을 타개하는 열쇠였다. 클로비스는 갑자기 부엌으로 난폭하게 뛰어들면서 미친 듯이 비명을 질렀다. 하지만 특별히 누군가를 부르지는 않고, 그 부분은 애매하게 어물쩍 넘어갔다.

"가엾은 부인이! 거실에서! 빨리요!"

다음 순간, 집사와 요리사, 급사와 하녀 두세 명, 그리고 때마침 바깥쪽 부엌에 있던 정원사가 앞장서서 거실로 돌아가는 클로비스를 따라 허둥지둥 달려갔다. 배스터블 부인은 현관홀에 있는 동양식 병풍이 요란한 소리를 내며 넘어지는 소리를 듣고 신문이 주는 지식의 세계에서 깨어났다. 그때 현관홀로 통하는 문이 벌컥 열리고, 젊은 손님이 미친 듯이 방을 통과하면서 그녀에게 새된 소리로 외쳤다.

"자크리* 놈들이 몰려오고 있어요!"

그러고는 도망치는 매처럼 쌍여닫이 창문을 통해 밖으로 뛰쳐나갔다. 겁먹은 하인들이 그를 따라 거실로 뛰어들었다. 조금 전까지 산울타리를 다듬고 있었던 정원사는 커다란 낫을 아직도 손에 움켜쥐고 있었다. 앞뒤 가리지 않고 황급히 거실로 뛰어든 여세 때문에 하인들은 나무쪽으로 모자이크한 매끄러운 마룻바닥 위를 미끄러져, 겁에 질린 여주인이 놀라서 앉아 있는 의자 쪽으로 돌진했다. 그녀는 나중에 변명하기를, 자기가 잠시라도 심사숙고할 여유가 있었다면 상당히 품위 있게 행동했을 거라고 말했다. 그녀에게 결심하도록 만든 것은 아마 정원사의 손에 들린 낫이었겠지만, 어쨌든 그녀는 클로비스를 따라 쌍여닫이 창문으로 뛰쳐나간 뒤 놀란 하인들의 눈앞에서 잔디밭을 가로질러 한참 동안 달려갔다.

*

한번 잃어버린 품위는 곧바로 되찾을 수 있는 게 아니다. 배스터블 부인과 집사가 평상으로 돌아오는 과정은 둘 다 익사할 뻔한 사람이 서서히 회복되는 과정만큼이나 고통스러웠다. 아무리 훌륭한 의도를 가지고 일으킨 폭동이라 해도 농민 폭동은 곤혹스러운 흔적을 남기게 마련이다. 하지만 점심때쯤에는 예의범절이 최근 뒤엎어진 데 따른 자연스러운 반동으로 전보다 더욱 엄격하게 확립되었고, 점심 식사는 비잔틴 양식을 본뜬 것처럼 격식을 차려 위엄 있고 장중하게 진행되었다. 식사가 절반쯤 진행되었을 때, 하인 하나가 봉투 하나를 은쟁반에 얹어서 생그레일 부인에게 엄숙하게 전달했다. 봉투에는 49실링짜

* 14세기에 프랑스에서 폭동('자크리의 난')을 일으킨 농민들. '자크리'는 당시 농민의 대표적인 이름이었던 자크를 집합명사화한 호칭이다.

리 수표 한 장이 들어 있었다.

맥그리거네 아이들은 결국 포커 페이션스를 어떻게 하는지 배웠고, 충분히 배울 수 있는 나이였다.

명화의 배경
The Background

"그 여자의 미술 비평에는 신물이 나." 클로비스는 신문기자인 친구에게 말했다. "그 여자는 그림이 무슨 버섯이라도 되는 것처럼 어떤 그림이 '쑥쑥 자란다'고 말하는 걸 너무 좋아해."

"그 말을 들으니까 앙리 드플리의 이야기가 생각나는군. 내가 그 이야기를 한 적이 있던가?" 기자가 말했다.

클로비스는 고개를 저었다.

"앙리 드플리는 룩셈부르크에서 태어났어. 심사숙고한 끝에 그는 순회 외판원이 됐지. 물건을 팔려고 자주 국경을 넘었는데, 북이탈리아의 베르가모에 머물고 있을 때 먼 친척이 죽으면서 그의 몫으로 유산을 남겼다는 소식을 듣게 되었어.

그 유산은 앙리 드플리의 검소한 관점에서 보더라도 그렇게 큰돈은 아니었지만, 겉보기에 해롭지 않은 정도의 사치로 그를 내몰았지. 특히 그는 현지의 대표적 예술인 안드레아스 핀치니 씨의 문신을 후원하게 되었어. 핀치니 씨는 이탈리아에서 가장 뛰어난 문신 기술의 대가였지만, 형편이 아주 가난해서 600프랑을 받는 대가로 드플리의 등을 어깨부터 허리까지 '이카로스*의 추락'을 묘사한 그림으로 뒤덮는 일을 기꺼이 떠맡았지. 마침내 드러난 밑그림에 드플리 씨는 조금 실망했지만, 막상 작품이 완성되었을 때는 더없이 만족했고, 그것을 감상하는 특권을 누린 사람들도 모두 그것을 핀치니의 대표작으로 인정했다네.

그것은 핀치니의 가장 훌륭한 작품이자 마지막 작품이었지. 그 뛰어난 장인은 사례금을 받을 때까지 기다리지 못하고 세상을 떠났고, 화려한 묘석 밑에 묻혔다네. 묘석에 새겨진 날개 달린 아기 천사들은 묘하게도 그가 평생 좋아한 예술인 문신을 할 여지를 거의 주지 않았을 거야. 하지만 600프랑을 받아야 할 미망인 핀치니 부인이 남아 있었지. 그런데 그 직후에 앙리 드플리의 인생에 큰 위기가 닥쳤어. 모처럼 받은 유산도 지출이—아무리 사소한 지출이지만—수없이 누적되자 하찮은 액수로 줄어들었고, 독촉이 심해서 더 이상 지불을 미룰 수 없는 술값과 여러 가지 잡다한 지출 때문에 미망인에게 줄 돈이 430프랑밖에 남지 않은 거야. 핀치니 부인은 당연히 화를 냈지. 170프랑을 깎아 달라는 요구 때문만이 아니라 죽은 남편의 걸작으로 인정받은 작품의 가치를 떨어뜨리려는 시도에 대해서도 화가 난다고 부인은 설

---

* 그리스 신화에 나오는 인물. 명장明匠 다이달로스의 아들로, 아버지와 함께 밀랍으로 만든 날개를 달고 미궁을 탈출하다가 태양에 너무 접근하는 바람에 날개가 녹아 바다에 떨어져 죽었다.

명했다네. 일주일 뒤에는 드플리가 가진 돈이 더욱 줄어들어서 문신 값을 405프랑으로 깎아 달라고 요구할 수밖에 없었고, 그것은 미망인의 분노를 더욱 부채질했지. 미망인은 예술 작품 판매를 취소했고, 며칠 뒤에 드플리는 핀치니 부인이 자기 등에 새겨진 문신을 베르가모 시에 기증했으며 시 당국은 그것을 고맙게 받아들였다는 것을 알고는 경악했다네. 그는 되도록 남의 눈에 띄지 않게 베르가모를 떠났고, 상사의 명령으로 로마에 갔을 때는 정말로 안심했어. 로마에서는 그의 정체와 유명한 그림의 정체가 잊힐지도 모른다고 기대했지.

하지만 그는 죽은 예술가의 걸작을 등에 무거운 짐처럼 짊어지고 있었어. 어느 날 그가 증기탕에서 나와 복도에 나타나자마자 목욕탕 주인은 그에게 당장 옷을 입으라고 강요했지. 목욕탕 주인은 그 유명한 '이카로스의 추락'이 베르가모 당국의 허락도 받지 않고 공공연히 전시되는 것을 용납할 수 없다고 단호하게 주장한 거야. 그 일이 널리 알려지자 대중의 관심과 당국의 감시가 더욱 심해져서, 드플리는 아무리 더운 날 오후에도 두꺼운 수영복을 위아래로 갖추어 입고 단추를 목까지 채우지 않고는 바다나 강물에 몸을 담글 수도 없었어. 나중에 베르가모 당국은 소금물이 그 걸작에 나쁜 영향을 미칠지 모른다고 생각하여, 가뜩이나 호된 시달림을 받은 외판원에게 어떤 상황에서도 해수욕을 하지 못하도록 영구적인 해수욕 금지령을 내려 버렸지. 회사가 그의 담당 구역을 보르도 근교로 바꾸어 주었을 때 그는 열렬히 감사했다네. 하지만 프랑스와 이탈리아 국경에서 회사에 대한 고마움은 갑자기 사라졌지. 관헌들이 국경에 위압적으로 배치되어 그의 출국을 막고, 이탈리아 예술품의 반출을 엄중하게 금지하는 법률을 그에게 상기시켰다네.

룩셈부르크와 이탈리아 정부가 외교적 교섭을 벌였고, 한때는 분쟁이 일어날 가능성까지 고조되어 유럽 상황이 험악해졌지. 하지만 이탈리아 정부는 양보하지 않았어. 순회 외판원인 앙리 드플리의 운명이나 존재에 대해서는 조금도 관심을 갖지 않고, 현재는 베르가모 시의 재산인 '이카로스의 추락'이 이탈리아를 떠나면 안 된다는 결정을 고수했지.

흥분은 곧 가라앉았지만, 수줍은 성질을 타고난 드플리는 몇 달 뒤에 또다시 격렬한 논쟁의 중심인물이 되어 버렸다네. 독일의 어떤 미술 전문가가 그 유명한 걸작을 조사해도 좋다는 베르가모 당국의 허락을 얻어 드플리의 문신을 조사한 뒤, 그것은 핀치니의 작품이 아니라 핀치니가 말년에 고용한 제자의 작품일 거라고 선언한 거야. 드플리는 도안을 바늘로 찌르는 긴 과정을 거치는 동안 관례에 따라 마취되어 있었기 때문에 이 문제에 대해 드플리 자신의 증언이 아무 가치도 없게 된 것은 분명했지. 어느 이탈리아 미술 잡지의 편집장은 독일 전문가의 주장을 반박하고, 독일 전문가의 사생활이 현대의 도덕 기준에 맞지 않는다는 것을 입증하겠다고 장담했어. 이탈리아와 독일 전체가 이 논쟁에 끌려 들어갔고, 유럽의 나머지 지역도 곧 싸움에 휘말려 들었지. 스페인 의회에서는 격렬한 논쟁이 벌어졌고, 코펜하겐 대학은 그 독일 전문가에게 금메달을 수여했지만, 파리에 유학한 폴란드 학생 두 명은 그들이 이 문제를 어떻게 생각하는지를 보여 주기 위해 자살까지 했다네.

한편 불행한 인간 배경은 전과 마찬가지로 형편이 좋지 않았고, 그가 결국 이탈리아 무정부주의자 단체에 가입한 것도 결코 놀라운 일은 아니야. 그는 적어도 네 번이나 위험하고 달갑지 않은 외국인이라는 이유로 국경까지 호송되었지만, 매번 '이카로스의 추락' 그 자체라는 이유로 돌려보내졌지. 그러던 어느 날, 제노바에서 열린 무정부주의자 대회에서 한 동료 노동자가 그와 격렬한 논쟁을 벌이다가 부식성 액체가 든 유리병을 그의 등 위에 깨뜨렸다네. 그가 입고 있던 붉은 셔츠 덕분에 약효가 조금 누그러지긴 했지만, 이카로스는 알아볼 수 없을 만큼 망가지고 말았지. 그를 공격한 사람은 동료 무정부주의자를 공격했다는 이유로 호된 비난을 받았고, 국보인 미술품을 손상시킨 혐의로 7년 금고형을 선고받았어. 앙리 드플리는 병원을 떠날 수 있게 되자마자 달갑지 않은 외국인으로서 국경 너머로 추방되었지.

파리에서 다른 곳보다 한산한 거리, 특히 미술관 부근에서는 이따금 우울하고 불안해 보이는 남자를 만날 수 있는데, 그 사람한테 인사를 건네면 룩셈부르크 말투가 약간 섞인 프랑스어로 대답할 거야. 그 사람은 자기가 〈밀로의 비너스〉에서 사라진 두 팔 가운데 하나라는 환상을 품고, 프랑스 정부를 잘만 설득하면 자기를 사 줄지 모른다고 기대하고 있지. 그것을 제하면 다른 점에서는 그런대로 제정신인 것 같아."

짜증왕 허먼
Hermann the Irascible

총명왕이라는 별명도 갖고 있는 짜증왕 허먼이 영국 왕위에 오른 것은 돌림병이 영국을 휩쓴 뒤인 20세기 초, 즉 1910년대였다. 이 치명적인 전염병이 영국 왕실의 3대와 4대를 완전히 휩쓸었기 때문에, 왕위 계승 서열 30위였던 작센 드라흐센 바흐텔슈타인 가의 헤르만 (허먼) 14세가 어느 날 느닷없이 본토와 해외에 있는 영국 영토의 통치자가 되었다. 정치에서는 종종 이렇게 예기치 않은 일들이 일어난다. 그는 그 좋은 사례였고, 그의 왕위 계승은 전혀 예기치 못한 일이었다. 중요한 왕위에 앉은 군주들 가운데 그는 여러 가지 점에서 가장 진보적인 인물이었다. 백성들은 자기가 어디에 있는지 알기도 전에 이미 다른 곳에 와 있었다. 장관들은 전통적으로 진보적이었지만, 그들조차도 왕이 제안하는 진보적인 법률과 보조를 맞추기가 어려웠다.

"사실은 여성참정권을 주장하는 자들 때문에 정부가 애를 먹고 있습니다." 총리가 인정했다. "놈들은 전국에서 우리 회의를 방해하고, 다우닝 가* 일대를 일종의 정치적 야유회장으로 바꿔 놓으려 하고 있습니다."

"놈들을 처리해야겠군." 허먼 왕이 말했다.

"처리한다고요? 맞습니다. 바로 그거예요. 하지만 어떻게요?"

"내가 법안 하나를 만들어 주겠소." 왕이 타자기 앞에 앉으면서 말했다. "여성들은 앞으로 치러질 각종 선거에 반드시 투표해야 한다고 규정하는 법안이오. 반드시 투표해야 한다는 말에 유념하시오. 좀 더 명확히 표현하면, 투표하지 않으면 안 된다는 뜻이오. 남성 유권자들한테는 투표가 전처럼 선택할 수 있는 권리로 남아 있을 거요. 하지만 21세부터 70세까지의 모든 여성은 국회와 도의회, 지역위원회, 교구평의회, 지방자치단체만이 아니라 경찰서장, 교육감, 교구위원, 박물관장, 공중위생관, 즉결재판소 통역, 수영장의 수영 강사, 토목공사 도급업자, 성가대 지휘자, 시장 감독관, 미술 학교 교사, 그 밖에 내가 머리에 떠오르는 대로 추가할 지방 관리에 이르기까지 모든 선거에 반드시 투표하지 않으면 안 될 거요. 이 모든 공직은 모두 선거로 뽑히는 선출직이 될 것이고, 자신의 거주 지역 안에서 실시되는 선거에 참여하지 않는 여성 유권자는 벌금 10파운드를 물게 될 거요. 법적으로 충분한 근거가 있는 진단서를 첨부하지 않고 거주 지역을 이탈하는 것은 정당한 사유로 받아들여지지 않을 거요. 이 법안을 상하 양원에서 통과시킨 다음, 모레 나한테 가져오면 서명하겠소."

---

* 영국 런던 중서부에 있는 지명. 10번지에 총리관저가 있다는 이유로 영국 정부 또는 내각을 가리키는 말로 통용되고 있다.

처음부터 '의무적인 여성 선거법'은 가장 큰 목소리로 투표권을 요구한 집단에서도 거의 또는 전혀 환영받지 못했다. 영국 여성의 대다수는 참정권 운동에 무관심하거나 적대적이었고, 가장 광적인 여성참정권론자들도 투표용지를 투표함에 넣는 것이 왜 그렇게 매력적으로 보였을까 하고 고개를 갸웃거리기 시작했다. 농촌 지역에서는 새 법의 규정을 시행하는 것이 아주 넌더리 나는 일이었고, 도시에서는 사람을 압박하는 무거운 부담이 되었다. 선거는 끝이 없는 것 같았다. 세탁부와 재봉사들은 일하다 말고 황급히 투표하러 달려가야 했고, 이름도 들어 본 적이 없는 후보자를 되는 대로 골라서 투표하는 경우가 많았다. 여자 사무원과 웨이트리스들은 일터로 가기 전에 투표를 끝내려고 여느 때보다 일찍 일어나야 했다. 사교계 여성들은 끊임없이 투표소에 가야 하기 때문에 일정을 조정하기가 어렵고 계획이 엉망이 된다고 생각했다. 그래서 주말 파티와 여름휴가는 차츰 남성들의 사치가 되었다. 카이로와 리비에라에는 정말로 전지 요양이 필요한 환자이거나 아니면 막대한 재산을 가진 사람들만 갈 수 있었다. 오래 집을 비운 동안 10파운드의 벌금이 쌓이면, 웬만한 부자도 감당할 수 없을 만큼 막대한 액수가 되었기 때문이다.

여성 비참정권 운동이 만만찮은 사회 운동이 된 것도 놀라운 일은 아니었다. '투표거부여성연맹'의 여성 회원은 100만 명에 이르렀고, 그 상징색인 담황색과 진홍색의 깃발이 도처에서 나부끼고, 그 연맹의 투쟁가인 〈우리는 투표하고 싶지 않다〉는 인기 있는 후렴구가 되었다. 정부가 평화적인 설득에 깊은 인상을 받은 기색을 전혀 보이지 않았기 때문에, 좀 더 폭력적인 방법이 유행하기 시작했다. 집회는 방해를 받았고, 장관들은 모여든 군중의 야유를 받았고, 경찰관들은 물어뜯겼고, 감옥의 일상적인 음식은 거부당했고, 트래펄가 기념일 전야에는 여자들이 넬슨 기념탑에 토대부터 꼭대기까지 층층이 자기 몸을 묶었기 때문에, 꽃으로 기념탑을 장식하던 관례를 포기할 수밖에 없었다. 그래도 정부는 여성들이 반드시 투표해야 한다는 신념을 완강하게 고수했다.

그러자 최후의 수단으로 어떤 재치 있는 여자가 그때까지 아무도 생각하지 못한 게 오히려 이상한, 임기응변 방편을 생각해 냈다. '대성통곡' 운동이 조직된 것이다. 여자들이 한 번에 만 명씩 교대로 돌아가면서 대도시의 공공장소에서 계속 큰 소리로 울부짖었다. 그들은 기차역에서, 지하철과 버스에서, 국립 미술관에서, 백화점에서, 세인트제임스 공원에서, 발라드 공연장에서, 프린스 가에서, 벌링턴 아케이드에서 울부짖었다. 뛰어난 익살극 〈헨리의 토끼〉는 지금까지 계속 성공을 거두었지만, 이제 극장의 1층 정면 1등석과 2층 정면의 관람석과 회랑에서 슬프게 울부짖는 여자들 때문에 그 성공이 위태로워졌다. 그리고 몇 년 동안 재판이 진행되고 있는 빛나는 이혼 소송도 큰 소리로 울부짖는 일부 방청객 때문에 광채를 잃고 말았다.

'대성통곡'의 파도는 급기야 총리공관에까지 밀어닥쳤다. 요리사는 식탁에 오른 모든 음식 접시에 닭똥 같은 눈물방울을 떨어뜨렸고, 유모는 아이들을 데리고 공원으로 산책하러 나가면서 서럽게 울어 댔다.

"어떻게 할까요?" 총리가 왕에게 물었다.

"매사에는 때가 있는 법이오." 왕이 말했다. "양보하는 데에도 때가 있지. 여성들로부터 투표권을 박탈하는 법안을 상하 양원에서 통과시킨 다음, 모레 나한테 가져오면 동의해 주겠소."

장관이 물러가자, 총명왕이라는 별명도 갖고 있는 짜증왕 허먼은 낄낄 웃었다.

"크림으로 고양이를 질식시키는 것 말고도 고양이를 죽이는 방법은 여러 가지가 있지." 그는 속담을 인용했다. 그리고 덧붙여 말했다. "하지만 그게 가장 좋은 방법이 아니라고는 확신할 수 없어."

불안 요법
The Unrest-Cure

열차 객실에서 클로비스의 맞은편 선반에 단단하게 만들어진 여행 가방 하나가 놓여 있었는데, 꼬리표에는 'J. P. 허들, 슬로버러 근처 틸필드, 워런관館'이라고 쓰여 있었다. 선반 바로 밑에는 그 꼬리표를 구체화한 인간이 앉아 있었는데, 수수한 차림에 조용히 이야기하기를 좋아하는 견실하고 차분한 남자였다. 그의 대화를 듣지 않아도(그는 옆에 앉은 친구와 이야기를 나누었는데, 올해는 히아신스가 늦게 핀다거나 목사관에 홍역이 유행하고 있다는 게 주된 화제였다) 그를 본 사람은 누구나 여행 가방 주인의 기질과 사고방식을 상당히 정확하게 판단할 수 있었을 것이다. 하지만 그는 어떤 것도 우연한 관찰자의 상상에 맡기기를 꺼리는 것 같았고, 그의 이야기는 곧 개인적이고 자기분석적인 경향을 띠게 되었다.

"어떻게 된 일인지 모르겠어." 그가 친구에게 말했다. "나는 마흔을 넘은 지 오래되지 않았지만, 초로에 가까운 중년의 깊은 골 속에 편안하게 자리를 잡은 듯한 기분이 들어. 내 누이도 같은 경향을 보이고 있지. 우리는 모든 것이 익숙한 곳에 정확하게 있는 걸 좋아해. 그리고 모든 일이 지정된 시간에 정확하게 일어나는 걸 좋아하고, 모든 것이 평소대로 질서정연하게 시간을 엄수해서 정확하게 조직적으로 한 치도 틀리지 않게 1분도 틀리지 않은 정시에 일어나는 걸 좋아해. 그러지 않으면 괴롭고 당황스러워. 아주 사소한 일을 예로 들면, 개똥지빠귀 한 마리가 해마다 잔디밭의 버드나무에 둥지를 지었는데, 올해는 뚜렷한 이유도 없이 정원 담장을 타고 올라가는 담쟁이나무에 둥지를 짓고 있어. 우리는 거기에 대해 이야기한 적은 별로 없지만, 둘 다 그 변화가 불필요하고 좀 짜증스럽다고 느끼는 것 같아."

"어쩌면 다른 개똥지빠귀인지도 모르지." 친구가 말했다.

"우리도 그런 게 아닐까 생각했어." J. P. 허들이 말했다. "그런데 그게 오히려 우리를 더욱 괴롭히는 것 같아. 이 나이에 새삼스럽게 개똥지빠귀의 변화가 우리한테 필요하다고는 생각지 않거든. 하지만 아까도 말했듯이 우리는 아직 이런 일들이 심각하게 느껴지는 나이가 된 것도 아니야."

"자네한테 필요한 건 불안 요법이야." 친구가 말했다.

"불안 요법? 처음 듣는 말인데?"

"지나치게 많은 걱정과 노력이 요구되는 생활에 쫓겨 건강을 해친 사람들을 위한 '안정 요법'에 대해서는 들어 본 적이 있겠지? 자네는 지나치게 많은 휴식과 평온 때문에 괴로워하고 있으니까, 정반대의 치료법이 필요하다는 얘기야."

"하지만 어디 가면 그런 요법을 받을 수 있지?"

"아일랜드의 킬케니 주에서 오렌지당 후보로 출마할 수도 있고, 파리의 조직폭력단 구역에서 교구 부목사 과정을 밟을 수도 있고, 베를린에서 바그너의 음악 대부분을 강베타*가 작곡했다는 것을 입증하는 강연을 할 수도 있고, 언제든지 모로코의 오지로 여행을 떠날 수도 있지. 하지만 불안 요법이 정말로 효과를 보려면 집에서 시도해야 돼. 자네가 그걸 어떻게 할 수 있을지, 나는 전혀 짐작도 가지 않아."

클로비스가 갑자기 그들의 대화에 주의를 기울이게 된 것은 대화가 여기까지 진행되었을 때였다. 그는 슬로버러에 사는 친척을 이틀 동안 방문하러 가는 길이었지만, 어쨌든 그 방문이 그를 흥분시킬 만큼 신나는 경험이 될 가망은 거의 없었다. 열차가 멈추기 전에 그는 'J. P. 허들, 슬로버러 근처 틸필드, 워런관'이라는 문구로 제 셔츠 소매를 불길하게 장식했다.

*

이틀 뒤, 아침에 허들 씨는 거실에 앉아서 《전원생활》이라는 잡지를 읽고 있는 누이의 사생활을 침해했다. 누이는 매주 그날 그 시간에 그 방에서 《전원생활》을 읽었고, 그것을 방해하는 것은 거의 전례가 없는 일이었지만, 그는 손에 전보 한 통을 들고 있었고, 이 집에서는 전보가 신의 손으로 일어나는 일로 인정받고 있었다. 말하자면 전보는 청천벽력 같은 성격을 갖고 있었다.

* 레옹 미셸 강베타(1838~1882): 프랑스의 정치가. 나폴레옹 3세에 반대한 공화주의파의 지도자.

'이 지역에서 견진성사를 시찰하고 계시는 주교님이 홍역 때문에 목사관에 머물 수 없어서 귀댁에 체류를 부탁하고자 사전 협의를 위해 비서를 보낼 예정입니다.'

"나는 주교를 잘 몰라. 딱 한 번 이야기를 나누었을 뿐이야." 허들 씨는 잘 알지도 못하는 주교들과 말을 나누는 것이 얼마나 무분별한 짓인가를 뒤늦게 깨닫고 변명하는 사람의 태도로 외쳤다. 먼저 정신을 차린 것은 그의 누나인 허들 양이었다. 청천벽력이 딱 질색인 것은 그녀도 남동생과 마찬가지였지만, 그녀가 지닌 여성 본능은 청천벽력을 잘 먹여야 한다고 그녀에게 말해 주었다.

"냉동 오리를 카레로 요리하면 돼." 그녀가 말했다. 오늘은 원래 카레 요리를 먹는 날이 아니었지만, 우편 봉투를 받으면 규칙과 관습에서 벗어날 필요가 있었다. 그녀의 남동생은 아무 말도 하지 않았지만, 그의 눈은 용감한 누나에게 감사하고 있었다.

"젊은 신사분이 찾아오셨습니다." 하녀가 와서 알렸다.

"비서다!" 허들 남매는 동시에 중얼거렸다. 그리고 그들의 태도는 당장 딱딱해졌다. 낯선 사람은 모두 죄인이라고 생각하지만, 변명할 말이 있다면 기꺼이 들어 주겠다고 선언하는 듯한 태도였다. 우아하고 오만한 태도로 방에 들어온 젊은 신사는 허들 씨가 예상했던 주교 비서의 모습과는 딴판이었다. 주교관에서는 달리 돈 쓸 데도 많을 텐데 그렇게 값비싼 옷으로 치장한 놈을 고용할 여유가 있을 줄은 꿈에도 몰랐다. 비서의 얼굴이 왠지 낯익었다. 어디선가 얼핏 본 듯한 얼굴이었다. 그가 이틀 전에 열차에서 맞은편에 앉아 있던 여행자에게 좀 더 주의를 기울였다면, 지금 그를 찾아온 젊은이가 클로비스라는 것을 알아보았을지도 모른다.

"주교님의 비서시죠?" 허들 씨는 의식적으로 공손하게 물었다.

"예, 제가 주교님의 심복 비서입니다." 클로비스가 대답했다. "저를 스타니슬라우스라고 부르셔도 좋습니다. 제 성은 중요하지 않아요. 주교님과 앨버티 대령이 점심을 먹으러 여기 오실지도 모릅니다. 어쨌든 저는 여기 있을 겁니다." 왕의 방문 계획을 통고하는 듯한 말투였다.

"주교님은 이 지역에서 견진성사를 시찰하고 계신다고요?" 허들 양이 물었다.

"표면상으로는 그렇습니다." 비서는 아리송하게 대답하고, 이어서 이 지역의 정밀 지도를 요구했다.

다른 전보가 도착했을 때 클로비스는 지도를 꼼꼼히 조사하는 체했다. 전보를 받는 사람은 '스타니슬라우스 왕자, 워런관의 허들 전교'로 되어 있었다. 클로비스는 내용을 대충 훑어보고는 말했다.

"주교님과 앨버티 대령은 오후 늦게나 오실 것 같습니다."

그러고는 다시 지도를 자세히 살펴보는 일로 돌아갔다.

점심 식사는 별로 즐거운 행사가 아니었다. 왕자답게 위엄 있는 비서는 왕성한 식욕으로 먹고 마셨지만, 대화는 엄격하게 자제했다. 식사가 끝나자 갑자기 환한 미소를 지으며 맛있는 식사를 대접해 준 여주인에게 감사하고, 공손히 그녀의 손등에 입을 맞추었다.

허들 양은 그런 행동이 루이 14세 궁정의 예법인지 아니면 사비니족 여인들*에 대한 로마 남자들의 괘씸한 태도인지 판단할 수가 없었다. 오늘은 그녀가 두통을 앓을 날이 아니었지만, 이런 상황에서는 두

---

* 로마를 세운 로물루스는 인구를 늘리기 위해 인접한 사비니족 여인들을 강탈하여 라틴족 남자들의 아내로 삼았다.

통을 앓는 것도 용서될 것 같아서, 그녀는 주교가 도착하기 전에 되도록 많은 두통을 앓으려고 자기 방으로 물러갔다. 클로비스는 가장 가까운 전신국으로 가는 길을 물은 다음, 곧 마찻길을 따라 사라졌다. 허들 씨는 두 시간쯤 뒤에 홀에서 그를 만나, 주교가 언제 도착하느냐고 물었다.

"주교님은 앨버티 대령과 함께 서재에 계십니다." 이것이 그의 대답이었다.

"그런데 왜 나한테 알리지 않았소? 나는 주교님이 오신 줄도 몰랐어요!" 허들 씨가 외쳤다.

"주교님이 여기 계시는 건 아무도 모릅니다." 클로비스가 말했다. "일은 조용히 비밀로 유지할수록 좋습니다. 그리고 무슨 일이 있어도 절대로 서재에 계시는 주교님을 방해하지 마세요. 그건 주교님의 명령입니다."

"하지만 왜 이렇게 비밀로 하는 거요? 그리고 앨버티 대령은 누구요? 그리고 주교님은 차를 안 드실 건가요?"

"주교님은 차가 아니라 피를 원하십니다."

"피라고!" 허들 씨는 헐떡이며 말했다. 청천벽력은 아는 사이가 되어도 여전히 벼락일 뿐, 전혀 나아지는 게 없다고 그는 생각했다.

"오늘 밤은 기독교 역사상 위대한 밤이 될 겁니다." 클로비스가 말했다. "우리는 이 부근에 사는 유대인을 모조리 학살할 테니까요."

"유대인을 학살한다고!" 허들 씨는 분개하여 말했다. "일반 대중이 유대인에 맞서서 일제히 봉기할 거라고 말할 작정이오?"

"아뇨, 그건 주교님의 생각입니다. 주교님은 지금 저기 서재에서 모든 세부 사항을 조정하고 계십니다."

"하지만 주교님은 관대하고 자애로운 분인데요."

"그게 바로 주교님이 취하는 조치의 효과를 높여 줄 겁니다. 엄청난 센세이션이 일어나겠지요."

적어도 그것은 허들 씨도 믿을 수 있었다.

"주교님은 교수형을 당하게 될 거요!" 그는 확신을 갖고 외쳤다.

"자동차가 주교님을 해안으로 모셔 가려고 기다리고 있습니다. 해안에는 작은 기선이 대기하고 있지요."

"하지만 이 부근에 사는 유대인은 서른 명도 안 돼요." 허들 씨가 항변했다. 그의 두뇌는 그날 거듭된 충격 때문에 지진이 일어날 때의 전선처럼 불확실하게 작동하고 있었다.

"우리 명단에는 스물여섯 명이 올라 있습니다." 클로비스가 메모지 묶음을 보면서 말했다. "수가 적으면 더욱 철저히 처리할 수 있겠지요."

"레온 버버리 경 같은 분에게 폭력을 쓸 계획이오?" 허들 씨는 더듬거리며 말했다. "그분은 이 지방에서 가장 존경받는 사람이란 말이오."

"그 사람도 우리 명단에 있군요." 클로비스는 무심하게 말했다. "어쨌든 우리는 우리 일을 믿고 맡길 수 있는 사람들을 구해 놓았으니까 현지인들의 도움에 의존할 필요는 없습니다. 그리고 우리한테는 지원군으로 우리를 도와주는 보이스카우트도 몇 명 있습니다."

"보이스카우트라고!"

"예, 보이스카우트들은 정말로 사람을 죽인다는 걸 알자 어른들보다 훨씬 더 열성적이 되었지요."

"이건 20세기의 큰 오점이 될 거요!"

"그리고 당신네 집은 오점을 흡수하는 압지가 되겠지요. 알아차렸는지 모르지만, 유럽과 미국 신문의 절반이 이 집 사진을 싣게 될 겁니다. 저는 서재에서 발견한 당신과 당신 누이의 사진 몇 장을 프랑스의 《르 마탱》지와 독일의 《디 보헤》지에 보냈습니다. 언짢게 생각지 마세요. 그리고 계단 스케치도 보냈습니다. 아마 살인은 대부분 계단에서 이루어질 겁니다."

허들 씨의 뇌 속에서 파도치고 있는 감정은 너무 격렬해서 말로 표현할 수 없었지만, 그는 간신히 헐떡거리며 말했다.

"우리 집에는 유대인이 없어요."

"지금은 그렇죠." 클로비스가 대답했다.

"나는 경찰서로 가겠소." 허들 씨가 갑자기 힘차게 외쳤다.

"관목 숲에…… 내 허락을 받지 않고 이 집을 나가는 사람에게는 무조건 발포하라는 명령을 받은 사람이 열 명이나 배치되어 있습니다. 그리고 대문 근처에도 무장한 경계병이 잠복해 있고요. 보이스카우트들은 뒷마당을 감시하고 있지요."

이 순간 마찻길에서 쾌활한 경적 소리가 들렸다. 허들 씨는 악몽에서 반쯤 깨어난 사람의 기분으로 현관문을 향해 달려갔다. 그리고 레온 버버리 경이 자가용을 몰고 온 것을 보았다.

"자네 전보를 받았네. 무슨 일인가?" 버버리 경이 말했다.

전보라고? 오늘은 전보의 날인 것 같았다.

'당장 우리 집으로 와 주세요. 긴급한 일입니다. 제임스 허들.' 이것이 어리둥절한 허들 씨의 눈앞에 내밀어진 전보의 내용이었다.

"이제 알았다!" 그는 갑자기 흥분하여 떨리는 목소리로 외치고는 관목 숲 쪽을 격렬한 눈으로 노려보면서, 무슨 영문인지 모른 채 놀란 버버리를 집 안으로 끌어들였다. 홀에는 차가 준비되어 있었지만, 완전히 공포에 질린 허들 씨는 항의하는 손님을 위층으로 끌고 올라갔다. 그리고 몇 분 뒤, 이 집에 사는 모든 사람이 그 일시적인 안전지대에 소집되었다. 클로비스만 혼자 홀에 남아서 자신의 존재로 차탁자를 빛내 주고 있었다. 서재에 모인 광신자들은 가공할 음모에 몰두한 덕분에 찻잔과 토스트에 시간을 허비할 수 없는 게 분명했다. 젊은 클로비스는 현관문의 초인종이 울렸을 때 한 번 자리에서 일어나, 역시 워런관으로 오라는 긴급 호출을 받고 달려온 제화공이자 교구관리위원인 폴 아이잭스 씨를 맞아들였다. 주교 비서는 보르자* 집안사람도 따라가지 못할 만큼 흉악하게 공손한 태도를 꾸미면서, 그의 그물에 걸려든 이 포로를 계단 꼭대기까지 호위했다. 계단 위에서는 본의 아니게 그를 접대하는 처지가 된 허들 씨가 기다리고 있었다.

곧이어 감시하면서 기다리는 길고 불쾌한 경계가 시작되었다. 클로비스는 한두 번 집을 나가서 건너편 관목 숲까지 어슬렁어슬렁 걸어갔다가 다시 서재로 돌아갔다. 간단한 보고를 하기 위해서인 게 분명했다. 한번은 저녁에 우편물을 배달하는 우체부한테 여러 통의 편지를 받아서, 딱딱하게 격식을 차리는 공손한 태도로 계단 위에 있는 허들 씨에게 가져갔다. 그는 다음에 집을 나갔다가 돌아온 뒤에는 계단을 절반만 올라가서 이렇게 발표했다.

"보이스카우트들이 내 신호를 오해하여 우체부를 죽였습니다. 아시다시피 나는 이런 종류의 일에는 익숙지 않습니다. 다음번에는 더 잘하겠습니다."

---

* 체사레 보르자(1475~1507): 르네상스 시대 이탈리아의 전제군주. 권모술수와 냉혹한 수단으로 이탈리아 통일을 꾀했으나 실패했다. 마키아벨리는 『군주론』에서 보르자를 이상적인 군주로 묘사했다.

저녁에 오는 우체부와 결혼을 약속한 하녀는 큰 소리로 울부짖으며 슬퍼했다.

"네 여주인이 두통을 앓고 있다는 걸 잊지 마라." 허들 씨가 말했다. (허들 양의 두통은 더욱 심해졌다.)

클로비스는 서둘러 아래층으로 내려갔다. 그리고 잠깐 서재를 방문한 뒤, 또 다른 메시지를 갖고 돌아왔다.

"주교님은 허들 양이 두통을 앓고 있다는 말을 듣고 유감스러워하십니다. 주교님은 집 근처에서는 가능한 한 화기를 사용하지 말라는 명령을 내리셨습니다. 이 집 구내에서 필요한 살상은 냉혹하게 이루어질 겁니다. 기독교도가 기독교도일 뿐만 아니라 신사이기도 하면 안 될 이유는 전혀 없다고 주교님은 생각하십니다."

그들이 클로비스를 본 것은 이때가 마지막이었다. 7시가 다 되었고, 클로비스의 나이 많은 친척은 그에게 만찬용 옷으로 차려입을 것을 권했다. 그리하여 그는 영원히 그들 곁을 떠났는데도, 잠 못 이루는 긴 밤 시간 동안 그가 이 집 어딘가에 숨어 있을지 모른다는 의심은 워런 관을 떠나지 않았고, 계단이 삐걱거리는 소리나 바람이 관목 숲을 지나면서 바스락거리는 소리는 무서운 의미를 내포하고 있었다.

이튿날 아침 7시쯤, 마침내 정원사와 아침 우체부가 20세기에 아직 오점이 찍히지 않은 것을 밤새 집을 감시한 사람들에게 납득시켰다.

클로비스는 아침 열차를 타고 도시 쪽으로 가면서 생각했다.

'그 사람들이 불안 요법을 조금이라도 고맙게 생각할 것 같진 않군.'

스레드니 바슈타르

Sredni Vashtar

콘래딘은 열 살이었고, 앞으로 5년도 못 산다는 것이 의사의 소견이었다. 이 의사는 별로 대단한 인물이 아니었지만, 마을에서 아주 대단한 존재인 드롭 부인은 의사의 소견에 동의했다. 드롭 부인은 콘래딘의 숙모로서 후견인이었는데, 콘래딘이 보기에 그녀는 필요하지만 불쾌하고 현실적인 세계의 5분의 3을 대표했다. 그리고 그 5분의 3과 늘 적대 관계에 있는 나머지 5분의 2는 콘래딘 자신과 그의 상상 속에 요약되어 있었다. 요즘 콘래딘은 짜증나지만 꼭 필요한 것들—그가 걸린 병, 그를 보살피기 위한 갖가지 제약들, 지루하기 짝이 없는 따분함 따위—의 압력에 굴복하게 될 거라고 생각했다. 외로움의 자극을 받아 사납게 날뛰는 상상력이 없었다면 아마 그는 거기에 오래전에 굴복했을 것이다.

드롭 부인은 가장 정직한 순간에도 자기가 콘래딘을 싫어한다는 것을 인정하지 않았을 것이다. 하지만 그녀는 그의 일거수일투족을 '그를 위해서' 감시하고 참견하는 것이 자신의 의무이고, 그 의무가 별로 싫지 않는다는 것을 어렴풋이 의식했을지도 모른다. 콘래딘은 진정으로 드롭 부인을 싫어했지만, 그 감정을 완벽하게 감췄다. 그가 자신을 위해서 궁리해 낸 몇 가지 즐거움은 드롭 부인을 불쾌하게 만들었기 때문에 더욱 재미있었고, 그래서 상상의 영역 속에는 절대로 그녀를 들여놓지 않았다. 그녀는 그 영역에 결코 들어와서는 안 될 부정한 존재였다.

이거 하지 마라, 저거 하지 마라는 명령과 함께, 그리고 약 먹을 시간이 되었다는 말과 함께, 언제라도 열릴 준비가 된 수많은 창문이 내려다보는 따분하고 음산한 정원은 그에게 별로 매력이 없었다. 정원에 있는 과일나무 몇 그루는 마치 메마른 황무지에서 번성하는 희귀종이라도 되는 것처럼 그가 열매를 따는 것이 엄격하게 금지되었다. 하지만 여기서 1년 동안 수확한 과일을 10실링에 모두 가져가라고 해도, 거기에 응할 과일 장수를 찾기는 어려웠을 것이다.

하지만 외딴 구석에 지금은 사용하지 않는 상당히 큰 연장 창고가 음산한 관목 숲 뒤에 거의 가려진 채 서 있었다. 그리고 그 창고 안에서 콘래딘은 놀이방과 성당 비슷한 피난처를 발견했다. 그는 역사와 제 머리에서 끌어낸 친숙한 환상들로 그곳을 가득 채웠지만, 그곳에는 피와 살을 가진 동물도 두 마리나 살고 있었다. 한쪽 구석에는 풍성한 깃털로 덮인 우당*종 암탉 한 마리가 살았는데, 콘래딘은 다른 배

---

* 프랑스 파리 서쪽에 인접한 이블린 주에 있는 소도시. 이곳 원산의 닭은 꼿꼿한 모양의 볏이 특징이다.

출구가 없는 애정을 그 암탉한테 아낌없이 쏟아부었다. 더 뒤쪽 어둠 속에는 커다란 나무상자가 있었는데, 상자는 두 칸으로 나뉘어 있었고, 한 칸은 앞쪽에 촘촘한 철망이 박혀 있었다. 이것은 커다란 족제비의 집이었다. 콘래딘과 친한 푸줏간 아이가, 콘래딘이 오랫동안 간직했던 은화를 받는 대가로 상자며 그 밖의 것들과 함께 그 족제비를 창고 안으로 몰래 들여놔 주었던 것이다. 콘래딘은 날카로운 엄니를 가진 이 짐승을 몹시 무서워했지만, 그래도 족제비는 그가 가장 소중히 여기는 보물이었다. 연장 창고에 족제비가 있다는 것 자체가 은밀하고 두려운 기쁨이었고, '그 여자'(그는 숙모를 남몰래 '그 여자'라고 부르고 있었다)한테는 절대 비밀로 해 둘 필요가 있었다. 그런데 어느 날 어디서 나온 이름인지는 모르지만 콘래딘은 '스레드니 바슈타르'라는 멋진 이름을 족제비한테 지어 주었고, 그 순간부터 족제비는 그에게 신이자 종교가 되었다.

'그 여자'는 일주일에 한 번씩 가까운 교회에 가서 종교에 빠졌고, 그곳에 갈 때는 언제나 콘래딘도 함께 데려갔지만, 콘래딘에게 교회 예배는 '림몬* 신당'에서 거행되는 이교도의 종교 의식이나 마찬가지였다. 그는 목요일마다 곰팡내 나는 조용한 창고의 어둠 속에서 스레드니 바슈타르가 살고 있는 나무상자 앞에서 신비적이고 정교한 예배 의식을 거행했다. 그는 꽃이 피는 계절에는 붉은 꽃을, 겨울에는 새빨간 나무열매를 신당에 바쳤다. 스레드니 바슈타르는 사물의 격렬하고 성급한 측면을 특히 강조하는 신이었기 때문이다. 이 점은 드롭 부인의 종교와는 정반대였다. '그 여자'의 종교는 반대 방향으로 아주 멀리

---

* 우레와 태풍을 주관하는 아시리아의 신으로, 메소포타미아·시리아·팔레스타인에서 광범위하게 숭배되었다. 『열왕기 하』 5장 18절 참조.

까지 갔다는 것을 콘래딘은 알 수 있었다. 중요한 축제 때는 상자 앞에 육두구 가루를 뿌렸는데, 스레드니 바슈타르에게 바치는 제물의 중요한 특징은 반드시 훔친 육두구를 써야 한다는 것이었다. 이 축제는 부정기적인 행사였고, 주로 우연히 일어난 사건을 기념하기 위해 거행되었다. 한번은 드롭 부인이 사흘 동안 심한 치통에 시달렸을 때 콘래딘은 꼬박 사흘 동안 축제를 계속했는데, 콘래딘은 그 치통이 스레드니 바슈타르가 직접 일으킨 것이라고 자신을 설득하는 데 성공할 뻔했다. 치통이 하루만 더 지속되었다면 비축한 육두구가 동나 버렸을 것이다.

콘래딘은 절대로 우당종 암탉을 스레드니 바슈타르 예배에 끌어들이지 않았다. 그 암탉은 재침례교도라고, 콘래딘은 오래전에 그렇게 정해 놓았기 때문이다. 재침례교가 무엇인지는 콘래딘도 잘 알지 못했지만, 그래서 거기에 대해 조금이라도 알고 있는 체하지도 않았지만, 맹목적이고 별로 점잖지 않은 족속이기를 속으로 바라고 있었다. 그는 모든 점잖음의 기준을 드롭 부인에게 두고, 점잖은 거라면 무조건 다 싫어했기 때문이다.

콘래딘이 연장 창고에 열심히 드나드는 모습이 얼마 후 드롭 부인의 주의를 끌기 시작했다. 그녀가 내린 결론은 '어떤 날씨에도 창고에서 빈둥거리는 건 좋지 않다'였다. 그리고 며칠 뒤 아침 식탁에서 그녀는 우당종 암탉을 간밤에 처분했다고 발표했다. 그녀는 근시 눈으로 콘래딘을 응시하면서 그가 분노와 슬픔을 터뜨리기를 기다렸고, 그러면 따끔한 훈계와 그럴듯한 논거를 유창하게 늘어놓으면서 그를 꾸짖을 준비가 되어 있었다. 하지만 콘래딘은 아무 말도 하지 않았다. 무슨 말을 할 수 있겠는가. 이를 악문 그의 창백한 얼굴을 보고, 어쩌면 그녀는 잠시나마 양심의 가책을 느꼈는지도 모른다. 그날 오후 티타임 때 탁자 위에 토스트가 올라와 있었기 때문이다. 그녀는 토스트가 그의 건강에 좋지 않다는 이유로 평소에는 그가 그 맛있는 음식을 먹는 것을 금지했다. 토스트를 만드는 일이 그녀에게 '수고를 끼쳤기' 때문이기도 했다. 수고를 끼치는 것은 중산층 여성의 눈에는 참을 수 없는 모욕이었다.

"토스트를 좋아하는 줄 알았는데?" 그녀는 콘래딘이 토스트에 손도 대지 않는 것을 보고 기분이 상한 표정으로 외쳤다.

"때로는 좋아해요." 콘래딘이 대답했다.

그날 저녁 연장 창고에서는 상자 속 신에 대한 예배에 혁신이 일어났다. 콘래딘이 전에는 찬송가만 불렀지만, 이날 밤에는 신에게 한 가지 간청을 했다.

"스레드니 바슈타르 님, 저를 위해 한 가지만 해 주세요."

그 간청이 무엇인지는 구체적으로 말하지 않았다. 스레드니 바슈타르는 신이니까, 그가 굳이 말하지 않아도 당연히 알 거라고 생각했기 때문이다. 콘래딘은 암탉이 있던 빈 구석을 바라보며 치밀어 오르는 울음을 삼키고, 그가 그토록 싫어하는 세계로 돌아갔다.

그리고 밤마다 침실의 반가운 어둠 속에서, 그리고 저녁마다 창고의 어스름 속에서 콘래딘의 원한 어린 간청은 계속되었다.

"스레드니 바슈타르 님, 저를 위해 한 가지만 해 주세요."

드롭 부인은 콘래딘이 여전히 연장 창고에 드나드는 것을 알아차리고, 어느 날 그곳을 직접 시찰하러 갔다. 그러고는 집으로 돌아와서 콘래딘에게 다그쳤다.

"자물쇠가 채워진 상자 속에 뭘 키우고 있지? 아마 기니피그일 거야, 모조리 치워 버리겠어."

콘래딘은 입을 꽉 다물었지만, '그 여자'는 그의 침실을 뒤져서 그가 꽁꽁 감추어 둔 열쇠를 기어코 찾아낸 다음, 자신의 발견을 마무리하기 위해 창고로 당당하게 걸어갔다. 추운 오후였다. 그래서 콘래딘은 밖에 나가지 말고 집 안에 있으라는 명령을 받았다.

식당의 구석 창문에서 밖을 내다보면 덤불숲 모퉁이 너머로 창고 출입문을 볼 수 있었다. 콘래딘은 거기에 자리를 잡았다. '그 여자'가 창고 안으로 들어가는 것을 보고는, '그 여자'가 신성한 상자의 철망문을 열고 그의 신이 숨어 있는 짚단 속을 근시 눈으로 내려다보고 있는 장면을 상상했다. 아마 '그 여자'는 조바심이 나서 짚단을 쿡쿡 쑤실 것이다.

콘래딘은 마지막으로 기도를 간절하게 속삭였다. 하지만 그는 기도하면서도 제 소원이 이루어지리라고는 믿지 않는다는 것을 알고 있었다. '그 여자'가 이제 곧 입술을 오므린 채, 그가 그토록 싫어하는 미소를 띤 채 창고에서 나오리라는 것, 한두 시간 뒤에는 정원사가 그의 멋진 신을 데려가리라는 것을 그는 알고 있었다. 그 신은 이제 더 이상 신이 아니라 상자에 갇힌 단순한 족제비일 뿐이었다. 그는 '그 여자'가 지금 승리했듯이 항상 승리하리라는 것, 그녀의 핍박과 오만한 횡포와 우월한 책략 밑에서는 그의 몸이 훨씬 더 병약해지리라는 것, 그러다가 언젠가는 결국 아무것도 그에게 중요하지 않게 되리라는 것, 의사의 말이 옳다는 게 증명되리라는 것을 알았다. 그리고 패배의 쓰라린 고통과 참담한 기분 속에서 그는 위기에 빠진 우상을 찬양하는 노래를 반항적으로 우렁차게 부르기 시작했다.

스레드니 바슈타르는 공격에 나섰어.

그의 생각은 붉은색, 그의 이빨은 흰색이었어.

적들은 평화를 요구했지만, 그는 그들에게 죽음을 안겨 주었지.

아름다운 스레드니 바슈타르.

여기서 그는 갑자기 노래를 멈추고 유리창으로 더 가까이 다가갔다. 창고 문은 여전히 아까처럼 빼꼼 열려 있었고, 시간은 덧없이 흐르고 있었다. 긴 시간이었지만, 그래도 시간은 지나갔다. 그는 찌르레기들이 작은 무리를 이루어 잔디밭을 가로질러 달려가다가 날아오르는 것을 지켜보았다. 그는 그네처럼 흔들거리는 창고 문에 한쪽 눈을 고정시킨 채, 다른 쪽 눈으로는 찌르레기를 몇 번이고 되풀이하여 세어 보았다. 그때 하녀가 부루퉁한 얼굴로 식당에 들어와서 식탁에 찻잔 따위를 늘어놓았다. 콘래딘은 여전히 창가에 서서 기다리며 지켜보았다.

희망이 조금씩 그의 마음속에 기어들어 왔다. 그리고 승리를 동경하면서 패배를 참고 견디는 것밖에 알지 못했던 그의 눈 속에서 이제 승리의 표정이 빛나기 시작했다. 그는 은밀한 기쁨을 느끼면서 승리와 파괴의 찬가를 다시 한 번 작은 소리로 부르기 시작했다. 그리고 곧 그의 눈은 보상을 받았다. 길쭉하고 낮은 황갈색 짐승이 창고 문을 통해 밖으로 나온 것이다. 녀석은 저물어 가는 햇빛에 눈을 깜박였고, 털로 덮인 턱과 목 주위에는 검게 보이는 젖은 얼룩이 묻어 있었다. 콘래딘은 털썩 무릎을 꿇었다. 커다란 족제비는 정원 끝을 가로질러 흐르는 작은 시내로 가서 잠시 물을 마신 다음, 널빤지로 만든 작은 다리를 건너 덤불숲으로 사라졌다. 스레드니 바슈타르는 그렇게 가 버렸다.

"차가 준비됐어." 부루퉁한 얼굴의 하녀가 말했다. "마님은 어디 계시지?"

"조금 전에 창고 쪽으로 내려가셨어." 콘래딘이 대답했다.

하녀가 주인마님을 부르러 간 동안, 콘래딘은 찬장 서랍에서 토스트를 구울 때 쓰는 기다란 포크 하나를 꺼내 직접 빵 한 조각을 굽기 시작했다. 그리고 빵을 노릇노릇하게 굽고 버터를 듬뿍 바르고 천천히 그 맛을 즐기는 동안, 콘래딘은 식당 문 너머에서 짧게 발작적으로 되풀이되는 소음과 정적에 귀를 기울였다. 하녀의 바보처럼 큰 비명 소리, 부엌에서 거기에 응답하는 놀란 외침의 합창, 허둥지둥 달려가는 발소리, 외부에 도움을 청하러 황급히 사람을 보내는 소리, 그리고 잠시 조용해졌나 했더니 겁을 먹고 흐느끼는 소리, 사람들이 무거운 짐을 집 안으로 나르느라 발을 질질 끄는 소리가 들렸다.

"저 가엾은 아이한테 누가 이 소식을 전하지? 나는 죽어도 못 해!" 누군가의 새된 목소리가 외쳤다.

그리고 그들이 그 문제를 자기네끼리 의논하는 동안, 콘래딘은 토스트 하나를 더 만들었다.

명곡 〈화관〉
The Chaplet

레스토랑에 이상한 정적이 다가왔다. 오케스트라가 〈아이스크림 세일러 왈츠〉를 연주하지 않는 드문 순간이었다.

"내가 말한 적이 있던가?" 클로비스가 친구에게 물었다. "식사 시간에 일어난 음악의 비극에 대해서 말이야."

친구가 고개를 젓자, 클로비스는 말을 계속했다.

"그랜드 시바리스 호텔의 애머시스트 식당에서 특별 만찬회가 열린 유쾌한 저녁이었어. 유럽 전역에 평판이 나 있는 식당답게 요리는 물론 나무랄 데가 없었고, 오케스트라도 충분한 급료를 받고 있어서 역시 나무랄 데가 없었지. 음악을 좋아하는, 거의 미친 듯이 좋아하는 사람들이 떼를 지어 왔다네. 그런 사람들은 아주 많아. 그리고 그냥 단순히 음악을 좋아하는 사람들은 그보다 훨씬 많은데, 그런 사람들도 꽤 많이 몰려왔어. 그들은 차이콥스키의 이름이 어떻게 발음되는지 알고, 적당한 암시만 주면 쇼팽의 야상곡 가운데 몇 곡은 무슨 곡인지 알 수 있는 사람들이지. 그들은 야외에서 풀을 뜯는 노루처럼 짐짓 초연한 태도로 식사를 하면서, 알아들을 수 있는 멜로디가 시작되지 않을까 하고 끊임없이 오케스트라 쪽으로 귀를 쫑긋 세우고 있었어.

'아 그래, 〈팔리아치〉*로군.' 수프에 바로 뒤이어 음악이 흘러나오기 시작하면 그들은 그렇게 중얼거리지. 그리고 음악에 더 박식한 사람들 쪽에서 어떤 반박도 나오지 않으면, 그들은 연주자들의 노력에 힘을 보태 주려고 낮은 소리로 멜로디를 흥얼거리는 거야. 때로는 멜로디가 수프와 동시에 시작되는데, 그런 경우에도 연회에 참석한 사람들은 수프를 떠먹는 사이사이에 콧노래를 부르곤 하지. 그렇게 흥얼거리는 열광적인 팬들의 얼굴 표정은 별로 아름답지 않지만, 삶의 모든 측면을 관찰하기로 작정한 사람들은 그런 표정도 보아야 해. 단순히 눈길을 돌리고 외면하는 방식으로는 이 세상의 불쾌한 것들을 무시할 수 없으니까.

앞에서 말한 유형 외에 그 식당의 손님들 중에는 음악을 전혀 모르는 사람들도 꽤 있었어. 그들이 그 식당에 왜 왔는지는 설명할 수 없지만, 그냥 식사하러 왔을 거라고 가정할 수밖에 없지.

식사의 초기 단계가 끝났어. 사람들은 와인 목록을 들여다보는데, 어떤 이들은 오지의 밀림과도 같은 구약성서에서 느닷없이 『소小예언서』** 한 편을 찾아내라는 요구를 받은 초등학생처럼 당황해서 쩔쩔

---

* 이탈리아의 작곡가 루지에로 레온카발로(1858~1919)의 오페라.
** 구약성서의 『호세아』부터 『말라기』까지 열두 권을 가리키는 명칭으로, '분량이 비교적 적고 예언자의 활동 기간 역시 길지 않다'는 측면에서 지어진 이름이다.

맺지만, 다른 이들은 값비싼 와인 가게를 찾아가서 그 집의 약점을 벌써 다 조사했다는 듯이 엄격하게 목록을 조사했지. 이렇게 면밀한 조사를 거쳐서 와인을 고른 사람들은 무대감독처럼 풍부한 수사를 곁들여서 잘 들리는 목소리로 와인을 주문했어. 코르크 마개를 딸 때, 웨이터를 이름으로 부르면서 술병이 북쪽을 향하게 하라고 요구하면 다른 손님들한테 아주 강한 인상을 줄 수 있지. 몇 시간 동안 애써 자랑을 늘어놓아도 그렇게 강한 인상을 주지는 못할 거야. 하지만 이 목적을 달성하기 위해서는 초대하는 손님도 와인을 고를 때만큼 신중하게 골라야 돼.

마시고 떠들어 대는 손님들로부터 조금 떨어진 굵은 기둥 그늘에 서서 그 장면을 흥미롭게 지켜보는 남자가 하나 있었어. 연회와 관계가 있는 사람인 건 확실하지만, 연회에 초대받은 손님은 아니야. 아리스티드 소쿠르 씨는 그랜드 시바리스 호텔의 주방장이었어. 그와 어깨를 나란히 할 만큼 뛰어난 요리사가 어딘가에 있다 해도 그 사람은 절대로 그 사실을 인정하지 않았지. 자신의 영토에서 그는 보호막으로 둘러싸인 냉혹하고 잔인한 절대 권력자였어. '천재'는 원래 자식들한테 변명이나 핑계보다는 냉혹함과 잔인함을 기대하는 법이야. 그는 절대 용서하지 않았고, 그를 모시는 사람들은 용서할 일이 없도록 매사에 조심했지. 그의 창조물을 게걸스럽게 먹어 치우는 바깥세상에서 그는 영향력 있는 사람이었지. 그는 자신의 영향력이 얼마나 깊은지, 또는 얼마나 얕은지를 짐작하려고 애써 본 적도 없었어. 100파운드 단위로 무게를 측정하는 속세에서 귀금속의 무게 단위인 온스로 자신을 평가하는 것은 천재의 형벌이자 안전장치이기도 하지.

이 위대한 인물은 이따금 제 노력의 결과를 지켜보고 싶은 욕망에 사로잡히곤 했어. 크루프*의 수뇌부가 포격전이 한창일 때 최전선에 침투하고 싶어 하는 것과 똑같아. 그리고 지금이 바로 그런 때였지. 그 랜드 시바리스 호텔 역사상 처음으로 그는 놀랄 만큼 완벽하게 만든 요리를 손님들한테 내놓고 있었다네. 그 요리 이름은 '카네통 아 라 모 드 당블레브'**였어. 크림색 메뉴에 가느다란 금글씨로 그렇게 인쇄되 어 있지만, 교육을 충분히 받지 못한 대다수 손님들한테는 그 말이 아 무런 의미도 전달하지 못했지. 하지만 그 여섯 낱말을 쓸 수 있을 때까 지 얼마나 많은 노력을 아낌없이 기울였고, 소중하게 간직한 지식을 얼마나 많이 동원했을까. 서프랑스의 되세브르 주에서는 이 요리의 주재료를 공급하기 위해 새끼 오리를 특별히 사육하지. 새끼 오리들 은 특별하고 호화롭게 살다가 맛있는 먹이를 너무 많이 포식해서 죽 으면 고급 요리가 되는 거야. 외래어를 배척하고 순수한 색슨 영어를 고집하는 순혈주의자조차도 '머시룸'이라고 부르기를 망설였을 '샹피 뇽'***은 께느른하게 시든 몸을 요리의 곁들임 장식으로 내놓았고, 루이 15세의 쇠퇴기에 고안된 소스는 불멸의 과거에서 다시 불려 나와 멋 진 과자를 만드는 데 참여했지. 원하는 결과를 얻기 위한 인간의 노력 은 여기까지였어. 나머지는 인간의 천재, 아리스티드 소쿠르의 천재에 맡겨졌지.

그리고 이제 그 귀한 요리를 내놓는 순간이 왔어. 물질적 쾌락에 싫 증이 난 염세적인 대공들도, 시장밖에는 염두에 없는 갑부들도 그 요 리를 맛본 것을 가장 행복한 기억으로 꼽았을 만큼 훌륭한 요리였지.

* 독일에서 400년 넘게 철강 생산과 군수품 · 무기 제조로 유명한 기업.
** Canetons à la mode d'Amblève. '앙블레브식 새끼 오리'라는 뜻. 앙블레브는 벨기에 리에 주의 남쪽 지방.
*** 머시룸과 샹피뇽은 양송이를 뜻하는 영어와 프랑스어.

그런데 그 순간 또 다른 일이 일어났어. 높은 급료를 받는 오케스트라 지휘자가 제 바이올린을 애무하듯 턱에 대고, 눈을 내리깔고, 멜로디의 바다 속으로 흘러들어 간 거야.

'들어 봐!' 손님들이 말했어. '지휘자가 〈화관花冠〉을 연주하고 있어.'

그들은 점심 식사를 할 때와 오후에 차를 마실 때, 그리고 전날 저녁 식사를 할 때 그 곡이 연주되는 것을 들었고, 아직 잊어버릴 만큼 긴 시간이 지나지도 않았기 때문에 그게 〈화관〉이라는 것을 알았지.

'그래, 지휘자가 〈화관〉을 연주하고 있군.' 손님들은 서로 확인했어. 지금 연주되고 있는 곡이 〈화관〉이라는 점에 대해서는 모든 손님의 의견이 일치했지. 오케스트라는 그날 그 곡을 벌써 열한 번이나 연주했거든. 네 번은 손님들의 요청에 따라 연주했고 나머지 일곱 번은 습관에 따라 연주했지만, 그 곡이 지금 연주되는 것은 뜻밖의 일이었기 때문에 손님들은 귀에 익은 그 가락을 열렬히 환영했지. 식탁의 절반에서 콧노래를 흥얼거리는 소리가 들렸고, 좀 더 흥분한 손님들 가운데 일부는 박수를 쳐도 되는 순간이 오자마자 요란하게 박수를 칠 수 있도록 포크와 나이프를 내려놓았어.

그러면 '카네통 아 라 모드 당블레브'는? 속이 뒤집힐 만큼 놀라고 망연자실한 아리스티드는 완전히 무시당한 요리가 차갑게 식어 가는 것을 지켜보았다네. 손님들이 연주자들에게 아낌없이 찬사와 갈채를 보내면서 그 음식을 기계적으로 조금씩 집어 먹거나 아무렇게나 우적우적 씹어 먹는 것은 요리를 완전히 무시하는 것보다 더 심한 모욕이었지. 파슬리 소스를 곁들인 송아지 간과 베이컨도 만찬회에서 그런 굴욕을 당하지는 않았을 거야. 기둥 뒤에 숨어서 지켜보고 있던 주방장은 뇌를 태우는 듯한 격렬한 분노 때문에 숨이 막힐 지경이었어.

이 분노는 고통의 배출구를 전혀 찾을 수 없었지. 그러는 동안 오케스트라 지휘자는 주위에서 폭풍처럼 일어난 박수갈채에 허리를 숙여 답례하고 있었어. 그리고 동료들한테 돌아서서 앙코르 곡을 연주하라는 신호로 고개를 끄덕였지. 하지만 그가 바이올린을 다시 들어 올리기 전에 기둥 뒤에서 폭발적인 목소리가 터져 나왔어.

'안 돼! 안 돼! 그걸 또 연주하면 안 돼!'

지휘자는 놀라고 화가 나서 그쪽을 돌아보았지. 그가 상대의 눈 속에서 경고하는 표정을 보았다면 다르게 행동했을지도 몰라. 하지만 찬탄하는 박수갈채 소리가 그의 귓속에서 울려 퍼지고 있었기 때문에, 그는 날카롭게 고함을 쳤어.

'그건 내가 결정할 일이야.'

'아니야! 당신은 이제 두 번 다시 그 곡을 연주하지 못해!' 주방장은 그렇게 외쳤고, 다음 순간 그는 세상의 평판을 빼앗아 간 밉살스러운 존재한테 난폭하게 덤벼들었지. 김이 모락모락 피어오르는 수프가 가득 담긴 커다란 금속 튜린*이 늦게 온 손님들을 위해 사이드 테이블에 막 놓인 참이었어. 무슨 일이 일어나고 있는지를 웨이터나 손님들이 미처 알아차리기도 전에 아리스티드는 버둥거리는 희생자를 그 테이블로 질질 끌고 가더니 그의 머리를 펄펄 끓는 수프 속에다 처박았지. 식당의 반대쪽 끝에서는 손님들이 아직도 앙코르를 예상하고 간헐적으로 박수를 치고 있었어.

오케스트라 지휘자가 왜 죽었는지, 수프에 머리가 처박히는 바람에 질식사한 것인지, 직업적 자부심이 충격을 받는 바람에 쇼크사한 것

---

* 수프 따위를 담는 뚜껑이 달린 움푹한 그릇.

인지, 끓는 수프에 화상을 입는 바람에 죽은 것인지에 대해 의사들의
소견은 끝내 일치하지 못했어. 지금은 은퇴해서 조용히 살고 있는 아
리스티드 소쿠르 씨는 질식사한 게 맞는다고 주장하고 있지만……"

브라티슬라프
Wratislav

백작 부인의 맏아들과 둘째 아들은 참으로 한심한 결혼을 했다. 그것은 집안 내력이라고 클로비스는 생각했다. 막내아들인 브라티슬라프는 약간 회색을 띤 집안에서 유일하게 검은 털을 가진 양처럼 집안의 골칫거리였지만, 아직 한 번도 결혼한 적이 없었다.

"확실히 못된 데에는 그만한 이유가 있어요." 백작 부인이 말했다. "못된 녀석들은 장난을 치지 않아요."

"그래요?" 소피 남작 부인은 그 말에 이의를 제기하기 위해서가 아니라 지적으로 말하려고 애쓰면서 물었다. 그녀가 멍청하고 무의미하지 않은 말을 하는 것은 분명 신의 뜻이 아니었지만, 이 문제에서는 그녀가 신의 뜻을 무시하려고 시도한 것이다.

"내가 왜 영리하게 말하면 안 되는지 모르겠어요." 그녀는 불평하곤 했다. "우리 어머니는 입담 좋고 재치 있게 대화하는 사람이라는 평을 받았죠."

"그런 건 한 세대를 건너뛰는 특징을 갖고 있어요." 백작 부인이 말했다.

"그건 너무 불공평한 것 같아요." 소피가 말했다. "우리는 어머니가 자기보다 말을 잘해도 어머니한테 불만을 품지 않지만, 내 딸들이 재치 있게 말한다면 나는 좀 불쾌하고 화가 날 거예요. 그건 솔직히 인정할 수밖에 없어요."

"당신 딸들 가운데 재치 있는 말솜씨를 가진 애가 있나요?" 백작 부인은 위로하듯 말했다.

"그건 모르겠어요." 남작 부인은 당장 딸들을 변호하는 쪽으로 돌아서서 말했다. "엘사가 목요일에 삼국동맹*에 대해 아주 재치 있는 말을 했어요. 삼국동맹은 종이우산 같다고, 비오는 날 쓰고 나가지만 않으면 괜찮다고. 그건 아무나 할 수 있는 말이 아니죠."

"누구나 하는 말이에요. 적어도 내가 아는 사람들은 모두 그렇게 말했어요. 하기야 나는 아는 사람이 별로 없지만……"

"부인은 오늘 별로 상냥하지 않군요."

"나는 상냥한 적이 없어요. 나처럼 완벽한 프로필을 가진 여자들은 적당히 상냥한 경우조차 거의 없다는 걸 모르시나요?"

"부인의 프로필이 완벽하다고요? 나는 그렇게 생각지 않아요."

"내 프로필이 완벽하지 않다면 그거야말로 놀랄 만한 일일 거예요.

---

* 1882년에 독일·오스트리아·이탈리아가 프랑스에 대항하기 위해 체결한 비밀 군사 동맹. 프랑스·영국·러시아의 삼국협상과 대립하여 제1차 세계대전으로 발전했으며, 전쟁이 일어나자 이탈리아가 탈퇴하여 삼국협상 진영에 가담했다.

우리 어머니는 당대 최고의 고전적인 미인으로 유명했죠."

"아시다시피 그런 건 한 세대를 건너뛰는 경우가 많아요." 남작 부인은 이 기회를 놓칠쏘냐 하고 서둘러 말했다. 그녀가 그런 재치 있는 즉답을 할 기회는 금손잡이가 달린 우산을 발견하는 것만큼 드물게 찾아온다.

"사랑하는 소피." 백작 부인은 상냥하게 말했다. "그건 조금도 재치 있는 말이 아니지만, 당신이 그렇게 열심히 노력하고 있으니까 당신을 낙담시키면 안 될 것 같군요. 그런데 묻고 싶은 게 있는데, 엘사가 브라티슬라프한테 잘 어울릴 거라고 생각해 본 적은 없나요? 브라티슬라프도 누군가와 결혼할 때가 되었는데, 엘사와 결혼하면 안 될 이유도 없잖아요?"

"엘사가 그 못된 녀석과 결혼한다고요?" 남작 부인은 헐떡이며 말했다.

"거지 처지에 이것저것 가릴 수는 없죠." 백작 부인이 말했다.

"엘사는 거지가 아니에요!"

"경제적으로는 거지가 아니죠. 정말 거지였다면 내가 두 아이를 결혼시키자고 제의하지도 않았을 거예요. 하지만 알다시피 엘사는 점점 나이를 먹어 가고 있는데, 머리가 좋길 하나 얼굴이 예쁘길 하나, 뭐 하나 내세울 게 없잖아요."

"엘사가 내 딸이라는 걸 잊으신 모양이군요."

"바로 그게 내 너그러움을 보여 주는 거예요. 하지만 진정으로 하는 말인데, 나는 브라티슬라프한테 불리한 점이 뭐가 있는지 모르겠어요. 그 애는 빚도 전혀 없고―적어도 말할 가치가 있는 빚은 없어요."

"하지만 그 아이의 평판을 생각해 보세요! 사람들이 그 아이에 대해 말하는 것의 절반만 사실이라 해도……"

"아마 그 말들의 4분의 3분은 사실일 거예요. 하지만 그게 어쨌다는 거죠? 설마 대천사를 사위로 삼고 싶은 건 아니겠죠?"

"나는 브라티슬라프를 사위로 삼고 싶지 않아요. 그 녀석과 결혼하면 내 가엾은 엘사는 불행해질 거예요."

"약간의 불행은 엘사한테 별로 중요하지 않을 거예요. 그건 엘사의 머리 모양과 잘 어울릴 거예요. 그리고 엘사가 브라티슬라프와 사이 좋게 지낼 수 없다면, 언제든지 가난한 사람들한테 가서 선행을 베풀면 돼요."

남작 부인은 탁자에서 액자에 든 사진을 집어 들었다.

"확실히 잘생기긴 했군요." 그녀는 망설이듯 말하고, 훨씬 더 망설이는 말투로 덧붙였다. "어쩌면 엘사가 그 아이를 개심시킬 수 있을지도 몰라요."

백작 부인은 너무 높지도 낮지도 않은 적당한 음조로 웃을 수 있을 만큼 침착했다.

*

3주 뒤, 백작 부인은 외국 서적을 파는 서점에서 소피 남작 부인에게 성큼성큼 다가갔다. 그곳은 종교서적 판매대가 아니었지만, 남작 부인은 아마 거기서 기도서를 사고 있었을 것이다.

"나는 방금 로덴슈탈스네 집에 두 아이를 놔두고 왔어요." 이것이 백작 부인의 인사말이었다.

"아이들은 행복해 보였나요?" 남작 부인이 물었다.

"브라티슬라프는 새로 지은 영국제 옷을 입고 있었고, 그래서 그 아이는 당연히 행복해요. 나는 브라티슬라프가 토니한테 수녀와 쥐덫에 대한 재미있는 이야기를 하는 것을 엿들었지만, 사실 그 이야기는 되풀이할 만한 게 못 돼요. 엘사는 토니를 제외한 다른 사람들한테 삼국 동맹이 종이우산 같다는 재치 있는 말을 하고 있었는데, 그 이야기는 기독교도의 참을성을 갖고 있다면 되풀이해도 괜찮을 것 같아요."

"두 아이는 서로 홀딱 반해서 다른 사람은 안중에도 없이 상대한테 열중해 있는 것 같았나요?"

"솔직히 말하면 엘사는 무릎덮개에 열중한 것처럼 보였어요. 그런데 왜 엘사한테 노란 사프란색 옷을 입게 했나요?"

"나는 항상 그 색깔이 엘사의 안색과 잘 어울린다고 생각해요."

"불행히도 그렇지 않아요. 어울리기는커녕 따로 놀아요. 우우, 정말 싫어요. 그리고 잊지 말아요. 목요일에 나하고 점심 먹기로 한 거."

남작 부인은 다음 목요일 점심 약속에 늦었다.

"무슨 일이 일어났는지 알아맞혀 보세요!" 그녀는 방으로 뛰어들면서 외쳤다.

"당신이 식사에 지각한 걸 보니, 놀랄 만한 일이겠죠." 백작 부인이 말했다.

"엘사가 로덴슈탈스네 운전수와 함께 달아났어요!"

"우와! 그거 정말 놀랍군요!"

"우리 집안에서 지금까지 그런 짓을 한 사람은 아무도 없었어요." 남작 부인은 헐떡이듯 말했다.

"그 운전수가 당신 집안의 다른 여자들한테는 그런 식으로 매력을 발산하지 않았겠죠." 백작 부인은 재판관처럼 말했다.

남작 부인은 이런 재난을 당한 그녀에게 상대가 마땅히 놀라움과 동정을 표해야 한다고 생각했지만, 당연한 권리인 그것을 자기가 받고 있지 않다고 느끼기 시작했다.

"어쨌든 엘사는 이제 브라티슬라프와 결혼할 수 없어요."

"어쨌든 엘사는 결혼할 수 없었을 거예요." 백작 부인이 말했다. "브라티슬라프는 어젯밤에 느닷없이 해외로 떠났거든요."

"해외로요? 어디로 갔는데요?"

"멕시코로 갔을 거예요."

"멕시코! 하지만 뭐 하러요? 왜 멕시코죠?"

"영국에는 '양심은 우리 모두를 카우보이로 만든다'는 속담이 있죠."

"브라티슬라프한테 양심이 있는 줄은 몰랐네요."

"브라티슬라프는 양심이 없어요. 사람을 서둘러 해외로 보내는 건 다른 사람들의 양심이죠. 식사나 하러 갑시다."

부활절 달걀
The Easter Egg

아들이 소문난 겁쟁이라는 것은 군인 집안 출신에, 자기 세대의 여자들 중에서 가장 용감한 여자로 손꼽히는 바버라 부인에게는 정말 괴로운 일이었다. 레스터 슬래그비가 어떤 좋은 자질을 갖고 있든 간에, 용기만은 그가 한 번도 자신의 장점으로 내세우지 못한 자질이었다. 어린 시절에는 어린애다운 두려움에 시달렸고, 소년 시절에는 소년답지 않은 두려움에 시달렸고, 청년 시절에는 불합리한 두려움 대신 주의 깊게 생각해 낸 근거를 갖고 있다는 사실 때문에 더욱 감당할 수 없는 다른 두려움을 택했다. 그는 솔직히 동물을 두려워했고, 총에 겁을 냈고, 영국해협을 건널 때는 구명대의 개수와 승객수를 머릿속으로 비교해 보곤 했다. 말을 탈 때면 그는 힌두교의 신만큼 많은 손이 필요한 것 같았다. 고삐를 잡는 데 손이 적어도 네 개는 필요했고, 말의 목을 토닥여서 진정시키려면 손 두 개가 더 필요했다. 바버라 부인은 아들의 이런 약점을 더 이상 못 본 체하지 않고, 여느 때처럼 용기를 발휘하여 그 사실에 정면으로 맞섰고, 그럼에도 불구하고 어머니답게 아들을 사랑했다.

유럽 대륙 여행, 그것도 유명한 관광 코스에서 벗어난 곳을 여행하는 것은 바버라 부인이 좋아하는 취미였고, 이런 여행에는 되도록 자주 레스터를 함께 데려갔다. 부활절 시즌에는 대개 크노발트하임에 갔는데, 크노발트하임은 중부 유럽 지도에 반점이 찍힌 것 같은 작은 공국들 가운데 하나인 산악 도시였다.

그녀는 이 나라 왕실과 오랜 친분을 갖고 있었기 때문에, 역시 그녀의 오랜 친구인 시장이 보기에 바버라 부인은 상당히 중요한 인물이었다. 그래서 대공이 크노발트하임 교외에 지은 요양소 개소식에 직접 참석하겠다는 뜻을 밝히자, 시장은 이 중요한 행사에 대해 바버라 부인의 의견을 간절히 듣고 싶어 했다. 환영식 프로그램에 으레 포함되는 항목들은 어리석고 진부한 것과 기발하고 매력적인 것을 포함하여 모두 준비가 갖추어졌지만, 시장은 지략이 풍부한 그 영국 귀부인이 신선하고 우아하게 대공을 환영하는 방식을 가르쳐 줄지도 모른다고 기대했다. 대공은 바깥세상에는 목검 하나로 근대적 진보와 맞서 싸우는 구닥다리 반동주의자로 알려져 있었고, 국민들한테는 사랑스럽고 위엄 있지만 쌀쌀하고 냉담한 면은 전혀 없는 친절한 노신사로 알려져 있었다. 크노발트하임 당국은 최선을 다하려고 애썼다. 바버라 부인은 머물고 있는 작은 호텔에서 아들 레스터와 두어 명의 지인과 그 문제를 논의했지만, 좋은 생각은 좀처럼 떠오르지 않았다.

"마나님께 제 의견을 말씀드려도 될까요?" 혈색이 나쁘고 광대뼈가 튀어나온 여자가 물었다. 바버라 부인은 한두 번 이야기를 나눈 적이 있는 그 여자가 아마 남슬라브족일 거라고 짐작했다.

"대공 전하 환영식에 대해 뭘 좀 제안해도 될까요?" 그녀는 조심스럽게, 그러면서도 열띤 어조로 말을 이었다. "여기 있는 제 어린 아들한테 하얀 코트를 입히고 작은 날개를 달아서 부활절 천사로 꾸미는 거예요. 이 아이한테 하얗고 커다란 부활절 달걀을 들게 하고, 그 안에 대공님이 좋아하는 물떼새알 바구니를 넣어서 부활절 선물로 대공 전하께 드리는 거죠. 전에 스티리아에서 그렇게 하는 것을 본 적이 있는데, 정말 멋진 생각이잖아요?"

바버라 부인은 그 여자가 부활절 천사로 꾸미자고 말한 아이를 의심스러운 눈으로 바라보았다. 그 아이는 금발에 무표정한 얼굴이었고 나이는 네 살쯤 되어 보였다. 부인은 전날 호텔에서 그 아이를 보고, 어떻게 담황색 머리털을 가진 아이가 그 여자와 그녀의 남편처럼 까무잡잡한 피부의 부모한테서 태어날 수 있었을까 하고 의아하게 생각했다. 부부가 젊지 않았기 때문에 아마 양자일 거라고 짐작했다.

"물론 마나님이 이 아이를 인도해서 대공 전하께 데려가시는 거예요." 여자가 말을 이었다. "이 아이는 아주 착하게 굴 테고, 시키는 대로 할 거예요."

"빈에서 신선한 물떼새알을 가져올 수 있습니다." 남편이 말했다.

이 엉뚱한 제안에 레스터는 회의적인 태도를 드러냈지만, 시장은 그 이야기를 듣고는 무척 기뻐했다. 그의 감상적인 기질과 물떼새알의 결합은 게르만계인 시장의 마음을 강하게 사로잡았다.

중대한 그날, 예쁘고 묘하게 차려입은 부활절 천사는 대공 전하를 환영하기 위해 모인 축제 기분의 군중에게 관심의 초점이 되었다. 이런 상황에서 대부분의 부모는 주제넘게 나서고 법석을 떨었겠지만, 아이의 어머니는 되도록 눈에 띄지 않게 조심하면서, 부활절 달걀을 자기가 직접 아이의 팔에 안겨 주게 해 달라고 요구했을 뿐이다. 그녀는 그 귀중한 짐을 어떻게 들어야 하는지를 아이한테 세심하게 가르쳤다. 이윽고 바버라 부인이 앞으로 나아갔고, 아이도 무표정한 얼굴에 단호한 결의를 보이며 그녀 옆에서 걸어갔다. 아이는 친절한 노신사에게 부활절 달걀을 제대로 잘 전달하면 과자와 사탕을 푸짐하게 받기로 약속되어 있었다. 레스터는 아이가 맡은 역할을 제대로 해내지 못하면 호되게 맞을 거라고 아이에게 남몰래 말해 두었지만, 그의 독일어가 당장 아이를 울린 것 이상의 효과가 있었는지는 의심스럽다. 바버라 부인은 사려 깊게도 비상시에 아이에게 곧바로 줄 수 있는 초콜릿 과자를 준비했다. 아이들은 때로는 기회주의자일 수도 있지만, 보상받을 때까지 오래 기다리는 것을 좋아하지 않는다.

연단에 가까이 다가가자 바버라 부인은 신중하게 옆으로 비켜섰고, 무표정한 얼굴의 아이만 칭찬하는 말을 속삭이는 어른들의 목소리에 힘을 얻어서 비틀거리면서도 확고한 걸음걸이로 혼자 아장아장 앞으로 걸어갔다. 관중들 앞에 서 있던 레스터는 고개를 돌려 군중을 훑어보며 행복감으로 얼굴을 환하게 빛내고 있을 아이 부모를 찾았다. 기차역으로 이어지는 옆길에 승합마차 한 대가 서 있는 것이 보였다. 남몰래 서둘러 그 승합마차에 올라타고 있는 것은 그럴듯한 말솜씨로 '묘안'을 그렇게 열심히 제안한 그 까무잡잡한 얼굴의 부부였다.

겁쟁이의 예리한 본능이 순식간에 그에게 상황을 알려 주었다. 그의 혈관 속에서 수천 개의 수문이 열린 것처럼 피가 머리로 솟구쳐 올라갔고, 그의 뇌는 모든 급류가 만나는 저수지였다. 그는 눈앞이 부옇게 흐려져서 아무것도 보이지 않았다. 다음 순간 피가 썰물처럼 빠른 속도로 머리에서 빠져나가고, 심장 자체도 피가 고갈되어 텅 비어 버린 것 같았다. 그는 힘없이 무기력하게 서서, 저주받은 짐을 들고 천천히 걸어가는 아이를 멍하니 지켜보고 있었다. 아이는 그를 맞이하기 위해 얌전히 기다리고 있는 사람들에게 다가가고 있었다. 레스터는 호기심에 사로잡혀 도망자들 쪽으로 고개를 돌렸다. 승합마차는 전속력으로 기차역을 향해 출발한 참이었다.

다음 순간, 레스터도 달리고 있었다. 그 자리에 있던 사람들은 아무도 그렇게 빨리 달리는 사람을 본 적이 없었다. 그는 도망치는 게 아니었다. 그의 인생에서 예외적인 그 짧은 순간, 어떤 이례적인 충동이 그를 사로잡았다. 그것은 그가 어떤 집안 출신인지를 얼핏 보여 주었다. 그는 전혀 위축되지 않고 위험을 향해 달려갔다. 그리고 럭비 선수가 공을 움켜잡을 때처럼 허리를 굽혀 부활절 달걀을 낚아챘다. 그 달걀을 어떻게 처리할 작정인지는 생각지 않았다. 중요한 것은 달걀을 일단 손에 넣는 것이었다. 하지만 아이는 달걀을 친절한 노신사의 손에 무사히 건네주면 과자와 사탕을 받기로 약속되어 있었다. 아이는 비명도 지르지 않고 달걀을 붙잡고 늘어졌다. 레스터는 땅바닥에 무릎을 꿇고 단단히 움켜잡은 달걀을 힘껏 잡아당겼다. 분개한 구경꾼들이 소리를 질렀다. 사람들이 위협적으로 그를 둘러싸고는 왜 그러냐고 물었다. 그가 새된 목소리로 섬뜩한 한마디를 내뱉자 그들은 겁을 먹고 뒷걸음쳤다. 바버라 부인도 그 말을 들었고, 군중이 뿔뿔이 흩어져 달아나는 것을 보았고, 대공의 수행원들이 대공을 강제로 밀어내는 것을 보았다. 그녀는 또한 아들이 압도적인 공포의 고통 속에서 납작 엎드린 것도 보았다. 예기치 않은 아이의 저항 때문에 그의 충동적인 용기는 산산조각이 나 버렸지만, 아직도 그 하얀 공단으로 만든 싸구려 장신구를 마치 그것만 잡고 있으면 안전하기라도 한 것처럼 미친 듯이 움켜잡고 있었다. 그리고 그 위험한 곳에서 엉금엉금 기어서 도망치지도 못한 채, 그저 비명만 계속 질러 댈 뿐이었다. 바버라 부인은 지금 아들이 보여 주고 있는 비참하고 창피한 꼬락서니와 호기롭고 무모하게 위험 속으로 뛰어든 용감하고 대담한 행동을 머릿속에서 비교해 보고 있는 것을, 또는 비교해 보려고 애쓰는 것을 어렴풋이 의식했다. 그녀가 서로 뒤엉켜 있는 두 사람의 모습, 무표정하고 고집스러운 얼굴과 끈질긴 저항으로 팽팽하게 긴장한 몸을 가진 아이와 거의 비명도 지르지 못할 만큼 공포에 질려 벌써 거의 죽어 버린 듯 생기 없이 축 늘어진 아들을 바라본 것은 잠시뿐이었다. 그들의 몸 위에서 화려한 색깔의 기다란 장식 리본들이 햇빛 속에서 화려하게 펄럭이고 있었다. 그녀는 그 장면을 결코 잊지 못했다. 하지만 그것이 그녀가 본 마지막 장면이었다.

바버라 부인은 흉터가 남은 얼굴과 시력을 잃은 눈을 여느 때처럼 용감하게 세상에 드러내고 다닌다. 하지만 그녀의 친구들은 부활절 시즌에는 아이들의 부활절 상징물인 부활절 달걀 이야기가 그녀의 귀에 들어가지 않게 하려고 조심한다.

성자 베스팔루스의 이야기
The Story of St. Vespaluus

"이야기나 하나 해 다오." 남작 부인이 내리는 비를 내다보며 한숨처럼 말했다. 금방이라도 그칠 것 같으면서 오후 내내 계속 내리는, 마치 미안해하는 것처럼 부슬부슬 내리는 비였다.

"어떤 이야기요?" 클로비스는 크로케 망치를 마지막으로 힘껏 밀면서 물었다.

"흥미로울 만큼만 사실이고 지루할 만큼은 사실이 아닌 이야기." 남작 부인이 말했다.

클로비스는 자기가 편하고 만족스럽도록 쿠션 여러 개를 다시 배열했다. 그가 알기로 남작 부인은 찾아온 손님들이 편안하게 지내는 것을 좋아했고, 그 점에서는 부인의 소망을 존중해 주는 것이 옳다고 그는 생각했다.

"제가 성자 베스팔루스의 이야기를 한 적이 있었나요?"

"너는 대공들과 사자 길들이는 사람들, 금융업자들의 창문, 헤르체 고비나 우체국장에 대해 이야기해 주었지." 남작 부인이 말했다. "그리고 이탈리아의 기수, 바르샤바에 간 여자 가정교사에 대해 한 번씩 이야기했고, 네 어머니에 대해서는 여러 번 이야기했지만, 성자에 대한 이야기는 한 번도 하지 않은 게 확실해."

"이 이야기는 꽤 오래전에 일어났어요. 사람들의 3분의 1은 이교도, 3분의 1은 기독교도, 나머지 3분의 1은 그때그때 궁정이 신봉하는 종교를 맹목적으로 추종한, 아주 잡다하고 불편한 시대였지요. 그 시대에 흐크리크로스라는 왕이 있었는데, 성질이 사납고, 가족 중에는 직계 후계자가 없었어요. 하지만 결혼한 누이가 조카를 잔뜩 낳아 주었기 때문에, 그 조카들 중에서 후계자를 고를 수 있었죠. 그 모든 조카들 가운데 왕으로서 가장 바람직하고 왕답다고 인정받은 사람은 열여섯 살의 베스팔루스였는데, 베스팔루스는 가장 잘생기고 말도 제일 잘 타고 창도 제일 잘 던지고, 탄원하는 사람이 있어도 못 본 체하고 지나칠 수 있지만 만약 그 사람을 보았다면 무엇이든 주었을 거라는 태도를 취할 수 있는, 군주로서 귀중한 재능을 타고났지요. 우리 어머니도 어느 정도는 그 재능을 갖고 계세요. 우리 어머니는 생글생글 웃는 얼굴로 돈을 한 푼도 쓰지 않고 자선바자회장을 통과한 뒤, 이튿날 바자회 주최자들을 만나서 '당신들이 자선기금을 필요로 한다는 걸 알았다면……' 하는 표정을 지을 수 있거든요. 그 간절한 표정은 그야말로 뻔뻔스러운 승리감이에요.

그런데 흐크리크로스 왕은 제1급 이교도였고, 왕궁과 가까운 언덕의 우묵한 숲에 살고 있는 신성한 뱀들을 광적으로 숭배했지요. 평민들은 무분별하게 나서지만 않으면 아무 종교라도 허용되었지만, 궁정 관리가 신흥종교인 기독교로 개종하는 경우에는 왕에게 경멸당했어요. 왕은 그들을 비유적으로가 아니라 문자 그대로 내려다보았지요. 그들을 왕궁 정원의 곰 우리에 쳐 넣고, 그 주위에 뻗어 있는 회랑에서 그들을 내려다본 거예요. 그래서 젊은 베스팔루스가 어느 날 허리띠에 묵주를 끼우고 궁정 행사에 나타나, 그게 뭐냐고 묻는 사람들에게 자기는 기독교를 받아들이기로 결정했다고, 적어도 기독교를 시험 삼아 한번 믿어 보기로 했다고 선언했을 때, 사람들은 분개하고 경악했지요. 다른 조카였다면 왕은 아마 채찍질을 한 뒤 추방하는 강경책을 취했을 거예요. 하지만 총애하는 베스팔루스여서, 오늘날의 아버지가 배우를 직업으로 택하겠다고 선언한 아들을 대하는 듯한 태도로 그 모든 상황을 바라보기로 결정했어요. 그래서 그는 왕실 도서관 사서를 데려오라고 사람을 보냈지요. 당시 왕실 도서관은 별로 규모가 크지 않았고, 왕의 도서를 관리하는 사서는 한가로운 시간이 많았어요. 그래서 다른 사람들이 정상적인 한계를 넘어서는 일에 말려들어 일시적으로 일을 감당할 수 없게 되면, 그 일을 해결해 달라는 요청을 받곤 했지요.

'네가 가서 베스팔루스 왕자를 설득해야겠다. 그리고 왕자가 제 잘못을 통감하도록 해 주게. 왕위 계승자가 그런 위험한 본보기를 보이게 할 수는 없어.' 왕이 말했어요.

'하지만 왕자님을 설득하려면 논거가 필요한데, 그 논거를 어디서 찾아야 합니까?' 사서가 물었지요.

'왕실 숲에서 필요한 논거를 무엇이든 네 마음대로 가져와도 좋다. 이 경우에 어울리는 통렬한 의견과 신랄한 반론을 정리하지 못하면

너는 지략이 아주 형편없는 놈이야.'

　그래서 사서는 숲으로 들어가 지극히 논쟁적인 막대기와 나뭇가지를 꽤 많이 모은 다음, 베스팔루스의 행동이 얼마나 어리석고 부당한지, 무엇보다도 얼마나 그에게 어울리지 않게 꼴사나운지를 논하여 베스팔루스를 설득하기 시작했어요. 그의 논법은 젊은 왕자한테 깊은 인상을 남겼지요. 그 인상은 몇 주 동안 지속되었고, 그동안은 왕자가 불운하게도 기독교에 잘못 빠져들었다는 소문이 더 이상 들리지 않았대요. 그런데 몇 주 뒤에 같은 성질을 가진 또 다른 추문이 궁정을 들쑤셨어요. 베스팔루스가 신성한 뱀들의 자비로운 가호와 원조를 큰 소리로 기원해야 할 자리에서 클루니의 성자 오딜로를 찬미하는 노래를 불렀다는 거예요. 왕은 이 돌발 사태에 격분했고, 상황을 비관적으로 보기 시작했지요. 베스팔루스는 자신의 이교 신앙을 버리지 않겠다는 위험한 고집을 부릴 게 분명했으니까요. 하지만 베스팔루스의 겉모습에는 그런 빙퉁그러진 외고집을 보여 주는 증거가 아무것도 없었어요. 광신자처럼 눈이 창백하지도 않았고, 몽상가처럼 신비로운 표정을 짓지도 않았죠. 그와는 반대로 베스팔루스는 궁정에서 가장 잘생긴 남자였어요. 우아하고 탄탄한 몸매, 건강한 혈색, 잘 익은 오디 색깔을 띤 눈, 그리고 아주 잘 관리하여 매끄럽게 윤기가 흐르는 검은 머리를 갖고 있었죠.”

　“그건 네가 열여섯 살 때 자기 모습이라고 상상한 것을 그대로 묘사한 것 같구나.” 남작 부인이 말했다.

　“우리 어머니가 제 어릴 적 사진을 보여 드린 모양이군요.” 클로비스는 남작 부인의 빈정거림을 칭찬으로 바꾼 뒤 이야기를 계속했다.

　“왕은 베스팔루스를 어두운 탑에 사흘 동안 가두고, 빵과 물밖에는 아무것도 주지 않았어요. 박쥐들이 찍찍거리며 날개 치는 소리가 들렸고, 하나뿐인 작고 가느다란 창을 통해 하늘에 떠가는 구름이 보였지요. 이교에 반대하는 사람들은 왕자가 순교자가 되는 게 아닐까 하는 불길한 이야기를 하기 시작했어요. 음식 문제에서는 옥리의 부주의 때문에 왕자의 고통이 상당히 가벼워졌어요. 옥리는 자신의 저녁 식사인 불고기와 과일과 포도주를 왕자의 감방에 한두 번 실수로 놓아두고 나왔거든요. 처벌이 끝난 뒤, 베스팔루스는 또다시 종교적 고집불통의 징후를 보이지 않을까 해서 엄중한 감시를 받았어요. 왕은 아무리 사랑하는 조카라 해도 그런 중요한 문제에서 자기한테 맞서는 것은 더 이상 용납하지 않기로 결심했으니까요. 또다시 이런 터무니없는 짓을 하면 왕위 계승자를 바꿀 수밖에 없을 거라고 말했지요.

한동안은 만사가 괜찮았어요. 하계 체육대회가 다가오고 있었고, 젊은 베스팔루스는 레슬링과 달리기와 창던지기 시합에 몰두하여 서로 충돌하는 종교 체제의 싸움에 신경 쓸 여유가 없었지요. 하지만 이윽고 대회의 절정을 이루는 가장 중요한 행사가 다가왔어요. 신성한 뱀들이 사는 숲을 돌면서 제례적인 춤을 추는 행사였는데, 이 행사에 베스팔루스가 참가하지 않았나 봐요. 그가 이렇듯 공공연하게 국교를 모욕했기 때문에 이제는 눈감아 주고 싶어도 도저히 눈감아 줄 수가 없었어요. 게다가 왕은 눈감아 주고 싶은 마음이 조금도 없었어요. 꼬박 하루하고도 한나절 동안 왕은 혼자 떨어져 앉아서 곰곰 생각에 잠겼지요. 다들 왕이 젊은 왕자를 죽일 것이냐 용서할 것이냐 하는 문제를 고민하고 있는 줄 알았지만, 사실은 어떻게 죽일 것인가 하는 문제만 심사숙고하고 있었지요. 처형은 불가피했고, 어쨌든 대중의 관심을 끌지 않을 수 없었기 때문에, 되도록 화려하게 인상적으로 처형하는 편이 나았으니까요.

'종교에 대한 불운한 취향과 거기에 집착하는 고집을 제외하면 그 아이는 상냥하고 유쾌한 젊은이야. 따라서 달콤함의 대명사인 날개 달린 사절들이 그 아이를 죽이는 게 적절해.' 왕은 말했지요.

'무슨 말씀이신지……?' 왕실 도서관 사서가 물었어요.

'내 말은 그 아이가 벌에 쏘여 죽을 거라는 뜻이다. 물론 왕실에서 키우는 벌들이지.'

'가장 우아한 죽음이 되겠군요.'

'우아하고 볼만하고 확실히 고통스럽지. 그것은 바랄 수 있는 조건을 모두 충족시키는 처형 방법이야.'

처형식의 세부 사항은 모두 왕이 직접 생각해 냈어요. 베스팔루스의 옷을 벗기고, 손을 뒤로 묶은 다음 왕실의 벌통들 가운데 가장 큰 벌통 위에 가로누운 자세로 매달아서 그의 몸이 조금만 움직여도 벌통과 접촉하여 귀에 거슬리는 삐걱거리는 소리가 나게 했지요. 그러면 나머지 일은 벌들한테 안심하고 맡겨 둘 수 있었어요. 죽음의 고통은 어림잡아 15분 내지 40분 동안 지속될 거라고 왕은 추정했지만, 다른 조카들은 거의 즉사할 거라는 의견과 반대로 두어 시간쯤 걸릴 거라는 의견으로 갈라졌고, 어느 쪽이 맞을 것인가에 대해 상당한 돈을 걸고 내기가 이루어졌어요. 어쨌든 고약한 냄새가 나는 곰 우리에 던져져서 곰의 발톱에 찢기고 앞발에 맞아 죽는 것보다는 벌에 쏘여 죽는 편이 훨씬 나을 거라는 데에는 모두의 의견이 일치했지요.

하지만 왕실의 벌통을 관리하는 사람이 공교롭게도 기독교에 기울어져 있었고, 게다가 대부분의 궁정 관리들과 마찬가지로 베스팔루스를 무척 흠모하고 있었어요. 그래서 처형 전날, 그는 왕실의 모든 벌한테서 독침을 제거하느라 바빴지요. 그것은 시간도 오래 걸리고 세심한 주의가 요구되는 어려운 수술이었지만, 그는 노련한 전문가였기 때문에 거의 밤새도록 열심히 일해서 벌통에 사는 모든 벌 또는 거의 모든 벌의 무장을 해제시키는 데 성공했대요."

"살아 있는 벌한테서 독침을 빼낼 수 있는 줄은 미처 몰랐는걸." 남작 부인이 의심스러운 듯이 말했다.

"모든 직업에는 비법이 있게 마련이죠." 클로비스가 대답했다. "비법이 없으면 그건 직업이 아닐 거예요. 처형 시간이 되자 왕과 신하들은 자리를 잡았고, 그 희한한 구경거리를 보고 싶어 하는 많은 관중을 수용할 자리도 마련되었지요. 다행히 왕실 양봉장은 상당히 넓었고 게다가 왕궁 정원을 둘러싸고 있는 테라스에서 훤히 내려다보여서, 좀 옹색하긴 했지만 관람석을 몇 개 지어서 모든 사람을 수용할 수 있었어요. 이윽고 베스팔루스가 벌통들 앞의 빈터로 끌려왔어요. 얼굴을 붉히고 좀 당황하긴 했지만, 자신에게 쏟아지고 있는 관심을 조금도 불쾌하게 여기진 않았지요."

"그 왕자는 외모만이 아니라 여러 가지 면에서 너를 닮은 것 같구나." 남작 부인이 말했다.

"말을 가로막지 마세요. 이야기가 결정적으로 중대한 국면에 다다랐으니까요." 클로비스가 말했다. "베스팔루스는 벌통 위의 규정된 위치에 매달리자마자, 옥리들이 안전한 거리까지 물러나기도 전에 벌통을 힘껏 걷어찼고, 그러자 벌통이 뒤집어지면서 베스팔루스는 머리끝에서 발끝까지 꿀벌로 뒤덮였지요. 벌들은 이 궁극적인 대단원의 순간에 상대를 독침으로 쏠 수 없다는 불쾌하고 굴욕적인 사실을 알고 있었지만, 독침으로 쏘는 체해야 한다는 걸 저마다 느끼고 있었어요. 베스팔루스는 비명을 지르며 웃느라 몸을 뒤틀었어요. 죽을 만큼 간지러웠기 때문이죠. 때로는 무장 해제를 면한 몇 마리의 벌 가운데 하나가 항의의 표시로 그를 쏘면, 그는 격렬하게 발길질을 하면서 욕을 해댔어요. 하지만 구경꾼들은 그가 고통스럽게 죽어 가는 징후를 전혀 보이지 않는 것을 놀란 눈으로 바라보았고, 지친 벌들이 그의 몸에서 툭툭 떨어지자, 시련을 겪기 전과 마찬가지로 하얗고 매끄러운 그의 살이 드러났어요. 수많은 벌들이 발과 날개로 꿀을 문질러 발라 준 덕분에 그의 피부는 반들반들 윤이 났지만, 여기저기에 작고 붉은 반점이 보였어요. 어쩌다 그를 쏜 벌이 남긴 독침 자국이었지요. 그를 위한 기적이 일어난 건 분명했고, 놀라움이나 기쁨을 나타내는 소리가 관중들 사이에서 터져 나왔어요. 왕은 베스팔루스를 내려놓고 다음 명령을 기다리라는 지시를 내리고, 조용히 점심을 먹으러 돌아갔어요. 그리고 아무 일도 없었던 것처럼 일부러 배불리 먹고 실컷 마셨지요. 식사를 끝낸 뒤 왕은 도서관 사서를 데려오라고 사람을 보냈어요.

'이 실패의 의미가 무엇이냐?' 왕이 물었어요.

그러자 사서가 대답했지요.

'벌들한테 무언가 근본적으로 잘못된 문제가 있거나, 아니면……'

'내 벌들은 아무 문제도 없어. 최고의 벌들이야.' 왕은 오만하게 말했지요.

그러자 사서가 말을 이었어요.

'아니면 베스팔루스 왕자님께 돌이킬 수 없이 옳은 무언가가 있는 게 아닐까요?'

'베스팔루스가 옳다면 내가 틀렸다는 얘긴데……'

사서는 잠시 입을 다물었어요. 말 한마디 잘못했다가 신세 망친 사람이 많으니까요. 하지만 침묵도 적절한 때가 있는 법. 그 불운한 관리는 적절하지 못한 침묵 때문에 결국 파멸하고 말았지요.

왕의 품위를 위해 자제하는 것도 잊고, 배불리 먹은 뒤에는 마음과 몸에 휴식을 준다는 황금률도 잊고, 왕은 사서에게 덤벼들어 상아 체스판과 백랍 포도주병과 놋쇠 촛대로 그의 머리를 마구 때렸어요. 왕은 난폭하게 사서를 때리고, 벽에 달린 철제 횃불 받침대에 몇 번이나 밀어붙이고, 달아나는 사서를 쫓아 정력적으로 발길질을 하면서 연회실을 세 바퀴나 돌았지요. 마침내 왕은 사서의 머리채를 붙잡고 긴 복도를 질질 끌고 가서 창문 아래의 안마당으로 내던졌대요."

"그래서 사서는 많이 다쳤니?" 남작 부인이 물었다.

"놀라기도 했겠지만, 그보다는 다친 게 더 심했지요." 클로비스가 대답했다. "왕은 성질 사납기로 악명이 높았지만, 배불리 먹고 나서 그렇게 자제력을 잃은 것은 그때가 처음이었죠. 어쨌든 내가 아는 바로는, 사서는 간신히 연명하다가 결국 회복되었지만 흐크리크로스는 그날 저녁에 죽었어요. 베스팔루스가 제 몸에서 꿀 얼룩을 다 닦아 내자마자 왕실 사절단이 서둘러 달려와서 그의 머리에 기름을 부어 왕으로 즉위시켰지요. 그리고 많은 사람이 보는 앞에서 기적이 일어난 데다 기독교를 믿는 군주가 즉위했기 때문에, 많은 사람이 앞 다투어 신흥 종교인 기독교로 개종한 것도 놀랄 일은 아니었지요. 서둘러 임명된 주교는 서둘러 급조된 성자 오딜로 대성당에서 많은 사람에게 세례를 주느라 과로로 쓰러질 정도였대요. 그리고 '순교자'가 되었을지도 모르는 베스팔루스는 대중의 상상 속에서 고귀한 성자로 바뀌었고, 그의 명성은 호기심과 경건한 신앙심을 가진 관광객을 수도로 끌어들였지요. 베스팔루스는 치세의 시작을 기념하는 경기대회를 준비하느라 바빠서, 주위에서 들끓고 있는 종교적 열정에 주의를 기울일 겨를이 없었어요. 베스팔루스가 현 상황을 처음으로 알아차린 것은 최근에 기독교로 개종하여 열렬한 신자가 된 시종장이 우상숭배적인 뱀 숲에 대한 벌목 계획안을 가져와서 승인을 요구했을 때였지요.

'첫 번째 나무는 폐하께서 직접, 특별히 봉헌된 도끼로 베어 주시겠지요.' 시종장은 비굴하게 아첨하듯 말했어요.

그러자 베스팔루스는 펄쩍 화를 내며 말했지요.

'나는 가까이에 있는 아무 도끼나 집어서 네 머리통부터 베겠다. 내가 신성한 뱀들을 모욕하는 것으로 통치를 시작할 거라고 생각하다니, 정말로 재수 없는 짓일 거야.'

'하지만 폐하의 기독교 신앙은?' 당황한 시종장이 외쳤어요.

'나는 기독교 신앙을 가진 적이 없어. 나는 단지 흐크리크로스를 괴롭히려고 기독교로 개종한 척했을 뿐이야. 흐크리크로스가 그렇게 펄펄 뛰며 화를 내는 게 재미있었거든. 그리고 아무 이유도 없이 채찍질을 당하고 꾸지람을 듣고 탑에 갇히는 것도 꽤 재미있었어. 하지만 나는 자네 같은 사람들처럼 진지하게 기독교로 개종하는 일은 생각할 수도 없었어. 그리고 신성하고 존경받는 뱀들은 내가 달리기와 레슬링과 사냥에서 성공하게 해 달라고 기도할 때마다 항상 나를 도와주었지. 벌들이 독침으로 나를 해치지 못한 것도 그 뱀들이 중재를 해 준 덕분이야. 통치를 시작하자마자 뱀들한테 등을 돌리는 건 배은망덕한 짓이겠지. 그런 제안을 한 네놈이 가증스럽다.'

시종장은 절망하여 두 손을 쥐어짜면서 울부짖었지요.

'하지만 폐하, 백성들은 폐하를 성자로 숭배하고 있고, 귀족들은 속속 기독교로 개종하고 있고, 기독교를 믿는 이웃나라 군주들은 폐하를 형제로 환영하려고 특사를 보내 오고 있습니다. 폐하를 벌통 수호 성인으로 삼자는 이야기도 있고, 황제의 궁정에서는 특정한 벌꿀색이 베스팔루스 황금색으로 명명되었다고 합니다. 이 모든 것을 뒤엎을 수는 없습니다.'

그러자 베스팔루스가 대답했지요.

'나는 숭배받고 환영받고 영광을 누리는 건 괜찮아. 내가 성자처럼 살기를 기대하지만 않는다면 적당히 성인으로 공경받는 것도 좋아. 하지만 나는 존엄하고 상서로운 행운의 뱀에 대한 숭배를 포기하지 않을 거야. 적어도 이것만은 자네가 분명히 알아주었으면 좋겠어.'

이 마지막 말을 했을 때 베스팔루스의 태도에는 그의 비위를 거스르면 곰 우리에 던져 넣겠다는 위협이 암암리에 드러났고, 짙은 오디색 눈은 위험하게 번득였지요.

'왕은 바뀌었지만 사나운 기질은 똑같군.' 시종장은 속으로 중얼거렸어요.

결국 국가의 필요성 때문에 종교 문제는 타협되었지요. 왕은 일정한 간격을 두고 성자 베스팔루스로 분장하여 대성당의 신하들 앞에 나타났고, 우상숭배적인 숲은 점점 나무를 베고 잘라 내어 결국 아무것도 남지 않게 되었지요. 하지만 신성하고 존경받는 뱀들은 왕궁 정원의 은밀한 덤불숲으로 옮겨졌고, 거기서 이교도 베스팔루스와 그의 가족들은 경건하게 격식을 차려 뱀들을 예배했대요. 그것이 아마 베스팔루스가 죽을 때까지 스포츠와 사냥에서 계속 성공을 거둔 이유일 것이고, 또한 대중이 그의 신성함을 숭배했음에도 불구하고 그가 공식적으로 성인의 반열에 오르지 못한 이유이기도 할 거예요."

"비가 그쳤구나." 남작 부인이 말했다.

낙농장 가는 길
The Way to the Dairy

남작 부인과 클로비스는 자주 가는 공원 모퉁이에 앉아서, 긴 행렬을 이루어 지나가는 사람들에 대해 뒷담화를 털어놓고 있었다.

"방금 지나간 세 여자는 누구지? 저기 울적해 보이는 젊은 여자들……" 남작 부인이 물었다. "고개를 푹 숙인 꼴이, 운명의 여신에게 인사를 했지만 답례 인사가 돌아올지 모르겠다는 태도 같구나."

"브림리 봄필드 자매들이에요. 부인도 그 여자들과 같은 일을 겪었다면 아마 울적해 보일 거예요." 클로비스가 말했다.

"나는 항상 울적해지는 경험을 하고 있지만, 그걸 내색하진 않아. 그건 제 나이에 걸맞게 보이는 것만큼 나쁘니까. 그래, 브림리 봄필드 자매들에 대해 말해 다오."

"좋아요. 비극의 시작은 그들이 이모 한 사람을 찾아낸 거였어요. 물론 그 이모는 처음부터 있었지만, 먼 친척의 유언장에서 이름이 나오는 바람에 기억이 되살아날 때까지는 그들도 이모의 존재를 잊고 있었죠. 남들 눈에 띄지 않고 가난하게 살았던 이모는 하루아침에 부자가 되었고, 그러자 봄필드 자매들은 느닷없이 이모의 외로운 생활을 걱정하면서 자기네 날개 밑에 이모를 품게 되었어요. 그래서 이모는 『요한계시록』에 나오는 무서운 짐승처럼 주위에 많은 날개를 갖게 되었지요."

"봄필드 자매들의 관점에서 보면 아직까지는 어떤 비극도 보이지 않는걸." 남작 부인이 말했다.

"이야기가 아직은 그 단계에 이르지 않았어요. 어쨌든 이모는 아주 소박한 생활에 익숙해져 있었고, 우리가 생활이라고 생각하는 것을 거의 무가치하게 여겼어요. 그리고 조카딸들도 호기롭게 돈을 마구 뿌리라고 이모를 부추기지는 않았죠. 이모가 죽으면 그 돈은 대부분 그들에게 굴러 들어올 테니까요. 게다가 이모는 아주 나이가 많았어요. 그런데 그들이 이모를 수중에 넣으면서 느낀 만족감에 어두운 그림자를 던지는 상황이 한 가지 있었어요. 이모가 재산의 상당 부분은 오빠의 아들한테 갈 거라고 공공연히 인정하고 있었거든요. 그 조카라는 사람은 한심하기 짝이 없는 건달이었고, 씀씀이가 헤프다는 점에서는 구제할 수 없을 만큼 일류였지만, 이모가 다른 친척들의 기억에서 사라졌던 시절에 제법 친절하게 대해 주었기 때문에 이모는 그를 헐뜯는 이야기를 들으려 하지 않았어요. 어쨌든 이모는 무슨 말을 들어도 관심을 기울이려 하지 않았지만, 조카딸들은 이모가 조카에 대한 험담을 많이 듣도록 신경을 썼지요. '좋은 돈'이 그런 한심한 건달의 손에 들어가는 것은 참으로 유감스러운 일이라고 말하곤 했는데, 그들은 다른 사람네 이모들이 대부분 위조화폐에 손을 대기라도 하는 것처럼 자기네 이모의 돈을 '좋은 돈'이라고 말하는 버릇이 있었지요.

더비 경마와 세인트레저 경마와 그 밖의 유명한 경마대회가 끝나면 그들은 로저가 도박으로 얼마나 많은 돈을 탕진했는가를 이모 앞에서 들으라는 듯이 추측하는 데 열중했어요.

'여비만 해도 엄청난 금액일 거예요.' 어느 날 봄필드 자매들 가운데 만이가 말했어요. '로저는 영국에서 열리는 모든 경마에 참석할 뿐만 아니라 해외에서 열리는 경마에도 참석한대요. 로저가 평판이 자자한 캘커타 스위프스테이크 경마를 보러 저 멀리 인도까지 갔다 해도 저는 놀라지 않을 거예요.'

'여행을 하면 마음이 넓어진단다, 사랑하는 크리스틴.' 이모는 그렇게 말했지요.

'알아요, 이모. 올바른 정신으로 하는 여행이라면 그렇겠죠.' 크리스틴도 동의했어요. '하지만 도박과 방종한 생활을 위한 수단으로 하는 여행은 마음을 넓히기보다 오히려 지갑을 줄일 가능성이 커요. 하지만 로저는 자기가 즐겁기만 하면 돈이 아무리 빠르게 또는 헛되이 사라져도 상관하지 않을 테고, 어디서 돈을 더 구할지도 걱정하지 않을 거예요. 그건 정말 유감스러운 일이죠. 그것뿐이에요.'

이모도 이때쯤에는 이미 다른 이야기를 하기 시작했고, 크리스틴의 도덕적인 이야기를 이모가 조금이라도 귀담아들었는지는 의심스러웠지요. 하지만 봄필드 자매들 가운데 막내가 로저의 본색을 폭로할 수 있는 묘안을 생각해 낸 것은 여행이 마음을 넓혀 준다는 이모의 말을 들었을 때였어요.

'로저가 노름에 돈을 탕진하는 것을 볼 수 있는 곳으로 이모를 데려 갈 수만 있다면, 우리가 말로 하는 것보다 훨씬 효과적으로 로저의 됨 됨이를 이모가 깨달을 수 있을 거야.'

'베로니크, 우리가 로저를 따라 경마장에 갈 수는 없어.' 언니들은 말했지요.

'물론 경마장에 갈 수는 없지. 하지만 도박판에 끼지 않고도 노름을 구경할 수 있는 곳에 갈 수는 있어.' 베로니크가 말했어요.

'몬테카를로*를 말하는 거야?' 언니들은 동생의 제안에 흥미를 느끼 면서 물었지요.

'몬테카를로는 너무 멀고, 무서운 평판이 나 있는 곳이야.' 베로니크 가 말했어요. '친구들한테 우리가 몬테카를로에 갈 거라고 말하고 싶 진 않아. 하지만 로저는 매년 이맘때면 대개 디에프**에 갈 거야. 디에 프라면 영국에서 훌륭한 신사들도 가는 곳이고, 여비도 그렇게 비싸 지 않을 거야. 이모가 해협을 건너는 것만 견딜 수 있다면, 환경을 바 꾸는 것이 이모한테 큰 도움이 될지도 몰라.'

이렇게 해서 봄필드 자매들은 그 운명적인 묘안을 실천에 옮기게 된 거예요.

그들이 나중에 말했듯이 이 여행에는 처음부터 재난이 따라다녔어 요. 우선 영국해협을 건너는 동안 이모는 바닷바람을 즐기고 같은 배 에 탄 온갖 낯선 여행자들과 친하게 사귀면서 즐겁게 보냈지만, 봄필 드 자매들은 모두 상태가 아주 안 좋았지요. 이모는 유럽에 가 본 지 오래되었지만, 그곳에서 유급 말벗으로 상당히 실제적인 실습을 했

* 모나코 동북부, 지중해 연안의 리비에라 해안에 있는 휴양 도시. 국영 카지노로 유명하다.
** 프랑스 북부 노르망디 지방에 있는 항구 도시. 영국해협에 면해 있다.

고, 일상적인 프랑스어 지식은 조카딸들보다 훨씬 풍부했대요. 자신이 원하는 게 무엇인지 알고 또 그것을 요구할 수 있는 사람을 조카딸들이 날개로 감싸서 보호하기는 점점 어려워졌지요. 게다가 로저에 관한 한, 그들이 디에프에 온 것은 실패였어요. 로저는 거기서 서쪽으로 3킬로미터 떨어진 푸르빌이라는 작은 해수욕장에 머물러 있었으니까요. 봄필드 자매들은 디에프가 너무 북적거리고 경박하다는 것을 알고, 비교적 한적한 푸르빌로 옮기자고 이모를 설득했지요.

'그곳에 가도 따분하지는 않을 거예요.' 조카딸들은 이모에게 장담했지요. '호텔에 작은 카지노가 딸려 있어서, 사람들이 춤을 추거나 프티슈보*에 돈을 탕진하는 것을 구경할 수 있어요.'

그때는 프티슈보가 불**로 바뀌기 직전이었어요.

로저는 그들과 같은 호텔에 묵고 있지 않았지만, 그들은 오후와 저녁에는 대개 로저가 카지노에 오리라는 걸 알고 있었죠.

그곳에 간 첫날 저녁, 그들은 꽤 이른 저녁을 먹고 나서 카지노에 들어가 테이블 근처를 맴돌았어요. 제가 어떻게 다 알고 있느냐 하면요, 버티 반 탄이 그때 마침 거기에 머물러서 나중에 저한테 자세히 설명해 주었거든요. 봄필드 자매들은 누군가가 나타나기를 기대하는 것처럼 출입문을 감시하고 있었고, 이모는 작은 말들이 게임판 주위를 빙글빙글 도는 것을 바라보면서 점점 재미와 흥미를 느꼈지요.

'너 이거 아니? 저 8번 말은 서른두 번이나 계속 지고 있어. 그동안 한 번도 이기지 못했다고.' 이모는 크리스틴에게 말했지요. '나는 계속 세고 있었지. 정말로 저 말한테 5프랑을 걸어서 격려해 줘야겠어.'

---

* petits chevaux, 장난감 말로 내기를 하는 도박 기계.
** boule, 금속 공을 번갈아 가며 작은 공 가까이로 굴리는 게임.

'이모, 춤추는 거 보러 가요.' 크리스틴은 신경질적으로 말했지요. 로저가 들어왔다가 프티슈보 테이블에서 8번 말에 돈을 걸고 있는 노부인을 발견하는 것은 그들의 전략에 포함되어 있지 않았으니까요.

'잠깐만 기다려. 8번 말에 5프랑을 걸 테니까.' 이모는 그렇게 말했고, 다음 순간에는 이미 이모의 돈이 테이블 위에 놓여 있었지요. 말들은 게임판 주위를 돌기 시작했어요. 이번에는 느린 경주였고, 8번 말은 교활한 악마처럼 살금살금 다가와서, 쉽게 이길 수 있을 것 같았던 3번 말보다 조금 앞으로 코를 내밀었어요. 누가 이겼는지는 측정에 의존할 수밖에 없었고, 8번 말이 승자로 선언되었지요. 이모는 35프랑을 땄어요.

그 후 봄필드 자매들은 이모를 도박판에서 떼어 내기 위해 온 힘을 합쳐야 했을 거예요. 로저가 그곳에 나타났을 때 이모는 52프랑을 딴 상태였고, 조카딸들은 오리 병아리들이 걸핏하면 위험한 물속에서 장난치며 노는 어미를 절망적으로 바라보는 것처럼 뒷전에서 쓸쓸히 맴돌고 있었어요. 로저는 그날 밤 이모와 사촌 누이들에게 저녁 식사를 대접하겠다고 고집했지만, 참석자 가운데 두 사람은 즐거움을 억누르지 못하고 유쾌하게 떠든 반면 나머지 손님들은 장례식에라도 참석한 것처럼 울적해 보였지요.

'나는 이제 두 번 다시 푸아그라를 입에 댈 수 없을 것 같아. 그걸 먹으면 그 끔찍한 저녁의 기억이 되살아날 거야.' 나중에 크리스틴은 한 친구에게 털어놓았고, 그 친구는 다시 버티 반 탄에게 그 이야기를 전했지요.

그 후 2, 3년 동안 조카딸들은 영국으로 돌아가거나 카지노가 없는 다른 휴양지로 옮길 계획을 세웠지요. 이모는 프티슈보에서 이길 방법을 찾느라 바빴어요. 이모의 첫사랑인 8번 말은 이모한테 좀 불친절하게 달렸고, 5번 말에 연달아 큰돈을 걸었지만 결과는 훨씬 더 나빴지요.

'나는 오늘 오후에 도박판에서 700프랑 넘게 잃었어.' 이모는 그곳에 온 지 나흘째 되는 날 저녁 식탁에서 쾌활하게 발표했지요.

'이모! 어젯밤에도 돈을 잃었잖아요.'

'잃은 돈은 모두 되찾을 거야.' 이모는 낙천적으로 말했어요. '하지만 여기서는 아니야. 그 바보 같은 말들은 이제 아무 쓸모도 없어. 나는 기분 좋게 룰렛을 할 수 있는 곳으로 갈 거야. 그렇게 놀란 표정을 지을 필요는 없어. 나는 기회만 주어지면 상습 도박꾼이 될 거라고 늘 생각했는데, 너희들이 나한테 그 기회를 준 거야. 너희들의 건강을 위해 건배해야겠다. 웨이터, 퐁테카네 한 병 부탁해요. 아아, 그게 와인 목록의 7번이군. 오늘 밤에는 7번 말에 걸어야겠다. 오늘 오후에 내가 그 바보 같은 5번 말에 돈을 걸고 있을 때 7번 말이 네 번 연속해서 이겼지.'

하지만 7번 말은 그날 저녁에 이길 기분이 아니었어요. 봄필드 자매들은 뒷전에서 재난을 지켜보는 데 진저리가 나서, 이모가 이제는 명예로운 단골손님이 되어 버린 도박판 가까이 다가가서 1번 말과 5번 말과 8번 말과 4번 말이 연승을 거두어, 고집스럽게 7번 말에 돈을 거는 이모의 지갑에서 '좋은 돈'을 휩쓸어 가는 것을 슬픈 눈으로 바라보았지요. 그날 잃은 돈은 통틀어 2천 프랑에 가까웠대요.

'구제할 수 없는 노름꾼들이군.' 로저는 도박판에서 그들을 발견하고는 놀리듯이 말했어요.

'우리는 노름을 하는 게 아니라 구경하는 거야.' 크리스틴이 차갑게 말했지요.

'그럴 리가.' 로저는 다 알고 있다는 듯이 말했어요. '물론 너희는 도박단을 조직하고 고모가 너희 모두를 대신해서 내기를 걸고 있겠지. 엉뚱한 말이 이길 때 너희들 표정을 보면, 너희가 내기를 걸었다는 걸 누구나 알 수 있어.'

이모와 로저는 그날 밤 단둘이 저녁을 먹었어요. 아니, 적어도 그들은 그럴 작정이었지요. 버티 반 탄이 그들 틈에 끼지만 않았다면 말이에요. 봄필드 자매들은 모두 두통을 앓아서 식사를 못 했거든요.

이튿날도 이모는 그들을 모두 디에프로 데려가서, 유쾌한 모습으로 어제 잃은 돈의 일부를 되찾는 일에 착수했지요. 이모의 운은 변덕스러웠어요. 사실 행운이 찾아온 기미도 조금은 있었어요. 이 새로 만난 오락을 이모가 철저히 즐길 만큼은 되었지요. 하지만 대체로 이모는 손해를 보았어요. 봄필드 자매들은 이모가 아르헨티나 철도 주식을 팔아 버린 날 집단으로 신경쇠약에 걸렸어요. '무슨 수를 써도 그 돈을 되찾지는 못할 거야.' 그들은 울적한 얼굴로 서로에게 말했어요.

마침내 베로니크는 더 이상 참을 수가 없어서 집으로 가 버렸어요. 이모를 이 불운한 여행에 데려온 건 애당초 베로니크의 생각이었고, 언니들은 맞대 놓고 베로니크에게 그 사실을 상기시키지는 않았지만, 그들의 눈초리에 숨어 있는 비난은 실제로 신랄한 비난을 당하는 것보다 더 견디기 어려웠을 거예요. 다른 두 자매는 뒤에 남아서 디에프 시즌이 끝나 마침내 이모를 안전한 집 쪽으로 돌려놓을 수 있을 때까지 호위병처럼 쓸쓸히 이모를 지키고 있었지요. 그리고 그때까지 운이 좋으면 '좋은 돈'을 얼마나 적게 탕진할 수 있을까를 불안한 마음으로 계산했어요. 하지만 여기서 그들의 계산은 완전히 빗나가고 말았어요. 디에프 시즌이 끝난 것은 이모의 생각을 또 다른 도박장을 찾는 쪽으로 돌려놓았을 뿐이니까요.

'고양이한테 낙농장 가는 길을 알려 주면 어쩌고' 하는 속담이 있죠. 이 속담이 어떻게 이어지는지는 잊었지만, 봄필드 자매들의 이모에 관한 한 이 속담이 상황을 잘 요약하고 있었어요. 이모는 한 번도 맛본 적이 없는 즐거움을 처음 경험하고, 그것이 제 취향에 딱 맞는다는 것을 알고는 새로 얻은 지식의 열매를 서둘러 포기하지 않았지요. 그 노부인은 난생처음으로 철저히 즐기고 있었어요. 이모는 돈을 잃고 있었지만 그 과정에서 많은 재미와 흥분을 맛보았고, 아주 편안하게 그것을 계속할 수 있을 만큼 충분한 돈이 아직 남아 있었지요. 사실 이모는 호화롭게 사는 기술을 이제 막 배우기 시작한 참이었어요. 이모는 인기 있는 파티 주최자였고, 그 보답으로 동료 노름꾼들은 도박에서 운이 좋으면 항상 그녀에게 점심과 저녁을 대접했지요. 두 자매는 침몰해 가는 보물선이 어쩌면 항구에 들어갈 수 있을지 모른다는 희망을 품고 보물선에 남은 선원들처럼 마지못해 남아서 이모를 돌보고 있었지만, 그런 보헤미안적 잔치에서는 거의 즐거움을 찾지 못했어요. 어떤 식으로도 사회적으로 그들에게 도움이 될 것 같지 않은 정체 모를 지인들을 즐겁게 해 주기 위해 '좋은 돈'이 사치스러운 식사에 낭비되는 꼴을 보면, 그들과 함께 먹고 마시면서 흥청망청 떠들고 놀 마음이 나지 않았지요. 그래서 그들은 가능하면 핑계를 대어 이모의 개탄스러운 파티에 참석하지 않으려고 애썼어요. 봄필드 자매의 두통은 유명해졌지요.

그러던 어느 날 두 자매는 자기들이 날개로 감싸서 보호해 온 이모가 이제 그 보호에서 완전히 해방되었으며, 이모를 계속 돌보아 봤자 유익한 목적을 달성하지는 못할 거라는 결론에 도달했어요. 그들은 아마 '이모 시중을 들어 봤자 아무 소용이 없다'고 표현했을 거예요. 떠나겠다는 그들의 통고를 이모는 당황스러울 만큼 유쾌하게 받아들였지요.

'그래, 너희는 계속 두통에 시달렸으니까 이제는 집에 돌아가서 의사한테 진찰을 받을 때가 됐어.' 이것이 그 상황에 대한 이모의 논평이었지요.

봄필드 자매의 귀국 여행은 그야말로 모스크바 퇴각*과 마찬가지였고, 그 여행을 더욱 쓰라리게 만든 것은 모스크바가 이 경우에는 불길과 잿더미에 뒤덮인 것이 아니라 휘황찬란한 조명으로 밝혀져 있었다는 사실이었지요.

그들은 친구와 지인들을 통해서 이따금 방탕한 생활을 하는 이모의 소식을 들었는데, 이모는 완전히 상습적인 도박광이 되어 친절한 고리대금업자들이 그녀에게 남겨 준 약간의 수입으로 근근이 살고 있다는 것이었죠.

그러니까 그들이 공공연히 울적한 표정을 짓는다 해도 놀랄 필요는 없어요." 클로비스는 말을 맺었다.

"누가 베로니크지?" 남작 부인이 물었다.

"세 사람 가운데 가장 울적해 보이는 여자요."

---

* 1812년에 러시아를 침공한 나폴레옹은 러시아의 초토화 전략에 말려들어 퇴각할 수밖에 없었는데, 60만 대군 가운데 약 5만 명만이 살아남았다.

모즐바턴의 평화
The Peace of Mowsle Barton

크레프턴 로키어는 모즐바턴의 농가 마당에 접한 정원인지 과수원인지 알 수 없는 작은 땅뙈기에 앉아서, 몸과 마음을 편안하게 쉬고 있었다. 오랫동안 도시에 살면서 스트레스와 소음에 시달린 뒤 언덕에 둘러싸인 농가에서 맛보는 휴식과 평화는 극적일 만큼 강렬하게 그의 감각을 자극했다. 시간과 공간은 의미와 갑작스러움을 잃은 것 같았다. 시간은 어느 새 지나가서 1분이 몇 시간이 되고, 목초지와 휴경지는 완만한 비탈을 이루며 시나브로 부드럽게 중경 속으로 사라졌다. 산울타리의 야생 잡초가 화단 속으로 들어오고, 꽃무와 정원 덤불은 반격에 나서서 농가 마당과 시골길로 쳐들어갔다. 졸린 듯이 보이는 암탉들과 무언가에 열중한 오리들은 마당에 있든 과수원에 있든 도로에 있든 똑같이 자기 집에 있는 것처럼 편안해 보였다. 아무것도 어딘가에 명확하게 소속되어 있는 것 같지 않았다. 우리로 들어가는 입구의 경첩에 문을 달 필요도 없었다. 그리고 그 장면 전체를 평화로운 느낌이 조용히 뒤덮고 있었다. 오후에는 항상 오후였던 것 같은 느낌이 들었고, 앞으로도 계속 오후로 남아 있을 게 분명하다는 느낌이 들었다. 해질녘이 되면 항상 해질녘이었던 듯한 느낌이 들었고, 해질녘이 아닌 다른 때였던 적은 결코 있을 수 없다는 생각이 들었다.

크레프턴은 늙은 모과나무 밑에 있는 통나무 의자에 편안히 앉아서, 여기야말로 그의 마음이 그렇게 맹목적으로 상상했던, 그리고 요즘 지치고 삐걱거리는 그의 감각이 그렇게 자주 갈망했던 삶의 정박지라고 단정했다. 그는 이 소박하고 친절한 사람들 틈에 항구적인 숙소를 정하고, 생활을 편하게 해 주는 간소한 물건으로 주위를 둘러싸고 싶으니까 그런 물건을 차츰 늘려 가면서도 그들의 생활 방식에 되도록 많이 동화될 작정이었다.

그가 마음속에서 이런 결심을 서서히 키우고 있을 때 한 노파가 불안정한 걸음으로 과수원을 지나 절뚝거리며 다가왔다. 그는 그 노파가 농가의 식구인 것을 알아보았다. 그가 묵고 있는 하숙집의 여주인인 스퍼필드 부인의 어머니거나 아니면 시어머니였다. 그는 노파에게 던질 유쾌한 말을 서둘러 생각했지만, 그녀가 선수를 쳤다.

"저기 문에 분필로 뭐라고 쓰여 있는데, 뭐라고 쓴 거요?"

노파는 그 질문이 몇 년 동안이나 입술에 달라붙어 있었던 것처럼, 그래서 빨리 입술에서 떼어 버리는 게 상책이라도 되는 것처럼 감정이 전혀 섞이지 않은 흐리멍덩한 말투로 그렇게 말했다. 하지만 그녀의 눈은 크레프턴의 머리 위로 작은 헛간의 문을 초조하게 바라보고 있었다. 그 헛간은 농장에 무질서하게 흩어진 건물들 가운데 전초기지를 이루고 있었다.

'마사 필러몬은 늙은 마녀다.' 이것이 미심쩍은 눈으로 헛간 문을 자세히 조사한 크레프턴이 발견한 문구였다. 그는 이 문구를 알리기 전에 잠시 망설였다. 눈앞에 있는 노파가 마사 필러몬이 아니라는 것을 알고 있기는 했지만, 사실은 이 여자가 마사일지도 모른다는 생각이 들었기 때문이다. 스퍼필드 부인의 처녀 시절 성이 필러몬이었을 가능성도 있으니까. 지금 그의 옆에 있는 수척하고 노쇠한 부인은 마녀의 겉모습에 대해 이곳 사람들이 생각하는 조건을 확실히 충족시키고 있을지도 모른다.

"마사 필러몬이라는 사람에 대한 거예요." 그는 조심스럽게 말했다.

"뭐라고 했는데요?"

"아주 실례되는 말이에요. 그 여자가 마녀래요. 그런 말을 쓰면 안 되는데⋯⋯"

"그건 하나도 빠짐없이 모두 사실이에요." 노파는 상당히 만족스럽게 말한 다음, 독특한 묘사적 표현을 덧붙였다. "그 늙은 두꺼비."

노파는 절뚝거리는 걸음으로 농가 마당을 질러가면서 쉰 목소리로 날카롭게 외쳤다.

"마사 필러몬은 늙은 마녀다!"

그때 크레프턴의 어깨 뒤쪽에서 약하고 성난 목소리가 중얼거렸다.

"저 여자가 한 말을 들었수?"

서둘러 뒤를 돌아본 그는 비쩍 마르고 누리끼리하고 쭈글쭈글하고 기분이 몹시 나쁜 게 분명한 또 다른 노파를 보았다. 이 노파가 마사 필러몬인 건 분명했다. 과수원은 동네 노파들이 즐겨 찾는 산책길인 것 같았다.

"그건 거짓말이야. 죄받을 거짓말이야." 힘없는 목소리가 말을 이었다. "늙은 마녀는 베치 크루트야. 그 여자와 시궁쥐 같은 그 여자 딸이 마녀지. 나는 그년들을 저주하겠어. 못된 년들 같으니라고."

노파는 천천히 절뚝거리며 걸어가다가, 헛간 문에 분필로 쓰인 글씨를 보았다.

"저기 쓰여 있는 게 뭐요?" 노파는 크레프턴을 돌아보면서 물었다.

"소아커한테 투표하라." 그는 노련한 중재자처럼 소심하면서도 대담하게 대답했다.

노파는 툴툴거렸고, 그녀의 투덜거림과 빛바랜 붉은 숄은 차츰 나무 줄기들 사이로 사라졌다. 크레프턴은 곧 일어나서 농가 쪽으로 걸어갔다. 평화의 상당 부분이 대기 속에서 슬며시 사라진 것 같았다.

낡은 농가 부엌은 오후의 차 마시는 시간이 되면 유쾌하게 부산스러워진다. 크레프턴이 어제까지만 해도 유쾌하게 느꼈던 그 부산스러움이 오늘은 뒤숭숭하고 우울한 분위기로 바뀐 것 같았다. 식탁 주위에는 따분하고 지루한 침묵이 감돌았고, 크레프턴이 맛본 차 자체도 미지근하고 맛이 없었다. 이런 차를 마시면 축제에서 들뜬 분위기도 단번에 사라져 버렸을 것이다.

"차가 맛없다고 불평해 봤자 소용없어요." 스퍼필드 부인이 선수를 치듯 말하고는, 투숙객이 공손하게 묻는 듯한 눈으로 찻잔을 바라보자 서둘러 덧붙였다. "주전자의 물이 끓으려 하질 않아요. 사실은 그렇게 된 거예요."

크레프턴은 화덕을 돌아보았다. 유난히 거센 불길이 커다란 검은색 주전자 밑에서 활활 타오르고 있었지만, 주전자는 주둥이에서 가느다란 수증기 한 줄기를 내보낼 뿐, 밑에서 으르렁거리는 불길의 활동을 거의 무시하고 있는 것 같았다.

"주전자를 불 위에 올려놓은 지 한 시간도 넘었는데 물이 끓으려 하질 않아요." 스퍼필드 부인이 말하고는, 완전한 설명을 위해 덧붙였다. "우리는 마법에 걸렸어요."

"우리를 저주한 건 마사 필러몬이야." 노모가 맞장구를 쳤다. "나도 그 늙은 두꺼비한테 앙갚음을 해 줄 거야. 그 여자한테 마법을 걸겠어."

"때가 되면 끓겠죠." 크레프턴은 부정한 영향력이 작용했다는 암시를 무시하고 그렇게 단언했다. "아마 석탄이 젖었을 거예요."

"저녁 식사를 준비할 때도 제때에 끓지 않을 테고, 내일 아침 식사를 준비할 때도 제때에 끓지 않을 테고, 밤새도록 불을 피워서 물을 끓여도 물은 절대로 제때에 끓지 않을 거예요." 스퍼필드 부인이 말했다. 그리고 정말로 물은 끓지 않았다. 식구들은 볶거나 구운 음식으로 끼니를 때웠고, 이웃 사람이 친절하게도 차를 끓여서 적당히 따뜻한 상태로 보내 주었다.

"살기가 불편해졌으니까 당신은 이제 우리를 떠나시겠죠?" 아침 식탁에서 스퍼필드 부인이 말했다. "문제가 생기자마자 떠나 버리는 사람들도 있어요."

크레프턴은 당장 계획을 바꾸지는 않겠다고 서둘러 대답했지만, 어제까지만 해도 친절하기 이를 데 없었던 식구들의 태도가 냉담해진 것을 느꼈다. 의심하는 듯한 눈길, 부루퉁한 침묵, 가시 돋친 말이 집 안의 풍조가 되었다. 노모는 온종일 부엌이나 정원에 앉아서 마사 필러몬에 대한 저주를 중얼거렸다. 그렇게 쇠약하고 늙은 여자들이 서로를 불행하게 만드는 일에 마지막 남은 기력을 바치는 광경은 무섭

기도 하고 불쌍하기도 했다. 다른 모든 것이 질서와 균형을 유지하며 쇠퇴해 가는데 오직 남을 증오하는 능력만은 조금도 줄어들지 않은 활력과 강도를 유지한 채 살아남은 것 같았다. 그리고 거기에서 으스스할 만큼 섬뜩한 부분은 노파들의 악의와 저주에서 무언가 무시무시하고 해로운 힘이 스며 나오는 것 같았다는 점이다. 그게 저주일 리가 없다고 아무리 설명해도, 주전자나 냄비가 아무리 뜨거운 불 위에서도 비등점에 도달하지 않는다는 명백한 사실은 사라지지 않았다. 크레프턴은 석탄에 어떤 결함이 있을 거라는 설을 최대한 오래 고수했지만, 장작불도 같은 결과를 낳았고, 그가 전서구를 통해 주문한 알코올램프용 주전자도 역시 내용물이 끓는 것을 고집스럽게 거부하자 그는 감추어진 힘의 사악하고 불가해한 측면과 갑자기 마주치게 된 것을 느꼈다. 그는 몇 킬로미터 떨어진 언덕들 사이의 좁은 틈으로 자동차들이 이따금 지나가는 도로를 얼핏 볼 수 있었지만, 현대 문명의 동맥에서 그렇게 멀리 떨어지지도 않은 이곳은 박쥐가 출몰하는 낡은 농가였고, 마법 같은 것이 의심할 여지없이 실제적인 지배력을 갖고 있는 것 같았다.

크레프턴은 집과 화덕 주변에서는 거의 느낄 수 없는 평화로움의 편안한 느낌을 되찾고 싶어서 농가의 정원을 가로질러 그 너머에 있는 시골길로 가다가, 모과나무 밑에 놓인 통나무 의자에 앉아서 혼자 중얼거리고 있는 노모와 마주쳤다.

"헤엄칠 때 물에 가라앉도록, 헤엄칠 때 물에 가라앉도록⋯⋯" 노모는 어린애가 반쯤 배운 문구를 암송하듯 몇 번이고 그 말을 되풀이하고 있었다. 그리고 이따금 새된 소리로 웃곤 했는데, 그 웃음소리에는 듣기에 유쾌하지 않은 악의가 담겨 있었다.

크레프턴은 노모의 목소리가 들리지 않는 곳까지 온 것이 기뻤다. 무성하게 자란 풀에 덮인 조용하고 한적한 시골길은 어디로도 이어진 것 같지 않았다. 다른 것보다 더 좁고 더 무성한 풀에 덮인 시골길이 그의 발길을 끌어당겼다. 그리고 그는 그 좁은 길이 실제로는 인가로 이어지는 작은 도로라는 것을 알고 화가 났다. 잘 돌보지 않은 작은 양배추 밭이 딸린 쓸쓸해 보이는 오두막과 오래된 사과나무 몇 그루가 모퉁이에 서 있었다. 빠르게 흐르는 시냇물이 그 모퉁이에서 폭이 넓어지면서 상당한 크기의 못을 이룬 다음, 흐름을 막고 있는 버드나무들 사이로 다시 서둘러 빠져나가고 있었다. 크레프턴은 나무줄기에 기대어 못에서 회오리치는 소용돌이를 가로질러 맞은편에 서 있는 초라하고 작은 집을 바라보았다.

생명의 징후라고는 더러워 보이는 오리들의 작은 행렬뿐이었다. 오리들은 물가까지 한 줄로 행진해 갔다. 땅에서는 느릿느릿 뒤뚱거리며 걷던 오리가 물속에만 들어가면 순식간에 멋진 수영선수로 변신하는 방식에는 항상 마음을 끌어당기는 매력이 있다. 크레프턴은 행렬의 선두에 있던 오리가 못의 수면에 몸을 띄우는 것을 보려고 주의 깊게 기다렸다. 그와 동시에 그는 바야흐로 이상하고 불쾌한 일이 일어나려 한다고 경고하는 기묘한 본능을 의식했다. 선두의 오리는 자신만만하게 물속으로 몸을 던졌고, 당장 수면 아래로 쑥 내려갔다. 오리의 머리가 잠깐 나타났다가 다시 내려갔고, 그 뒤에는 뽀글뽀글 줄지어 올라오는 거품만 남았다. 오리는 날개와 다리로 물을 휘저었지만, 그 날갯짓과 발길질은 물에 소용돌이를 일으킬 뿐이었다. 오리는 분명 물에 빠져 죽어 가고 있었다. 크레프턴은 처음에는 오리가 수초에 걸렸거나 밑에서 창꼬치나 물쥐의 공격을 받고 있는 줄 알았다. 하지만 피는 한 방울도 수면 위로 떠오르지 않았고, 상하좌우로 마구 움직이는 오리 몸뚱이는 몸에 얽힌 수초의 방해를 받지 않고 물웅덩이에 소용돌이를 만들었다. 이때쯤에는 두 번째 오리가 이미 물속에 뛰어들었고, 버둥거리는 두 번째 몸뚱이가 수면 아래에서 뒤치고 뒤틀렸다. 믿고 친숙했던 물의 배신에 놀라서 항의하듯 이따금 물 위로 올라와서 숨을 쉬기 위해 헐떡거리는 부리가 특히 불쌍해 보였다. 크레프턴은 세 번째 오리가 둑에서 자세를 취한 뒤 못으로 첨벙 뛰어들어 다른 두 녀석과 같은 운명을 맞이하는 것을 바라보면서 공포와 비슷한 감정을 느꼈다. 나머지 오리가 물에 빠져 죽어 가는 오리들의 소동에 뒤늦게 놀라 목을 쭉 뻗고 꼿꼿이 선 다음, 불안한 듯 낮고 굵은 소리로 꽥꽥거리며 옆걸음질로 위험한 현장을 떠나는 것을 보았을 때 크레프턴은 안도감을 느꼈다.

같은 순간, 크레프턴은 그 장면을 목격한 사람이 자기 혼자가 아니라는 것을 알게 되었다. 허리가 구부정하고 쇠약해진 노파가 오두막 집에서 샛길을 지나 물가로 절뚝거리며 내려오고 있었다. 크레프턴은 그 노파가 불길한 소문이 도는 마사 필러몬이라는 것을 당장 알아보았다. 노파는 물웅덩이 안에서 오리들이 빙글빙글 돌면서 죽어 가고 있는 소름 끼치는 광경을 뚫어지게 바라보고 있었다. 곧 분노에 떨리는 새된 목소리가 날카롭게 울려 퍼졌다.

"베치 크루트가 한 짓이야. 늙은 시궁쥐 같으니. 나는 그년한테 마법을 걸겠어. 내가 마법을 안 거는지 두고 봐."

크레프턴은 노파가 그의 존재를 알아차렸는지 어떤지도 모른 채 조용히 그 자리를 떠났다. 노파가 베치 크루트의 유죄를 선언하기도 전에 베치 크루트가 중얼거린 '헤엄칠 때 물에 가라앉도록'이라는 주문은 이미 그의 마음속에 떠올라 그에게 불쾌감을 안겨 주었다. 하지만 다른 모든 생각이나 상상을 배제할 만큼 그의 마음을 불안으로 가득 채운 것은 베치 크루트에게 앙갚음하기 위해 마법을 걸겠다는 마사 필러몬의 마지막 위협이었다. 합리적으로 생각하고 판단하는 그의 능력은 더 이상 이 노파들의 위협과 저주를 그저 그런 말다툼으로 간단히 처리할 수 없었다. 모즐바턴의 가정들은 자기네 개인적 원한을 실제적인 방식으로 실현할 수 있는 듯한 앙심 깊은 노파의 노여움을 샀고, 물에 빠져 죽은 오리 세 마리에 대한 그 노파의 복수가 어떤 형태를 취할지는 알 수 없었다. 마사 필러몬의 노여움은 모즐바턴의 가정들에 지극히 불쾌한 재난을 가져올 것이고, 크레프턴도 그 가정의 한 식구로서 거기에 휘말릴지 모른다. 자기가 불합리한 상상에 굴복하고 있다는 것은 크레프턴도 물론 알고 있었지만, 알코올램프용 주전자의 반응과 그 후 물웅덩이에서 벌어진 장면 때문에 그는 확신을 잃고 혼란에 빠졌다. 그리고 그가 두려워하는 것이 무엇인지가 확실치 않아서 그것이 더욱 두려웠다. 있을 수 없는 일을 일단 계산에 넣으면, 그 가능성은 실제로 무한해진다.

크레프턴은 그 농가에 온 이래 가장 편안하지 못한 밤을 보내고, 이튿날 아침 여느 때처럼 일찍 일어났다. 만사가 제대로 돌아가지 않는다는 미묘한 분위기가 겁에 질린 식구들 위에 감돌고 있었다. 날카로워진 그의 감각은 그 분위기를 재빨리 감지했다. 소들은 마당 곳곳에 모여 서서, 들판으로 몰고 나가 주기를 초조하게 기다리고 있었다. 닭들은 식사 시간이 늦어진 것을 불평하며 끈질기게 그것을 상기시켰다. 평소에는 이른 아침에 잦은 간격으로 불협화음을 내는 마당의 펌프가 오늘은 불길하게 조용했다. 집 안에서는 종종걸음으로 달려가는 발소리가 오가고, 허둥대는 목소리들이 갑자기 나타났다 사라지고, 오랫동안 불안한 정적이 계속되었다. 크레프턴은 옷을 다 입고 계단 꼭대기로 걸어갔다. 투덜대는 목소리가 희미하게 들려왔다. 두려움으로 숨을 죽인 목소리였다. 그는 그 목소리의 주인이 스퍼필드 부인이라는 것을 알아차렸다.

"그 사람은 떠날 게 분명해. 진짜 불운이 나타나자마자 재빨리 달아나는 사람들이 있지."

크레프턴은 아마 자기도 그 '사람들' 가운데 하나일 거라고 느꼈고, 본성에 충실하게 행동하는 것이 상책인 순간도 있다고 생각했다.

그는 살금살금 자기 방으로 돌아가 몇 가지 안 되는 물건을 모아서 짐을 꾸리고, 그동안의 하숙비를 탁자 위에 놓고 뒷문을 통해 마당으로 나갔다. 닭들이 기대에 차서 그에게 달려왔다. 그는 닭들의 불순한 관심을 물리치고, 농장 뒤쪽에 있는 시골길에 다다를 때까지 외양간과 돼지우리와 건초가리에 몸을 숨기면서 서둘러 걸었다. 커다란 여행 가방 때문에 걷기가 달리기로 발전하는 것이 억제되었다. 그는 몇 분 동안 걸어서 큰길에 이르렀다. 이른 아침의 우편마차가 그를 태우고 이웃 도시를 향해 달리기 시작했다. 길모퉁이를 구부러질 때 그는 농장에 마지막 눈길을 던졌다. 낡은 박공지붕과 초가지붕을 씌운 헛간들, 나무가 우거진 과수원, 그리고 모과나무와 그 밑에 놓인 통나무 의자가 이른 아침 햇빛 속에서 유령처럼 두드러져 보였다. 그리고 그 모든 것 위에는 크레프턴이 한때 평화로 착각했던 마법에 사로잡힌 분위기가 감돌고 있었다.

패딩턴 역에 도착하자, 번잡하고 떠들썩한 소리가 그의 귀에는 고마운 인사처럼 들렸다.

태링턴을 설복하다
The Talking-Out of Tarrington

"맙소사!" 클로비스의 고모가 외쳤다. "내가 아는 사람이 우리한테 쳐들어올 거야. 이름은 생각나지 않지만 언젠가 시내에서 우리랑 함께 점심을 먹었지. 태링턴, 그래 바로 그 사람이야. 내가 공주님을 위해 야유회를 연다는 말을 들었나 본데, 아마 내가 초대장을 줄 때까지 구명떠처럼 달라붙을 거야. 그리고 내가 초대장을 주면, 마누라와 어머니들과 누이들을 함께 데려가도 되냐고 묻겠지. 그렇게 되면 이 작은 행락지에서 최악의 상황이 될 거야. 아무한테서도 도망칠 수 없으니까."

"고모가 지금 내빼고 싶으면 제가 후위에서 싸워 줄게요." 클로비스가 자진해서 나섰다. "고모가 시간을 낭비하지 않고 지금 당장 출발하면 10미터는 충분히 앞서 있어요."

고모는 이 제안에 싸움닭처럼 반응하더니, 나일 강의 기선처럼 툴툴 거리며 가 버렸다. 발바리가 긴 갈색 털로 잔물결을 일으키며 그녀를 따라갔다.

"넌 그 사람을 모르는 척해라." 이것이 고모의 마지막 충고였다. 그 말은 비전투원의 무모한 용기로 물들어 있었다.

다음 순간 클로비스는 붙임성 있는 신사의 인사를 받았다. '다리엔 만*의 산꼭대기에 서서 말없이 응시하는' 코르테스**처럼 상대를 유심 히 바라보는 그의 표정은 상대와 전혀 안면이 없다는 것을 나타내고 있었다.

"내가 콧수염을 길러서 알아보지 못하나 보군." 방문객이 말했다. "나는 콧수염을 기른 지 두 달밖에 안 됐어."

"정반대인데요." 클로비스가 말했다. "당신 얼굴에서 낯익어 보이는 건 콧수염뿐이에요. 전에 어디선가 그 콧수염을 만난 적이 있는 게 분 명해요."

"내 이름은 태링턴이야." 신사는 클로비스가 자기를 알아보지 못하 는 게 안타깝다는 듯이 말했다.

"아주 유용한 이름이군요." 클로비스가 말했다. "그런 이름을 갖고 있으면 특별히 영웅적이거나 눈에 띄는 일을 하지 않아도 아무도 당 신을 탓하지 않을 거예요. 안 그래요? 하지만 국가 비상시에 당신이 기병대 1개 중대를 모집한다면, '태링턴 기병대'는 흥분을 자아내는 아주 적절한 이름으로 들릴 겁니다. 반면에 당신 이름이 예를 들어 스

---

* 파나마 동북부와 콜롬비아 서북부 사이에 있는 카리브 해의 만.
** 에르난 코르테스(1485~1547): 스페인의 멕시코 정복자. 유카탄 반도에서 멕시코를 공격 하여 1521년에 아스테카 왕국을 정복하고 식민지를 건설하여 총독이 되었다.

푸핀이었다면 그런 일은 전혀 불가능하겠지요. 국가 비상시에도 '스푸핀 기병대'에 자원할 사람은 아무도 없을 겁니다."

방문객은 함부로 까부는 말에 넘어갈 사람이 아니라는 듯이 희미하게 미소를 짓고는 참을성 있게 다시 말하기 시작했다.

"내 이름을 분명히 기억할 텐데……"

"앞으로는 기억할게요." 클로비스는 더없이 진지하게 말했다. "우리 고모가 바로 오늘 아침에 애완동물로 사들인 올빼미 새끼 네 마리의 이름을 지어 보라고 부탁했는데, 나는 그 올빼미 새끼들을 모두 태링턴이라고 부를 겁니다. 그중 한두 마리가 죽거나 날아가 버려도, 또는 애완 올빼미가 흔히 하는 방식대로 우리 곁을 떠나도, 당신 이름을 가진 올빼미가 한두 마리는 항상 남을 거예요. 그리고 우리 고모는 내가 그 이름을 절대로 잊지 못하게 할 겁니다. 고모는 항상 '태링턴들이 먹이로 준 생쥐를 먹었니?'라든가 그와 비슷한 질문을 할 테니까요. 고모는 야생동물을 가두어 둔 상태로 키우려면 놈들의 욕구를 충족시켜 주어야 한다고 말씀하시죠. 그 점에서는 물론 고모 말씀이 전적으로 옳습니다."

"나는 언젠가 네 고모 집에서 점심 식사를 할 때 너를 만났어." 태링턴은 얼굴이 창백해졌지만 여전히 단호한 태도로 말했다.

"우리 고모는 절대로 점심을 먹지 않아요. 고모는 전국점심반대연맹에 소속되어 있죠. 그 연맹은 눈에 띄지 않게 조용히 아주 많은 선행을 하고 있답니다. 분기당 반 크라운을 기부하면 아흔두 번의 점심 식사를 거를 수 있는 자격을 얻지요."

"금시초문인데." 태링턴이 외쳤다.

"고모는 지금까지 내가 알았던 고모와 똑같습니다." 클로비스는 차갑게 말했다.

"나는 네 고모가 연 오찬회에서 너를 만난 걸 아주 잘 기억하고 있어." 태링턴은 얼룩덜룩한 병적인 분홍색으로 물들기 시작한 얼굴로 고집스럽게 말했다.

"거기서 점심으로 뭘 드셨어요?" 클로비스가 물었다.

"아, 그건 기억나지 않지만……"

"먹은 음식 이름도 기억하지 못하면서 우리 고모를 기억해 주시다니 정말 친절하시군요. 그런데 내 기억은 완전히 다르게 작동해요. 음식을 대접해 준 사람을 잊은 지 한참 뒤에도 메뉴는 기억할 수 있지요. 나는 일곱 살 때 어떤 공작 부인이 연 가든파티에서 복숭아 한 개를 받은 것을 아직도 기억해요. 하지만 그 부인에 대해서는 아무것도 기억하지 못해요. 그 부인이 나를 '착한 아이'라고 불렀으니까, 우리가 모르는 사이였던 게 분명하다고 상상할 뿐이죠. 하지만 그 복숭아에 대한 기억은 전혀 사그라지지 않고 아직도 생생해요. 그건 말하자면 자기도 먹히고 싶어서 도중까지 나를 마중 나올 만큼 열의가 넘치는 복숭아, 그리고 한 입 베어 먹는 순간 순식간에 즙이 온몸에 퍼지는 그런 복숭아였어요. 온상에서 곱게 자라서 아름다움이 손상되지 않았지만, 설탕절임 과일 같은 모습을 갖는 데 성공한 복숭아였지요. 그건 이로 베어 물면서 동시에 목구멍으로 삼켜야 했어요. 그 고운 벨벳 공 같은 과일, 긴 여름 낮과 향기로운 밤 동안 서서히 익어서 완전히 따뜻하게 데워진 다음, 자신의 존재가 최고조에 이른 순간 갑자기 내 삶을 가로지른 그 과일에 대한 생각 속에는 항상 매력적이고 신비로운 무언가가 있었지요. 나는 설령 잊고 싶어도 절대 잊을 수가 없어요. 그리고 그 복숭아에서 먹을 수 있는 부분을 게걸스럽게 다 먹은 뒤에도 씨가 남아 있었죠. 무심한 아이라면 그것을 그냥 던져 버렸을 테지만, 나는 어깨를 드러낸 세일러복을 입고 있던 어린 친구의 목덜미에 그것을 집어넣고는 전갈이라고 말해 주었죠. 몸부림치며 비명을 지른 것으로 보아 녀석은 내 말을 곧이들은 게 분명했어요. 그 바보 같은 녀석은 내가 가든파티에서 어떻게 살아 있는 전갈을 조달할 수 있었다고 상상했는지 모르겠어요. 요컨대 그 복숭아는 나한테 결코 퇴색하지 않는 행복한 기억이에요."

항복한 태링턴은 이때쯤 이미 말소리가 들리지 않는 곳까지 퇴각한 뒤였다. 그는 아마 클로비스가 참가하는 야유회가 과연 유쾌한 경험이 될지 의심스럽다는 생각으로 애써 자신을 달래고 있을 터였다.

"나는 아무래도 하원의원에 출마해야 할 것 같아." 클로비스는 고모한테 가려고 만족스럽게 돌아서면서 혼잣말로 중얼거렸다. "불편한 법안이나 의안을 폐회 시간까지 계속 논의해서 결국 폐기시키는 사람으로 나는 아주 소중한 존재가 될 거야."

운명의 사냥개들
The Hounds of Fate

잔뜩 찌푸린 가을 오후, 차츰 흐려지는 햇빛 속에서 마틴 스토너는 진창길을 따라 터벅터벅 걷고 있었다. 바큇자국이 난 마찻길은 정확히 어디로 이어지는지 그 자신도 알지 못했다. 앞쪽 어딘가에 바다가 있을 거라고 그는 상상했다. 그의 발걸음은 끈질기게 바다 쪽을 향하고 있는 것 같았다. 그는 왜 그 목표를 향해 지친 몸으로 애써 나아가고 있을까? 쫓기는 수사슴은 본능적으로 벼랑을 향해 끝까지 도망치는 법인데, 그 역시 그와 같은 본능에 사로잡힌 게 아니라면 그 이유를 설명하지 못했을 것이다. 그의 경우에는 확실히 운명의 사냥개들이 무자비할 만큼 집요하게 그를 몰아대고 있었다. 허기와 피로, 그리고 어찌할 도리가 없는 절망이 그의 머리를 마비시켰고, 그는 어떤 근본적인 충동이 자신을 앞으로 내몰고 있는지 궁금해할 만한 에너지를 불러일으킬 수 없었다.

스토너는 안 해 본 일이 없는 불운한 사람이었다. 하지만 타고난 게 으름뱅이에다 선견지명도 없고 장래를 대비하지도 않았기 때문에 웬만한 성공을 거둘 가능성조차 항상 꺾여 버렸고, 이제 그는 한계에 이르러 있었다. 시도해 볼 만한 일이 더는 아무것도 남아 있지 않았다. 절망은 그의 내면에서 잠자고 있는 에너지를 깨우지 못했다. 반대로 그의 운명에 위기가 닥치자 정신은 마비된 것처럼 더욱 무감각해졌다. 옷이라고는 입고 있는 게 전부였고, 주머니에는 반 페니짜리 동전 하나가 들어 있을 뿐이고, 의지할 친구나 지인은 한 명도 없었고, 밤에 몸을 눕힐 잠자리나 내일의 끼니를 해결할 전망도 전혀 없이, 마틴 스토너는 축축한 산울타리 사이와 물방울이 뚝뚝 떨어지는 나무 아래를 무심하게 터벅터벅 걸어갔다. 앞쪽 어딘가에 바다가 있다는 것을 어렴풋이 의식한 것을 제외하면, 그의 마음은 거의 텅 비어 있었다. 또 다른 의식이 이따금 고개를 쳐들었다. 그것은 바로 자기가 비참할 만큼 배가 고프다는 인식이었다.

그는 곧 열린 문 앞에 멈춰 섰다. 그 문은 널찍하고 약간 방치된 텃밭으로 통해 있었다. 주위에 생명의 흔적은 거의 없었고, 텃밭 끝에 있는 농가는 썰렁하고 황량해 보였다. 하지만 이슬비가 내리고 있었고, 스토너는 여기서 몇 분 동안 비를 피하면서 마지막 남은 동전으로 우유 한 잔쯤은 살 수 있을 거라고 생각했다. 그는 지친 걸음으로 천천히 텃밭으로 들어가, 포석이 깔린 좁은 샛길을 따라 농가의 옆문으로 다가갔다. 그가 노크할 새도 없이 문이 열리더니, 허리가 구부정하고 노쇠한 남자가 그를 안으로 들여보내려는 것처럼 문간에서 옆으로 비켜 섰다.

"안에 들어가서 비를 좀 피할 수 있을까요?" 스토너가 말을 꺼냈지만, 노인이 그의 말을 가로막았다.

"어서 들어오세요, 톰 도련님. 저는 도련님이 돌아오실 줄 알고 있었습니다."

스토너는 비틀거리며 문지방을 넘어 안으로 들어갔지만, 노인의 말을 이해할 수 없어서 멍하니 바라보았다.

"제가 저녁 식사를 준비하는 동안 앉아 계세요." 노인은 떨리는 목소리로 말했다. 스토너의 다리는 지쳐서 무너졌고, 그는 노인이 밀어 준 안락의자에 힘없이 털썩 주저앉았다.

1분 뒤에 그는 옆 탁자에 놓인 차가운 고기와 치즈와 빵을 허겁지겁 먹었다.

"도련님은 지난 4년 동안 거의 변하지 않으셨네요." 노인이 말을 이었다. 스토너에게는 그 목소리가 꿈결처럼 들려왔고, 앞뒤가 맞지 않는 모순된 이야기처럼 들렸다. "하지만 도련님은 우리가 많이 변했다고 생각하실 겁니다. 이곳에는 도련님이 떠나셨을 때와 똑같은 사람이 아무도 없거든요. 남은 사람은 저와 도련님의 늙은 고모님인 노마님뿐이죠. 도련님이 오셨다고 노마님께 가서 말씀드리겠습니다. 노마님은 도련님을 만나려 하시지 않겠지만, 도련님이 여기 머무는 것은 허락하실 겁니다. 노마님이 늘 그러셨거든요. 도련님이 돌아오면 여기 머물러야 한다고. 하지만 다시는 도련님을 보거나 말을 걸지 않으실 거예요."

노인은 맥주잔 하나를 스토너 앞의 탁자에 놓아두고 긴 복도를 절뚝거리며 걸어갔다. 이슬비는 폭우로 변하여 출입문과 창문을 세차게 두드렸다. 방랑자는 밤의 장막이 사방에서 내려오고 이렇게 비가 퍼붓는 해변은 지금쯤 어떤 상황일까 생각하며 몸서리를 쳤다. 그는 음식과 맥주를 다 먹고 멍하니 앉아서 노인이 돌아오기를 기다렸다. 모퉁이에 놓여 있는 괘종시계의 긴 바늘이 째깍거리며 몇 바퀴 돌자 젊은이의 가슴속에 새로운 희망이 깜박거리며 점점 커지기 시작했다. 처음에는 음식을 좀 얻어먹고 몇 분 쉬고 싶었을 뿐이지만, 그 소망이 이제는 손님을 후하게 대접해 주는 이 지붕 밑에서 하룻밤 잠자리를 찾고 싶은 갈망으로 부풀어 올랐다. 복도를 따라 다가오는 달각거리는 발소리는 늙은 하인이 돌아오고 있음을 알려 주었다.

"노마님은 도련님을 만나지 않겠지만, 도련님이 여기 머물러야 한다고 말씀하십니다. 노마님이 땅속에 묻히면 이 농장은 도련님 것이 될 테니까 그게 당연하죠. 저는 도련님 방에 불을 피워 두었습니다. 그리고 하녀들이 침대에 깨끗한 시트를 깔아 두었습니다. 그 방은 아무것도 달라진 게 없을 겁니다. 피곤하실 테니, 지금 침실로 가고 싶으시겠죠."

마틴 스토너는 한마디도 하지 않고 느릿느릿 일어나, 구원의 천사를 따라 복도를 지나고 삐걱거리는 계단을 올라가서 또 다른 복도를 지나 커다란 방으로 들어갔다. 활활 타오르는 난롯불이 방을 환히 밝혀 주고 있었다. 가구는 별로 없지만, 소박하고 고풍스럽고 꽤 좋은 종류의 가구였다. 케이스에 든 박제 다람쥐와 4년 전의 달력이 유일한 장식품이었다. 하지만 스토너의 눈에는 침대밖에 보이지 않았고, 어서 빨리 옷을 벗고 침대로 들어가서 그 편안하고 푹신한 침대에 지친 몸을 파묻고 싶었다. 운명의 사냥개들은 잠시 냄새의 자취를 잃고 멈춰 선 것 같았다.

차가운 아침 햇빛 속에서 스토너는 자신이 놓인 처지를 서서히 깨닫고 유쾌하게 웃었다. 아마 아무짝에도 쓸모없는 녀석이 이 집에서 사라진 모양이다. 실종된 그 녀석과 닮은 덕분에 아침 식사도 얻어먹고, 억지로 떠맡겨진 가짜 역할이 들통나기 전에 무사히 이 집을 떠날 수 있을지도 모른다. 아래층에 있는 방에서 그는 허리가 굽은 노인이 '톰 도련님'의 아침 식사를 위해 베이컨과 달걀 프라이가 담긴 접시를 식탁에 차리는 것을 보았다. 엄격한 얼굴의 늙은 하녀가 주전자를 갖고 들어와서 그에게 차를 한 잔 따라 주었다. 그가 식탁에 앉자 작은 스패니얼이 다가와서 붙임성 있게 애교를 부렸다.

"그건 늙은 보우커의 새끼예요." 노인이 설명했다. 엄격한 얼굴의 하녀는 그 노인을 조지라고 불렀다. "보우커는 도련님을 무척 좋아했죠. 도련님이 오스트레일리아로 가신 뒤에는 완전히 딴 개처럼 변해 버렸어요. 보우커는 1년 전에 죽었고, 그 녀석은 보우커가 낳은 새끼랍니다."

스토너는 보우커의 죽음을 애도하기가 어려웠다. 신원 확인을 위한 증인으로서 보우커는 아마 그에게 뭔가 미진한 느낌이 들었을 것이다.

"승마하러 가실 거죠, 도련님?" 이것이 노인에게서 나온 또 다른 놀라운 제안이었다. "타기에 적당한 아주 멋진 밤색 말이 있답니다. 회색과 흰색 얼룩이 섞인 튼튼한 수말이죠. 비디도 아직은 탈 만하지만 나이가 들어서 좀 쇠약해졌어요. 그러니까 밤색 말에 안장을 얹어서 문 앞으로 데려오도록 하겠습니다."

"승마복도 없고 아무것도 없는데⋯⋯" 세상에서 버림받은 자는 자신의 낡아 빠진 단벌옷을 내려다보며 하마터면 웃음을 터뜨릴 뻔했다.

"톰 도련님." 노인은 거의 불쾌한 표정으로 진지하게 말했다. "도련님 물건은 모두 도련님이 남겨 두고 떠나신 그대로 남아 있습니다. 난롯불에 잠깐만 말리면 괜찮을 겁니다. 이따금 말을 타고 나가서 들새 사냥을 하면 기분 전환이 될 거예요. 이 마을 사람들이 도련님한테 원한을 품고 냉혹한 감정을 갖고 있다는 걸 도련님은 알게 되실 겁니다. 그들은 잊지도 않았고 용서하지도 않았어요. 아무도 도련님한테 접근하지 않을 테니까 도련님은 말이랑 사냥개와 함께 최대한 기분 전환을 하시는 게 상책입니다. 말과 사냥개도 좋은 벗이죠."

조지 영감은 지시를 내리러 절뚝거리며 가 버렸다. 스토너는 어느 때보다도 더 꿈꾸는 듯한 기분을 느끼면서 '톰 도련님'의 옷장을 조사하러 위층으로 올라갔다. 승마는 그에게 소중한 오락의 하나였고, 톰의 옛 친구들이 그에게 가까이 다가와 유심히 살펴볼 가능성이 없다면, 그의 가짜 역할이 당장 들통날 염려도 없었다. 스토너는 꽤 몸에 잘 맞는 승마용 코르덴 바지를 입으면서, 톰이 무슨 악행을 저질렀기에 마을 사람이 그에게 등을 돌렸는지가 좀 궁금했다. 축축한 땅을 밟는 말발굽 소리가 그의 생각을 갑자기 중단시켰다. 말은 달리고 싶어서 조바심이 난 듯 빠른 걸음으로 다가왔다. 회색 얼룩이 섞인 튼튼한 밤색 말이 옆문으로 끌려와 있었다.

'벼락부자라는 게 이런 건가?' 스토너는 어제 보잘것없는 부랑자로서 터벅터벅 걸어왔던 진창길을 빠른 속도로 달리면서 속으로 생각했다. 그러다가 그 생각을 물리치고, 평탄하게 뻗어 있는 길옆의 잔디밭을 따라 느린 구보로 달리는 즐거움에 몰두했다. 열린 문에서 그는 달구지 두 대가 들판으로 구부러지는 것을 기다리느라 속력을 늦추었다. 그래서 달구지를 모는 소년들은 한참 동안 그를 바라볼 시간이 있었고, 그는 지나가면서 아이들이 들뜬 목소리로 외치는 것을 들었다.

"톰 프라이크야! 나는 한눈에 알아봤어. 놈이 정말로 다시 나타난 거야?"

그는 비실거리는 노인이 가까운 거리에서 보고도 속을 만큼 톰과 닮았는데, 조금만 거리를 두면 더 젊은 사람의 눈도 속일 수 있을 만큼 닮은 게 분명했다.

달리는 동안 그는 마을 사람들이 과거의 범죄를 잊지도 않았고 용서하지도 않았다는 노인의 말을 확인해 주는 증거를 충분히 보고 들었다. 그것은 지금 이곳에 없는 톰이 남긴 유산으로 그에게 다가왔다. 우연히 사람들과 마주칠 때마다 얼굴을 찌푸리고 매섭게 쏘아보는 눈길, 중얼거림, 그리고 팔꿈치로 옆 사람의 옆구리를 슬쩍 찌르는 몸짓이 그를 맞이했다. 옆에서 침착하게 종종걸음으로 달리는 '보우커의 새끼'는 적대적인 세계에서 그에게 우호적인 유일한 존재인 듯했다.

그는 옆문에서 말에서 내릴 때, 위층 창문의 커튼 뒤에서 자기를 엿보고 있는 수척한 노파의 모습을 얼핏 보았다. 고모라는 여자가 분명했다.

스토너는 그를 위해 준비된 푸짐한 점심을 먹으면서, 자기가 놓인 이 이상한 상황에서 일어날 수 있는 몇 가지 사태를 검토했다. 4년 동안 집을 비운 진짜 톰이 농장에 불쑥 나타날지도 모른다. 또는 그에게서 언제 편지가 날아올지도 모른다. 가짜 톰은 농장의 상속자 자격으로 서류에 서명해 달라는 요청을 받고 곤경에 빠질지도 모른다. 또한 고모의 초연한 태도를 따르려 하지 않는 친척이 찾아올지도 모른다. 이런 일이 일어나면 정체가 탄로 나는 수모를 당하게 될 것이다. 한편, 그가 택할 수 있는 다른 길은 노천과 바다로 이어진 진창길뿐이다. 농장은 어쨌든 그에게 궁핍에서 벗어날 수 있는 일시적인 피난처를 제공해 주었다. 농사는 그가 '시도해 본' 수많은 일들 가운데 하나였고, 그가 뜻밖에 받은 환대에 대한 보답으로 많은 일을 해 줄 수도 있을 터였다.

"저녁에는 차가운 고기를 드시겠습니까? 아니면 따끈하게 데운 고기를 드시겠습니까?" 엄격한 얼굴의 하녀가 식탁을 치우면서 물었다.

"따끈하게 데워 주고 양파도 곁들여 줘요." 스토너가 말했다. 그가 이토록 빠른 결정을 내린 것은 난생처음이었다. 그리고 그는 명령을 내리면서, 자기가 여기 머물 작정이라는 것을 깨달았다.

스토너는 집에서 암묵적인 경계 조약으로 자신에게 할당된 구역을 엄격하게 지켰다. 농장 일에 참여할 때는 반드시 지시에 따라 일했고, 절대 주도적으로 명령을 내리지 않았다. 조지 영감과 밤색 수말, 그리고 보우커의 새끼가 냉담하고 적대적인 세상에서 그의 유일한 벗들이었다. 그는 농장 여주인을 한 번도 보지 못했다. 한번은 그녀가 교회에 간 것을 알고, 그에게 자리를 빼앗기고 나쁜 평판까지 그에게 뒤집어씌운 젊은이에 대해 단편적인 지식이라도 주워 모으려고 몰래 거실로 들어갔다. 거실에는 많은 사진이 벽에 걸려 있거나 단단한 틀에 꽂혀 있었지만, 그와 닮은 젊은이의 사진은 찾을 수 없었다. 어느 구석에 쑤셔 박혀 있는 앨범 속에서 마침내 그는 찾고 있던 것을 발견했는데, 거기에는 '톰'이라는 라벨이 붙은 사진이 이상야릇한 아동복 차림의 땅딸막한 세 살배기 어린아이 사진부터 크리켓 배트를 쥐고 있는 열두 살쯤 된 어줍은 소년, 매끄러운 머리카락을 한가운데에서 갈라 빗은 꽤 잘생긴 열여덟 살 정도의 청년, 마지막으로 약간 지르퉁하고 무모한 표정을 짓고 있는 젊은이에 이르기까지 순서대로 정리되어 있었다. 이 마지막 사진을 스토너는 특히 흥미롭게 들여다보았다. 그 사진 속의 젊은이가 그와 닮은 것은 명백했다.

그는 온갖 화제에 대해 수다스럽게 떠들어 대는 조지 영감한테서 마을 사람들이 그를 피하고 미워하게 만든 악행에 대해 알아내려고 애썼다.

하루는 멀리 있는 밭에서 집까지 걸어서 돌아오는 길에 조지에게 물었다.

"이곳 사람들은 나에 대해 뭐라고 말하죠?"

노인은 고개를 저었다.

"그들은 도련님한테 냉혹해요. 아주 냉혹하죠. 슬픈 일이에요. 정말 슬픈 일입니다."

그리고 그가 무슨 말을 해도 노인한테서 상황을 좀 더 분명히 알려 주는 말을 끌어낼 수는 없었다.

크리스마스 축제를 며칠 앞둔 어느 맑고 추운 날 저녁, 스토너는 시골 풍경이 훤히 내려다보이는 과수원 모퉁이에 서 있었다. 인가가 있다는 것을 알려 주는 등불이나 촛불이 여기저기서 깜박거리는 것이 보였다. 그곳엔 크리스마스 시즌의 선의와 즐거움이 넘쳐 났다. 뒤에는 음침하고 조용한 농가가 서 있었다. 그곳에서는 아무도 웃지 않았고, 아마 말다툼조차 쾌활하게 들렸을 것이다. 그가 고개를 돌려 어두운 건물의 기다란 회색 정면을 바라본 순간, 문이 열리고 조지 영감이 서둘러 밖으로 나왔다. 스토너는 조지 영감이 긴장과 불안이 섞인 목소리로 그의 가짜 이름을 부르는 것을 들었다. 그는 뭔가 성가신 일이 일어났음을 당장 알아차렸다. 그러자 지금까지 음침해 보였던 그 집이 갑자기 달라 보였다. 그의 피난처는 이제 그의 눈에는 평화롭고 만족스러운 안식처가 되었고, 그는 거기에서 쫓겨나기가 두려웠다.

"톰 도련님." 노인은 목쉰 소리로 속삭였다. "며칠 동안만 여기서 조용히 떠나셔야겠습니다. 마이클 레이가 마을에 돌아와서는 도련님과 마주치면 쏘아 죽이겠다고 떠들어 대고 있거든요. 마이클은 정말로 그렇게 할 겁니다. 그놈의 눈빛에는 살의가 담겨 있어요. 야음을 틈타서 달아나세요. 일주일 정도만 떠나 계시면 됩니다. 놈은 이곳에 그보다 더 오래 있지는 않을 거예요."

"하지만 어디로 가면 되지?" 스토너는 노인의 공포에 전염되어 말을 더듬었다.

"해안을 따라 펀치퍼드까지 가서 거기에 숨어 계세요. 마이클이 무사히 떠나면 제가 밤색 말을 타고 펀치퍼드의 그린 드래곤 여관으로 가겠습니다. 말이 그 여관 마구간에 든 것을 보시거든 다시 돌아오셔도 된다는 신호입니다."

"하지만……" 스토너는 망설였다.

"돈은 걱정하지 마세요." 노인이 말했다. "노마님도 도련님이 제 말대로 하는 게 상책이라고 하시면서 저한테 이걸 주셨습니다."

노인은 금화 세 닢과 은화 몇 닢을 내밀었다.

스토너는 그날 밤 농가 뒷문을 빠져나올 때, 어느 때보다도 더 지독한 사기꾼이 된 듯한 기분을 느꼈다. 조지 영감과 보우커의 새끼가 마당에 서서 그를 지켜보며 말없이 작별 인사를 보냈다. 그는 이곳에 다시 돌아올 거라고는 거의 상상할 수 없었기 때문에, 그가 돌아오기를 애타게 기다릴 두 친구에게 양심의 가책을 느꼈다. 아마 언젠가는 진짜 톰이 돌아올 것이고, 그러면 이 소박한 농가 사람들은 그들의 지붕 밑에 감추어 준 그림자 같은 손님의 정체를 몹시 궁금해할 것이다. 그는 자신의 운명에 대해서는 당장 어떤 불안도 느끼지 않았다. 3파운드는 의지할 곳 없는 세상에서는 별로 큰 도움이 안 되겠지만, 줄곧 동전으로 자신의 재산을 계산해 온 남자에게는 좋은 출발점으로 보였다. 지난번에 그가 절망한 방랑자로서 이 진창길을 터벅터벅 걷고 있을 때 행운의 여신은 그에게 변덕스러운 친절을 베풀었으니, 어쩌면 그가 일자리를 찾아 새 출발을 할 기회가 아직 남아 있을지도 모른다.

농가에서 멀어질수록 그의 사기는 점점 높아졌다. 잃어버렸던 정체성을 되찾고 다른 사람의 불안한 유령 노릇을 그만둔 것은 그에게 안도감을 주었다. 어디선가 느닷없이 그의 삶에 뛰어든 원수에 대해서는 거의 생각해 보지도 않았다. 이제는 그 삶을 떠났기 때문에 비현실적인 항목이 하나 더 늘어나 봤자 별 차이는 없었다. 그는 몇 달 만에 처음으로 아무 걱정도 없는 태평하고 유쾌한 기분으로 콧노래를 부르기 시작했다. 그때 머리 위로 가지를 드리운 참나무 그늘에서 총을 든 한 남자가 불쑥 나타났다. 누구일까 하고 궁금해할 필요는 전혀 없었다. 결연한 표정의 하얀 얼굴을 비춘 달빛은 스토너가 온갖 부침을 겪으며 방랑하는 동안 한 번도 본 적이 없는 격렬한 증오심을 드러내고 있었다. 그는 길가의 산울타리를 뚫고 나가려고 옆으로 펄쩍 뛰었지만, 억센 나뭇가지가 그를 단단히 붙잡았다. 운명의 사냥개들은 그 좁은 시골길에서 그를 기다리고 있었고, 이번에는 그들을 거부할 수 없었다.

찬가
The Recessional

클로비스는 터키탕에서 세 번째로 뜨거운 구역에 앉아서 차분한 명상에 잠긴 채 무기력하게 늘어져 있거나 아니면 공책 위에서 만년필을 빠르게 놀리고 있었다.

"너의 그 어린애 같은 혀짤배기소리로 나를 방해하지 마." 그는 버티반 탄에게 말했다. "나는 지금 불멸의 시를 쓰고 있거든."

버티는 옆자리에 나른하게 몸을 내던진 채 뭔가 대화를 나누고 싶은 표정을 짓다가, 흥미로운 표정을 지으며 대답했다.

"네가 시인으로 유명해진다면 초상화가들한테 큰 은혜가 될 거야. 그들은 '마지막 시를 쓰고 있는 클로비스 생그레일 선생'이라는 제목의 초상화를 예술원에 걸지는 못하더라도 '누드 습작'이나 '런던 시내로 내려가는 오르페우스*' 같은 제목으로 너를 슬며시 밀어 넣을 수 있을 테니까. 그들은 현대식 복장이 그림을 그리는 데 방해가 된다고 불평하지만, 수건 한 장과 만년필 한 자루뿐이면……"

"나한테 이 시를 써 보라고 말한 건 패클타이드 부인이었어." 클로비스는 명성으로 가는 샛길을 알려 준 버티 반 탄의 말을 무시하고 말했다. "너도 알다시피 루나 빔버턴이 쓴 '대관식 송가'를 《신유아기》가 실어 주었지. 《신유아기》는 《신시대》가 고리타분하고 편협하다는 것을 보여 주겠다는 취지로 창간된 신문이야. 패클타이드 부인은 그걸 읽었을 때 이렇게 논평했어. '루나, 넌 정말 영리해. 물론 대관식 송가는 누구나 쓸 수 있지만, 다른 사람은 아무도 그럴 생각을 하지 않았을 거야.' 루나는 이런 시를 쓰기는 여간 어렵지 않다고 항변하고, 그것은 대체로 재능 있는 소수의 영역이라는 것을 우리한테 이해시켰어. 그런데 패클타이드 부인은 지금까지 나한테는 많은 점에서 상당히 친절했어. 심한 타격을 입었을 때 현장에서 구출해 주는 일종의 경제적 구급차지. 나한테는 그런 일이 자주 일어났고, 사실 루나 빔버턴은 나한테 아무 쓸모도 없어. 그래서 나는 이야기에 끼어들어, 내가 마음만 먹으면 그런 시는 1제곱미터라도 쓸 수 있을 거라고 말했지. 루나는 그러지 못할 거라고 말했고, 그래서 우리는 내기를 했는데, 우리끼리 얘기지만 판돈을 내가 차지하게 될 것은 거의 확실해. 물론 내기의 조건 가운데 하나는 그 작품이 어딘가에 발표되어야 한다는 거야. 다만 지방 신문은 금지되었어. 하지만 패클타이드 부인은 《연기 굴뚝》 편집장한테 사소하지만 친절한 행동을 많이 해서 친분이 있으니까, 내가 보

---

* 그리스 신화에 나오는 시인·음악가. 아폴론에게 리라를 배워 그 명수가 되었는데, 그가 연주하면 초목이 춤추고 맹수도 얌전해졌다고 한다. 아내 에우리디케가 죽자 그녀를 구하려고 저승에 내려갔으나, 뒤를 돌아보지 말라는 저승의 왕, 하데스의 명령을 어기는 바람에 저승 문턱에서 실패하고 말았다.

통 수준의 송가를 어떻게든 써내면 우리는 괜찮을 거야. 지금까지는 작업이 꽤 순조롭게 진척되고 있기 때문에, 어쩌면 내가 그 재능 있는 소수 가운데 하나가 아닐까 하는 생각이 들기 시작한 참이야."

"대관식 송가를 쓰기에는 좀 늦지 않았어?" 버티가 말했다.

"물론이지." 클로비스가 말했다. "이건 '더르바르* 찬가'가 될 거야. 이런 종류의 작품은 원하기만 하면 항상 곁에 둘 수 있지."

"네가 작품 쓰는 장소로 여기를 선택한 이유를 이제야 알겠어." 버티 반 탄은 지금까지 알쏭달쏭했던 문제를 갑자기 해결한 사람의 표정으로 말했다. "너는 인도처럼 더운 곳을 원했던 거야."

"나는 미련한 자들의 방해에서 벗어나려고 여기 왔어. 하지만 내가 운명의 여신에게 너무 많은 것을 요구한 것 같아."

버티 반 탄은 제 수건을 조준기가 달린 무기로 사용할 준비를 했지만, 자기한테는 무방비 상태인 해안선이 상당히 많고 클로비스는 수건만이 아니라 만년필도 갖췄다는 데 생각이 미쳤기 때문에 의자 깊숙한 곳으로 다시 평화롭게 되돌아갔다.

"그 불멸의 작품에서 발췌한 구절을 들을 수 있을까?" 버티가 물었다. "내가 지금 듣는다고 해서 거기에 편견을 갖고 《연기 굴뚝》이 발간되었을 때 그걸 빌려 보지 않는 일은 절대 없을 거라고 약속할게."

"그건 진주를 돼지우리에 던지는 거나 마찬가지야." 클로비스는 유쾌한 어조로 말했다. "하지만 너한테 몇 구절 읽어 줘도 괜찮겠지. 이 작품은 더르바르에 참가한 사람들이 해산하는 장면으로 시작돼. 자,

---

* 인도에서 제후가 외부인을 접견하는 행사. 인도가 영국의 식민지가 된 이후에는 영국 왕이 인도 황제를 겸했기 때문에 영국에서 왕이 계승될 때마다 인도에서는 '즉위식'이 거행되었고, 총독이 부임할 때에도 '더르바르'가 개최되어 인도의 제후와 외교사절을 접견했다.

들어 봐."

기력을 잃고 창백한 쿠치비하르*의 코끼리들은
히말라야에 있는 집으로 돌아가려고
잔잔한 바다 위의 갈레온**처럼 흔들거린다.

"쿠치비하르는 히말라야 지역에 있지 않을 텐데?" 버티가 끼어들었
다. "이런 작품을 쓸 때는 항상 지도책을 곁에 두어야 해. 그리고 왜 코
끼리들이 기력을 잃고 창백하지?"

"밤늦게까지 일어나 있었고 흥분한 뒤여서 그래." 클로비스가 말했
다. "그리고 나는 코끼리들의 집이 히말라야에 있다고 말했어. 쿠치비
하르에서도 히말라야 코끼리를 가질 수 있잖아. 아일랜드산 말을 애
스컷 경마장에서 달리게 하는 것과 마찬가지야."

"넌 그 코끼리들이 히말라야로 돌아가고 있다고 말했어." 버티가 반
박했다.

"그 코끼리들은 당연히 기력을 되찾도록 집으로 보내질 거야. 우리
가 이 나라에서 말들을 풀밭에 데려가서 풀어놓듯이, 거기서는 코끼
리들을 언덕에 풀어놓는 게 보통이야."

클로비스는 적어도 제 딴에는 자신의 거짓말 속에 동양의 화려한
광채를 주입했다고 우쭐댈 수 있었다.

"처음부터 끝까지 무운시로 쓸 거야?" 비평가가 물었다.

"물론 아니야. 넷째 행에 '더르바르'를 배치해서 쿠치비하르와 운을

* 인도의 서뱅갈 주에 있는 지역.
** 16세기 초에 등장한 3~4층 갑판의 대형 범선. 원래 군함이었으나 상선으로도 사용했다.

맞출 거야."

"그건 너무 비열해 보여. 어쨌든 그게 쿠치비하르를 굳이 쓴 이유구나."

"지리적인 장소 이름과 시적인 영감 사이에는 일반적으로 인정하는 것보다 더 밀접한 관계가 있어. 러시아에 대해 우리 언어로 쓴 훌륭한 시가 그렇게 적은 이유 중의 하나는 스몰렌스크와 토볼스크와 민스크 같은 지명과 운이 맞는 영어 단어가 없다는 거야."

클로비스는 그것을 이미 시도해 본 사람처럼 권위 있게 말했다.

"물론 옴스크와 톰스크로 운을 맞출 수는 있지." 그는 말을 이었다. "실제로 그 도시들은 그 목적을 위해 존재하는 것 같아. 하지만 대중은 그런 것을 언제까지나 무한정 참으려 하진 않아."

"대중은 많은 것을 참을 거야." 버티는 심술궂게 말했다. "그리고 러시아어를 아는 사람은 대중의 극히 일부일 테니까, 스몰렌스크라는 단어의 마지막 세 글자는 발음되지 않는다고 각주를 달아 주는 것도 좋을 거야. 그건 코끼리들을 히말라야의 초원에 데려가서 풀어놓는다는 네 말만큼이나 믿을 수 없어."

"상당히 잘된 부분도 있어." 클로비스는 냉정하고 침착하게 말을 이었다. "밀림 마을 변두리의 저녁 풍경을 묘사한 부분이야."

> 똬리를 튼 코브라가 황혼 속에서 흡족하게 웃고
> 먹이를 찾아 돌아다니는 표범들은
> 늘 조심하는 산양들에게 살그머니 다가간다.

"열대 지방에는 사실 황혼이 존재하지 않아." 버티가 타이르듯 말했다. "하지만 코브라가 웃는 동기를 교묘하게 다룬 건 마음에 들어. 속담에도 있다시피, 미지의 것은 어쩐지 기분 나쁘고 무시무시한 법이지. 코브라가 무엇 때문에 흡족하게 웃는지가 구역질 날 만큼 불확실하기 때문에《연기 굴뚝》독자들은 아마 밤새도록 침실 불을 켜 둘 거야. 나는 그걸 상상할 수 있어."

"코브라가 흡족하게 웃는 건 지극히 자연스러운 일이야." 클로비스가 말했다. "늑대들이 어쩔 도리가 없을 만큼 과식한 뒤에도 단순히 습관의 힘으로 먹이를 찾아다니는 것과 마찬가지지. 나중에 색채를 두드러지게 하는 부분도 꽤 좋아. 브라마푸트라 강 위로 새벽이 다가오는 장면을 묘사한 부분이지. 자, 들어 봐."

> 햇살의 입맞춤을 받고 호박색 새벽빛에 흠뻑 젖은 동녘 하늘은
> 붉은 살구빛과 보랏빛으로 물들고
> 물에 씻긴 에메랄드빛 망고 나무 숲 위로
> 유백색이 섞인 담자색 안개가 드리워지고
> 진홍색과 비취색의 앵무새들이 날아다니다가
> 아지랑이 속으로 뛰어든다.

"나는 브라마푸트라 강 위로 새벽이 다가오는 걸 한 번도 본 적이 없어." 버티가 말했다. "그래서 그 광경을 잘 묘사했는지 어떤지는 알 수 없지만, 솜씨 좋은 보석 도둑 이야기처럼 들려. 어쨌든 앵무새는 지방색을 표현하는 데 아주 유용한 수법이야. 이 장면에 호랑이를 몇 마리 집어넣는 게 어때? 인도 풍경화는 중경에 호랑이 한두 마리가 없으면 왠지 허전해서 마무리가 덜 된 것처럼 보일 거야."

"시의 어딘가에 호랑이를 한 마리 집어넣었는데······" 클로비스는 공책을 뒤적이면서 말했다. "아, 여기 있군."

> 뒤얽힌 티크 나무 사이에서 황갈색 암호랑이가
> 가르랑거리는 새끼들의 황홀해진 귀를 향해
> 발을 질질 끌며 다가간다.
> 죽음을 앞둔 공작새의 부리 속에서
> 귀에 거슬리는 가래 끓는 소리가 새어 나온다.
> 피와 눈물로 이루어진 밀림의 자장가다.

버티 반 탄은 누운 자세에서 벌떡 일어나 옆방으로 통하는 유리문으로 다가갔다.

"밀림 속의 가정생활이라는 네 생각은 너무 끔찍해. 코브라만으로도 충분히 뜨악했지만, 호랑이 육아실에 가래 끓는 소리를 집어넣은 건 한계를 넘어섰어. 네가 내 몸을 뜨겁게 하거나 차갑게 만들 작정이라면 나는 당장 증기탕에 들어가는 편이 낫겠어."

"이 대목을 들어 봐." 클로비스가 말했다. "이 정도면 어떤 평범한 시인도 단번에 명성을 얻을 거야."

> 그리고 머리 위에는
> 진자처럼 참을성 있는 푼카*,
> 사산한 산들바람의 부모.

* 과거 인도에서 천장에 달아 늘어뜨려 놓고 줄을 당겨 부치던 큰 부채.

"네 독자들은 대부분 푼카가 얼음을 넣은 음료나 폴로 경기의 하프
타임이라고 생각할 거야." 버티는 그렇게 말하고 수증기 속으로 사라
졌다.

*

《연기 굴뚝》은 '찬가'를 예정대로 실었지만, 그것은 이 잡지가 부른
'백조의 노래'*가 되었다. 그 잡지의 다음 호는 끝내 나오지 않았기 때
문이다.

루나 빔버턴은 '더르바르'에 참가하겠다는 생각을 포기하고 다운
스**에 있는 요양원에 들어갔다. 대개는 유난히 바쁘고 힘든 사교 시즌
을 보내고 신경쇠약에 걸렸다는 설명을 받아들였지만, 몇 사람은 그
녀가 브라마푸트라 강의 새벽에서 끝내 회복되지 못했다는 사실을 알
고 있다.

---

* 작가가 죽기 전에 마지막으로 쓴 작품을 말한다. 백조는 죽기 전에 노래한다는 북유럽 전설
  에서 유래했다.
** 영국 잉글랜드 남부의 백악질 구릉지. 예로부터 경승지로 유명했으며, 지금은 국립공원으
  로 지정되어 있다.

셉티머스 브로프의 은밀한 죄
The Secret Sin of Septimus Brope

"브로프 씨가 누구예요? 뭐 하는 사람이죠?" 클로비스의 고모인 트로일 부인이 불쑥 물었다.

시든 장미꽃을 가위로 싹둑싹둑 잘라 내면서 아무 생각도 하고 있지 않았던 리버세지 부인은 화들짝 정신을 차렸다. 그녀는 자기 집에 머무는 손님에 대해서는 무언가를 알아야 하고 그 무언가는 손님에게 명예로운 것이어야 한다고 생각하는, 그런 구식 사고방식을 가진 여자였다.

"그 사람은 아마 레이턴버자드* 출신일 거예요." 그녀는 예비 설명으로 그렇게 말했다.

---

* 영국 잉글랜드 동부 베드퍼드셔 주에 있는 소도시.

"빠르고 편하게 여행할 수 있는 요즘에는 레이턴버자드 출신이라는 게 꼭 강한 성격을 의미하지는 않아요." 클로비스가 담배 연기를 내뿜어 진디 무리를 흩뜨리면서 말했다. "그냥 한 군데 진득하게 있지 못하고 끊임없이 돌아다니는 기질만 의미할 수도 있지요. 물론 주민들의 노여움을 샀거나, 아니면 그곳 사람들의 지독한 경박함에 항의하는 표시로 그곳을 떠났다면, 그건 그 사람의 됨됨이와 인생에서의 사명에 대해 우리한테 뭔가를 말해 주겠죠."

"그 사람은 무슨 일을 하죠?" 트로일 부인이 다그치듯 물었다.

"《교회 월보》의 편집을 맡고 있어요." 여주인이 말했다. "그리고 교회에 있는 황동 묘비명판과 트랜셉트*, 비잔틴 전례 같은 것들에 아주 박식하답니다. 사람이 좀 고지식하고 한 가지 분야에만 몰두하는 경향이 있지만, 하우스 파티**가 즐거우려면 이런저런 사람이 필요하잖아요. 그 사람이 '너무' 따분하다고 생각하는 건 아니겠죠?"

"따분한 건 눈감아 줄 수 있어요." 클로비스의 고모가 말했다. "용서할 수 없는 건 그 남자가 내 하녀를 유혹하는 거예요."

"어머나, 트로일 부인." 여주인이 헐떡이는 소리로 말했다. "그건 정말로 터무니없는 생각이에요! 분명히 말하지만 브로프 씨는 그런 짓을 꿈속에서도 생각지 않을 거예요."

"나는 그 사람의 꿈에는 관심이 없어요. 그 사람이 잠을 자는 동안 하녀들의 방을 돌아다니면서 부적절한 성적 유혹을 일삼는 무분별한 꿈을 꾸든 말든 내가 알 바 아니죠. 하지만 깨어 있는 시간에는 내 하녀를 유혹하지 못하게 하겠어요. 거기에 대해서는 논쟁을 벌여 봤자

* 십자형 교회당의 좌우 날개 부분으로, 본당과 부속 건물을 연결해 주는 공간이다.
** 시골 저택에서 손님들이 며칠씩 머물면서 갖는 파티.

소용없어요. 그 점에서는 내가 확고부동하니까."

"하지만 당신이 잘못 생각한 게 분명해요." 리버세지 부인은 고집스럽게 주장했다. "브로프 씨는 절대로 그런 짓을 할 사람이 아니에요."

"내 정보에 따르면 그런 짓을 하고도 남을 사람이에요. 그리고 그 문제에서 내가 발언권을 갖고 있다면 분명히 나는 그 사람이 그런 짓을 절대 못 하게 하겠어요. 물론 나는 훌륭한 의도를 가진 연인들을 언급하고 있는 건 아니에요."

"트랜셉트와 비잔틴 전례에 대해 그렇게 훌륭한 글을 쓰는 사람이 그런 부도덕한 짓을 하리라고는 도저히 생각할 수 없어요." 리버세지 부인이 말했다. "그가 그런 짓을 한다는 어떤 증거라도 갖고 있나요? 당신 말을 의심하고 싶지는 않지만, 그 사람 말을 들어 보지도 않고 기다렸다는 듯이 그 사람을 비난하면 안 되잖아요? 안 그래요?"

"우리가 그 사람을 비난하든 아니든 간에, 그 사람 말을 들어 보지 않은 건 아니에요. 그 사람 방은 내 침실 옆에 딸린 화장실 바로 옆인데, 내가 방에 없다고 생각했는지 그 사람이 '사랑해, 플로리'라고 말하는 것을 벽 너머로 두 번이나 똑똑히 들었다고요. 위층의 칸막이벽은 아주 얇아요. 옆방에서 손목시계 바늘이 똑딱거리는 소리도 들을 수 있을 정도예요."

"당신 하녀 이름이 플로런스인가요?"

"아니, 플로린다예요."

"하녀한테 정말 남다른 이름을 붙이셨군요!"

"내가 붙인 게 아니에요. 그 애는 내 하녀가 되었을 때 이미 세례를 받고 세례명을 받았어요."

"내 말은 그런 뜻이 아니에요." 리버세지 부인이 말했다. "나는 어울리지 않는 이름을 가진 하녀를 고용하면 그냥 제인이라고 불러요. 하녀들은 곧 그 이름에 익숙해지죠."

"멋진 생각이군요." 클로비스의 고모는 냉정하게 말했다. "하지만 불행하게도 나 자신이 제인이라고 불리는 데 익숙해져 있어요. 공교롭게도 그게 내 이름이거든요."

리버세지 부인은 사과의 말을 홍수처럼 쏟아 냈지만, 클로비스의 고모는 상대의 말을 가로막고 불쑥 말했다.

"문제는 내가 내 하녀를 플로린다라고 부르느냐 마느냐가 아니라 브로프 씨가 내 하녀를 플로리라고 부르도록 내버려 둘 것이냐 말 것이냐예요. 나는 그렇게 부르도록 내버려 두면 안 된다는 강력한 의견을 갖고 있어요."

"어쩌면 노래 가사를 되뇌었을 뿐인지도 몰라요." 리버세지 부인이 희망을 걸고 말했다. "여자 이름이 들어가는 그런 바보 같은 후렴이 많잖아요." 그녀는 이런 문제에 권위자일 가능성이 있는 클로비스를 돌아보면서 말을 이었다. "'당신은 나를 메리라고 부르면 안 돼요.'"

"부인을 메리라고 부를 생각은 하지 않겠습니다." 클로비스는 그녀를 안심시켰다. "우선 저는 부인의 이름이 헨리에타라는 것을 처음부터 알고 있었고, 그렇게 버릇없이 행동할 만큼 부인을 잘 알지도 못하니까요."

"내 말은 그런 후렴을 가진 노래가 있다는 뜻이에요." 리버세지 부인이 서둘러 설명했다. "그리고 '로다, 로다는 탑을 지켰어'라든가 '메이지는 데이지야'라든가, 그 밖에도 여자 이름이 들어간 후렴은 산더미처럼 많죠. 그래도 브로프 씨가 그런 노래를 부를 것 같지는 않지만, 우리는 그 사람의 의심스러운 점을 선의로 해석해 주어야 한다고 생각해요."

"나는 이미 그렇게 했어요. 더 많은 증거가 내 손에 들어올 때까지는." 트로일 부인이 말했다.

그녀는 상대가 다시 입을 열어 달라고 간청할 게 확실하다고 믿고, 그 확실성을 즐기는 사람처럼 단호한 태도로 입을 닫았다.

"더 많은 증거라고요?" 여주인이 외쳤다. "어떤 증거를 손에 넣었는데요?"

"내가 아침을 먹고 나서 위층으로 올라가자, 때마침 브로프 씨가 내 방 앞을 지나고 있더군요. 그가 손에 들고 있던 꾸러미에서 종이쪽지 하나가 아주 자연스럽게 떨어져 내 방문 앞에 팔랑거리며 내려왔지요. 나는 그이를 불러서 '이봐요, 뭔가를 떨어뜨렸어요' 하고 알려 주려고 했죠. 그런데 어떤 이유 때문에 나는 그것을 망설였고, 그 사람이 자기 방으로 무사히 들어갈 때까지 숨어 있었어요. 내가 그 시간에 내 방에 있는 경우는 극히 드물고, 플로린다는 그때쯤 거의 항상 내 방에서 물건을 정리한다는 생각이 문득 떠올랐어요. 그래서 나는 그 종이쪽지를 집어 들었죠."

트로일 부인은 사과 푸딩 속에 숨어 있는 독사를 발견한 사람처럼 우쭐거리는 태도로 다시 말을 끊었다.

리버세지 부인은 가까운 장미 밭에서 기운차게 장미를 자르다가 이제 막 피어나고 있는 하이브리드 티* 한 송이의 목을 실수로 잘라 버렸다.

"쪽지에는 뭐라고 쓰여 있었죠?" 그녀가 물었다.

* 두 종류의 장미를 교배해서 만들어진 품종.

"연필로 이렇게 쓰여 있었어요. '사랑해, 플로리.' 그리고 그 밑에는 희미한 선으로 지워져 있었지만 충분히 읽을 수 있을 만큼 또렷한 글씨로 '정원의 주목나무 옆에서 만나요'라고 쓰여 있었죠."

"그래요, 정원 끝에 주목나무가 한 그루 있긴 하죠." 리버세지 부인이 인정했다.

"어쨌든 그 양반은 진심인 것 같네요." 클로비스가 제 의견을 말했다.

"이런 스캔들이 우리 지붕 밑에서 벌어지고 있다니!" 리버세지 부인은 분개하여 말했다.

"스캔들이 지붕 밑에서 벌어지면 더 나빠 보이는 이유가 뭐죠?" 클로비스가 말했다. "고양이 족속의 스캔들이 대부분 슬레이트 지붕 위에서 이루어지는 것은 고양이 족속이 아주 섬세하고 민감한 증거라고 늘 생각했거든요."

"지금 생각해 보니 브로프 씨한테는 내가 설명할 수 없는 점들이 있어요." 리버세지 부인이 다시 입을 열었다. "예를 들면 그 사람의 수입 말인데요. 그 사람은 《교회·월보》 편집장으로 1년에 겨우 200파운드를 받을 뿐이고, 내가 알기로 그의 가족은 아주 가난하고 그가 개인적으로 가진 재산도 별로 없어요. 그런데 그 사람은 웨스트민스터*에 아파트를 한 채 갖고 있고, 해마다 외국 휴양지에 가고, 항상 잘 차려입고, 사교 시즌에는 멋진 오찬회도 열곤 하죠. 1년에 200파운드 수입으로는 그런 일을 다 할 수 없어요."

"다른 신문에 글을 쓰나요?" 트로일 부인이 물었다.

---

* 영국 런던의 중심가. 버킹엄 궁전, 국회의사당인 웨스트민스터 궁전 등이 있다.

"아뇨. 그 사람은 오로지 비잔틴 전례와 교회 건축만 전문으로 다루니까, 분야가 상당히 제한되어 있어요. 전에 한번 유명한 여우 사냥 중심지에 있는 교회 건축물에 대한 글을 써서 《사냥과 연극》이라는 잡지에 보냈지만, 일반 대중의 흥미를 끌기에는 부족한 것 같다면서 받아주지 않았어요. 정말이지 그 사람이 글만 써서 현재와 같은 생활을 어떻게 유지할 수 있는지 모르겠어요."

"교회 건축에 열중한 미국 사람들한테 가짜로 만든 트랜셉트라도 팔고 있겠죠." 클로비스가 넌지시 말했다.

"트랜셉트를 어떻게 팔 수 있지?" 리버세지 부인이 말했다. "그런 건 불가능할 거야."

"그 사람이 부족한 수입을 보충하기 위해 무슨 짓을 하든, 한가한 시간을 채우려고 내 하녀를 유혹할 수는 없어요." 트로일 부인이 끼어들었다.

"그야 물론이죠." 여주인도 동의했다. "그런 짓은 당장 중지시켜야 돼요. 하지만 어떻게 하면 좋을지 모르겠군요."

"예방 조치로 주목나무 주위에 철조망을 둘러칠 수도 있어요." 클로비스가 말했다.

"지금 발생한 불쾌한 상황이 그런 경박한 언행으로 개선될 거라고는 생각지 않아." 리버세지 부인이 말했다. "좋은 하녀는 보물과 같아……"

"플로린다가 없으면 어떻게 할지, 난 정말 모르겠어요." 트로일 부인이 인정했다. "플로린다는 내 머리카락을 잘 알아요. 나는 머리카락으로 뭔가를 해 보려고 애쓰는 건 오래전에 포기했어요. 머리카락은 남편 같은 존재라고 생각해요. 남들 앞에서 둘이 함께 있는 모습을 보이기만 하면, 단둘이 있을 때 둘 사이가 나쁜 건 중요하지 않아요. 저건 분명 점심 식사를 알리는 벨 소리죠?"

셉티머스 브로프와 클로비스는 점심을 먹은 뒤 끽연실을 독차지했다. 브로프는 불안하고 무언가 다른 생각에 몰두한 것처럼 보였고, 클로비스는 조용히 그를 관찰했다.

"로리lorry가 뭐지?" 셉티머스가 불쑥 물었다. "대형 트럭 말고. 그게 뭔지는 나도 물론 알고 있어. 하지만 그와 비슷한 이름을 가진 새가 있지 않나? 좀 몸집이 큰 진홍잉꼬 말이야."

"아마 그건 'r'이 하나인 로리lory일 거예요." 클로비스는 나른하게 말했다. "어느 쪽이든 당신한테는 아무 쓸모도 없어요."

셉티머스 브로프는 놀라서 그를 빤히 바라보았다.

"나한테는 아무 쓸모도 없다니, 그게 무슨 뜻이지?" 그는 몹시 불안한 목소리로 물었다.

"플로리와는 운韻이 맞지 않을 거예요." 클로비스는 간단하게 설명했다.

셉티머스는 깜짝 놀란 표정으로 의자에 똑바로 앉았다.

"어떻게 알았지? 내가 플로리와 운이 맞는 낱말을 찾으려고 애쓰고 있다는 걸 어떻게 알았냐고?" 그는 날카롭게 물었다.

"난 몰랐어요." 클로비스가 말했다. "추측했을 뿐이죠. 당신이 산문적인 화물차를 열대 우림 속을 훨훨 날아다니는 날개 달린 시로 바꾸고 싶어 했을 때, 당신이 14행시를 짓고 있는 게 분명하다는 걸 알았죠. 그리고 로리와 운이 맞는 여자 이름은 플로리뿐이에요."

셉티머스는 여전히 불안해 보였다.

"자네는 더 많은 걸 알고 있는 게 분명해."

클로비스는 소리 없이 웃기만 할 뿐, 아무 말도 하지 않았다.

"얼마나 많이 알고 있지?" 셉티머스는 필사적으로 물었다.

"정원의 주목나무." 클로비스가 말했다.

"아! 분명히 그걸 어딘가에 떨어뜨렸다고 생각했어. 하지만 자네는 그 전에 이미 무언가를 짐작하고 있었던 게 분명해. 이것 봐, 내 비밀을 눈치챘어. 그래도 설마 그걸 폭로하지는 않겠지? 부끄러운 일은 아니지만, 《교회 월보》 편집장이 공공연히 그런 일을 하는 건 곤란하잖아?"

"그렇겠죠." 클로비스는 인정했다.

"나는 그 일로 꽤 많은 돈을 벌고 있어." 셉티머스는 말을 이었다. "《교회 월보》 편집장으로 받는 돈만 갖고는 절대로 지금처럼 살 수 없을 거야."

클로비스는 아까 셉티머스가 놀란 것보다 더 많이 놀랐지만, 놀라움을 억누르는 솜씨는 셉티머스보다 뛰어났다.

"그러니까…… 플로리로 돈을 벌고 있단 말인가요?" 그가 물었다.

"아직은 플로리로 돈을 벌지 않았어. 사실 나는 플로리 때문에 많은 곤란을 겪고 있다고 말해도 좋아. 하지만 그것 말고도 많이 있으니까."

클로비스의 담뱃불이 꺼졌다.

"이건 정말 흥미롭군요." 그는 천천히 말했다. 그때 셉티머스 브로프의 다음 말을 듣고 그는 진상을 알아차렸다.

"다른 것도 많아. 예를 들면,

산홋빛 입술을 가진 코라,
그대와는 절대로 말다툼을 하지 않을 거야.

이건 내 초기 성공작 가운데 하나였고, 아직도 그 작품에서 로열티가 들어와. 그다음에는 〈에스메랄다, 그녀를 처음 본 순간〉과 〈아름다운 테레사, 나는 얼마나 그녀를 기쁘게 해 주고 싶은가〉도 있지. 이 작품들은 상당한 인기를 얻었어. 그리고 좀 지독한 것도 하나 있지." 셉티머스는 얼굴을 붉히면서 말을 이었다. "이건 어떤 것보다 많은 돈을 나한테 안겨 주었지.

　　활기 넘치는 루시,
　　음탕한 들창코를 가진 루시.

물론 나는 그 모든 게 진저리가 날 만큼 싫어. 사실 나는 그 영향으로 아주 빠르게 상당한 여성 혐오자가 되어 가고 있어. 하지만 그 일의 경제적 측면을 무시할 수는 없지. 하지만 내가 〈산홋빛 입술을 가진 코라〉와 그 밖의 노래 가사를 지은 사람이라는 게 널리 알려지면, 교회 건축과 비잔틴 전례에 대한 권위자로서의 내 입장이 완전히 망가지지는 않겠지만 상당히 약해질 거야. 그건 자네도 이해하겠지?"

클로비스는 플로리 때문에 특별히 겪고 있는 문제가 뭐냐고, 좀 불안정하지만 동정적인 목소리로 물을 만큼 충격에서 회복되었다.

"아무리 애를 써도 플로리를 가사 형태로 만들 수가 없어." 셉티머스가 슬픈 듯이 말했다. "외우기 쉽고 대중의 인기를 끌 만한 운으로, 그리고 개인의 인생사나 미래에 대한 예언을 상당히 집어넣어서 감상적이고 달콤한 찬사를 지어내야 돼. 그들에 대해 과거의 성공을 줄줄이 나열하거나 아니면 그들과 자네 자신에게 앞으로 어떤 행복이 기다리고 있는가를 예언해야 돼. 예를 들면 이런 거야.

까다롭고 사치스러운 메이비스,
그녀는 아주 희한한 아가씨야.
내가 모을 수 있는 돈은 모두
나의 메이비스를 위한 거야.

　이 가사를 느글거릴 만큼 감상적인 왈츠곡에 붙여서 부르는데, 블랙
풀*이나 그 밖에 사람들이 많이 모이는 곳에서는 몇 달 동안 이 노래
만 큰 소리로 불리거나 콧노래로 불렸지."
　이번에는 클로비스의 자제력이 형편없이 무너졌다.
　"미안해요." 그는 낄낄거리면서 말했다. "하지만 어젯밤에 당신이 읽
어 준 논문, 초기 기독교 예배와 콥트 교회의 관계에 대해 쓴 논문이
얼마나 진지했는가를 생각하니 웃지 않을 수가 없군요."
　셉티머스는 신음 소리를 냈다.
　"그게 알려지면 어떻게 될지, 자네도 알겠지. 그 시시하고 감상적인
가사를 쓴 사람이 나라는 게 알려지면 내가 평생을 바친 진지한 노력
에 대한 존경심은 단번에 사라져 버릴 거야. 묘비명판에 대해서는 누
구보다도 많이 알고 있다고 감히 말할 수 있어. 사실 언젠가는 그 주
제를 다룬 논문을 발표하고 싶어. 하지만 내가 어디에 가든, 사람들은
흑인으로 분장한 백인 가수가 부르는 노래의 작사가라고 수군거릴 거
야. 내가 플로리에 대해 달콤한 랩소디를 지어내려고 애쓰는 동안 줄
곧 플로리를 몹시 미워하는 건 당연하잖아?"
　"그렇다면 당신 감정에 충실해서 플로리를 가차 없이 욕하면 어때

* 영국 잉글랜드 랭커셔 지방 서해안에 있는 휴양 도시.

214

요? 당신이 충분히 솔직하다면, 여주인공을 칭찬하지 않는 후렴은 신선하니까 당장 성공할 거예요."

"그건 생각해 본 적도 없어. 나는 아마 아첨이 철철 넘치는 지나친 찬사를 늘어놓는 습관에서 벗어나 갑자기 내 스타일을 바꿀 수는 없을 거야."

"스타일을 바꿀 필요는 전혀 없어요. 감정을 거꾸로 뒤집기만 하고, 표현은 원래의 공허하고 무의미한 표현을 그대로 고수하는 거예요. 당신이 노래의 본문을 지으면 후렴은 내가 재빨리 마무리 지을게요. 중요한 건 대개 후렴일 거예요. 나는 로열티의 절반을 받고, 당신의 비밀에 대해서는 입을 다물게요. 세상 사람들이 보기에 당신은 여전히 교회 건물의 트랜셉트와 비잔틴 전례 연구에 평생을 바친 사람일 거예요. 다만 이따금 바람이 굴뚝을 타고 내려오면서 음산하게 울부짖고 빗방울이 유리창을 때리는 긴 겨울밤이면 나는 〈산홋빛 입술을 가진 코라〉의 작사가로 당신이 생각날 거예요. 물론 내 함구에 대한 순수한 감사의 표시로 당신이 비용을 전액 부담하여 아드리아 해나 그에 못지않은 명승지로 나를 데려가서 휴가를 보내게 해 주고 싶다면, 나도 거절할 생각은 하지 않을 거예요."

오후 늦게 클로비스는 고모와 리버세지 부인이 정원에서 가벼운 운동을 즐기고 있는 것을 발견했다.

"플로리에 대해 브로프 씨와 이야기했어요." 그가 말했다.

"잘했다. 그랬더니 그 사람이 뭐라던?" 당장 두 여자가 입을 모아 말했다.

"제가 비밀을 알고 있다는 것을 알고는 아주 솔직했어요. 그리고 그의 의도는 좀 부적절하지만 아주 진지했던 것 같아요. 저는 그가 목적을 이룰 수 없다는 것을 알려 주려고 애썼죠. 그 사람은 자기를 이해해 주는 여자를 원한다고 말했고, 플로린다가 그 점에서 아주 뛰어날 거라고 생각하는 것 같았지만, 저는 좋은 교육을 받고 순수한 마음을 가진 영국 아가씨들 중에도 그를 이해해 줄 수 있는 아가씨가 아마 수십 명은 되겠지만, 우리 고모님의 머리카락을 이해하는 사람은 이 세상에 오직 플로린다뿐이라는 사실을 지적했죠. 그게 그 사람한테는 영향을 준 것 같아요. 그 사람은 올바로 대하기만 하면 정말로 이기적인 사람은 아니니까요. 제가 레이턴버자드의 데이지 꽃 만발한 들판에서 보낸 그의 행복했던 어린 시절의 기억에 호소하자 그 사람은 분명히 감동했어요. 어쨌든 그 사람은 플로린다를 완전히 마음에서 몰아내겠다고 약속했고, 마음을 다른 데로 돌리는 가장 좋은 방법으로 잠깐 해외여행을 다녀오는 게 어떠냐고 제의했더니 제 의견에 동의해 주었어요. 저도 라구사*까지 그 사람과 함께 갈 거예요. 저도 고모님한테 상당한 도움을 드렸으니까 고모님이 작은 답례로 멋진 스카프 핀(이건 제가 직접 고르겠어요)을 주시고 싶다면 저도 거절하지는 않겠어요. 저는 외국에 나갔으니까 아무렇게나 차리고 다녀도 된다고 생각하는 사람이 아니에요."

몇 주 뒤, 블랙풀을 비롯하여 사람들이 노래를 부르는 곳에서는 다음과 같은 후렴이 확실한 인기를 얻었다.

멍한 푸른 눈을 가진 플로리,
너는 나를 지루하게 해.

* 이탈리아의 시칠리아 섬 남부 구릉지에 있는 도시.

내가 너와 결혼하면, 플로리,

넌 몹시 후회할 거야.

나는 게으르고 태평한 사람이지만, 플로리,

맹세코 이건 정말이야.

내가 너와 결혼하면, 플로리,

나는 너를 채석장 구덩이에 던져 버릴 거야.

그로비 링턴의 변모
The Remoulding of Groby Lington

사귀는 친구를 보면 그 사람을 알 수 있다.
A man is known by the company he keeps.

그로비 링턴은 형수네 거실에서 중년 사내답게 점잔을 빼면서도 안절부절못하며 시간을 보내고 있었다. 작별 인사를 하고 조카들의 호위를 받으며 마을의 공유지인 잔디밭을 가로질러 역으로 가려면 아직도 15분은 더 지나야 할 터였다. 그는 온후하고 친절한 사람이었고, 그래서 원칙적으로는 죽은 형 윌리엄의 아내와 아이들을 정기적으로 방문하는 것을 기뻐했지만, 실제로는 자기와 공통점이 거의 없는 가족의 테두리 안에 들어가 무의미하고 지루한 시간을 보내기보다는 안락하고 한적한 자기 집과 정원에서 책을 읽고 앵무새와 함께 시간을 보내는 것을 훨씬 더 좋아했다. 그런데도 그가 이따금 기차를 타고 형수와 조카들을 방문하는 짧은 여행을 하는 것은 양심의 가책 때문이라기보다 오히려 형인 존 대령의 양심에 순순히 양보했기 때문이었다.

존 대령은 스스로 할 수 없는 일을 남에게 강요하는 집요한 양심을 갖고 있어서, 가엾은 윌리엄의 가족을 소홀히 한다고 걸핏하면 그로비를 비난하곤 했던 것이다. 그로비는 존 대령이 찾아오겠다고 위협할 때까지는 가까운 친척의 존재를 대개 잊거나 무시하고 지내다가, 존 대령이 찾아오기 직전에야 서둘러 윌리엄의 집으로 순례 여행을 떠나 젊은 조카들과의 친분을 새로이 하고 형수의 복지에 대해 약간 어색하지만 친절한 관심을 보여서 사태를 바로잡곤 했다. 하지만 이번에는 자신을 변명하기 위한 친척 방문 시기와 존 대령이 오는 날짜 사이의 간격을 너무 짧게 잡는 바람에 그가 집에 돌아가자마자 존 대령이 도착할 예정이었다. 어쨌든 그로비는 하기 싫은 일을 해치웠고, 이제 가족과의 친목이라는 제단에 자신의 안락과 기호를 다시 제물로 바칠 필요가 생길 때까지 예닐곱 달 정도는 무사히 지낼 수 있을 터였다. 그는 방을 이리저리 돌아다니며 이런저런 물건을 집어 들고 새처럼 잠깐씩 살펴보는 동안 뚜렷하게 쾌활해지는 경향을 보였다.

쾌활하면서도 무기력하고 나른한 그의 태도는 화나고 주의 깊은 태도로 갑자기 확 바뀌었다. 조카딸이 데생과 캐리커처를 그려 놓은 스크랩북에서 그 자신과 그의 앵무새가 우스꽝스러울 만큼 근엄한 태도로 서로 노려보는 모습을 냉정할 만큼 솜씨 좋게 묘사한 스케치를 발견한 것이다. 화가는 그와 앵무새가 서로 닮은 것을 강조하기 위해 전력을 기울였다. 처음에 느낀 불쾌감이 사라진 뒤 그로비는 느긋하게 웃으며 그림 솜씨를 인정했다. 그러자 분노가 다시금 그를 사로잡았다. 그것은 화가가 제 생각을 펜과 잉크로 구체화한 솜씨에 대한 분노가 아니라 그 생각이 표현한 진실에 대한 분노였다. 사람은 자기가 키우는 애완동물과 점점 닮아 간다는 게 정말로 사실일까? 익살스러울 만큼 진지한 새와 항상 함께 지내는 사이에 그도 모르게 앵무새와 비슷해졌을까? 재잘거리는 조카들의 호위를 받으며 기차역까지 걸어가는 동안 그로비는 여느 때와는 달리 말이 없었다. 기차에 타고 있는 짧은 시간 동안 그의 마음은 자기가 차츰 앵무새 같은 생활에 안주하게 되었다는 확신에 점점 더 강하게 사로잡혔다. 결국 그의 일상생활은 정원에서, 과일나무들 사이에서, 잔디밭의 버들고리 의자에서, 또는 서재의 난롯가에서 정처 없이 조용히 걸어 다니고, 새가 부리로 모이를 쪼아 먹듯 음식을 조금씩 주워 먹고 새가 횃대에 앉듯 편안하게 앉아 있는 것뿐이잖은가? 그리고 우연히 만난 이웃들과 나누는 대화도 고작 다음과 같았다. "아름다운 봄날이죠?" "비가 올 것 같아요." "다시 밖에 나와 돌아다니시는 걸 보니 반갑네요. 몸조심하셔야 돼요." "애들이 쑥쑥 자라고 있네요. 안 그래요?" 형식적인 겉치레 말들이 마음에 줄줄이 떠올랐다. 그런 말은 인간 지성의 정신적 교류가 아니라 단지 앵무새처럼 기계적으로 되뇌는 공허한 말에 지나지 않았다. 아는 사람에게 "예쁜 폴리, 고양이, 야옹!"이라고 인사하는 거나 마찬가지다. 조카딸의·스케치에서 그는 깃털 달린 어리석은 새로 묘사되었다. 그로비는 조카딸의 스케치가 처음으로 암시한 자기 모습에 화가 나서 씨근거리기 시작했고, 자신을 비난하는 그의 상상은 노골적인 세부로 그 스케치의 여백을 메우고 있었다.

"그 빌어먹을 새를 남에게 줘 버리겠어." 그는 분개하여 말했지만, 자기가 그런 짓을 하지 않으리라는 것도 알고 있었다. 오랫동안 앵무새를 애지중지 키우다가 갑자기 앵무새한테 새 집을 찾아 주려고 애쓰는 것도 우스꽝스러워 보일 것이다.

"대령님은 도착하셨니?" 그는 조랑말이 끄는 마차를 몰고 그를 마중 나온 마구간지기 소년에게 물었다.

"예, 나리. 2시 15분에 오셨어요. 그런데 나리의 앵무새가 죽었어요." 소년은 그와 같은 계급에 속하는 사람들이 큰 재난이나 파국이 일어난 것을 보고할 때 흔히 그러듯 은근히 즐거워하는 말투로 이 마지막 말을 내뱉었다.

"내 앵무새가 죽었다고?" 그로비는 말했다. "왜 죽었지?"

"아이프예요." 소년은 짤막하게 말했다.

"아이프?" 그로비는 되물었다. "그게 뭐지?"

"아이프는 대령님이 가져오신 거예요." 놀라운 대답이 돌아왔다.

"대령님이 병에 걸렸다고 말할 작정이냐?" 그로비가 물었다. "그건 전염병이냐?"

"대령님은 전과 다름없이 건강하세요." 소년이 말했다. 그리고 소년 한테서는 더 이상 아무 설명도 나오지 않았기 때문에 그로비는 집에 도착할 때까지 어리둥절한 상태로 궁금증을 참아야 했다. 그의 형은 현관문 앞에서 그를 기다리고 있었다.

"앵무새 얘기 들었냐?" 그가 당장 물었다. "정말 미안하구나. 앵무새는 내가 너한테 줄 깜짝 선물로 가져온 원숭이를 보자마자 '쥐새끼 같은 놈아!' 하고 꽥 소리를 질렀어. 그러자 원숭이 녀석이 한달음에 덤벼들어 앵무새의 목을 잡고 딸랑이처럼 빙빙 돌렸지 뭐냐. 내가 녀석의 손에서 앵무새를 빼앗았을 때는 벌써 죽은 뒤였지. 그 원숭이 녀석은 항상 붙임성 있고 상냥했기 때문에, 그런 살기를 속에 품고 있을 줄은 꿈에도 몰랐어. 내가 얼마나 미안한지, 말로 표현할 수가 없구나. 이제 너는 물론 그 원숭이 꼴도 보기 싫겠지."

"전혀 안 그래." 그로비는 진심으로 말했다. 몇 시간 전이었다면 그의 앵무새가 당한 비극적인 죽음은 그에게 재난으로 여겨졌을 것이다. 하지만 지금은 운명의 여신이 그에게 은근한 관심을 보여 준 것으로 여겨질 정도였다.

"그 새는 많이 늙었어." 그는 애지중지하던 앵무새를 잃고도 별로 슬퍼하지 않는 이유를 설명하기 위해 말을 이었다. "사실은 녀석이 늙어 죽을 때까지 계속 살려 두는 게 과연 친절한 일일까 하고 생각하기 시작한 참이었어. 그 원숭이, 정말 매력적인 녀석이군!" 그는 앵무새를 죽인 죄인을 소개받고 그렇게 덧붙여 말했다.

새 식구는 서반구에서 온 작은 긴꼬리원숭이였다. 겁이 많고 수줍어하면서도 사람을 믿고 따르는 온순한 태도는 당장 그로비의 신임을 받았다. 원숭이의 특성을 연구하는 사람이라면 원숭이의 눈 속에 이따금 발작적으로 나타나는 붉은빛에서 근원적인 잔인한 기질의 징후를 보았을지도 모른다. 앵무새는 무모하게도 그 기질을 직접 시험했다가 그렇게 극적인 결말을 맞은 것이다. 죽은 새를 누구에게도 거의 폐를 끼치지 않는 가족의 일원으로 생각했던 하인들은 피에 굶주린 공격자가 앵무새를 대신하여 명예로운 애완동물 자리를 차지한 데 분개했다.

"가엾은 폴리처럼 현명하고 기분 좋은 말은 한마디도 못 하는 비열하고 야만스러운 원숭이 녀석." 이것이 부엌 일대에서 내려진 평결이었다.

*

존 대령이 방문하고 앵무새가 비극적인 죽음을 맞이한 지 열두 달에서 열네 달이 지난 어느 일요일 아침, 웨플리 양은 교구 교회에서 그로비 링턴이 차지한 자리 바로 앞의 자기 자리에 단정하게 앉아 있었다. 그녀는 그 동네에 비교적 새로 온 사람이었고, 뒷자리에 앉아 있는 같은 교회 신자인 그로비 링턴과는 개인적으로 아는 사이도 아니었지만, 지난 2년 동안 일요일 아침 예배 때마다 가까운 자리에 앉았기 때문에 서로 상대의 존재를 의식하고 있었다. 그래서 웨플리 양은 특별한 주의를 기울이지 않고도 응창*할 때 그로비가 어떤 낱말을 어떻게 발음하는지 정확히 알았고, 그로비는 기도서와 손수건 이외에 목이 아플 때 먹는 정제가 든 작은 종이 봉지가 항상 그녀의 옆자리에 놓여 있다는 사소한 사실을 잘 알고 있었다. 웨플리 양이 그 정제에 의존하는 일은 드물었지만, 기침 발작이 일어날 경우에 대비하여 비상약을 준비해 놓고 싶어 했다. 그 일요일에 그 정제는 단조로운 예배에서 보기 드물게 그녀의 주의를 다른 데로 돌리는 사건을 일으켰다. 그 사건은 기침이 오랫동안 계속된 것보다 훨씬 더 그녀의 마음을 어지럽혔다. 그녀는 첫 번째 찬송가를 함께 부르려고 일어났을 때, 뒷자리에 혼자 앉은 이웃사람의 손이 제 옆자리에 놓인 종이 봉지를 몰래 잡아당기는 것을 보았다. 홱 옆을 돌아본 그녀는 종이 봉지가 분명히 사라진 것을 발견했다. 하지만 링턴 씨는 겉으로 보기에는 제 찬송가집에 차분하게 열중한 것처럼 보였다. 제 물건을 약탈당한 여자가 의문스러운 눈으로 아무리 노려보아도 그의 얼굴에는 의식적인 죄책감이 전혀 나타나지 않았다.

"그다음에 일어난 일이 더 나빴어." 그녀는 나중에 분개한 친구와 지

---

* 예배 때, 사제가 부르는 노래 따위에 응하여 성가대나 신자들이 노래를 부르는 것.

인들에게 말했다. "내가 기도를 드리려고 무릎을 꿇자마자 내 정제 한 알이 바로 내 코밑으로 휙 날아왔어. 나는 고개를 돌리고 노려보았지만, 링턴 씨는 눈을 감고 기도에 열중한 것처럼 입술을 달싹거리고 있었지. 그런데 내가 다시 기도를 드리기 시작한 순간 정제 하나가 또 날아왔고, 이어서 또 하나가 날아왔어. 나는 한동안 모른 체하고 있다가, 그 남자가 또다시 정제 한 알을 나한테 막 던지려는 순간 휙 돌아보았지. 그 사람은 황급히 책장을 넘기는 체했지만, 나도 그때는 속지 않았어. 그 사람은 자기가 들킨 걸 알고 더 이상 정제를 던지지 않았어. 물론 나는 자리를 바꾸었지."

"신사라면 아무도 그렇게 수치스러운 짓을 하지 않았을 거야." 그녀의 말을 들은 사람들 가운데 하나가 말했다. "하지만 링턴 씨는 누구한테나 존경받는 사람이었어. 그런데 버릇없이 자란 초등학생처럼 행동한 모양이군."

"꼭 원숭이처럼 행동했다니까." 웨플리 양이 말했다.

그녀의 짓궂은 평결은 그 무렵 다른 지역에서도 되풀이되었다. 그로비 링턴은 그의 하인들이 보기에는 결코 영웅이 아니었지만, 죽은 앵무새와 마찬가지로 남을 별로 성가시게 하지 않는 쾌활하고 친절한 사람이라는 평을 듣고 있었다. 하지만 그의 집안 식구들은 최근 몇 달 동안 그가 이런 특징을 갖고 있다는 데 거의 찬성하지 않을 것이다. 처음 그에게 깃털 달린 애완동물의 비극적인 죽음을 알린 그 둔감한 마구간지기 소년은 하인들 사이에 널리 퍼진 불만을 처음으로 입 밖에 낸 사람이었다. 그리고 그가 불만을 품은 데에는 상당한 근거가 있었다. 그는 무더운 여름에는 과수원에 있는 적당한 크기의 못에서 미역을 감아도 좋다는 허락을 받았다. 그런데 어느 날 오후 화가 나서 욕

224

지거리를 외치는 소리와 그보다 더 날카로운 원숭이의 새된 목소리가 뒤섞인 소리에 이끌려 그로비가 그 못 쪽으로 다가갔다. 그는 조끼만 입은 알몸에 양말만 신은 포동포동하고 작달막한 소년이 사과나무의 낮은 가지 위에 앉아 있는 원숭이에게 호통을 치는 것을 보았다. 소년이 아무리 화를 내고 호통을 쳐도 전혀 효과가 없었다. 원숭이는 소년이 벗어 둔 옷을 소년의 손이 닿지 않는 곳으로 가져가서 멍하니 만지작거리고 있었다.

"원숭이가 제 옷을 가져갔어요." 소년이 우는소리로 말했다. 그와 같은 부류의 사람들은 뻔한 일도 열심히 설명하기를 좋아한다. 소년은 제 옷차림이 불완전해서 좀 당혹스러웠지만, 원숭이한테 빼앗긴 옷을 되찾으려는 노력을 그로비가 물심양면으로 도와주리라 믿고 안심하여, 그로비가 온 것을 환영했다. 반항적으로 깩깩 소리를 지르던 원숭이는 이제 조용해졌다. 주인이 조금만 달래면 약탈한 옷을 돌려줄 것은 분명했다.

"내가 너를 들어 올려 주면 옷에 손이 닿을 거야." 그로비가 제안했다.

소년은 동의했다. 그로비는 그의 조끼를 단단히 움켜잡았다. 사실 그에게서 움켜잡을 수 있는 것은 조끼뿐이었다. 그리고 그를 땅에서 번쩍 들어 올렸다. 그런 다음 교묘하게 팔을 휘둘러 키 큰 쐐기풀 덤불 속으로 소년을 던져 버렸고, 쐐기풀은 소년을 받아들여 그의 몸을 완전히 감쌌다. 피해자는 감정을 억제하라고 가르치는 학교에 다닌 적이 없었고, 여우가 그의 중요한 급소를 물어뜯으려고 했다면 아마 태연하고 무관심한 태도를 취하기보다는 가장 가까운 수렵위원회에 달려가서 불평을 터뜨렸을 것이다. 이때 그가 고통과 분노와 놀라움의 자극을 받고 내지른 소리는 엄청나게 크고 오랫동안 지속되었지만, 그렇게 고함을 지르는 동안에도 원숭이가 나무 위에서 의기양양하게 깩깩거리는 소리와 그로비의 새된 웃음소리를 또렷이 들을 수 있었다.

소년은 즉흥적인 무도병 환자처럼 반회전을 하여 쐐기풀 덤불에서 빠져나왔다. 체육관에서 그런 묘기를 부렸다면 단번에 명성을 얻었을 테고, 실제로 그로비 링턴은 점점 멀어져 가면서 기꺼이 그의 묘기를 인정하고 박수갈채를 보냈다. 소년이 반회전을 끝냈을 때는 원숭이도 주인처럼 신중하게 퇴각한 뒤였고, 그의 옷은 나무 아래 풀밭에 흩어져 있었다.

"둘 다 원숭이야. 원숭이가 틀림없어." 소년은 화가 나서 중얼거렸다. 그의 평가가 엄격했다 해도, 어쨌든 그는 도발을 받고 상당히 분개한 상태에서 그 말을 했다.

커틀릿이 설익었다고 주인이 갑자기 화를 내는 바람에 눈물을 흘릴 만큼 놀란 하녀가 일을 그만두겠다고 말한 것은 그로부터 보름 뒤였다.

"주인님은 나한테 이를 갈았어요. 정말로 이를 갈았다고요." 그녀는 동정하는 부엌 하녀들에게 말했다.

"주인님이 나한테 그런 식으로 말하는 걸 보고 싶군." 요리사는 도전적으로 말했지만, 그 순간부터 그녀의 요리는 눈에 띄게 좋아졌다.

그로비 링턴은 익숙한 습관에서 벗어나 남의 집 하우스 파티에 손님으로 초대되어 가는 일이 드물었는데, 글렌더프 부인이 곰팡내 나는 낡은 저택의 딸림채에 그의 침실을 배정했을 때는 적잖게 화가 났다. 게다가 그의 옆방에 배정된 사람은 유명한 피아니스트인 레너드 스패빙크였다.

"그분은 리스트*를 천사처럼 연주해요." 이것이 여주인의 열렬한 추천장이었다.

"그가 리스트를 송어처럼 연주해도 내가 알 바 아니야." 그로비는 속으로 중얼거렸다. "하지만 그 사람은 틀림없이 코를 골 거라고 내기해도 좋아. 분명히 코를 골 부류이고 코를 잘 골게 생겼어. 그 터무니없이 얇은 판벽널을 통해 코 고는 소리가 들리면 골치 아픈 문제가 생길 거야."

그는 정말로 코를 골았고, 실제로 골치 아픈 문제가 생겼다.

그로비는 2분 15초 동안 코 고는 소리를 참고 있다가 복도를 통해 스패빙크의 방으로 들어갔다. 그로비의 강경 조치로 음악가는 잠이 덜 깨어 어리둥절한 채 침대 위에 일어나 앉았다. 맥없이 축 늘어진 음악가의 풍만한 몸은 간청하는 법을 배운 아이스크림 같았다. 그로비는 그를 쿡쿡 찔러서 잠을 완전히 깨웠다. 그러자 자만심이 강하고 골을 잘 내는 피아니스트는 몹시 화가 나서 오만한 방문객의 손을 찰싹 때렸다. 다음 순간 스패빙크는 머리 주위에 단단히 묶인 베갯잇 때문에 하마터면 질식할 뻔했고 완전히 재갈이 물렸다. 잠옷을 입은 그의 통통한 팔다리는 침대 밖으로 잡아당겨져서 손바닥으로 찰싹 얻어맞고 꼬집히고 걷어차이고 자유형 레슬링식으로 마룻바닥에 쿵 떨어져서 편평하고 얕은 욕조 쪽으로 질질 끌려갔다. 사람이 익사할 만한 깊이는 분명 아니었지만, 집요한 그로비는 그 욕조에서 그를 익사시키려고 기를 썼다. 잠시 방은 거의 어둠에 싸였다. 그로비가 가져온 양초

---

* 프란츠 리스트(1811~1886) : 헝가리의 피아니스트 · 작곡가.

는 난투가 시작되자마자 쓰러졌고, 그 깜박거리는 불빛은 물이 튀기는 소리, 손바닥으로 찰싹찰싹 때리는 소리, 입이 막힌 채 내지르는 비명 소리, 빠르게 웅얼거리는 소리, 성난 원숭이가 깩깩거리는 듯한 소리가 욕조 주변에서 벌어지고 있는 싸움을 말해 주는 현장까지는 거의 닿지 않았다. 잠시 후, 일방적인 싸움을 불빛이 환하게 비추었다. 커튼에 불이 붙어 확 타오르고 그 불길이 순식간에 판벽널로 옮겨 붙은 것이다.

하우스 파티에 참석한 손님들을 서둘러 깨우자 그들은 놀라서 잔디밭으로 우르르 도망쳐 나갔다. 저택의 딸림채는 활활 타오르면서 시커먼 연기를 내뿜었지만, 그로비가 반쯤 익사한 피아니스트를 품에 안고 나타난 것은 잠시 시간이 지난 뒤였다. 그가 밖으로 나온 것은 잔디밭 끝에 있는 연못이 사람을 익사시키기에 아주 좋은 곳이라는 사실을 생각해 냈기 때문이었다. 차가운 밤공기는 그의 분노를 가라앉혔고, 사람들은 순진하게도 그를 불쌍한 레너드 스패빙크의 목숨을 구한 영웅으로 인정하고 박수갈채를 보내면서, 스패빙크가 연기에 질식하지 않도록 머리를 젖은 헝겊으로 친친 둘러싼 그의 침착함을 칭찬했다. 자기가 영웅이 된 것을 안 그는 그 상황을 받아들였고, 쓰러진 양초 옆에서 잠들어 있는 음악가를 발견하고 뛰어들었더니 화재가 이미 발생한 뒤였다고 자초지종을 생생하게 설명했다. 며칠 뒤 스패빙크는 한밤중에 얻어맞고 물에 빠진 충격에서 어느 정도 회복되자 자신의 입장에서 상황을 설명했지만, 그의 이야기를 듣는 사람들이 그를 동정하는 온화한 미소와 얼버무리는 말로 대응하는 것을 보고, 대중의 귀는 자기 뜻대로 되는 게 아니라는 것을 깨달았다. 하지만 그는 왕립인도주의협회가 그로비 링턴에게 인명구조상을 주는 시상식에 참석하는 것을 단호하게 거부했다.

　그로비의 원숭이가 병에 걸려 죽은 것은 이 무렵이었다. 그것은 북쪽 기후의 영향을 받은 원숭이들이 대부분 걸리는 병이었다. 주인은 원숭이의 죽음에 깊이 상심한 것 같았고, 최근에 얻은 원기를 끝내 회복하지 못했다. 그는 존 대령이 지난번에 찾아왔을 때 선물한 거북이와 함께 잔디밭과 텃밭에서 빈둥거리지만, 이전의 쾌활함은 찾아볼 수 없다. 그의 조카들이 그를 '나이 든 그로비 삼촌'이라고 부르는 것도 당연하다.

짐승과 초짐승
Beasts and Super-Beasts

암늑대
The She-Wolf

레너드 빌시터는 이 세상에서는 어떤 매력이나 흥밋거리도 찾지 못하고 자기가 경험하거나 상상하거나 지어낸 '보이지 않는 세계'에서 그 보상을 찾는 사람이었다. 아이들은 그런 일을 잘 해내지만, 자신을 납득시키는 것에 만족한 채, 자신의 믿음을 널리 보급하기 위해 다른 사람들을 설득하려고 애쓰지는 않는다. 레너드 빌시터의 믿음은 '소수', 그러니까 그의 말에 귀를 기울여 줄 몇 사람을 위한 것이었다.

우연한 사건이 그의 장사 밑천인 신비학 지식을 뒷받침해 주지 않았다면, 보이지 않는 세계에 장난삼아 잠깐 손을 대 보는 그의 도락은 응접실 몽상가의 진부하고 평범한 의견을 넘어서지 못했을지도 모른다. 러시아의 대규모 철도 파업이 위협에서 현실로 발전하고 있을 때 그는 마침 우랄 지방의 광산 회사에 관여한 친구와 함께 동유럽을 가로지르는 횡단 여행을 하고 있었다. 파업이 일어나자 귀국길에 오른 그는 페름* 저쪽에서 발이 묶였다. 그가 마구와 쇠붙이를 취급하는 상인과 알게 된 것은 여행이 중단된 상태로 기차역에서 사나흘 기다리고 있을 때였다. 이 상인은 바이칼 호 건너편의 무역업자와 원주민들한테 들은 단편적인 민간설화를 영국인 길동무들에게 들려주면서 기다리는 나날의 지루함을 그런대로 유용하게 떨쳐내고 있었다. 레너드는 집에 돌아오자 자신이 겪은 러시아 철도 파업에 대해서는 수다스럽게 떠벌였지만, 어떤 불가사의한 신비에 대해서는 '시베리아 마술'이라는 거창한 제목으로 넌지시 냄새만 풍길 뿐 단단히 입조심을 하면서 말을 삼갔다. 그런데 사람들이 전혀 호기심을 보이지 않았기 때문에 보름 뒤에는 굳게 다물었던 입이 열려서, 레너드는—그 자신의 표현을 빌리면—그 힘을 휘두를 줄 아는 소수의 전수자들에게 이 새로운 마술이 주는 막강한 힘을 자세히 언급하기 시작했다. 그의 이모인 세실리아 후프스 부인은 진실을 사랑하기보다 오히려 센세이션을 더 좋아했기 때문에, 그가 그녀의 눈앞에서 호박을 어떻게 산비둘기로 바꾸었는가 하는 이야기를 널리 퍼뜨려 그를 떠들썩하게 선전해주었다. 이 이야기는 그가 초자연력을 가졌다는 한 증거로 제시되었지만, 후프스 부인의 상상력에 경의를 표하는 일부 사람들은 그 이야기를 에누리하여 들었다.

레너드가 불가능을 가능케 하는 마술사인가 아니면 협잡꾼인가 하는 문제에 대해서는 의견이 나뉠 수 있지만, 그가 메리 햄프턴 부인네 하우스 파티에 참석하러 도착했을 때는 양쪽 분야에서 탁월하다는 평

---

* 러시아 우랄 산맥 서쪽, 카마 강 기슭에 있는 도시. 교통의 요지이며, 우랄 지방의 주요 공업 중심지 가운데 하나이다.

판을 얻은 상태였다. 그리고 레너드는 그런 명성을 피하고 싶은 마음이 전혀 없었다. 신비로운 힘과 진기한 능력이 레너드나 그의 이모가 참여하는 모든 대화에 풍부하게 등장했고, 그가 과거에 발휘한 초능력이나 장차 해낼 가능성이 있는 일들이 신비롭게 암시되고 암암리에 인정되었다.

레너드가 도착한 이튿날 점심때, 하우스 파티를 주최한 햄프턴 부인이 말했다.

"빌시터 씨, 나를 늑대로 변신시켜 줄 수 있나요?"

"아니, 여보." 햄프턴 대령이 말했다. "당신이 그런 소망을 갖고 있는 줄은 몰랐는걸."

"나는 물론 암늑대가 되고 싶어요." 햄프턴 부인이 말을 이었다. "느닷없이 종種만이 아니라 성性까지 바꾸면 너무 혼란스러울 테니까요."

"이런 문제를 가지고 농담하면 안 됩니다." 레너드가 말했다.

"농담이 아니라 진심이에요. 정말이라니까요. 하지만 오늘은 안 돼요. 브리지 놀이를 할 수 있는 사람이 여덟 명밖에 안 되니까, 내가 빠지면 브리지 테이블에 한 자리가 비게 돼요. 내일은 파티에 참석할 사람이 더 많으니까 내일 밤 저녁 식사를 끝낸 뒤에……"

"이 신비의 마력에 대한 우리의 지식이 아직은 불완전하니까, 이런 문제는 조롱거리로 삼기보다는 겸허하게 다루어야 합니다." 레너드가 너무 엄격하게 말했기 때문에 그 이야기는 더 이상 나오지 않았다.

클로비스 생그레일은 '시베리아 마술'의 가능성에 대한 토론이 진행되는 동안, 그답지 않게 잠자코 앉아 있었다. 점심을 먹은 뒤 그는 패브햄 경을 비교적 한적한 당구실로 데려가서 탐색의 질문을 던졌다.

"경이 수집한 야생동물 중에 암늑대 같은 게 있습니까? 비교적 성질이 온순한 암늑대 말입니다."

패브햄 경은 잠깐 생각하고 나서 대답했다.

"루이자가 있지. 회색 늑대의 꽤 좋은 표본인데, 2년 전에 북극여우 몇 마리와 바꾸었지. 내 동물들은 대부분 나한테 오면 오래지 않아 길이 든다네. 루이자는 암늑대로서는 천사 같은 기질을 가졌다고 말할수 있지. 그런데 왜 그런 걸 묻나?"

"내일 밤 루이자를 빌려주실 수 있는지 궁금해서요." 클로비스는 칼라 단추나 테니스 라켓이라도 빌리는 사람처럼 태평하게 말했다.

"내일 밤?"

"네, 늑대는 야행성 동물이니까 시간이 늦어도 루이자에게는 해롭지 않을 겁니다." 클로비스는 모든 것을 고려한 사람 같은 태도로 말했다. "해가 진 뒤에 경의 하인들 가운데 하나가 루이자를 패브햄 공원에서 데리고 나올 수 있을 겁니다. 그리고 조금만 도와주면 그 하인은 햄프턴 부인이 온실에서 몰래 빠져나가는 바로 그 순간 루이자를 온실로 몰래 데리고 들어갈 수 있을 겁니다."

패브햄 경은 어리둥절하여 잠시 클로비스를 빤히 바라보다가 얼굴을 주름투성이로 만들면서 웃음을 터뜨렸다.

"아하, 그게 자네의 책략이로군. 그렇지? 자네는 독자적으로 시베리아 마술을 부릴 작정인 거야. 그리고 햄프턴 부인도 공모자가 되기로 했나?"

"햄프턴 부인은 끝까지 함께하겠다고 약속했습니다. 경이 루이자의 온순함만 보증해 주신다면요."

"루이자는 내가 책임지겠네." 패브햄 경이 말했다.

이튿날은 하우스 파티에 참석한 사람이 더 많아졌고, 레너드 빌시터의 자기선전 본능도 늘어난 청중에 자극을 받아 당연히 강해졌다. 그 날 저녁 식탁에서 그는 눈에 보이지 않는 힘과 검증되지 않은 능력이라는 주제에 대해 장황하게 지껄였고, 사람들이 카드놀이실로 이동하기에 앞서 응접실에 커피가 준비되고 있는 동안에도 그의 인상적인 달변은 기세가 조금도 약해지지 않은 채 계속되었다.

이모가 지원해 준 덕분에 모두 그의 발언을 경청했지만, 센세이션을 좋아하는 그녀의 영혼은 말로만 증명하는 것보다 더 극적인 무언가를 갈망했다.

"사람들한테 네 능력을 '납득시킬' 만한 일을 해 보지 않겠니, 레너드? 무언가를 다른 형태로 변화시켜 봐. 여러분도 아시다시피 레너드는 마음만 먹으면 얼마든지 그렇게 할 수 있답니다." 이모가 사람들에게 말했다.

"해 보세요." 메이비스 펠링턴도 열띤 어조로 말했고, 그 자리에 있던 사람들도 거의 다 같은 부탁을 되풀이했다. 쉽사리 설득당하지 않는 사람들조차 아마추어 마술사의 시범을 기꺼이 즐기고 싶어 했다.

레너드는 사람들이 자기한테 무언가 구체적인 것을 기대하고 있다는 것을 느꼈다.

"여러분 가운데 3페니짜리 동전이나 별로 가치가 없는 작은 물건을 갖고 있는 분은 안 계십니까?"

"설마 동전을 사라지게 하거나 그런 유치한 짓을 할 작정은 아니겠죠?" 클로비스가 경멸하듯 말했다.

"나를 늑대로 변신시켜 달라고 부탁했는데, 그 부탁을 들어주지 않는 건 너무 불친절하신 것 같아요." 메리 햄프턴이 마코앵무에게 여느 때처럼 먹이를 주기 위해 디저트 접시를 들고 온실 쪽으로 가면서 말했다.

"이 능력을 놀림감으로 삼으면 위험하다고 이미 경고했을 텐데요."
레너드는 진지하게 말했다.

"나는 당신이 그런 일을 할 수 있다고는 믿지 않아요." 메리가 온실
에서 도발하듯 말했다. "할 수 있으면 어디 한번 해 보세요. 나를 늑대
로 변신시켜 보라고요."

그녀는 이렇게 말하면서 진달래 덤불 뒤로 돌아가 시야에서 사라졌
다.

"햄프턴 부인……" 레너드는 더욱 진지하게 말하기 시작했지만, 더
이상 말을 잇지 못했다. 한 줄기 찬바람이 방을 휙 가로지른 것 같았
다. 그와 동시에 마코앵무들이 귀청이 떨어질 듯한 비명을 지르기 시
작했다.

"저 새들이 도대체 왜 저러지?" 햄프턴 대령이 외쳤다. 그 순간 메이
비스 펠링턴이 그보다 훨씬 더 날카로운 비명을 질렀고, 비명 소리에
놀란 사람들은 모두 자리에서 일어나 우르르 도망쳤다. 그들은 무력
한 공포에 사로잡히거나 본능적으로 제 몸을 지키려는 다양한 자세를
취한 채, 양치류와 진달래 사이에서 그들을 엿보고 있는 회색 짐승과
맞섰다.

모두 깜짝 놀라고 어쩔 줄 모른 채 당황했지만, 그 혼란 상태에서 맨
먼저 정신을 차린 것은 후프스 부인이었다.

"레너드!" 그녀는 새된 목소리로 조카에게 외쳤다. "저 짐승을 다시
햄프턴 부인으로 돌려놔! 지금 당장! 저 짐승은 언제 우리한테 덤벼들
지 몰라. 어서 돌려놔!"

"저…… 저는 어떻게 하는지 몰라요." 레너드가 더듬거리며 말했다.

그는 그 자리에 있는 누구보다도 겁을 먹고 공포에 질린 것처럼 보였다.

"뭐라고?" 햄프턴 대령이 외쳤다. "자네는 건방지게도 내 아내를 늑대로 변신시켜 놓고, 이제 거기 태연히 서서 내 아내를 다시 사람으로 돌려놓을 수 없다고 말하는 거야?"

레너드에게 공평하게 말하면, 그 순간 그의 태도는 결코 태연하지 않았다.

"분명히 말씀드리지만, 나는 절대로 햄프턴 부인을 늑대로 변신시키지 않았어요. 아니, 그럴 생각도 하지 않았다고요." 그가 항변했다.

"그럼 내 아내는 어디 있지? 그리고 저 짐승은 어떻게 온실로 들어왔지?" 대령이 물었다.

"물론 우리는 햄프턴 부인을 늑대로 변신시키지 않았다는 당신의 주장을 받아들일 수밖에 없습니다." 클로비스가 정중하게 말했다. "하지만 형세가 당신한테 불리하다는 데에는 당신도 동의할 겁니다."

"저 짐승이 우리한테 덤벼들 준비를 하고 저기 서 있는 상황에서 이런 입씨름을 꼭 해야 하나요?" 메이비스가 화난 목소리로 울부짖었다.

"패브햄 경이 야생동물에 대해 많이 아시니까……" 햄프턴 대령이 말했다.

"내가 수집한 야생동물은 믿을 만한 동물 상인들한테서 보증서와 함께 왔거나 아니면 내 동물원에서 직접 번식시킨 겁니다. 매력적인 안주인이 불가사의하게 실종된 상태에서 태연히 진달래 덤불에서 걸어 나오는 동물과 마주친 적은 지금까지 한 번도 없었어요." 그가 말을 이었다. "표면상의 특징만 가지고 판단하면 저 짐승은 충분히 자란 암컷 회색 늑대의 외모를 갖고 있군요. 평범한 '카니스 루푸스'종의 변종이죠."

"저것의 라틴어 학명 따위는 아무래도 좋아요." 메이비스는 짐승이 방으로 한두 걸음 더 들어오자 겁에 질려 비명을 질렀다. "저걸 먹이로 유인해서 어떤 해도 끼칠 수 없는 곳으로 데려가서 가둘 수 없나요?"

"저게 정말로 햄프턴 부인이라면, 방금 맛있는 저녁을 배불리 먹었으니까 먹이로 유인해도 별로 효과가 없을 것 같은데요." 클로비스가 말했다.

"레너드." 후프스 부인이 눈물을 글썽거리며 간청했다. "이게 네가 한 짓이 아니라 해도, 너의 위대한 능력을 발휘해서 이 무서운 짐승이 우리를 공격하기 전에 무언가 해롭지 않은 걸로 바꾸어 줄 수는 없겠니? 토끼라든가 뭐 그런 걸로?"

"햄프턴 대령님은 우리가 부인을 갖고 노는 것처럼 이런저런 애완동물로 계속 변신시키는 것을 좋아하실 것 같지 않은데요." 클로비스가 끼어들었다.

"그건 절대로 안 돼." 대령이 큰 소리로 말했다.

"내가 지금까지 다룬 늑대들은 대부분 설탕을 무척 좋아했습니다." 패브햄 경이 말했다. "원하신다면 이 늑대한테 그 효과를 시험해 보겠습니다."

그는 커피 잔 받침접시에서 각설탕 한 개를 집어서 기대에 찬 루이자에게 던져 주었고, 루이자는 공중에서 그것을 덥석 받아먹었다. 사람들은 안도의 한숨을 내쉬었다. 적어도 마코앵무를 찢어 죽일 수 있는 상황에서 설탕을 먹는 늑대를 보자, 늑대에 대한 두려움이 벌써 조금은 줄어들었다. 패브햄 경이 설탕을 아낌없이 주는 체하며 늑대를 방 밖으로 꾀어내자 안도의 한숨은 감사의 헐떡거림으로 바뀌었다.

사람들은 당장 늑대가 떠난 온실로 뛰어들었지만, 그곳에는 마코앵무의 저녁을 담은 접시만 놓여 있을 뿐 햄프턴 부인은 흔적도 보이지 않았다.

"문이 안쪽에서 잠겨 있는데요!" 클로비스는 문을 열어 보는 체하면서 교묘하게 열쇠를 돌리고는 그렇게 외쳤다.

모두 레너드 빌시터를 돌아보았다.

"당신이 내 아내를 늑대로 변신시키지 않았다면……" 햄프턴 대령이 말했다. "내 아내가 어디로 사라졌는지 설명해 주겠소? 잠긴 문을 통해 밖으로 나갈 수는 없었을 테니까. 회색 늑대가 어떻게 갑자기 온실에 나타났는지 설명하라고 강요하지는 않겠지만, 내 아내가 어떻게 되었느냐고 물을 권리는 나한테도 있을 것 같은데요."

레너드가 거듭해서 대답을 거부하자 모두 조바심이 나고 불신하는 얼굴로 투덜거렸다.

"나는 이 지붕 아래 한 시간도 더 머물지 않겠어요." 메이비스 펠링턴이 선언했다.

"우리를 초대한 안주인이 정말로 인간의 형체를 잃고 사라졌다면 여기 있는 여자들은 아무도 이 집에 남을 수 없어요." 후프스 부인이 말했다. "늑대를 보호자로 동반해서 파티에 참석하는 건 절대로 사양하겠어요."

"그건 암늑대예요." 클로비스가 달래듯이 말했다.

이런 이례적인 상황에서 지켜야 할 올바른 에티켓이 어떤 것인지는 더 이상 분명하게 밝혀지지 않았다. 햄프턴 부인이 갑자기 방으로 들어왔기 때문에 그 문제는 당장 사람들의 관심을 잃었다.

"누군가가 저한테 최면을 걸었어요." 그녀는 뿌루퉁한 얼굴로 외쳤다. "저는 하고많은 곳 중에 하필이면 사냥해 온 짐승 고기를 저장해 두는 방에서 패브햄 경이 주는 각설탕을 받아먹고 있었어요. 저는 최면에 걸리는 걸 싫어하고, 의사는 저한테 설탕에는 손도 대지 말라고 했는데……"

그것을 설명이라고 부를 수 있을지는 모르지만, 어쨌든 사람들은 최대한 그녀에게 상황을 설명했다.

"그럼 당신은 '정말로' 나를 늑대로 변신시켰군요, 빌시터 씨?" 그녀는 흥분하여 외쳤다.

하지만 레너드는 잠자코 있었다면 영광의 바다로 나아갈 수 있었을 텐데, 이미 그 배를 불태워 버린 뒤였다. 그는 힘없이 고개를 저을 수밖에 없었다.

"멋대로 그런 짓을 한 건 저였습니다." 클로비스가 말했다. "아시다시피 저는 2, 3년 동안 러시아 북동부 지역에서 살았기 때문에, 그 지역의 마술에 대해 관광객보다는 훨씬 많이 알고 있지요. 이런 이상한 힘에 대해 말하고 싶지는 않지만, 남들이 거기에 대해 터무니없는 소리를 늘어놓는 걸 들으면 시베리아 마술을 정말로 이해하는 사람이 어떤 일을 할 수 있는지 보여 주고 싶은 유혹에 빠지게 되죠. 저는 그 유혹에 굴복했던 거예요. 브랜디를 좀 마셔도 될까요? 마술을 부렸더니 기력이 좀 떨어졌네요."

레너드 빌시터가 그 순간 클로비스를 바퀴벌레로 변신시킬 수 있었다면 그는 당장 그 작업을 실행한 다음, 그 바퀴벌레를 짓밟았을 것이다.

로라

Laura

"너 정말로 죽는 건 아니지?" 아만다가 물었다.

"의사한테 화요일까지 살아도 좋다는 허락을 받았어." 로라가 말했다.

"하지만 오늘은 토요일이야. 이건 심각해!" 아만다는 숨을 헐떡이며 말했다.

"심각한지 아닌지는 모르겠지만, 오늘이 토요일인 건 확실해."

"죽음은 항상 심각한 거야."

"나는 죽을 거라고 말한 적이 없어. 나는 아마 로라이기를 그만두고 다른 무언가로 계속 살아갈 거야. 아마 어떤 동물이겠지. 전생에 착하지 않았던 사람은 하등동물로 환생한대. 그런데 생각해 보니 나는 별로 착하게 살지 않았어. 옹졸하고 심술궂고, 걸핏하면 원한을 품고 앙갚음을 했지. 상황이 그걸 정당화하는 것처럼 보일 때는 늘 그랬어."

"상황은 절대로 그런 짓을 정당화하지 않아." 아만다는 서둘러 대꾸했다.

"내가 이런 말을 해도 괜찮다면 에그버트에게는 그런 짓을 아무리 해도 충분히 정당화될 수 있는 상황이야. 너는 그 사람과 결혼했으니까 사정이 달라. 넌 그 사람을 사랑하고 존경하고 참고 견디겠다고 맹세했지만, 난 아니야."

"에그버트가 도대체 뭐가 나쁘다는 건지 모르겠어." 아만다가 항의했다.

"나쁜 건 아마 나였겠지." 로라는 냉정하게 인정했다. "에그버트는 단지 정상을 참작할 수 있는 상황이었을 뿐이야. 예를 들면 그 사람은 내가 요전 날 콜리 강아지들을 한바탕 달리게 해 주려고 농장에서 데리고 나갔더니 안달복달하면서 소란을 피웠어."

"그건 강아지들이 얼룩무늬 병아리들을 쫓아다니고, 둥지에서 알을 품고 있는 암탉들을 쫓아내고, 게다가 화단을 이리저리 뛰어다니면서 엉망으로 만들었기 때문이야. 그 사람이 닭과 정원에 얼마나 열성인지 너도 알잖아."

"아무리 그렇다 해도 그걸 가지고 저녁 내내 불평할 것까진 없었어. 그리고 내가 토론을 즐기기 시작하자마자 '그 이야기는 이제 그만합시다' 하는 거야. 옹졸하고 심술궂은 내가 복수를 하고 싶어진 건 바로 그때였어." 로라는 뉘우치는 기색도 없이 킬킬거리며 덧붙였다. "나는 강아지 사건이 일어난 이튿날, 얼룩무늬 닭들을 에그버트가 모종을 키우고 있는 헛간으로 모조리 몰아넣었지."

"어떻게 그럴 수 있어?" 아만다가 외쳤다.

"아주 쉬웠어. 암탉 두 마리는 그때 알을 낳고 있는 체했지만, 나는 단호했지."

"그런데 우리는 그게 사고인 줄 알았어."

"내가 다음에는 하등동물로 환생할 거라고 생각하는 데에는 정말로 몇 가지 근거가 있어." 로라는 다시 말을 이었다. "나는 어떤 동물이 될 거야. 그런데 또 한편으로는 나도 나름대로 그렇게 나쁜 인간은 아니었으니까 멋진 동물로 환생할 거라고 기대할 수도 있을 거야. 신나게 놀기를 좋아하는 우아하고 활기찬 동물, 어쩌면 수달로 환생할지도 몰라."

"수달이 된다고? 상상할 수도 없어." 아만다가 말했다.

"그런 식이라면, 넌 나를 천사로 상상할 수도 없을 거야." 로라가 말했다.

아만다는 아무 대꾸도 하지 않았다. 사실 그녀는 로라를 천사로 상상할 수 없었기 때문이다.

"개인적으로는 수달의 삶이 꽤 즐거울 거라고 생각해." 로라는 말을 이었다. "수달은 1년 내내 연어를 먹고, 제물낚시를 하는 사람들처럼 미끼를 송어 앞에 대롱대롱 매달아 놓고 송어들이 수면으로 올라와 미끼를 물 때까지 몇 시간씩 기다릴 필요 없이 자기 집에 숨어 있는 송어를 가서 가져올 수 있다는 만족감을 맛볼 수 있지. 게다가 우아하고 미끈하게 쭉 뻗은 몸매······"

"수달 사냥개를 생각해 봐." 아만다가 말을 가로챘다. "사냥개한테 쫓기고 공격당하다가 결국 물려 죽으면 얼마나 무섭겠어?"

"이웃의 절반이 와서 구경할 테니까 그것도 꽤 재미있을걸. 그리고 어쨌든 토요일부터 화요일까지 조금씩 죽어 가는 것보다 나쁘진 않아. 그리고 죽으면 나는 또 다른 존재로 환생할 거야. 내가 그런대로 착한 수달로 살면 다시 인간으로 환생하겠지. 아마 약간 원시적인 인간, 예컨대 갈색 피부의 발가벗은 누비아* 소년으로 환생할 거야."

"네가 좀 진지했으면 좋겠어." 아만다는 한숨을 내쉬었다. "네가 화요일까지밖에 못 산다면 정말로 진지해져야 돼."

그런데 로라는 월요일에 죽었다.

"완전히 엉망이 됐어요." 아만다는 이모부인 룰워스 퀘인 경에게 불평했다. "나는 아주 많은 사람을 골프와 낚시에 초대했고, 철쭉도 한창 예쁘게 피어 있는데……"

"로라는 언제나 배려심이 없었어." 룰워스 경이 말했다. "로라는 하필이면 굿우드 경마**가 열리는 주에 태어났고, 게다가 아기라면 질색하는 대사가 집에 머물고 있을 때였지."

"로라는 너무나 터무니없는 생각을 갖고 있었어요." 아만다가 말했다. "혹시 로라네 가계에 정신병이 있는지 아세요?"

"정신병? 아니, 그런 이야기는 못 들었는데. 로라의 아버지는 웨스트 켄싱턴***에 살고 있지만, 다른 점에서는 완전히 제정신일 거야."

"로라는 자기가 수달로 환생할 거라고 생각했어요."

"환생을 믿는 사람은 서양에서도 흔히 만날 수 있어. 그런 사람을 미쳤다고 볼 수는 없지. 그리고 로라는 현세에서도 이상한 사람이었으니까, 내세에 어떻게 될지 단정적인 말은 하고 싶지 않아."

---

* 아프리카 동북부, 이집트 남부에서 수단 북부에 걸친 지역. 홍해와 리비아 사막에 둘러싸여 있다.
** 영국 잉글랜드 남부 웨스트서식스 주 치체스터 근교에 있는 굿우드 경마장에서 해마다 7월 말부터 8월 초까지 경마대회가 열린다.
*** 영국 런던 서쪽에 있는 지역. 작품이 발표된 당시(1914년)만 해도 변두리였으며, 이곳 일대에서 1908년 런던 올림픽이 열렸다.

"로라가 정말 어떤 동물로 변했을지도 모른다고 생각하시는군요?" 아만다가 물었다. 아만다는 주위 사람들의 관점을 기꺼이 자신의 견해로 받아들이는 편이었다.

바로 그때 에그버트가 상실감에 빠진 표정을 지으며 거실로 들어왔다. 로라가 죽었다는 이유만으로 그런 표정을 지으리라고는 생각할 수 없었다.

"내 얼룩무늬 닭 네 마리가 살해되었어." 그가 외쳤다. "모두 금요일 품평회에 나갈 예정이었던 닭들이야. 한 마리는 둥지에서 질질 끌려 나가서, 내가 그렇게 많은 수고와 돈을 쏟아부어서 새로 꾸민 카네이션 화단 한복판에서 잡아먹혔어. 하필이면 내 최고의 화단과 내 최고의 닭들만 골라서 망치고 죽였어. 그런 짓을 한 짐승은 어떻게 하면 짧은 시간에 최대한 많은 것을 파괴할 수 있는가에 대해 특별한 지식을 가진 것 같아."

"여우가 그런 짓을 했다고 생각해요?" 아만다가 물었다.

"여우보다는 족제비가 한 짓 같은데." 룰워스 경이 말했다.

"아니에요." 에그버트가 말했다. "사방에 물갈퀴가 달린 발자국이 있었어요. 그 발자국을 따라가 보니 정원 끝에 있는 개울까지 이어져 있었어요. 수달이 분명해요."

아만다는 재빨리 룰워스 경을 훔쳐보았다.

에그버트는 너무 흥분해서 아침도 먹지 못하고 닭장의 방어시설을 보강하는 작업을 감독하러 나갔다.

"로라도 하다못해 장례식이 끝날 때까지는 기다려 줄 수도 있었을 텐데요." 아만다는 분개한 목소리로 말했다.

"너도 알다시피 그건 로라의 장례식이야." 룰워스 경이 말했다. "자신의 유해에 대한 존경심을 얼마나 보여야 하는지는 에티켓에서 참으로 미묘한 점이지."

이튿날 열린 장례식은 더욱 무시되었다. 장례식에 참석하느라 가족이 모두 집을 비운 사이에 살아남은 나머지 닭들이 모두 학살당한 것이다. 약탈자의 퇴각로는 잔디밭에 만들어진 화단의 대부분을 포함하고 있는 것 같았지만, 아래 정원에 있는 딸기 화단도 피해를 입었다.

"되도록 빨리 수달 사냥개들을 데려와야겠어." 에그버트가 잔인하게 말했다.

"오오, 절대 안 돼요! 그런 짓은 꿈에도 생각할 수 없어요!" 아만다가 외쳤다. "내 말은…… 집에서 장례식을 치른 직후에 그래서는 안 좋다는 뜻이에요."

"이건 불가피한 경우야." 에그버트가 말했다. "일단 수달이 그런 짓을 버릇처럼 하게 되면 절대 그만두지 않을 거야."

"이젠 닭이 한 마리도 남지 않았으니까 수달도 다른 데로 가겠죠." 아만다가 말했다.

"누가 들으면 당신이 그 짐승을 감싸고 드는 줄 알 거야." 에그버트가 말했다.

"요즘에는 개울에 물이 거의 없었어요." 아만다가 항의했다. "다른 곳으로 피난할 가능성도 거의 없는데 동물을 사냥하는 것은 별로 정정당당해 보이지 않아요. 스포츠 정신에 어긋난다고요."

"이런, 큰일 났군!" 에그버트는 화가 나서 씨근거렸다. "나는 스포츠를 생각하고 있는 게 아니야. 되도록 빨리 그 녀석을 죽이고 싶을 뿐이지."

다음 일요일에 교회에서 예배를 보고 있는 동안 수달이 집 안에 들어와 식료품 저장실에 놓아둔 연어의 절반을 약탈하여 에그버트의 서재에 깔려 있는 페르시아 양탄자 위에서 그것을 집적거리고 비늘 달린 생선 토막을 양탄자 위에 여기저기 흩어 놓았을 때는 아만다도 전처럼 반대만 할 수 없었다.

"이제 머지않아 녀석이 침대 밑에 숨어 있다가 우리 발을 물어뜯을 거야." 에그버트가 말했다. 아만다도 이 특별한 수달에 대해 알고 있는 사실 때문에 그럴 가능성이 없지 않다고 생각했다.

수달을 사냥할 날짜가 정해지자, 그 전날 저녁에 아만다는 사냥개 소리를 상상하여 그와 비슷한 소리를 내면서 한 시간 동안 혼자 개울가를 따라 걸었다. 그 소리를 들은 사람들은 그녀가 다가오는 마을 축제 때 여흥으로 농장의 동물 소리를 흉내 내기 위해 연습하고 있구나 하고 관대하게 생각했다.

그날의 사냥 소식을 그녀에게 가져온 사람은 친구이자 이웃인 오로라 버렛이었다.

"네가 오지 않은 게 유감이야. 우리는 정말 즐거운 하루를 보냈어. 사냥을 시작하자마자 너의 정원 바로 밑에 있는 웅덩이에서 녀석을 발견했지 뭐야."

"그래서…… 죽였어?" 아만다가 물었다.

"물론이지. 예쁜 암컷 수달이었어. 네 남편은 수달의 꼬리를 잡으려고 애쓰다가 호되게 물렸어. 가엾은 수달. 나는 수달이 정말 불쌍했어. 죽을 때 눈빛이 꼭 사람 같았거든. 너는 나를 어리석다고 하겠지만, 그 눈빛을 보고 누가 생각났는지 알아? 아니, 아만다, 왜 그래?"

아만다가 신경쇠약에서 어느 정도 회복되자 에그버트는 보양을 위해 그녀를 나일 강 연안으로 데려갔다. 환경을 바꾸자 건강과 정신적 균형이 바람직하게 회복되었다. 먹이에 변화를 주기 위해 모험을 감행한 수달의 엉뚱한 탈선도 있는 그대로 볼 수 있게 되었다. 아만다는 평소의 차분한 기질을 되찾았다. 어느 날 저녁 카이로의 한 호텔에서 그녀가 느긋하게 화장을 하고 있을 때 남편의 화장실에서 남편의 목소리이기는 하지만 남편이 평소에 잘 쓰지 않는 어휘로 허리케인처럼 욕설을 퍼붓는 소리가 들려왔다. 하지만 이때까지만 해도 아만다는 차분함을 잃지 않았다.

"왜 그래요? 무슨 일이 일어났나요?" 그녀는 호기심에 찬 목소리로 물었다.

"이놈의 짐승 같은 꼬맹이가 내 깨끗한 셔츠를 몽땅 욕조에 던져 놓았어! 요 녀석, 거기 꼼짝 말고 있어. 내가 잠을 때까지 기다려!"

"짐승 같은 꼬맹이가 뭐예요?" 아만다는 웃고 싶은 충동을 억누르면서 물었다. 남편의 말은 그의 분노를 표현하기에는 절망적일 만큼 부적절했다.

"갈색 피부의 발가벗은 누비아 꼬맹이야." 에그버트는 화가 나서 내뱉었다.

그리고 아만다는 이제 정말로 중병에 걸리고 말았다.

수퇘지
The Boar-Pig

"잔디밭으로 가는 뒷길이 있어." 필리도어 스토센 부인이 딸에게 말했다. "작은 풀밭을 지난 다음 담장으로 둘러싸여 있고 구스베리 나무가 가득한 과수원을 지나면 돼. 나는 작년에 가족이 다른 곳에 가 있을 때 그곳을 구석구석까지 가 보았지. 과수원에서 관목 숲으로 통하는 문이 있는데, 일단 그 문을 지나면 정문을 통해 진입로로 들어온 것처럼 다른 손님들과 섞일 수 있을 거야. 처음부터 정문으로 들어갔다가는 안주인과 부딪칠 위험이 있으니까, 뒷길을 이용하는 게 훨씬 안전해. 초대도 받지 않았는데 그런 식으로 안주인과 마주치면 아주 곤란할 거야."

"가든파티에 참석하려고 그런 고생을 하는 건 지나치지 않아요?"

"보통 가든파티면 그렇지. 하지만 '그 집' 가든파티는 아니야. 우리

군那에서 조금이라도 행세깨나 하는 사람들은 모두, 우리만 빼고는 모두 공주님을 만나라고 초대를 받았어. 뒷길로 들어가는 것보다 우리가 왜 거기에 참석하지 않았는지에 대한 변명을 지어내기가 훨씬 더 골치 아플 거야. 나는 어제 길에서 큐버링 부인을 붙잡고 공주님에 대해 아주 분명하게 말했어. 그 정도면 알아들었을 만도 한데, 큐버링 부인이 내 부탁을 무시하고 초대장을 보내지 않았다 해도 그건 내 잘못이 아니잖니? 어쨌든 우리는 여기까지 왔어. 이제 풀밭을 가로질러 저 작은 문을 지나서 정원으로 들어가기만 하면 돼."

유럽의 왕족과 귀족이 참석하는 가든파티에 어울리게 차려입은 스토센 부인과 딸은 송어가 사는 시냇물을 따라 국가 의전용 거룻배 같은 태도로 좁은 풀밭과 거기에 이어진 구스베리 과수원을 통과했다. 그들은 당당하게 나아가면서도 적대적인 서치라이트가 언제라도 그들에게 돌려질 수 있다고 생각하는 것처럼 남몰래 상당히 서두르고 있었다. 그리고 실제로 그들은 관찰당하고 있었다. 열세 살 소녀다운 빈틈없는 눈과 모과나무의 높은 가지에 올라앉아 위치상의 이점까지 갖춘 마틸다 큐버링은 옆길로 에둘러 들어오고 있는 스토센 모녀의 움직임을 환히 내려다보고 그 책략이 어디서 실패할지 정확하게 예측했다.

"저 사람들은 문이 잠긴 것을 발견하고 왔던 길을 되짚어가야 할 거야." 그녀는 혼잣말로 말했다. "꼴좋다! 정문으로 들어오지 않았으니 고생 좀 해야지. 타르퀸 슈퍼버스*를 풀밭에 풀어놓지 않은 게 유감이군. 다른 사람들은 모두 즐거운 시간을 보내고 있는데 타르퀸은 왜 오

---

* 고대 로마 최후의 제7대 왕. 타르퀴니우스 수페르부스의 영어식 이름.

후 외출을 하면 안 되는지 모르겠어."

마틸다는 어떤 생각이 떠오르면 곧바로 행동에 옮기는 나이였다. 그녀는 모과나무 가지에서 미끄러져 내려왔다. 그리고 얼마 후 그녀가 다시 나무 위로 올라갔을 때, 거대한 흰색 요크셔종 수퇘지인 타르퀸은 좁은 우리에서 벗어나 더 넓은 풀밭에 나가 있었다. 잠긴 문이라는 완강한 장애물에 부딪히는 바람에 원정에 실패하고 퇴각하고 있던 스토센 모녀는 풀밭과 구스베리 과수원의 경계를 이루는 문에 이르렀을 때 갑자기 우뚝 멈춰 섰다.

"정말 고약해 보이는 동물이군." 스토센 부인이 외쳤다. "아까 우리가 들어왔을 때는 저기 없었어."

"어쨌든 지금은 저기 있어요." 그녀의 딸이 말했다. "어떡하죠? 여기 오지 않았더라면 좋았을걸."

수퇘지는 인간 침입자들을 좀 더 자세히 조사하려고 문으로 가까이 다가와 이를 득득 갈면서 작고 붉은 눈을 끔벅거리며 서 있었다. 그 태도는 분명 상대를 쩔쩔매게 할 작정이었고, 스토센 모녀에게는 그 목적을 충분히 달성한 셈이었다.

"쉿! 저리 가! 쉿! 저리 가!" 두 여자는 입을 모아 외쳤다.

"이스라엘 왕들의 이름을 읊어서 돼지를 쫓아 버릴 생각이라면 실망할 텐데." 마틸다가 모과나무 위에 앉아서 말했다. 그녀가 소리를 내어 말했기 때문에 스토센 부인은 비로소 마틸다의 존재를 알아차렸다. 조금 전이었다면 아무도 없는 듯이 보였던 정원에 사람이 있는 것을 알고 조금도 기뻐하지 않았겠지만, 지금은 그 자리에 아이가 있다는 사실이 너무도 반갑고 마음이 놓였다.

"얘야, 저 돼지를 쫓아 줄 사람을 찾아서 데려올 수……?" 그녀는 기대에 찬 얼굴로 말하기 시작했다.

"Comment(뭐라고요)? Comprends pas(무슨 말인지 모르겠어요)."
소녀가 대답했다.

"너 프랑스인이니? Étes vous française?"

"Pas de tout(아뇨). 'Suis anglaise(영국인이에요)."

"그럼 왜 영어를 쓰지 않는 거야? 내가 알고 싶은 건……"

"Permettez-moi expliquer(제가 설명할게요). 보시다시피 저는 지금 좀 우울해요." 마틸다가 말했다. "저는 고모랑 함께 지내고 있는데, 오늘은 많은 사람들이 가든파티에 올 테니까 특히 얌전하게 굴어야 한다는 말을 들었어요. 그리고 사촌 동생인 클로드를 본받으라는 말도 들었어요. 클로드는 어쩌다가 아니면 절대로 잘못을 저지르지 않고, 어쩌다 우연히 잘못을 저질러도 거기에 대해 항상 미안해하죠. 사람들은 내가 점심때 산딸기 케이크를 너무 많이 먹었다고 생각했는지, 클로드는 절대로 산딸기 케이크를 과식하지 않는다고 말했어요. 클로드는 점심을 먹고 나면 항상 낮잠을 자러 가라는 말을 듣기 때문에 30분 동안 낮잠을 자러 가요. 나는 클로드가 잠들 때까지 기다렸다가 그 애의 두 손을 묶고 파티용으로 남겨 둔 산딸기 케이크 한 동이를 강제로 먹이기 시작했어요. 케이크는 대부분 클로드의 세일러복에 떨어졌고 일부는 침대에 떨어졌지만, 꽤 많은 분량이 클로드의 목구멍 속으로 들어갔어요. 그러니까 사람들도 이제는 클로드가 산딸기 케이크를 과식한 적이 한 번도 없다고 말할 수는 없을 거예요. 내가 파티에 참석하는 것을 허락받지 못한 건 그 때문이에요. 게다가 추가 벌칙으로 오후 내내 프랑스어를 써야 돼요. 나는 '강제로 먹이기' 같은 말을 프랑스어로 뭐라고 하는지 모르는데, 이 이야기에는 그런 낱말이 꽤 많이 나오기 때문에 처음부터 끝까지 영어로 말할 수밖에 없었어요. 물론 프랑스어 낱말을 멋대로 지어낼 수도 있었겠지만, nourriture obligatoire(의무적인 음식)라고 말했다면 아줌마는 내가 무슨 말을 하는지 전혀 몰랐을 거예요. Mais maintenant, nous parlons français(하지만 이제는 우리 프랑스어로 말해요)."

"그래, 좋다, très bien(아주 좋아)." 스토센 부인은 마지못해 말했다. 그녀는 잠시 당황하여 자기가 아는 프랑스어도 잘 구사할 수 없었다. "Là, à l'autre côté de la porte, est un cochon(저기, 문 저쪽에 수퇘지 한 마리가)……"

"Un cochon(수퇘지요)? Ah, le petit charmant(아, 그 작고 귀여운 녀석요)!" 마틸다는 열렬히 외쳤다.

"Mais non, pas du tout petit, et pas du tout charmant, un bête féroce(아니야, 전혀 작지 않아. 귀엽지도 않아. 사나운 짐승이야)."

"Une bête예요." 마틸다가 정정했다.* "돼지는 영어로 'pig'라고 부를 때만 남성 명사죠. 하지만 돼지한테 화가 나서 '사나운 짐승'이라고 부르면 돼지는 당장 우리 같은 여성 명사가 돼요. 프랑스어는 정말이지 여성다움을 없애는 언어라니까요."

"그럼 우리 제발 영어로 말하자." 스토센 부인이 말했다. "돼지가 있는 풀밭을 통과하지 않고 이 정원에서 나가는 길은 없을까?"

"나는 항상 자두나무를 이용해서 담장을 넘어 다녀요." 마틸다가 말했다.

"우리는 이런 옷을 입고 있어서 그렇게 할 수 없을 거야." 스토센 부

---

* 스토센 부인이 '짐승(bête)'을 남성 명사로 말하자 마틸다가 여성 명사라고 정정한 것이다.

인이 말했다. 어떤 의상을 입든, 그녀가 담장을 넘는 것은 상상하기 어려웠다.

"네가 가서 돼지를 쫓아낼 사람을 데려와 줄래?" 스토센 부인의 딸이 물었다.

"나는 오늘 5시까지 여기 있겠다고 고모한테 약속했어요. 아직 4시도 안 됐는걸요."

"이런 상황에서는 네 고모도 분명 허락하실⋯⋯"

"내 양심이 허락하지 않을 거예요." 마틸다는 냉정하고 위엄 있게 말했다.

"우리는 5시까지 여기 남아 있을 수는 없어." 스토센 부인은 점점 화가 나서 외쳤다.

"시간이 더 빨리 지나가도록 아줌마한테 내 시를 읊어 드릴까요?" 마틸다가 정중하게 물었다. "「밥벌이를 하는 벨린다」가 내 최고 작품인데요, 프랑스어로 쓰면 아마 꽤 대단한 작품이 될 거예요. 프랑스어로 된 것 가운데 내가 알고 있는 것은 앙리 4세*가 부하 장병들한테 한 연설뿐이에요."

"네가 가서 저 짐승을 쫓아낼 사람을 데려오면, 멋진 선물을 살 수 있는 돈을 주마." 스토센 부인이 말했다.

마틸다는 모과나무를 몇 센티미터 내려왔다.

"아줌마가 정원에서 나가기 위해 지금까지 제안한 것 가운데 가장 실제적이네요." 마틸다는 쾌활하게 말했다. "클로드와 나는 '어린이의 신선한 공기 기금'을 위해 돈을 모으고 있어요. 둘 가운데 누가 더 많

---

* 프랑스의 왕(재위 1589~1610), 부르봉 왕조의 시조. 1598년 낭트칙령을 발하여 30년간 계속된 종교내란을 종식시켰으나, 훗날 구교도 광신자의 칼에 찔려 죽었다.

이 모을지 겨루고 있죠."

"나는 기꺼이 반 크라운을 기부하겠어. 정말로 아주 기꺼이." 스토센 부인은 그녀의 의상에서 멀리 떨어진, 바깥쪽 보루를 이루는 저장소 깊숙한 곳에서 그 돈을 파내면서 말했다.

"클로드는 지금 나보다 훨씬 앞서 있어요." 마틸다는 반 크라운을 기부하겠다는 제의를 무시하고 말을 이었다. "그 애는 겨우 열한 살이고 금발이에요. 모금 일을 할 때는 그런 게 엄청난 이점이 되죠. 요전 날에도 한 러시아 부인이 클로드한테 10실링을 주었지 뭐예요. 러시아 인들은 베푸는 기술을 우리보다 훨씬 잘 이해하고 있어요. 클로드는 오늘 오후에 25실링의 순이익을 얻을 거예요. 경쟁 상대가 없으니까 독무대나 마찬가지일 테고, 산딸기 케이크를 과식한 뒤니까 창백한 얼굴로 곧 죽을 것 같은 연기를 완벽하게 해낼 테니까요. 그래요, 클로 드는 지금쯤 나보다 2파운드*는 앞서 있을 거예요."

속이 타는 두 여자는 여기저기 뒤지고 잡아 뜯고 후회의 말을 수없이 중얼거린 끝에 둘이 합쳐서 7실링 6펜스를 간신히 만들어 냈다.

"우리가 가진 건 이게 전부인 것 같구나." 스토센 부인이 말했다.

마틸다는 땅으로 내려올 기미도 보이지 않았고, 그들이 제시한 액수에 합의할 기미도 전혀 보이지 않았다.

"10실링도 안 되는 돈 때문에 양심을 팔 수는 없어요." 그녀는 완고하게 선언했다.

모녀는 낮은 목소리로 몇 마디 중얼거렸다. 그 말 속에서 '짐승'이라는 낱말이 두드러졌지만, 아마 타르퀸과는 아무 관계도 없었을 것이다.

---

* 당시의 영국 화폐단위는 '1파운드=4크라운=20실링=240펜스'였다. 1971년 화폐개혁 이후에는 '1파운드=100펜스'로 단순화되었다.

"내가 반 크라운짜리 동전을 하나 더 갖고 있는데, 이거 받아." 스토 센 부인이 떨리는 목소리로 말했다. "이젠 제발 빨리 가서 사람을 데려 와 다오."

마틸다는 나무에서 내려와 기부금을 받고는 발밑의 풀밭에서 잘 익 은 모과를 줍기 시작했다. 그런 다음 문을 타고 넘어가 수돼지한테 다 정하게 말을 걸었다.

"이리 와, 타르퀸. 너는 잘 익어서 물컹거리는 모과의 유혹에는 저항 못 하지?"

실제로 타르퀸은 그 유혹에 저항하지 못했다. 마틸다는 적절한 간격 을 두고 수돼지 앞에 모과를 던져 주는 방법으로 그 짐승을 우리까지 유인했다. 그러는 사이에 구조된 포로들은 서둘러 풀밭을 건너갔다.

"정말 말도 안 돼! 못된 계집애!" 스토센 부인은 무사히 큰길로 나오 자 그렇게 외쳤다. "그 돼지는 전혀 사납지 않았고, '신선한 공기 기금' 은 10실링 가운데 1페니도 구경하지 못할 거야!"

하지만 그녀의 판단은 부당하고 가혹했다. 그 기금의 회계장부를 조 사해 보면, '마틸다 큐버링의 모금액―2실링 6펜스'라고 적힌 영수증 을 발견할 수 있을 테니까.

브 로 그
The Brogue

사냥철이 끝났지만 멀렛 가족은 아직 브로그를 팔아 치우지 못했다. 멀렛 집안에는 지난 몇 년 동안 일종의 전통이 이어져 왔는데, 그것은 사냥철이 끝나기 전에 브로그를 살 사람이 나타날 거라는 일종의 숙명론적인 기대였다. 하지만 사냥철이 몇 번이나 시작되고 끝나도 그런 근거 없는 낙관론을 정당화해 줄 만한 일은 아무것도 일어나지 않았다. 그 말은 어렸을 때는 버서커*라는 이름을 갖고 있었지만, 일단 익숙해지면 바꾸기 어렵다는 사실을 인정하여 나중에 브로그로 이름을 바꾸었다. 마을 사람들은 그 이름의 첫 글자인 B가 사족처럼 쓸데없이 붙었다는 농담**을 곧잘 하곤 했다. 브로그는 판매 카탈로그에 '사

---

* 북유럽 전설에 나오는 광포한 전사, 베르세르크.

**Brogue에서 맨 앞의 B를 빼면 악당이라는 뜻의 'rogue'가 된다.

냥용 경량마, 숙녀가 타기에 좋은 말' 등으로 다양하게 묘사되었고, 약간의 공상을 가미하여 '키가 4미터 55센티미터인 갈색 거세마'로 묘사되기도 했다.

토비 멀렛은 네 시즌이나 브로그를 타고 웨스트웨식스 수렵단에 참가했는데, 웨스트웨식스에서는 그 지역을 알고 있는 말이라면 어떤 말이든 타도 된다. 브로그는 사방 수십 킬로미터 범위 안에 있는 강둑과 산울타리의 틈새를 거의 다 직접 만들었기 때문에 그 지역을 아주 잘 알고 있었다. 브로그의 태도나 특징이 사냥터에서 이상적이라고는 할 수 없었지만, 시골길에서 타고 다니기보다는 사냥개를 앞세워 사냥을 갈 때 타는 편이 아마 더 안전했을 것이다. 멀렛 가족의 말에 따르면 브로그는 길을 걸어 다니는 것을 정말로 두려워하지는 않았지만, 한두 가지 싫어하는 게 있어서 그것과 마주치면 갑자기 미친 듯이 공격했는데, 토비 자신은 그것을 '일탈병'이라고 불렀다. 브로그는 자동차와 자전거에 대해서는 너그럽게 무시하는 태도를 취했지만, 돼지와 손수레, 길가의 돌무더기, 마을 길에서 만나는 유모차, 눈에 거슬릴 정도로 하얗게 칠한 문, 그리고 매번 그런 것은 아니지만 가끔씩 새로운 종류의 벌집을 만나면 브로그는 당장 원래의 진로에서 벗어나 삼지창 모양으로 갈라진 번개의 지그재그 코스처럼 갈지자를 그리며 달리기 시작했다. 꿩이 산울타리 너머에서 요란한 소리를 내며 날아오르면 브로그도 동시에 허공으로 뛰어오르곤 했지만, 이것은 꿩과 친하게 사귀고 싶은 욕망 때문이었을지도 모른다. 브로그는 상습적으로 구유를 물어뜯고 사납게 숨을 쉬는 버릇이 있다는 소문이 널리 퍼졌지만, 멀렛 가족은 그 소문을 일축했다.

죽은 실베스터 멀렛의 미망인이자 외아들 토비와 반 다스나 되는 딸들의 어머니인 멀렛 부인이 마을 변두리에서 만난 클로비스 생그레일에게 마을에서 일어난 사건들을 숨도 쉬지 않고 늘어놓은 것은 5월의 셋째 주 어느 날이었다.

"우리 마을에 새로 이사 온 펜리카드 씨를 알고 있겠지?" 그녀는 큰소리로 말했다. "콘월에 주석 광산을 소유하고 있는 어마어마한 부자에다 조용한 중년 신사야. 그 사람이 레드 하우스를 장기 임대해서 그 집을 개조하는 데 많은 돈을 쏟아부었지. 그런데 토비가 그 사람한테 브로그를 팔았어!"

클로비스가 이 놀라운 소식을 이해하는 데에는 1, 2분이 걸렸다. 그런 다음 아낌없이 축하 인사를 했다. 그가 좀 더 감정적인 족속이었다면 아마 멀렛 부인에게 입을 맞추었을 것이다.

"드디어 브로그를 처분했으니 정말 다행이네요! 이젠 남부끄럽지 않은 말을 살 수 있겠군요. 내가 항상 말했잖아요. 토비는 영리하다고. 정말 축하드립니다."

"나를 축하하지 마. 그보다 더 불운한 일도 없을 테니까!" 멀렛 부인은 극적으로 말했다.

클로비스는 깜짝 놀라서 그녀를 뚫어지게 바라보았다. 그러자 멀렛 부인은 목소리를 낮추면서 말했다.

"펜리카드 씨가 우리 제시한테 관심을 보이기 시작했어. 처음에는 가벼운 관심이었지만, 이젠 틀림없어. 그걸 진작 알아차리지 못한 내가 바보였어. 어제 목사관에서 열린 가든파티에서 펜리카드 씨가 제시한테 무슨 꽃을 좋아하느냐고 물었고, 제시는 카네이션을 좋아한다고 말했거든. 그런데 오늘 아침 카네이션 한 다발이 도착했지 뭐야. 분홍색, 하얀색, 붉은색 카네이션을 한 무더기나 보냈더라고. 정말 전시회에 출품해도 될 만큼 훌륭한 꽃들이었어. 게다가 초콜릿 한 상자도 같이 보냈는데, 그건 런던에서 일부러 가져온 게 분명해. 그리고 내일 함께 골프를 치자고 제시를 초대했어. 그런데 지금 이 중대한 순간에 토비가 그 동물을 그 사람한테 팔아 버린 거야. 세상에, 이런 재난이 없어!"

"하지만 아주머니는 몇 년 동안이나 그 말을 처분하려고 애쓰셨잖아요." 클로비스가 말했다.

"우리 집에는 딸들이 우글거려. 그래서 나는 줄곧 애를 썼지. 아니, 물론 딸들을 치우려고 애쓴 건 아니지만, 그 많은 딸애들 가운데 한둘은 남편이 있어도 나쁘지 않을 거야. 너도 알다시피 우리 집에는 딸이 여섯이야."

"난 몰라요. 한 번도 세어 보지 않았으니까요. 하지만 아주머니가 여섯이라고 말하면 그건 아주머니 말이 맞겠죠. 어머니들은 대개 그런 걸 잘 알고 있으니까요."

"그런데 이제 돈 많은 사윗감이 눈앞에 나타났는데……" 멀렛 부인은 비극적인 작은 소리로 말을 이었다. "토비가 그 사람한테 가서 그 한심한 말을 팔아 버린 거야. 그 사람이 타려고 하면 브로그는 아마 그 사람을 죽이고 말 거야. 설마 목숨을 빼앗지는 않는다 해도, 어쨌든 펜리카드 씨가 우리 제시한테 느꼈을지도 모르는 애정을 브로그가 없애 버릴 건 분명해. 어떡하면 좋지? 이제 와서 말을 돌려 달라고 할 수는 없어. 그가 브로그를 살 가능성이 있다고 생각했을 때 우리는 브로그를 마구 칭찬하면서 브로그야말로 당신한테 안성맞춤인 말이라고 말했거든."

"그 사람 마구간에서 브로그를 몰래 훔쳐 내서 몇 킬로미터 떨어진 목장에 방목해 달라고 보낼 수는 없나요?" 클로비스가 제안했다. "그리고 마구간 문에 '여성에게 깨끗한 한 표를!'이라고 써 두세요. 그러면 여성참정권론자들이 저지른 행위로 보일 거예요. 그 말을 아는 사람이라면 아무도 아주머니가 그 말을 되찾고 싶어 할 거라고는 생각할 수 없을 거예요."

"그런 짓을 하면 전국의 신문들이 떠들어 댈 거야." 멀렛 부인이 말했다. "너는 신문기사 제목을 상상할 수 없니? '여성참정권론자들이 값비싼 사냥마를 훔쳐 가다.' 경찰은 아마 그 말을 찾을 때까지 전국의 목장을 돌아다닐 거야."

"그럼 이렇게 해 보세요. 제시가 오래전부터 아끼던 말이라는 핑계를 대서 브로그를 돌려받는 거예요. 수선비를 포함한 과거의 임대 계약 조건에 따라 마구간을 허물어야 했기 때문에 어쩔 수 없이 브로그를 팔았던 것인데, 2년쯤 더 마구간을 유지하기로 조정되었다고 말하면 돼요."

"말을 팔아넘기자마자 돌려 달라고 부탁하는 건 좀 이상하지 않을까? 하지만 어떻게든 해야 돼. 그것도 지금 당장. 그 사람은 말에 익숙지 않고, 나는 브로그가 새끼 양처럼 얌전하다고 말한 것 같아. 사실 새끼 양들은 발광한 것처럼 이리저리 뛰어다니며 발길질을 하고 몸부림을 치잖아. 안 그래?"

"새끼 양은 조용하고 온순하다는 평판을 얻고 있지만, 그건 전혀 걸맞지 않은 과분한 평판이에요." 클로비스도 동의했다.

제시는 이튿날 기쁨과 걱정이 뒤섞인 상태로 골프장에서 돌아왔다.

"청혼은 확실히 받았어요." 제시는 그가 6번 홀에서 청혼했다고 말했다. "나는 생각할 시간이 필요하다고 말했죠. 그리고 7번 홀에서 청혼을 받아들였어요."

"얘야." 어머니가 말했다. "너는 그 사람을 안 지 얼마 되지 않았으니까 처녀답게 좀 더 신중하고 망설이는 태도를 보이는 게 좋았을 거야. 9번 홀까지 기다릴 수도 있었을 텐데."

"7번 홀은 아주 긴 홀이에요. 게다가 긴장 때문에 둘 다 경기에 정신을 집중할 수 없었어요. 9번 홀에 도착했을 때쯤에는 이미 많은 일들이 결정되어 있었어요. 우리는 코르시카 섬에서 허니문을 보낼 거예요. 나폴리에 가고 싶으면 잠깐 거기에 들를 수도 있고, 런던에서 일주일 보내는 것으로 신혼여행을 끝낼 거예요. 그 사람의 두 조카딸한테 신부 들러리를 맡아 달라고 부탁할 거니까, 우리 자매를 합해서 신부 들러리는 모두 일곱 명이 될 거예요. 일곱은 행운의 숫자죠. 어머니는 그 진주색 드레스에 호니턴 레이스를 적당히 달면 돼요. 그런데 그 사람이 오늘 저녁에 이 모든 일에 대한 어머니의 동의를 얻으러 여기 올 거예요. 지금까지는 만사가 잘되었지만, 브로그는 문제가 달라요. 나는 그 사람한테 마구간에 대해 계약이 어쩌니 저쩌니 하는 터무니없는 이야기를 했고, 우리가 그 말을 얼마나 되사고 싶어 하는지도 말했지만, 그 사람도 브로그를 계속 옆에 두고 싶어 하는 것 같아요. 그 사람은 이제 시골에 사니까 승마 연습을 해야 한다면서 내일부터 당장 승마를 시작할 거라고 말했어요. 그 사람은 런던에서 몇 번 말을 타 본 적이 있는데, 그때 탄 말은 노인과 안정요법을 받는 사람들을 태우는 데 익숙해진 말이었대요. 그 사람이 안장에 앉아 본 경험은 그게 전부예요. 아아, 노퍽*에서 조랑말을 한 번 타 본 적이 있는데, 그때 그 사람

---

* 영국 잉글랜드 동부, 북해 연안에 있는 주.

은 열다섯 살이었고 조랑말은 스물네 살이었대요. 그런데 내일 그 사람이 브로그를 탈 거라고요? 나는 결혼도 하기 전에 과부가 될 판이네요. 그리고 나는 코르시카가 어떻게 생겼는지 꼭 보고 싶어요. 지도에서는 너무 우스꽝스럽게 보이거든요."

그들은 급히 사람을 보내 클로비스를 불렀다. 그리고 사태의 진척 상황을 그에게 설명했다.

"브로그를 타고도 무사할 수 있는 사람은 아무도 없어." 멀렛 부인이 말했다. "토비만 빼고. 토비는 브로그가 무엇에 놀라 길에서 벗어날지를 오랜 경험으로 알고 있으니까, 말과 동시에 자기도 길에서 벗어날 수 있지."

"나는 펜리카드 씨한테—아니, 빈센트라고 해야겠군요—조언했어요. 브로그는 하얀 문을 좋아하지 않는다고." 제시가 말했다.

"하얀 문이라고?" 멀렛 부인이 외쳤다. "돼지가 브로그한테 어떤 영향을 미치는지는 말하지 않았니? 그 사람이 큰길에 다다르려면 로키어네 농장을 지나가야 하는데, 그 길에는 반드시 돼지 한두 마리가 꿀꿀거리며 돌아다니고 있어."

"브로그가 요즘에는 칠면조도 싫어하게 되었어." 토비가 말했다.

"펜리카드가 그 말을 타고 밖에 나가도록 내버려 두면 안 되는 건 분명합니다." 클로비스가 말했다. "적어도 제시가 그 사람과 결혼해서 남편한테 싫증이 날 때까지는 안 돼요. 그럼 어떻게 할지 말씀드리죠. 그 사람한테 내일 소풍을 가자고 하고 아침 일찍 출발하는 거예요. 그 사람은 아침도 먹기 전에 말을 타러 나갈 사람은 아니에요. 모레는 내가 목사님한테 부탁해서 점심 전에 그 사람을 마차에 태워 크롤리로 데려가서, 그곳에 새로 짓고 있는 병원을 보여 주도록 할게요. 그동안 브

로그는 마구간에 한가롭게 서 있을 테니까, 토비가 브로그를 운동시
켜 주겠다고 제의하면 돼요. 그러면 브로그는 운동을 하다가 돌멩이
나 뭐 그런 것에 발이 걸려서 적당히 다리를 절 수 있어요. 결혼식을
조금 서두르면, 식이 무사히 끝날 때까지 브로그가 다리를 전다는 소
설을 유지할 수 있어요."

멀렛 부인은 감정적인 족속이었기 때문에 클로비스에게 입을 맞추
었다.

그런데 이튿날 아침에 비가 억수같이 쏟아져서 도저히 소풍을 갈
수 없게 된 것은 누구의 잘못도 아니었다. 오후에 날씨가 맑아져서 펜
리카드 씨가 브로그를 타 보고 싶은 유혹을 느낀 것도 누구의 잘못이
아니라 순전한 불운이었다. 그들은 돼지들이 있는 로키어네 목장까지
가지도 못했다. 목사관 정문은 지금은 눈에 잘 띄지 않는 칙칙한 초록
색으로 칠해져 있지만, 이태 전에는 하얀색이었다. 브로그는 길의 이
지점에 이르면 난폭하게 무릎을 꿇어 절을 하고 재빨리 뒤로 물러선
다음 홱 방향을 돌리는 버릇이 있었다는 것을 잊지 않았다. 그 후에는
더 이상 브로그한테 이래라저래라 할 사람이 없었던 게 분명하니까,
브로그는 목사관 과수원으로 들어가 우리 안에 있는 칠면조 한 마리
를 발견했다. 나중에 사람들이 과수원에 가서 보니, 칠면조 우리는 거
의 본래대로 남아 있었지만 칠면조는 거의 남아 있지 않았다.

펜리카드 씨는 조금 놀라고 충격을 받은 데다 무릎이 멍들고 여기
저기 상처를 입었지만, 너그럽게도 그 사고를 자기가 말과 시골길에
경험이 없었던 탓으로 돌리고 제시가 간병하는 것을 허락했다. 그리
고 일주일도 지나기 전에 그는 완전히 회복되어 다시 골프를 칠 수 있
을 만큼 건강해졌다.

보름쯤 지난 뒤에 지방신문에 실린 결혼 선물 목록에는 다음과 같은 항목이 포함되어 있었다.

'갈색 승용마 브로그—신랑이 신부에게 주는 선물.'

토비 멀렛이 말했다.

"그건 그 사람이 아무것도 몰랐다는 걸 보여 주지."

그러자 클로비스가 받았다.

"아니면 그 사람이 아주 유쾌한 재치를 가졌다는 걸 보여 주든가."

열린 창문
The Open Window

"이모는 곧 내려오실 거예요, 너틀 씨." 매우 침착한 열다섯 살 소녀가 말했다. "그때까지 제가 어떻게든 말동무를 해 드릴게요."

프램턴 너틀은 이제 곧 나타날 새플턴 부인에 대해 말하기보다 우선은 지금 눈앞에 있는 조카딸을 적당히 치켜세울 말을 하려고 애썼다. 그는 이곳에서 신경 치료를 받는 것으로 되어 있었지만, 속으로는 전혀 모르는 사람들을 차례로 찾아다니는 이 형식적인 방문이 과연 그 신경 치료에 얼마나 많은 도움이 될지 의심스러웠다.

그가 이 시골의 피난처로 이주할 준비를 하고 있을 때 그의 누나는 이렇게 말했다.

"네가 거기서 어떻게 살지 난 알아. 너는 그곳에 자신을 묻어 버리고 아무하고도 말을 나누지 않을 거야. 그러면 기분이 우울해져서 네 신경은 더욱 나빠지겠지. 내가 아는 그곳 사람들한테 소개장을 써 줄게. 내가 기억하건대 아주 좋은 사람도 몇 명 있었어."

새플턴 부인도 누나가 소개장을 써 준 부인들 가운데 하나였는데, 새플턴 부인이 그 '아주 좋은 사람'의 부류에 들어가는지 프램턴은 궁금했다.

"이 마을 사람들을 많이 아세요?" 조카딸은 말없는 교감을 충분히 나누었다고 판단하자 그렇게 물었다.

"거의 몰라." 프램턴이 말했다. "우리 누나가 4년쯤 전에 여기 목사관에 머물렀는데, 그때 사귄 분들한테 소개장을 써 주셨어."

그는 이 마지막 말을 분명히 유감스러운 어조로 말했다.

"그럼 우리 이모에 대해서는 잘 모르시는군요?" 침착한 소녀가 다시 물었다.

"이름과 주소만 알 뿐이지." 방문객이 인정했다. 그는 새플턴 부인이 유부녀인지 아니면 미망인인지도 궁금했다. 무어라 꼬집어 말할 수는 없지만, 방 안에 감도는 막연한 분위기가 남자의 존재를 말해 주는 듯했다.

"이모한테는 정확히 3년 전에 큰 비극이 일어났어요." 소녀가 말했다. "그러니까 너틀 씨의 누님이 이곳을 떠난 뒤였겠네요."

"큰 비극이라고?" 프램턴이 물었다. 왠지 이 평온한 시골에 비극은 어울리지 않는 듯한 느낌이 들었다.

"10월 오후에 저 창문을 왜 활짝 열어 놓았는지 궁금하실 거예요." 조카딸은 잔디밭 쪽으로 열려 있는 프랑스식 창문을 가리키면서 말했다.

"이맘때치고는 날씨가 아주 따뜻하군." 프램턴이 말했다. "하지만 저 창문이 그 비극과 무슨 관계가 있지?"

"3년 전 오늘, 바로 저 창문을 통해 이모부와 이모의 두 남동생이 사냥을 나갔어요. 그리고 끝내 돌아오지 않았죠. 도요새 사냥터로 가려고 늪지대를 가로지르다가 그만 셋 다 수렁에 빠져 버린 거예요. 엄청나게 비가 많이 온 바로 그 여름이었죠. 다른 해에는 안전했던 곳인데 갑자기 예고도 없이 푹 꺼져 버린 거예요. 시신도 끝내 찾지 못했답니다. 그게 이 비극의 무서운 부분이었어요." 소녀의 목소리는 여기서 침착성을 잃고 더듬거리며 인간다워졌다. "가엾은 이모는 항상 남편과 동생들, 그리고 함께 실종된 갈색 스패니얼 사냥개가 언젠가는 돌아와서, 늘 그랬듯이 저 창문으로 걸어 들어올 거라고 생각하세요. 날이 완전히 어두워질 때까지 저녁마다 저 창문을 활짝 열어 두는 것은 바로 그 때문이에요. 가엾은 이모는 남편과 동생들이 어떻게 나갔는지를 나한테 자주 말씀하셨죠. 남편은 하얀 방수 코트를 팔에 걸치고 있었고, 막냇동생 로니는 누나를 놀릴 때 늘 그랬듯이 '버티, 너는 왜 팔짝팔짝 뛰어다니니?'라는 노래를 부르고 있었대요. 그 노래가 신경에 거슬린다고 이모가 말했기 때문이죠. 오늘처럼 바람 한 점 없는 조용한 저녁에는 이따금 그 세 사람이 저 창문으로 들어올 것 같은 느낌이 들어서 오싹해요."

소녀는 가볍게 몸서리를 치면서 말을 끊었다. 그때 이모가 늦게 나타난 것을 사과하면서 방으로 불쑥 들어온 것은 프램턴에게는 구원이었다.

"베라가 지루함을 달래 드리고 있었겠죠?" 그녀가 말했다.

"아주 재미있었습니다." 프램턴이 말했다.

"창문을 열어 놔도 괜찮겠죠?" 새플턴 부인이 쾌활하게 말했다. "남편과 동생들이 이제 곧 사냥에서 돌아올 텐데, 항상 이리로 들어온답니다. 오늘은 늪지대로 도요새를 잡으러 갔으니까 내 가엾은 카펫을 엉망진창으로 만들 거예요. 남자들은 다 그렇잖아요. 안 그래요?"

그녀는 사냥에 대해 쾌활하게 재잘거렸고, 요즘에는 새들이 드물어졌고 겨울에는 청둥오리들이 날아올 거라고 말했다. 프램턴에게 그 이야기는 모두 오싹할 만큼 무시무시하게 들렸다. 그는 화제를 좀 덜 소름 끼치는 쪽으로 돌리려고 노력을 기울였지만 부분적인 성공밖에 거두지 못했다. 그는 여주인이 손님에게는 조금밖에 관심을 주지 않고 그녀의 시선은 끊임없이 그를 지나쳐서 열린 창문과 그 너머에 있는 잔디밭 쪽으로 움직이고 있는 것을 의식했다. 그가 하필이면 이 비극적인 기념일에 이 집을 방문한 것은 확실히 불운한 우연의 일치였다.

"의사들은 하나같이 저한테 휴식을 명령하고, 정신적 흥분과 격렬한 신체 운동을 삼가라고 지시했습니다." 프램턴이 말했다. 전혀 모르는 사람이나 어쩌다 우연히 알게 된 사람도 남의 질병에 대해, 그리고 그 원인과 치료법에 대해 굶주려 있다는 망상은 세상에 꽤 널리 퍼져 있고, 프램턴도 역시 그런 망상에 사로잡혀 있었다. "식이요법에 관해서는 의사들마다 의견이 제각각입니다."

"그래요?" 새플턴 부인은 그렇게 말했지만, 하품이 나오려는 것을 마지막 순간에 억누른 듯한 목소리였다. 그런데 다음 순간 그녀가 갑자기 쾌활해지면서 생기에 가득 찬 관심이 돌아왔다. 하지만 프램턴의 말에 주의를 기울인 것은 아니었다.

"드디어 왔군요!" 그녀가 외쳤다. "차 마실 시간에 딱 맞춰 왔어요. 그런데 모두 눈까지 진흙투성이가 된 것처럼 보이지 않나요?"

프램턴은 부르르 몸을 떨고, 동정하고 이해한다는 뜻을 전달하려는 눈빛으로 조카딸 쪽을 돌아보았다. 소녀는 공포에 질린 눈으로 멍하니 열린 창문 밖을 내다보고 있었다. 무어라 말할 수 없는 공포로 오싹한 충격을 느끼며 프램턴은 자기 자리에서 몸을 돌려 소녀와 같은 방향을 바라보았다.

짙어져 가는 어스름 속에서 세 사람의 형체가 잔디밭을 가로질러 창문 쪽으로 다가오고 있었다. 그들은 모두 겨드랑이에 총을 끼우고, 그중 한 사람은 하얀 코트를 어깨에 걸치고 있었다. 갈색 스패니얼이 그들 뒤를 바싹 따라오고 있었다. 그들은 소리 없이 집으로 다가왔고, 젊은이의 허스키한 목소리가 어스름 속에서 노래를 부르기 시작했다.

"나는 말했지. 버티, 너는 왜 팔짝팔짝 뛰어다니니?"

프램턴은 지팡이와 모자를 아무렇게나 움켜잡았다. 그는 허둥지둥 퇴각하면서 차례로 통과한 현관문, 자갈이 깔린 진입로, 정문을 어렴풋이 의식했다. 자전거에 탄 사람이 길을 따라 달려오다가 충돌을 피하기 위해 산울타리로 돌진해야 했다.

"여보, 우리 왔어." 하얀 방수 코트를 걸친 사람이 창문으로 들어오면서 말했다. "진흙투성이가 됐지만 진흙은 거의 다 말랐어. 우리가 들어올 때 한 남자가 허둥지둥 달아나던데, 그 사람이 누구지?"

"너틀 씨라고, 정말 이상한 사람이에요." 새플턴 부인이 말했다. "병에 걸린 이야기밖에 할 줄 모르고, 당신이 돌아오니까 인사는커녕 사과 한마디 하지 않고 뛰쳐나갔어요. 누가 봤다면 그 사람이 유령이라도 본 줄 알았을 거예요."

"아마 스패니얼 때문일 거예요." 조카딸이 차분하게 말했다. "그 사람이 그랬어요. 개를 무서워한다고. 언젠가 갠지스 강변 어딘가에서 들개 떼에 쫓겨 묘지로 도망쳤고, 갓 파 놓은 무덤 속에 들어가 하룻밤을 보내야 했대요. 바로 위에서는 들개들이 밤새도록 입에 거품을 물고 이빨을 드러내며 으르렁거렸대요. 그런 경험을 했다면 누구나 신경이 과민해질 만하죠."

즉흥적으로 이야기를 지어내는 것이 그녀의 장기였다.

보물선
The Treasure Ship

그 거대한 범선은 북쪽 후미의 모래와 해초와 바닷물 속에 은퇴한 상태로 누워 있었다. 오래전에 전쟁과 날씨가 배를 거기에 안치했는데, 그 배가 전투 함대의 주축으로 난바다에 나간 날로부터 어언 3세기하고도 사반세기가 지났다. 정확히 어떤 함대였는지에 대해서는 학자들마다 의견이 달랐지만, 어쨌든 그 배는 세상에 아무것도 가져오지 않았고, 전설과 소문에 따르면 오히려 세상에서 많은 것을 빼앗아 갔다. 하지만 얼마나? 학자들은 여기서 또다시 의견이 엇갈렸다. 어떤 학자는 소득세 과세 평가인처럼 후하게 평가했고, 다른 학자는 물속에 가라앉은 보물 상자에 일종의 고등 비평을 적용하여 상자 속의 내용물을 고블린 금화로 격하시켰는데, 전자의 부류에 속하는 사람들 가운데 딜버턴 공작 부인 룰루가 있었다.

공작 부인은 막대한 보물이 해저에 가라앉아 있다고 믿었을 뿐만 아니라 그 보물의 위치를 정확히 알아내어 값싸게 인양할 방법도 있다고 믿었다. 그녀의 이모가 모나코 궁에서 시녀로 일했는데, 모나코 왕이 좁은 영토의 갑갑함을 견딜 수 없었는지 늘 심해 연구에 몰두했고 그녀의 이모도 거기에 관심을 가졌다. 모나코의 한 학자가 완성하여 거의 특허를 낼 뻔했던 발명품에 대해 공작 부인이 알게 된 것은 바로 이 이모 덕분이었다. 그 발명품을 이용하면 수십 미터의 깊은 바다 속에서도 무도회장보다 더 휘황찬란한 이 차가운 백색광 속에서 지중해산 정어리의 가정생활을 연구할 수 있을 터였다. 이 발명품에는 흡입식 전동 준설기가 포함되어 있었는데(공작 부인이 보기에는 이것이 이 발명품의 가장 매력적인 부분이었다), 이 준설기는 좀 더 쉽게 도달할 수 있는 깊이의 해저에서 발견된 흥미롭고 귀중한 물건을 수면으로 끌어올리기 위해 특별히 고안된 것이었다. 그 발명품에 대한 권리는 1,800프랑만 내면 손에 넣을 수 있었고, 준설기는 2, 3천 프랑만 더 내면 구할 수 있었다. 덜버턴 공작 부인은 세상 사람들의 눈으로 보면 이미 부자였지만, 언젠가는 자신의 기준으로 보아도 부자가 될 수 있을 거라는 기대를 품었다. 흥미로운 보물선을 찾기 위해 3세기 동안 여러 회사가 설립되어 많은 노력을 기울였다. 공작 부인은 이 발명품의 도움을 받으면 남몰래 독자적으로 이 난파선을 찾아서 보물을 인양할 수 있을 거라고 생각했다. 어쨌든 그녀의 외가 쪽 조상들 가운데 하나가 메디나 시도니아 공작*의 후손이었기 때문에, 자기도 누구 못지않게 그 보물에 대한 권리를 갖고 있다는 것이 그녀의 의

---

* 스페인 무적함대의 총사령관(1550~1615).

견이었다. 그녀는 마침내 발명품에 대한 권리를 얻었고 준설기도 구입했다.

공작 부인 룰루에게는 거치적거리는 친척들 가운데 바스코 호니턴이라는 조카가 하나 있었는데, 그는 약간의 수입과 많은 친척을 공평하게 이용하면서 불안정하게 사는 젊은 신사였다. 바스코라는 이름은 아마 그가 모험을 즐기는 그 이름의 전통에 따라 살기를 기대하고 붙여 준 이름이었겠지만, 그는 모험가의 활동 범위를 가내 산업에만 엄격하게 제한하고 미지의 곳을 탐험하기보다는 확실하게 보증된 곳만 개발하기를 좋아했다. 룰루와 그의 교류는 최근 몇 년 동안은 그가 찾아오면 시골에 가서 지금 집에 없다고 따돌리고, 그가 편지를 보내면 돈이 없다고 거절하는 부정적인 과정에 한정되어 있었다. 하지만 지금 그녀는 보물찾기 실험에는 그가 딱 적격이라는 것을 생각해 내고, 거의 가망이 없는 상황에서 황금을 끌어낼 수 있는 사람이 있다면 그건 분명 바스코일 거라고—물론 감독과 감시를 위해 필요한 안전장치를 마련한 상황에서—판단했다. 돈이 문제가 될 경우, 바스코의 양심은 발작적으로 완고한 침묵에 빠지기 쉬웠기 때문이다.

아일랜드의 서해안 어딘가에 있는 덜버턴 공작 가문의 영지에는 자갈과 바위와 히스로 덮인 수십 헥타르의 땅이 포함되어 있었다. 농민 봉기도 일어날 수 없을 만큼 황량한 불모지지만, 수심이 꽤 깊은 작은 후미를 안고 있어서 거의 1년 내내 바닷가재가 많이 잡혔다. 그 땅에는 황폐한 오두막이 한 채 있어서, 바닷가재와 고독을 좋아하고 마요네즈란 이름으로 무슨 짓을 할 수 있는가에 대한 아일랜드 요리사의 생각을 받아들일 수 있는 사람들에게 이 '이니스글루서'라는 곳은 여름 몇 달을 지내기에는 그런대로 견딜 만한 유배지였다. 룰루 자신은 그곳에 거의 가지 않았지만, 친구와 친척들에게는 그 집을 아낌없이 빌려주었다. 지금은 그 집에 대한 재량권을 바스코에게 맡겼다.

"인양 장비를 연습하고 실험하기에는 딱 알맞은 곳일 거야." 그녀가 말했다. "후미에는 군데군데 수심이 아주 깊은 곳이 있으니까, 보물찾기를 시작하기 전에 모든 것을 철저히 시험할 수 있을 거야."

3주도 지나기 전에 바스코는 경과보고를 하기 위해 시내에 나타났다.

"그 장비는 아주 잘 작동해요." 그는 이모에게 보고했다. "물속으로 깊이 내려갈수록 모든 게 더 분명해졌어요. 물속에 가라앉은 난파선도 한 척 발견했으니까 인양 훈련도 할 수 있어요."

"후미에 난파선이 가라앉아 있다고?" 룰루가 외쳤다.

"모터보트가 가라앉아 있던데요. '서브로자'*라는 이름이에요." 바스코가 말했다.

"설마! 그게 정말이야? 그건 가엾은 빌리 여틀리의 보트야. 그 배가 3년쯤 전에 그 해안 앞바다 어딘가에 가라앉은 건 기억이 나. 여틀리의 시신은 파도에 떠밀려 바다 쪽으로 쑥 튀어 나간 곳에 올라왔지. 그때 사람들은 배가 고의적으로 뒤집혔다고 말했어. 자살 사건이라는 뜻이지. 사람들은 무언가 비극적인 일이 일어나면 반드시 그런 말을 하거든."

"이 경우에는 그 사람들이 옳았어요."

"무슨 소리야? 왜 그렇게 생각하지?"

"전 알아요." 바스코는 간단하게 말했다.

---

* sub-rosa, '남몰래, 은밀한'이라는 뜻.

"안다고? 어떻게 알 수 있지? 그걸 누가 어떻게 알 수 있겠어? 그 일은 3년 전에 일어났는데."

"'서브로자'의 로커 속에서 방수 금고를 하나 발견했어요. 거기에 서류가 들어 있었죠." 바스코는 극적으로 말을 끊고 윗옷 안주머니를 잠시 뒤졌다. 그러고는 차곡차곡 접힌 종이 한 장을 꺼냈다. 공작 부인은 꼴사나울 만큼 서둘러 그 종이를 낚아채더니, 분명히 감지할 수 있을 만큼 벽난로 쪽으로 더 가까이 이동했다.

"이게 '서브로자'의 금고 안에 있었다고?" 그녀가 물었다.

"아니에요." 바스코는 태평하게 말했다. "그건 '서브로자'의 서류가 공개되면 불쾌한 스캔들에 말려들 저명인사들의 명단이에요. 이모 이름은 명단 맨 위에 적어 놓았어요. 나머지는 모두 알파벳순이에요."

공작 부인은 줄줄이 나열된 이름들을 무력하게 들여다보았다. 그녀가 아는 사람은 거의 다 명단에 포함된 듯했다. 우선 당장은 그렇게 보였지만, 사실 명단 맨 위에 있는 그녀 자신의 이름은 그녀의 사고 능력을 거의 마비시키는 효과를 발휘했다.

"그 서류는 물론 없애 버렸겠지?" 그녀는 얼마쯤 제정신이 들자 그렇게 물었다.

바스코는 고개를 저었다.

"하지만 없애 버려야 돼." 룰루는 성난 얼굴로 말했다. "네 말대로 그 서류가 그렇게 많은 사람의 명예를 손상시키는 거라면……"

"그래요, 그건 보증할 수 있어요." 젊은이는 고모의 말을 가로챘다.

"그렇다면 당장 그걸 안전한 곳에 보관해야 돼. 그 내용이 조금이라도 새어 나가면 어떻게 되겠니. 그 폭로에 말려들 이 가엾고 불운한 사람들을 생각해 봐." 룰루는 흥분한 몸짓으로 명단을 톡톡 두드렸다.

"불운하긴 하겠지만 가엾진 않아요." 바스코가 이모의 말을 바로잡았다. "명단을 주의 깊게 읽어 보면, 재정 상태가 의심스러운 사람은 내가 일부러 포함시키지 않았다는 것을 알아차리실 거예요."

룰루는 한동안 말없이 조카를 노려보았다. 그러다가 쉰 목소리로 물었다.

"이제 어떻게 할 작정이냐?"

"아무 일도 안 할 거예요. 평생 동안." 그는 의미심장하게 대답했다. "아마 사냥이나 좀 하겠죠. 그리고 피렌체에 별장을 장만할 거예요. '빌라 서브로자', 좀 예스럽고 우아한 이름이라고 생각지 않으세요? 많은 사람들이 그 이름에 의미를 부여할 수 있을 거예요. 그리고 저는 고상한 취미를 가져야 하지 않을까 싶어요. 레이번*의 그림을 수집하는 것도 좋겠죠."

모나코 궁에 있는 룰루의 이모는 해양 조사 영역에서 이루어진 또 다른 발명품을 추천하는 편지를 보냈지만 아주 퉁명스러운 답장밖에 받지 못했다.

---

* 헨리 레이번(1756~1823): 영국 스코틀랜드의 유명한 초상화가.

거미줄
The Cobweb

그 농가 부엌은 아마 우연히 또는 무턱대고 선택한 결과로 지금 그 자리에 세워졌을 테지만, 어쩌면 농가 건축의 뛰어난 전략가가 그 위치를 계획했을지도 모른다. 낙농장과 닭장과 허브 정원, 그리고 농가에서 사람 왕래가 잦은 곳은 모두 농가의 안식처인 부엌과 편리하게 이어져 있는 듯했다. 돌바닥이 깔린 넓은 부엌은 무엇이든 놓아둘 수 있는 공간이 있었고, 진흙 묻은 장화가 흔적을 남겨도 쉽게 청소할 수 있었다. 하지만 부엌은 분주한 인간 활동의 중심부에 자리 잡고 있으면서도, 커다란 벽난로 너머의 격자 창문 밑에 설치된 넓은 의자에서는 언덕과 히스 그리고 나무 우거진 산허리의 골짜기가 펼쳐진 풍경을 내다볼 수 있었다. 창문이 있는 구석은 그 자체가 작은 방 하나를 이루고 있었고, 위치와 특성에서 보자면 농가에서 가장 쾌적한 방이었다. 남편이 이 농가를 유산으로 물려받았기 때문에 얼마 전에 이곳으로 이사 온 젊은 래드브럭 부인은 이 아늑한 구석에 탐나는 눈길을 던졌고, 사라사 커튼과 꽃병, 오래된 도자기를 장식한 선반 한두 개로 그곳을 밝고 안락하게 꾸미고 싶어서 손가락이 근질거렸다. 높고 밋밋한 담벼락 안에 갇힌 살풍경하고 음산한 정원이 내다보이는 곰팡내 나는 농가 거실은 안락하거나 아름답게 꾸미기에 쉬운 방은 아니었다.

"좀 더 생활이 안정되면 부엌을 살기 좋게 꾸며서 사람들을 깜짝 놀라게 해 줄 거예요." 젊은 여자는 이따금 찾아오는 손님들에게 말했다. 그 말 속에는 말로 표현되지 않은, 아니 말로 표현되지 않을 뿐만 아니라 그녀 자신도 명백하게 깨닫지 못하는 소망이 담겨 있었다. 엠마 래드브럭은 농가의 안주인이었다. 그녀는 남편과 더불어 최종 결정권을 가질 수 있었고, 어느 정도는 자기 마음대로 농가의 일을 조정할 수 있었다. 하지만 그녀가 부엌의 주인은 아니었다.

낡은 찬장 선반 위에 이 빠진 그릇과 백랍 물병, 치즈 강판, 지불한 청구서와 함께 낡아서 누덕누덕한 성서가 놓여 있었다. 성서의 앞장에는 빛바랜 잉크로 94년 전의 세례식이 기록되어 있었는데, 누렇게 바랜 그 페이지에 적힌 이름은 '마사 크레일'이었다. 뭐라고 연신 중얼거리며 절뚝 걸음으로 부엌을 돌아다니는 주름살투성이의 노파, 겨울 바람에 이리저리 휘둘리는 가을 낙엽처럼 연약해 보이는 노파가 옛날에는 마사 크레일이었고, 그 후 70여 년 동안은 마사 마운트조이였다. 아무도 기억할 수 없을 만큼 오랫동안 그녀는 화덕과 세탁실과 낙농장 사이를 오고 갔고, 양계장과 텃밭에 나가 투덜거리고 중얼거리고 잔소리를 하면서도 끊임없이 일을 했다. 엠마 래드브럭이 농가의 안

주인으로 들어왔지만 마사는 어느 여름날 창문으로 벌 한 마리가 날아들기라도 한 것처럼 그녀를 무시했다. 그런 마사를 엠마는 처음에는 두려움과 호기심이 섞인 눈으로 지켜보곤 했다. 마사는 너무 늙었고 이제는 완전히 이 집의 일부가 되어서, 그녀를 살아 있는 존재로 생각하기는 어려웠다. 코끝이 하얗고 다리가 뻣뻣해진 채 죽을 날만 기다리는 콜리 개 셰프가 쭈글쭈글 말라비틀어진 노파에 비하면 더 인간처럼 보일 정도였다. 마사가 이미 비틀거리고 절뚝거리며 걷는 노파가 되었을 때 셰프는 삶의 기쁨에 들떠서 활기차게 뛰어다니던 강아지였다. 지금 셰프는 앞도 보이지 않는 숨 쉬는 송장일 뿐이었지만, 마사는 약한 힘으로나마 여전히 일을 계속했다. 여전히 쓸고 닦고 빵을 굽고 빨래를 하고 이런저런 물건을 가져오고 가져갔다. 마사가 키우고 먹이고 돌봐 주고 그 낡은 부엌에서 마지막 작별 인사를 해 준 그 늙은 개들에게 죽음과 함께 죽지 않는 무언가가 있다면, 몇 대에 걸친 개들의 영혼이 그 언덕 위를 헤매 다니고 있을 게 분명하다고 엠마는 속으로 생각하곤 했다. 그리고 마사는 평생 동안 대대로 이 세상을 떠난 사람들에 대해서도 많은 추억을 갖고 있을 게 분명했다. 하지만 마사한테서 지난 시절의 이야기를 끌어내기는 어려웠고, 하물며 엠마 같은 이방인은 더 말할 나위도 없었다. 마사가 새되고 떨리는 목소리로 하는 말이라고는 잠그지 않고 내버려 둔 문, 엉뚱한 곳에 잘못 놓인 양동이, 사료를 줄 시간이 지나 버린 송아지들, 그 밖에 농가의 일상에 변화를 주는 다양하고 사소한 실수와 착오에 대한 잔소리뿐이었다. 이따금 선거철이 다가오면 마사는 지난 시절에 선거전을 치른 저명인사들에 대한 기억을 풀어놓곤 했는데, 티버턴 쪽에 살았던 파머스턴*이라는 인사도 그중 하나였다. 티버턴은 직선거리로는 별로 멀지 않았지만 마사에게는 거의 외국이나 마찬가지였다. 나중에는 노스코트와 애클랜드, 그 밖에 마사가 기억하지 못하는 새 이름들이 많이 나왔다. 이름은 계속 바뀌었지만 자유당과 토리당, 색깔로 표현하면 노란색과 파란색은 항상 있었다. 그리고 그들은 항상 누가 옳고 그른지에 대해 언쟁을 벌이고 고함을 질러 댔다. 그들의 가장 격렬한 말다툼거리가 된 것은 성난 표정을 짓고 있는 훌륭한 노신사였다. 마사는 벽에 걸린 그 노신사의 초상화를 본 적이 있었다. 마사는 그 초상화가 마룻바닥에 내동댕이쳐져 있고 그 위에 썩은 사과가 던져져 으깨진 것도 본 적이 있었다. 농장주들이 지지하는 정당이 이따금 바뀌었기 때문이다. 마사는 어느 쪽 편도 든 적이 없었다. '그들' 가운데 농장에 조금이라도 도움이 된 사람은 아무도 없었기 때문이다. 바깥세상에 대한 농민의 불신을 고려할 때 마사의 포괄적인 평결은 그러했다.

반쯤 두려움이 섞인 호기심이 차츰 사라지자 엠마 래드브럭은 노파에 대한 또 다른 감정을 의식하고 불쾌해졌다. 마사는 언제까지나 이 집에 머무른 채 떠나지 않는 기묘하고 오랜 전통이었다. 마사는 농장 자체의 본질적인 부분이었고, 애처로우면서도 당당했다. 하지만 그녀는 지독하게 방해가 되었다. 엠마는 사소한 개혁과 개량에 대한 계획을 잔뜩 품고 농장에 왔다. 그것은 그녀가 최신 유행과 방식을 배운 결과이기도 했고, 그녀 자신의 발상과 취미의 결과이기도 했다. 하지만 늙어서 가는귀먹은 마사를 설득하여 부엌 개조 계획을 들려주었다 해도 마사는 건성으로 듣고 비웃으며 퇴짜를 놓았을 것이고, 낙농장 일

* 제3대 파머스턴 자작(1784~1865): 영국의 정치가. 영국 남서쪽 데번 주에 있는 소도시인 티버턴 출신의 하원의원(1831~1865)으로 총리직을 두 차례(1855~1858, 1859~1865) 역임했다.

과 시장에 내다 팔 농축산물을 처리하는 일을 비롯하여 집안일의 태반이 부엌 일대에서 이루어졌다. 늙은 마사가 80년 가까이 해 온 대로 시장 진열대에 내놓을 죽은 닭의 다리와 날개를 모두 몸통에 묶어서 가슴이 보이지 않도록 처리하는 동안, 닭을 쉽게 처리하는 최신 기술을 알고 있는 엠마는 구경꾼으로 무시당하면서 옆에 앉아 있었다. 그리고 젊은 엠마는 효율적인 청소 방법이나 일할 때 힘이 덜 드는 방법, 위생에 도움이 되는 방법에 대한 수많은 힌트를 기꺼이 나누어 주거나 실행할 준비가 되어 있었지만, 그녀의 말에 전혀 주의를 기울이지 않고 투덜대기만 하는 그 병약한 노파 앞에서는 그것도 아무 소용이 없었다. 무엇보다도 엠마가 탐낸 그 창문 구석, 황량한 낡은 부엌에서 고상하고 쾌적한 오아시스가 될 수 있었던 그곳은 지금 온갖 잡동사니가 어수선하게 쌓여서 막혀 있었지만, 엠마는 명목상의 권한을 갖고 있으면서도 감히 그 잡동사니를 치울 용기도 없었고 그러고 싶지도 않았다. 그 잡동사니 위에는 인간 거미줄 같은 보호막이 쳐져 있는 것 같았다. 결정적으로 마사가 그것을 방해했다. 그 용감한 노파의 수명이 몇 달 단축되는 걸 보고 싶어 하는 것은 무의미하고 비열한 짓이었을 것이다. 하지만 날이 갈수록 엠마는 그녀의 책임이 아닐 수도 있지만 그 소망이 마음속에 숨어 있는 것을 의식했다.

그녀는 어느 날 부엌에 들어갔다가 평소에는 분주한 부엌이 여느 때와 다른 상태인 것을 발견했을 때, 그 비열한 소망이 양심의 가책과 함께 밀려오는 것을 느꼈다. 마사 할멈이 일을 하고 있지 않았던 것이다. 옥수수가 담긴 양동이는 그녀 옆의 바닥에 놓여 있었고, 마당에서는 닭들이 모이를 먹을 시간이 지난 데 항의하며 와글와글 떠들어 대고 있었다. 하지만 마사는 창가 의자에 몸을 웅크리고 앉아서, 가을 풍경보다 이상한 무언가를 보는 것처럼 침침한 눈으로 밖을 내다보고 있었다.

"무슨 일이에요, 마사?" 젊은 마님이 물었다.

"죽음이…… 죽음이 다가오고 있어요." 마사가 떨리는 목소리로 대답했다. "죽음이 오리라는 건 알고 있었죠. 알고 있었어요. 늙은 셰프가 아무 이유도 없이 아침 내내 처량한 소리로 울부짖은 건 아니었어요. 그리고 어젯밤에는 헛간 올빼미가 죽음의 외침 소리를 지르는 걸 들었어요. 어제는 무언가 하얀 것이 마당을 가로질러 달려갔지요. 그건 고양이도 담비도 아니고 무언가 중요한 거였어요. 닭은 그게 중요하다는 걸 알고 있었죠. 그래서 모두 한쪽으로 피했지요. 아아, 경고가 있었어요. 나는 그게 다가오리라는 걸 알았어요."

젊은 마님의 눈이 연민으로 흐려졌다. 거기에 웅크리고 앉아 있는 창백하고 쭈글쭈글한 노파도 한때는 시골길과 건초더미와 농가 다락방에서 시끄럽게 뛰놀던 쾌활한 소녀였다. 그게 80여 년 전이었고, 이제 마사는 마침내 그녀를 데리러 오고 있는 죽음의 냉기 앞에서 잔뜩 움츠러든 연약한 노파일 뿐이었다. 그녀를 위해 할 수 있는 일이 그렇게 많을 것 같지는 않았지만, 엠마는 도움과 조언을 얻기 위해 서둘러 밖으로 나갔다. 남편이 조금 멀리 떨어진 곳으로 나무를 베러 갔다는 것을 그녀는 알고 있었지만, 어느 정도 판단력이 있고 노파를 그녀보다 잘 아는 사람을 찾을 수 있을 터였다. 농가 마당은 밭에서 일하는 사람을 모두 삼켜서 아무도 보이지 않게 되는 경우가 흔하다. 그녀는 자기 농장도 그런 능력을 갖고 있다는 것을 곧 알게 되었다. 닭들은 흥미를 느낀 듯 그녀를 졸졸 뒤따라왔고, 돼지들은 우리 안에서 무슨 일이냐고 묻는 듯이 꿀꿀거렸지만, 헛간 마당과 건초 마당, 과수원과 마구간, 낙농장을 다 찾아보아도 사람은 눈에 띄지 않았다. 그녀가 왔던 길을 되짚어 부엌 쪽으로 돌아가다가, 사람들이 모두 짐 씨라고 부르는 남편의 사촌과 갑자기 마주쳤다. 짐 씨는 비전문적으로 말을 거래하고 토끼를 사냥하고 농장 하녀들과 농탕치는 데 시간을 골고루 분배하며 살고 있는 젊은이였다.

"아무래도 마사가 죽을 것 같아요." 엠마가 말했다. 짐은 부드럽게 소식을 전할 필요가 있는 상대가 아니었다.

"말도 안 돼요." 짐이 말했다. "마사는 백 살까지 살 작정이에요. 나한테 그렇게 말했고, 분명 백 살까지 살걸요."

"실은 지금 이 순간에도 죽어 가고 있을지 몰라요. 아니면 그건 붕괴의 시작일 수도 있죠." 엠마는 젊은이의 아둔함과 둔감함을 경멸하면서 고집스럽게 말했다.

짐의 선량한 얼굴에 웃음이 번졌다.

"그런 것 같진 않은데요." 그는 마당 쪽을 턱으로 가리키며 말했다. 엠마는 그 말의 의미를 파악하려고 고개를 돌렸다. 늙은 마사가 닭 무리 한복판에 서서 모이를 주위에 한 줌씩 뿌리고 있었다. 청동빛으로 번쩍이는 깃털과 진홍빛 육수*를 가진 수컷 칠면조, 동양풍 깃털이 강렬한 금속성 광택을 띠고 있는 싸움닭, 황토색과 담황색과 황갈색 깃털에 진홍색 볏을 가진 암탉들, 그리고 암녹색 머리를 가진 수컷 오리들이 화려한 색깔의 혼합체를 이루었고, 그 한복판에 서 있는 노파는 화려한 색깔의 꽃들 속의 시들어버린 꽃자루처럼 보였다. 하지만 그녀는 사나운 부리들 한복판에서 능숙하게 모이를 뿌렸고, 그녀의 떨

---

* 칠면조나 닭 따위의 목 부분에 늘어져 있는 붉은 피부.

리는 목소리는 그녀를 지켜보고 있는 두 사람한테까지 들려왔다. 그
녀는 아직도 농장에 다가오는 죽음에 대해 같은 말을 되풀이하고 있
었다.

"죽음이 다가오고 있다는 걸 난 알았어. 조짐과 경고가 있었지."

"그럼 누가 죽었나요, 할머니?" 젊은이가 외쳤다.

"젊은 래드브럭 씨야." 마사는 새된 목소리로 대답했다. "방금 사람
들이 시신을 가져왔어. 쓰러지는 나무를 피해 달아나다가 쇠기둥에
충돌했대. 사람들이 발견했을 때는 이미 죽은 뒤였지. 아아, 나는 죽음
이 다가오는 걸 알고 있었어."

그리고 마사는 돌아서서, 뒤늦게 그녀를 향해 달려오고 있는 뿔닭
한 무리에게 모이 한 줌을 던져 주었다.

*

그 농장은 집안의 재산이었기 때문에, 토끼를 사냥하는 사촌 동생
이 제일 가까운 친척으로 농장을 물려받았다. 엠마 래드브럭은 열린
창문으로 들어온 벌이 다시 창밖으로 휙 날아가듯 농장의 역사에서
빠져나갔다. 어느 춥고 흐린 날 아침, 그녀는 농장 달구지에 자기 짐
을 다 실어 놓고, 시장에 내다 팔 축산물이 준비되기를 기다리고 서 있
었다. 그녀가 탈 기차는 시장에 내다 팔 닭고기와 버터와 달걀보다 덜
중요했기 때문이다. 그녀가 서 있는 곳에서는 길쭉한 격자 창문의 모
서리가 보였다. 커튼을 쳐서 아늑하게 꾸미고 꽃병을 놓아서 화려하
게 꾸미려 했던 그 창문이었다. 저 격자 창문으로 멍하니 밖을 내다보
는 창백한 얼굴은 앞으로 몇 달 동안, 아니 어쩌면 몇 년 동안, 그녀가

까맣게 잊힌 뒤에도 오랫동안 사람들 눈에 보일 것이고, 힘없이 중얼거리는 떨리는 목소리가 포석이 깔린 그 길을 오르내리는 것이 사람들 귀에 들릴 거라는 생각이 문득 엠마의 마음속에 떠올랐다. 그녀는 농장의 식료품 저장실로 통하는 좁은 여닫이문으로 다가갔다. 문에는 빗장이 걸려 있었다. 마사는 탁자 앞에 서서 거의 80년 동안 해 온 대로 시장 진열대에 내놓을 닭의 날개와 다리를 몸통에 묶고 있었다.

휴식
The Lull

"래티머 스프링필드한테 우리 집에 와서 일요일을 함께 보내고 하룻밤 묵으라고 초대했어요." 아침 식탁에서 더못 부인이 말했다.

"그 친구는 선거에 죽기 살기로 달라붙어 있는 줄 알았는데……" 남편이 말했다.

"맞아요. 선거일은 수요일이죠. 가엾게도 자신을 너무 혹사해서 그때쯤에는 녹초가 되어 있을 거예요. 2주 동안 날마다 이렇게 억수같이 쏟아지는 빗속에서 질척거리는 시골길을 돌아다니고, 외풍이 심한 교실에서 축축하게 젖은 청중에게 연설을 하면서 선거 운동을 하는 게 어떨지 상상해 보세요. 일요일 아침에는 교회에 얼굴을 내밀어야 하겠지만, 그 직후에 우리한테 오면 정치 따위는 모두 잊고 완전한 휴식을 취할 수 있어요. 나는 정치 같은 건 생각나지도 않게 해 줄 거예요.

그래서 계단에서 '장기의회*'를 해산하는 크롬웰'을 묘사한 그림을 떼어 냈고, 흡연실에서는 로즈베리 경**의 '라다스'를 그린 초상화도 치워 버렸어요. 그리고 베라!" 더못 부인은 열여섯 살 된 조카딸을 돌아보며 덧붙였다. "너는 머리에 다는 리본 색깔에 신경을 써야겠다. 무슨 일이 있어도 파랑이나 노랑*** 리본은 달면 안 돼. 그건 서로 경쟁하는 당들의 색깔이니까. 그리고 에메랄드색이나 오렌지색도 그만큼 나쁠 거야. 아일랜드 자치 문제가 전면에 부각되니까."

"전 공식 행사에 참석할 때는 항상 검정 리본을 달아요." 베라는 위엄 있게 말했다.

래티머 스프링필드는 침울하고 예스러운 젊은이였다. 그는 다른 사람들이 상복을 입을 때와 비슷한 기분으로 정계에 들어갔다. 하지만 그는 열성적이지는 않더라도 꽤 열심히 끈기 있게 일했고, 그가 이번 선거에 대비하여 맹렬히 일하고 있다고 더못 부인이 단언한 것은 상당히 진실에 가까웠다. 그를 초대한 여주인이 그에게 강요한 휴식은 확실히 고마운 것이었지만, 경쟁이 그의 신경을 너무 흥분시켰기 때문에 그를 사로잡은 선거에 대한 생각을 완전히 몰아낼 수는 없었다.

"그 사람은 마지막 연설문을 작성하려고 밤늦게까지 안 자고 있을 게 뻔해." 더못 부인은 유감스러운 듯이 말했다. "하지만 우리는 오늘

---

* 1640년 11월에 찰스 1세가 소집한 영국 의회. 왕당파와 의회파가 대립한 끝에 의회파가 승리하여 공화정을 수립했으며(청교도혁명), 호국경으로 추대된 올리버 크롬웰(1599~1658, 청교도혁명의 지도자)에 의해 1653년 4월에 해산되었다. 1640년 5월에 소집되었다가 3주 만에 해산된 단기의회와 구별하여 '장기의회'라는 이름이 붙여졌다.

** 제5대 로즈베리 백작(1847~1929) : 영국의 정치가. '라다스'는 그가 소유했던 서러브레드종 경주마로, 그가 총리로 재직하던 시기(1894~1895)에 각종 경마대회에서 우승하여 인기를 누렸다.

*** 파랑은 토리당, 노랑은 자유당의 상징색이었다.

점심때부터 잠자리에 들 때까지 오후 내내 정치를 멀찌감치 떼어 놓았어. 더 이상 우리가 할 수 있는 일은 없어."

"그건 두고 봐야죠." 베라가 한마디 했지만, 그것은 속으로 한 혼잣말이었다.

래티머는 침실 문이 닫히기가 무섭게 한 다발이나 되는 메모와 팸플릿에 몰두했고, 유용한 사실과 신중한 허구를 제대로 정리하기 위해 만년필과 수첩이 동원되었다. 그는 아마 30분쯤 일했을 것이다. 집은 시골 생활의 건강한 잠에 바쳐진 것처럼 보였다. 그런데 바로 그때 복도에서 억눌린 비명 소리와 드잡이하는 소리가 나더니 누군가가 그의 방문을 쾅쾅 두드렸다. 그가 미처 응답할 새도 없이 무언가 커다란 것을 안은 베라가 안으로 뛰어들면서 물었다.

"이것들을 여기 놔둬도 되죠?"

'이것들'은 작은 흑돼지 한 마리와 검은색과 붉은색이 얼룩진 원기왕성한 싸움닭 한 마리였다.

래티머는 그런대로 동물을 좋아했고, 경제적 관점에서 특히 작은 가축 사육에 관심을 갖고 있었다. 사실 그가 그 순간 검토하던 팸플릿 가운데 하나는 우리 고장에서 양돈업과 양계업이 더욱 발전하는 것을 열렬히 지지하고 있었다. 하지만 그가 비록 널찍한 침실이라도 닭장과 돼지우리에서 생산되는 축산물의 견본과 함께 쓰기를 꺼린 것은 충분히 용서할 수 있는 일이었다.

"그것들은 밖에 있는 게 더 행복하지 않을까?" 그가 물었다. 겉으로는 닭과 돼지를 걱정하는 체하면서 실제로는 자신이 원하는 것을 재치 있게 표현한 것이다.

"밖은 없어요." 베라는 인상적으로 말했다. "검게 소용돌이치는 물밖에는 아무것도 없어요. 브링클리에서 저수지 제방이 터졌거든요."

"브링클리에 저수지가 있는 줄은 몰랐는걸." 래티머가 말했다.

"지금은 없어요. 저수지 물이 이 일대를 완전히 뒤덮었으니까요. 그런데 이 집은 유난히 낮은 곳에 있잖아요. 그래서 지금 우리는 내해의 한복판에 있는 거나 마찬가지예요. 게다가 강물까지 제방 위로 넘쳐 흘렀어요."

"맙소사! 사람이 죽었니?"

"엄청나게 많이 죽었겠죠. 두 번째 하녀는 당구실 창문 밖으로 떠내려간 송장 가운데 벌써 세 구를 자기와 약혼한 젊은이라고 확인했어요. 그 하녀는 이 동네 사람 대부분과 약혼했든지 아니면 적당히 아무렇게나 신원을 확인했든지 둘 중 하나일 거예요. 물론 같은 송장이 소용돌이에 휘말려 몇 번이고 되돌아오고 있을지도 모르죠. 그럴 가능성은 미처 생각지 못했네요."

"하지만 밖에 나가서 구조 작업을 해야 하지 않을까?" 래티머는 현지 주민들의 이목을 끌어 각광을 받고 싶어 하는 의원 후보자의 본능으로 그렇게 말했다.

"그럴 수 없어요." 베라가 단호하게 말했다. "보트도 없고, 미친 듯이 날뛰는 급류가 우리를 마을에서 고립시키고 있어요. 특히 고모는 당신이 방을 나가서 혼란을 가중시키지 않기를 바랐지만, 싸움닭인 '하틀풀의 경이'를 날이 밝을 때까지 이 방에 데리고 있어 주면 고맙겠다고 했어요. 그것 말고도 싸움닭이 여덟 마리나 있는데, 함께 있으면 서로 싸우기 때문에 우리는 각자 침실에 한 마리씩 놓아뒀어요. 닭장은 모두 홍수에 떠내려가 버렸거든요. 그리고 나는 당신이 이 작은 돼지도 받아 줄지 모른다고 생각했어요. 이 돼지는 작고 귀여운 녀석이지만 성질이 고약해요. 어미한테 그 못된 성질을 물려받았죠. 어미는 가엾게도 우리 안에서 물에 빠져 죽었는데, 그런 어미를 헐뜯고 싶은 건 아니에요. 이 녀석한테 정말로 필요한 건 규율을 지키게 해 줄 남자의 단호한 손이에요. 내가 이 녀석과 씨름해 보고 싶긴 하지만, 내 방에는 아시다시피 차우차우*가 있어서요. 그 개는 돼지를 보기만 하면 맹렬히 공격하거든요."

"돼지를 욕실에다 넣으면 안 될까?" 래티머는 침실에 돼지를 받아들이는 문제에 대해 자기도 차우차우처럼 단호한 입장을 취했더라면 좋았을 거라고 생각하면서 힘없이 말했다.

"욕실요?" 베라는 새된 소리로 웃었다. "욕실은 아침까지 보이스카우트들로 가득 차 있을 거예요. 그때까지 뜨거운 물이 계속 나온다면 말이지만."

"보이스카우트라고?"

"네, 물이 허리까지 올라왔을 때 보이스카우트 서른 명이 우리를 구조하러 왔어요. 그런데 물이 순식간에 1미터나 불어나서 우리가 그 애들을 구조해야 했죠. 우리는 그 애들을 몇 명씩 묶어서 뜨거운 물로 목욕을 시켜 주고, 젖은 옷을 벽장에 넣고 열풍으로 말려 주고 있지만, 물에 흠뻑 젖은 옷은 금방 마르지 않아요. 그래서 복도와 계단은 튜크**가 그린 해변 풍경처럼 보이기 시작했죠. 아이들 가운데 두 명은 당신의 멜턴 코트를 입고 있어요. 그래도 괜찮죠?"

"그건 새 코트야." 래티머는 전혀 괜찮지 않다는 내색을 보이면서 말

---

* 개의 한 품종. 중국 원산이며, 18세기 후반에 영국에 이입되고 난 뒤 세계적으로 알려지게 되었다. 사자와 곰을 닮아서 애완견으로 인기가 높다.

** 헨리 스콧 튜크(1858~1919): 영국의 화가. 물가에서 미역 감는 아이들을 그린 그림이 많다.

했다.

"'하틀풀의 경이'를 잘 돌봐 주실 거죠?" 베라가 말했다. "이 싸움닭의 어미는 버밍엄에서 세 번 우승했고, 얘는 작년에 글로스터에서 한 살 미만의 수평아리급에 출전해서 2등을 했어요. 얘는 아마 당신 침대 발치의 가로대에 올라앉을 거예요. 이 녀석의 마누라인 암탉 몇 마리가 여기 함께 있으면 얘가 훨씬 편안한 기분을 느낄 것 같은데요? 암탉들은 모두 식료품 저장실에 있어요. 나는 그 암탉들 중에서 '하틀풀 헬렌'을 골라낼 수 있어요. 얘가 제일 좋아하는 암탉이 '하틀풀 헬렌' 이에요."

래티머는 '하틀풀 헬렌'에 대해 뒤늦게나마 단호한 태도를 보였고, 베라는 우선 싸움닭을 임시변통으로 급조된 홰에 앉히고 돼지한테 다정하게 작별 인사를 한 다음, '하틀풀 헬렌'에 대해서는 제 생각을 고집하지 않고 순순히 물러갔다. 래티머는 일단 불이 꺼지면 돼지가 잠시도 가만히 있지 못하고 여기저기 탐색하고 다니는 짓이 조금은 줄어들 거라고 판단하고, 적당히 빠른 속도로 옷을 벗고 침대 속으로 들어갔다. 짚을 깐 아늑한 우리 대신 제공된 그 방은 돼지가 처음 조사했을 때는 매력이 거의 없었지만, 수심에 잠긴 돼지는 가장 사치스럽게 꾸며진 우리에도 절대 존재하지 않는 장치 하나를 발견했다. 침대 아래 부분의 날카로운 모서리는 돼지가 결정적인 순간에 등을 예술적으로 구부리고 오랫동안 즐겁게 꼴록거리는 소리를 내면서 앞뒤로 몸을 문지르며 황홀경에 빠지기에 딱 좋은 높이에 놓여 있었다. 싸움닭은 자기가 흔들리는 소나무 가지에 앉아 있다고 상상했는지, 래티머보다 훨씬 의연하게 그 진동을 참고 견뎠다. 참다못한 래티머는 돼지의 몸을 찰싹찰싹 때렸지만, 돼지는 그것을 자신의 행동에 대한 비난이나

294

그런 짓을 그만두라는 암시로 받아들이지 않고 오히려 특별하고 유쾌한 또 다른 자극제로 받아들였다. 이 상황을 처리하려면 남자의 단호한 손 이상의 무언가가 필요했다. 래티머는 새끼 돼지를 설득할 무기를 찾으러 살며시 침대에서 빠져나갔다. 방은 돼지가 이 책략을 충분히 탐지할 수 있을 만큼 밝았고, 새끼 돼지는 물에 빠져 죽은 어미한테 물려받은 못된 기질을 마음껏 발휘했다. 래티머는 침대로 돌아갔고, 그의 정복자는 몇 차례 위협적으로 코를 씩씩거리고 턱을 마주치며 득득 이를 간 뒤 새로운 열정으로 마사지 작업을 재개했다. 그 후 잠 못 이루는 긴 시간 동안 래티머는 약혼자를 잃은 두 번째 하녀를 깊이 동정하고 사별의 슬픔을 곰곰 생각하면서, 자신이 당면한 곤경에서 다른 데로 마음을 돌리려고 애썼지만, 얼마나 많은 보이스카우트들이 그의 멜턴 코트를 공유하고 있을까 하는 생각이 더 자주 머리에 떠올랐다. 본의 아니게 성 마르틴* 역할을 하는 것은 그에게 아무 매력도 없었다.

새벽녘에 새끼 돼지는 행복한 잠에 빠져들었고, 래티머도 그 돼지를 본받았을지 모르지만 거의 같은 무렵 '멍한 하틀풀'이 일어날 때가 되었다고 울면서 홰를 쳐 시간을 알리더니 퍼덕퍼덕 시끄러운 날개 소리를 내며 마룻바닥으로 내려가자마자 당장 옷장 거울에 비친 자신과 기운찬 결투를 벌이기 시작했다. 래티머는 그 새가 다소 그의 보호 아래 있다는 것을 기억해 내고, 도발적인 거울 위에 목욕수건을 늘어뜨

---

* 성 마르티누스(316~397) : 프랑스 수호성인의 한 사람. 아미앵에서 군 복무하던 시절, 어느 추운 겨울날 거의 벌거벗은 채 성문에서 구걸하고 있는 거지를 만났다. 가진 것이라고는 옷과 칼밖에 없었던 마르티누스는 칼을 뽑아 제 망토를 두 쪽으로 잘라서 하나는 거지에게 주고 남은 한쪽은 자기가 걸쳤다고 한다.

려 헤이그 중재재판소* 같은 역할을 수행했지만, 그 후 찾아온 평화는 국지적이고 오래 지속되지도 않았다. 싸움닭의 굴절된 에너지는 잠이 들어서 일시적으로 얌전해진 새끼 돼지를 느닷없이 지속적으로 공격하는 데에서 새로운 배출구를 찾았고, 그 뒤 벌어진 결투는 효과적인 개입이 불가능할 만큼 필사적이고 치열했다. 깃털 달린 전사는 궁지에 몰리면 침대 위로 피신할 수 있는 이점을 갖고 있어서, 이 상황을 마음껏 이용했다. 새끼 돼지는 같은 높이까지 몸을 날리는 데에는 한 번도 성공하지 못했지만, 노력이 부족한 탓은 아니었다.

어느 쪽도 결정적인 승리를 주장할 수는 없었고, 닭과 돼지의 싸움은 하녀가 이른 아침의 차를 갖고 나타났을 때쯤에는 사실상 교착 상태에 빠져 있었다.

"세상에!" 하녀는 놀라움을 감추지 않고 외쳤다. "저 동물들을 방에 두고 싶으세요?"

방에 두고 싶냐고?

새끼 돼지는 방에 너무 오래 머물러 있어서 미움을 샀다는 것을 알아차린 듯 문 밖으로 쏜살같이 뛰쳐나갔고, 싸움닭은 좀 더 위엄 있는 걸음으로 그 뒤를 따랐다.

"베라의 개가 저 돼지를 보면 큰일이에요!" 하녀가 외치고는 그런 파국을 막기 위해 서둘러 밖으로 나갔다.

차가운 의혹이 어느새 래티머의 가슴을 엄습했다. 그는 창가로 다가가서 블라인드를 올렸다. 가벼운 이슬비가 내리고 있었지만, 물이 범람한 흔적은 전혀 없었다.

* 네덜란드 헤이그의 평화궁에 위치한 국제 법원.

약 30분 뒤, 그는 거실로 가는 길에 베라를 만났다.

"너를 고의적인 거짓말쟁이로 생각하고 싶지는 않지만……" 그는 냉정하게 말했다. "때로는 하고 싶지 않은 일도 해야 할 때가 있는 법이지."

"어쨌든 당신은 밤새도록 정치에서 떠날 수 있었잖아요." 베라가 말했다.

물론 그것은 틀림없는 사실이었다.

가장 냉혹한 타격
The Unkindest Blow

파업 시즌은 이제 정체 상태에 빠진 것 같았다. 파업으로 혼란을 일으킨 직업과 산업과 생업은 이제 모두 그 사치를 마음껏 누렸다. 막판에 소동을 일으켜 가장 성공하지 못한 파업은 '동물원 노동조합'의 파업이었다. 그들은 어떤 요구가 해결될 때까지 자기네한테 맡겨진 동물들을 돌보는 것을 거부하고 다른 사육사가 대신 나서는 것도 용납하지 않았다. 이번 경우, 사람이 사육장에서 나가면 동물들도 사육장에서 내보낼 수밖에 없다는 동물원 당국의 위협은 사태를 더욱 악화시켰을 뿐이다. 코뿔소와 들소들은 말할 것도 없고 대형 육식동물들이 굶주린 채 런던 도심을 돌아다닐 때가 코앞에 닥쳤다면 오랫동안 느긋하게 협의를 계속할 수 없다. 사건이 일어나고도 늘 두세 시간 지나서야 조치를 취했기 때문에 '오후 정부'라는 별명을 얻은 당시 정부는 신속하고 단호하게 개입할 수밖에 없었다. 해군의 강력한 수병 부대가 리젠트 공원에 파견되어, 파업 노동자들이 일시적으로 방기한 의무를 인계받았다. 육군이 아니라 해군이 선택된 것은 어디든 가서 무슨 일이든 기꺼이 해내는 영국 해군의 전통적인 대응력 때문이기도 했고, 일반 수병들도 원숭이와 앵무새를 비롯한 열대 동물들을 잘 알기 때문이기도 했지만, 가장 큰 이유는 해군 장관의 긴급한 요청 때문이었다. 해군 장관은 해군부의 직권 안에서 중뿔나지 않은 공공 봉사 활동을 직접 할 기회를 열망하고 있었다.

"어미 재규어가 바라지 않는데도 그가 그걸 무시하고 새끼한테 직접 먹이를 주면, 북부에서 보궐선거를 치러야 할지도 몰라." 그의 동료들 가운데 하나가 기대에 부푼 어조로 말했다. "지금 당장은 보궐선거가 별로 바람직하지 않지만, 어쨌든 우리는 이기적으로 굴면 안 돼."

사실 파업은 외부 개입이 없이도 평화롭게 해결되었다. 사육사들은 대부분 자기가 맡고 있는 동물들한테 강한 애착을 갖고 있었기 때문에 자진해서 일터로 돌아갔다.

그 후 정부와 언론은 안도감을 느끼며 더 행복한 일로 관심을 돌렸다. 바야흐로 새로운 만족 시대가 시작되려는 것 같았다. 파업을 바란 사람도, 원하든 원치 않든 선동이나 협박에 넘어가 파업을 한 사람도 모두 파업을 경험했다. 이제는 삶에서 더 가볍고 밝은 쪽에 관심을 기울여야 할 때였다. 그리고 갑자기 부각된 화젯거리 가운데 가장 두드러진 것은 눈앞에 다가온 팰버툰 공작 내외의 이혼 소송이었다.

팰버툰 공작은 대중한테 먹을 것은 별로 주지 않고 센세이션에 대한 대중의 식욕만 자극하는 인간 오르되브르(전채)였다. 어렸을 때는 조숙하고 영리해서, 대부분의 소년들이 식탁을 뜻하는 라틴어 낱말

'mensa'를 격변화시키는 정도로 만족할 나이에 그는 《앵글어 리뷰》의 편집장 자리를 거절했다. 그는 문학의 미래파 운동을 창시했다고 주장할 수는 없었지만, 그가 열네 살 때 쓴 「미래의 손자에게 쓴 편지」는 상당한 주목을 받았다. 그의 총명함은 나중에는 그렇게 두드러지게 드러나지 않았다. 7년 동안 다섯 번째로 모로코가 유럽의 절반을 전쟁 위기로 몰아넣은 순간, 모로코에서 일어난 사건들에 대해 영국 상원에서 토론이 벌어졌을 때 그는 "하찮은 무어인은 1인당 가격이 얼마나 되는가?" 하는 발언을 했다. 이 정치적 발언에 대해 사람들은 박수갈채를 보내며 그를 격려해 주었지만, 그는 더 이상 그 방면에서 더욱 두각을 나타내고 싶은 마음이 나지 않았다. 더구나 도시와 시골에 많은 집을 갖고 있어서, 지나치게 대중의 관심을 끌어서 재산을 불릴 생각도 없었다.

그런데 이혼 소송이 임박했다는 뜻하지 않은 소식이 들려왔다. 게다가 얼마나 떠들썩한 이혼인가! 맞고소, 증거 없는 주장, 거기에 맞서는 반대 진술, 학대와 배우자 유기에 대한 고발 등 사건을 더없이 복잡하고 센세이셔널하게 만드는 데 필요한 것은 사실상 모두 갖추어져 있었다. 그리고 증인으로 사건에 관여하거나 인용된 많은 저명인사들 중에는 영국의 양대 정당 인사와 식민지 총독 몇 명이 포함되었을 뿐 아니라 프랑스와 헝가리, 미국과 바덴 대공국에서 온 사절단까지 포함되어 있었다. 값비싼 고급 호텔들은 객실 부족으로 부담을 느끼기 시작했다. "더르바르 같을 거야. 코끼리만 없다 뿐이지." 한 귀부인이 열렬히 외쳤지만, 공정하게 말하면 그녀는 더르바르를 본 적이 없었다. 전반적인 분위기는 이혼 소송 심리 날짜가 정해지기 전에 마지막 파업이 끝나서 다행이라는 느낌이었다.

방금 끝난 파업과 음울한 계절에 대한 반동으로 센세이션을 공급하고 연출하는 매체들은 이 중대한 이혼 소송에 전력을 기울일 각오가 되어 있었다. 묘사력이 특히 뛰어난 작가로 평판을 얻은 사람들이 날마다 보도되는 이혼 소송 기사를 펜으로 장식하기 위해 유럽 구석구석과 대서양 건너편에서 동원되었다. 증인들이 반대신문을 받으면서 안색이 어떻게 변하는가를 그림처럼 생생하게 묘사하는 게 전문인 한 문장가가 시칠리아에서 오랫동안 진행된 유명한 살인사건 재판 현장에서 재능을 낭비하고 있다가 서둘러 소환되기도 했다. 스케치 화가들과 카메라 전문가들도 많은 봉급으로 고용되었고, 패션 전문 기자들도 여기저기서 서로 끌어가려고 아우성이었다. 기업심이 왕성한 파리의 한 의류회사는 피고인 공작 부인에게 특별 제작한 옷 세 벌을 선물하고, 재판이 중대한 단계에 이르렀을 때 그 옷을 입고 법정에 출두하여 사람들의 주목을 받고, 그리하여 회사를 알리고 널리 소문이 퍼지게 했다. 영화사들도 부지런하고 지치지 않는 끈기를 보여 주었다. 재판 전날 애완 카나리아에게 작별 인사를 하는 공작을 묘사한 영화가 재판이 열리기 몇 주 전에 이미 준비되었고, 공작 부인이 가상의 변호사들과 가상의 상담을 하는 장면이나 가상의 점심시간에 특별히 선전된 채식 샌드위치로 가볍게 식사를 하는 장면을 묘사한 다른 영화들도 이미 제작되었다. 인간의 선견지명과 인간의 기업심에 관한 한, 이 재판을 성공으로 이끌기에 부족한 것은 아무것도 없었다.

재판이 열리기 이틀 전, 유력한 신문의 기자가 재판 동안 공작의 개인적 준비에 대한 마지막 정보를 얻기 위해 공작과 인터뷰를 했다.

"이것은 한 세대가 평생 동안 볼 수 있는 최대의 이혼 소송 가운데 하나가 될 거라고 말씀드릴 수 있습니다." 기자는 세부적인 문제를 꼬치꼬치 캐물을 작정이었기 때문에 미리 변명하듯 말을 꺼냈다.

"그렇겠지요. 재판이 열린다면……" 공작은 나른하게 말했다.

"'열린다면'이라고요?" 기자는 숨이 탁 막힘과 놀란 비명의 중간쯤 되는 목소리로 물었다.

"공작 부인과 나는 둘 다 파업을 할 생각을 하고 있소." 공작이 말했다.

"파업이라고요?" 기자는 파업이라는 말에 섬뜩한 친밀감을 느끼며 그 불길한 낱말을 퉁명스럽게 내뱉었다. 파업은 끝없이 되풀이될 것인가? "그러니까 그건……" 기자는 말을 더듬었다. "서로 고소를 취하하는 문제를 고려하고 계신다는 뜻인가요?"

"그렇소." 공작이 말했다.

"하지만 그동안 준비해 온 것들, 특별 보도, 영화, 저명한 외국인 증인들한테 숙식을 제공하는 문제, 뮤직홀에서 연예인들이 이 사건을 다루려고 준비한 대사를 생각해 보세요. 그동안 투자한 돈을 생각하면……"

"그렇소." 공작은 차갑게 말했다. "공작 부인과 나는 이렇게 규모가 크고 광범위한 산업의 기반이 된 재료를 제공하는 게 바로 우리라는 사실을 깨달았소. 재판이 진행되는 동안 많은 사람이 고용되고 막대한 수익이 나겠지. 그런데 그동안 온갖 스트레스와 시련을 겪는 우리는 뭘 얻게 되지? 평결이 어떻게 나오든 막대한 소송비용을 내는 특권을 얻는 게 고작이오. 그래서 우리는 파업하기로 결정했소. 사실 우리는 화해하고 싶지 않아요. 우리는 그것이 중대한 조치라는 것을 충분히 이해하지만, 우리가 만들어 낸 부와 산업의 이 거대한 흐름에서 타당한 대가를 얻지 못한다면 우리는 법정에서 나와 파업을 계속할 작

302

정이오. 그럼 잘 가시오."

이 최신 뉴스가 퍼지자 모두 경악했다. 평범한 설득 방법이 통하지 않는 파업이라서 특히 더 만만찮았다. 공작과 공작 부인이 화해하겠다고 고집하면 정부에 개입을 요구할 수는 없었다. 사회적 추방이라는 형태의 여론이 그들에게 영향력을 행사할 수 있을지는 모르지만, 위압적인 조치의 한계는 거기까지였다. 이렇게 되면 힘을 가진 공작 부부와 협의하여 관대한 조건을 제시하는 수밖에 다른 도리가 없었다. 현재 외국인 증인들 가운에 몇 명은 이미 떠났고, 나머지는 전보로 호텔 예약을 취소한 상태였다.

협의는 오래 끌었고 불쾌했고 때로는 신랄했지만, 마침내 소송을 재개하기로 타협하는 데 성공했다. 하지만 그것은 부질없는 승리였다. 어릴 때부터 조숙했던 공작이 새로 정해진 재판 날짜를 일주일 앞두고 조발성 노인증으로 죽어 버린 것이다.

허황한 이야기꾼들
The Romancers

런던은 가을이었다. 겨울의 혹독함과 여름의 변덕스러움 사이에 낀 그 축복받은 계절, 항상 봄이 오리라 믿고 정권이 바뀔 거라고 믿으면서 사람들이 구근을 사고 선거권 등록에 신경을 쓰는 신뢰의 계절이었다.

모턴 크로스비는 하이드파크의 외딴 벤치에 앉아서 느긋하게 담배를 즐기며 흰기러기 한 쌍이 먹이를 쪼아 먹으면서 천천히 거니는 것을 지켜보고 있었다. 수컷은 적갈색을 띤 암컷과 달리 온통 하얀색이었다. 크로스비는 한 사람의 형체가 망설이며 주위를 맴도는 것도 곁눈으로 흥미롭게 관찰하고 있었다. 그 사람은 먹이가 될 만한 것을 발견하고 그 근처에 내려앉으려는 조심스러운 까마귀처럼 크로스비가 앉은 벤치를 두세 번 지나쳤고, 그 간격은 점점 짧아지고 있었다. 결국 그 사람은 크로스비가 앉아 있는 벤치에 다가와서, 벤치의 점유자인 크로스비가 쉽게 말을 걸 수 있는 거리에 닻을 내렸다. 초라한 행색, 반백의 꺼칠한 턱수염, 상대를 곁눈질로 몰래 훔쳐보는 교활한 눈은 그가 전문적인 등치기꾼이라는 증거였다. 한나절 동안 남부끄럽지 않은 일을 하기보다는 몇 시간 동안 굴욕적인 이야기를 늘어놓고 퇴짜를 맞는 쪽을 택할 사람이었다.

새로 온 사람은 한동안 정면에 눈을 고정시키고, 아무것도 보지 않으면서 뚫어지게 앞을 바라보고 있었다. 그러다가 빈둥거리며 시간을 보내는 한가한 사람이라면 충분히 들을 가치가 있는 이야기를 알고 있는 사람처럼 알랑거리는 억양으로 불쑥 말을 걸었다.

"참 기묘한 세상이오." 그가 말했다.

그래도 상대가 아무 반응도 보이지 않자 그 말을 질문 형태로 바꾸었다.

"참 기묘한 세상이라고 생각지 않나요?"

"글쎄요……" 크로스비가 말했다. "내 경우로 보자면 36년을 사는 동안 기묘함은 다 닳아 없어졌는걸요."

"아아." 수염이 희끗희끗한 노인이 말했다. "나는 선생이 거의 믿지 못할 이야기를 해 드릴 수 있어요. 나한테 실제로 일어난 놀라운 일들이라오."

"요즘에는 실제로 일어난 놀라운 일을 듣고 싶어 하는 사람이 전혀 없지요." 크로스비는 상대를 낙담시키는 태도로 말했다. "그런 이야기는 전문적인 소설 작가들이 훨씬 잘 지어내죠. 예를 들면 내 이웃 사람들은 자기가 키우는 차우차우와 보르조이가 이런저런 놀랍고 믿을 수 없는 짓을 했다고 나한테 말하지만, 나는 그런 이야기를 절대 귀담아듣지 않습니다. 반면에 『바스커빌 씨네 사냥개』*는 벌써 세 번이나 읽었지요."

수염이 희끗희끗한 노인은 자기 자리에서 불안한 듯 몸을 꿈지럭거리다가 새로운 세계로 통하는 문을 열었다.

"독실한 기독교인 것 같군요." 그가 말했다.

"나는 페르시아의 이슬람 공동체에서 꽤 유명하고 영향력도 있는 사람이라고 말할 수 있을 겁니다." 크로스비는 허구의 영역으로 여행을 떠났다.

수염이 희끗희끗한 노인은 예비 단계의 대화가 이렇게 저지를 당하자 당황한 게 분명했지만, 좌절은 일시적일 뿐이었다.

"페르시아라고요? 말을 듣지 않았다면 선생이 페르시아 사람이라고는 전혀 생각지도 못했을 거요." 그는 약간 기분이 상한 태도로 말했다.

"나는 페르시아 사람이 아닙니다." 크로스비가 말했다. "우리 아버지가 아프가니스탄 사람이었지요."

"아프가니스탄이라고?" 노인은 당황하여 잠시 침묵에 빠졌다. 그러다가 냉정을 되찾고 공격을 재개했다. "아프가니스탄! 아아, 우리는 그 나라와 몇 번 전쟁을 했지요. 그런데 그 나라와 싸우는 대신, 그 나라한테 무언가를 배울 수 있었을지도 몰라요. 아주 부유한 나라죠. 그곳엔 진정한 가난은 존재하지 않아요."

그는 '가난'이라는 낱말을 발음할 때 목소리를 높여서 격렬한 감정을 나타냈다. 크로스비는 함정을 발견하고 그것을 피했다.

---

* 영국의 작가 아서 코난 도일의 추리 소설.

"하지만 그 나라에는 아주 재능 많고 독창적인 거지들이 많습니다." 크로스비가 말했다. "실제로 일어난 놀라운 일들을 내가 아까 그렇게 나쁘게 말하지만 않았다면 이브라힘과 열한 마리 낙타 등에 실린 압지에 대한 이야기를 해 드릴 텐데요. 게다가 나는 그 사건이 결국 어떻게 마무리되었는지도 잊어버렸습니다."

"내 인생담도 정말 기묘하다오." 낯선 노인이 말했다. 이브라힘에 대한 이야기를 듣고 싶은 욕망을 애써 억누르고 있는 게 분명했다. "실은 나도 원래부터 지금 선생이 보고 있는 이런 꼬락서니는 아니었소."

"우리 몸은 7년마다 변화를 겪도록 되어 있지요." 크로스비는 노인의 형편을 설명하는 투로 말했다.

"내 말은 내가 항상 지금과 같은 비참한 처지에 놓여 있지는 않았다는 뜻이오." 낯선 노인은 집요하게 말했다.

"그건 좀 무례하게 들리는군요." 크로스비는 딱딱하게 말했다. "당신이 지금 아프가니스탄 국경 안에서 가장 입담 좋고 재능 있는 이야기꾼의 하나로 평판이 난 사람과 대화를 나누고 있다는 걸 생각하면 말입니다."

"그런 뜻은 아니오." 수염이 희끗희끗한 노인은 서둘러 말했다. "나는 당신의 대화에 아주 강한 흥미를 느꼈어요. 나는 내 불운한 경제적 상황을 넌지시 언급했을 뿐이오. 선생은 믿지 않을지도 모르지만, 지금 나는 정말 땡전 한 푼 없다오. 게다가 앞으로 며칠 동안은 돈을 구할 전망도 전혀 보이지 않아요. 선생은 아마 그런 처지에 놓인 적이 한 번도 없겠지요?"

"아프가니스탄 남부에 욤이라는 도시가 있는데……" 크로스비가 말했다. "그곳은 내 고향이기도 합니다. 그곳에 중국인 철학자가 살았는데, 그 사람은 인간이 누릴 수 있는 세 가지 주요한 행복 가운데 하나는 돈이 한 푼도 없는 거라고 말하곤 했지요. 나머지 두 가지 행복이 무언지는 잊었습니다."

"아마 그렇겠지요." 낯선 노인은 중국인 철학자의 추억담에 감동한 기색을 전혀 드러내지 않는 어조로 말했다. "그런데 그 사람은 자신의 설교를 실천했나요? 그게 판단 기준이오."

"그 사람은 돈이나 재산이 거의 없이 행복하게 살았습니다."

"그렇다면 그 사람에겐 지금 나처럼 곤경에 빠질 때마다 아낌없이 도와주는 친구들이 있었을 거요."

"욤에서는 도움을 얻기 위해 친구를 가질 필요는 없습니다. 욤 시민이라면 누구나 낯선 사람도 당연히 도와줄 테니까요."

수염이 희끗희끗한 노인은 이제 정말로 흥미를 느꼈다. 대화가 마침내 바람직한 방향으로 돌아선 것이다.

"예를 들면 나처럼 부당한 곤경에 빠진 사람이 선생이 말하는 그 도시의 시민한테 며칠 동안의 어려움을 이겨 낼 수 있도록 돈—5실링이나 그보다 좀 많은 액수—을 좀 빌려 달라고 부탁하면, 그 사람은 당연히 돈을 빌릴 수 있겠군요?"

"일정한 예비 단계가 있을 겁니다. 그 사람을 술집에 데려가서 일정량의 술을 대접한 다음, 다소 과장된 대화를 나누고 나서 그 사람이 원하는 액수의 돈을 손에 쥐여 주고 작별 인사를 합니다. 간단한 거래를 번거롭게 하는 우회적인 방법이지만, 동양에서는 모든 길이 그런 우회로죠."

듣는 사람의 눈이 반짝반짝 빛나고 있었다.

"아아." 노인이 외쳤다. 그가 말하는 동안 줄곧 희미하게 비웃는 소리가 의미심장하게 들려왔다. "선생은 고향을 떠난 뒤 그 너그러운 풍습을 모두 버렸군요. 그래서 지금은 그걸 실천하지 않는군요."

"욤에서 살았던 적이 있는 사람, 살구나무와 아몬드 나무로 뒤덮인 그 초록빛 언덕과 눈 덮인 산에서 흘러내려 작은 나무다리 아래를 지나는 그 차가운 물을 기억하는 사람, 이런 것들을 기억하고 그 기억을 마음속에 소중히 간직하고 있는 사람은 아무도 그곳의 법도와 관습을 포기하지 않을 겁니다. 나에게 그것들은 아직도 구속력을 갖고 있답니다. 내가 아직도 어린 시절의 그 신성한 집에 살고 있는 것처럼."

"그럼 내가 선생한테 돈을 좀 빌려 달라고 부탁하면……" 수염이 희끗희끗한 노인은 벤치에서 조금씩 가까이 다가오면서, 그리고 돈을 얼마나 요구해야 무사히 받아 낼 수 있을지를 서둘러 궁리하면서 알랑거리듯 말했다. "내가 얼마를 빌려 달라고 부탁하면……"

"다른 때라면 얼마든지 빌려 드리죠. 하지만 우리 민족은 11월과 12월에는 돈을 빌리는 것도 빌려주는 것도 선물을 주고받는 것도 엄격하게 금지되어 있답니다. 사실은 거기에 대해 말하는 것도 꺼리지요. 재수 없는 일로 여겨지니까요. 그러니까 이 이야기는 이만 끝냅시다."

"하지만 지금은 아직 10월인데!" 크로스비가 자리에서 일어나자, 협잡꾼은 화가 나서 간절하고 애처로운 소리로 외쳤다. "10월이 끝나려면 아직도 여드레나 남았다고!"

"아프가니스탄에서는 어제 11월이 시작되었지요." 크로스비는 엄격하게 말했고, 다음 순간 험악한 얼굴로 투덜거리는 말동무를 그 자리에 남겨 둔 채 공원을 가로질러 성큼성큼 걸어가고 있었다.

"나는 저놈 이야기를 한 마디도 안 믿어." 노인은 혼잣말로 투덜거렸다. "처음부터 끝까지 새빨간 거짓말만 늘어놓았어. 저놈한테 맞대 놓

고 그렇게 말해 주었어야 했는데. 뭐, 자기가 아프가니스탄 사람이라
고?"

그 후 15분 동안 그의 입에서 나온 씨근거림과 고함 소리는 '장삿샘
이 시앗샘'*이라는 옛 속담이 옳다는 것을 충분히 뒷받침해 주었다.

---

* 같은 장사를 하는 사람끼리의 질투는 남편을 사이에 둔 시앗(첩)들의 질투만큼이나 치열하
다는 뜻.

샤르츠 메테르클루메 교수법
The Schartz-Metterklume Method

칼로타 부인은 작은 간이역의 플랫폼으로 나가서 열차가 도착할 때까지 시간을 죽이기 위해 재미도 없는 플랫폼을 이쪽 끝에서 저쪽 끝까지 두어 번 오락가락했다. 그러다가 플랫폼 너머의 도로에서 지나치게 많은 짐을 끄느라 허덕이고 있는 말과 마차꾼을 보았다. 마차꾼은 그가 생계를 꾸려 나가도록 도와주는 말에게 심통을 부리고 있는 것 같았다. 칼로타 부인은 당장 도로로 나가서 악전고투의 양상을 바꾸었다. 그녀의 지인들 중에는 학대받는 동물을 위해 남의 일에 개입하는 것은 바람직하지 않다고, 누가 동물을 학대하든 말든 '당신이 상관할 바 아니니까' 제발 참견하지 말라고 입버릇처럼 충고하는 사람도 있었다. 칼로타 부인이 불간섭주의를 실천에 옮긴 것은 딱 한 번뿐이었는데, 불간섭주의를 가장 열렬하게 옹호하는 여자가 성난 멧돼지한테 쫓긴 나머지 불편하기 짝이 없는 산사나무 위로 올라가 세 시간 동안이나 멧돼지의 공격에 시달렸을 때였다. 그때 울타리 너머에서 풍경화를 스케치하고 있던 칼로타 부인은 멧돼지와 포로 사이에 끼어 들기를 거부하고 스케치를 계속했다. 그때는 칼로타 부인이 결국 구조된 부인의 우정을 잃었지만, 이번에는 열차를 놓쳤을 뿐이다. 열차는 여행하는 동안 처음으로 조급한 기색을 보이더니, 결국 칼로타 부인을 놓아둔 채 증기를 내뿜으며 떠나 버렸다. 그녀는 열차에게 버림받은 것을 철학적인 무관심으로 참고 견뎠다. 그녀의 친구와 친척들은 칼로타 부인의 짐이 주인보다 먼저 도착하는 데 익숙해져 있었다. 그녀는 '다른 열차'로 가겠다는 전보를 목적지에 보냈다. 그리고 앞으로 무엇을 할지 생각할 시간도 갖기 전에 그녀는 인상적인 차림새의 부인과 마주쳤다. 그 부인은 칼로타 부인의 차림새와 생김새를 유심히 관찰하면서 마음속으로 기다란 목록을 만들고 있는 것 같았다.

"호프 양이 맞죠? 내가 마중 나온 가정교사 말이에요." 유령처럼 나타난 부인이 말했다. '아니오'를 용납하지 않는 말투였다.

'그래, 나를 호프 양으로 여긴다면 나도 호프 양이 될 수밖에.' 칼로타 부인은 속으로 중얼거렸다. 그녀가 이렇게 온순하게 나올 때는 위험하다.

"나는 퀘이발 부인이에요." 그러고는 곧바로 말을 이었다. "그런데 짐은 어디 있죠?"

"내 짐이 길을 잃었어요." 가정교사로 단정된 칼로타 부인은, 잘못은 언제나 그 자리에 없는 자에게 있다는 훌륭한 생활 규범에 동의하며 말했다. 하지만 사실 짐은 더없이 올바르게 행동했을 뿐, 아무 잘못도 없었다. 그래서 그녀는 진실에 좀 더 가까이 다가간 말을 덧붙였다.

"방금 짐 문제로 전보를 쳤어요."

"정말 짜증나네요." 퀘이발 부인이 말했다. "이놈의 철도 회사들은 너무 조심성이 없어요. 하지만 내 하녀가 저녁에 필요한 물건을 빌려 줄 거예요."

그녀는 앞장서서 자가용 승용차 쪽으로 걸어갔다.

차를 타고 저택으로 가는 동안 퀘이발 부인은 칼로타 부인에게 떠맡겨진 책임의 성질을 인상적으로 소개했다. 클로드와 윌프리드는 섬세하고 민감한 아이들이었고, 아이린은 고도로 발달한 예술적 기질을 갖고 있었고, 비올라는 20세기에 그 계급에서 태어난 아이들치고는 지극히 평범한 성격을 갖고 있었다.

"나는 우리 아이들이 '가르침'을 받을 뿐만 아니라, 자신들이 배우는 것에 '흥미'를 갖게 되기를 바라요." 퀘이발 부인이 말했다. "예를 들면 역사를 가르칠 때는 아이들이 단순히 이름과 날짜를 외우는 게 아니라 실제로 살았던 사람들의 생활상을 배우고 있다고 느끼게 해 주세요. 물론 프랑스어도 가르쳐야 돼요. 매주 며칠은 식사 시간에 프랑스어를 써 주세요."

"일주일에 나흘은 프랑스어를 쓰고 나머지 사흘은 러시아어를 쓸게요."

"러시아어라고요? 호프 양, 우리 집에는 러시아어를 말하거나 알아듣는 사람이 아무도 없는데요."

"그래도 상관없어요." 칼로타 부인은 냉정하게 말했다.

시쳇말로 표현하자면 퀘이발 부인은 콧대가 납작해졌다. 그녀는 진지하게 맞서는 사람이 없으면 당당하고 독선적이지만 자신감은 불완전한 사람들 가운데 하나였다. 이런 사람들은 조금이라도 예기치 않은 저항을 받으면 오히려 겁을 먹고 움츠러든다. 새로 온 가정교사가 새로 산 고급 승용차를 보고도 전혀 놀라거나 감탄하지 않고 방금 시장에 나온 한두 가지 차종의 뛰어난 장점을 가볍게 언급했을 때, 가정교사를 고용한 안주인은 참담할 정도로 좌절하고 당황했다. 그녀의 기분은 고대에 전쟁으로 나날을 보내던 시절에 가장 무거운 전투용 코끼리가 돌멩이와 창을 던지는 사람들한테 굴욕적으로 쫓겨나는 꼴을 본 장군보다 더 참담했다.

그날 저녁 식사 시간에 퀘이발 부인은 평소에 그녀의 의견을 그대로 따라 주고 그녀를 정신적으로 지지해 주는 남편이 지원군 역할을 해 주었는데도 빼앗긴 땅을 전혀 되찾지 못했다. 가정교사는 와인을 상당히 잘 마셨을 뿐만 아니라 다양한 와인의 생산 연도 같은 전문적인 사항에 대해서도 상당한 식견을 보여 주었기 때문에, 퀘이발 부부는 와인 권위자 행세를 전혀 할 수가 없었다. 과거의 가정교사들은 와인 이야기가 나오면, 겸손하고 솔직하게 자기는 와인보다 물이 더 좋다는 뜻만 표현하곤 했다. 그런데 이번 가정교사는 어떤 제품을 고르면 크게 실수하지는 않을 거라면서 믿을 만한 와인 브랜드를 추천하기까지 했다. 그 이야기가 나왔을 때 퀘이발 부인은 화제를 좀 더 평범한 쪽으로 돌릴 때가 왔다고 생각했다.

"우리는 참사회원인 팁 씨한테 아주 만족스러운 당신의 소개장을 받았어요." 그녀가 말했다. "그분은 정말 존경할 만한 분이죠."

"그렇긴 한데, 술에 취하면 아내를 두드려 패요. 그것만 빼면 무척 사랑스러운 분이죠." 가정교사는 침착하게 말했다.

"어머나, 호프 양! 그건 과장이겠죠." 퀘이발 부부가 입을 모아 말했다.

"부인이 너무 드센 여자여서 남편을 화나게 한다는 건 인정해야겠죠." 칼로타 부인은 공연히 꾸며 낸 이야기를 계속했다. "팁 부인은 제가 지금까지 함께 브리지 게임을 해 본 사람들 가운데 가장 짜증나게 하는 사람이에요. 부인의 리드*와 데클러레이션**을 보면, 상대가 웬만큼 못된 짓을 해도 너그럽게 봐주고 싶어져요. 하지만 다른 소다수를 구할 수도 없는 일요일 오후에 집에 하나밖에 없는 소다수를 몸이 흠뻑 젖을 만큼 혼자 다 마셔 버리는 것은 남에 대한 배려심이 전혀 없다는 증거죠. 그런 짓은 절대로 너그럽게 봐줄 수 없답니다. 제가 너무 성급하게 판단을 내렸다고 생각하실지도 모르지만, 제가 그 집을 나온 건 실제로 소다수 사건 때문이었어요."

"그 이야기는 나중에 다른 기회에 하죠." 퀘이발 부인이 서둘러 말했다.

"그 이야기는 두 번 다시 하지 않겠어요." 가정교사는 단호하게 말했다.

퀘이발 씨가 화제를 돌리기 위해 내일 어떤 공부를 시작할 작정이냐고 물었다.

"우선 역사를 공부할 거예요." 가정교사가 대답했다.

"아아, 역사요." 그는 점잔을 빼면서 말했다. "아이들한테 역사를 가르칠 때는 아이들이 배우는 것에 흥미를 갖도록 주의하셔야 합니다. 아이들이 실제로 살았던 사람들의 생활상을 배우고 있다고 느끼게 해주셔야……"

"그 이야기는 내가 아까 다 했어요." 퀘이발 부인이 끼어들었다.

* 카드놀이에서 맨 먼저 내는 패.
** 어떤 패를 으뜸 패로 선언하는 것.

"저는 샤르츠 메테르클루메 교수법으로 역사를 가르쳐요." 가정교사는 다소 우쭐하게 말했다.

"아아, 예." 듣는 사람들은 최소한 그 교수법의 이름만이라도 아는 체하는 것이 상책이라고 생각하면서 말했다.

*

이튿날 아침 퀘이발 부인은 아이린이 계단참에 부루퉁한 얼굴로 앉아 있고, 여동생 비올라는 언니 뒤의 창가 의자에 침울하고 불안한 태도로 올라앉아 늑대 가죽 깔개로 몸을 가리고 있는 것을 발견하고 물었다.

"너희들 여기서 뭘 하고 있는 거냐?"

"역사 수업을 받고 있어요." 예기치 않은 대답이 돌아왔다. "나는 로마이고, 저기 있는 비올라는 암늑대예요. 진짜 늑대가 아니라 일찍이 로마인들이 중요하게 여겼던 늑대상이에요. 왜 중요하게 여겼는지는 모르겠어요. 클로드와 윌프리드는 누더기를 걸친 여자들을 데려오려고 갔어요."

"누더기를 걸친 여자들?"

"네, 그런 여자들을 납치해야 돼요. 클로드와 윌프리드는 하기 싫다고 했지만 호프 선생님이 아버지의 크리켓 배트를 가져와서는, 시키는 대로 하지 않으면 그걸로 볼기짝을 때려 주겠다고 말했어요. 그래서 여자들을 납치하러 갔어요."

잔디밭 쪽에서 성난 비명 소리가 요란하게 들려왔기 때문에 퀘이발 부인은 가정교사가 위협한 체벌이 실제로 가해지고 있는 게 아닐까 하고 서둘러 그쪽으로 달려갔다. 하지만 비명을 지른 것은 문지기의 어린 두 딸이었다. 머리와 옷차림이 흐트러진 클로드와 윌프리드는 숨을 헐떡거리면서 문지기의 딸들을 집 쪽으로 잡아끌고 있었다. 붙잡힌 소녀들의 어린 남동생이 별로 효과도 없는 공격을 끊임없이 가해 왔기 때문에 클로드와 윌프리드의 일은 훨씬 더 힘들어졌다. 가정교사는 크리켓 배트를 손에 쥐고 돌난간 위에 무심하게 앉아서 '전쟁의 여신'처럼 냉정하고 공평한 태도로 그 소동을 관장하고 있었다. 문지기의 딸들은 화가 나서 "엄마한테 이를 거야"라는 말을 되풀이해서 외쳤지만, 귀가 멀어서 잘 듣지 못하는 문지기 아내는 그때 빨래통 옆에서 빨래에 열중해 있었다.

분개한 퀘이발 부인은 문지기 집 쪽을 불안한 눈으로 흘끗 바라본 뒤(문지기의 아내는 착하지만 매우 호전적인 여자였다. 호전적인 기질은 때로는 귀머거리의 특권이다), 발버둥 치고 있는 포로들을 구하러 달려갔다.

"윌프리드! 클로드! 아이들을 당장 놓아줘. 호프 양, 이게 도대체 뭐죠?"

"로마 고대사, 사비니족 여인들…… 모르세요? 아이들이 역사적 사건을 직접 실연해서 역사를 이해하도록 만드는 게 바로 샤르츠 메테르클루메 교수법이에요. 그걸 아이들의 기억 속에 확실히 남기는 거죠. 물론 부인의 개입 덕분에 아이들은 평생 동안 사비니족 여인들이 결국 탈출했다고 생각하겠지만, 그래도 나는 책임질 수 없어요."

"당신은 아주 영리하고 당신의 교수법은 현대적일지 모르지만……" 퀘이발 부인은 단호하게 말했다. "다음 기차로 떠나 주면 좋겠어요. 당신의 짐은 여기 도착하는 대로 보내 드릴게요."

"앞으로 며칠 동안 제가 어디 있을지 잘 모르겠어요." 해고된 젊은 가정교사는 말했다. "제가 전보로 주소를 알려 드릴 때까지 짐을 보관해 주셔도 돼요. 제 짐은 트렁크 두어 개와 골프채 몇 개와 새끼 표범 한 마리뿐이에요."

"새끼 표범이라고요?" 퀘이발 부인은 놀라서 헐떡거렸다. 이 유별난 여자는 떠날 때조차도 골칫거리를 남기고 갈 운명인 것 같았다.

"이제는 새끼가 아니에요. 반 이상 자랐으니까요. 날마다 닭 한 마리를 먹고 일요일에는 토끼 한 마리를 먹어요. 평소에 먹는 건 그 정도예요. 쇠고기를 날것으로 주면 지나치게 흥분할 수 있어요. 저를 위해 일부러 자동차를 내주실 필요는 없어요. 왠지 걸어가고 싶은 마음이 드네요."

칼로타 부인은 성큼성큼 걸어서 퀘이발 저택의 영역을 벗어났다.

도착해야 할 날짜를 잘못 알았던 진짜 호프 양의 출현은 대소동을 불러일으켰다. 사실 호프 양은 그런 소동을 초래한 경험이 전혀 없었다. 퀘이발 가족이 지독한 놀림을 당한 것은 분명했지만, 사실을 알게 되자 그들은 상당한 안도감을 느꼈다.

"칼로타, 정말 속상했겠네." 그녀를 초대한 집의 안주인은 열차를 놓친 손님이 드디어 도착하자 그렇게 말했다. "기차를 놓치고 낯선 곳에서 밤을 보내야 했으니 얼마나 속상했겠어."

"천만에." 칼로타 부인이 말했다. "전혀 속상하지 않았어. 적어도 나는."

일곱 번째 암탉
The Seventh Pullet

"나는 날마다 하는 일이 힘들다고 불평하는 게 아니야." 블렝킨드로프가 화나서 말했다. "내 불만은 사무실 근무 시간 외에는 내 삶이 날마다 똑같이 지루하고 재미없다는 거야. 재미있는 일은 전혀 일어나지 않아. 놀랄 만한 일도, 색다른 일도 일어나지 않아. 내가 흥미를 가지려고 애쓰는 사소한 것들조차 다른 사람들의 관심을 끌지는 못하는 것 같아. 예를 들면 내가 텃밭에 심은 것들."

"1킬로그램이 조금 넘는 감자 말이군." 그의 친구인 고워스가 말했다.

"자네한테 그 얘기를 했나?" 블렝킨드로프가 말했다. "오늘 아침에 열차에서 다른 사람들한테 이야기했는데, 자네한테도 그 얘기를 했는지는 잊어버렸어."

"정확히 말하면 자네는 그게 1킬로그램을 조금 밑돈다고 말했지만, 나는 채소와 고기는 내세가 있어서 죽은 뒤에도 성장이 멈추지 않고 계속 자란다는 사실을 감안했지."

"자네도 다른 사람들과 똑같아." 블렝킨드로프는 안타까운 듯이 말했다. "그걸 놀려 댈 뿐이야."

"그건 우리 탓이 아니라 감자 탓이야." 고워스가 말했다. "우리가 그 감자에 관심이 없는 건 그 감자가 조금도 재미가 없기 때문이야. 날마다 자네와 함께 열차로 통근하는 사람들도 자네와 똑같은 처지야. 그들의 삶은 평범하고, 자기 자신에게도 별로 재미가 없어. 그런데 다른 사람의 삶에 일어난 평범한 사건에 열광할 리가 없지. 자네나 자네 가족한테 일어난 깜짝 놀랄 만한 일, 극적이고 통쾌한 일을 그 사람들한테 말해 봐. 그러면 당장 관심을 사로잡을 수 있을 테니까. 그 사람들은 어떤 자부심을 갖고 자기가 아는 모든 사람들한테 자네 이야기를 할 거야. '블렝킨드로프라고, 내가 잘 아는 사람이 나와 같은 방향에 사는데, 바닷가재를 저녁거리로 집에 가져가다가 손가락 두 개를 싹둑 잘렸대. 의사 말이, 손 하나를 통째로 잘라 내야 할지도 모른대……' 그건 아주 수준 높은 대화야. 하지만 그 사람들이 테니스 클럽에 들어가면서 이렇게 말하는 걸 상상해 봐. '내가 아는 어떤 사람이 무게가 1.5킬로그램이나 나가는 감자를 재배했대……'"

"하지만 내가 방금 말했잖아? 놀랄 만한 일은 나한테 전혀 일어나지 않는다고."

"그럼 놀랄 만한 일을 만들어 내." 고워스가 말했다. 그는 초등학교 때 성서에 대한 해박한 지식으로 상을 받은 이래, 주위 사람들보다 부도덕한 짓을 해도 된다는 허가증을 받았다고 생각했다. 어릴 때 구약성서에 언급된 열일곱 종의 나무 이름을 열거할 수 있었던 사람이라면, 확실히 웬만한 일은 용서받을 수 있을 터였다.

"어떤 종류의 일을 말하는 거야?" 블렝킨드로프는 좀 퉁명스럽게 물었다.

"어제 아침에 뱀 한 마리가 자네 닭장에 들어가서 어린 암탉 일곱 마리 가운데 여섯 마리를 죽였어. 우선 눈빛으로 최면을 걸어서 암탉들을 옴짝도 못 하게 한 다음, 무력하게 서 있는 암탉들을 물어 죽였지. 그런데 일곱 번째 암탉은 깃털이 눈을 덮고 있는 프랑스종이어서 최면술에 걸리지 않았고, 그래서 뱀에게 덤벼들어 부리로 쪼아서 죽여 버렸지."

"고마워." 블렝킨드로프는 딱딱하게 말했다. "아주 독창적인 이야기로군. 우리 닭장에서 그런 일이 실제로 일어났다면 나도 무척 자랑스러워하면서 사람들한테 그 이야기를 하고 싶었을 거야. 하지만 나는 사실에 충실한 게 좋을 것 같아. 설령 그게 평범하고 재미없는 사실이라 해도 말이야."

그래도 역시 일곱 번째 암탉 이야기가 탐이 나서 그 이야기를 곰곰 생각했다. 그는 열차에서 그 이야기를 자랑스럽게 떠벌이는 자신의 모습을 상상했다. 동료 승객들은 그의 이야기에 흥미를 가지고 열심히 귀를 기울일 것이다. 그 이야기의 온갖 세부 사항과 더욱 흥미롭게 각색된 이야기가 무의식적으로 마음속에 떠올랐다.

이튿날 아침 열차 객석에 자리를 잡았을 때에도 그의 마음은 여전히 그 생각에 잠겨 있었다. 맞은편 자리에는 숙부가 의회 선거에서 투표를 하다가 갑자기 쓰러져서 사망한 사실 덕분에 중요한 인물로 명예 진급을 인정받은 스티븐햄이라는 사람이 앉아 있었다. 그 사건은 3

년 전에 일어났지만 사람들은 아직도 국내외의 모든 정치 문제에 대한 의견과 판단을 스티븐햄에게 맡기고 있었다.

"이봐, 그 거대한 버섯인지 뭔지는 어떻게 됐나?" 블렝킨드로프가 동료 승객들로부터 받은 관심은 이게 전부였다.

그가 별로 좋아하지 않는 더크비라는 젊은이가 집에 닥친 재난 이야기로 당장 사람들의 관심을 독점했다.

"어젯밤에 어마어마하게 큰 쥐 한 마리가 비둘기 새끼 네 마리를 낚아채 갔어요. 정말이지 녀석은 괴물이었던 게 분명해요. 녀석이 비둘기장에 침입하려고 뚫어 놓은 구멍을 보면 알 수 있다니까요."

웬만한 크기의 쥐는 이 지역에서는 약탈 행위를 하지 않는 것 같았다. 악행을 저지르는 쥐들은 모두 몸집이 거대했다.

"끔찍한 불운이에요." 더크비는 자기가 일행의 관심과 존경을 차지한 것을 알고 말을 이었다. "비둘기 새끼 네 마리를 단번에 채 가다니. 예기치 않은 불운이라는 점에서 이것과 맞먹는 건 찾기 힘들 거예요."

그때 블렝킨드로프의 목소리가 울려 퍼졌다. 그 목소리는 블렝킨드로프의 귀에도 자기 목소리로 들리지 않는 목소리였다.

"어제 오후에 우리 닭장에 있던 어린 암탉 일곱 마리 가운데 여섯 마리가 뱀에게 물려 죽었어."

"뱀에게?" 사람들이 놀라서 입을 모아 외쳤다.

"뱀은 번득이는 눈으로 닭들을 한 마리씩 노려봐서 옴짝도 못 하게 해 놓고, 그 겁먹은 닭들이 무력하게 서 있을 때 재빨리 덮쳐서 물어 죽였지. 몸져누워 있어서 도움을 청할 수 없는 이웃 사람이 침실 창문으로 그 광경을 처음부터 끝까지 목격했대."

"와아, 설마!" 다양하게 변주된 외침 소리가 합창으로 터져 나왔다.

"이 사건에서 재미있는 대목은 뱀에게 물려 죽지 않은 일곱 번째 암탉이야." 블렝킨드로프는 천천히 담배에 불을 붙이면서 다시 입을 열었다. 그의 망설임은 사라졌고, 일단 시작할 용기만 가지면 악행이 얼마나 안전하고 쉬운지를 깨달았다. "죽은 암탉 여섯 마리는 미노르카종이었고, 일곱 번째 암탉은 깃털이 더벅머리처럼 눈을 거의 다 덮고 있는 우당종 암탉이었는데, 그 닭은 뱀을 거의 볼 수 없었고, 그래서 다른 암탉들처럼 최면에 걸리지 않았지. 그 닭은 땅바닥에서 꿈틀거리는 무언가를 보았을 뿐이고, 그래서 그 꿈틀거리는 것으로 다가가서는 부리로 쪼아서 죽였다네."

"우와, 그거 다행이군!" 사람들은 입을 모아 외쳤다.

그 후 며칠 동안 블렝킨드로프는 사람이 세상의 존경을 얻으면 자존심을 잃은 것은 세상에 아무 영향도 미치지 않는다는 것을 깨달았다. 그의 이야기는 양계 전문지에 실렸고, 그 후 다시 일반적인 관심사로 일간지에 전재되었다. 한 여자가 스코틀랜드에서 신문사에 편지를 보내왔는데, 담비와 눈먼 뇌조 사이에 그와 비슷한 사건이 일어난 것을 직접 목격했다는 내용이었다. 웬일인지 거짓말은 사람이 그것을 다른 말로 부를 수 있을 때는 훨씬 덜 꺼림하게 여겨진다.

일곱 번째 암탉 이야기의 각색자는 당시의 기묘한 사건에 참여한 사람으로서, 중요 인물로 바뀐 자신의 처지를 한동안 마음껏 즐겼다. 그러다가 날마다 같은 열차로 통근하는 스미스패던이라는 사람이 갑자기 중요 인물이 되는 바람에 그는 다시 한 번 차가운 잿빛 배경으로 밀려나고 말았다. 스미스패던의 어린 딸이 뮤지컬 코미디 여배우의 자동차에 치여 다칠 뻔한 사고가 일어난 것이다. 그 여배우는 그때 차에 타고 있지 않았지만, 그녀가 에드먼드 스미스패던 씨의 딸 메이지를 문병하는 사진이 신문에 실린 것이다. 같은 열차를 타고 통근하는 길동무들은 이 새로운 관심사에 열중한 나머지, 블렝킨드로프가 양계장에 뱀이나 매가 들어오지 못하게 하는 장치를 설명하려고 하자 거의 무례한 반응을 보였다.

그가 남몰래 고워스에게 속내를 털어놓자 고워스는 전과 똑같은 조언을 해 주었다.

"무언가를 지어내."

"그래. 하지만 뭘 지어내지?"

그 질문은 거짓말을 지어내라는 제안에 즉석에서 동의한 것을 의미했고, 그것은 그의 윤리적 입장이 상당히 달라졌음을 보여 주고 있었다.

블렝킨드로프가 객차에 늘 모이는 사람들한테 가족사의 중요한 사건을 밝힌 것은 며칠 뒤였다.

"파리에 살고 있는 우리 고모한테 기묘한 일이 일어났어." 그는 이렇게 말을 꺼냈다. 그에게는 고모가 여럿 있었지만, 지리적으로는 모두 런던 일대에 분포되어 있었다.

"요전 날 오후에 고모는 루마니아 공사관에서 점심을 먹고 숲 속 벤치에 앉아 있었지."

이 이야기가 외교적 '분위기'를 끌어들여 그림 같은 생생함은 얻었을지 모르나, 그 순간부터는 아무도 그것을 현재의 사건에 대한 기록으로 받아들이지 않았다. 고워스는 이렇게 될 가능성을 친구에게 경고했지만, 블렝킨드로프의 열정에는 신중함도 어쩌지 못했던 것이다.

"고모는 아마 샴페인의 영향 때문이었겠지만 졸음이 오는 것을 느꼈대. 원래 우리 고모는 낮에 샴페인을 마시는 버릇은 없으니까."

사람들은 그의 고모를 칭찬하는 말을 낮게 중얼거렸다. 블렝킨드로프의 고모들은 샴페인을 오로지 크리스마스와 새해의 부속물로만 보았기 때문에 새해부터 크리스마스 때까지는 샴페인을 마시는 데 익숙지 않았다.

"곧 풍채 좋은 신사 하나가 고모 옆을 지나가다가 시가에 불을 붙이려고 멈춰 섰지. 그 순간 한 젊은이가 뒤에서 다가와 지팡이 속에서 칼을 빼내더니 신사를 여섯 번이나 찔렀다네. '이 악당 놈아!' 하고 젊은이는 피해자한테 외쳤지. '너는 나를 모르겠지. 내 이름은 앙리 르튀르크다.' 나이 많은 남자는 옷에 튄 피를 닦아 내고는 자기를 공격한 젊은이를 돌아보며 말했다네. '그런데 언제부터 암살 기도가 자기를 소개하는 기회로 이용되게 됐지?' 그러고는 시가에 마저 불을 붙이고 유유히 걸어가 버렸어. 고모는 소리를 질러 경찰을 부를 작정이었지만, 사건의 주역이 태연한 것을 보고는 자기가 개입하면 주제넘은 짓이 될 거라고 느꼈지. 물론 고모가 따뜻하고 졸음이 오는 오후 날씨와 공사관에서 마신 샴페인의 영향을 받은 상태에서 그 사건을 기록한 것은 내가 굳이 말할 필요도 없을 거야. 그런데 이 이야기에서 놀라운 부분은 지금부터야. 2주 뒤에 한 은행 지점장이 숲의 바로 그 지역에서 속에 칼이 든 지팡이에 찔려 죽었지. 암살자는 전에 그 은행에서 청소부로 일하다가 음주벽 때문에 지점장한테 해고당한 여자의 아들이었어. 그 아들 이름이 앙리 르튀르크였지."

그 순간부터 블렝킨드로프는 같은 열차로 통근하는 일행들 사이에서 '뮌하우젠'*으로 통하게 되었다. 그들은 남을 쉽사리 믿는 자신의

---

* 독일의 작가 루돌프 에리히 라스페(1736~1794)의 소설 『뮌하우젠 남작의 놀라운 모험』의 주인공으로, 황당무계한 이야기를 늘어놓는 거짓말쟁이다.

능력을 시험하기 위해 날마다 그를 꾀어서 터무니없는 이야기를 시키려는 노력을 아끼지 않았고, 블렝킨드로프는 자신의 이야기를 순순히 받아들이는 확실한 청중이 보장되자 더욱 부지런히 독창적으로 그들이 요구하는 놀라운 이야기를 공급했다. 정원 수영장에서 헤엄을 치고 수도요금이 미납될 때마다 불안한 듯 애처로운 소리로 우는 길들인 수달에 대한 더크비의 풍자적 이야기는 그보다 더 허황한 블렝킨드로프의 이야기를 꽤 공정하게 패러디한 것이었다. 그러던 어느 날 복수의 여신이 찾아왔다.

어느 날 저녁에 집으로 돌아간 블렝킨드로프는 아내가 카드 한 벌을 앞에 늘어놓고 이상하게 정신을 집중하여 카드를 유심히 바라보고 있는 것을 발견했다.

"늘 하는 페이션스 게임이야?" 그는 심드렁하게 물었다.

"아니에요. 이건 페이션스 게임 중에서도 가장 어려운 '죽음의 머리' 게임이에요. 나는 한 번도 이걸 끝까지 해 본 적이 없어요. 내가 해내면 상당히 놀랄 거예요. 우리 어머니도 평생 딱 한 번밖에 해내지 못했어요. 어머니도 그걸 두려워했죠. 어머니의 대고모가 딱 한 번 그걸 해냈는데, 너무 흥분한 나머지 다음 순간 그 자리에 쓰러져서 세상을 떠나셨대요. 어머니는 항상 자신도 그걸 해내면 죽을 거라는 생각을 했어요. 그리고 실제로 그걸 해낸 날 밤에 세상을 떠나셨죠. 그 당시 건강이 좋지 않았던 건 확실하지만, 정말 기묘한 우연의 일치였어요."

"겁나면 하지 마." 블렝킨드로프는 방을 나가면서 실제적인 의견을 말했다.

몇 분 뒤에 아내가 그를 불렀다.

"여보, 오늘은 이상하게 잘 풀려서 하마터면 해낼 뻔했어요. 마지막에 다이아몬드 5가 나를 방해했지만, 나는 정말로 내가 해낸 줄 알았어요."

"아니, 할 수 있어." 방으로 돌아온 블렝킨드로프가 말했다. "클럽 8을 저 비어 있는 9로 옮기면 5를 6으로 이동시킬 수 있어."

아내는 그의 훈수에 따라 떨리는 손가락으로 서둘러 카드를 옮겨서, 아직 해결되지 않은 카드를 각각 제자리에 쌓아 올렸다. 그 순간 그녀도 어머니와 어머니의 대고모처럼 그 자리에 쓰러져 죽어 버렸다.

블렝킨드로프는 진심으로 아내를 좋아했지만, 슬픔 속에서 한 가지 생각이 주제넘게 고개를 쳐들었다. 마침내 자기한테도 센세이셔널한 일이 실제로 일어났다는 생각이었다. 그의 인생은 이제 더 이상 아무 재미도 없는 잿빛 기록이 아니었다. 그의 가정에 일어난 비극을 적절하게 묘사하는 기사 제목이 그의 머릿속에서 저절로 만들어졌다.

'대대로 전해 내려온 예감이 실현되다.'

'죽음의 머리 게임—이 불길한 이름의 값이 3대에 걸쳐 증명되다.'

그는 친구가 편집장을 맡고 있는 《에익스 베데트》지를 위해 그 숙명적인 사건의 전모를 썼고, 또 다른 친구에게는 그것을 요약한 기사를 주어서 반 페니짜리 일간지를 발행하는 신문사로 가져가게 했다. 하지만 두 경우 모두 허황한 이야기를 지어낸다는 그의 평판이 치명적인 장애가 되어, 그의 야심은 결국 실현되지 못했다.

"슬픔에 빠져 있을 때에도 뮌하우젠처럼 황당무계한 이야기를 지어내는 것은 옳지 않아." 친구들은 모두 여기에 동의했고, '우리의 존경받는 이웃인 존 블렝킨드로프 씨의 부인이 심장마비로 갑자기 사망한 것'을 애도하는 짧은 기사가 지방 신문의 부고란에 실렸을 뿐이다. 자기 인생에 실제로 일어난 비극이 널리 알려질 거라는 그의 꿈은 절망적인 결과로 끝났다.

블렝킨드로프는 전에 같은 열차를 타고 통근하던 길동무들을 피해, 그보다 더 이른 열차를 타고 출근하게 되었다. 이따금 그는 자기가 키우는 카나리아 중에서 제일 좋은 녀석의 휘파람 솜씨나 자기가 키운 순무 가운데 가장 큰 순무의 크기를 자세히 이야기하여 우연히 알게된 사람의 공감과 관심을 얻으려고 애쓰지만, 자기가 일찍이 일곱 번째 암탉의 주인으로 화제가 되고 사람들의 주목을 받았던 사람이라고 인정하는 경우는 거의 없다.

맹점

The Blind Spot

"애들레이드의 장례식에서 돌아왔구나?" 룰워스 경이 조카에게 말했다. "그래, 장례식은 어떻더냐? 다른 장례식과 대충 비슷했겠지?"

"거기에 대해서는 점심 먹을 때 말씀드릴게요." 에그버트가 말했다.

"그래선 안 돼. 그건 돌아가신 네 대고모한테도, 그리고 점심 식사에 대해서도 예의가 아니지. 점심때 우리는 우선 스페인산 올리브를 먹은 다음, 보르시*를 먹고, 다시 올리브를 좀 더 먹고, 새고기류를 먹고, 그런 다음 라인산 와인을 마실 거야. 이 나라에서는 보편적으로 말해서 와인이 비싸지 않지만, 그래도 나름대로 꽤 칭찬할 만해. 그 메뉴에는 네 대고모 애들레이드나 그 장례식이라는 화제와 조금이라도 어울

---

* 홍당무나 순무를 주재료로 하여 고기와 채소 따위를 넣고 뻑뻑하게 끓인 러시아식 수프.

리는 건 아무것도 없어. 애들레이드는 매력적인 여자였고 필요한 만큼은 지적이었지만, 웬일인지 나는 애들레이드를 보면 항상 영국 요리사가 생각하는 마드라스 카레 요리가 생각나곤 했지."

"대고모님은 삼촌이 경박하다고 말씀하시곤 했죠." 에그버트가 말했다. 그의 말투는 그가 대고모의 판단에 동의한다는 느낌을 주었다.

"언젠가 내가 맑은 양심보다는 맑은 수프가 인생에서 더 중요한 요소라고 말했더니 애들레이드가 상당히 화를 낸 적이 있었지. 애들레이드는 균형 감각이 거의 없었어. 그런데 애들레이드는 너를 주요 상속인으로 지정했다며?"

"그렇습니다. 게다가 유언 집행자로도 지정하셨어요. 저는 특히 그 문제와 관련해서 삼촌과 이야기를 나누고 싶어요."

"사업은 언제 어느 때라도 내 강점이 아니야." 룰워스 경이 말했다. "그리고 우리가 점심 식사를 코앞에 두고 있을 때는 더욱 그렇지."

"정확히 말하면 사업은 아니에요." 에그버트는 삼촌을 따라 식당으로 들어가면서 말했다. "꽤 중대한 문제예요. 아주 중대한."

"그렇다면 지금은 더욱 거기에 대해 이야기할 수 없어. 보르시를 먹는 동안은 아무도 진지하게 이야기할 수 없을 테니까. 너도 이제 곧 경험하게 되겠지만, 훌륭하게 만들어진 보르시는 대화를 추방할 뿐만 아니라 생각까지도 거의 전멸시키지. 보르시를 먹고 나서 두 번째 올리브를 먹는 단계에 이르면, 나도 새로 나온 조지 보로* 전기나, 네가 원한다면 룩셈부르크 대공국의 현 상황에 대해 토론할 준비가 되어 있을 거다. 하지만 새고기를 다 먹을 때까지는 사업 비슷한 이야기도

* 영국의 작가(1803~1881). 1912년에 허버트 젠킨스의 『조지 보로 전기』가 출간되었다.

절대 사절하겠다."

점심을 먹는 동안 에그버트는 거의 줄곧 멍한 얼굴로 입을 다물고 있었다. 한 가지 문제에 정신이 팔린 사람의 침묵이었다. 커피를 마실 단계에 이르자 그는 갑자기 침묵을 깨고 룩셈부르크 대공국 궁정의 회고담을 늘어놓는 삼촌을 가로막았다.

"대고모님이 저를 유언 집행자로 지정했다고 아까 말씀드렸죠. 법적인 문제와 관련해서는 할 일이 별로 없었지만, 대고모님의 서류를 모두 검토해야 했어요."

"그건 그 자체로 상당히 과중한 일일 거다. 가족끼리 주고받은 편지가 무척 많았을 테니까."

"맞아요. 편지가 산더미처럼 쌓여 있었고, 대부분 지독하게 재미가 없었어요. 하지만 주의 깊게 정독할 필요가 있다고 생각되는 편지가 한 묶음 있었어요. 그건 대고모의 오빠인 피터 할아버지한테서 온 편지 다발이었죠."

"비극적인 죽음을 당한 의전사제 말이군." 룰워스 경이 말했다.

"맞아요. 삼촌 말대로 비극적인 죽음을 당했죠. 그런데 그 비극은 지금까지 전혀 조사되지 않았어요."

"아마 가장 단순한 설명이 정확한 설명일 거야. 그분은 돌계단에서 미끄러져 넘어지면서 두개골이 부서졌어."

에그버트는 고개를 저었다.

"의학적 증거는 모두 누군가가 뒤에서 다가와 머리를 강타했다는 것을 입증했어요. 계단과 강하게 접촉하여 생긴 상처라면 두개골에 그 각도로 타격이 가해질 수는 없었을 겁니다. 법정에서는 대역 인형을 가지고 생각할 수 있는 모든 자세로 넘어뜨리는 실험도 했어요."

"하지만 동기가 뭐지?" 룰워스 경이 외쳤다. "피터 삼촌을 죽이는 데 조금이라도 이해관계를 가진 사람은 아무도 없었고, 단순히 사람을 죽이는 재미를 맛보려고 의전사제를 죽일 만한 사람의 수는 지극히 한정되어 있을 게 분명해. 물론 정신적으로 균형이 잡히지 않아서 그런 짓을 하는 사람도 있지만, 그런 사람은 자기가 한 짓을 감추지 못해. 그런 사람들은 오히려 자기가 한 짓을 자랑스럽게 과시하는 경향을 보이는 게 더 일반적이지."

"그분의 요리사가 의심을 받았어요." 에그버트가 짤막하게 말했다.

"나도 알아. 그건 단지 비극이 일어났을 때 요리사가 구내에 있었던 거의 유일한 사람이었기 때문이야. 하지만 세바스티앙에게 살인죄를 뒤집어씌우려고 애쓰는 것보다 더 어리석은 짓이 있을까? 세바스티앙은 주인이 죽어도 얻을 건 아무것도 없었고, 사실은 잃을 게 더 많았지. 사건이 일어난 뒤 내가 그 요리사를 채용했지만, 피터 삼촌은 나도 그 이상은 줄 수 없다고 생각할 만큼 많은 봉급을 요리사한테 주고 있었다. 그 후 나는 요리사의 실제 가치에 따라 계속 급료를 조금씩 올려주었지만, 요리사도 당시에는 봉급 인상에 신경 쓰지 않고 그저 새 일자리를 얻은 것만 기뻐했지. 사람들은 그를 경원하여 피했고, 요리사는 이 나라에 친구가 하나도 없었어. 그래, 이 세상에 의전사제가 장수를 누리고 손상되지 않은 소화기능을 유지하는 데 관심을 가진 사람이 있다면, 그건 분명 세바스티앙일 거다."

"사람들이 항상 자신의 무모한 행동이 낳을 결과를 심사숙고하는 건 아니에요. 그렇지 않다면 살인 사건은 거의 일어나지 않겠죠. 세바스티앙은 성미가 급하고 기질이 격렬한 사람이에요."

"남쪽 나라 사람이니까." 룰워스 경도 인정했다. "지리적으로 정확히 말하면 피레네 산맥의 프랑스 쪽 비탈 출신일 거야. 나는 그가 요전 날 수영* 대신 그럴듯한 가짜 대용품을 가져왔다는 이유로 정원사 아들을 하마터면 죽일 뻔했을 때, 그의 출신 지역을 고려했지. 사람은 항상 혈통과 출신지와 어린 시절의 성장 환경을 감안해야 돼. '네가 태어난 곳의 경도를 알면, 어떤 위도가 너에게 허락될지**를 알 수 있다'는 게 내 좌우명이지."

"그것 보세요. 그 사람은 정원사 아들을 죽일 뻔했어요."

"하지만 에그버트, 정원사 아들을 죽일 뻔한 것과 의전사제를 완전히 죽인 것은 전혀 달라. 너도 정원사 아들을 죽이고 싶은 적이 많을 거다. 너의 자제심에 대해서는 나도 경의를 표하마. 하지만 네가 팔십 대 노인인 의전사제를 죽이고 싶었던 적이 있으리라고는 생각지 않는다. 게다가 우리가 아는 한, 두 사람 사이에는 어떤 다툼이나 불화도 없었어. 법정에서 제시된 증거가 그 점을 아주 분명하게 밝혀 주었지."

"아아!" 에그버트는 지금까지 미루어졌던 이야기의 핵심에 드디어 도달한 사람의 태도로 말했다. "제가 삼촌한테 말씀드리고 싶은 게 바로 그거예요."

그는 커피 잔을 밀어내고 윗옷 안주머니에서 지갑을 꺼냈다. 그리고 지갑 속에서 봉투 하나를 꺼내더니, 그 안에서 작고 단정한 글씨가 빽빽이 쓰여 있는 편지지 한 장을 꺼냈다.

"피터 할아버지가 애들레이드 할머니한테 보낸 편지들 가운데 하나 예요. 돌아가시기 며칠 전에 쓰신 것인데, 대고모님은 이 편지를 받았을 때 이미 기억력이 약해지고 있었고, 그래서 아마 편지를 읽자마자

---

* 마디풀과에 딸린 여러해살이풀. 산과 들에 자라며, 줄기 높이는 30~80센티미터이다.
** '어느 정도의 자유가 허용될지'라는 뜻.

내용을 잊어버렸을 거예요. 그렇지 않다면, 그 후 일어난 사건에 비추어 볼 때 우리는 이 편지에 대해 진작 들었어야 마땅해요. 법정에 이 편지가 증거로 제출되었다면 사건의 처리 과정도 좀 달라졌을 거예요. 삼촌도 방금 말씀하셨듯이, 법정에 제시된 증거는 설령 범죄가 존재했다 해도 범죄 동기로 여겨질 수 있는 것이 전혀 없다는 점을 밝혀서 세바스티앙에 대한 혐의를 억눌렀지요."

"어서 편지를 읽어 보렴." 룰워스 경이 초조하게 말했다.

"그분이 만년에 쓴 편지가 대부분 그렇듯이 아주 길고 두서없는 편지예요. 수수께끼와 직접 관계가 있는 부분만 읽어 드릴게요.

'나는 아무래도 세바스티앙을 해고해야 할 것 같다. 요리는 아주 잘하지만, 악마나 유인원 같은 기질을 갖고 있어서 나는 정말로 그에 대한 두려움을 피부로 느끼고 있단다. 우리는 요전 날에도 '재의 수요일'에 정확히 어떤 종류의 점심 식사를 내놓을 것인가 하는 문제로 말다툼을 했는데, 세바스티앙의 자부심과 고집에 너무 짜증이 나고 불쾌해서 나는 결국 컵에 든 커피를 세바스티앙의 얼굴에 끼얹으면서 그를 원숭이처럼 건방진 놈이라고 욕했다. 그의 얼굴에 묻은 커피는 거의 없었지만, 나는 그렇게 개탄스러울 만큼 자제심이 부족한 인간은 본 적이 없다. 그는 화가 나서 나를 죽여 버리겠다고 지껄여 댔지만, 나는 그 협박을 웃어넘기고 조금만 지나면 다 잊힐 거라고 생각했다. 하지만 그 후 나는 세바스티앙이 아주 불쾌하게 나를 노려보면서 뭐라고 중얼거리는 것을 여러 번 보았다. 그리고 요즘 나는 세바스티앙이 마당에서 내 뒤를 미행하는 게 아닐까 생각했다. 특히 내가 정원에서 저녁 산책을 하고 있을 때……'

시체가 발견된 것은 정원에 있는 돌계단 위였어요." 에그버트는 그렇게 말하고, 다시 편지를 읽기 시작했다.

"'아마 위험은 내 상상에 불과하겠지. 하지만 세바스티앙을 해고하면 마음이 훨씬 편할 것 같다.'"

에그버트는 편지에서 사건과 관련된 부분을 발췌하여 다 읽은 뒤, 잠시 입을 다물었다. 하지만 삼촌이 아무 말도 하지 않았기 때문에 그가 덧붙여 말했다.

"동기가 없다는 게 세바스티앙이 기소되지 않은 유일한 요인이라면, 이 편지가 발견된 이상, 사건의 양상은 완전히 달라질 거예요."

"그걸 다른 사람에게도 보여 주었니?" 룰워스 경은 범인을 고발하는 편지 쪽으로 손을 뻗으면서 물었다.

"아뇨." 에그버트는 탁자 너머로 편지를 건네주면서 말했다. "우선 삼촌께 먼저 말씀드리는 게 좋겠다고 생각했어요. 아니, 도대체 지금 뭘 하고 계시는 거예요?"

에그버트의 목소리는 비명에 가까웠다. 룰워스 경이 편지를 활활 타고 있는 벽난로에 던져 넣은 것이다. 작고 단정한 글씨는 검은 조각으로 오그라들었다.

"도대체 왜 그런 짓을 하신 거예요?" 에그버트는 헐떡거리며 물었다. "그 편지는 우리가 세바스티앙을 범인으로 고발할 수 있는 유일한 증거라고요."

"그래서 태운 거야." 룰워스 경이 말했다.

"하지만 왜요? 왜 그 사람을 감싸는 거죠? 그 사람은 평범한 살인자예요."

"그래, 살인자로는 평범할지 모르지만, 요리사로는 아주 비범하지."

땅거미
Dusk

노먼 고츠비는 하이드파크 벤치에 앉아 있었다. 뒤에는 난간으로 울타리가 쳐진 좁고 길쭉한 잔디밭이 있고, 군데군데 키 작은 관목이 심어져 있었다. 앞에는 넓은 마찻길이 뻗어 있고, 그 너머에 로튼로*가 있었다. 그의 바로 오른쪽에는 마차의 덜거덕 소리와 자동차의 경적 소리로 시끄러운 하이드파크코너**가 있었다. 3월 초의 저녁 6시 반쯤이어서 땅거미가 주위에 무겁게 내려앉았지만, 희미한 달빛과 수많은 가로등이 어둠을 조금 누그러뜨리고 있었다. 차도와 인도는 텅 빈 듯이 공허해 보였지만, 고려할 가치가 없는 수많은 형체가 어스름 속에서 말없이 움직이거나 남들 눈에 띄지 않게 벤치와 의자에 점점이 앉

* 하이드파크 안의 남쪽에 있는 승마용 도로.
** 하이드파크 밖의 남동쪽에 있는 교차로.

아 있었다. 그늘진 어둠 속에 앉아 있는 그들은 주위의 어둠과 거의 구별되지 않았다.

그 광경은 고츠비의 마음에 들었고, 그의 현재 기분과도 조화를 이루었다. 그가 생각하기에 황혼은 패배자들의 시간이었다. 싸워서 진 남녀, 몰락한 신세와 사라진 희망을 호기심 많은 사람들의 눈에서 최대한 감추려는 자들은 초라한 차림새와 굽은 어깨와 불행한 눈빛이 남들 눈에 띄지 않고 넘어가거나 어쨌든 남들이 그들을 알아볼 수 없는 이 어둑어둑한 황혼녘에 밖으로 나왔다.

왕도 패배하면 차가운 눈길을 받으니
세상의 인심은 그렇게 무정하다.

어스름 속을 헤매는 사람들은 낯선 시선이 자신에게 고정되는 것을 바라지 않았다. 그래서 그들은 박쥐처럼 이 시간에 나와서, 정당한 점유자들이 떠나 버린 유원지에서 애처롭게 만족을 얻었다. 그들을 남들 눈에 띄지 않게 가려 주는 덤불과 울타리 너머에는 휘황한 불빛과 시끄럽게 돌진하는 마차와 자동차들이 있었다. 많은 층을 이룬 밝은 창문들이 어둠을 뚫고 빛나면서 어둠을 쫓아 버리고, 생존경쟁에서 굴하지 않고 자신의 입장을 견지했거나 어쨌든 실패를 인정할 필요가 없었던 자들의 서식지가 거기라는 것을 알려 주었다. 그래서 고츠비는 거의 아무도 없는 산책길에 놓인 벤치에 앉아서 이런저런 공상을 하고 있었다. 그는 자신을 패배자로 생각하고 싶은 기분이었다. 돈 문제는 그를 압박하지 않았다. 그가 원하기만 하면 밝고 시끄러운 길로 들어갈 수도 있었을 것이다. 그리고 번영을 누리거나 성공하기 위해 애쓰면서 밀치락달치락 북적거리는 사람들 속에 나름의 자리를 차지할 수도 있었을 것이다. 그는 더 미묘한 야심을 이루려다가 실패했고, 지금은 의기소침한 채 환멸에 빠져 있었다. 그래서 가로등 사이의 어두운 길에서 자기처럼 정처 없이 헤매는 사람들을 관찰하고 분류하면서 어떤 냉소적인 즐거움을 느끼고 싶은 마음도 없지 않았다.

그의 옆 벤치에 한 노신사가 앉아 있었다. 아마 누군가에게 또는 무언가에 성공적으로 도전하기를 그만둔 사람에게 마지막 남은 자존심의 흔적이겠지만, 고개를 푹 숙인 채 반항적인 분위기를 풍기고 있었다. 그의 옷차림은 초라하다고 부를 수는 없었고, 적어도 그렇게 밝지 않은 곳에서는 충분히 검열을 통과할 수 있었다. 하지만 아무리 상상력을 발휘해도 그런 옷차림의 노신사가 반 크라운짜리 초콜릿 한 상자를 사거나 단춧구멍에 꽂을 카네이션을 사려고 9펜스를 쓰는 것은 상상할 수 없었을 것이다. 그 노신사는 버림받은 오케스트라의 단원이 분명했다. 이제 아무도 그 오케스트라의 연주에 맞춰 춤을 추지 않는다. 그는 세상을 한탄하며 구슬픈 애가를 부르는 사람들 가운데 하나였지만, 거기에 감응하여 흐느끼는 사람은 아무도 없다. 그가 가려고 일어났을 때 고츠비는 그가 무시와 냉대를 받는 집으로 돌아가거나, 그가 매주 집세를 낼 수 있느냐 없느냐에 따라 그에 대한 관심이 생기거나 끝나는 썰렁한 하숙집으로 돌아갈 거라고 상상했다. 멀어져 가는 노신사의 모습은 어둠 속으로 서서히 사라졌고, 그가 떠나자마자 한 젊은이가 그 벤치를 차지했다. 상당히 잘 차려입긴 했지만, 지금까지 그 자리에 앉아 있었던 노신사보다 태도가 더 쾌활하다고는 할 수 없었다. 새로 온 젊은이는 세상이 살기 어려워졌다는 사실을 강조하려는 듯이 벤치에 몸을 던지면서 성난 목소리로 욕설을 내뱉었다.

"기분이 썩 좋은 것 같진 않군요." 고츠비는 젊은이가 자신의 감정 표현에 주목해 주기를 기대했을 거라고 판단하고 말을 걸었다.

젊은이는 상대의 경계심을 풀게 하는 솔직한 표정으로 그를 돌아보았다. 그래서 고츠비는 당장 경계심을 품었다.

"나 같은 곤경에 빠지면 당신도 기분이 좋을 수는 없을 겁니다." 젊은이가 말했다. "내 평생 가장 바보 같은 짓을 저질렀지 뭡니까?"

"그래요?" 고츠비는 냉정하게 말했다.

"사실은 오늘 오후에 버크셔 광장에 있는 파타고니아 호텔에 머물 작정으로 시골에서 올라왔는데요. 그런데 거기 도착해서 보니 호텔은 몇 주 전에 헐리고 그 자리에 영화관이 들어서 있더군요. 택시 기사가 거기서 좀 떨어진 다른 호텔로 가라고 권하기에 거기로 갔지요. 그리고 시골집에 편지를 보내서 주소를 알려 준 다음, 비누를 사려고 밖으로 나왔어요. 짐을 꾸릴 때 비누를 넣는 걸 깜박 잊었는데, 호텔 비누는 쓰고 싶지 않아서요. 그 후 여기저기 어슬렁거리며 돌아다니고 술집에서 한잔 마시고 가게 쇼윈도도 구경하다가 호텔로 돌아가려고 발길을 돌렸을 때, 호텔 이름이 기억나질 않는 겁니다. 호텔 이름만이 아니라, 그 호텔이 어느 거리에 있었는지도 기억나질 않는 거예요. 런던에 친구도 없고 연고도 없는 처지에서는 대단한 곤경이지요. 물론 집에 전보를 쳐서 주소를 물어볼 수는 있겠지만, 집에서는 내일이나 되어야 내 편지를 받을 테고, 그동안 나는 한 푼 없이 지내야 합니다. 호텔에서 나올 때 1실링쯤 갖고 나왔는데, 그 돈은 비누를 사고 술을 마시는 데 거의 다 써 버렸으니까요. 그래서 나는 지금 주머니에 2펜스밖에 없는 상태로 밤을 보낼 곳도 없이 이렇게 정처 없이 헤매고 있답니다."

젊은이는 이 이야기를 한 뒤 의미심장하게 말을 끊었다. 그러고는 곧 분개한 목소리로 덧붙였다.

"당신은 내가 터무니없는 거짓말을 지어냈다고 생각하시겠죠?"

"전혀 있을 수 없는 일은 아니지요." 고츠비는 공정하게 말했다. "나도 전에 외국에서 똑같은 경험을 했던 기억이 납니다. 그때는 나와 일행까지 두 명이었기 때문에 더욱 곤란했지요. 다행히 우리는 호텔이 운하 옆에 있었다는 걸 기억해 냈고, 결국 운하를 만나서 호텔로 돌아가는 길을 찾을 수 있었답니다."

젊은이는 이 회고담을 듣고 얼굴이 밝아졌다.

"외국 도시라면 나는 별로 걱정하지 않을 겁니다. 영사관에 가면 필요한 도움을 받을 수 있을 테니까요. 그런데 자기 나라에서는 곤경에 빠지면 훨씬 곤란합니다. 완전히 버려진 신세가 되니까요. 내 이야기를 그대로 믿고 돈을 좀 빌려줄 친절한 분을 찾지 못하면 강둑에서 밤을 보내게 될 것 같습니다. 어쨌든 당신이 내 이야기를 터무니없는 이야기로 생각하지 않아서 기쁘군요."

젊은이는 고츠비가 그에게 필요한 친절함을 갖고 있을 거라는 기대감을 보여 주려는 것처럼 마지막 말을 할 때는 상당히 흥분한 목소리를 냈다.

"그런데 당신 이야기의 약점이 뭔지 아세요?" 고츠비는 천천히 말했다. "비누를 샀다고 했는데, 그 비누를 증거로 제시할 수 없다는 거예요."

젊은이는 서둘러 벤치에서 엉덩이를 떼고 코트 주머니를 재빨리 뒤지다가 벌떡 일어났다.

"잃어버렸나 봐요." 그는 성난 목소리로 중얼거렸다.

"한나절 만에 호텔과 비누를 잃어버리다니, 그건 일부러 부주의했다는 건데……" 고츠비가 말했다. 하지만 젊은이는 고츠비의 말이 끝날 때까지 기다리지도 않고 서둘러 오솔길을 따라서 가 버렸다. 약간 지치긴 했지만 우쭐한 태도로 고개를 높이 쳐들고 휙 떠나 버렸다.

'참 안됐군.' 고츠비는 생각했다. '비누를 사러 나왔다는 이야기는 꽤 그럴듯했지만, 그가 실패한 것도 바로 그 때문이었어. 녀석이 가게 점원의 손길로 포장된 비누를 준비할 만큼 뛰어난 선견지명을 갖고 있었다면, 그 특별한 직업에서 천재가 되었을 텐데. 그 특별한 직업에서 천재가 되려면 모든 상황에 대비하여 예방책을 강구하는 능력이 필요하지.'

고츠비가 이런 생각을 하면서 가려고 일어났을 때, 걱정스러운 외침 소리가 그의 입에서 새어 나왔다. 벤치 옆 땅바닥에 점원의 손길로 포장된 작은 꾸러미가 떨어져 있었던 것이다. 그게 비누가 아닌 다른 것일 리는 없었고, 젊은이가 벤치에 털썩 주저앉았을 때 코트 주머니에서 떨어진 게 분명했다. 다음 순간 고츠비는 어둠에 싸인 오솔길을 달리면서 가벼운 코트를 입은 젊은이의 모습을 열심히 찾았다. 그가 찾기를 거의 포기했을 때, 그가 찾는 대상이 마찻길 경계에 서서 망설이고 있는 것이 눈에 띄었다. 공원을 가로질러 갈 것인지 아니면 나이츠브리지*의 북적거리는 도로로 갈 것인지를 결정하지 못하고 있는 게 분명했다. 젊은이는 고츠비가 자신을 부르는 것을 발견하고는 방어적이고 적대적인 태도로 휙 돌아섰다.

"당신 이야기가 정말이라는 것을 입증하는 중요한 증거가 나타났어

---

* 하이드파크 남쪽 지역으로, 고급 상점가이다.

요." 고츠비는 비누를 내밀면서 말했다. "당신이 벤치에 앉을 때 코트 주머니에서 미끄러져 나온 게 분명합니다. 당신이 떠난 뒤에 땅바닥에 떨어져 있는 걸 발견했지요. 내가 당신을 믿지 않은 걸 너그럽게 용서해 주셔야 합니다. 사실 상황은 당신한테 불리했으니까요. 나는 비누를 증거로 제시하라고 요구했으니까, 이제 그 평결에 따라야 한다고 생각합니다. 1파운드를 빌려 드리면 조금이라도 도움이 될지……"

젊은이는 금화를 재빨리 주머니에 집어넣어, 과연 그 돈이 조금이라도 도움이 될 것인지에 대한 의구심을 서둘러 제거했다.

"이건 내 주소가 적힌 명함입니다." 고츠비는 말을 이었다. "이번 주에는 언제라도 좋으니 돈을 갚으러 오세요. 그리고 이 비누도 받으세요. 다시는 잃어버리지 마세요. 당신한테는 아주 좋은 친구였으니까."

"당신이 이걸 발견해서 다행입니다." 젊은이는 그렇게 말하고는 약간 목이 멘 목소리로 고맙다는 말을 한두 마디 내뱉고 나이츠브리지 쪽으로 허둥지둥 가 버렸다.

"가엾어라. 거의 신경쇠약에 걸렸군." 고츠비는 혼잣말로 중얼거렸다. "놀라운 일도 아니지. 곤경에서 빠져나와 크게 안도감을 느꼈을 거야. 지나치게 상황만 가지고 판단하면 안 된다는 건 나한테도 좋은 교훈이야."

고츠비는 왔던 길을 되짚어 그 작은 드라마가 벌어진 벤치를 지나가다가 한 노신사가 벤치 아래와 사방을 이리저리 들여다보는 것을 보고, 아까 그 자리에 앉았던 노신사라는 것을 알아보았다.

"뭘 잃어버리셨나요?" 그가 물었다.

"예, 비누를 잃어버렸어요."

네메시스의 축제
The Feast of Nemesis

"밸런타인데이가 인기를 잃은 건 잘된 일이야." 새큰베리 부인이 말했다. "생일은 말할 것도 없고 크리스마스니 새해니 부활절이니, 기념일은 지금 있는 것만으로도 충분해. 나는 크리스마스 때 그냥 친구들한테 꽃을 보내서 수고를 덜려고 했지만, 계획대로 잘 되지 않았어. 거트루드는 온실이 열한 개에다 정원사가 서른 명쯤 있으니까, 그 친구한테 꽃을 보냈다면 우스웠을 거야. 그리고 밀리는 얼마 전에 꽃집을 개업했으니까, 거기에 꽃을 보내는 것도 역시 말이 안 되는 일이었지. 모든 문제를 깨끗이 처리한 줄 알았는데, 거트루드와 밀리한테 어떤 선물을 줄 것인지를 결정해야 하는 스트레스가 내 크리스마스를 망쳐버렸고, 그런 다음에는 또 감사 편지들을 읽어야 하는 지겨운 일이 기다리고 있었지. '아름다운 꽃을 보내 주셔서 정말 고맙습니다. 저를 생

각해 주시다니 정말 친절하세요.' 물론 대개의 경우 나는 그 꽃을 받을
사람에 대해 전혀 생각지 않았고, 내가 만든 '빠뜨리면 안 되는 사람
들'의 명단에 이름이 적혀 있었을 뿐이야."

"문제는……" 하고 클로비스는 이모에게 말했다. "우리 생활에 제멋
대로 들어앉은 그 기념일들이 인간성의 한 측면에 대해서만 되풀이해
서 이야기하고 다른 측면은 완전히 무시해 버린다는 거예요. 그 기념
일들이 그렇게 형식적이고 인위적인 겉치레가 되는 이유가 바로 그
때문이라고요. 크리스마스와 새해에는 낡은 인습이 우리를 부추기죠.
누군가 다른 사람이 마지막 순간에 약속을 취소하면 그 빈자리를 채
우려고 초대할까, 그렇지 않으면 점심 식사에 초대하지도 않을 사람
들에게 낙관적인 호의와 비굴한 애정을 과장해서 표현한 감상적인 메
시지를 보내라고 말이에요. 새해 전날 레스토랑에서 식사를 하면, 그
때까지 한 번도 본 적이 없고 앞으로도 다시는 보고 싶지 않은 낯선
사람들과 손에 손을 잡고 〈올드 랭 사인〉을 부르는 게 허용되고, 또 당
연히 그렇게 할 것으로 여겨지죠. 하지만 반대 방향은 전혀 허락되지
않아요."

"반대 방향? 무슨 반대 방향?" 새큰베리 부인이 물었다.

"싫어하는 사람들한테 감정을 드러내는 건 허용되지 않는다는 뜻이
에요. 그런 감정을 배출할 출구는 전혀 없어요. 그 배출구야말로 우리
현대 문명에 꼭 필요한 건데 말이에요. 해묵은 원한과 악의에 대한 보
복이 인정되는 날, 그러니까 '용서하면 안 되는 사람들'의 명단을 조
심스럽게 간직해 두었다가 그 명단에 적힌 사람들한테 멋지게 복수할
수 있는 날이 따로 정해져 있다면 얼마나 유쾌할지 생각해 보세요. 제
가 초등학교에 다닐 때 그런 날이 정해져 있었던 게 기억나요. 아마 학

기의 마지막 월요일이었을 거예요. 그날은 그동안의 불화를 해결하고 원한을 푸는 날로 정해졌죠. 물론 당시에는 저도 그날의 가치를 제대로 인식하지 못했어요. 원한을 푸는 건 학기 중에 언제라도 할 수 있었으니까요. 그래도 몇 주 전에 건방지다는 이유로 자기보다 몸집이 작은 아이를 괴롭힌 적이 있다면, 그날 또다시 그 아이를 괴롭혀 그 사건을 기억에 되살리는 건 항상 허용되었지요. 그게 바로 프랑스인들이 '범죄의 재구성'이라고 부르는 거예요."

"나 같으면 '처벌의 재구성'이라고 부르겠다." 새큰베리 부인이 말했다. "어쨌든 나는 네가 남학생들의 원시적인 복수를 교양 있는 성인들의 문명 생활에 어떻게 도입할 수 있을지 모르겠구나. 우리는 열정에서 벗어날 만큼 성숙하지는 못했지만, 그것을 엄격한 예의범절의 테두리 안에 가두어 두는 법을 배운 것으로 되어 있어."

"물론 복수는 은밀하고 멋지게 해야 될 거예요. 복수의 매력은 절대로 연하장이나 크리스마스카드처럼 형식적이 아니라는 거예요. 예를 들면 이모는 '크리스마스에는 웨블리 가족한테 관심을 보여야 돼. 본머스에서 우리 베티한테 친절을 베풀어 주었으니까'라고 생각하고 그 가족에게 달력을 보내죠. 그러면 크리스마스가 지난 뒤 엿새 동안 웨블리 씨는 부인한테 이모가 보내 준 달력에 대해 잊지 않고 감사 편지를 보냈냐고 날마다 물을 거예요. 이제 그 생각을 인간성의 다른 측면, 좀 더 인간적인 측면으로 옮겨서, 이렇게 생각해 보세요. '다음 목요일은 복수의 날이야. 우리 차우차우가 옆집 아이를 물었을 때 그렇게 터무니없는 소동을 벌인 그 밉살스러운 사람들한테 어떤 복수를 할 수 있을까?' 그리고 그날이 오면 이모는 아주 일찍 일어나서 울타리를 넘어 옆집 정원으로 들어간 다음, 정원용 갈고리로 옆집 테니스 코트를 파서 송로버섯을 찾는 거예요. 물론 월계수 덤불에 가려져서 남들 눈에 보이지 않는 곳을 골라서 파야겠죠. 송로버섯은 하나도 못 찾겠지만 마음의 평화는 찾을 수 있을 거예요. 남에게 선물을 아무리 많이 주어도 그런 마음의 평화를 얻을 수는 없을걸요."

"그런 짓을 할 수는 없어." 새큰베리 부인이 말했지만, 그렇게 항변하는 말투는 좀 부자연스럽게 들렸다. "그런 짓을 하면 벌레 같은 인간이 된 기분이 들 거야."

"벌레 따위가 제한된 시간에 그렇게 큰 격변을 일으킬 수는 없어요. 이모는 벌레의 능력을 과대평가하시는 거예요. 잘 드는 갈고리로 10분 동안만 열심히 노력하면, 그 결과는 유난히 솜씨가 뛰어난 두더지나 오소리가 작업한 것처럼 보일 거예요."

"내가 한 걸 그 사람들이 눈치챌 수도 있어."

"물론 그렇겠죠. 하지만 복수가 주는 만족감 가운데 절반은 거기서 올 거예요. 크리스마스에 이모가 어떤 선물이나 카드를 보냈는지를 사람들이 알아주기를 바라는 것과 마찬가지죠. 물론 이모가 싫어하는 사람과 겉으로는 우호적인 관계라면 복수하기가 훨씬 쉬울 거예요. 예를 들면 그 욕심쟁이 꼬마 애그니스는 먹는 것밖에 생각지 않으니까, 어느 황량한 숲으로 소풍을 가자고 꾀어서 점심을 먹기 직전에 그 애를 따돌리는 건 아주 간단할 거예요. 그리고 이모가 그 애를 다시 찾았을 때는 가져간 음식을 다 먹어 치운 뒤여서 그 애는 음식도 먹지 못하는 거죠."

"점심시간이 임박했을 때 애그니스를 따돌리려면 초인적인 전략이 필요할 거야. 사실 나는 그게 가능할 거라고는 생각지 않아."

"그렇다면 다른 손님들, 이모가 싫어하는 사람들이 모두 점심을 먹지 못하게 하세요. 주문한 음식이 잘못돼서 엉뚱한 곳으로 보내졌다고 하면 돼요."

"불쾌하기 짝이 없는 소풍이겠군."

"그 사람들한테는 그렇겠지만 이모한테는 그렇지 않아요. 이모는 출발하기 전에 미리 점심을 충분히 먹어 두면 돼요. 실종된 음식의 아이템들을 자세히 언급하면 이모는 그 상황을 더욱 즐길 수 있을 거예요. 뉴버그식 새우 요리에 달걀 마요네즈, 풍로가 달린 냄비에 담아서 덥힌 카레…… 애그니스는 속이 뒤집히다가 이모가 와인 목록을 나열하기도 훨씬 전에 미쳐 버릴 테고, 사람들이 식사가 나타날 거라는 기대를 버리기 전에 오래 기다리는 동안 이모는 사람들한테 어리석은 게임을 시킬 수도 있을 거예요. 예를 들면 모든 사람이 각자 요리 이름을 고르고, 그 이름이 불리면 무언가 쓸데없는 짓을 해야 하는 '시장님의 만찬회' 같은 우스꽝스러운 게임을 하게 만드는 거죠. 이 경우에는 자기가 고른 요리 이름이 불리면 아마 다들 울음을 터뜨릴 거예요. 어때요, 멋진 소풍이 되겠죠?"

새큰베리 부인은 잠시 입을 다물었다. 아마 험프리 공작 야유회에 초대하고 싶은 사람들의 명단을 속으로 작성하고 있었을 것이다. 그녀는 곧 물었다.

"그리고 왈도 플러블리라는 그 밉살맞은 녀석은 항상 제 몸만 애지중지 아끼는데, 그 녀석한테 해 줄 수 있는 복수를 생각해 봤니?" 그녀는 '네메시스* 데이'가 생기면 어떤 일을 할 수 있는지를 비로소 터득하기 시작한 게 분명했다.

---

* 그리스 신화에 나오는 율법의 여신. 신의 응보를 관장하며, 인간에게 행복과 불행을 분배한다고 한다.

"그날을 많은 사람들이 널리 축하하게 되면 왈도는 사람들이 서로 초대하려고 다툴 테니까 몇 주 전에 미리 그를 예약해 두어야 할 거예요. 예약했다 해도 동풍이 불거나 하늘에 구름이 한두 점이라도 끼어 있으면, 왈도는 귀중한 몸이 상할까 봐 밖에 나가려 하지 않을지도 몰라요. 그보다는 해마다 여름이면 과수원에 말벌들이 둥지를 짓잖아요. 바로 옆에다 해먹을 매 놓고 그 해먹으로 왈도를 유인하면 정말 유쾌할 거예요. 따뜻한 오후에 편안한 해먹은 왈도의 게으른 취향에 딱 들어맞겠죠. 왈도가 꾸벅꾸벅 졸기 시작하면 불붙인 성냥을 말벌 둥지 속에 던져 넣는 거예요. 그러면 성난 말벌들이 둥지에서 몰려나오겠죠. 말벌들은 곧 '왈도의 살찐 몸뚱이'에서 '집과 같은 안식처'를 발견할 거예요. 서둘러 해먹에서 빠져나오려면 꽤 애를 먹을걸요."

"말벌한테 쏘여서 죽을 수도 있어."

"왈도는 죽으면 엄청나게 개선될 사람이에요. 하지만 그렇게까지 되는 걸 원치 않으신다면, 젖은 짚단을 가까이에 준비해 놓고, 불붙인 성냥을 둥지 속에 던지는 것과 동시에 젖은 짚단을 해먹 밑에서 태우면 돼요. 그러면 연기 때문에 가장 사나운 말벌 말고는 대부분이 사정거리 밖에 머물러 있을 거예요. 왈도가 그 연기의 보호막 안에 남아 있으면 심각한 부상은 피할 수 있을 것이고, 결국 온몸이 연기로 훈제되고 군데군데 부어오르긴 하겠지만 그가 누구인지 정도는 알아볼 수 있는 상태로 자기 어머니한테 돌아갈 수 있을 거예요."

"그러면 왈도의 어머니는 평생 내 원수가 될 거야."

"그러면 크리스마스 때 인사를 주고받아야 할 사람이 하나 줄어들겠군요."

클로비스, 부모의 책임을 논하다
Clovis on Parental Responsibilities

매리언 에글비는 클로비스와 함께 앉아서, 그녀가 자진해서 이야기 하는 유일한 화제—자식들과 그들의 다양한 재주와 성취—에 대해 말하고 있었다. 그러나 클로비스는 그녀의 이야기를 받아들일 태세가 되었다고는 말할 수 없었다. 부모의 인상주의는 현실에서는 있을 법하지 않은 선명하고 강렬한 색깔을 즐겨 쓰게 마련이지만, 그런 색깔로 묘사된 에글비 집안의 어린 세대는 클로비스의 마음에 어떤 열의도 불러일으키지 않았다. 반면에 에글비 부인은 2인분이 되고도 남을 만한 열의를 갖추고 있었다.

"에릭은 틀림없이 좋아할 거예요." 그녀는 그러기를 기대한다기보다 미리 결론을 내리는 것처럼 말했다. 클로비스는 에이미나 윌리를 엄청나게 좋아할 것 같지는 않다고 표명한 참이었다. "그래요, 당신은 에릭을 좋아할 게 분명해요. 에릭을 보면 누구나 당장 좋아하게 된답니다. 에릭을 보면 나는 항상 젊은 다윗을 그린 그 유명한 그림이 생각나요. 누가 그렸는지는 잊었지만, 아주 잘 알려진 유명한 그림이죠."

"그럼 나는 에릭을 자주 보면 반감을 품고도 남겠는데요." 클로비스가 말했다. "예를 들면 브리지를 할 때, 파트너가 처음에 내놓은 으뜸 패가 무엇이었는지에 정신을 집중하고 상대편이 처음에 버린 카드가 무엇이었는지를 기억해 내려고 애쓰고 있을 때, 누군가가 자꾸만 집적대서 젊은 다윗의 그림을 생각나게 한다면 어떻게 될지 상상해 보세요. 정말 미칠 것 같겠죠. 에릭이 그러면 나는 에릭을 미워할 겁니다."

"에릭은 브리지를 하지 않아요." 에글비 부인은 위엄 있게 말했다.

"그래요? 왜죠?"

"우리 아이들은 카드를 하지 말라는 가르침을 받고 자랐거든요. 나는 체커*나 핼머** 같은 게임을 권장해요. 에릭은 아주 뛰어난 체커의 명수로 여겨지고 있지요."

"아주머니는 자녀들 앞길에 무서운 위험을 뿌리고 있군요." 클로비스가 말했다. "교화사 친구한테 들었는데, 중범죄로 사형이나 무기징역을 선고받은 죄수들 가운데 브리지 게임을 하는 사람은 한 명도 없었대요. 반면에 그들 가운데 적어도 두 명은 뛰어난 체커의 명수였다는 거예요."

"우리 아이들이 범죄자들과 무슨 관계가 있는지 모르겠군요." 에글

---

* 서양장기의 일종. 흑색 칸과 백색 칸이 가로세로로 여덟 칸씩 번갈아 놓인 판에서 두 사람이 승부를 겨룬다.

** 서양장기의 일종. 칸이 256개인 판을 가지고 2~4명이 게임을 한다.

비 부인은 화난 투로 말했다. "우리 아이들은 아주 세심한 가정교육을 받았어요. 그건 보증할 수 있어요."

"아이들이 나중에 어떤 인간이 될지에 대해 걱정을 많이 했다는 얘기군요. 그런데 우리 어머니는 나를 키울 때 전혀 걱정하지 않았어요. 이따금 회초리를 들어서 옳은 것과 그른 것의 차이를 가르치려고 신경을 썼을 뿐이죠. 물론 옳은 것과 그른 것은 차이가 있지만, 그 차이가 뭔지는 잊어버렸어요."

"옳은 것과 그른 것의 차이를 잊었다고요?" 에글비 부인이 외쳤다.

"나는 박물학과 그 밖의 많은 학문을 동시에 배웠거든요. 사람이 모든 것을 기억할 수는 없잖습니까? 나도 전에는 사르데냐 산쥐와 보통 산쥐의 차이를 알았고, 딱따구리가 뻐꾸기보다 일찍 우리 해안에 도착하는지 아니면 반대로 뻐꾸기가 딱따구리보다 먼저 도착하는지, 바다코끼리가 완전히 성숙하려면 얼마나 걸리는지를 알고 있었어요. 아마 아주머니도 한때는 그런 것들을 다 알고 있었겠지만, 지금은 물론 잊어버렸겠죠."

"그런 건 중요하지 않아요. 하지만……"

"우리가 둘 다 그것을 잊었다는 사실은 그게 중요하다는 증거예요. 아주머니도 알아차렸을 테지만, 사람이 잊어버리는 건 언제나 중요한 일들이죠. 그런데 시시하고 불필요한 사실들은 기억에서 사라지지 않아요. 예를 들면 내 사촌 누이 가운데 에디타 클러벌리라는 애가 있는데, 에디타의 생일이 10월 12일이라는 걸 절대 잊을 수가 없어요. 에디타의 생일이 며칠인지는 나한테 전혀 중요하지 않은 문제이고, 에디타가 태어났든 말든 나하고는 상관없는 일이죠. 나한테는 정말 시시하고 불필요한 사실로 보여요. 에디타 말고도 사촌은 잔뜩 있으니까요. 반면에 나는 힐데가드 슈러블리네 집에 머물고 있을 때, 힐데가드의 첫 남편이 경마장이나 증권거래소에서 부럽지 않은 평판을 얻었는지 어떤지를 기억하지 못했어요. 아무리 애를 써도 그 중요한 사실을 기억할 수가 없었죠. 그게 불확실하니까 스포츠와 경제를 화제로 삼을 수가 없어요. 여행 이야기도 꺼낼 수가 없어요. 힐데가드의 두 번째 남편이 계속 해외에서 살아야 하는 사람이었으니까요."

"슈러블리 부인과 나는 활동 범위가 전혀 달라요." 에글비 부인이 딱딱하게 말했다.

"힐데가드를 아는 사람은 아무도 힐데가드가 끊임없이 돌아다니는 걸 비난할 수 없을 겁니다. 휘발유를 무진장 공급받으면서 쉬지 않고 달리는 것이 힐데가드의 인생관인 것 같아요. 휘발유값을 내줄 사람이 있다면 더 좋겠죠. 솔직히 고백하자면, 힐데가드는 내가 아는 여자들 중에서 어떤 여자보다도 많은 것을 나한테 가르쳐 주었어요."

"어떤 걸 가르쳐 주었는데요?" 에글비 부인은 배심원들이 배심원석을 떠나지 않고 평결을 내릴 때 보여 주는 태도로 물었다.

"글쎄요. 여러 가지가 있지만, 한 가지만 말씀드리면 힐데가드는 바닷가재를 요리하는 방법을 적어도 네 가지나 가르쳐 주었어요. 물론 아주머니한테는 아무 매력도 없겠죠. 카드 테이블의 즐거움을 삼가는 사람은 식탁이 더 좋아질 가능성을 정말로 알지 못하니까요. 계몽된 즐거움을 주는 맛있는 요리의 힘은 쓰지 않으면 쇠퇴하는 법이죠."

"우리 고모는 바닷가재를 먹고 나서 몹시 아팠어요." 에글비 부인이 말했다.

"그분의 내력을 좀 더 알면, 바닷가재를 먹기 전에도 자주 아팠다는 걸 알게 될 겁니다. 그분이 바닷가재를 먹기 오래전에 이미 홍역과 인플루엔자, 신경성 두통과 히스테리, 그리고 아주머니들이 흔히 앓는 다른 병을 앓았다는 사실을 숨긴 거 아닙니까? 단 하루도 병을 앓은 적이 없는 아주머니는 드물어요. 사실 나도 그런 아주머니를 개인적으로 직접 알지는 못합니다. 물론 그분이 생후 보름밖에 안 되었을 때 바닷가재를 먹었다면, 그건 아마 그분의 첫 번째 병이자 마지막 병이었을지도 몰라요. 하지만 정말로 그랬다면 아주머니는 마땅히 그렇게 말했어야 합니다.”

“난 이만 가 봐야겠어요.” 에글비 부인이 형식적인 유감조차도 철저히 소독된 어조로 말했다.

클로비스는 우아하게 망설이는 태도로 일어났다.

“에릭에 대해서는 잠깐 이야기를 나누었을 뿐이지만 정말 즐거웠습니다. 언젠가 에릭을 만날 날이 기대되는군요.”

“안녕히 계세요.” 에글비 부인은 쌀쌀하게 말했다. 그리고 목구멍 속에서 덧붙였다. ‘나는 당신이 절대로 에릭을 만나지 못하도록 조심할 거야!’

살진 황소
The Stalled Ox

시어필 에슐리는 직업이 화가였고, 주위 환경 때문에 소를 전문으로 그리고 있었다. 그렇다고 그가 목장이나 낙농장에서 뿔과 발굽, 착유용 의자와 낙인찍는 쇠도장 따위가 널린 분위기 속에서 산 것은 아니다. 그의 집은 변두리라고 불리는 치욕을 간신히 면한 공원 같은 지역, 전원주택들이 점점이 흩어진 곳에 자리 잡고 있었다. 정원 한쪽에는 그림처럼 아름다운 작은 목초지가 붙어 있고, 그 목초지에는 진취적인 이웃이 그림처럼 아름다운 암소 몇 마리를 방목하고 있었다. 여름날 한낮이면 암소들은 무리지어 서 있는 호두나무 그늘 아래로 들어가 무릎까지 올라오는 목초 속에 서 있고, 햇빛이 암소들의 매끄러운 쥐색 털 위에 떨어져 얼룩덜룩한 반점을 그리고 있었다. 에슐리는 호두나무와 목초와 나뭇잎 사이로 스며든 햇살을 배경으로 젖소 두 마리가 평온하게 서 있는 괜찮은 그림을 그렸고, 왕립 미술원은 하계 공모전 때 당연히 그 작품을 뽑아 주었다. 왕립 미술원은 회원들에게 단정하고 꼼꼼한 습관을 갖도록 장려한다. 호두나무 아래에서 소들이 그림처럼 아름답게 졸고 있는 에슐리의 그림은 성공적이었고 기준에도 맞았다. 그리고 그는 그렇게 시작했기 때문에 그렇게 계속할 수밖에 없었다. 그는 호두나무 아래 서 있는 암갈색 암소 두 마리를 스케치한 〈한낮의 평화〉에 이어 암갈색 암소 두 마리가 그늘에 서 있는 호두나무를 스케치한 〈한낮의 피난처〉를 그렸다. 그 후 당연한 순서로, 호두나무와 암갈색 암소들을 스케치한 〈쇠파리들이 성가시게 하지 않는 곳〉, 〈소들의 피난처〉, 〈낙농장의 꿈〉이 그려졌다. 그가 자신의 전통에서 벗어나려고 시도한 두 작품, 〈새매한테 놀란 멧비둘기〉와 〈로마 평원의 늑대들〉은 낙선되어 그의 화실로 돌아왔고, 에슐리는 〈졸고 있는 젖소들이 꿈꾸는 그늘진 피난처〉라는 그림으로 간신히 왕립 미술원의 총애와 대중의 관심을 되찾았다.

늦가을의 어느 맑은 오후, 그가 목장 스케치에 마지막 손질을 하고 있을 때 이웃집에 사는 아델라 핑스퍼드가 그의 화실 문을 쾅쾅 두드렸다.

"우리 정원에 황소 한 마리가 들어왔어요." 그녀는 소란스러운 침입의 이유를 설명했다.

"황소요?" 에슐리는 멍하니, 약간 얼빠진 얼굴로 말했다. "무슨 종이죠?"

"무슨 종인지는 나도 몰라요." 여자는 퉁명스럽게 말했다. "그냥 흔해 빠진 보통 황소예요. 속된 말로 '정원 황소'죠. 내가 질색인 건 바로 그 '정원'이라는 부분이에요. 우리 정원은 겨울 준비를 막 마친 참인데 황소가 들어와서 돌아다니면 좋을 리가 없죠. 게다가 국화가 막 꽃을 피우기 시작한 참이라고요."

"그게 정원에 어떻게 들어왔죠?"

"아마 문으로 들어왔겠죠. 담장을 넘었을 리는 없고, 누군가가 '보브릴'* 광고 전단처럼 비행기에서 황소를 떨어뜨렸을 거라고는 생각지 않아요. 지금 당장 중요한 문제는 황소가 어떻게 정원에 들어왔느냐가 아니라 어떻게 황소를 정원에서 나가게 할 것이냐예요."

"황소가 나가려고 하지 않나요?" 에슐리가 물었다.

"황소가 나가고 싶어 했다면 내가 그 얘기를 하려고 여기까지 오지도 않았을 거예요." 아델라 핑스퍼드는 좀 화가 난 얼굴로 말했다. "지금 나는 사실상 혼자예요. 하녀는 휴일이라 외출했고, 요리사는 신경통이 도져서 누워 있어요. 나는 작은 정원에서 커다란 황소를 내쫓는 방법에 대해 학교에서 배웠거나 아니면 사회생활을 하면서 배웠을지 모르지만, 지금은 내 기억에 남아 있지 않아요. 내가 생각해 낼 수 있었던 건 당신이 가까운 이웃이고 소를 전문으로 그리는 화가니까 어쩌면 소에 대해 다소는 알고 있을 테고 그래서 조금은 도움이 될 수 있을지도 모른다는 것뿐이었어요. 그런데 아무래도 내가 잘못 생각했나 봐요."

"내가 젖소를 그리는 건 확실합니다." 에슐리는 인정했다. "하지만 길 잃은 황소를 몰아 본 적은 없어서 말이죠. 물론 영화에서 그런 장면을 본 적은 있지만, 그런 경우에는 항상 말과 그 밖에 보조하는 사람이나 도구가 아주 많았어요. 게다가 그런 영화들이 얼마나 많이 날조되

---

* 소고기에서 추출한 진액 소스의 상표.

356

는지는 아무도 모르잖아요."

아델라 핑스퍼드는 아무 말도 하지 않고 앞장서서 자기 정원으로 그를 데려갔다. 그 정원은 평소에는 꽤 넓어 보였지만, 거대한 얼룩무늬 황소에 비하면 작아 보였다. 황소의 머리와 어깨는 칙칙한 붉은색이었지만, 차츰 색깔이 변해서 옆구리와 엉덩이에 이르면 더러운 흰색이 되었다. 귀는 털이 텁수룩했고 커다란 눈은 벌겋게 충혈되어 있었다. 그 황소와 에슐리가 즐겨 그리는 방목장의 우아한 암소는 쿠르드족 족장과 일본 찻집 아가씨만큼이나 달랐다. 에슐리는 그 동물의 외모와 태도를 관찰하는 동안, 만약을 위해 문 바로 옆에 서 있었다. 아델라 핑스퍼드는 여전히 아무 말도 하지 않았다.

"국화를 먹고 있군요." 침묵을 더 이상 견딜 수 없게 되자, 마침내 에슐리가 말했다.

"관찰력이 대단하시네요." 아델라가 빈정거리는 투로 말했다. "당신은 모든 걸 알아차리는 것 같아요. 사실 저 황소의 입 안에는 지금 국화꽃 여섯 송이가 들어 있어요."

어떤 조치를 취해야 할 필요성은 점점 절박해지고 있었다. 에슐리는 황소 쪽으로 한두 걸음 다가가서 손뼉을 치고 '쉿'을 변형시킨 다양한 소리를 냈다. 설령 황소가 그 소리를 들었다 해도 겉으로는 전혀 그 사실을 드러내지 않았다.

"다음에 암탉이 우리 정원에 잘못 들어오면 당신을 불러서 닭을 쫓아내 달라고 부탁해야겠군요." 아델라가 말했다. "당신은 '쉿'을 아주 잘하니까요. 하지만 지금 당장은 우선 저 황소를 몰아내 주시지 않을래요? 저 녀석이 지금 먹기 시작한 건 '마드무아젤 루이즈 비쇼'라는 국화꽃이에요." 그녀는 불타는 듯한 주황색 국화꽃이 거대한 입 안에서 으깨지고 있는 것을 보면서 얼음처럼 차갑게 말했다.

"아주머니가 국화 품종에 대해 그렇게 분명히 말씀하셨으니까, 나도 저건 에어셔*라는 걸 기꺼이 말씀드리죠." 에슐리가 말했다.

아델라의 얼음 같은 냉정함은 깨졌다. 아델라의 말에 놀란 화가는 본능적으로 황소에게 몇 걸음 다가갔다. 그리고 완두콩 지지대 하나를 주워서 황소의 얼룩덜룩한 옆구리를 향해 던졌다. '마드무아젤 루이즈 비쇼'를 짓이겨 꽃잎 샐러드로 만드는 작업은 잠시 중단되었고, 그동안 황소는 막대기를 던진 사람을 주의를 집중하여 노려보았다. 아델라도 똑같이 주의를 집중하여 그를 노려보았는데, 그녀의 눈길에는 황소보다 더욱 명백한 적개심이 드러나 있었다. 황소가 고개를 낮추지도 않고 발을 구르지도 않았기 때문에, 에슐리는 다른 완두콩 지지대로 다시 한 번 과감하게 창던지기를 시도했다. 황소는 이제 그만 떠나야 한다는 것을 깨달은 것 같았다. 황소는 국화꽃 화단에 마지막으로 한 번 더 고개를 처박고 꽃을 홱 잡아 뽑은 다음, 재빨리 성큼성큼 걸어서 정원을 가로질렀다. 에슐리는 황소를 문 쪽으로 몰려고 달려갔지만, 성큼성큼 걷고 있던 황소를 쿵쿵거리며 달리게 하는 데 성공했을 뿐이다. 황소는 어떻게 할까 하고 묻는 듯한 태도로, 하지만 실제로는 전혀 망설이지 않고, 인정 많은 사람들이 크로케 구장이라고 부르는 작은 잔디밭을 건너서 열려 있는 프랑스식 창문을 통해 거실로 밀고 들어갔다. 거실 여기저기 놓인 꽃병에 국화를 비롯한 가을꽃들이 꽂혀 있었다. 거기서 황소는 꽃과 어린잎을 먹는 작업을 재개했다. 그래도 에슐리는 쫓기는 짐승처럼 겁에 질린 표정이 황소의 눈에

---

* 젖소의 한 품종. 영국 스코틀랜드 에어셔 지방이 원산지로, 털은 갈색 또는 적갈색이고 흰색 얼룩이 있다.

나타났다고 생각했다. 결코 무시해서는 안 되는 표정이다. 에슐리는 황소가 주위의 사물 중에서 먹이를 선택하는 것을 더 이상 간섭하지 않기로 했다.

"에슐리 씨." 아델라가 떨리는 목소리로 말했다. "나는 저 녀석을 내 정원에서 쫓아내 달라고 부탁했지, 내 집 안으로 몰아넣어 달라고 부탁하진 않았어요. 우리 집 구내 어딘가에 저 녀석을 둘 수밖에 없다면, 거실보다는 그래도 정원이 나아요."

"소몰이는 내 전문이 아니거든요." 에슐리가 말했다. "내 기억이 맞다면, 처음에 아주머니한테 그렇게 말씀드렸을 텐데요."

"그 말씀에는 전적으로 동의해요." 아델라가 대꾸했다. "아름다운 암소를 아름답게 그리는 것이 당신한테 어울리는 일이에요. 내 거실에 스스럼없이 들어와서 제멋대로 돌아다니는 저 황소를 스케치하고 싶으시겠죠?"

지렁이도 밟으면 꿈틀하는 법이다. 이번에는 에슐리도 화가 난 것처럼 자기 집으로 성큼성큼 돌아가기 시작했다.

"어딜 가세요?" 아델라가 비명을 질렀다.

"도구를 가지러요." 그가 대답했다.

"도구라고요? 올가미는 사용하면 안 돼요. 저 녀석이 몸부림이라도 치면 방이 온통 망가질 거예요."

하지만 화가는 정원에서 나갔다. 그리고 잠시 후 이젤과 스케치용 의자와 그림 도구를 가지고 돌아왔다.

"저 녀석이 우리 거실을 엉망으로 만들고 있는데 당신은 가만히 앉아서 저 소를 그리겠다는 건가요?" 아델라가 헐떡이듯 말했다.

"아주머니가 그렇게 제안하셨잖아요?" 에슐리는 캔버스를 설치하면서 말했다.

"안 돼요. 절대 안 돼요!" 아델라는 호통을 쳤다.

"이 문제에서 아주머니가 어떤 입장인지 모르겠군요. 저 녀석이 아주머니의 황소라고 주장할 수는 없을 텐데요. 설령 입양한다 해도."

"저 녀석이 내 거실에서 내 꽃을 먹고 있다는 걸 잊으신 모양이군요." 아델라는 화가 나서 대꾸했다.

"아주머니는 요리사가 신경통을 앓고 있다는 걸 잊으신 모양이군요. 요리사는 지금 막 자비로운 잠 속에 빠져들었을지도 모르는데, 아주머니가 그렇게 고함을 지르면 잠이 깰 겁니다. 우리 같은 사회적 지위에 있는 사람들은 타인에 대한 배려를 무엇보다 존중해야 해요."

"미쳤군요!" 아델라는 비극적으로 외쳤다. 잠시 후, 미친 듯이 보인 것은 아델라 자신이었다. 황소는 꽃병에 있는 꽃을 다 먹고 『이스라엘 칼리쉬』* 표지도 다 먹은 다음, 약간 옹색한 그곳에서 떠날 생각을 하는 것 같았다. 에슐리는 황소가 불안해하는 것을 알아차리고, 스케치 모델 노릇을 계속하도록 유인하기 위해 버지니아 담쟁이 잎을 얼른 한 다발 던져 주었다.

"그 속담이 뭐였더라?" 화가가 말했다. "살진 황소보다는 채소를 먹는 게 낫다**고 했던가요. 우리는 그 말에 나온 요소를 모두 갖고 있는 것 같군요."

"나는 도서관에 가서 경찰에 전화를 해 달라고 부탁하겠어요." 아델라는 선언하고, 화가 나서 씩씩거리며 집을 나갔다.

---

* 영국의 소설가 월터 라이오넬 조지(1882~1926)가 1913년에 발표한 장편소설.
** 구약성서 『잠언』 15장 17절, '살진 소를 먹으며 서로 미워하는 것보다 채소를 먹으며 서로 사랑하는 게 낫다.'

몇 분 뒤, 황소는 깻묵과 잘게 썬 근대가 어느 지정된 외양간에서 자기를 기다리고 있을지 모른다는 것을 깨달은 듯 아주 조심스럽게 거실에서 나오더니, 이제는 주제넘게 참견하지도 않고 완두콩 지지대도 던지지 않는 인간을 근엄한 눈으로 노려본 다음, 육중하지만 빠른 걸음으로 정원을 나갔다. 에슐리는 도구를 챙겨서 황소를 본받아 집으로 돌아갔다.

이 사건은 에슐리의 화가 생활에 전환점이 되었다. 그의 주목할 만한 작품 〈늦가을 거실의 황소〉는 다음 파리 공모전에서 센세이션과 함께 대성공을 거두었다. 그 후 그 그림이 뮌헨에서 전시되자, 소고기 진액을 만드는 회사 세 곳이 그 작품을 사려고 치열한 경쟁을 벌였는데도 불구하고 결국 바이에른 정부가 그것을 구입했다. 그 순간부터 그의 성공은 계속되었고 확실하게 보장되었다. 2년 뒤, 왕립 미술원은 그의 대작 〈귀부인의 내실을 부수고 있는 바바리 원숭이들〉을 가장 눈에 잘 띄는 자리에 걸어 주었다.

에슐리는 아델라 핑스퍼드에게 『이스라엘 칼리쉬』 새 책 한 부와 아름답게 꽃핀 '마담 앙드르 블뤼세' 국화 화분 두 개를 선물로 보냈지만, 둘 사이에 본질적으로 진정한 화해는 끝내 이루어지지 않았다.

이야기꾼
The Story-Teller

무더운 오후였다. 열차 객실도 그에 따라 찜통이었고, 다음 정차역인 템플콤*까지는 아직도 한 시간 가까이 남아 있었다. 객실을 차지하고 있는 것은 어린 계집아이 하나와 그보다 더 어린 계집아이 하나, 그리고 어린 사내아이 하나였다. 아이들의 고모가 한쪽 구석 자리를 차지하고 있었고, 맞은편 구석 자리는 그들 일행과 남남인 총각이 차지하고 있었지만, 사실상 객실은 아이들이 독차지하고 있는 거나 마찬가지였다. 고모와 아이들은 말수가 많지는 않았지만 끊임없이 대화를 나누고 있어서, 아무리 쫓아도 끈질기게 달라붙는 집파리를 연상시켰다. 고모의 말은 대부분 '안 돼!'로 시작되는 것 같았고, 아이들의 말은

* 영국 잉글랜드 남서부 서머싯 주에 있는 마을.

거의 다 '왜?'로 시작되었다. 총각은 아무 말도 입 밖에 내지 않았다.

"안 돼, 시릴, 하지 마라. 먼지가 일어나잖니." 사내아이가 좌석의 쿠션을 손바닥으로 찰싹찰싹 때릴 때마다 고모가 외쳤다. 그러고는 덧붙였다. "이리 와서 창밖을 내다보렴."

사내아이는 마지못해 창문 쪽으로 움직였다.

"왜 저 양들은 저 들판에서 쫓겨나고 있어요?"

"풀이 더 많은 다른 목초지로 양 떼를 몰고 가는 거겠지." 고모가 힘없이 말했다.

"하지만 저 들판에도 풀이 많은데요." 아이가 항의했다. "저곳에는 풀밖에 없어요, 고모. 저 들판에는 풀이 잔뜩 있다고요."

"아마 다른 목초지의 풀이 더 좋은 거겠지." 고모는 멍청하게 말했다.

"왜 그게 더 좋아요?" 당장 피할 수 없는 질문이 돌아왔다.

"저기 암소들 좀 봐!" 고모가 외쳤다. 철길을 따라 뻗어 있는 거의 모든 목초지에 암소나 수소가 있었지만, 그녀는 마치 희귀한 것에 주의를 기울이고 있기라도 한 것처럼 말했다.

"왜 다른 목초지의 풀이 더 좋아요?" 시릴이 끈질기게 물었다.

총각의 찡그린 얼굴이 점점 더 험악해지더니, 이제는 오만상을 찌푸리고 있었다. 고모는 그가 이해심이라고는 전혀 없는 매정한 사람이라고 속으로 판단했다. 하지만 다른 목초지의 풀에 대해서는 만족스러운 판단을 내리지 못한 게 분명했다.

작은 계집아이가 〈만달레이로 가는 길에서〉*를 부르기 시작하여 분위기를 바꾸었다. 그 아이는 노래를 첫 소절밖에 몰랐지만, 자신의 제한된 지식을 최대한 이용했다. 꿈꾸는 듯하면서도 단호하고 낭랑한 목소리로 그 첫 소절을 몇 번이고 되풀이해서 불렀다. 총각에게는 그 아이가 쉬지 않고 큰 소리로 그 소절을 2천 번 부를 수 있느냐 없느냐를 놓고 누군가가 그 아이와 내기를 한 것처럼 여겨졌다. 그 내기를 한 사람은 아무래도 내기에 질 것 같았다.

총각이 고모를 두 번 노려보고 나서 차장을 부르는 비상벨 줄을 한 번 바라보자, 고모가 말했다.

"옛날이야기를 해 줄 테니, 이리 와서 들어 보렴."

아이들은 고모가 앉아 있는 구석 쪽으로 내키지 않는다는 듯이 머뭇거리며 이동했다. 고모를 이야기꾼으로서는 별로 높이 평가하지 않는 게 분명했다.

고모는 무슨 비밀이라도 털어놓는 것처럼 낮고 소곤거리는 목소리로 모험적이거나 진취적인 면이라고는 전혀 없고 한심할 만큼 재미없는 이야기를 하기 시작했다. 아주 착한 소녀가 그 착한 마음씨 때문에 누구하고나 친구가 되었고, 결국에는 소녀의 착한 마음에 탄복한 사람들이 미친 듯이 날뛰는 성난 황소한테서 소녀를 구해 준다는 이야기였다. 이야기를 듣는 아이들은 걸핏하면 큰 소리로 까다로운 질문을 던져 이야기를 중단시키곤 했다.

"그 아이가 착하지 않았다면 사람들은 그 애를 구해 주지 않았을까요?" 큰 계집아이가 물었다. 총각이 묻고 싶었던 것도 바로 그것이었다.

"글쎄, 그래도 아마 구해 주었겠지." 고모는 불안하게 대답했다. "하

---

* 러디어드 키플링(1865~1930, 영국의 소설가 · 시인)의 시 「만달레이」에 올리 스피크스 (1873~1948, 미국의 작곡가)가 곡을 붙인 가곡. 만달레이는 미얀마 중부의 도시로, 영국 식민지(버마) 시절 한때 수도였다.

지만 그 애를 그렇게 많이 좋아하지 않았다면 그 애를 구하러 그렇게 빨리 달려가진 않았을 거야."

"난 그렇게 시시한 이야기는 들어 본 적이 없어." 큰 계집아이가 단호하게 말했다.

"나는 이야기가 너무 시시해서 처음에만 조금 듣고 그다음은 듣지 않았어." 시릴이 말했다.

작은 계집아이는 이야기에 대해서는 사실상 아무 논평도 하지 않았지만, 자기가 좋아하는 소절을 중얼거리는 소리로 다시 부르기 시작한 지 이미 오래였다.

"아주머니는 이야기꾼으로 성공할 것 같진 않군요." 총각이 맞은편 구석 자리에서 갑자기 불쑥 말을 걸었다.

고모는 이 예기치 않은 공격에 당장 털을 곤두세우고 방어 자세를 취했다.

"아이들이 이해할 수 있을 뿐만 아니라 음미할 수도 있는 이야기를 하는 건 쉬운 일이 아니에요." 그녀는 딱딱하게 말했다.

"그 말엔 동의하지 않습니다." 총각이 말했다.

"저 아이들한테 이야기를 해 주고 싶으신가 봐요." 고모는 그렇게 받아넘겼다.

"이야기해 주세요." 큰 계집아이가 요구했다.

"옛날 옛적에······." 총각은 이야기하기 시작했다. "버사라는 어린 소녀가 살았는데 놀랄 만큼 착했단다."

잠깐 생겨났던 아이들의 관심은 당장 흔들리기 시작했다. 누가 이야기를 하든지 간에 이야기가 모두 비슷해 보였기 때문이다.

"그 아이는 남이 시키는 일은 뭐든지 다 했고, 항상 정직했고, 항상 깨끗한 옷을 입었고, 우유 푸딩을 잼 타르트라도 되는 것처럼 맛있게 먹었고, 학교에서 배우는 건 빠짐없이 익혔고, 예의도 아주 바른 아이 였지."

"예뻤어요?" 큰 계집아이가 물었다.

"너희들만큼 예쁘진 않았어. 하지만 지독하게 착했지."

이야기에 호의적인 반응이 물결처럼 퍼져 갔다. 착하다는 말과 관련하여 '지독하게'라는 수식어를 쓴 것이 참신해서 아이들에게 좋은 인상을 준 것이다. 그것은 고모의 이야기에는 없었던 진실한 느낌을 이 이야기에 도입한 것 같았다.

"버사는 너무 착해서 상을 몇 개나 탔고, 그때 받은 메달을 항상 핀으로 옷에 달고 다녔지. 어른들 말씀을 고분고분 들어서 받은 순종상, 시간을 잘 지켜서 받은 시간엄수상, 그리고 착한 행동을 해서 받은 선행상이었어. 그것들은 아주 커다란 금속 메달이어서, 버사가 걸어 다니면 서로 부딪쳐 달그락거리는 소리를 냈단다. 버사가 사는 마을에서 메달을 세 개나 받은 아이는 버사 말고는 아무도 없었고, 그래서 사람들은 모두 버사가 유별나게 착한 아이라는 걸 알고 있었지."

"지독하게 착하죠." 시릴이 총각의 말을 인용했다.

"모두 버사의 착한 마음씨에 대해 이야기했기 때문에, 그 나라 왕자님도 그 이야기를 듣게 되었단다. 왕자님은 버사가 그렇게 착하니까 마을 바로 밖에 있는 자기 정원을 일주일에 한 번씩 산책해도 좋다고 말했지. 그것은 아름다운 정원이었고, 어떤 아이도 거기에 들어가는 것이 허용되지 않았기 때문에, 버사가 거기에 갈 수 있게 된 것은 큰 영광이었어."

"그 정원에도 양이 있었나요?" 시릴이 물었다.

"아니, 양은 한 마리도 없었어."

"왜 양이 없었어요?" 이것은 총각의 대답에서 생겨난 피할 수 없는 질문이었다.

고모는 비웃음이라고 묘사할 수도 있는 미소를 지었다.

"그 정원에 양이 한 마리도 없었던 이유는…… 왕자님의 어머니가 일찍이 꿈을 꾸었기 때문이야. 아들이 양에게 물려 죽거나 괘종시계가 아들의 몸뚱이 위로 넘어져 죽을 거라는 꿈이었지. 그래서 왕자님은 정원에 양을 한 마리도 키우지 못했고, 궁전에 괘종시계도 놓지 못했단다."

고모는 감탄한 나머지 헐떡거리는 소리가 나오려는 것을 간신히 억눌렀다.

"그 왕자님은 양이나 괘종시계 때문에 죽었나요?" 시릴이 물었다.

"왕자님은 아직 살아 있으니까, 꿈이 실현될지 어떨지는 알 수 없어." 총각은 태연히 말했다. "어쨌든 그 정원에는 양이 한 마리도 없었지만, 수많은 작은 돼지들이 정원 전체를 뛰어다니고 있었지."

"돼지는 무슨 색깔이었어요?"

"몸은 까만데 얼굴만 하얀 돼지도 있고, 하얀 바탕에 검은 얼룩이 박힌 돼지도 있고, 온몸이 새까만 돼지도 있고, 하얀 반점이 있는 회색 돼지도 있고, 온통 하얀 돼지도 있었단다."

이야기꾼은 그 정원의 귀중한 보물에 대한 개념이 아이들의 상상 속에 완전히 새겨지도록 잠시 말을 끊었다가 다시 입을 열었다.

"버사는 정원에 꽃이 하나도 없는 것을 보고 몹시 아쉬워했어. 버사는 친절한 왕자님의 꽃은 절대로 꺾지 않겠다고 고모들한테 약속했고 그 약속을 지킬 작정이었기 때문에, 꺾을 꽃이 전혀 없는 것을 알았을 때는 당연히 어이가 없었지."

"왜 꽃이 하나도 없었어요?"

"돼지들이 먹어 치웠기 때문이야." 총각은 즉각 대답했다. "정원사들은 돼지와 꽃을 둘 다 가질 수는 없다고 왕자님한테 말했기 때문에, 왕자님은 돼지를 키우고 꽃은 키우지 않기로 결정했던 거란다."

아이들은 왕자님의 훌륭한 결정에 동의하는 말을 중얼거렸다.

"정원에는 그 밖에도 즐거운 것들이 많이 있었어. 황금색과 푸른색과 초록색 물고기가 헤엄쳐 다니는 연못도 있고, 나무 위에서는 아름다운 앵무새가 즉석에서 영리한 말을 하고, 벌새들은 그 당시의 인기 있는 노래들을 콧노래로 불렀지. 버사는 정원을 돌아다니며 마음껏 즐겼고, 속으로 이렇게 생각했어. '내가 그렇게 착하지 않았다면, 이 아름다운 정원에 들어와서 이렇게 보고 들으며 즐기지는 못했을 거야.' 버사가 걸을 때마다 메달 세 개가 서로 부딪쳐 달그락거리는 소리를 냈고, 그 소리를 들을 때마다 버사는 자기가 얼마나 착했는지를 떠올리곤 했단다. 바로 그때 커다란 늑대 한 마리가 통통 살진 어린 돼지를 저녁거리로 잡을 수 있는지 보려고 정원으로 들어왔어."

"그건 무슨 색깔이었어요?" 아이들은 당장 흥미가 살아나서 입을 모아 물었다.

"온몸이 진흙 같은 색깔이었고, 검은색 혀에 연회색 눈이 잔인하게 번득이고 있었지. 늑대가 정원에서 맨 처음 본 것은 버사였어. 버사의 드레스는 얼룩 하나 없이 깨끗했고 하얀색이었기 때문에 아주 멀리서도 볼 수 있었지. 버사도 늑대를 보았고, 늑대가 자기 쪽으로 다가오는 것을 보았어. 버사는 정원에 들어오지 않았더라면 좋았을 거라고 생각하기 시작했지. 버사는 최대한 열심히 달아났고, 늑대는 펄쩍펄쩍 뛰어서 버사를 따라왔어. 버사는 간신히 도금양 덤불에 이르러, 가장 울창한 덤불 속에 숨었단다. 늑대는 나뭇가지 사이로 코를 들이밀고 킁킁거렸어. 새까만 혀가 입에서 축 늘어져 있었고, 연회색 눈은 분노로 이글이글 타오르고 있었지. 버사는 너무 무서워서 속으로 생각했어. '내가 그렇게 유별나게 착하지 않았다면 지금 마을에 안전하게 있었을 텐데.' 하지만 도금양의 향기가 너무 독해서 늑대는 버사가 숨은 곳을 냄새로 알아내지 못했고, 덤불이 너무 울창해서 오랫동안 돌아다녀도 버사를 찾지 못할 수도 있었어. 그래서 늑대는 버사 대신 돼지를 잡으러 가는 게 낫겠다고 생각했지. 그런데 늑대가 주위를 돌아다니며 코를 킁킁거리자 버사는 너무 겁이 나서 부들부들 떨었고, 버사가 몸을 떨자 순종상으로 받은 메달이 선행상과 시간엄수상으로 받은 메달에 부딪쳐 달그락거리는 소리를 냈단다. 늑대는 그곳을 떠나려다가 메달들이 달그락거리는 소리를 듣고는 멈춰 서서 귀를 기울였지. 메달들이 아주 가까운 덤불 속에서 다시 달그락거렸어. 늑대는 연회색 눈을 사납게 번득이며 덤불 속으로 뛰어들어 버사를 질질 끌어낸 다음 한 입도 안 남기고 몽땅 먹어 치웠단다. 남은 것은 버사의 구두와 옷 조각, 그리고 메달 세 개뿐이었지."

"어린 돼지들도 죽었나요?"

"아니, 돼지들은 모두 도망쳤어."

"이야기의 시작은 시시했지만……" 작은 계집아이가 말했다. "끝은 멋졌어요."

"내가 지금까지 들은 이야기 가운데 가장 멋진 이야기였어." 큰 계집아이가 단호하게 말했다.

"내가 지금까지 들은 이야기 가운데 유일하게 멋진 이야기야." 시릴이 말했다.

반대 의견은 고모한테서 나왔다.

"아이들한테 들려주기에는 너무 부적절한 이야기예요! 당신은 몇 년 동안 공들여 가르친 교육의 효과를 망쳐 버렸어요."

총각은 짐을 챙겨 객실에서 내릴 준비를 하면서 말했다.

"어쨌거나 아이들은 나 때문에 10분 동안 조용히 있었어요. 아주머니는 절대로 할 수 없는 일이죠."

그는 템플콤 역의 플랫폼을 걸어가면서 속으로 생각했다.

'저 여자도 정말 딱하게 됐군. 앞으로 반 년 정도는 아이들이 부적절한 이야기를 해 달라고 졸라 댈 테니 말이야!'

헛간
The Lumber Room

아이들은 마차를 타고 재그버러의 백사장으로 특별 소풍을 가게 되었다. 니컬러스는 일행에 끼지 못했다. 못된 짓을 해서 벌을 받았기 때문이다. 바로 그날 아침에 그는 속에 개구리가 한 마리 들어 있다는, 하찮아 보이는 이유로 건강에 좋은 밀크빵 먹기를 거부했다. 그보다 더 나이 많고 더 현명하고 더 훌륭한 사람들은 밀크빵 속에 개구리가 들어갈 리가 없다고, 허튼 소리 하지 말라고 말했다. 그래도 그는 허튼 소리를 계속했고, 밀크빵 속에 숨어 있다는 개구리의 색깔과 무늬까지 자세하게 묘사했다. 이 사건의 드라마틱한 대목은 니컬러스의 밀크빵이 담긴 그릇 속에 정말로 개구리 한 마리가 들어 있었다는 것이다. 결국 니컬러스는 정원에서 개구리를 잡아다가 건강에 좋은 밀크빵이 담긴 그릇 속에 넣은 잘못에 대해 장황한 설교를 들었지만, 그 사건 전체에서 가장 분명하게 드러난 사실은, 그보다 더 나이 많고 더 현명하고 더 훌륭한 사람들도 그들 자신이 틀림없다고 장담했던 문제에서 큰 실수를 저지른 게 입증되었다는 것이다.

"내 밀크빵 속에 개구리가 들어 있을 리가 없다고 하셨는데, 내 밀크빵 속에는 정말로 개구리가 있었잖아요." 그는 유리한 지점에서 다른 곳으로 옮길 생각이 없는 노련한 전술가처럼 끈질기게 그 말을 되풀이했다.

그래서 그의 사촌들과 한심한 남동생은 그날 오후 재그버러 백사장으로 소풍을 갔고, 니컬러스만 집에 남게 되었다. 그의 사촌들의 이모는 부당하게 상상력을 발휘하여 그에게도 이모를 자칭했지만, 아침 식탁에서 못된 짓을 하면 그 벌로 어떤 즐거움을 박탈당하게 되는지를 니컬러스가 통감하도록 서둘러 재그버러로 소풍 갈 계획을 세웠다. 아이들 가운데 하나가 못된 짓을 할 때마다 축제 같은 무언가를 즉석에서 꾸며 내고 못된 아이를 거기에서 엄격하게 배제하는 것이 그녀의 습관이었다. 아이들이 집단적으로 나쁜 짓을 하면, 이모는 이웃 마을에서 서커스단이 공연을 하고 있다고, 비할 데 없이 뛰어난 서커스단이고 코끼리도 헤아릴 수 없이 많다고, 아이들이 못된 짓을 저지르지만 않았다면 바로 그날 서커스 공연에 데려갔을 거라고 갑자기 말했다.

소풍 가는 아이들이 떠나는 순간이 오자 사람들은 니컬러스가 후회의 눈물 몇 방울은 흘릴 거라고 기대하고 그에게서 눈물을 찾았다. 하지만 실제로 운 것은 그의 사촌 누이였다. 사촌 누이는 마차에 올라탈 때 마차 계단에 무릎이 까져서 상당히 아팠기 때문에 엉엉 소리 내어 울었다.

일행이 마차를 타고 떠나자 니컬러스는 쾌활하게 말했다.

"악다구니처럼 울어 대는 것을 보면 엄청 아팠나 봐요."

소풍을 떠날 때는 모두 기분 좋게 들떠 있는 것이 보통이지만, 지금은 소풍을 특징짓는 그런 들뜬 분위기를 전혀 찾아볼 수 없었다.

"그 애는 곧 이겨 낼 거야." 자칭 이모가 말했다. "그 아름다운 백사장을 뛰어다니기에 더없이 좋은 오후가 될 테니까. 아이들은 얼마나 즐거울까?"

"바비는 별로 즐겁지도, 그렇게 많이 뛰어다니지도 못할 거예요." 니컬러스는 낄낄 웃으면서 말했다. "바비는 구두가 너무 꽉 끼어서 발이 아프거든요."

"왜 바비는 구두가 아프다고 나한테 말하지 않았지?" 이모가 좀 퉁명스럽게 물었다.

"이모한테 두 번 말했지만 이모가 귀담아듣지 않았어요. 이모는 우리가 중요한 말을 할 때는 귀를 기울이지 않을 때가 많아요."

"구스베리 정원에 들어가면 안 돼." 이모는 화제를 바꾸었다.

"왜요?"

"넌 못된 짓을 해서 벌을 받았으니까."

니컬러스는 그 논법이 아무런 결함도 없이 완벽하다고는 인정하지 않았다. 그는 못된 짓과 구스베리 정원에 들어가는 짓을 얼마든지 동시에 할 수 있다고 느꼈다. 그의 얼굴은 상당히 고집스러운 표정을 지었다. 이모가 보기에 그는 구스베리 정원에 들어가기로 결심한 것이 분명했다. '내가 들어가지 말라고 말했으니까, 단지 그 이유 때문에 저 녀석은 기어이 들어가고야 말 거야.' 그녀는 속으로 말했다.

구스베리 정원에는 들어갈 수 있는 문이 두 개 있었고, 니컬러스처럼 작은 아이가 일단 숨어 들어가면 아티초크와 나무딸기와 과일나무에 가려 시야에서 효과적으로 사라질 수 있었다. 이모는 그날 오후에 달리 할 일이 많았지만, 금지된 낙원으로 통하는 두 개의 문을 감시할 수 있는 화단과 관목들 사이에서 사소한 정원 일을 하면서 한두 시간을 보냈다. 그녀는 비록 생각은 모자라지만 강한 집중력을 가진 여자였다.

니컬러스는 앞쪽 정원에 한두 번 들어가서 구스베리 정원으로 통하는 두 개의 문 가운데 하나로 몰래 다가가려 했지만, 잠시도 방심하지 않는 이모의 눈길을 피할 수는 없었다. 사실 그는 구스베리 정원에 들어가려고 애쓸 생각은 전혀 없었지만, 그런 의도가 있다고 이모가 믿으면 그에게는 아주 편리했다. 그렇게 믿게 해 두면 이모는 스스로 자청한 보초 임무에 오후 내내 묶여 있을 터였다. 니컬러스는 이모의 의심을 완전히 굳히고 강화한 뒤, 몰래 집으로 돌아와 오래전에 머릿속에서 싹튼 행동 계획을 재빨리 실행에 옮겼다. 서재에서 의자 위에 올라가면 선반에 손이 닿는데, 선반 위에는 중요해 보이는 묵직한 열쇠 하나가 놓여 있었다. 그 열쇠는 이모와 특권을 가진 사람들한테만 공개된 헛간의 비밀을, 권리가 없는 사람의 침입으로부터 안전하게 지켜 주는 도구였다. 니컬러스는 열쇠를 열쇠구멍에 꽂아 넣고 돌려서 자물쇠를 여는 기술을 별로 경험하지 못했지만, 지난 며칠 동안 학교에서 교실 문의 열쇠로 연습을 거듭했다. 그는 행운과 우연에 지나친 기대를 거는 것을 좋게 생각지 않았다. 열쇠는 자물쇠 안에서 매끄럽게 돌아가지 않았지만, 그래도 결국 돌아갔다. 문이 열렸다. 니컬러스는 미지의 나라에 들어와 있었다. 거기에 비하면 구스베리 정원은 진부한 즐거움이었고 단순한 물질적 쾌락일 뿐이었다.

니컬러스는 헛간이 어떻게 생겼을까 하고 혼자 상상한 적이 많았다. 그 구역은 어린 아이들이 보지 못하게 그토록 주의 깊게 밀봉되었고, 거기에 대해 어떤 질문을 해도 대답을 들은 적이 없었다. 헛간은 그의 기대에 부응했다. 우선 널찍하고 어두컴컴했다. 금지된 정원으로 뚫린 높은 창문 하나에서만 빛이 들어오고 있었다. 둘째, 그곳에는 상상도 하지 못한 보물이 보관되어 있었다. 자칭 이모는 물건을 사용하면 망가진다고 생각하고 물건을 보존하기 위해 먼지와 습기에 맡기는 사람이었다. 집 안에서 니컬러스가 가장 잘 아는 구역은 약간 황량하고 음산했지만, 이곳에는 눈을 즐겁게 해 주는 멋진 물건들이 많았다. 무엇보다도 먼저 틀에 끼워진 태피스트리가 하나 있었다. 난로 옆에 세워서 열기를 막는 칸막이로 쓰려고 했던 게 분명하다. 니컬러스에게 그것은 살아 숨 쉬는 이야기였다. 인도산 벽걸이를 둘둘 말아 놓은 것이 켜켜이 쌓인 먼지 밑에서 멋진 색깔로 빛나고 있었다. 그는 그 벽걸이 위에 걸터앉아서 태피스트리의 그림을 자세히 관찰했다. 사냥복을 입은 남자가 화살로 수사슴 한 마리를 막 쏘아 맞힌 참이었다. 수사슴은 사냥꾼으로부터 한두 걸음밖에 떨어져 있지 않았으니까, 화살을 명중시키기가 어려웠을 리는 없다. 그림이 암시한 울창한 숲 속에서는 먹이를 먹고 있는 수사슴한테 살금살금 다가가는 것도 어렵지 않았을 것이고, 반점 무늬가 있는 개 두 마리가 추적에 가담하기 위해 앞으로 달려 나가고 있는 것으로 보아 그 개들은 사냥꾼이 화살을 쏠 때까지 앞으로 나가지 않고 바로 뒤에서 따라오도록 훈련받은 사냥개들인 게 분명했다. 그림의 그 부분은 흥미롭지만 단순했다. 하지만 니컬러스가 본 것을 사냥꾼도 보았을까? 늑대 네 마리가 숲 속을 가로질러 사냥꾼을 향해 달려오고 있었다. 나무 뒤에는 더 많은 늑대가 숨어 있을지도 모른다. 어쨌든 사냥꾼과 개들은 늑대 네 마리의 공격에 맞서 싸울 수 있을까? 사냥꾼의 화살통에는 화살이 두 개밖에 남아 있지 않았다. 그 중 한 발 또는 두 발 모두 빗나갈지도 모른다. 사냥꾼의 활솜씨에 대해 알고 있는 것은 우스울 만큼 짧은 거리에서 커다란 수사슴 한 마리를 맞힐 수 있었다는 것뿐이다. 니컬러스는 그 장면에서 일어날 수 있는 여러 가지 경우를 곰곰 생각하면서, 그 자리에 앉아 오랫동안 황금 같은 시간을 보냈다. 그는 늑대가 네 마리 이상이고 사냥꾼과 개들은 궁지에 빠졌다는 생각이 들었다.

하지만 그 밖에도 당장 그의 관심을 사로잡는 재미있고 흥미로운 물건들이 있었다. 뱀처럼 구불구불한 예스러운 촛대도 있었고, 중국 오리처럼 만들어진 찻주전자는 벌어진 오리 부리에서 차가 나오도록 되어 있었다. 그에 비하면 아이 방의 찻주전자는 얼마나 재미없고 꼴사납게 보였는지 모른다. 그리고 아름다운 조각이 새겨진 백단향 상자도 있었다. 상자 안에는 향기로운 솜이 가득 들어 있었고, 층을 이룬 솜들 사이에 작은 놋쇠 인형들, 목을 구부린 황소들, 보기도 좋고 만지기도 즐거운 공작새와 도깨비들이 들어 있었다. 아무 무늬도 없는 수수한 검정 표지를 씌운 크고 네모난 책은 겉보기에는 태피스트리만큼 유망하지 않았다. 하지만 니컬러스가 책을 펼쳐 보았더니, 놀랍게도 책은 새들을 그린 채색화로 가득 차 있었다. 그리고 그 새들은 또 어떤가! 니컬러스는 정원에서, 그리고 산책하러 나갔을 때 동네 골목길에서 새 몇 마리와 마주친 적이 있었고, 그중에서 가장 큰 새는 이따금 눈에 띄는 까치나 산비둘기였다. 이 책에는 왜가리와 능에, 솔개, 큰부리새, 얼룩백로, 덤불흙무더기새, 따오기, 금계를 비롯하여 꿈에도 생각지 못한 동물들이 그려져 있었다. 그가 원앙새의 채색에 감탄하고 그 새는 어떤 일생을 보낼지를 상상하고 있을 때, 그의 이름을 부르는 이모의 새된 목소리가 바깥의 구스베리 정원 쪽에서 들려왔다. 이모는 니컬러스가 오랫동안 사라진 것을 의심하게 되었고, 결국 니컬러스가 라일락 덤불 뒤에 숨어서 담장을 넘었을 거라는 성급한 결론에 도달했다. 이제 이모는 아티초크와 나무딸기 사이에서 그를 찾아 열심히, 하지만 부질없는 수색을 하고 있었다.

"니컬러스, 니컬러스! 당장 거기서 나와. 거기 숨어 있으려고 애써 봤자 아무 소용도 없어. 나는 언제나 너를 볼 수 있으니까."

그 헛간에서 누군가가 미소를 지은 것은 아마 20년 만에 처음이었을 것이다.

니컬러스의 이름을 성난 목소리로 되풀이해 부르는 소리는 곧 날카로운 비명으로 바뀌었고, 빨리 오라고 누군가를 부르는 외침 소리가 이어졌다. 니컬러스는 책을 덮고 원래 있던 구석 자리에 조심스럽게 되돌려 놓은 다음, 옆에 있는 신문지더미에서 먼지를 조금 털어서 책 위에 덮었다. 그런 다음 살며시 헛간을 빠져나가 문을 잠그고, 열쇠를 아까 발견했던 곳에 정확하게 돌려놓았다. 그가 앞쪽 정원으로 어슬렁거리며 들어갔을 때, 이모는 아직도 그의 이름을 부르고 있었다.

"날 부르는 게 누구죠?" 그가 물었다.

"나야." 담장 건너편에서 대답이 돌아왔다. "내가 부르는 소리 못 들었니? 구스베리 정원에서 너를 찾다가 발이 미끄러져서 빗물 저수조에 빠져 버렸어. 다행히 저수조에 물은 전혀 없지만 옆면이 미끄러워서 밖으로 나갈 수가 없어. 벚나무 밑에 있는 작은 사다리를 가져오렴."

"저더러 구스베리 정원에 들어가지 말라고 하셨잖아요." 니컬러스는 즉석에서 말했다.

"아까는 들어가지 말라고 했지만, 지금은 들어가도 좋다고 말하고 있는 거야." 빗물 저수조에서 약간 초조한 목소리가 들려왔다.

"목소리가 이모 목소리 같지 않은데요." 니컬러스는 이의를 제기했다. "당신은 이모님 말에 고분고분 따르지 말라고 나를 유혹하는 악령일지도 몰라요. 이모는 나한테 자주 말씀하시죠. 악령이 나를 유혹하고, 나는 항상 유혹에 굴복한다고. 이번에는 악령의 유혹에 절대 굴복하지 않겠어요."

"허튼소리 좀 작작해라." 저수조에 갇힌 이모가 말했다. "당장 가서 사다리를 가져와."

"차를 마실 때 딸기잼이 나올까요?" 니컬러스는 천진난만하게 물었다.

"분명히 나올 거야." 이모는 니컬러스가 딸기잼을 절대 못 먹게 하겠다고 속으로 다짐하면서 말했다.

"당신이 이모가 아니라 악령이라는 걸 이젠 분명히 알았어." 니컬러스는 매우 기뻐하면서 외쳤다. "우리가 어제 딸기잼을 먹게 해 달라고 부탁했을 때 이모는 딸기잼이 하나도 없다고 말씀하셨거든. 나는 식료품 저장실에 딸기잼이 네 단지나 있는 것을 알고 있어. 이 눈으로 보았으니까. 그리고 당신도 거기에 딸기잼이 있다는 걸 알고 있지만, 이모는 몰라. 이모는 딸기잼이 하나도 없다고 말했으니까. 오오, 악마야, 넌 네 꾀에 넘어갔어!"

악령한테 말하는 것처럼 이모한테 말할 수 있는 것은 유별난 사치를 누리는 듯한 느낌을 주었지만, 니컬러스는 그런 사치에 지나치게 탐닉하면 안 된다는 것을 어린애다운 분별로 알고 있었다. 그는 요란한 소리를 내며 그 자리를 떠났다. 결국 빗물 저수조에서 이모를 구출한 것은 파슬리를 찾던 부엌 하녀였다.

그날 저녁, 사람들은 무서운 침묵 속에서 차를 마셨다. 아이들이 재그버러 만에 도착했을 때는 밀물이 만조에 이르렀을 때였다. 그래서 해변에는 아이들이 뛰어놀 백사장이 하나도 없었다. 이모는 니컬러스를 벌주기 위해 서둘러 소풍 계획을 세우는 바람에 그 상황을 간과했던 것이다. 바비는 구두가 꽉 낀 것 때문에 오후 내내 기분이 언짢았고, 요컨대 아이들이 즐거운 시간을 보냈다고는 말할 수 없었다. 이모는 35분 동안 빗물 저수조에 꼴사납게 갇혀 있었던 사람답게 냉담한 침묵을 지켰다. 니컬러스도 말이 없었다. 그는 생각할 거리가 많은 사람처럼 생각에 몰두해 있었다. 늑대들이 화살에 맞은 수사슴을 먹어 치우는 동안 사냥꾼은 개들과 함께 탈출할 수도 있었을 거라고 생각했다.

모피
Fur

"무슨 걱정거리가 있는 것 같네?" 엘리너가 말했다.

"그래, 걱정이야." 수잔은 순순히 인정했다. "아니, 정확히 말하면 걱정이라기보다 좀 신경이 쓰여. 알다시피 다음 주가 내 생일인데……"

"넌 행운아야." 엘리너가 말을 가로막았다. "내 생일은 3월 말까지 기다려야 하는데."

"그런데 버트램 나이트 아저씨가 아르헨티나에서 지금 영국에 건너와 있어. 그 아저씨는 우리 어머니의 먼 친척이지만, 엄청난 부자라서 우리는 관계가 끊어지지 않도록 애써 왔지. 몇 년 동안 만나지 못하거나 소식이 끊겨도 우리 앞에 나타날 때는 항상 버트램 아저씨야. 지금까지 아저씨가 우리한테 실질적인 도움이 되었다고는 말할 수 없지만, 어제 저녁에 느닷없이 내 생일이 화제에 오르니까 아저씨가 그랬어. 생일 선물로 뭘 받고 싶은지 알려 달라고."

"아, 네가 걱정하는 이유를 알겠어."

"그런 문제에 부닥치면 생각이 사라져 버려. 세상에서 바라는 게 하나도 없는 것 같아. 그런데 마침 나는 켄싱턴 어딘가에서 본 드레스덴 인형이 무척 마음에 든 참이었거든. 값이 36실링쯤 되니까, 내 형편으로는 도저히 살 수 없는 물건이지. 나는 하마터면 그 인형 이야기를 하고, 가게 주소를 버트럼 아저씨한테 가르쳐 줄 뻔했어. 그런데 그때 문득 36실링은 아저씨 같은 갑부가 생일 선물을 사는 데 쓰기에는 너무 적은 돈이라는 생각이 든 거야. 아저씨는 36실링이 아니라 36파운드짜리 물건도 우리가 제비꽃 한 다발을 사는 것처럼 쉽게 살 수 있는 신분이니까. 나는 물론 욕심을 부리고 싶지는 않지만, 모처럼 만난 기회를 놓치고 싶지도 않아."

"문제는 그분이 선물을 주는 것에 대해 어떤 생각을 갖고 있느냐 하는 거야. 세상에는 돈이 많은 부자들 중에도 그런 문제에 대해서는 묘하게 답답한 생각을 가진 사람이 있어. 사람이 차츰 부자가 되면 필요한 것도 많아지고 생활수준도 그에 따라 높아지지만, 선물을 주는 본능만은 제대로 발달하지 못한 채 옛날 그대로 머물러 있는 경우가 많거든. 가게에서 눈에 확 띄면서도 별로 비싸지 않은 물건이야말로 그들이 생각하는 이상적인 선물이지. 수준 높은 가게들조차도 4실링짜리 정도의 물건을 쇼윈도에 가득 채워 놓고 있는 건 바로 그 때문이야. 그런 싸구려 물건도 쇼윈도에서는 7실링 6펜스짜리 물건처럼 보이고, 가게에서는 거기에 10실링의 가격을 매겨서 '이 계절에 안성맞춤인 선물'이라는 꼬리표를 붙여서 팔아먹는 거지."

"나도 알아." 수잔이 말했다. "받고 싶은 선물을 지적할 때 애매모호하게 암시하면 위험한 이유가 바로 그거야. 내가 버트램 아저씨한테 올 겨울에 다보스*에 갈 예정이니까 여행용품을 선물로 주면 좋겠다고 말하면, 아저씨는 금장식 부품이 달린 화장품 가방을 줄지도 모르지만, 베데커**의『스위스 여행안내서』나『눈물 없이 스키 배우기』같은 책을 줄지도 몰라."

"그보다는 오히려 수잔은 댄스파티에 많이 갈 테니까 부채가 유용할 거라고 생각할 가능성이 더 높아."

"그래. 그런데 부채라면 잔뜩 갖고 있으니까, 내가 뭘 걱정하는지 알겠지. 지금 내가 다른 무엇보다도 절실하게 원하는 게 하나 있다면, 그건 바로 모피야. 코트든 목도리든, 나는 모피가 하나도 없어. 듣자니까 다보스는 러시아 사람들로 가득 차 있다는데, 그 사람들은 가장 아름다운 검은담비 모피코트나 그런 걸 입을 게 분명해. 나는 모피가 하나도 없는데 모피로 온몸을 휘감은 사람들 속에 있으면, 아마 십계명의 대부분을 어기고 싶어질 거야."

"네가 받고 싶은 게 모피라면, 물건을 고를 땐 네가 직접 해야 할 거야. 너의 아저씨가 은여우와 다람쥐의 차이를 알고 있다고 장담할 수는 없으니까."

"'골리앗과 매스터던' 백화점에 멋진 은여우 목도리가 몇 개 있어." 수잔이 한숨을 내쉬며 말했다. "버트램 아저씨를 그 건물 안으로 유인해서 모피 매장 앞을 지나가게 할 수만 있다면 좋겠는데!"

"그 아저씨는 그 근처 어딘가에 살고 있겠지?" 엘리너가 말했다. "그분 습관이 뭔지 알아? 하루 중 특정한 시간에 산책을 하거나 하진 않

* 스위스 동부에 있는 도시. 겨울 스포츠의 중심지로 유명하다.
** 독일의 칼 베데커가 1827년에 설립한 여행안내서 전문 출판사.

니?"

"날씨가 좋으면 대개 3시쯤 클럽까지 걸어가셔. 그러면 '골리앗과 매스터던' 앞을 지나가게 되지."

"그럼 우리 둘이 내일 길모퉁이에서 우연히 그분을 만나자." 엘리너가 말했다. "그 아저씨와 함께 잠시 걷다가, 운이 좋으면 그분을 옆길로 빠지게 해서 백화점 안으로 끌어들일 수 있을 거야. 너는 머리망이나 그런 물건을 갖고 싶다고 말하면 돼. 우리가 백화점에 무사히 들어갔을 때 내가 이렇게 말할게. '생일 선물로 뭘 받고 싶은지 말해 주면 좋겠어.' 그러면 모든 게 네 손 닿는 곳에 준비될 거야. 돈 많은 친척 아저씨, 모피 매장, 생일 선물……"

"아주 좋은 생각이야." 수잔이 말했다. "넌 정말 든든한 친구야. 그럼 내일 3시 20분 전에 나한테 와. 늦지 마. 1분도 틀리지 않고 정확한 시간에 매복해야 하니까."

이튿날 오후 3시 몇 분 전에 모피 사냥꾼들은 특별히 선택된 길모퉁이를 향해 조심스럽게 걸어갔다. 거기서 가까운 거리에 유명한 '골리앗과 매스터던' 백화점의 웅장한 건물이 솟아 있었다. 맑고 화창한 오후여서, 나이 든 신사를 산책이라는 가벼운 운동으로 유인하기에는 딱 알맞은 날씨였다.

"그런데 말이야, 오늘 저녁에 나를 위해 뭔가를 해 줬으면 좋겠어." 엘리너가 친구에게 말했다. "저녁 식사가 끝난 뒤, 뭔가 구실을 만들어서 우리 집에 들러. 그리고 계속 눌러앉아서 아델라랑 이모들과 브리지 게임을 해 줘. 네가 오지 않으면 내가 합석해야 하거든. 그런데 해리 스캐리스브룩이 9시쯤 우리 집에 올 거야. 나는 다른 사람들이 브리지를 하는 동안 해리와 단둘이 이야기를 나누고 싶어."

"미안하지만 그건 안 되겠어." 수잔이 말했다. "보통 브리지는 100점이 3펜스인데, 네 이모들처럼 느려 터진 사람들과 게임을 하면 나는 지루해서 죽을 지경일 거야. 브리지를 하다가 잠들지도 몰라."

"하지만 나는 해리와 이야기할 기회를 갖고 싶어. 간절하게 바라던 기회거든." 엘리너는 강조했다. 분노의 번득임이 그녀의 눈 속에 들어왔다.

"미안해. 다른 부탁이라면 뭐든지 다 들어주겠지만, 그것만은 안 되겠어." 수잔은 쾌활하게 말했다. 우정을 위해 자신을 희생하는 것은, 자기가 희생을 요구당하지 않는 한은 그녀의 눈에 아름답게 보였다.

엘리너는 더 이상 아무 말도 하지 않았지만 입꼬리가 아래로 처졌다.

"저기 온다!" 수잔이 갑자기 외쳤다. "서둘러!"

버트램 나이트 씨는 조카뻘인 수잔과 그녀의 친구에게 친절하게 인사하고, 바로 근처에 있는 백화점을 탐험하자는 그들의 권유를 기꺼이 받아들였다. 유리문이 열리고, 세 사람은 물건을 사는 사람과 어슬렁거리는 사람들이 서로 밀치고 부딪치며 복작거리는 백화점 안으로 용감하게 뛰어들었다.

"여긴 항상 이렇게 붐비나요?" 버트램이 엘리너에게 물었다.

"대개 그래요. 게다가 지금은 가을맞이 바겐세일 중이거든요." 그녀가 대답했다.

수잔은 아저씨를 자기가 원하는 안식처 같은 모피 매장으로 빨리 데려가고 싶어서 다른 사람들보다 두세 걸음 앞서 걷다가, 이따금 두 사람이 어떤 매력적인 판매대 앞에서 잠시 꾸물거리면 첫 비행에 나선 새끼들을 격려하는 부모 까마귀처럼 불안하고 걱정스러운 얼굴로 그들에게 돌아오곤 했다.

수잔이 그들을 뒤에 남겨 놓고 유난히 멀리까지 앞서 간 순간, 엘리너가 버트램에게 비밀을 털어놓듯 말했다.

"다음 수요일이 수잔의 생일이에요. 그런데 제 생일은 그 전날이라서, 우리는 지금 서로에게 줄 생일 선물을 찾고 있어요."

"아, 그렇구나!" 버트램이 말했다. "나도 수잔한테 생일 선물로 뭔가를 주고 싶은데, 수잔이 뭘 원하는지 모르겠군요. 당신이 조언해 주면 좋겠는데……"

"수잔은 좀 문제가 있어요." 엘리너가 말했다. "우리가 생각해 낼 수 있는 건 모두 다 갖고 있는 것 같아요. 행운아죠. 수잔은 올 겨울에 다보스에 갈 예정인데, 그곳에서 댄스파티에 가려면 부채가 필요할 테니까, 부채를 선물하면 어떤 선물보다도 수잔이 기뻐할 거예요. 생일이 지나면 우리는 서로 선물 목록을 조사하는데, 저는 매번 굴욕감을 느껴요. 수잔은 그렇게 좋은 선물을 받는데 저는 남에게 보여 줄 만한 선물은 한 번도 받아 본 적이 없거든요. 제 친척이나 저에게 선물을 주는 사람들 가운데 유복한 사람은 아무도 없으니까, 그저 시시한 선물로 그날을 기억해 주는 게 고작이죠. 그 사람들이 그 이상 뭔가를 해 주리라고는 기대할 수 없어요. 그나마 외삼촌이 유산을 물려받은 덕에 여유가 있는 편인데, 그분이 2년 전에 제 생일 선물로 은여우 목도리를 사주겠다고 약속했었어요. 그걸 친구들에게 자랑하는 모습을 상상하면서 얼마나 흥분했는지 몰라요. 그런데 하필이면 제 생일을 며칠 앞두고 외숙모가 세상을 떠나셨고, 가엾은 외삼촌이 그런 상황에서 생일 선물을 생각해 내리라고는 기대할 수 없었죠. 그 후 외삼촌은 줄곧 해외에서 살았고, 저는 끝내 모피 목도리를 받지 못했답니다. 오늘까지도 저는 쇼윈도에 걸려 있거나 누군가의 목에 감겨 있는 은여우 목도리를 보면 당장이라도 울음이 터질 것 같아요. 그걸 얻을 전망이 아예 없었다면 그런 기분을 느끼지도 않을 거예요. 아, 저기 왼쪽에 부채 매장이 있네요. 사람들 틈에 끼어서 쉽게 갈 수 있겠어요. 최대한 멋진 부채를 사 주세요. 수잔은 정말 사랑스러운 여자랍니다."

*

"난 너를 잃어버린 줄 알았어." 수잔이 방해가 되는 장꾼 무리를 헤치고 다가오면서 말했다. "그런데 버트램 아저씨는 어디 계시지?"

"벌써 오래전에 갈라졌어. 나는 그분이 너랑 앞서 가고 있는 줄 알았지." 엘리너가 말했다. "이런 혼잡 속에서는 절대로 버트램 씨를 찾지 못할 거야."

그 예언은 적중했다.

사람들을 밀어제치며 매장 여섯 군데를 돌아다녔지만 아무 성과도 거두지 못하자 수잔이 부루퉁한 얼굴로 말했다.

"그렇게 애써 사전 계획을 세웠는데, 그게 다 허사가 됐군."

"네가 왜 아저씨 팔을 붙잡지 않았는지 모르겠다." 엘리너가 말했다. "내가 그분을 좀 더 오래 알았다면 그랬겠지만, 방금 소개받았을 뿐이니까. 아니, 벌써 4시가 다 됐네. 차를 마시러 가는 게 좋겠어."

며칠 뒤, 수잔이 엘리너에게 전화를 걸었다.

"사진 액자를 선물로 주어서 정말 고마워. 바로 내가 원했던 거야. 넌 정말 좋은 친구야. 그런데 그 나이트란 사람이 나한테 뭘 주었는지 아니? 분명 그럴 거라고 네가 말한 대로, 지긋지긋한 부채였어. 뭐라고? 아, 그래. 나름대로 아주 좋은 부채이긴 하지만, 그래도……"

"너는 그분이 나한테 뭘 주었는지 와서 봐야 돼." 이렇게 말하는 엘리너의 목소리가 수화기를 통해 들려왔다.

"너한테? 왜 그 사람이 너한테 선물을 주었지?"

"네 아저씨는 선물하는 것을 낙으로 삼는 보기 드문 부자인 것 같아."

"아저씨가 왜 그렇게 네가 사는 곳을 알고 싶어 하는지 궁금했어." 수잔은 전화를 끊고 혼잣말로 중얼거렸다.

두 젊은 여자 사이의 우정에 먹구름이 끼었다. 엘리너와 관련해서 말하자면, 그 먹구름 뒤에는 은여우 모피가 숨어 있었다.

박애가와 행복한 고양이

The Philanthropist and the Happy Cat

조캔사 베스베리는 평온하고 우아하게 행복한 기분이었다. 그녀의 세계는 즐거운 곳이었고, 그것이 가장 유쾌한 양상들 가운데 하나를 띠고 있었다. 남편 그레고리는 집에서 서둘러 점심을 먹은 뒤 아늑한 내실에서 느긋하게 담배를 즐기기 위해 어떻게든 늦지 않게 집에 돌아왔다. 점심 식사는 맛있었고, 커피와 담배를 즐길 시간도 충분했다. 커피와 담배는 나름대로 훌륭했고, 그레고리도 나름대로 훌륭한 남편이었다. 조캔사는 자신이 남편에게 아주 매력적인 아내일 거라고 생각했고, 자기 옷을 만들어 주는 양재사도 분명 일류일 거라고 확신했다.

"첼시*에서 나보다 더 매사에 만족하는 사람은 찾을 수 없을 거야."

* 영국 런던의 한 지역으로, 템스 강 이북에 위치해 있다.

조캔사는 중얼거렸다. 그러고는 소파 구석에 편안한 자세로 누워 있는 커다란 얼룩무늬 고양이에게 눈길을 던지면서 덧붙였다. "어태브만 빼고. 녀석은 저기 누워서 목을 가르랑거리며 꿈을 꾸고, 쿠션의 편안함에 도취되어 이따금 팔다리의 위치를 바꾸지. 녀석은 비단처럼 매끄럽고 벨벳처럼 부드러운 것들의 화신 같아. 녀석의 신체 구조에 뾰족한 모서리는 하나도 없으니까. 녀석은 자신도 잠자고 남도 잠재우자는 철학을 가진 몽상가야. 그러다가 저녁이 다가오면 눈에 빨간 불을 켜고 정원으로 나가서 꾸벅꾸벅 졸고 있는 참새를 죽이지."

이 말을 듣고 그레고리가 말했다.

"참새 한 쌍이 해마다 열 마리가 넘는 새끼를 까는데 공급되는 먹이는 한정되어 있으니까, 이 동네 고양이들은 참새 사냥을 하면서 즐거운 오후를 보낼 생각을 하는 편이 낫지."

그는 이렇게 현명한 의견을 말한 뒤, 새 담배에 불을 붙이고 아내에게 다정하게 작별 인사를 하고는 바깥세상으로 떠났다.

"잊지 말아요. 오늘 밤에는 저녁 식사를 좀 일찍 할 거예요. 헤이마켓*에 갈 거니까." 그녀가 남편의 등 뒤에서 외쳤다.

혼자 남은 조캔사는 평온하고 내성적인 눈으로 자신의 삶을 바라보는 작업을 계속했다. 그녀는 이 세상에서 원하는 것을 전부 갖지는 못했다 해도, 최소한 자기가 가진 것에 충분히 만족하고 있었다. 예를 들면 아늑하고 고상한 동시에 사치스럽게 꾸며진 내실에도 그녀는 완전히 만족하고 있었다. 도자기는 희귀하고 아름다웠고, 중국 법랑 칠기는 난로 불빛을 받아 신비한 색채를 띠고 있었다. 깔개와 벽걸이는 호

---

* 런던 웨스트엔드의 번화가로, 고급 식당과 극장들이 있다.

화로운 색채의 조화로 눈길을 끌었다. 그 방은 대사나 대주교를 접대하기에 어울리는 방일 수도 있지만, 사진첩을 정리하면서 어질러도 방의 수호신들을 모욕한다는 기분을 느끼지 않을 수 있는 방이기도 했다. 내실만이 아니라 집의 나머지 부분도 만족스러웠고, 집만이 아니라 삶의 다른 부분에도 만족했기 때문에, 조캔사는 정말로 첼시에서 가장 만족하고 있는 여자로 꼽힐 충분한 이유를 갖고 있었다.

그녀는 자신의 운명에 대한 만족감이 부글부글 끓어올라 금방이라도 터질 것 같은 기분에서 벗어나, 생활도 형편도 따분하고 시시하고 공허한 주변의 수많은 사람들을 동정하는 단계로 넘어갔다. 그녀는 가난뱅이들처럼 모든 것을 운에 내맡기고 되는 대로 속 편하게 살 자유도 없고, 그렇다고 부자들처럼 여유롭게 살 자유도 누리지 못하는 공장 여공이나 가게 점원 같은 계층을 특히 동정했다. 온종일 힘들게 일한 뒤에도 레스토랑에서 커피 한 잔과 샌드위치를 사 먹을 여유도 없고, 하물며 1실링을 내고 극장의 3층 측면석에서 연극을 볼 여유는 더욱 없었기 때문에 춥고 음산한 침실에 혼자 앉아 있을 수밖에 없는 젊은이들이 있다는 건 생각만 해도 슬픈 일이었다.

조캔사는 속으로는 여전히 이 문제를 곰곰 생각하면서 오후의 쇼핑을 하러 나갔다. 특별히 살 물건이 있는 것도 아닌 종작없는 쇼핑이었다. 비록 한두 명이라도 마음속으로는 무언가를 동경하고 탐내지만 주머니는 텅 비어 있는 노동자들의 삶에 조금이나마 즐거움과 재미를 가져다줄 일을 즉석에서 충동적으로 할 수 있다면 상당한 위안이 될 거라고 그녀는 속으로 생각했다. 그러면 그날 밤 극장에서 연극을 보는 것이 훨씬 더 즐거울 것이다. 그녀는 인기 있는 연극을 볼 수 있는 2층 정면석 티켓 두 장을 산 다음, 싸구려 찻집에 들어가 그녀의 흥미를 불러일으킨 여공들 가운데 처음으로 격식을 차리지 않고 스스럼없이 대화를 나눌 수 있는 두 아가씨에게 그 티켓을 선물할 작정이었다. 그 아가씨들한테는 사정이 생겨서 티켓을 쓸 수 없게 되었다고, 티켓 값을 낭비하고 싶지는 않지만 그렇다고 티켓을 반환하는 것도 번거로워서 싫다고 설명하면 될 터였다. 하지만 좀 더 생각해 본 뒤에 그녀는 마음을 고쳐먹었다. 티켓을 한 장만 사서, 식당에 혼자 앉아 소박한 식사를 하고 있는 외로워 보이는 아가씨에게 그것을 주는 편이 더 낫겠다고 생각한 것이다. 그러면 그 아가씨는 극장에서 우연히 옆자리에 앉은 사람과 친해져서 지속적인 우정의 토대를 쌓을지도 모른다.

조캔사는 동화에서 주인공이 곤경에 빠졌을 때 갑자기 나타나 도와주는 요정 노릇을 하고 싶은 강한 충동을 느끼면서 매표소로 다가가, 상당한 논란과 비판을 불러일으키고 있는 〈노란 공작새〉라는 연극의 2층 정면석 티켓 한 장을 주의 깊게 골랐다. 그런 다음 찻집을 찾아 박애주의적 모험에 나섰고, 거의 같은 시간에 어태브는 참새 사냥에 적합하게 조율된 마음으로 어슬렁거리며 정원으로 들어갔다. 그녀는 어느 찻집 구석에서 빈자리를 발견하고 얼른 그 자리에 앉았다. 바로 옆 테이블에 젊은 아가씨가 앉아 있다는 사실이 그녀의 마음을 더욱 재촉했다. 그 아가씨는 별로 예쁘지 않은 얼굴에 께느른한 눈은 피곤해 보였고, 전체적으로 나무랄 데 없이 쓸쓸하고 절망적인 분위기를 띠고 있었다. 옷은 싸구려 옷감으로 만들어졌지만 유행을 따르려고 애쓴 티가 보였고, 머리카락은 예뻤지만 안색은 좋지 않았다. 그녀는 차와 빵밖에 없는 소박한 식사를 막 끝내려는 참이었고, 그녀의 행동은 지금 이 순간 런던의 수많은 찻집에서 차를 다 마셨거나 마시기 시작했거나 계속 마시고 있는 다른 수천 명의 여자들과 별반 다를 게 없었다. 그녀는 〈노란 공작새〉를 보지 않았을 확률이 월등히 높았다. 그녀는 무작위로 아무에게나 은혜를 베풀려는 조캔사의 첫 실험에 아주 좋은 재료가 되어 줄 게 분명했다.

조캔사는 차와 머핀을 주문한 다음, 옆자리에 앉은 아가씨를 상냥한 눈으로 유심히 바라보았다. 그녀의 눈길을 끌 작정이었다. 바로 그 순간, 아가씨의 얼굴이 갑자기 즐거운 표정을 지으며 환하게 밝아졌다. 눈은 반짝반짝 빛나고, 볼이 발그레하게 상기되어 예뻐 보이기까지 했다. 그녀는 한 젊은이에게 "안녕, 버티!" 하고 다정하게 인사했다. 젊은이는 그녀의 테이블로 다가와서 맞은편 의자에 자리를 잡았다. 조캔사는 새로 등장한 남자를 뚫어지게 바라보았다. 그는 조캔사보다 몇 살 젊어 보였고, 그레고리보다 훨씬 잘나 보였다. 사실은 그녀와 같은 상류계층의 어떤 젊은이보다도 잘나 보였다. 그녀는 그 젊은이가 어느 도매상점에서 일하는 예의 바른 점원일 거라고 짐작했다. 쥐꼬리만 한 봉급으로 생계를 꾸려 나가면서 최대한 즐겁게 지내고, 1년에 2주 정도는 휴가를 즐기겠지. 그는 물론 자신의 잘생긴 외모를 알고 있지만, 라틴족이나 셈족처럼 노골적인 자기만족에 빠지지 않고 앵글로색슨족답게 자의식이 강해서 수줍음을 탈 거야. 이야기를 나누는 태도로 보아, 둘은 친밀한 사이인 게 분명해. 이대로 관계가 깊어지면 정식으로 약혼하게 될지도 몰라. 조캔사는 남자의 집을 상상해 보았다. 그의 교제 범위는 상당히 좁을 테고, 어머니는 그가 저녁 시간을 어디서 어떻게 보냈는지를 항상 알고 싶어 해서 아들을 귀찮게 굴 거야. 조만간 그가 그 따분한 속박에서 벗어나 가정을 꾸미는 것은 당연한 흐름이겠지만, 가난이 그의 삶을 계속 지배하겠지. 돈은 만성적으로 모자랄 테고, 생활을 편안하게 해 주는 것들도 거의 다 부족할 거야. 조캔사는 그가 몹시 딱하게 느껴졌다. 그녀는 그가 〈노란 공작새〉를 보았을지 궁금했다. 보지 않았을 확률이 월등히 높았다. 아가씨는 차를 다 마셨으니까 이제 일터로 돌아갈 것이다. 남자가 혼자 남으면 조캔사가 말을 걸기는 아주 쉬울 것이다. "내 남편이 오늘 저녁에 나를 위해 다른 계획을 세웠지 뭐예요. 그래서 이 티켓을 쓸 수 없게 되었는데, 혹시 쓰고 싶지 않으세요? 댁이 써 주지 않으면 이 티켓은 쓸모없이 버려질 거예요." 어느 날 오후에 그녀는 이 찻집에 다시 차를 마시러 올 것이고, 그가 보이면 연극이 어땠느냐고 물어볼 수도 있을 것이다. 그가 좋은 사람이고 사귈수록 점점 더 좋은 사람으로 여겨지면, 그에게 연극표를 더 줄 수도 있고 어느 일요일에 집으로 차를 마시러 오라고 초대할 수도 있을 것이다. 조캔사는 그를 더 잘 알게 될수록 점점 더 좋은 사람으로 여기게 될 테고, 그레고리도 분명 그를 좋아할 테고, 동화 속에 나오는 요정 노릇이 처음에 예상한 것보다 훨씬 더 재미있을 거라고 단정했다. 그 남자는 분명 누구 앞에 내놓아도 부끄럽지 않을 만큼 번듯했다. 아마 남의 흉내를 잘 내는 재주가 있겠지만, 그는 머리를 어떻게 빗어야 하는지를 알고 있었다. 이것은 아마 직관이겠지만, 그는 어떤 색깔의 넥타이가 자기한테 어울리는지도 알고 있었다. 그리고 이것은 물론 우연이겠지만, 그는 조캔사가 좋아하는 타입이었다. 아가씨가 시계를 보고는 남자한테 상냥하게 그러나 서둘러 작별 인사를 했을 때 조캔사는 상당히 기뻤다. 남자는 "잘 가!"라고 말하는 대신 고개만 끄덕이고 차를 한 모금 꿀꺽 삼킨 다음 외투 주머니에서 책을 한 권 꺼냈다. 제목은 『세포이의 반란* 이야기』였다.

---

* 영국 동인도회사의 지배에 반항해서 일어난 항쟁. 세포이(동인도회사에 고용된 인도 원주민 병사)가 항쟁의 주역으로 활동하여 영국에서는 이를 '세포이의 반란'이라고 불렀다.

찻집의 예법은 우선 낯선 사람의 눈길을 끌지 않고는 그 사람에게 연극표를 주는 것을 금지하고 있다. 설탕통을 건네 달라고 부탁할 수 있으면 훨씬 좋다. 그 경우에는 당신 탁자에 설탕이 가득 든 통이 있다는 사실을 미리 감추어야 한다. 이 일을 해내기는 그리 어렵지 않다. 인쇄된 메뉴판은 거의 탁자만큼 크고 똑바로 세울 수 있는 것이 보통이기 때문이다. 조캔사는 희망에 부풀어 작업에 착수했다. 그녀는 전혀 흠잡을 데가 없는 머핀에 문제가 있다고 주장하면서 여종업원과 약간 높은 목소리로 한참 동안 실랑이를 벌였다. 그런 다음에는 터무니없이 먼 교외까지 지하철이 운행되는가를 크고 애처로운 목소리로 물었고, 찻집의 고양이에게 명랑하고 위선적인 태도로 말을 걸었고, 마지막 수단으로 우유 단지를 쓰러뜨리고 고상한 욕설을 내뱉었다. 요컨대 그녀는 찻집에 있는 많은 사람의 관심을 끌었지만, 멋지게 머리를 빗은 젊은이의 관심은 단 한순간도 끌지 못했다. 그는 수천 킬로미터 떨어진 힌두스탄 평원이나 버려진 방갈로, 사람들이 북적거리는 시장, 폭동이 일어난 병영 근처의 연병장에서 둥둥 울리는 북소리와 멀리서 소총이 덜걱거리는 소리를 듣고 있었다.

조캔사는 첼시의 집으로 돌아갔다. 난생처음으로 집이 따분해 보였고, 가구도 지나치게 많아 보였다. 저녁 식탁에서 그레고리는 아무 재미도 없는 이야기나 늘어놓을 것이고 저녁을 먹은 뒤에 볼 연극은 시시할 거라고 그녀는 확신했다. 분하지만 그럴 게 뻔했다. 전체적으로 그녀의 기분은 만족스럽게 목을 가르랑거리는 어태브와 뚜렷한 차이를 보였다. 어태브는 다시 소파 구석에 웅크리고 앉아서 몸의 모든 굴곡에서 고도의 평화로움을 발산하고 있었다.

하지만 사실 녀석은 어김없이 참새 한 마리를 죽인 뒤였다.

마음에 들면 사세요
On Approval

런던 시 소호 지구의 아울 가에 있는 뉘른베르크 레스토랑에는 보헤미안을 자처하는 사람들이 많이 모인다. 이곳에 이따금 흘러드는 진짜 보헤미안들 가운데 게브하르트 크노프슈랑크보다 더 흥미롭고 더 파악하기 어려운 사람은 아무도 없었다. 그는 친구도 전혀 없었고, 뉘른베르크 레스토랑에 자주 드나드는 단골손님을 모두 지인으로 취급했지만, 그 관계를 바깥세상으로 통하는 문 너머까지 연장하고 싶은 마음은 전혀 없어 보였다. 그가 그들을 대하는 태도를 보면 마치 시장에서 장사하는 여자가 우연히 지나가는 행인을 대하는 듯했다. 장사꾼 여자는 행인들에게 물건을 보여 주고 날씨에 대해 잡담을 하고 장사가 불경기라고 투덜거리고 이따금 류머티즘으로 고생하는 이야기도 하지만, 그들의 일상생활에 끼어들거나 그들의 속마음을 파헤치려고 하지는 않는 법이다.

그는 포메라니아* 어딘가에서 농사를 짓는 집안의 아들로 알려져 있었다. 그에 대해 알려진 바에 따르면, 그는 약 2년 전에 돼지와 거위를 기르는 노동과 책임을 버리고 화가로서 운을 시험해 보기 위해 런던에 왔다고 한다. 사람들이 그에 대해 알고 있는 것은 그것뿐이었다.

"왜 파리나 뮌헨으로 가지 않고 런던으로 왔지?"호기심 많은 사람들은 그에게 물었다.

한 달에 두 번씩 슈톨프뮌데**를 떠나 런던으로 가는 배가 있었는데, 승객은 별로 없었지만 운임이 쌌다. 그에 비해 뮌헨이나 파리로 가는 철도 운임은 싸지 않았다. 그가 대모험의 무대로 런던을 선택하게 된 이유였다.

뉘른베르크 레스토랑의 단골손님들을 오랫동안 숙고하게 만든 문제는 거위를 치다가 이주해 온 이 젊은이가 정말로 열정에 사로잡혀 빛을 향해 날개를 펼친 천재냐 아니면 자기한테 그림 재능이 있다고 믿고 모래투성이의 포메라니아 평원과 거친 호밀 빵에서 탈출하고 싶은 욕망에 사로잡힌 진취적인 젊은이냐 하는 것이었다. 그를 의심하고 경계하는 데에는 그럴 만한 근거가 있었다. 그 작은 레스토랑에 모이는 예술가 집단에는 자칭 천재들이 많이 포함되어 있었다. 머리를 짧게 자른 젊은 여자들이나 머리를 길게 기른 젊은 남자들은 저마다 자기가 음악이나 시, 그림이나 연극에 뛰어난 재능이 있다고 생각했지만, 사실 그 생각을 뒷받침해 주는 근거는 거의 없거나 전혀 없었

---

* 현재의 독일 북부에서 폴란드 북부에 이르는 발트해 남쪽 연안 지방. 1945년에 제2차 세계대전이 끝날 때까지는 독일 영토였다.
** 포메라니아 중부에 있는 마을. 당시는 독일 영토였지만 지금은 폴란드 영토여서 우스트카라고 불린다.

다. 그런 사람이 너무 많아서, 어떤 분야에서든 천재를 자처하는 사람이 그들 틈에 끼어 있으면 의심받을 수밖에 없었다. 반면에 진짜 천재를 알아보지 못하고 홀대하거나 무시할 위험도 항상 존재했다. 극시인인 슬레돈티*의 사례는 참으로 통탄할 만한 일이었다. 그는 아울 가의 예술계에서는 계속 무시와 냉대를 받았지만, 나중에 콘스탄틴 콘스탄티노비치 대공**은 그를 뛰어난 시인이라고 불렀다. 실비아 스트러블에 따르면 콘스탄틴 대공은 '로마노프 가***에서 가장 교양 있는 사람'이었다. 실비아는 러시아 황실에 속하는 사람을 하나도 빠짐없이 모두 알고 있는 것처럼 말하지만, 사실은 신문사 통신원을 한 사람 알고 있을 뿐이었다. 그 통신원은 보르시를 먹을 때면 마치 자기가 그 요리를 발명한 듯한 태도를 취하는 젊은이였다. 슬레돈티의 『죽음과 열정의 시집』은 지금 유럽의 일곱 언어로 번역되어 수천 부씩 팔리고 있었고, 시리아어로도 번역될 예정이었다. 상황이 이러했기 때문에 뉘른베르크의 안목 있는 평론가들은 미래에 대해 너무 서둘러 지나치게 결정적인 판단을 내리기를 꺼렸다.

그들이 크노프슈랑크의 작품을 세밀히 조사하고 평가할 기회는 부족하지 않았다. 그가 아무리 레스토랑에서 알게 된 사람들의 사교생활에서 멀리 떨어져 있기로 결심했다 해도, 자신의 예술적 성과를 미심쩍은 듯이 탐색하는 그들의 눈에 띄지 않게 감추고 싶어 하지는 않았다. 매일 또는 거의 매일 저녁 7시쯤 그는 레스토랑에 나타나, 늘 앉

---

* 허구의 인물.
** 러시아 황제 니콜라이 1세의 손자들 가운데 하나. '러시아 대공'으로 불렸으며, 시인·극작가이기도 했다(1858~1915).
*** 러시아의 왕가. 1613년 즉위한 초대 황제 미하일 표도로비치로부터 마지막 황제 니콜라이 2세에 이르기까지 304년간 러시아를 통치했다.

는 자리에 앉아서 맞은편 의자에 두툼한 검정 화첩을 던져 놓고는 다른 손님들을 둘러보며 아무한테나 닥치는 대로 고개를 끄덕인 다음, 음식을 먹고 마시는 진지한 작업에 착수하곤 했다. 커피를 마실 단계에 이르면 담배에 불을 붙이고 화첩을 끌어당겨 뒤적거리기 시작했다. 그는 천천히 신중하게 최근의 습작과 스케치 몇 점을 골라서 말없이 이 탁자에서 저 탁자로 돌리고, 혹시라도 그 식당에 처음 온 사람이 있으면 그 낯선 손님에게 각별한 주의를 기울였다. 스케치 뒷면에는 '값 10실링'이라는 구절이 적혀 있었다.

그의 작품에 천재 인증 마크가 찍혀 있지는 않다 해도, 어쨌든 한결같이 색다른 주제를 선택한 것은 주목할 만했다. 그의 그림은 항상 런던의 유명한 거리나 공공장소를 묘사하고 있었지만, 사람은 하나도 없이 황폐했고, 사람 대신 야생동물이 그곳을 헤매고 있었다. 이국적인 동물이 많은 것으로 미루어 보아 원래는 동물원이나 순회 서커스단에 있다가 탈출한 동물이 분명했다. 〈트래펄가 광장 분수에서 물을 마시는 기린들〉은 그의 스케치 중에서 가장 주목할 만하고 독특한 작품의 하나였지만, 그보다 훨씬 더 선풍적인 반응을 불러일으킨 것은 〈버클리 가에서 죽어 가는 낙타를 공격하는 독수리들〉이라는 소름 끼치는 그림이었다. 그가 몇 달 동안 그린 대작을 찍은 사진도 있었는데, 그는 지금 그 대작을 진취적인 미술상이나 모험적인 애호가한테 팔려고 애쓰고 있었다. 제목은 〈유스턴 역에서 자고 있는 하이에나들〉이었는데, 황폐함의 헤아릴 수 없는 깊이를 암시하는 면에서는 더 이상 바랄 게 없는 작품이었다.

"물론 엄청나게 독창적인 작품일 수도 있습니다. 미술계의 획기적인 작품일지도 모르죠." 실비아 스트러블은 그녀의 말을 특히 귀담아듣는 사람들에게 말했다. "하지만 또 한편으로는 그저 무모한 작품일 수도 있어요. 물론 작품의 상업적 측면에 지나치게 많은 관심을 쏟으면 안 되지만, 그래도 어떤 미술상이 하이에나 스케치에 입찰하려면 화가와 그의 작품을 어떻게 평가할 것인지를 더 잘 알아야 합니다."

"조만간 우리는 모두 우리 자신을 저주하게 될지도 몰라요." 누갓존스 부인이 말했다. "그 사람의 스케치가 들어 있는 화첩을 통째로 사지 않았다고. 하지만 진짜 재능 있는 사람들이 그렇게 많이 돌아다니고 있으면, 별나고 기묘한 장난처럼 보이는 그림을 10실링이나 주고 살 마음은 나지 않아요. 그런데 그 사람이 지난주에 우리한테 보여 준 〈앨버트 기념관에서 홰에 앉아 잠자는 사막꿩〉이라는 그림은 아주 인상적이었어요. 물론 나는 그 작품에서 훌륭한 기량과 활달한 처리법을 볼 수 있었지만, 앨버트 기념관다운 느낌은 조금도 전해지지 않았어요. 그리고 제임스 빈퀘스트 경이 말하기를, 사막꿩은 홰에 앉지 않고 땅바닥에서 잔대요."

포메라니아 출신 화가가 어떤 재능을 갖고 있든지 간에, 그 재능이 상업적으로 인정받지 못한 것은 확실했다. 화첩은 팔리지 않은 스케치로 여전히 불룩했고, 뉘른베르크 레스토랑의 재치 있는 손님들이 〈유스턴의 낮잠〉이라는 별명을 붙여 준 그 대작은 여전히 시장에 매물로 나와 있었다. 경제적으로 곤경에 빠진 징후가 겉으로 눈에 띄게 나타나기 시작했다. 저녁 시간에 싸구려 클라레* 반병을 마시는 대신 맥주를 작은 잔으로 한 잔만 마시게 되었고, 얼마 후에는 이것도 맹물로 바뀌었다. 1실링 6펜스짜리 정식은 날마다 먹는 일상식에서 일요일에만

* 프랑스 보르도산 붉은 와인.

누리는 특식으로 바뀌었다. 평일에는 7펜스짜리 오믈렛과 빵과 치즈로 만족했고, 아예 식당에 나타나지 않는 날도 있었다. 어쩌다 그가 이야기를 할 때는 고향에 대한 이야기가 더 많아지고 미술계에 대한 이야기는 점점 줄어들기 시작했다.

"지금쯤 포메라니아는 아주 바쁜 때야." 그는 고향을 그리듯 말했다. "수확이 끝나면 돼지들을 밭으로 몰아넣고 보살펴야 돼. 내가 거기 있다면 돼지를 보살피는 일을 도와줄 수 있을 텐데. 여기는 살기 힘들어. 여기서는 미술이 진가를 인정받지 못해."

"잠깐 고향에 다녀오는 게 어때?" 누군가가 재치 있게 물었다.

"그야 좋지. 하지만 고향에 다녀오려면 돈이 들어! 슈톨프뮌데까지 가는 뱃삯이 필요하고, 하숙비도 많이 밀렸어. 이 식당에도 외상값이 몇 실링이나 밀려 있지. 스케치를 몇 점만 팔 수 있다면……"

"스케치를 좀 싸게 내놓으면 우리 가운데 누군가가 몇 점 정도는 사 줄지도 몰라요." 누갓존스 부인이 말했다. "당신도 알다시피 10실링은 별로 유복하지 않은 사람들한테는 항상 문제가 돼요. 당신이 6실링이나 7실링만 달라고 하면 아마도……"

한번 농부는 영원한 농부다. 가격을 내리는 게 어떠냐고 제안했을 뿐인데 젊은 화가는 정신이 번쩍 든 것처럼 눈을 번득이며 입을 꽉 다물었다.

"한 점에 9실링 9펜스." 그는 딱 잘라 말했고, 누갓존스 부인이 더 이상 흥정을 계속하지 않는 데 실망한 것 같았다. 그는 부인이 7실링 4펜스를 제안할 거라고 기대한 게 분명했다.

몇 주가 쏜살같이 지나갔다. 크노프슈랑크가 아울 가의 레스토랑에 오는 일은 점점 더 뜸해졌고, 어쩌다 와도 그가 주문하는 식사는 점점 더 빈약해졌다. 그러다가 드디어 승리의 날이 왔다. 그는 이른 저녁에 의기양양한 상태로 레스토랑에 나타나 진수성찬이라고 할 만한 고급 요리를 주문했다. 주방에 늘 있는 재료 이외에 수입한 거위 가슴살 훈제 요리가 추가되었다. 이것은 포메라니아산 진미인데, 다행히 코번트리 가의 조제식품 수입회사에서 조달할 수 있었다. 그리고 목이 긴 병에 담긴 라인산 와인은 잔치 분위기를 조성하는 마지막 마무리였고, 그의 탁자에 모인 사람들은 기뻐서 박수갈채를 보냈다.

"그 걸작이 팔린 게 분명해." 실비아 스트러블은 뒤늦게 식당에 들어온 누갓존스 부인에게 속삭였다.

"그걸 누가 샀지?" 누갓존스 부인도 속삭이는 소리로 물었다.

"몰라. 저 사람은 아직 아무 말도 하지 않았지만, 미국인일 게 분명해. 디저트 접시에 작은 미국 국기가 놓인 게 보이지? 그리고 저 사람은 뮤직 박스에 1페니짜리 동전을 세 번이나 넣었어. 한 번은 〈성조기〉를 연주했고, 다음에는 〈수사 행진곡〉을 연주했고, 그다음에는 또다시 〈성조기〉를 연주했어. 미국 백만장자가 산 게 분명해. 그리고 저 사람은 그림값으로 큰돈을 받은 게 분명해. 흡족해서 얼굴이 환하게 빛나고 계속 낄낄 웃고 있잖아."

"누가 샀는지 물어봐야 돼." 누갓존스 부인이 말했다.

"쉿! 하지 마. 안 돼. 우리도 저 사람 스케치를 몇 점 사자. 빨리. 저 사람이 유명해진 걸 우리가 안다고 생각하기 전에 서둘러 사야 돼. 그러지 않으면 저 사람은 그림값을 두 배로 올릴 거야. 드디어 저 사람이 성공해서 난 너무 기뻐. 너도 알다시피 나는 항상 저 사람이 성공할 거라고 믿었거든."

스트러블 양은 버클리 가에서 죽어 가는 낙타 그림과 트래펄가 광장 분수에서 갈증을 달래고 있는 기린들의 그림을 각각 10실링씩 주고 샀다. 누갓존스 부인도 같은 값으로 홰에 앉아 있는 사막꿩의 스케치를 확보했다. 좀 더 야심적인 그림인 〈아테나움 클럽 계단에서 싸우는 늑대들과 큰사슴〉은 15실링에 구매자를 찾았다.

"당신은 이제 어떻게 할 계획인가요?" 미술 주간지에 이따금 기고하는 한 젊은이가 물었다.

"배가 뜨는 대로 슈톨프뮌데로 돌아갈 거야." 화가가 말했다. "그리고 다시는 돌아오지 않을 거야. 절대로."

"하지만 당신 일은? 화가로서의 경력은 어떡할 건데요?"

"아무 전망도 없어. 배를 곯는 게 고작이지. 오늘까지 나는 내 스케치를 한 점도 못 팔았어. 오늘 밤에 당신들이 몇 점을 사 주었지만, 그건 내가 떠날 예정이기 때문이고, 다른 때는 한 점도 사 주지 않았어."

"하지만 사 줬잖아요, 어떤 미국인이······"

"아아, 미국인." 화가는 킬킬거렸다. "그래, 우리 아버지가 돼지들을 밭으로 몰아가고 있는데, 어느 돈 많은 미국인이 운 좋게도 돼지들 속으로 차를 몰고 돌진했어. 돼지들이 많이 죽었지만 그 사람은 모두 배상해 주었지. 아마 실제 돼지값보다 훨씬 많은 돈을 냈을 거야. 한 달 동안 살을 찌워서 시장에 내다 팔았을 때보다 몇 배나 많았을걸. 하지만 그 미국인은 단치히*에 빨리 가야 했어. 돼지 문제로 옥신각신하느라 시간을 지체할 수 없었지. 그런 처지에 놓이면 요구하는 대로 들어줄 수밖에. 덕분에 우리 아버지는 지금 돈이 아주 많아. 그래서 나한테도 빚을 갚고 집으로 돌아오라고 돈을 좀 보내 주셨지. 나는 월요일에

---

* 폴란드 발트해 연안의 항만도시 그단스크의 독일 이름.

슈톨프뮌데로 떠나서 다시는 돌아오지 않을 거야. 절대로."

"하지만 당신 그림은? 그 하이에나 그림은?"

"그건 아무 쓸모도 없어. 너무 커서 슈톨프뮌데까지 가져갈 수도 없고. 불태워 버릴 거야."

머지않아 그는 잊히겠지만, 지금 크노프슈랑크는 소호 지구 아울 가에 있는 뉘른베르크 레스토랑의 몇몇 단골손님한테는 슬레돈티만큼이나 울화가 치미는 원인이다.

평화 장난감
The Toys of Peace

평화 장난감
The Toys of Peace

"하비, 아이들 장난감에 대한 이 기사 좀 읽어 봐." 엘리너 보프는 3월 19일자 런던의 한 조간신문에서 오려 낸 기사를 남동생에게 건네주면서 말했다. "장난감이 아이들한테 미치는 영향과 가정교육에 대한 우리 생각을 정확하게 전달하고 있어."

'전국평화위원회는……' 신문에서 오려 낸 기사는 이렇게 시작되었다. '아이들한테 보병연대와 포병대와 함대를 선물하는 데 엄중히 반대한다. 본 위원회는 아이들이 천성적으로 싸움과 전투 장비를 좋아한다는 것은 인정한다. …하지만 그것이 아이들의 원시적 본능을 부추기고 거기에 영구적인 형태를 부여할 이유는 되지 않는다. 3주 뒤 '올림피아'*에서 열릴 아동복지 전시회에서 본 위원회는 평화 장난감을 전시하는 형태로 부모들에게 대안을 제시할 계획이다. 특별히 그려진 헤이그의 평화궁** 그림 앞에 병사 인형이 아니라 민간인 인형을 놓고, 대포가 아니라 쟁기와 공구를 놓을 것이다. …장난감 제조업자들이 이 전시회에서 힌트를 얻어 장난감 가게에서 결실을 맺기를 바란다.'

"발상은 재미있군. 의도도 괜찮고. 실제로 성공하든 실패하든……" 하비가 말했다.

"그래도 시도해 봐야 돼." 그의 누나가 말을 가로챘다. "부활절에 우리 집에 올 거지? 넌 항상 아이들한테 줄 장난감을 가져오니까, 이번 부활절은 네가 그 새로운 실험에 착수할 절호의 기회가 될 거야. 장난감 가게에 가서 민간인의 생활 중에서도 가장 평화로운 양상과 관계가 있는 장난감과 인형을 사. 물론 너는 그 장난감을 아이들한테 설명해야 하고, 아이들이 그 새로운 발상에 흥미를 갖게 해야 할 거야. 이런 말을 하는 건 유감이지만, 아이들 고모인 수잔이 보낸 '아드리아노플*** 포위전' 장난감은 어떤 설명도 필요 없었어. 아이들은 군복과 군기를 모두 알고 있었고, 심지어는 양군 사령관의 이름까지 다 알고 있었지. 하루는 아이들이 몹시 귀에 거슬리는 말을 하는 걸 듣고 내가 야단을 쳤더니, 아이들은 그게 불가리아어로 명령을 내리는 말이라는 거야. 그게 사실인지도 모르지만, 어쨌든 나는 그 장난감을 아이들한테서 빼앗았어. 나는 네 부활절 선물이 아이들 마음에 새로운 자극과

---

* 1886년에 런던 서부에 설립된 종합 전시 시설. 해마다 다양한 전시회가 열린다.
** 네덜란드 헤이그에 위치한 건물. 국제사법재판소, 상설중재재판소 등이 들어서 있다.
*** 지금의 터키 서쪽 끝에 있는 도시 에디르네의 영어 이름. 제1차 발칸 전쟁(1912년 10월부터 1913년 5월까지 불가리아·그리스·세르비아·몬테네그로 등 발칸 동맹국과 오스만 제국 사이에 벌어진 전쟁) 중에 아드리아노플이 불가리아군에 포위 공격을 받은 끝에 점령됨으로서 전쟁도 끝나게 되었다.

방침을 가져다주었으면 좋겠어. 에릭은 아직 열한 살도 안 되었고, 버티는 겨우 아홉 살 반이야. 그러니까 가장 감수성이 예민한 나이지."

"누나도 알다시피 원초적 본능이라는 게 있어. 그걸 고려해야 돼." 허비는 미심쩍은 듯이 말했다. "그리고 유전적 경향도 있지. 아이들의 종조부 가운데 하나는 인케르만* 전투에서 무자비하게 싸웠고—그래서 그분은 영국군 공훈 보고서에 특별히 이름이 올랐을 거야—아이들의 증조부는 선거법 개정안이 통과되었을 때 휘그당원인 이웃 사람들의 온실을 모조리 박살냈어. 그래도 누나 말대로 아이들은 지금 한창 감수성이 예민한 나이니까 내가 최선을 다해 볼게."

부활절 주간이 시작되는 토요일에 하비 보프는 커다랗고 뭔가 그럴싸해 보이는 붉은색 마분지 상자를 조카들의 기대에 찬 눈앞에서 풀었다.

"너희 외삼촌이 최신 장난감을 가져오셨어." 엘리너는 인상적으로 말했고, 아이들의 예상은 알바니아 군대와 소말리아 낙타부대로 나뉘었다. 아이들은 둘 가운데 어느 쪽일까 하고 마음을 졸이며 지켜보고 있었다. 에릭은 소말리아 낙타부대일 가능성이 더 많다고 보고 그쪽을 열렬히 지지했다.

"말을 탄 아랍인들일 거야. 알바니아인들은 군복이 멋지고, 낮에는 온종일 싸우고 밤에도 달이 뜨면 밤새 싸우지만, 그 나라는 바위가 많아서 기병대가 없어."

뚜껑이 열렸을 때 맨 먼저 눈에 띈 것은 물결 모양의 종이 부스러기

---

* 크림 반도 서남쪽에 있는 도시. 크림 전쟁(1853년 10월부터 1856년 2월까지 영국·프랑스·터키 연합국과 러시아 제국 사이에 벌어진 전쟁) 중에 1854년 11월 5일 이곳에서 전투가 벌어져 러시아가 패했다.

였다. 아이들을 가장 흥분시키는 장난감은 항상 그런 식으로 등장했다. 하비는 위에 덮여 있는 한 무더기의 종이 부스러기를 밀어내고, 좀 평범해 보이는 네모난 건물 하나를 꺼냈다.

"요새다!" 버티가 외쳤다.

"아니야. 알바니아의 음프레 궁전이야." 에릭이 그 이국적인 이름을 알고 있다는 사실을 무척 자랑스러워하면서 말했다. "보다시피 창문이 하나도 없어. 밖에서 왕족한테 총을 쏘지 못하게 하려고."

"이건 시내의 쓰레기통이야." 하비가 서둘러 말했다. "쓰레기가 여기 저기 널려서 시민의 건강을 해치지 않도록, 시내의 쓰레기와 잡동사니는 모두 여기 모이게 되지."

무서운 침묵 속에서 그는 검은 옷을 입은 작은 납 인형을 종이 부스러기 속에서 파냈다.

"이건 유명한 민간인인 존 스튜어트 밀이야. 정치경제학의 권위자였지."

"왜요?" 버티가 물었다.

"왜냐고? 그야 물론 자기가 원했기 때문이지. 그 사람은 그게 유용한 일이라고 생각했거든."

버티는 의미심장하게 끙 하는 소리를 냈다. 그 소리는 세상에 색다른 걸 좋아하는 사람도 다 있구나 하는 그의 생각을 전해 주었다.

네모난 건물이 또 하나 나왔다. 이번에는 창문도 있고 굴뚝도 있었다.

"이건 '기독교 여자청년회(YWCA)'의 맨체스터 지부 모형이야." 하비가 말했다.

"거기에 사자가 있나요?" 에릭이 기대에 찬 얼굴로 물었다. 그는 로마 역사를 읽었고, 그래서 기독교가 있는 곳에서는 당연히 사자도 몇 마리 발견할 수 있을 거라고 믿었다.

"사자는 없어." 하비가 말했다. "이곳에도 민간인이 있지. 이 사람은 주일학교 창설자인 로버트 레이크스라는 민간인이야. 그리고 이건 시립 세탁소야. 이 작고 동그란 것들은 위생적인 빵집에서 구운 빵덩어리야. 이 납 인형은 위생 검사관이고, 이건 시의회 의원, 그리고 이건 지방자치위원회의 행정관이야."

"그 사람들은 무슨 일을 해요?" 에릭이 따분한 듯이 물었다.

"자기가 맡은 부서와 관련된 일들을 감독하지." 하비가 말했다. "길고 가는 구멍이 뚫린 이 상자는 투표함이야. 선거할 때 여기에다 투표 용지를 넣는 거란다."

"다른 때는 뭘 넣어요?" 버티가 물었다.

"아무것도 안 넣어. 그리고 이건 여러 가지 공구와 손수레와 괭이야. 이건 아마 토마토 받침대일 거야. 그리고 이건 벌통 모형이고, 이건 하수도를 환기시키는 통풍기야. 이것도 시청 쓰레기통처럼 보이는데, 아닌가? 아니, 미술 학교와 공립 도서관 모형이군. 이 작은 납 인형은 여류 시인인 히먼스 부인이고, 이건 우표를 도입한 롤런드 힐이야. 이건 유명한 천문학자인 존 허셜이란다."

"이 민간인 인형들을 갖고 노는 거예요?" 에릭이 물었다.

"물론이지. 이건 장난감이야. 갖고 놀라고 만들어진 거야."

"하지만 어떻게 놀아요?"

그것은 꽤 어려운 문제였다.

"두 사람이 의회의 의석 하나를 놓고 경쟁하게 만들 수도 있지." 하비가 말했다. "그리고 선거를 해서……"

"달걀을 던지고 난투극을 벌이고, 모두 대가리가 깨지는 거예요!" 에릭이 외쳤다.

"그리고 모두 코피를 흘리고 곤드레만드레 취하는 거예요." 호가스*의 풍속화 가운데 하나를 주의 깊게 본 적이 있는 버티가 에릭을 흉내냈다.

"그런 일은 안 일어나." 하비가 말했다. "그런 일은 절대 없어. 투표용지는 투표함에 넣어질 테고, 시장이 집계할 거야. 그리고 누가 더 많은 표를 받았는지를 발표하면, 두 후보는 선거를 관리해 준 시장에게 감사하고, 경쟁이 처음부터 끝까지 아주 유쾌하고 공명정대하게 치러졌다고 말하고, 서로 존경하는 표정으로 헤어지는 거야. 너희 같은 아이들이 즐길 수 있는 유쾌한 게임이지. 내가 어렸을 때는 이런 장난감을 가져 본 적이 없어."

"지금 당장은 이걸 갖고 놀 수 없을 것 같아요." 에릭이 외삼촌과는 반대로 시큰둥하게 말했다. "부활절 방학 숙제를 좀 해야 되거든요. 이번 방학 숙제는 역사예요. 프랑스의 부르봉 시대에 대해 무언가를 알아서 가야 돼요."

"부르봉 시대라고?" 하비는 비난하는 듯한 목소리로 말했다.

"루이 14세에 대해 조사해야 돼요." 에릭이 말을 이었다. "나는 벌써 주요한 전투 이름을 모두 외웠어요."

이건 아무래도 안 될 것 같다.

"물론 루이 14세 시절에 전투가 몇 번 있었지." 하비가 말했다. "하지만 그 전투에 대한 기록은 많이 과장된 것 같아. 당시에는 뉴스를 거

---

* 윌리엄 호가스(1697~1764): 영국의 화가·판화가.

412

의 믿을 수 없었고, 종군기자도 사실상 존재하지 않았거든. 그래서 장군과 사령관들은 자기가 참가한 소규모 전투를 마치 결정적인 대전투라도 되는 것처럼 과장할 수 있었지. 루이 14세는 사실 조경 설계사로 유명했어. 베르사유 정원은 루이 14세가 설계했는데, 많은 사람들이 거기에 감탄했고 그래서 그걸 모방한 정원이 유럽 전역에 생겨났단다."

"뒤바리 부인*에 대해 아세요?" 에릭이 물었다. "그 여자는 단두대에서 목이 잘리지 않았나요?"

"뒤바리 부인도 원예를 무척 좋아했지." 하비는 얼버무리듯 말했다. "사실 '뒤바리'라는 유명한 장미 품종은 그 여자 이름을 딴 거야. 자, 너희는 이제 공부는 뒤로 미루고 좀 노는 게 좋을 것 같다."

하비는 서재로 물러가서 전투와 대학살, 살인 음모와 폭력적인 죽음을 두드러지게 언급하지 않는 역사 교과서를 초등학교용으로 편찬할 수 없을까 하고 생각하면서 한 시간쯤 보냈다. 장미 전쟁** 시대나 나폴레옹 시대는 상당한 어려움을 제기할 거라고 그는 인정했다. 그리고 30년 전쟁***을 역사 교과서에서 완전히 빼 버리면 상당한 공백이 생길 것이다. 그래도 감수성이 아주 예민한 나이의 아이들이 스페인 무적함대나 워털루 전투 대신 '캘리코 날염술' 발명에 관심을 쏟게 할 수 있다면 큰 도움이 될 것이다.

이제 아이들 방으로 돌아가서 아이들이 평화 장난감을 가지고 어떻

---

* 프랑스 국왕 루이 15세의 애첩(1743~1793). 프랑스 혁명 때 단두대에서 처형되었다.
** 1455~1485년에 영국 왕권을 둘러싸고 두 귀족 가문인 붉은 장미의 랭커스터 가와 흰 장미의 요크 가 사이에 벌어진 내전.
*** 1618~1648년에 독일을 무대로 신교(프로테스탄트)와 구교(가톨릭) 사이에 벌어진 종교 전쟁.

게 노는지 볼 때가 되었다고 그는 생각했다. 문 앞까지 오자 에릭이 큰 소리로 지시를 내리는 소리가 들렸다. 버티도 이따금 끼어들어 유용한 제안을 하고 있었다.

"저건 루이 14세야." 에릭이 말하고 있었다. "저기 반바지를 입은 사람, 외삼촌이 주일학교를 만들었다고 한 사람은 루이 14세와 전혀 닮지 않았지만, 어쩔 수 없어."

"나중에 내 그림물감으로 코트를 자주색으로 칠하자." 버티가 말했다.

"그래. 그리고 구두 뒤축은 빨갛게 칠하자. 외삼촌이 히먼스 부인이라고 말한 저 납 인형은 맹트농 부인*이야. 맹트농 부인은 루이한테 원정을 떠나지 말라고 간청하지만, 루이는 귓등으로도 듣지 않았어. 루이는 삭스 원수를 원정에 데려가지. 우리는 루이와 삭스가 수천 명의 병사를 함께 데려간다고 생각해야 돼. 암호는 '키 비브?'**이고, 대답은 '레타 세 무아'***야. 그건 루이 14세의 유명한 말이야. 그들은 한밤중에 맨체스터에 상륙하고, 재커바이트**** 음모가가 그들에게 요새 열쇠를 줘."

하비가 문틈으로 방을 들여다보니 쓰레기통은 상상 속의 대포 포구를 끼울 수 있도록 구멍이 뚫렸고, 지금은 맨체스터의 주요 요새를 상징하고 있었다. 존 스튜어트 밀은 붉은 잉크 속에 잠겼다 나온 듯 붉게 물들어 있었고, 삭스 원수 역할을 맡은 게 분명했다.

---

* 프랑스 국왕 루이 14세의 애첩(1635~1719).
** Qui vive?, '누구냐?'라는 뜻.
*** L'état c'est moi, '짐이 곧 국가다'라는 뜻.
**** Jacobite, 명예혁명 후 망명한 스튜어트 가의 제임스 2세와 그 자손을 정통의 영국 군주로서 지지한 정치세력. 제임스의 라틴어 이름 야코부스(Jacobus)에서 유래했다.

"루이는 YWCA 회관을 포위하고, 안에 있는 많은 여자들을 붙잡으라고 병사들한테 명령하지. 루이는 '루브르로 돌아가면 여자들은 모두 내 거야'라고 외치는 거야. 우리는 그 여자들 가운데 하나로 히먼스 부인을 또 써먹어야 돼. 히먼스 부인은 '절대로 안 돼' 하면서 삭스 원수의 심장을 단도로 찔러."

"삭스 원수는 무시무시하게 피를 흘려." 버티가 붉은 잉크를 YWCA 회관 건물 정면에 마구 뿌리면서 외쳤다.

"병사들은 안으로 몰려 들어가 끔찍하게 죽은 삭스의 원수를 갚는 거야. 여자가 백 명이나 살해돼." 여기서 버티는 남은 잉크를 그 신성한 건물에 모두 쏟아 버렸다. "그리고 살아남은 500명은 프랑스 배로 끌려가. 이때 루이는 이렇게 말해. '나는 원수를 잃었지만 빈손으로 돌아가지는 않는다.'"

하비는 살며시 문 앞을 떠나 누나를 찾았다.

"누나, 실험은……"

"어땠니?"

"실패했어. 우리가 너무 늦게 시작한 거야."

루이즈
Louise

"차가 차갑게 식었을 거야. 벨을 울려서 차를 더 갖다 달라고 하는 게 좋겠어." 미망인인 빈퍼드 부인이 말했다.

수잔 빈퍼드 부인은 생애의 대부분을 건강이 나쁘다고 상상하며 엄살을 부렸지만 실제로는 원기 왕성한 노부인이었다. 클로비스 생그레일은 불경스럽게도 빈퍼드 부인이 빅토리아 여왕 대관식에서 오한이든 뒤 다시는 그 오한에서 벗어나지 못했다고 선언했다. 그녀보다 몇 살 아래 여동생인 제인 스로플스탠스는 미들섹스*에서 가장 얼빠진 여자로 알려져 있었다.

"오늘 오후에는 내가 정말로 여느 때와 달리 똑똑했어." 그녀는 차를

---

* 영국 런던 서쪽에 인접한 옛 주. 잉글랜드에서 가장 면적이 작은 주였으며, 1965년에 대부분이 그레이터런던 지역에 흡수되고, 나머지는 서리 주에 흡수되었다.

주문하려고 벨을 울리면서 쾌활하게 말했다. "방문할 작정이었던 사람들을 모두 방문했고, 사려고 했던 물건도 모두 샀거든. 해러즈 백화점에서 언니의 그 실크에 어울리는 것을 찾으려고 애쓰는 것도 잊지 않았지만, 옷감 견본을 가져가는 걸 깜박 잊었기 때문에 그건 아무 소용도 없었어. 오늘 오후 내내 내가 잊은 것 중에서 중요한 건 정말로 그것뿐일 거야. 놀랍지 않아?"

"루이즈는 어떻게 했니?" 언니가 물었다. "루이즈를 데리고 나가지 않았어? 네가 그랬잖아. 데리고 나가겠다고."

"맙소사." 제인이 외쳤다. "내가 루이즈를 어떻게 했지? 어딘가에 놔두고 온 게 분명해."

"하지만 어디에?"

"바로 그게 문제야. 내가 루이즈를 어디다 두고 왔지? 캐리우드 부부가 집에 있었는지, 아니면 집에 없어서 내가 그냥 명함만 놓고 왔는지도 기억나지 않아. 캐리우드 부부가 집에 있었다면 내가 루이즈를 브리지 상대로 거기 놔두고 왔을지도 몰라. 캐리우드 경한테 전화해서 물어볼게."

"캐리우드 경이세요?" 그녀는 전화에 대고 물었다. "저예요. 제인 스로플스탠스예요. 알고 싶은 게 있는데요, 혹시 루이즈를 보셨나요?"

"루이즈." 캐리우드 경의 대답이 돌아왔다. "그걸 세 번 보는 게 내 운명이었소. 처음에는 거기에 별로 감명을 받지 않았다고 인정할 수밖에 없지만, 음악은 얼마 후에는 점점 더 마음에 들게 되는 법이지. 그래도 지금 당장은 그걸 다시 보고 싶지는 않아요. 당신의 칸막이 관람석에 내 자리를 하나 마련해 줄 작정이었소?"

"오페라 〈루이즈〉가 아니라 제 조카딸 루이즈 스로플스탠스 말이에요. 제가 그 애를 댁에 남겨 두고 왔을지도 모른다고 생각했거든요."

"오늘 오후에 당신이 우리 집에 명함을 놓고 간 것은 알지만, 조카딸을 놓고 가지는 않았을 거요. 당신이 조카딸을 놔두고 갔다면 하인이 분명히 말했을 테니까. 명함만이 아니라 조카딸도 남겨 두고 가는 게 요즘 유행인가요? 그러면 곤란한데. 버클리 광장의 집들 중에도 그런 종류의 것을 수용할 공간이 사실상 전혀 없는 집들이 있으니까."

"루이즈는 캐리우드 댁에 없어." 제인은 전화를 끝내고 찻잔이 있는 곳으로 돌아오면서 말했다. "지금 생각해 보니까, 어쩌면 셀프리지 백화점의 실크 매장에 루이즈를 놔두고 왔을지도 몰라. 더 밝은 곳에 가서 실크를 보고 올 테니까 잠시만 거기서 기다리고 있으라고 말해 놓고, 언니의 옷감 견본을 가져오지 않은 걸 알고는 루이즈를 잊어버린 것 같아. 그렇다면 루이즈는 아직도 거기에 앉아 있을 거야. 누가 가라고 말하지 않으면 루이즈는 거기서 꼼짝도 안 할 거야. 루이즈는 자발적으로 무언가를 하는 자주성이 전혀 없으니까."

"너는 아까 해러즈 백화점에서 실크에 어울리는 걸 찾아보았다고 했잖아." 미망인이 말했다.

"내가? 그럼 아마 해러즈 백화점이었을 거야. 정말로 전혀 기억이 나지 않아. 어쨌든 모두들 정말로 친절하고 동정적이고 헌신적인 곳이었어. 그런 쾌적한 곳에서는 무명실 한 타래도 가져오기 싫을 정도였지."

"넌 거기서 루이즈를 데리고 나왔을지도 몰라. 그 애가 낯선 사람들이 우글거리는 그곳에 있을 거라고는 생각도 하고 싶지 않아. 어떤 부도덕한 사람이 그 애와 말을 나눈다고 생각해 봐."

"그건 있을 수 없는 일이야. 루이즈는 화제가 전혀 없으니까. 나는 그 애가 '숙모님은 그렇게 생각하세요? 아마 숙모님이 옳겠죠' 하는 말 외에 어떤 화제에 대해서도 자기 생각을 말하는 걸 본 적이 없어. 그 애 어머니가 파리에 얼마나 많이 갔는지를 생각하면, 프랑스의 리보* 내각이 무너진 것에 대해 그 애가 아무 말도 하지 않은 건 정말 웃긴다고 난 생각했어. 이 버터 바른 빵은 너무 얇게 썰었군. 입으로 가져가기도 전에 부서져 버려. 마치 하루살이를 향해 물 위로 뛰어오르는 송어처럼 공중에서 음식을 낚아채는 건 우스꽝스럽게 느껴져."

"조카딸을 잃어버린 주제에 어떻게 거기 앉아서 배불리 차를 마실 수 있는지, 정말 놀랍구나." 미망인이 말했다.

"언니는 내가 그 애를 일시적으로 놓친 게 아니라 영구적으로 교회 묘지에 묻기라도 한 것처럼 말하네. 내가 그 애를 어디에 놔두고 왔는지 이제 곧 생각이 날 거야."

"너 설마 교회에 들르지는 않았겠지? 웨스트민스터 사원이나 이튼 광장의 세인트피터 교회 주변을 그 애가 정처 없이 돌아다니게 내버려 두었다면 큰일이야. 자기가 왜 거기 있는지에 대해 납득할 만한 이유를 대지 못하면, 그 애는 '고양이와 생쥐 법'에 따라 체포되어 레지널드 매켄나**한테 보내질 거야."

"그러면 정말 곤란해지겠는데." 제인은 공중에서 망설이고 있는 빵을 도중까지 마중 나가면서 말했다. "우리는 매켄나 집안사람들을 거의 모르고, 매정한 비서한테 전화를 걸어서 루이즈의 인상착의를 설명하고 저녁 식사 시간에 늦지 않게 그 애를 돌려보내 달라고 부탁하

---

* 알렉상드르 펠릭스 조제프 리보(1842~1923): 프랑스의 정치가. 1892~1893년, 1895년, 1914년, 1917년에 각각 프랑스 총리를 지냈다.
** 영국의 정치가(1863~1943). 1911~1915년에 내무장관을 지냈다.

는 건 아주 성가신 일일 거야. 다행히 나는 교회 같은 곳에는 들르지 않았어. 구세군 행렬에 말려들긴 했지만. 그 사람들과 가까운 거리에 있는 건 아주 재미있었어. 그 사람들은 내가 처음 기억하는 1880년대의 구세군과는 전혀 달라. 옛날에는 세상에 대해 웃으면서 화를 내는 것처럼 단정치 못한 차림새로 돌아다녔는데, 지금은 종교적 확신을 가진 제라늄 화단처럼 말쑥하고 화려하고 장식적이야. 로라 케틀웨이는 요전 날 도버 가 지하철의 엘리베이터에서 말하기를, 구세군이 좋은 일을 아주 많이 했고 구세군이 존재하지 않았다면 큰 손실이었을 거라고 하더군. 그래서 나는 말했어. 구세군이 존재하지 않았다면 그랜빌 바커가 구세군과 똑같아 보이는 무언가를 만들어 냈을 거라고. 지하철 엘리베이터에서 큰 소리로 그런 말을 하면 꼭 무슨 경구처럼 들리는 법이야."

"루이즈를 어떻게든 찾아야 할 것 같은데." 미망인이 말했다.

"나는 지금 내가 에이다 스펠벅시트를 방문했을 때 루이즈가 나와 함께 있었는지를 생각해 내려고 애쓰고 있어. 거기서는 꽤 즐거웠지. 에이다는 여느 때처럼 그 밉살스러운 코리아토프스키라는 여자 이야기를 늘어놓았지. 내가 그 여자를 싫어하는 걸 뻔히 알면서, 억지로 내 목구멍 속에 쑤셔 넣으려고 애쓰는 듯한 느낌이었어. 그리고 내가 방심한 찰나에 에이다는 말했지. '그 여자는 지금 사는 집을 떠나서 로어 시모어 가로 이사할 거야.' 그래서 나는 말했지. '거기에 충분히 오래 머문다면 아마 그렇겠지.' 에이다는 3분쯤 내 말을 이해하지 못했고, 이해한 뒤에는 아주 무례해졌어. 아니, 거기에 루이즈를 놔두고 오지 않은 건 확실해."

"그런 부정적인 장담보다는, 그 애를 어디다 두고 왔는지 기억해 낼 수 있다면 그게 훨씬 나을 텐데." 빈퍼드 부인이 말했다. "지금까지 우리가 아는 거라고는 루이즈가 캐리우드네 집에도 없고 에이다 스펠벡시트네 집에도 없고 웨스트민스터 사원에도 없다는 것뿐이야."

"그걸로 수색 범위가 조금은 좁혀졌잖아." 제인은 희망에 차서 말했다. "내가 모니 찻집에 들렀을 때는 루이즈가 분명히 나와 함께 있었던 것 같아. 내가 모니 찻집에 간 건 확실해. 거기서 그 유쾌한 맬컴 뭔가 하는 사람을 만난 걸 기억하고 있으니까. 내가 누구를 말하는지 언니도 알겠지? 그게 바로 색다른 이름을 가진 사람들의 이점이야. 구태여 성까지 기억하려고 애쓸 필요가 없으니까. 물론 나는 그 사람 말고도 맬컴이라는 이름을 가진 사람을 한두 명 더 알고 있지만, 유쾌한 사람이라고 말할 수 있는 사람은 그 사람뿐이야. 그 사람은 슬론 광장에 있는 로열코트 극장에서 상연하는 〈행복한 일요일 저녁〉 입장권 두 장을 나한테 주었어. 그 입장권도 모니 찻집에 두고 온 것 같지만, 그래도 역시 나한테 입장권을 주다니 정말 친절한 사람이지."

"거기다 루이즈를 놔두고 온 것 같아?"

"전화해서 물어보면 돼. 오오, 로버트, 차를 치우기 전에 리젠트 가의 모니 찻집에 전화해서 내가 오늘 오후에 거기다 연극 입장권 두 장과 조카딸 하나를 놔두고 오지 않았는지 물어봐 줘."

"조카딸이라고요?" 하인이 물었다.

"그래. 루이즈는 나와 함께 집에 돌아오지 않았어. 그런데 내가 그 애를 어디다 두고 왔는지 잘 모르겠거든."

"루이즈 아가씨는 오후 내내 2층에 계셨습니다. 신경통을 앓고 있는 가정부한테 책을 읽어 주고 있었지요. 제가 5시 15분 전에 루이즈 아가씨한테 차를 갖다 드렸는걸요."

"아, 그래? 나도 정말 멍청하지. 이제야 생각나는군. 나는 가엾은 엠마가 잠들 수 있도록 『요정의 여왕』*을 읽어 주라고 루이즈한테 부탁했어. 나는 신경통을 앓을 때는 항상 『요정의 여왕』을 읽어 달라고 누군가에게 부탁하는데, 그러면 대개 잠이 들거든. 루이즈는 성공하지 못한 것 같지만, 그렇다고 해서 애쓰지 않았다고 말할 수는 없어. 한 시간쯤 지났으면 루이즈가 가정부를 신경통과 단둘이 놔두고 내려오는 편이 나았을 텐데, 물론 루이즈는 누군가가 그만하라고 말할 때까지는 일을 그만두려고 하지 않아. 어쨌든 로버트, 모니 찻집에 전화해서 내가 거기다 극장 입장권 두 장을 놔두고 오지 않았는지 물어봐 줘. 언니, 언니의 실크를 제외하면 오늘 오후에 내가 잊어버린 건 그 입장권뿐인 것 같아. 나치고는 정말 놀라운 일이잖아?"

* 에드먼드 스펜서(1552~1599)의 장편 서사시. 스펜서는 엘리자베스 1세 시대인 영국 문예 부흥기에 셰익스피어와 함께 가장 위대한 시인으로 꼽힌다.

차
Tea

제임스 프링클리는 조만간 결혼할 거라는 확신을 항상 품고 있는 젊은이였다. 하지만 서른네 살이 된 지금까지 그는 그 확신을 정당화하기 위한 일을 아무것도 하지 않았다. 그는 많은 여성을 전체적으로 좋아하고 냉정하게 찬탄했을 뿐, 어떤 한 여자를 골라잡아 결혼 상대로 특별히 고려한 적은 한 번도 없었다. 알프스 산맥을 멀리서 바라보며 찬탄하긴 하지만, 어떤 특정한 봉우리를 자신의 사유재산으로 갖고 싶어 하지는 않는 것과 마찬가지다. 이 문제에서 주도적이고 진취적인 면이 전혀 없는 그의 태도는 감성적 경향을 가진 집안 여자들에게 상당한 초조감을 불러일으켰다. 어머니와 누이들, 같이 살고 있는 이모, 그리고 친하게 지내는 아주머니 두세 명은 결혼을 계속 미루면서 꾸물거리는 그의 태도를 노골적으로 비난하는 눈으로 바라보았다. 그가 천진한 마음으로 여자와 시시덕거리며 농탕을 치기라도 하면, 집안 여자들은 긴장과 기대에 찬 눈으로 그를 지켜보곤 했다. 마치 운동을 하지 못한 테리어들이 그들을 산책에 데려가 줄 것 같은 사람이 조금이라도 몸을 움직이면 그 작은 움직임에 모든 주의를 집중하는 것과 마찬가지다. 테리어의 눈 몇 쌍이 산책을 간청하면, 친절한 마음을 가진 사람은 그 간절한 눈빛에 오래 저항할 수 없다. 제임스 프링클리는 노골적으로 표출된 가족의 소망을 무시할 만큼 완고하지도 않았고, 가족의 영향에 무관심하지도 않았다. 가족들은 그가 참한 아가씨와 사랑에 빠지기를 간절히 바라고 있었다. 그런데 줄스 삼촌이 세상을 떠나면서 그에게 상당한 유산을 남겨 주자, 그 유산을 그와 함께 공유할 사람을 찾는 것이 당연히 해야 할 올바른 일로 여겨졌다. 배우자를 찾는 과정은 그 자신의 주도적인 행동보다는 오히려 암시의 힘과 여론의 무게로 진행되었는데, 그의 여자 친척들과 앞에서 말한 아주머니들은 그의 교제 범위 안에서 조앤 세바스터블을 그의 배우자가 되기에 가장 적합한 아가씨로 선정했다. 제임스는 자신과 조앤이 축하 인사와 선물 받기, 노르웨이나 지중해의 호텔을 거쳐 결국 가정생활을 시작하는 규정된 단계를 함께 거칠 거라는 생각에 차츰 익숙해졌다. 하지만 상대 여성에게 그 문제를 어떻게 생각하느냐고 물어볼 필요는 있었다. 가족도 여기까지는 신중하게 연애를 지도하고 지시했지만, 실제 청혼은 제임스 자신이 개인적으로 노력해야 할 문제였다.

　제임스 프링클리는 적당히 만족스러운 기분으로 하이드파크를 가로질러 세바스터블 가의 저택으로 가고 있었다. 청혼을 하게 될 단계에 이르자, 그날 오후에는 결정이 내려져 무거운 짐을 내려놓게 될 거라는 느낌이 들어서 기뻤다. 상대가 조앤 같은 참한 아가씨라 해도 청혼은 좀 성가신 일이었지만, 그런 준비 단계를 거치지 않으면 미노르카*에서 보낼 신혼여행이나 그 후의 행복한 결혼 생활을 즐길 수는 없었다. 그는 미노르카가 정말로 들를 만한 곳인지 궁금했다. 그의 마음속 눈으로 보면 미노르카는 검은색이나 흰색의 암탉들이 섬 전역을 뛰어다니고 있어서 영원히 반쯤 상복을 입고 있는 듯한 섬이었다. 하지만 그곳을 조사하러 가 보면 아마 꼭 그렇지는 않을 것이다. 러시아에 갔다 온 사람들은 거기서 모스크바 오리를 본 기억이 없다고 말했다. 따라서 미노르카 섬에도 미노르카 닭이 전혀 없을 가능성도 있었다.

　30분마다 시각을 알리는 시계 소리가 지중해에 대한 그의 생각을 방해했다. 4시 반이었다. 불만스럽게 찡그린 표정이 그의 얼굴에 자리를 잡았다. 그는 정확히 오후 티타임에 맞춰 세바스터블 가의 저택에 도착할 것이다. 조앤은 은주전자와 크림통과 아기자기한 찻잔들을 늘어놓은 낮은 탁자 앞에 앉을 테고, 차가 묽은지 진한지, 설탕과 우유와 크림 따위를 차에 넣는다면 얼마나 넣을 것인지 묻는 그녀의 상냥한 목소리가 찻잔 뒤에서 방울 소리처럼 유쾌하게 울려 퍼질 것이다. "각설탕은 한 개만 넣을까요? 우유는 넣으실 거죠? 차가 너무 진하면, 뜨거운 물을 좀 더 부어 드릴까요?"

　프링클리는 수십 권의 소설에서 그런 장면을 읽었고, 수백 번의 실제 경험은 소설 속의 장면이 실제와 똑같다는 것을 말해 주었다. 수천 명의 여자들이 이 엄숙한 오후의 티타임에 고상한 도자기와 은식기 뒤에 앉아서 방울 소리처럼 유쾌하게 울려 퍼지는 목소리로 시시한

---

* 지중해 서부, 스페인령 발레아레스 제도 동쪽 끝에 있는 섬. 이곳 원산인 미노르카 닭은 영국에서 알을 얻기 위한 품종으로 개량된 것이다.

질문들을 폭포수처럼 퍼붓고 있었다. 프링클리는 티타임의 모든 절차를 혐오했다. 그의 인생론에 따르면 여자는 소파나 침대에 누워서 고상한 태도로 이야기를 하거나 말로 표현할 수 없는 생각들을 바라보거나 남의 눈길을 받는 물건처럼 그냥 말없이 침묵을 지켜야 하고, 비단 커튼 뒤에서 누비아 소년이 말없이 찻잔과 음식을 가져오고, 사람들은 말없이 그것을 받아들이고, 당연한 일이지만 크림과 설탕과 뜨거운 물에 대한 지루한 잡담은 전혀 나오지 않는다. 남자의 영혼이 정말로 연인에게 예속되었다면, 묽어진 차에 대해 어떻게 일관성 있게 말할 수 있겠는가? 프링클리는 어머니한테 그 문제에 대한 견해를 설명한 적이 없었다. 그의 어머니는 평생 동안 오후의 티타임에 고상한 도자기와 은식기 뒤에서 유쾌하게 딸랑거리는 목소리로 잡담을 나누는 데 익숙해져 있어서, 그가 소파와 누비아 소년에 대해 말했다면 그녀는 일주일 동안 바닷가에서 휴가를 보내라고 그에게 권했을 것이다. 지금 목적지인 메이페어*의 우아한 테라스와 간접적으로 이어져 있는 복잡한 골목을 지나면서, 조앤 세바스터블과 찻잔을 사이에 두고 탁자에 마주 앉을 생각을 하자 공포가 그를 사로잡았다. 그때 그 공포에서 해방될 수 있는 길이 순간적으로 머리에 떠올랐다. 에스키몰트 가의 더 시끄러운 쪽에 있는 좁은 집에 먼 친척인 로다 엘람이 살고 있었다. 그녀는 값비싼 재료로 모자를 만들어 생계를 꾸려 가고 있었는데, 그녀가 만든 모자는 정말로 파리에서 온 것처럼 보였지만, 그녀가 모자값으로 받는 수표는 불행히도 파리에 갈 것처럼 보이지 않았다. 하지만 로다는 인생이 즐거워 보였고, 궁핍한 상황에서도 꽤 즐

---

* 영국 런던의 하이드파크 동쪽에 있는 고급 주택가.

거운 시간을 보내는 것 같았다. 프링클리는 그녀가 사는 방으로 올라가서 제 앞에 놓인 중요한 일을 30분쯤 미루기로 결정했다. 방문 시간을 늦추면 고상한 도자기의 마지막 흔적까지 깨끗이 치워진 뒤에 세바스터블 저택에 도착할 수 있을 것이다.

로다는 그를 반갑게 맞아들였다. 그 방은 작업실과 거실과 주방을 겸하고 있는 것처럼 보였지만, 놀랄 만큼 깨끗하면서도 편안했다.

"나는 지금 피크닉풍 식사를 하고 있는 중이에요." 그녀가 말했다. "오빠 팔꿈치 옆에 있는 그 단지에 캐비어가 들어 있어요. 내가 빵을 더 자르는 동안 거기 있는 버터 바른 빵을 먼저 드세요. 찻잔은 직접 찾아보세요. 찻주전자는 오빠 뒤에 있어요."

그러고는 음식에 대해서는 더 이상 언급하지 않고 즐겁게 이야기하면서 손님한테도 즐겁게 말을 시켰다. 그와 동시에 능숙한 솜씨로 빵을 자르고, 붉은 고추와 얇게 자른 레몬을 내놓았다. 이런 경우, 대부분의 여자들은 음식이 변변치 않은 점에 대해 변명과 사과만 늘어놓았을 것이다. 프링클리는 가축 전염병이 발생했을 때 이런저런 질문에 답변할 것을 요구받는 농산부장관처럼 음식에 대한 수많은 질문에 대답할 필요 없이 맛있는 차를 즐기고 있었다.

"자, 이젠 무엇 때문에 나를 만나러 왔는지 말해 주세요." 로다가 갑자기 말했다. "오빠는 내 궁금증을 불러일으킬 뿐만 아니라 내 장사 본능까지 자극하고 있어요. 오빠가 모자 때문에 왔다면 좋겠어요. 요전날 오빠가 유산을 물려받았다는 이야기를 듣고, 오빠가 모든 누이들한테 값비싼 모자를 사 주는 것으로 그 일을 축하하면 얼마나 좋을까 하는 생각이 떠올랐죠. 누이들은 아무 말도 하지 않았을지 모르지만, 똑같은 생각이 떠올랐을 게 분명해요. 물론 굿우드 경마가 다가오고 있어서 나는 지금 몹시 바쁘지만, 이 장사에서는 늘 있는 일이라서 익숙해져 있어요. 우리는 어린 모세처럼 무척 바쁘게 살고 있답니다."

"모자 때문에 온 게 아니야." 손님이 말했다. "사실 무슨 볼일이 있어서 온 것도 아니야. 그냥 지나가다가 문득 여기 들러서 너를 보고 싶다는 생각이 났을 뿐이야. 하지만 여기 앉아서 너랑 이야기하다 보니까 상당히 중요한 생각이 떠올랐어. 잠시만 굿우드 경마를 잊고 내 이야기에 귀를 기울여주면 그 생각이 뭔지 말해 줄게."

약 40분 뒤에 제임스 프링클리는 중요한 소식을 가지고 가족의 품으로 돌아갔다.

"나는 약혼했습니다." 그가 발표했다.

요란한 축하 인사와 자화자찬이 폭발했다.

"우린 알고 있었어! 이런 일이 일어날 줄 알았어! 몇 주 전에 이미 예언했지."

"절대 몰랐을 겁니다." 프링클리가 말했다. "누군가가 오늘 점심때 내가 로다 엘람한테 청혼할 것이고 로다가 내 청혼을 받아 줄 거라고 말했다면, 나는 그 생각을 비웃었을 거예요."

제임스의 여자 친척들은 자신들의 끈질긴 노력과 노련한 권모술수가 수포로 돌아간 데 실망했지만, 이 사태의 낭만적인 의외성이 그것을 어느 정도 상쇄해 주었다. 그 자리에서 당장 열정의 대상을 조앤 세바스터블한테서 로다 엘람으로 전환하기는 힘들었지만, 결국 제임스가 결혼할 여자가 아닌가. 그의 취향도 어느 정도는 존중받을 권리가 있었다.

같은 해 9월의 어느 날 오후, 미노르카 섬에서의 밀월여행이 끝난 뒤, 제임스 프링클리는 그랜체스터 광장에 새로 마련한 신혼집 거실로 들어갔다. 로다는 고상한 도자기와 반짝이는 은식기가 놓인 낮은 탁자 뒤에 앉았다. 그에게 찻잔을 건네는 그녀의 목소리에는 방울 소리처럼 딸랑거리는 유쾌한 울림이 담겨 있었다.

"당신은 그보다 더 묽은 차를 좋아하시죠? 뜨거운 물을 좀 더 넣을까요? 싫으세요?"

크리스피나 엄벌리의 실종
The Disappearance of Crispina Umberleigh

푸르른 헝가리 평원을 가로질러 발칸 반도 쪽으로 달리는 열차의 일등칸 객실에 두 영국인이 앉아서 간간이 우호적인 대화를 나누고 있었다. 그들이 처음 만난 것은 추운 잿빛 새벽에 튜턴족의 땅이 호엔촐레른 왕가의 영토에서 합스부르크 왕가의 영토로 바뀌는 국경선에서였다. 여기서 짐을 검사하는 세관 관리는 잠을 갈망하는 승객들의 짐을 정중하고 기계적이지만 항상 귀찮은 태도로 철저히 조사했다. 두 여행자는 빈에서 하루 여행을 중단한 뒤, 열차 옆에서 다시 우연히 만나자 서로 의례적인 인사를 나누고 본능적으로 같은 객차에 자리를 잡았다. 두 사람 가운데 나이가 많은 쪽은 외교관 같은 단정한 외모와 태도를 지니고 있었지만, 사실은 어느 와인 회사 사장의 젖동생이었다. 또 한 사람은 기자였는데, 다행히 둘 다 수다스럽지 않았고, 상대가 말이 많지 않은 것을 서로 고맙게 생각했다. 그들이 대화를 간간이 나눈 것은 그 때문이었다.

한 가지 사건이 다른 어떤 화제보다 먼저 자연스럽게 그들의 화제가 되었다. 전날 빈에 있을 때 그들은 루브르 미술관 벽에 걸려 있던 세계적인 명화 한 점이 불가사의하게 사라진 것을 알게 되었다.

"그림이 그렇게 극적으로 사라지면 반드시 그것을 흉내 낸 모작이 속출하게 마련이니까, 많은 모작이 쏟아져 나올 게 분명합니다." 기자가 말했다.

"그 문제라면, 그림이 사라지기 전에 미리 선수를 친 모작이 많았어요." 와인 회사 사장의 젖동생이 말했다.

"물론 전에도 루브르에서 도난 사건이 있었지요."

"나는 그림보다 인간이 납치된 사건을 생각하고 있었습니다. 특히 우리 외숙모인 크리스피나 엄벌리 사건을 생각하고 있었지요."

"그 사건이라면 들은 기억이 납니다." 기자가 말했다. "하지만 그때 나는 영국을 떠나 있었어요. 그래서 실제로 무슨 일이 일어났었는지는 잘 모릅니다."

"비밀을 지켜 주신다면 무슨 일이 있었는지 들려 드리죠." 와인 상인이 말했다. "우선 말씀드릴 수 있는 것은, 우리 가족은 사라진 엄벌리 부인이 목숨을 잃었을 거라고는 전혀 생각지 않았답니다. 외삼촌인 에드워드 엄벌리 경은 결코 나약한 사람이 아니었고, 정계에서는 유력한 지도자로 여겨졌지만 외숙모한테는 분명히 잡혀 살고 있었지요. 실제로 나는 외숙모와 오랫동안 접촉하고도 그 기세에 눌리지 않은 사람을 만나 본 적이 없습니다. 지배하기 위해 태어나는 사람도 있는데, 외숙모인 크리스피나 엄벌리 부인은 법률을 제정하고 법전을 편찬하고 다스리고 검열하고 허가하고 금지하고 집행하고 심판하기 위해 태어난 사람이었지요. 크리스피나가 그런 운명을 타고나지 않았다면, 아주 어린 나이에 그런 운명을 받아들였을 겁니다. 부엌에서 일하는 사람들을 비롯하여 집안 식구들은 모두 크리스피나의 독재적인 지배를 받았고, 빙하시대의 연체동물처럼 유순하게 그 지배 아래 머물러 있었지요. 나는 조카로서 이따금 방문했을 뿐이니까 외숙모의 영향력이 나한테는 지나가는 유행병에 불과했고, 그것이 지속되는 동안은 다소 불쾌했지만 영구적인 결과는 남기지 않았어요. 하지만 외숙모의 자식들은 어머니를 두려워했습니다. 아이들의 공부와 친구 관계, 식사, 오락, 종교 의식, 머리 손질법까지도 모두 그 오만한 여자의 뜻과 취향에 따라 정해지고 통제되었거든요. 이런 상황을 알면, 외숙모가 남의 눈에 띄지 않고 불가사의하게 사라져 버렸을 때 가족이 깜짝 놀라서 망연자실한 것을 이해하실 겁니다. 그것은 세인트폴 성당이나 피커딜리 호텔이 하룻밤 사이에 사라져 버리고 그 자리엔 빈터밖에 남지 않은 것과 마찬가지예요. 알려진 바로는 외숙모를 괴롭히고 있는 문제가 전혀 없었어요. 사실 외숙모 앞에는 인생을 특히 살 만한 것으로 만들어 주는 일들이 많았답니다. 막내아들이 형편없는 성적표를 갖고 학교에서 막 돌아온 참이었기 때문에 외숙모는 실종된 바로 그날 오후에 막내아들을 심판할 예정이었지요. 서둘러 사라진 사람이 막내아들이었다면 동기를 짐작할 수 있었을 겁니다. 당시 외숙모는 지방 교구의 부감독과 신문의 독자 투고란을 통해 한창 논쟁을 벌이고 있는 중이었고, 상대가 이단이고 무정견하고 무가치한 핑계만 늘어놓는다는 것을 이미 입증한 뒤였지요. 외숙모가 정상적인 생각으로 논쟁을 중단할 가능성은 전혀 없었어요. 실종 사건은 물론 경찰에 신고되었지만 신문에는 가능한 한 보도되지 않게 했고, 외숙모가 사교계에서 모습을 감춘 것은 요양원에 들어갔기 때문이라는 설명을 사람들은 대체로 받아들였습니다."

"식구들도 영향을 받았겠군요?"

"여자들은 당장 자전거를 샀습니다. 여자들의 자전거 타기 열풍이 여전한 상태였는데 외숙모는 식구들이 그 유행에 가담하는 것을 엄격하게 금지했거든요. 막내아들은 다음 학기에 제멋대로 지냈기 때문에, 그것이 그 학교에서 보낸 마지막 학기가 될 수밖에 없었지요. 나이가 위인 아들들은 어머니가 해외 어딘가를 헤매고 있을지도 모른다는 의견을 제시하고, 외숙모가 발견될 가능성이 거의 없는 몽마르트르 같은 곳에서 외숙모를 부지런히 찾아다녔다는 것을 인정할 수밖에 없습니다."

"그러면 지금까지 당신의 외삼촌은 아주 작은 단서 하나도 잡지 못했습니까?"

"사실 외삼촌은 납치범한테서 몇 번 연락을 받았지만, 당시에는 나도 그 사실을 전혀 몰랐습니다. 어느 날 외삼촌은 외숙모가 납치되어 해외로 끌려갔다는 메시지를 받았습니다. 외숙모는 어느 나라—아마 노르웨이였을 겁니다—해안 앞바다에 떠 있는 섬들 가운데 하나에 숨겨져 있고, 쾌적한 환경에서 충분한 보살핌을 받고 있다는 메시지였지요. 그리고 범인은 이 메시지와 함께 돈을 요구해 왔는데, 해마다 2천 파운드의 몸값을 지불해라, 그러지 않으면 크리스피나를 당장 가족한테 돌려보내겠다……"

기자는 잠시 입을 다물고 있다가 조용히 웃기 시작했다.

"인질을 잡고 몸값을 요구하는 건 같지만, 몸값을 주면 인질을 돌려

보내는 게 아니라 거꾸로 몸값을 주지 않으면 인질을 돌려보내겠다는 거군요." 기자가 말했다.

"당신이 우리 외숙모를 안다면, 범인들이 몸값을 더 많이 요구하지 않은 것을 의아하게 생각했을 겁니다."

"그게 가족들한테 얼마나 큰 유혹인지 알겠습니다. 당신의 외삼촌은 그 유혹에 굴복했나요?"

"외삼촌은 자신만이 아니라 다른 사람들도 생각해야 했지요. 가족이 자유의 기쁨을 맛본 뒤 다시 외숙모의 노예 신세로 돌아가는 것은 비극이었을 테고, 그보다 더 범위가 넓은 문제도 고려할 필요가 있었지요. 외숙모가 실종된 뒤, 외삼촌은 공적인 문제에서 무의식적으로 훨씬 대담하고 더 진취적인 노선을 택했고, 그에 따라 인기와 영향력도 높아졌습니다. 단순히 정계의 유력자에 불과했던 외삼촌은 이제 정계 제일의 실력자라는 평판을 듣기 시작했지요. 그런데 이제 와서 다시금 엄벌리 부인의 남편이라는 사회적 지위로 떨어지면 이 모든 것이 위태로워지리라는 것을 외삼촌은 알고 있었어요. 외삼촌은 부자니까, 1년에 2천 파운드는 벼룩에 물린 정도의 사소한 고통은 아니지만 외숙모의 하숙비라고 생각하면 터무니없는 액수로 여겨지지는 않았습니다. 물론 외삼촌은 그 결정에 대해 심한 양심의 가책을 느꼈지요.

나중에 외삼촌은 나한테 비밀을 털어놓으면서 놈들한테 몸값—나 같으면 입막음 돈이라고 불렀겠지만—을 지불한 건 몸값을 주지 않으면 납치범들이 분노와 실망을 인질한테 터뜨리지나 않을까 두려웠기 때문이라고 말했습니다. 아내가 수족이 잘린 상태로 집에 돌아오려고 처참하게 애를 쓰게 하기보다는 로포텐 군도* 어딘가에서 귀한 하숙인으로 대접받고 있다고 생각하는 편이 훨씬 나았다고 말했지요.

어쨌든 외삼촌은 해마다 정기적으로 보험료를 내듯 납입금을 꼬박꼬박 지불했습니다. 그러면 똑같이 시간을 엄수하여 돈을 받았다는 영수증과 함께 외숙모가 건강하고 쾌활하게 잘 지내고 있다는 짧은 편지가 날아오곤 했지요. 어떤 보고서는 외숙모가 현지 목사관에 교회 개혁안을 제시할 계획을 세우느라 바쁘다고 말하기까지 했지요. 또 다른 보고서는 외숙모가 류머티즘에 걸려 본토로 '치료' 여행을 떠났다면서 80파운드의 추가 요금을 청구했고, 그 경우에는 추가 요금이 인정되었습니다. 물론 자기들이 맡고 있는 인질의 건강을 지키는 것이 납치범들에게는 이익이었지만, 그들의 계획과 사전 준비와 실행을 비밀로 유지한 솜씨는 참으로 놀랄 만했지요. 외삼촌이 좀 비싼 대가를 치르고 있기는 했지만, 적어도 전문가 요금을 치른다는 생각으로 위안을 삼을 수는 있었습니다."

"그러는 동안 경찰은 사라진 부인을 추적하려는 시도를 모두 포기했습니까?" 기자가 물었다.

"완전히 포기하지는 않았지요. 이따금 외삼촌을 찾아와서 외숙모의 운명이나 행방을 알려 줄지 모른다고 여겨지는 단서에 대해 보고하곤 했지만, 경찰은 외삼촌이 경찰의 재량에 맡긴 것보다 더 많은 정보를 쥐고 있을지도 모른다고 의심한 것 같습니다. 그런데 8년 넘게 실종된 상태였던 외숙모가 그렇게 불가사의하게 떠났던 집으로 갑자기 돌아온 겁니다."

"납치범들을 속이고 달아났군요?"

"외숙모는 인질로 잡힌 적이 없었습니다. 외숙모가 집을 떠난 것은

---

* 노르웨이 서북쪽 연안에 있는 섬 무리.

갑자기 기억을 잃었기 때문이었지요. 외숙모는 평소에 청소부나 파출부로서는 일류 정도의 몸차림을 하고 있었으니까, 자기가 청소부나 파출부일 거라고 상상한 것도 그리 놀라운 일은 아니었지요. 사람들이 외숙모의 말을 곧이곧대로 믿고 외숙모가 일자리를 얻도록 도와준 것도 역시 놀라운 일은 아닙니다. 외숙모는 버밍엄까지 흘러가서 거기서 안정된 일자리를 찾았고, 사람들의 방을 말끔히 정돈하는 데 쏟는 외숙모의 에너지와 열의가 그 완고하고 오만한 성격을 상쇄하여 절묘한 균형을 이루었을 겁니다. 교구의 연주회에서 난로를 어디에 놓을 것인가를 두고 외숙모와 입씨름을 하던 부목사가 생색을 내면서 외숙모를 '마님'이라고 부른 것이 외숙모에게 충격을 주어, 잃어버린 기억을 갑자기 되찾게 된 것이죠. '당신은 자신이 누구를 상대하고 있는지 잊어버린 모양이군요' 하고 외숙모는 위압적으로 말했답니다. 외숙모도 자기가 누군지를 방금 기억해 냈을 뿐이라는 걸 생각하면, 부목사한테 그렇게 모진 말을 한 것은 좀 부당한 일이었지요."

"하지만 로포텐 사람들은요? 그 사람들은 누구를 인질로 잡고 있었던 겁니까?"

"완전히 가공의 인질이었지요. 처음에는 그 집안 사정을 어느 정도 아는 사람, 아마 해고당한 하인이 사라진 외숙모가 나타나기 전에 외삼촌을 속여서 목돈을 뜯어내려고 했을 겁니다. 그 후 해마다 들어온 납입금은 바라지도 않았는데 원래의 벌이에 추가된 의외의 소득이었어요.

외숙모는 8년 동안의 공백이 이제 다 자란 아이들에 대한 엄마의 지배권을 크게 약화시킨 것을 알았지요. 하지만 외삼촌은 아내가 돌아온 뒤 정계에서 중요한 업적을 전혀 이루지 못했어요. 8년 동안 용도

가 분명치 않은 1만 6천 파운드를 지출한 이유를 설명하려는 노력이 그분의 마음을 짓눌러 정신적 에너지를 고갈시켰기 때문이죠. 아, 베오그라드에 도착했군요. 또 세관을 통과해야 합니다."

체르노그라츠의 늑대들
The Wolves of Cernogratz

"이 성에는 뭔가 오래된 전설이라도 얽혀 있어?" 콘라트가 누나에게 물었다. 그는 함부르크의 부유한 상인이지만, 두드러지게 실리적인 집안에서 유독 시적인 기질을 가진 인물이었다.

누나인 그뤼벨 남작 부인은 통통한 어깨를 으쓱했다.

"이런 유서 깊은 곳에는 으레 전설이 얽혀 있게 마련이지. 그건 만들어 내기도 어렵지 않고 돈도 한 푼 들지 않으니까. 이 경우에는 성에서 누군가가 죽으면 마을의 개들과 숲 속의 들짐승들이 밤새도록 청승맞게 짖어 댄다는 전설이 있어. 듣기 좋은 소리는 아니겠지?"

"섬뜩하면서도 낭만적이겠네." 함부르크 상인이 말했다.

"어쨌든 그건 사실이 아니야." 남작 부인이 말했다. "우리는 성을 산이후 지금까지 그런 일은 전혀 일어나지 않았다는 걸 증명했어. 지난

봄에 시어머니가 돌아가셨을 때 우리 모두 귀를 기울였지만 청승맞게 울어 대는 소리는 전혀 들리지 않았지. 그건 돈 한 푼 들이지 않고 성에 위엄을 부여하려고 지어낸 이야기일 뿐이야.”

“그 이야기는 마님이 말씀하신 것과는 달라요.” 백발의 늙은 가정교사인 아말리에가 말했다. 모두 놀라서 그녀를 돌아보았다. 그녀는 탁자의 자기 자리에 말없이 새침한 태도로 눈에 띄지 않게 앉아서, 누군가가 말을 걸지 않으면 절대 입을 열지 않는 것이 습관이었다. 그리고 굳이 그녀와 잡담을 나누려는 사람도 없었다. 그런데 오늘 그녀가 갑자기 수다스러워졌다. 그녀는 똑바로 앞을 바라본 채, 특별히 누구한테 말하는 것 같지도 않았지만, 흥분하여 빠른 말씨로 계속 지껄였다.

“이 성에서 아무나 죽는다고 해서 청승맞게 짖어 대는 소리가 들리는 건 아니에요. 멀리서나 가까운 곳에서 늑대들이 몰려와 사람이 죽기 직전에 숲 가장자리에서 청승맞게 울부짖은 것은 체르노그라츠 집안사람이 여기서 죽었을 때였죠. 산지기가 그러더군요. 숲 이쪽에 소굴을 갖고 있는 늑대는 두어 쌍밖에 없었지만, 그럴 때면 수십 마리의 늑대가 어둠 속을 돌아다니며 입을 모아 울부짖곤 한다는 거예요. 성과 마을과 주변에 있는 모든 농장의 개들은 늑대들의 합창 소리를 들으면 공포와 분노에 사로잡혀 짖어 대고 청승맞게 울부짖곤 하는 거죠. 그리고 죽어 가는 사람의 영혼이 육신을 떠나면 정원에서 나무가 한 그루 요란한 소리를 내며 쓰러지곤 한답니다. 그게 체르노그라츠 집안사람이 성에서 죽었을 때 일어난 일이에요. 하지만 다른 집안사람이면 여기서 죽어도 늑대는 울부짖지 않고 나무도 쓰러지지 않아요. 절대로.”

이 마지막 낱말들을 말할 때 그녀의 목소리에는 경멸적이라고도 말할 수 있는 도발적인 울림이 담겨 있었다. 지나치게 잘 먹어서 피둥피둥 살찌고 지나치게 잘 차려입은 남작 부인은, 눈에 띄지 않았던 여느 때의 태도를 버리고 그렇게 무례한 말을 지껄이는 초라한 노부인을 성난 눈으로 노려보았다.

"당신은 체르노그라츠 집안 전설에 대해 아주 많이 아는 모양이군요, 슈미트 양." 남작 부인은 날카롭게 말했다. "나는 당신이 잘 아는 과목들 가운데 집안 역사도 포함된 줄은 미처 몰랐네요."

남작 부인의 비아냥에 대한 대답은 그 비아냥을 불러일으킨 이야기보다 훨씬 뜻밖이고 놀라운 것이었다.

"저는 체르노그라츠 집안사람이에요." 노부인이 말했다. "그래서 우리 집안의 역사를 알고 있답니다."

"체르노그라츠 집안사람이라고? 당신이?" 모두 믿을 수 없다는 듯 입을 모아 외쳤다.

"우리가 몹시 가난해졌을 때, 그래서 제가 밖에 나가 가정교사로 일해야 했을 때, 그때 이름을 바꿨어요. 그 이름이 더 잘 어울릴 거라고 생각했죠. 하지만 우리 할아버지는 어릴 적에 대부분의 시간을 이 성에서 보냈고, 우리 아버지는 이 성에 대해 많은 이야기를 해 주셨어요. 그래서 당연히 저도 가문의 전설과 일화를 모두 알고 있었죠. 남은 게 기억밖에 없으면, 각별한 주의를 기울여서 그 기억을 소중히 지키고 먼지가 쌓이지 않게 자주 꺼내 보는 법이죠. 마님께 고용되었을 때만 해도 언젠가는 마님과 함께 우리 가문의 옛집에 돌아오게 될 줄은 꿈에도 몰랐어요. 어딘가 다른 곳이었다면 좋았겠죠."

그녀가 말을 끝내자 침묵이 흘렀다. 이윽고 남작 부인이 집안 역사보다 덜 곤혹스러운 이야기로 화제를 돌렸다. 하지만 늙은 가정교사가 임무를 수행하러 조용히 빠져나가자, 그녀를 비아냥거리고 불신하는 소리가 요란하게 터져 나왔다.

"그건 정말 무례한 짓이었어." 남작이 퉁명스럽게 말했다. 그의 퉁방울눈은 화난 표정을 짓고 있었다. "우리 식탁에서 감히 그런 말을 하다니. 그 여자는 우리가 하찮은 인간들인 것처럼 말했고, 나는 그 여자 말을 한 마디도 믿지 않아. 그 여자는 성이 슈미트일 뿐이고, 그 이상은 아니야. 그 여자는 유서 깊은 체르노그라츠 가문에 대해 마을 농부들과 이야기를 나누면서 그 집안의 역사와 전설을 귀동냥했을 거야."

"그 여자는 자기가 상당히 중요한 인물인 체하고 싶어 해요." 남작 부인이 말했다. "그 여자는 자기가 이제 곧 늙어서 일을 할 수 없게 되리라는 것을 알고, 우리의 동정심에 호소하고 싶어 해요. 할아버지 이야기는 정말이지!"

남작 부인도 다른 사람들과 비슷한 수의 할아버지가 있었지만, 그들을 자랑한 적은 한 번도 없었다.

"그 여자 할아버지는 이 성에서 곳간을 담당하는 하인이나 그런 종류의 일을 했을 거야." 남작이 킬킬거렸다. "이야기의 그 부분은 사실일지도 모르지."

함부르크에서 온 상인은 아무 말도 하지 않았다. 그는 노부인이 제 기억을 지키는 것에 대해 이야기할 때 그녀의 눈에서 눈물을 보았다. 아니면, 그는 상상력이 풍부한 기질을 갖고 있었으니까 눈물을 보았다고 상상했을지도 모른다.

"새해 명절이 끝나자마자 그 여자를 해고하겠어요." 남작 부인이 말했다. "그때까지는 내가 너무 바빠서 그 여자 없이는 해 나갈 수 없을 테니까요."

하지만 남작 부인은 가정교사를 해고하지 않고도 가정교사 없이 어떻게든 혼자서 해 나가야 했다. 크리스마스가 지난 뒤, 살을 에는 듯이 추운 날씨 속에서 늙은 가정교사가 병이 들어 몸져누워 버렸기 때문이다.

"정말 짜증이 나요." 한 해가 저물어가는 세밑의 어느 날 저녁, 손님들이 난롯불을 둘러싸고 앉았을 때 남작 부인이 말했다. "그 여자가 우리와 함께 지내는 동안 심하게 아팠던 것은 기억나지 않아요. 일어나서 돌아다니지도 못하고 일도 못 할 정도로 아팠던 적은 한 번도 없었다는 뜻이에요. 그런데 하필이면 집이 손님으로 가득하고 그 여자 도움이 절실히 필요한 이때 갑자기 앓아눕다니. 물론 기력이 다 떨어져서 쇠약해진 모습을 보면 그 여자가 딱하긴 해요. 그래도 짜증이 나는 건 어쩔 수 없어요."

"짜증이 날 만도 하죠." 은행가의 아내가 동정하듯 말했다. "아마 이 지독한 추위 때문일 거예요. 추우면 노인들은 몹시 쇠약해져요. 올해는 유난히 추웠잖아요."

"12월에 이런 추위가 닥친 것은 정말 오랜만이죠." 남작이 말했다.

"그리고 물론 그 여자는 나이가 아주 많아요." 남작 부인이 말했다. "몇 주 전에 해고했더라면 좋았을걸. 그랬으면 이런 일이 일어나기 전에 집을 떠났을 텐데. 어머나, 와피! 왜 그러니?"

긴 털로 덮인 작은 애완견이 갑자기 쿠션에서 뛰어내리더니, 바들바들 떨면서 소파 밑으로 기어들어 갔다. 그와 동시에 안마당에서 개들이 성난 소리로 짖어 대기 시작했고, 멀리서 다른 개들이 요란하게 짖는 소리도 들려왔다.

"왜 개들이 불안해하는 거지?" 남작이 물었다.

열심히 귀를 기울이고 있던 사람들은 그 순간 개들을 자극한 소리를 들었다. 개들은 그 소리를 듣고 공포와 분노를 드러낸 것이다. 길게 꼬리를 끌며 애처롭게 울부짖는 소리였다. 그 소리는 높아졌다가 낮아지고, 어느 순간에는 몇 킬로미터 떨어진 곳에서 들리는 것 같지만 다음 순간에는 눈발을 가로질러 성벽 바로 밑에서 나는 것처럼 들렸다. 얼어붙은 세계에서 굶주림과 추위에 시달린 모든 불행한 생명들, 야생의 혹독한 굶주림과 분노가 무어라 형언할 수 없이 쓸쓸하고 결코 잊히지 않는 선율과 융합되어 구슬프게 울부짖는 그 소리에 집중된 것 같았다.

"늑대다!" 남작이 외쳤다.

늑대들의 음악 소리는 사방팔방에서 모여들어 하나의 소리로 격렬하게 폭발하는 것 같았다.

"늑대가 수백 마리나 몰려들었어요." 강한 상상력을 가진 함부르크 상인이 말했다.

남작 부인은 자신도 설명할 수 없는 어떤 충동에 사로잡혀 손님들을 내버려 두고, 늙은 가정교사가 침대에 누운 채 저물어 가는 한 해를 지켜보고 있는 좁고 음산한 방으로 갔다. 얼어붙을 듯이 추운 겨울밤인데도 창문이 활짝 열려 있었다. 남작 부인은 화난 소리를 지르며 창문을 닫으려고 앞으로 달려 나갔다.

"그냥 열어 두세요." 노부인은 힘없는 목소리지만 명령조로 말했다. 그녀가 그렇게 명령조로 말하는 것을 남작 부인은 한 번도 들어 본 적이 없었다.

"하지만 창문을 열어 두면 추워서 얼어 죽을 거예요!" 남작 부인이 타이르듯 말했다.

"어차피 나는 죽을 거예요." 노부인의 목소리가 말했다. "그리고 나는 저들의 음악을 듣고 싶어요. 저들은 내 가족의 장송곡을 부르려고 멀리서 왔어요. 나는 우리의 옛 성에서 죽는 마지막 체르노그라츠 집안사람이 될 거예요. 저들은 나에게 노래를 불러 주려고 왔어요. 들어 보세요. 얼마나 큰 소리로 부르고 있는지!"

늑대들의 울음소리는 뼈에 사무치듯 길게 꼬리를 끄는 울부짖음이 되어 잔잔한 겨울바람을 타고 성벽 주위를 감돌았다. 노부인은 오랫동안 미루어진 행복한 표정을 지으며 침대에 반듯이 누웠다.

"가세요." 그녀는 남작 부인에게 말했다. "나는 이제 더 이상 외롭지 않아요. 나는 유서 깊은 훌륭한 가문의 후예예요……"

"그 여자는 죽어 가는 것 같아요." 남작 부인은 손님들한테 돌아오자 말했다. "아무래도 의사를 불러야겠어요. 그리고 저 끔찍한 울음소리! 나 같으면 돈을 아무리 많이 준대도 저런 장송곡은 듣고 싶지 않을 거예요."

"저 음악은 돈을 아무리 많이 주어도 살 수 없어요." 콘라트가 말했다.

"들어 봐! 또 다른 저 소리는 뭐지?" 무언가가 쪼개지고 쓰러지는 듯한 소리가 들리자, 남작이 물었다.

그것은 정원에서 나무가 한 그루 쓰러지는 소리였다.

잠시 어색한 침묵이 흘렀다. 이윽고 은행가의 부인이 입을 열었다.

"나무가 쪼개진 건 추위 때문이에요. 늑대들이 저렇게 많이 몰려든 것도 역시 추위 때문이에요. 이렇게 추운 겨울을 보낸 건 정말 오랜만이에요."

남작 부인은 이런 일들이 모두 추위 때문이라는 말에 열심히 동의했다. 늙은 가정교사가 심장마비를 일으켜 의사의 도움이 필요 없게 된 것도 역시 열린 창문으로 들어온 혹독한 추위 때문이었다. 하지만 신문에 실린 부고는 아주 그럴듯했다.

'12월 29일, 체르노그라츠 성에서 오랫동안 그뤼벨 남작 부부의 소중한 친구였던 아말리에 체르노그라츠가 세상을 떠났습니다!'

참회
The Penance

옥타비안 러틀은 상냥함이 확실한 도장을 쾅 찍어 놓은 것처럼 언제나 친절하고 생기가 넘치는 쾌활한 사람이었고, 이런 부류의 사람들이 대개 그렇듯이 자기가 하는 일에 친구들이 무조건 찬성해 주어야만 비로소 영혼의 평화를 얻을 수 있었다. 그는 자기가 작은 얼룩고양이 한 마리를 잡아 죽인 것을 잘한 일이라고는 생각지 않았다. 그래서 정원사가 목장에 외따로 서 있는 참나무 밑에 서둘러 구덩이를 파고 고양이 시체를 파묻었을 때 그는 무척 기뻤다. 그 참나무는 쫓기던 고양이가 마지막 피난처로 삼아 올라간 나무였다. 그런 고양이를 잡아 죽인 것은 혐오스럽고 잔인한 짓이었지만, 그럴 수밖에 없는 상황이었다. 옥타비안은 닭을 키우고 있었는데, 일부는 닭장에 남아 있었지만 나머지는 닭장에서 사라졌고, 피 묻은 깃털 몇 개가 닭들이 어디로 갔는지를 알려 주었다. 목장을 등지고 서 있는 커다란 회색 집에서 키우는 얼룩고양이가 닭장을 남몰래 드나든 것이 탐지되었고, 회색 집의 실권자와 협상을 벌인 끝에 얼룩고양이를 사형에 처하기로 합의가 이루어졌다. "아이들은 싫어하겠지만, 애들이 알 필요는 없지요." 이것이 협상을 타결 지은 마지막 결정적인 말이었다.

문제의 아이들은 옥타비안에게는 항상 이해할 수 없는 수수께끼였다. 두어 달 동안 그는 아이들의 이름과 나이와 생일을 알았어야 마땅하고 아이들이 좋아하는 장난감도 알아 두었어야 한다고 생각했다. 하지만 아이들은 목장과 그들을 가로막고 있는 단조로운 담벼락처럼 여전히 애매모호한 존재로 남아 있었다. 그 담벼락 위로 이따금 세 아이의 머리가 불쑥 나타나곤 했다. 아이들의 부모는 인도에 가 있었다. 옥타비안이 이웃 사람에게 들은 정보는 그것뿐이었다. 입고 있는 옷차림으로 아이들을 분류하여 계집아이가 하나이고 사내아이가 둘이라는 것만 알아냈을 뿐, 아이들은 더 이상 자신들의 인생담을 그에게 말해 주지 않았다. 그런데 이제 그는 그들과 밀접한 관계가 있지만 그들이 알지 못하게 감추어야 하는 일에 말려들게 된 것이다.

가엾게도 무력한 닭들은 한 마리씩 죽어 갔고, 따라서 닭들을 죽인 범인도 비참한 최후를 맞는 것이 마땅했다. 하지만 옥타비안은 제 몫의 폭력 행사가 끝나자 양심의 가책을 느꼈다. 고양이는 늘 다니던 안전한 길에서 의지할 데 없는 곳으로 진로를 바꾸어 이 피난처에서 저 피난처로 달아났고, 그 종말은 좀 측은했다. 옥타비안은 길게 자란 목초지의 풀을 헤치고 여느 때보다 덜 쾌활한 걸음으로 걸어갔다. 그리고 높고 단조로운 담벼락 가까운 곳을 지날 때 문득 고개를 든 옥타비안은 그의 사냥을 목격한 달갑잖은 증인들이 있다는 것을 알게 되었다. 세 개의 하얀 얼굴이 굳은 표정으로 그를 내려다보고 있었던 것이다. 어떤 화가가 인간의 차가운 증오, 무력하지만 단호하고 분노에 불타면서도 그 분노를 침묵 속에 감춘 인간의 증오심을 3연작 스케치로 묘사하고 싶었다면, 옥타비안과 눈이 마주친 세 쌍의 눈 속에서 그 모델을 찾을 수 있었을 것이다.

"미안하지만 어쩔 수 없었어." 옥타비안은 진심으로 사과하는 목소리로 말했다.

"짐승!" 이 대답이 세 개의 목에서 놀랄 만큼 격렬하게 튀어나왔다.

옥타비안은 이 단조로운 담벼락도 그 갓돌 너머로 이쪽을 내려다보는 세 아이의 적개심보다 더 무감각하지는 않을 거라고 느꼈다. 그가 뭐라고 변명해도 그 아이들한테는 전혀 통하지 않을 것 같았다. 현명하게도 그는 좀 더 좋은 결과를 기대할 수 있는 기회가 올 때까지 평화 협상을 보류하기로 결정했다.

이틀 뒤, 그는 가까운 읍내에서 제일 좋은 과자가게를 샅샅이 뒤져서, 목장의 참나무 밑에서 그가 저지른 짓을 충분히 보상할 만한 크기의 초콜릿 한 상자를 샀다. 그는 가게 주인이 처음 보여 준 견본 두 개를 서둘러 거절했다. 하나는 뚜껑에 병아리 떼가 그려져 있었고, 또 하나는 얼룩고양이 새끼의 사진이 실려 있었다. 세 번째 견본은 양귀비꽃 한 다발로 좀 더 소박하게 장식되어 있었다. 옥타비안은 망각이라는 꽃말을 가진 그 꽃을 좋은 징조로 여겼다. 큼지막한 초콜릿 상자가 회색 집으로 보내지고 초콜릿이 아이들에게 제대로 전달되었다는 답장이 왔을 때 그는 주위 상황에 대해 훨씬 안심할 수 있었다. 이튿날 아침에 그는 단호한 걸음으로 길고 단조로운 담벼락을 지나 목초지 끝에 서 있는 닭장과 돼지우리로 걸어갔다. 세 아이는 여느 때처럼 망루에 올라앉아 있었지만, 그들의 시야는 옥타비안의 존재와는 관계가 없는 것처럼 보였다. 그는 아이들이 자기한테 관심을 두지 않고 멀리 떨어진 곳에 눈길을 던지는 것을 알고 침울해졌다. 그때 그는 발밑의 풀밭이 이상하게 얼룩덜룩한 것을 알아차렸다. 그를 둘러싼 꽤 넓은 잔디밭에 초콜릿 색깔의 우박이 얼룩덜룩하게 흩뿌려져 있었다. 그리고 화려한 금속 조각 같은 포장지와 반짝이는 담자색의 바이올렛 설탕절임이 여기저기 흩어져 풀밭에 생기를 주고 있었다. 마치 탐욕스러운 아이가 꿈꾸는 상상 속의 낙원이 목장 풀밭에 구체적인 형태와 실체를 갖고 홀연히 출현한 것 같았다. 아이들은 옥타비안을 경멸하면서 그가 준 위자료를 그에게 도로 던져 버린 것이다.

그를 더욱 당황하게 한 것은 닭장을 약탈한 범인으로 지목되어 이미 죽음으로 죗값을 치른 용의자가 그 혐의를 벗는 쪽으로 사건이 진행되어 간 것이다. 병아리들은 여전히 납치되었고, 그렇다면 고양이가 닭장에 드나든 것은 단지 닭장에 숨어 있는 쥐들을 잡으려고 그랬을 가능성이 높아 보였다. 고양이에 대한 평결은 이렇게 바뀌었지만 이미 엎질러진 물이었다. 아이들은 하인들을 통해 이 사실을 알게 되고, 어느 날 옥타비안은 풀밭에서 종이 한 장을 발견하고 집어 들었는데, 습자책에서 찢어 낸 종이에는 공들인 글씨로 이렇게 쓰여 있었다. '짐승! 쥐들이 당신 병아리를 잡아먹었다.' 그는 자신을 뒤덮은 오명을 벗어던지고 엄격한 세 심판관한테서 좀 더 유쾌한 별명을 얻을 기회가 오기를 어느 때보다 열렬히 바라게 되었다.

그러던 어느 날, 문득 한 가지 묘안이 떠올랐다. 그의 두 살배기 딸 올리비아는 정오부터 1시까지 유모가 점심 식사와 단편소설을 먹고 소화시키는 동안 아빠와 함께 시간을 보내는 것이 버릇이었다. 거의 같은 무렵, 단조로운 담벼락은 세 명의 어린 감시자로 활기를 띠었다. 옥타비안은 일부러 무심한 태도로 올리비아를 감시자들의 소리가 미치는 범위 안으로 데려갔고, 지금까지 완고하게 적대적이었던 감시자들의 얼굴에 흥미와 관심이 생겨나는 것을 알아차리고 속으로 쾌재를 불렀다. 그가 선의를 가지고 간절히 화해를 제의했을 때는 보기 좋게 실패했는데, 이제 그의 어린 딸 올리비아는 졸린 듯 나른하고 침착한 태도로 성공하려 하고 있었다. 그는 올리비아에게 노란 달리아 한 송이를 갖다 주었다. 올리비아는 그 꽃을 한 손에 움켜쥐고는 호의적이지만 따분한 눈으로 바라보았다. 마치 자선단체를 돕기 위해 고전무용을 공연하는 아마추어를 바라보는 듯한 눈길이었다. 이어서 그는 담벼락 위에 올라앉은 세 아이를 조심스럽게 돌아보며 부자연스럽게 무심한 말투로 물었다.

"너희들도 꽃을 좋아하니?"

세 아이는 진지하게 고개를 끄덕였다. 그가 용기를 내어 모험한 보람이 있었다.

"어떤 꽃을 제일 좋아하니?" 이번에는 간절한 마음을 분명히 드러낸 목소리로 물었다.

"저기 있는 여러 가지 색깔의 꽃을 제일 좋아해요." 오동통한 세 개의 팔이 멀리 무리지어 피어 있는 스위트피를 가리켰다. 그들은 어린 애답게 손에서 가장 멀리 있는 것을 요구했지만, 옥타비안은 그들의 반가운 명령에 따르기 위해 기꺼이 종종걸음을 쳤다. 그는 꽃을 아낌없이 꺾었고, 눈에 보이는 모든 색깔의 꽃으로 다발을 만들었다. 꽃은 순식간에 한 다발이 되었다. 그러자 그는 왔던 길을 되짚어갔지만, 단조로운 담벼락은 아까보다 더 단조로워졌고 어느 때보다도 더 황폐해 보였다. 게다가 담벼락 앞에 있었던 올리비아는 흔적도 보이지 않았다. 목초지 저 아래쪽에서 세 아이가 유모차를 밀고 그들이 낼 수 있는 최고의 속력으로 돼지우리를 향해 달려가고 있었다. 그것은 올리비아의 유모차였고, 올리비아는 그 안에 앉아 있었다. 유모차의 속도 때문에 여기저기 부딪치고 흔들리긴 했지만, 여느 때처럼 평정을 유지하고 있는 게 분명했다. 옥타비안은 빠르게 움직이는 무리를 잠시 바라보다가 맹렬히 뒤쫓기 시작했다. 그가 달리자, 아직도 두 손에 움켜쥐고 있는 꽃다발에서 스위트피 꽃들이 뿔뿔이 흩어져서 떨어졌다. 그는 최대한 빨리 달렸지만, 아이들은 그가 따라잡기 전에 돼지우리에 도착했다. 그가 도착한 순간, 세 아이는 의아해하면서도 전혀 저항하지 않는 올리비아를 가장 가까운 돼지우리 지붕 위로 잡아당기거나 밀어 올리고 있었다. 돼지우리는 수리할 필요가 있는 낡은 건물이었다. 올리비아를 붙잡은 아이들은 이제 유리한 위치를 차지하고 있었다. 그가 딸과 세 아이를 따라 지붕 위로 올라가면, 낡아빠진 지붕은 옥타비안의 몸무게를 견뎌 내지 못할 게 뻔했다.

"그 애를 어쩔 셈이냐?" 그가 숨을 헐떡거리며 물었다.

붉게 상기되었지만 엄격하고 냉정한 그 어린 얼굴들에는 앙심을 품고 못된 장난을 치려는 의도가 분명히 드러났다.

"쇠사슬로 묶어서 숯불 위에 매달아 둘 거예요." 사내아이들 가운데 하나가 말했다. 그들은 영국 역사를 읽은 게 분명했다.

"돼지우리로 던질 거예요. 그러면 돼지들이 몽땅 먹어 치울 거예요. 손바닥만 남기고*." 다른 사내아이가 말했다. 그들이 성경을 공부한 것

---

* 구약성서 『열왕기 하』 9장 35절, '그 여자를 찾아서 장사 지내려고 했으나, 그 여자의 해골과 발과 손바닥밖에는 남아 있지 않았다.'

도 분명했다.

옥타비안을 가장 놀라게 한 것은 이 마지막 계획이었다. 그것은 지금이라도 당장 실행할 수 있는 계획이었기 때문이다. 실제로 돼지들이 어린 아기를 잡아먹은 사건이 있었던 것을 그는 기억해 냈다.

"설마 내 가엾은 올리비아한테 그런 짓을 하지는 않겠지?" 그가 간청했다.

"아저씨는 우리 가엾은 고양이를 죽였잖아요." 세 아이가 입을 모아 엄격한 목소리로 그 일을 상기시켰다.

"그건 나도 미안하게 생각하고 있어." 옥타비안이 말했다. 진실의 정도를 재는 표준 척도가 있다면, 옥타비안의 이 말은 9점을 받고도 남았을 것이다.

"우리도 올리비아를 죽인 뒤에는 미안하게 생각할 거예요." 계집아이가 말했다. "하지만 죽이기 전에는 미안하게 생각할 수 없어요."

어린 아이의 논리는 누가 뭐래도 흔들리지 않는다. 그 확고부동한 논리가 난공불락의 요새처럼 옥타비안의 겁먹은 간청 앞에 버티고 서 있었다. 그가 새로운 호소 방법을 미처 생각해 내기 전에 다른 방향에서 그의 에너지를 요구했다. 올리비아가 지붕에서 미끄러져 돼지 분뇨와 썩어 가는 짚이 있는 거름 구덩이에 첨벙 빠져 버린 것이다. 옥타비안은 딸을 구하려고 서둘러 담장을 타 넘어 돼지우리로 들어갔지만, 그는 당장 발목까지 삼켜 버린 진구렁에 빠져 버렸다. 올리비아는 갑자기 허공에서 떨어진 충격으로 잠깐 놀란 뒤에는 주위에서 질척거리는 끈적끈적한 물질과 접촉하는 것을 꽤 즐기고 있었다. 하지만 끈적끈적한 거름 구덩이 바닥으로 서서히 가라앉기 시작하자, 자기가 별로 행복하지 않다는 느낌이 점점 분명해진 듯 보통의 착한 아이처럼 조심스럽게 울기 시작했다. 옥타비안은 모든 점에서 양보하면서도 실제로는 한 치도 물러서지 않는 희귀한 기술을 배운 듯한 진구렁과 싸우면서, 딸이 진구렁에 서서히 삼켜지는 것을 지켜보았다. 더러워진 딸의 얼굴은 놀라서 칭얼거리는 표정으로 더욱 일그러졌지만, 돼지우리 지붕 위에 올라앉은 세 아이는 모에라이*처럼 동정심이라고는 찾아볼 수 없는 냉정하고 초연한 눈으로 그것을 내려다보고 있었다.

"나는 늦기 전에 올리비아한테 갈 수 없어." 옥타비안이 헐떡거리며 말했다. "올리비아는 거름 구덩이 속에서 숨이 막혀 죽을 거야. 올리비아를 구해 주지 않겠니?"

"아무도 우리 고양이를 구해 주지 않았어요." 이번에도 어김없이 죽은 고양이를 상기시키는 대답이 돌아왔다.

"내가 그 일을 얼마나 미안하게 생각하고 있는지 보여 주기 위해서라면 무슨 짓이든 다 하마." 옥타비안은 더욱 필사적으로 버둥거리면서 소리쳤지만, 아무리 몸부림쳐도 몸은 앞으로 한 뼘도 나가지 않았다.

"그럼 참회의 표시로 하얀 수의를 입고 무덤 옆에 서 있을 거예요?"

"그래."

"촛불을 들고?"

"그리고 '나는 야비한 짐승이다'라고 말하면서?"

옥타비안은 두 제의에 모두 동의했다.

"아주 오랫동안?"

---

* 그리스 신화에 나오는 운명의 여신들. 제우스와 테미스 사이에 난 세 자매로, 클로토는 운명의 실을 짜고 라케시스는 실을 잡아 늘이고 아트로포스는 가위로 자르는데, 사람이 태어나는 순간에 함께하여 그 운명을 결정한다고 한다.

"30분 동안." 옥타비안이 말했다. 제한 시간을 말할 때 그의 목소리에는 불안한 울림이 담겨 있었다. 크리스마스 철에 셔츠 한 장만 입고 며칠 동안 밤낮으로 야외에서 참회한 독일 왕의 전례*가 있지 않았던가? 다행히 아이들은 독일 역사를 읽지 않은 것 같았다. 아이들에게는 30분이면 아주 길고 충분해 보였던 것이다.

"좋아요." 지붕에서 진지한 대답이 삼중으로 들려왔다. 그리고 잠시 후 아이들은 짧은 사다리를 간신히 옥타비안에게 밀어 주었다. 옥타비안은 곧바로 사다리를 낮은 돼지우리 담장에 기대 세웠다. 조심스럽게 사다리를 기어오른 옥타비안은 그와 서서히 사라지고 있는 딸 사이에 가로놓인 진구렁 위로 몸을 구부려, 좀처럼 빠져나오지 않는 코르크 마개를 빼내듯 질척거리는 진구렁에서 간신히 딸을 끌어냈다. 몇 분 뒤에 그는 이렇게 더러운 꼴은 난생처음 본다고 새된 목소리로 몇 번이고 말하는 보모의 목소리를 듣고 있었다.

그날 저녁, 어스름이 어둠으로 깊어지고 있을 때 옥타비안은 우선 참회자 역할에 걸맞게 조심스럽게 옷을 벗고 외따로 서 있는 참나무 밑에 참회자로서 자리를 잡았다. 그가 입은 얇은 제퍼 셔츠는 이 경우에 정말로 그 이름값을 했다.** 제퍼 셔츠를 입은 그는 한 손에 촛불을 들고 다른 손에는 시계를 들었다. 죽은 배관공의 영혼이 시계로 변한 것처럼 느려 터진 시계였다. 성냥갑이 발치에 놓여 있었다. 촛불이 밤바람에 자주 꺼졌기 때문에 그는 자주 성냥갑에 의지해야 했다. 집은 배경과 전경의 중간쯤에 어렴풋이 보였지만, 옥타비안은 정해진 참회

---

* 1077년에 신성로마제국 황제 하인리히 4세가 교황 그레고리우스 7세에게 파문을 당하자 크리스마스에 교황이 있는 카노사를 방문하여 성문 앞에 무릎을 꿇고 파문을 취소하여 줄 것을 간청한 '카노사의 굴욕' 사건을 말한다.
** Zephyr, 제퍼는 '솔솔 부는 서풍'이라는 뜻.

의 구절을 양심적으로 되풀이하면서, 세 쌍의 눈이 그의 참회 기도를 진지하게 지켜보고 있을 거라고 확신했다.

그리고 이튿날 아침, 단조로운 담벼락 옆에 습자책에서 찢어 낸 종이 한 장이 놓여 있었다. 그것을 본 그의 눈이 기쁨으로 빛났다. 거기에는 이런 메시지가 적혀 있었다. '안-짐승.'

허깨비 점심

The Phantom Luncheon

"스미슬리 가족이 런던에 와 있는데, 당신이 그 사람들한테 관심을 좀 보여 주었으면 좋겠소." 제임스 드랙맨턴 경이 말했다. "리츠 호텔이나 그런 곳에서 점심이라도 함께하자고 초대해 주면 좋겠는데……"

"스미슬리 가족을 몇 번밖에 만나지 않았지만, 그 경험으로 판단하면 그 사람들을 더 깊이 사귀고 싶은 마음은 나지 않아요." 드랙맨턴 부인이 말했다.

"그래도 그들은 선거 때마다 우리를 위해 일해 주고 있잖소. 그들이 그렇게 많은 표를 좌우한다고는 생각지 않지만, 그들의 삼촌 하나는 내 선거구의 지역위원회 위원이고, 또 다른 삼촌은 우리 모임에서 이따금 연설을 하지. 그런 사람들은 그 보답으로 대접받기를 기대하는 법이라오."

"기대한다고요?" 드랙맨턴 부인이 소리쳤다. "스미슬리네 세 딸은 대접을 기대하는 정도가 아니라 요구하다시피 해요. 그 여자들은 우리 클럽에 소속되어 있는데, 점심때면 셋이 모두 클럽 로비를 어슬렁거려요. 혀를 입 밖으로 늘어뜨리고 여섯 단계의 풀코스 정식을 기대하는 눈으로 말이에요. 내가 섣불리 '점심'이라는 말이라도 꺼내면 그 여자들은 무슨 일이 일어나고 있는지를 내가 미처 알아차리기도 전에 서둘러 나를 택시에 밀어 넣고 운전수한테 '리츠 호텔'이나 '디외돈네 레스토랑'으로 가자고 외칠 거예요."

"그래도 나는 당신이 그들을 식사에 초대해야 한다고 생각해." 제임스 경은 고집을 부렸다.

"스미슬리 가족을 환대하는 건 '무료 급식 정책'을 유감스러울 만큼 극단적으로 실행하는 거라고 생각해요." 드랙맨턴 부인이 말했다. "나는 존스 가족, 브라운 가족, 스내파이머 가족, 루브리코프 가족, 그 밖에 이름도 잊어버린 수많은 가족을 대접했지만, 스미슬리네 딸들과 교제하는 고통을 나 자신에게 꼬박 한 시간 동안이나 가해야 하는 이유를 모르겠어요. 상상해 보세요. 한 시간 동안 게걸스럽게 먹어 대면서 재잘재잘 수다를 떠는 걸 말이에요. 밀리, 네가 그 여자들을 맡아 줄 수 없겠니?" 그녀는 기대에 찬 눈을 여동생 밀리한테 돌리면서 물었다.

"나는 그 여자들을 몰라." 밀리가 서둘러 말했다.

"그러니까 더 좋지. 네가 나인 것처럼 행세하면 돼. 사람들은 우리가 너무 닮아서 구별하기 어렵다고 말하잖아. 나는 그 지겨운 여자들과 지금까지 두 번쯤 위원회실에서 이야기를 나누었을 뿐이고, 클럽에서 마주치면 고개 숙여 인사를 할 뿐이야. 클럽 웨이터들은 누구나 그 아가씨들을 알고 있으니까, 누군지 너한테 알려 줄 거야. 그 여자들은 항상 점심시간 직전에 클럽에 나타나 홀을 어슬렁거리고 있으니까."

"언니, 미련하게 굴지 마." 밀리가 항의했다. "나는 내일 칼턴 호텔에서 몇 사람과 점심을 먹기로 했고, 모레는 런던을 떠날 거야."

"내일 점심 약속은 몇 시지?" 드랙맨턴 부인이 생각에 잠긴 표정으로 물었다.

"2시." 밀리가 말했다.

"알았어." 밀리의 언니가 말했다. "스미슬리네 세 자매는 내일 나와 함께 점심을 먹을 거야. 꽤 유쾌한 오찬회가 되겠군. 적어도 나는 즐거울 거야."

마지막 두 마디는 혼잣말이었다.

이튿날 드랙맨턴 부인은 몸단장에 상당한 변화를 주었다. 머리를 여느 때와 다른 스타일로 손질했고, 거기에다 모자를 쓰자 평소의 모습과 더욱 달라 보였다. 그녀가 다시 한두 군데 사소한 변화를 주자 여느 때의 말쑥한 모습과는 완전히 딴판이어서, 클럽 로비에서 그녀에게 인사할 때는 스미슬리 자매들도 긴가민가하고 망설였을 정도였다. 하지만 그녀는 그네들의 인사에 당장 기꺼이 답례하여 그들의 의심을 가라앉혔다.

"칼턴 호텔은 점심 먹기에 어때요?" 그녀가 쾌활하게 물었다.

세 자매는 그 호텔 레스토랑을 열심히 추천했다.

"그럼 거기로 점심 먹으러 가지 않을래요?" 그녀가 제안했다. 그리고 몇 분도 지나기 전에 스미슬리 자매들은 마음속으로 비프스테이크와 고급 와인이 놓인 행복한 식탁을 바로 눈앞에 보는 것처럼 상상하고 있었다.

"캐비어로 시작할까요? 나는 그렇게 할 거예요." 드랙맨턴 부인은 비밀이라도 털어놓듯이 말했고, 스미슬리 자매들은 캐비어로 식사를 시작했다. 그 후에도 캐비어만큼 거창하고 화려한 요리들이 차례로 선택되었고, 들오리 요리를 주문했을 때쯤에는 상당히 값비싼 점심 식사가 되고 있었다.

메뉴는 훌륭했지만 대화는 요리와 거의 보조를 맞추지 못했다. 손님들은 제임스 경 선거구의 정치적 상황과 전망을 언급했고, 드랙맨턴 부인은 거기에 특별한 관심을 갖는 것이 당연하게 여겨졌을지 모르지만 "아아"와 "그래요" 같은 애매모호한 반응만 보였을 뿐이다.

"사람들이 보험 조례를 좀 더 잘 이해하면 지금처럼 인기가 없지는 않을 거예요." 세실리아 스미슬리가 혹시나 하고 말해 보았다.

"그럴까요? 그럼 아마 그렇겠죠. 하지만 나는 정치에 별로 관심이 없어요." 드랙맨턴 부인이 말했다.

커피를 마시던 스미슬리 자매들은 커피 잔을 내려놓고 그녀를 빤히 바라보았다. 그러고는 그녀의 말에 이의를 제기하듯 킬킬거리며 웃기 시작했다.

"물론 농담이겠죠?"

"아니에요." 드랙맨턴 부인의 대답은 세 자매를 당황하게 했다. "나는 그 골치 아픈 정치를 전혀 모르겠어요. 나는 정치를 이해한 적도 없고, 이해하고 싶지도 않아요. 내 일만 처리하려 해도 할 일이 잔뜩 있거든요. 정말이에요."

"하지만……" 아만다 스미슬리가 당황하여 비명을 지르는 듯한 목소리로 외쳤다. "나는 부인이 우리의 저녁 친목회에서 보험 조례에 대해 아주 유익한 말씀을 하시는 걸 들었어요."

드랙맨턴 부인은 그녀를 빤히 바라보았다. 그러더니 겁먹은 눈으로 주위를 둘러보며 말했다.

"상당히 무서운 일이 일어나고 있어요. 나는 기억상실증에 걸렸어요. 내가 누군지도 기억나지 않아요. 어디선가 당신들을 만난 기억은 나요. 그리고 당신들이 여기 와서 점심을 같이 먹자고 나를 초대한 것도 기억나고, 내가 당신들의 초대를 받아들인 것도 기억나요. 그것을 제외하면 내 머리는 완전히 텅 빈 공백 상태예요."

그녀의 겁먹은 표정은 일행의 얼굴로 전이되면서 더욱 통렬해졌다.

"부인이 우리를 점심에 초대하셨어요." 그들은 서둘러 외쳤다. 그것은 정체성 문제보다 더 시급하게 밝혀내야 할 중대한 문제로 여겨졌다.

"오, 아니에요." 그들을 점심에 초대한 부인은 슬금슬금 사라지면서 말했다. "그건 내가 분명히 기억하고 있어요. 당신들은 여기 음식이 맛있으니까 여기 와야 한다고 주장했고, 당신들 말대로 음식은 정말 맛있다고 해야겠군요. 아주 훌륭한 점심 식사였어요. 내가 지금 걱정하는 건, 도대체 내가 누구죠? 내가 누군지 전혀 모르겠어요."

"당신은 드랙맨턴 부인이에요." 세 자매는 입을 모아 외쳤다.

"놀리지 마세요." 그녀는 퉁명스럽게 대답했다. "우연찮게 그 여자를 본 적이 있어서 잘 아는데, 그 여자는 나하고는 전혀 비슷하지 않아요. 그리고 당신들이 그 여자를 언급한 건 정말 기묘한 일이네요. 우연히도 그 여자가 방금 이곳에 들어왔으니까요. 저기 문 옆에, 검은 옷을 입고 모자에 노란 깃털을 단 저 여자 말이에요."

스미슬리 자매들은 부인이 가리키는 쪽을 보았고, 그들의 불안한 눈빛은 공포로 바뀌었다. 겉으로 보기에 방금 식당에 들어온 부인은 확실히 그들과 같은 식탁에 앉아 있는 여자보다 그들이 기억하는 하원의원 부인과 비슷했던 것이다.

"저게 드랙맨턴 부인이라면 당신은 누구죠?" 공포에 사로잡힌 그들은 당황하여 물었다.

"내가 모르는 게 바로 그거예요." 부인이 대답했다. "그런데 당신들도 나보다 잘 아는 것 같지 않군요."

"부인이 클럽에서 우리한테 다가와서……"

"어느 클럽요?"

"칼레 가에 있는 뉴다이댁틱 클럽요."

"뉴다이댁틱!" 드랙맨턴 부인은 소리쳤다. 갑자기 무언가가 생각난 모양이다. "정말 고마워요. 당연히 이젠 내가 누군지 기억나요. 나는 여성놋쇠연마조합의 조합원인 엘렌 니글이에요. 그 클럽은 이따금 와서 놋쇠 용구에 광을 내 달라고 나를 고용했죠. 그래서 내가 드랙맨턴 부인을 보고 알게 된 거예요. 부인은 그 클럽에 자주 오시니까요. 그리고 당신들은 친절하게도 점심을 먹으러 가자고 나를 초대해 주셨죠. 그게 내 기억에서 갑자기 모두 사라졌다니, 정말 이상해요. 익숙지 않은 좋은 음식과 와인이 나한테는 너무 과분했던 모양이에요. 한동안은 내가 누군지 정말로 기억해 낼 수가 없었어요. 오오, 맙소사." 그녀는 갑자기 말을 끊었다. "벌써 2시 10분이에요. 지금은 화이트홀에서 놋쇠에 광을 내는 일을 하고 있어야 하는데. 현기증 나는 토끼처럼 황급히 달려가야겠군요. 정말 고맙습니다."

그녀는 자기가 언급한 동물을 충분히 연상시키는 걸음으로 허둥지둥 식당을 나갔지만, 정작 현기증이 난 것은 본의 아니게 그녀에게 값비싼 점심을 대접하게 된 세 자매 쪽이었다. 레스토랑이 그들 주위에서 빙글빙글 도는 것 같았고, 탁자에 나타난 계산서는 그들이 침착성을 되찾는 데 전혀 도움이 되지 않았다. 그들은 정말로 고급스러운 레스토랑에서 점심시간에 허용되는 만큼 눈물을 흘리며 울었다. 금전적으로 말하면 그들은 공들인 점심을 먹는 사치를 충분히 누릴 수 있을 만큼 유복했지만, 맛있는 음식을 즐기는 문제에 대한 그들의 생각은 자신들이 남을 대접하느냐 아니면 대접을 받느냐 하는 상황에 따라 뚜렷한 차이를 보였다. 자기 돈으로 배를 채우는 것은 그들에게는 아마 개탄스러운 낭비였겠지만, 어쨌든 그들은 돈의 대가로 무언가를 얻었다. 하지만 사귀어 봤자 아무 도움도 안 되는 미지의 엘렌 니글이라는 여자를 대접한 것은 참담한 실패여서, 그것을 생각하면 도저히 냉정을 유지할 수가 없었다.

스미슬리 자매들은 그들을 무기력하게 만든 그 경험에서 끝내 회복하지 못했다. 그들은 정치를 포기하고 자선사업에 전념했다.

엉뚱한 침입자들
The Interlopers

어느 겨울밤, 카르파티아 산맥* 동쪽 능성이 어딘가의 잡목림에서 한 남자가 어둠 속을 바라보며 귀를 기울이고 서 있었다. 마치 숲 속의 짐승이 시야에 들어오고 뒤이어 라이플의 사정거리 안에 들어오기를 기다리고 있는 것 같았다. 하지만 그가 그렇게 열심히 노리고 있는 사냥감은 사냥이 합법적이고 적절하다고 사냥꾼 달력에 표시된 사냥감이 아니었다. 울리히 폰 그라드비츠는 원수지간인 인간을 찾아 어두운 숲 속을 돌아다니고 있었다.

그라드비츠 집안의 숲은 삼림지대 가장자리의 좁고 가파른 위치에 놓여 있었는데, 이곳은 거기에 숨어 있는 사냥감도 대단치 않았고 좋

* 유럽 동부, 슬로바키아 동부에서 활처럼 구부려져 루마니아 북부로 뻗은 산맥.

은 사냥터를 제공해 주지도 않았지만, 주인인 울리히는 자기가 소유한 모든 토지 중에서 이곳을 가장 주의 깊게 감시하면서 지키고 있었다. 이곳은 할아버지 시절에 이 땅을 불법 점유했던 이웃의 소지주들을 상대로 소송을 제기하여 억지로 빼앗은 땅이었다. 땅을 빼앗긴 사람들은 법원의 판결에 따르지 않았고, 3대에 걸쳐 계속된 밀렵 소동과 그와 비슷한 사건들은 두 집안의 관계를 계속 악화시켰다. 울리히가 가장이 된 뒤 이웃 간의 불화는 사적인 원한이 되었다. 그가 싫어하고 불행해지기를 바라는 사람이 세상에 있다면, 그것은 바로 불화의 상속자이자, 두 집안의 토지가 서로 맞닿은 분쟁 지역인 숲에 끊임없이 침입하여 사냥감을 약탈하는 게오르그 츠나임이었다. 두 사람 사이의 개인적인 악감정이 훼방을 놓지 않았다면 두 집안의 반목은 이미 사라졌거나 타협으로 해결되었을지도 모른다. 그들은 소싯적에는 서로의 피를 갈망했고, 어른이 된 뒤에는 상대에게 불운이 찾아오기를 서로 기도했다. 그리고 바람이 휘몰아치는 이 겨울밤, 울리히는 사냥터를 관리하는 산지기들을 모아서 어두운 숲을 감시하고 있었다. 네발 달린 사냥감을 찾기 위해서가 아니라, 토지의 경계를 넘어 이 숲에 들어와 배회하고 있을 게 분명한 밀렵꾼들을 찾기 위해서였다. 폭풍이 불 때는 대개 바람을 피해 우묵한 곳에 숨어 있는 수노루들이 오늘 밤에는 무언가에 쫓기는 것처럼 뛰어다니고, 어두워지면 잠자리에 드는 습성을 가진 동물들도 불안한 듯 돌아다니고 있었다. 분명 숲에는 짐승들을 불안하게 하는 요소가 있었고, 울리히는 그 불안이 어디서 오는지를 짐작할 수 있었다.

그는 언덕마루에 망꾼들을 매복시키고, 혼자 덤불이 우거진 가파른 비탈을 내려가면서 나무줄기들 사이로 밀렵꾼들이 보이지 않는지를 살피고, 높고 날카로운 바람 소리와 나뭇가지가 끊임없이 서로 부딪치는 소리 사이로 밀렵꾼들의 소리가 들리지 않나 하고 귀를 기울였다. 폭풍이 휘몰아치는 오늘 밤, 목격자도 전혀 없는 이 어둡고 외딴 곳에서 게오르그 츠나임과 남자 대 남자로 만날 수만 있다면, 그것이 그의 마음에 맨 먼저 떠오른 소망이었다. 그런데 거대한 너도밤나무 줄기를 돈 순간, 그가 찾던 남자와 정면으로 마주쳤다.

두 앙숙은 한참 동안 말없이 서로를 노려보며 서 있었다. 둘 다 손에 라이플을 쥐고 있었고, 둘 다 마음속에 증오심을 품고 있었고, 둘 다 머리에 맨 먼저 떠오른 생각은 상대를 죽이는 것이었다. 드디어 평생의 열정을 마음껏 발휘할 기회가 온 것이다. 하지만 열정을 억누르는 문명의 규범 밑에서 자란 사람은 자신의 가정과 명예를 공격당하지 않는 한, 한마디도 하지 않고 냉혹하게 이웃을 쏘아 죽일 용기는 쉽게 낼 수 없는 법이다. 그리고 순간적인 망설임이 행동으로 바뀌기 전에 대자연의 폭력이 그들을 둘 다 쓰러뜨렸다. 그들의 머리 위에서 나무가 쪼개지는 소리가 맹렬하게 휘몰아치는 바람 소리에 응답했다. 그들이 옆으로 펄쩍 뛰어 몸을 피하기도 전에 거대한 너도밤나무가 쓰러지면서 그들을 덮쳤다. 울리히 폰 그라드비츠가 정신을 차려 보니 그는 땅바닥에 납작 엎드려 있고 한쪽 팔은 몸 밑에 깔려 감각을 잃은 채 마비된 상태였고, 다른 쪽 팔도 갈라진 나뭇가지 사이에 단단히 끼어서 꼼짝할 수 없는 것은 거의 마찬가지였다. 두 다리는 쓰러진 나무 줄기에 짓눌려 있었다. 두꺼운 사냥용 장화 덕분에 발이 으스러지지는 않았지만, 골절이 그렇게 심각하지는 않다 해도 최소한 누군가가 구조하러 올 때까지는 현재 위치에서 움직일 수 없는 것은 분명했다. 나뭇가지가 떨어지면서 그의 얼굴을 내리치는 바람에 살갗이 찢어져 속눈썹에 핏방울이 맺혔다. 그는 눈을 깜박여 속눈썹에서 핏방울을 떨어뜨린 뒤에야 비로소 재난의 전모를 대충 파악할 수 있었다. 그의 옆에는 게오르그 츠나임이 누워 있었다. 거리가 너무 가까워서 보통 상황에서라면 거의 손으로 만질 수도 있었을 것이다. 게오르그도 살아서 꿈틀거리고 있었지만, 그와 마찬가지로 나무에 깔려 어떻게 해볼 도리가 없는 것은 분명했다. 주위에는 쪼개지고 부러진 나뭇가지 파편들이 수북이 쌓여 있었다.

살아 있다는 데 안도하면서도 꼼짝할 수 없는 곤경에 빠진 데 격분한 울리히의 입에서는 신에게 감사하는 기도와 격렬한 욕설이 기묘하게 뒤섞여서 새어 나왔다. 눈을 가로질러 떨어지는 피 때문에 일찍부터 아무것도 보이지 않게 된 게오르그는 몸부림치는 것을 잠시 멈추고 그 소리에 귀를 기울이다가 짧게 으르렁거리는 듯한 웃음소리를 냈다.

"그러니까 너는 죽어 마땅한데 죽지 않았군. 하지만 어쨌든 꼼짝 못하고 나무에 깔렸어. 단단히 잡혔어. 정말 웃기는군. 울리히 폰 그라드비츠가 남에게 훔친 숲에서 덫에 걸리다니. 넌 천벌을 받은 거야!"

게오르그는 다시 조롱하듯 잔인하게 웃었다.

"이 숲은 훔친 게 아니라 내 땅이야. 나는 내 땅에서 사고를 당한 거야." 울리히가 대꾸했다. "내 부하들이 우리를 구하러 오면 너는 아마 이런 곤경에 빠진 걸 후회할 거다. 이웃 사람의 땅에서 밀렵하다 붙잡히다니, 부끄러운 줄 알아."

게오르그는 잠시 입을 다물고 있다가 조용히 대답했다.

"나도 오늘 밤 부하들을 데려왔어. 내 부하들은 바로 내 뒤에 있었으니까, 네 부하들보다 먼저 와서 구조해 줄 거야. 내 부하들이 나를 이

빌어먹을 나뭇가지 밑에서 끌어낼 때, 이 거대한 나무줄기를 네 몸뚱이 위로 굴리는 데에는 그리 많은 수고가 필요하지 않을걸. 네 부하들은 쓰러진 너도밤나무 밑에서 죽어 있는 너를 발견하겠지. 예의상 네 가족한테 위로 인사는 보내 주마."

"그건 아주 유용한 힌트로군." 울리히는 격렬하게 말했다. "내 부하들은 10분 간격으로 나를 따라오라는 명령을 받았어. 10분 가운데 7분은 이미 지났을 거다. 부하들이 나를 꺼내 주면 나는 네가 준 그 힌트를 기억할 테다. 하지만 너는 내 땅에 몰래 들어와 밀렵을 하다가 죽음을 맞은 거니까, 내가 네 가족한테 위로의 말을 보낼 수는 없을 것 같군."

"좋아." 게오르그는 으르렁거렸다. "우리는 이 싸움을 죽을 때까지 계속하는 거야. 우리 사이에 끼어들어 중뿔나게 참견하는 사람 없이 너와 나, 그리고 우리 산지기들만 싸우는 거야. 울리히 폰 그라드비츠, 너에게 죽음과 저주가 있기를!"

"그건 내가 할 소리야. 숲을 훔친 도둑에다 밀렵꾼인 게오르그 츠나임에게 죽음과 저주가 있기를!"

두 사람은 그들을 기다리고 있을지도 모르는 패배를 생각하며 서로 신랄하게 독설을 퍼부었다. 부하들이 그들을 찾아내거나 발견할 때까지는 오랜 시간이 걸린다는 것을 둘 다 알고 있었기 때문이다. 어느 쪽이 먼저 현장에 도착할지는 순전히 우연의 문제일 뿐이었다.

이제는 둘 다 그들을 짓누르고 있는 나무줄기 밑에서 빠져나가려는 부질없는 몸부림은 포기한 상태였다. 울리히는 부분적으로 자유로운 한쪽 팔을 코트 주머니에 집어넣어 휴대용 술병을 꺼내는 데에만 노력을 집중했다. 겨우 술병을 꺼낸 뒤에도 마개를 돌려서 열거나 와인을 목구멍으로 흘려 넣을 수 있기까지는 한참 시간이 걸렸다. 하지만 와인 한 모금은 하늘이 보내 준 선물처럼 여겨졌다. 따뜻한 겨울이었고 아직 눈은 내리지 않았기 때문에, 나무에 깔려 꼼짝 못 하는 신세가 된 두 사람은 여느 겨울만큼 추위로 고생하지는 않았다. 그래도 와인은 다친 사람의 몸을 따뜻하게 해 주고 기운을 북돋워 주었다. 그는 연민과도 비슷한 감정이 담긴 눈으로 원수가 누워 있는 쪽을 바라보았다. 원수는 고통과 피로의 신음 소리가 입술에서 새어 나오는 것을 필사적으로 억누르고 있었다.

"내가 이 술병을 던져 주면 어떻게든 손을 뻗어서 잡을 수 있겠나?" 울리히가 갑자기 물었다. "여기에는 좋은 와인이 들었어. 최대한 편안하게 있는 게 상책이야. 오늘 밤에 우리 둘 가운데 어느 한쪽이 죽더라도 같이 술이나 마시자고."

"나는 거의 아무것도 안 보여. 눈 주위에 피가 너무 많이 엉겨 붙어서 눈을 뜰 수가 없어." 게오르그가 말했다. "그리고 나는 원수와 함께 술을 마시진 않아."

울리히는 잠시 입을 다물고 날카로운 바람 소리에 귀를 기울였다. 머릿속에서 한 가지 생각이 서서히 생겨나 점점 커졌다. 그 생각은 고통과 피로에 맞서서 굳세게 싸우고 있는 남자를 볼 때마다 더욱 강해졌다. 울리히 자신도 느끼고 있는 고통과 피로 속에서 그토록 격렬했던 해묵은 증오는 차츰 꺼져 가는 듯했다.

"이봐, 자네 부하들이 먼저 오면 자네 마음대로 해. 그건 공정한 계약이었어. 하지만 나는 마음을 바꾸었어. 내 부하들이 먼저 오면 자네를 먼저 구하도록 할 거야. 자네를 내 손님처럼 대우하는 거지. 우리는 나무들이 산들바람에도 똑바로 서 있지 못하고 쓰러지는 이 하찮은 땅 쪼가리를 둘러싸고 평생 동안 악마처럼 싸워 왔어. 오늘 밤 여기 누워서 생각해 보니 우리가 참 바보였다는 생각이 들었어. 인생에는 땅싸움에 이기는 것보다 훨씬 좋은 일들이 많아. 내가 해묵은 다툼을 잊어버리도록 자네가 도와주면, 나는 자네한테 내 친구가 되어 달라고 부탁하겠네."

게오르그가 너무 오랫동안 입을 열지 않았기 때문에 울리히는 그가 어쩌면 고통으로 기절했을지도 모른다고 생각했다. 그때 게오르그가 천천히 입을 열었다.

"우리가 함께 말을 타고 시장 광장에 들어가면 다들 얼마나 놀란 눈으로 우리를 바라보며 지껄여 댈까. 츠나임 집안사람과 폰 그라드비츠 집안사람이 서로 사이좋게 이야기를 나누는 장면을 본 사람은 아무도 없어. 우리가 오늘 밤 해묵은 반목을 끝내면 우리 산지기들 사이에는 어떤 평화가 찾아올까. 그리고 우리가 집안끼리도 화해하고 사이좋게 지내기로 결정하면, 간섭할 사람은 아무도 없어. 중뿔나게 나서서 참견할 제삼자는 아무도 없어. 자네는 섣달 그믐날 밤에 우리 집에 와서 지내. 나도 어느 명절에 자네 성에 가서 즐길 테니. 나는 자네가 나를 손님으로 초대했을 때 말고는 앞으로 절대 자네 땅에서 총을 쏘지 않겠어. 자네는 들새가 있는 늪지대에 내려와서 나와 함께 사냥을 하자고. 우리가 화해하기로 결심하면, 우리를 방해할 사람은 이 일대에 아무도 없어. 나는 평생 동안 자네를 미워하는 것 말고 다른 일을 하고 싶다고 생각한 적이 없지만, 지난 30분 사이에 마음이 바뀐 것 같아. 그리고 자네는 와인을 마시라고 권해 주었지. 울리히 폰 그라드비츠, 기꺼이 자네 친구가 되겠네."

두 남자는 이 극적인 화해가 가져올 놀라운 변화를 마음속으로 생각하면서 한동안 침묵을 지켰다. 춥고 음산한 숲 속에서는 이따금 강풍이 발작적으로 벌거벗은 나뭇가지들 사이를 뚫고 들어와 나무줄기들을 휘감으며 쌩쌩 지나갔다. 그들은 땅바닥에 누운 채 도움의 손길을 기다렸다. 구조대가 오면 이제 둘 다 구조될 수 있다. 그들은 이제 친구가 된 과거의 원수에게 자기가 먼저 고결한 관심을 보여 줄 수 있도록 자기 부하들이 먼저 현장에 도착하기를 속으로 기도했다.

이윽고 바람 소리가 잠시 끊겼을 때 울리히가 침묵을 깼다.

"큰 소리로 도움을 청해 보세. 이렇게 바람이 멎었을 때는 우리 목소리가 꽤 멀리까지 갈 거야."

"나무와 덤불 때문에 그렇게 멀리까지 가진 않을 거야." 게오르그가 말했다. "하지만 시도해 볼 수는 있지. 그럼 우리 함께 외쳐 보세."

두 사람은 목청을 높여 사냥꾼들끼리 신호를 보낼 때처럼 길게 외쳤다.

응답 소리를 들으려고 귀를 기울였지만 응답이 없자, 몇 분 뒤에 울리히가 다시 말했다.

"다시 한 번 함께 외쳐 보세."

"지겨운 바람 소리밖에 안 들려." 게오르그가 쉰 목소리로 말했다.

다시 몇 분 동안 침묵이 흘렀다. 그때 울리히가 기뻐하며 외쳤다.

"사람들이 숲 속을 지나 다가오는 게 보여. 내가 언덕비탈을 내려올 때 온 길을 따라오고 있어."

두 남자는 최대한 크게 목청껏 소리를 질렀다.

"우리 목소리를 들었어! 걸음을 멈추었어. 이제 우리를 보고 있어. 우리를 향해 언덕을 달려 내려오고 있어."

"몇 명이나 돼?" 게오르그가 물었다.

"확실히 보이지는 않지만, 아홉이나 열 명." 울리히가 말했다.

"그럼 자네 부하들이야." 게오르그가 말했다. "나는 일곱 명밖에 데려오지 않았으니까."

"전속력으로 달려오고 있어. 용감한 젊은이들이야." 울리히가 기뻐하며 말했다.

"자네 부하들인가?" 게오르그가 물었다. 울리히가 대답하지 않자 게오르그는 초조한 듯 되풀이 물었다. "자네 부하들이야?"

"아니." 울리히가 웃으면서 말했다. 무시무시한 공포에 머리가 혼란스러워진 사람이 백치처럼 킬킬거리며 웃는 소리였다.

"그럼 누군데?" 게오르그는 보이지 않는 눈을 부릅뜨면서 급하게 물었다.

"늑대들이야."

메추라기 먹이
Quail Seed

"우리 같은 작은 가게는 전망이 별로 좋지 않아요." 스캐릭 씨는 런던 교외에 있는 그의 식료품점 2층에 세 들어 사는 화가와 그의 누이동생에게 말했다. "대형 상점들은 손님을 끌기 위해 우린 흉내도 낼 수 없는 온갖 매력적인 것을 대중에게 제공하고 있지요. 독서실이니 놀이방이니 축음기 등등. 요즘 사람들은 해리 로더*의 노래를 들려주지 않거나 오스트레일리아 크리켓 팀의 최근 점수를 알려 주지 않으면 설탕 반 파운드도 사려고 하지 않는다니까요. 우리는 크리스마스에 대비하여 물건을 잔뜩 들여놓은 상태여서 점원 여섯 명이 열심히 일해도 바빠야 하는데, 실제로는 내 조카 지미와 나만 일해도 너끈히 해

* 영국의 가수이자 코미디언(1870~1950).

나갈 수 있어요. 들여놓은 물건도 상당히 좋으니까, 몇 주 동안 그걸 다 팔아 치울 수만 있다면 좋으련만 그럴 가능성은 전혀 없어요. 런던행 열차가 크리스마스 전에 2주 동안 눈에 갇혀서 운행을 못 하게 된다면 또 모를까, 그렇지 않으면 가능성이 없죠. 나는 러프콤 양을 고용해서 오후에 시 낭송회를 열 생각도 했어요. 러프콤 양은 우체국 오락회에서 「소녀 비어트리스의 결심」을 낭송하여 큰 호평을 받았으니까요."

"당신 가게를 인기 있는 쇼핑센터로 만드는 방법으로 그보다 더 형편없는 방법은 상상할 수도 없군요." 화가는 정말로 몸서리를 치면서 말했다. "내가 만약 자두와 무화과절임 중에서 하나를 겨울철 디저트로 결정하려 하고 있다면, 빛의 천사나 걸스카우트가 되겠다는 비어트리스의 결심이 내 생각의 맥락과 뒤엉키면 몹시 화가 날 거예요. 그건 안 돼요. 공짜로 덤을 받고 싶은 욕망이 장 보는 여자들을 지배하는 감정이지만, 당신은 그 욕망에 효과적으로 맞춰 줄 여유가 없어요. 그보다는 여자만이 아니라 남자들까지도 지배하는 다른 본능, 실제로 인류 전체를 지배하는 본능에 호소하는 게 어때요?"

"그 본능이 뭡니까?" 식료품점 주인이 물었다.

*

그레이즈 부인과 프리튼 양은 런던행 2시 18분 열차를 놓쳤고, 3시 12분까지는 다른 열차가 없었기 때문에 그들은 스캐릭 상점에서 식료품을 사는 편이 낫겠다고 생각했다. 그게 멋진 쇼핑이 아닐 거라는 데에는 그들의 의견이 일치했지만, 그래도 쇼핑은 쇼핑일 것이다.

몇 분 동안 가게에는 그들밖에 없었다. 적어도 손님은 그들뿐이었다. 하지만 그들이 두 경쟁 회사에서 나온 안초비 페이스트의 장단점을 논하고 있을 때, 계산대 너머로 석류 여섯 개와 메추라기 먹이 한 봉지를 주문하는 소리가 들렸기 때문에 그들은 깜짝 놀랐다. 석류도 메추라기 먹이도 그 동네에서는 흔히 팔리는 물건이 아니었기 때문이다. 게다가 그것을 주문한 손님의 차림새와 외모도 그에 못지않게 유별났다. 나이는 열여섯 살쯤 되어 보이고, 짙은 올리브색 피부에 크고 거무스름한 눈, 검푸른 색의 짧은 머리카락을 가진 그는 화가의 모델 노릇을 하며 생계를 꾸려 나갔을지도 모른다. 실제로 그는 화가의 모델로 생활비를 벌었다. 더구나 그가 구입한 물건을 받기 위해 내민 것은 놋쇠를 두드려서 만든 사발이었다. 그것은 교외 문명권에 속하는 다른 손님들이 지금까지 본 망태기나 장바구니의 변형으로 분명히 가장 놀랄 만한 것이었다. 그는 언뜻 보기에 외국 화폐처럼 보이는 금화 한 닢을 계산대 너머로 던졌지만, 돌아올지도 모르는 거스름돈을 기다리는 기색은 보이지 않았다.

"어제 산 와인과 무화과 값도 치르지 않았어요." 그가 말했다. "거기서 남은 돈은 나중에 여기서 장을 볼 때 쓸 테니까 맡아 두세요."

"저 아이는 정말 남달라 보이네요?" 그레이즈 부인은 그 아이가 가게를 나가자마자 식료품점 주인에게 묻듯이 말했다.

"외국인일 겁니다." 스캐릭 씨는 여느 때의 수다스러운 태도와는 전혀 어울리지 않는 무뚝뚝한 태도로 짤막하게 대답했다.

"이 가게에서 제일 좋은 커피를 1파운드만 주쇼." 잠시 후 위압적인 목소리가 명령조로 말했다. 그렇게 말한 사람은 약간 이국적인 풍모에 키가 크고 권위적으로 보이는 남자였다. 무엇보다도 특히 오늘날의 런던 교외보다 고대 아시리아에서 유행한 스타일로 기른 풍성한 검은 턱수염이 눈길을 끌었다.

식료품점 주인이 그에게 팔 커피를 저울에 달고 있을 때, 그가 불쑥 물었다.

"얼굴이 까무잡잡한 사내아이가 여기서 석류를 샀소?"

두 여자는 식료품점 주인이 얼굴도 붉히지 않고 뻔뻔스럽게 아니라고 대답하는 것을 듣고 하마터면 펄쩍 뛰어오를 만큼 놀랐다.

"석류가 몇 개 있긴 하지만, 석류를 찾는 손님은 없었습니다." 주인이 말했다.

"여느 때처럼 내 하인이 커피를 가지러 올 거요." 손님은 멋진 금속 세공 지갑에서 동전 한 닢을 꺼내면서 말했다. 그리고 뒤늦게 생각이 난 것처럼 질문을 던졌다. "혹시 메추라기 먹이는 있소?"

"없습니다." 식료품점 주인은 거리낌 없이 대답했다. "그런 건 우리 가게에 놔두지 않습니다."

"다음에는 뭘 부인할까?" 그레이즈 부인은 작은 소리로 물었다. 스캐릭 씨가 바로 얼마 전에 사보나롤라*에 관한 강연회를 주재한 사실 때문에 그의 거짓말이 더욱 뻔뻔스럽게 느껴졌다.

낯선 손님은 긴 코트의 모피 깃을 세우고 당당하게 가게를 나갔다. 프리튼 양은 나중에 그 태도를 고대 페르시아의 태수가 의회를 정회할 때의 태도 같았다고 묘사했다. 페르시아 태수가 의회를 정회시키는 권한을 갖고 있었는지 어떤지는 그녀도 확실히 알지 못했지만, 그 비유는 많은 친지들에게 그녀의 뜻을 충실히 전달했다.

"굳이 3시 12분 열차를 타려고 애쓰지 말자." 그레이즈 부인이 말했

---

* 지롤라모 사보나롤라(1452~1498): 이탈리아의 종교개혁자. 교회의 부패와 메디치 가의 전제에 반대하고 신권정치를 단행했으나, 로마 교황과 대립하다가 처형되었다.

다. "로라 리핑네 집에 가서 이 일을 이야기하자꾸나. 오늘은 로라네 집에서 다과회를 여는 날이야."

이튿날 얼굴이 까무잡잡한 소년이 장보기용 놋쇠 사발을 들고 가게에 도착했을 때 가게에는 꽤 많은 손님이 모여 있었다. 그들은 대부분 할 일이 거의 없어서 남아도는 시간을 주체하지 못하는 사람들 같은 태도로 물건을 골라서 사는 작업을 질질 끌고 있는 듯했다. 어쩌면 모든 사람이 주의 깊게 귀를 기울였기 때문인지도 모르지만, 그 소년은 가게 전체에 들리는 목소리로 꿀 1파운드와 메추라기 먹이 한 봉지를 주문했다.

"메추라기 먹이를 또 사다니!" 프리튼 양이 말했다. "그 메추라기들은 먹이를 엄청나게 먹어 대는 게 분명해. 그게 아니라면 저건 메추라기 먹이가 아닐 거야."

"저건 아편이고, 턱수염을 기른 남자는 형사인 것 같아." 그레이즈 부인이 재기발랄하게 말했다.

"나는 그렇게 생각지 않아." 로라 리핑이 말했다. "저건 포르투갈 왕위와 관계가 있는 게 분명해."

"그보다는 페르시아의 전 국왕을 복위시키려는 음모와 관련됐을 가능성이 더 많아." 프리튼 양이 말했다. "그리고 턱수염을 기른 남자는 여당 소속이야. 물론 메추라기 먹이는 암호지. 페르시아는 팔레스타인과 거의 붙어 있는 이웃이고, 메추라기는 너희도 알다시피 구약성서에 나오는 새야."

"기적으로 나올 뿐이지." 박식한 여동생이 말했다. "난 처음부터 이건 연애와 관련된 음모의 일부라고 생각했어."

그렇게 많은 관심과 추측을 한 몸에 모은 소년이 가게에서 산 물건을 들고 막 나가려 할 때, 가게 주인의 조카이자 도제인 지미가 그를 불러 세웠다. 지미가 맡고 있는 치즈와 베이컨 판매대에서는 바깥 거리가 훤히 내다보였다.

"아주 좋은 자파 오렌지가 들어왔어." 지미는 구석을 가리키며 서둘러 말했다. 보루처럼 높게 쌓인 비스킷 깡통 뒤에 오렌지가 비축되어 있었다. 그 말 속에는 귀에 들린 것보다 더 많은 의미가 숨어 있는 게 분명했다. 소년은 온종일 먹이를 찾아 땅속을 뒤지다가 빈손으로 돌아온 집에서 토끼 일가족을 발견한 족제비처럼 열광적으로 오렌지를 향해 달려갔다. 그와 거의 동시에 턱수염을 기른 남자가 가게 안으로 성큼성큼 들어와서 대추야자 1파운드와 스미르나*산 최고급 할바**를 판매대 너머로 주문했다. 그 일대에서 가장 모험심이 강한 주부도 할바에 대해서는 한 번도 들어 본 적이 없었지만, 스캐릭 씨는 잠시도 망설이지 않고 스미르나산 최고급 할바를 내놓았다.

"우리는 『아라비안나이트』의 세계에 살고 있는지도 몰라." 프리튼 양이 흥분하여 말했다.

"쉿, 들어 봐." 그레이스 부인이 말했다.

"내가 어저께 말한 얼굴이 까무잡잡한 사내아이가 오늘 여기 왔지요?" 턱수염을 기른 남자가 물었다.

"오늘은 여느 때보다 가게에 손님이 좀 많았습니다." 스캐릭 씨가 말했다. "하지만 손님이 말씀하시는 그런 아이는 기억나지 않는데요."

그레이스 부인과 프리튼 양은 의기양양하게 친구들을 돌아보았다. 누군가가 진실을 마치 어쩔 수 없는 사정 때문에 일시적으로 품절된

---

* 터키 서부, 에게 해에 면한 항구 도시 이즈미르의 옛 이름.

** 으깬 깨와 아몬드 따위를 시럽으로 굳힌 과자.

물건처럼 다루는 것은 물론 개탄스러운 일이었지만, 스캐릭 씨의 거짓말에 대해 그들이 친구들에게 해 준 생생한 이야기가 직접 확인된 것은 그들에게 큰 만족감을 주었다.

"나는 저 사람이 잼에 색소가 들어 있지 않다고 말해도 다시는 그 말을 믿을 수 없을 거야." 그레이즈 부인의 이모가 비극적으로 속삭였다.

턱수염을 기른 수수께끼의 남자는 가게를 나갔다. 로라 리핑은 좌절감과 분노가 뒤섞인 표정이 무성한 콧수염과 모피 깃 뒤에서 드러나는 것을 분명히 보았다. 조심하느라 잠깐 사이를 둔 뒤, 오렌지를 찾으러 간 소년이 비스킷 깡통 뒤에서 나타났다. 소년은 마음에 드는 오렌지를 찾지 못한 게 분명했다. 소년도 가게를 나갔고, 물건 꾸러미와 이야깃거리를 가득 안은 고객들도 서서히 가게를 떠났다. 그날은 에밀리 욜링네 집에서 다과회가 열리는 날이었다. 손님들은 대부분 에밀리의 응접실로 갔다. 쇼핑을 끝내고 곧장 다과회에 가는 것을 이 동네에서는 '눈이 핑핑 돌 만큼 바쁘게 산다'고 표현했다.

이튿날 오후에는 점원 두 명이 더 고용되었고, 그들의 도움을 청하는 손님들도 그만큼 많아져서 둘 다 무척 바빴다. 가게가 손님들로 북적거렸다. 사람들은 물건을 사고 또 샀다. 그들의 쇼핑 목록에는 끝이 없는 것 같았다. 스캐릭 씨는 식료품에서 새로운 경험을 해 보라고 고객을 설득하기가 그렇게 쉬웠던 적이 없었다. 살 물건이 그렇게 많지 않은 여자들조차 잔인하고 술 취한 남편이 있는 집에 돌아가기 싫은 것처럼 오랫동안 꾸물거리며 장을 보았다. 오후는 아무 일 없이 느릿느릿 지나갔다. 그러다가 마침내 얼굴이 까무잡잡한 소년이 놋쇠 사발을 들고 가게에 들어오자, 갇혀 있던 흥분이 풀려난 듯한 술렁거림이 분명히 감지되었다. 흥분은 스캐릭 씨한테도 전달된 것 같았다. 그는 물천구라는 물고기의 가정생활에 대해 무성의한 질문을 하는 여자를 버려두고, 익숙한 판매대로 가고 있는 소년을 도중에 붙잡아서 메추라기 먹이가 바닥났다고 말했다. 가게는 죽음과도 같은 정적에 휩싸였다.

소년은 신경질적으로 가게를 둘러보며 잠시 머뭇거리다가 나가려고 돌아섰다. 하지만 문으로 가는 도중에 또 붙잡혔다. 이번에는 가게 주인의 조카가 판매대 뒤에서 뛰쳐나와 고급 오렌지에 대해 무어라고 말했다. 소년의 망설임은 사라졌다. 그는 오렌지가 있는 어두운 구석으로 허둥지둥 달아나다시피 했다. 손님들은 기대에 찬 눈으로 문을 돌아보았다. 키가 크고 턱수염을 기른 남자의 등장은 정말로 효과적이었다. 나중에 그레이즈 부인의 이모는 "아시리아인이 양들의 우리를 습격하는 늑대처럼 내려왔다"는 말을 자기도 모르게 작은 목소리로 되풀이하고 있었다고 선언했고, 사람들은 대체로 그녀의 말을 믿었다.

새로 들어온 남자도 판매대에 도착하기 전에 붙잡혔지만, 그를 불러 세운 사람은 스캐릭 씨도 아니고 점원도 아니었다. 지금까지 아무도 그녀의 존재를 알아차리지 못했지만, 두꺼운 베일을 쓴 여자가 의자에서 께느른하게 일어나 맑고 날카로운 목소리로 그에게 인사를 했다.

"각하께서 직접 쇼핑을 하십니까?" 그녀가 말했다.

"주문은 내가 직접 하지." 그가 설명했다. "하인들이 잘 알아듣지 못해서 말이야."

베일을 쓴 여자는 낮지만 잘 들리는 목소리로 그에게 대단치 않은 정보를 하나 주었다.

"이 가게에는 품질 좋은 자파 오렌지가 있어요." 그러고는 까르르 웃으며 가게를 나가 버렸다.

턱수염을 기른 남자는 이글거리는 눈으로 가게를 둘러본 뒤, 비스킷 깡통으로 이루어진 장벽에 본능적으로 눈을 고정시키고 식료품점 주인에게 큰 소리로 물었다.

"이 가게에 아마도 품질 좋은 자파 오렌지가 있을 텐데요?"

모두 스캐럭 씨가 그런 오렌지는 없다고 당장 부인할 거라고 예상했다. 하지만 그가 미처 대답하기도 전에 소년이 은신처에서 나왔다. 그는 빈 놋쇠 사발을 앞에 받쳐 들고 거리로 나갔다. 그의 표정은 나중에 다양하게 묘사되었는데, 가면을 쓴 것처럼 부자연스럽게 무관심한 표정을 지었다는 사람도 있고, 얼굴이 온통 송장처럼 창백했다는 사람도 있고, 반항적으로 눈을 번득였다는 사람도 있었다. 어떤 사람은 소년이 이를 딱딱 마주치고 있었다고 말했고, 어떤 사람은 소년이 페르시아 국가를 휘파람으로 불면서 밖으로 나갔다고 말했다. 하지만 소년과의 그 만남이 소년을 은신처에서 억지로 끌어낸 듯한 남자에게 미친 영향은 분명했다. 미친개나 방울뱀이 갑자기 친하게 지내자고 그에게 강요했다 해도 그보다 더 큰 공포를 드러낼 수는 없었을 것이다. 그의 권위적이고 독단적인 태도는 사라지고, 오만한 걸음걸이는 몰래 도망치려고 출구를 찾는 동물처럼 우왕좌왕하는 걸음으로 바뀌었다. 그는 가게 입구를 지켜보려고 계속 눈길을 그쪽으로 돌리면서 멍하니 기계적인 태도로 몇 가지 물건을 되는 대로 주문했다. 식료품점 주인은 그것을 장부에 보란 듯이 기입했다. 턱수염을 기른 남자는 이따금 거리로 나가서 불안한 눈으로 사방을 살펴보고, 서둘러 가게로 돌아와 쇼핑을 계속하는 체했다. 그리고 마지막으로 거리에 나간 뒤에는 가게로 돌아오지 않았다. 그는 어둠 속으로 빠르게 사라졌고, 그 남자도 얼굴이 까무잡잡한 소년도 베일을 쓴 여자도 다시는 기대에 찬 군중에게 목격되지 않았다. 사람들은 그 후에도 오랫동안 스캐릭 씨의 상점에 떼 지어 모여들었다.

*

"당신과 누이동생에게는 아무리 감사해도 충분치 않습니다." 식료품점 주인이 말했다.

"우리도 재미있었어요." 화가는 겸손하게 말했다. "그리고 모델은 날마다 몇 시간씩 '사라진 힐라스*'의 포즈를 취하고 있기보다 이런 일을 하는 게 더 즐거웠을 겁니다."

"어쨌든……" 식료품점 주인이 말했다. "검은 턱수염을 빌린 삯은 내가 내겠습니다."

---

* 그리스 신화에서 헤라클레스가 사랑한 미소년. 헤라클레스가 '아르고'호를 타고 황금 양모를 찾아가는 모험을 할 때 힐라스도 동행했는데, 항해 도중에 힐라스는 물병을 들고 페가에 샘에 물을 뜨러 갔다가 그의 아름다운 모습에 반한 샘의 님프들에게 붙잡혀 물속으로 사라지고 말았다. 헤라클레스가 사라진 힐라스를 찾아 헤매는 동안 아르고호는 떠나 버렸고, 힐라스의 모습은 다시는 볼 수 없게 되었다.

마크

Mark

오거스터스 멜로켄트는 유망한 소설가였다. 그의 책을 읽는 독자의 수는 비록 한정되긴 했지만 점점 늘어나고 있었고, 그가 해마다 꾸준히 소설을 쓰면 점점 더 많은 독자가 그의 소설에 맛을 들여 도서관과 서점에서도 그의 작품을 점점 더 요구하게 될 터였다. 출판사의 부추김을 받고 그는 세례명인 오거스터스를 버리고 마크라는 이름을 채택했다.

"여자들은 강하고 과묵한 사람, 질문에 대답할 수는 있지만 대답하기를 꺼리는 사람이라는 인상을 주는 이름을 좋아해. 오거스터스라는 이름은 쓸모없는 화려함을 암시할 뿐이지만, 마크 멜로켄트 같은 이름은 M이라는 머리글자가 두운을 이룰 뿐만 아니라 강하고 아름답고 선량한 사람의 모습을 연상시키지. 조르주 카르팡티에*와 아무개 신부님을 합쳐 놓은 사람 같달까."

12월의 어느 날 아침, 오거스터스는 서재에 앉아서 여덟 번째 소설의 제3장을 쓰고 있었다. 그는 목사관 정원이 7월에 어떻게 보이는지를 상상하지 못하는 사람들을 위해 꽤 길게 그것을 묘사했다. 지금 그는 오랫동안 대대로 목사와 부주교를 배출한 집안의 딸인 소녀가 우체부의 매력을 처음으로 발견했을 때의 기분을 묘사하고 있었다.

'우체부가 광고전단 두 장과 띠지로 묶은 두툼한 《이스트에식스 뉴스》지 다발을 그녀에게 건네줄 때 그들의 눈길이 잠깐 마주쳤다. 그들의 눈길은 몇 분의 1초 동안 마주쳤을 뿐이지만 그 짧은 순간이 모든 것을 완전히 바꾸어 놓았다. 어떤 것도 그 후 다시는 전과 똑같을 수 없었다. 어떤 대가를 치르더라도 말을 해야 한다고, 그들을 덮친 견딜 수 없는 비현실적인 침묵을 깨야 한다고 그녀는 느꼈다. "어머님의 관절염은 어때요?" 하고 그녀는 말했다.'

그때 하녀가 갑자기 방에 들어오는 바람에 작가의 노동이 중단되었다.

"어떤 신사분이 선생님을 만나러 오셨어요." 하녀는 카야패스 드웰프라고 인쇄된 명함을 건네면서 말했다. "중요한 일이래요."

멜로켄트는 망설이다가 양보했다. 손님의 용건이 중요하다는 것은 아마 착각이겠지만, 그는 카야패스라는 이름을 가진 사람을 만난 적이 없었다. 그것은 적어도 새로운 경험이 될 터였다.

드웰프 씨는 나이를 가늠할 수 없는 남자였다. 높고 좁은 이마, 차가운 회색 눈, 결연한 태도는 그가 단호한 의지를 갖고 있다는 증거였다.

---

* 1910년대에 활약한 프랑스의 프로 복서(1894~1970).

그는 겨드랑이에 커다란 책 한 권을 끼고 있었다. 그가 현관홀에 그와 비슷한 책들을 한 무더기 놓아두었을 가능성도 충분히 있어 보였다. 그는 주인이 의자를 권하기도 전에 자리에 앉더니 책을 탁자 위에 놓고, '공개장'이라도 읽는 듯한 태도로 멜로켄트에게 말하기 시작했다.

"당신은 잘 알려진 책을 여러 권 쓰신 문인이십니다."

"나는 지금 책을 쓰고 있어서 좀 바쁩니다." 멜로켄트는 날카롭게 말했다.

"그렇습니다. 당신에게 시간은 상당히 중요한 상품이죠. 몇 분조차도 상당한 가치를 갖고 있습니다."

"맞아요." 멜로켄트는 손목시계를 들여다보면서 동의했다.

그러자 카야패스는 말했다.

"그게 바로 내가 소개하려는 이 책이 당신에게 꼭 필요한 이유입니다. 당신은 이 책이 없으면 안 됩니다. 『바로 여기』라는 제목의 이 책은 글을 쓰는 문필가에게는 없어서는 안 될 책이지요. 이건 결코 평범한 백과사전이 아닙니다. 그런 책이라면 굳이 당신에게 보여 드리지도 않을 겁니다. 이 책은 간단명료한 정보의 무진장한 보고라고 할 수 있지요."

"나한테 필요한 정보라면, 그런 정보를 제공해 주는 참고서가 저기 있는 책꽂이에 가득 꽂혀 있습니다."

자칭 세일즈맨은 고집스럽게 말을 이었다.

"그런데 그 모든 정보가 이 알찬 책 한 권에 다 담겨 있습니다. 당신이 어떤 문제를 찾아보고 싶거나 어떤 사실을 확인하고 싶든지 간에 『바로 여기』는 당신이 알고 싶어 하는 것을 가장 간결하고 가장 분명한 형태로 모두 제공해 주지요. 역사 문제를 예로 들어 볼까요. 얀 후스의 생애를 알고 싶다고 합시다. 이 책에는 이렇게 나와 있습니다. '얀 후스, 유명한 종교개혁가. 1369년에 출생, 1415년에 콘스탄츠에서 화형 당했다. 지기스문트 황제가 보편적으로 비난을 받는다.'"

"그 사람이 요즘 화형을 당했다면 모두 여성참정권론자들을 의심했을 겁니다." 멜로켄트가 말했다.

"이번엔 양계에 대해 알아봅시다." 카야패스는 다시 말을 이었다. "그것은 영국의 시골 생활을 다루는 소설에 흔히 나타날 수 있는 문제지요. 이 책에는 양계에 관한 것이 모두 나와 있습니다. '산란계로서의 레그혼종. 미노르카종의 모성 본능 결여. 병아리들의 개취증, 그 원인과 치료법. 조기 시장에 내다 팔 오리 새끼를 살지게 하는 법.' 보시다시피 여기 다 나와 있지요. 없는 게 없어요."

"미노르카종의 모성 본능만 빼고는 없는 게 없군요. 그 부족한 모성 본능을 당신이 공급해 주기를 기대할 수는 없겠는데요."

"스포츠 기록도 중요합니다. 예를 들면 어떤 특정한 해에 더비 경마에서 어떤 말이 우승했는지 즉석에서 말할 수 있는 사람이 얼마나 될까요? 내기를 좋아하는 사람들조차도 잘 모릅니다. 그런 종류의 정보로는 아주 사소한······"

"이것 보세요." 멜로켄트가 그의 말을 가로막았다. "내 클럽에는 몇 년도에 어떤 말이 우승했는지만이 아니라 어떤 말이 우승했어야 마땅한데 왜 우승하지 못했는지까지 나한테 말해 줄 수 있는 사람이 적어도 네 명은 있다고요. 당신 책이 그런 정보를 차단할 방법을 알려 줄 수 있다면, 당신이 지금까지 그 책을 선전하기 위해 주장한 어떤 것보다도 훨씬 도움이 될 텐데요."

"지리는 어떻습니까." 카야패스는 전혀 동요하지 않고 침착하게 말했다. "그것은 작가들이 글을 열심히 쓰느라 깜빡 빠뜨리고 넘어가기 쉬운 문제죠. 요전 날에도 어느 유명 작가가 볼가 강을 카스피해가 아니라 흑해로 흘러들어 가게 해 놓았더군요. 이 책이 있으면……"

"당신 뒤에 있는 장미목 스탠드 위에는 믿을 만한 최신 지도책이 놓여 있다고요." 멜로켄트가 말했다. "이제는 정말로 당신한테 그만 나가 달라고 요청해야겠군요."

"지도책은 강이 어디로 흐르는지, 그리고 강이 지나는 주요 도시를 알려 줄 뿐입니다. 그런데 『바로 여기』는 강의 풍경과 교통량, 연락선 요금, 그 강에 서식하는 물고기의 종류, 뱃사공의 은어, 강을 오가는 기선들의 운항 시간까지 알려 줍니다. 게다가……"

멜로켄트는 의자에 앉아서 까다롭게 생긴 단호하고 무자비한 세일즈맨을 바라보았다. 세일즈맨은 멋대로 앉은 의자에 완강하게 버티고 앉아서, 상대가 원하지 않는데도 전혀 위축되지 않고 제 상품의 장점을 극구 칭찬하고 있었다. 상대에게 지기 싫은 경쟁심이 작가를 사로잡았다. 나는 차갑고 엄격한 마크라는 이름을 채택했는데, 왜 그 이름에 걸맞게 행동하면 안 되지? 왜 여기 무력하게 앉아서 따분한 장광설을 들어야 하지? 왜 잠시만이라도 마크 멜로켄트가 되어 이 남자와 대등하게 맞서지 못하는 거야?

갑자기 그의 머리에 영감이 번득였다.

"최근에 나온 내 책을 읽었습니까? 『새장 없는 홍방울새』라는 책인데요." 그가 물었다.

"난 소설은 읽지 않습니다." 카아패스는 쌀쌀하게 대답했다.

"하지만 이 소설은 반드시 읽어야 돼요. 모든 사람이 꼭 읽어야 할 소설입니다." 멜로켄트는 책꽂이에서 그 책을 꺼내면서 외쳤다. "정가는 6실링이지만, 4실링 6펜스만 내면 이 책을 드리죠. 5장에 당신이 좋아할 장면이 있어요. 엠마가 자작나무 숲에 혼자 앉아서 해럴드 헌팅던을 기다리고 있는 장면인데, 해럴드는 엠마의 가족이 엠마와 결혼시키고 싶어 하는 남자지요. 엠마도 사실은 해럴드와 결혼하기를 원하지만, 15장까지는 그런 자기 마음을 알아차리지 못합니다. 자, 들어 보세요. '시야 끝까지 담자색과 자주색 히스가 굽이치고, 여기저기 금작화의 노란 꽃이 환하게 피어 있고, 어린 자작나무의 미묘한 회색과 은색과 녹색이 가장자리를 빙 둘러싸고 있었다. 푸른색과 갈색을 띤 작은 나비들이 히스 잎사귀 위를 팔랑팔랑 날아다니며 햇빛을 마음껏 즐기고, 머리 위에서는 종달새들이 그들만이 부를 수 있는 노래를 부르고 있었다. 그날은 모든 자연이……'"

"『바로 여기』에는 자연과학의 모든 분야에 대한 정보가 가득 담겨 있습니다." 외판원이 끼어들었다. 그의 목소리에 처음으로 피곤한 듯한 울림이 나타났다. "임업, 곤충, 철새, 황무지 개간…… 아까도 말씀드렸듯이, 인생의 다양한 관심사를 다루어야 하는 사람은 누구도……"

"내 초기 작품인 『컬럼턴 부인의 망설임』은 당신 마음에 들지 않을까 싶은데요." 멜로켄트는 다시 책꽂이를 뒤지면서 말했다. "그게 내 최고 걸작이라고 생각하는 사람들도 있지요. 아, 여기 있군요. 표지에 한두 군데 잉크 얼룩이 묻어 있으니, 3실링 9펜스 이상은 요구하지 않겠습니다. 처음에 어떻게 시작하는지 읽어 드리죠.

'비어트리스 컬럼턴 부인은 희미하게 불이 켜진 응접실로 들어갔다. 그녀의 눈은 자신에게도 근거가 없다고 여겨지는 희망에 불타고, 그녀의 입술은 감출 수 없는 두려움에 떨리고 있었다. 그녀는 손에 작은 부채를 쥐고 있었다. 레이스와 마호가니로 만든 연약한 장난감 같은 부채였다. 그녀가 방으로 들어가자 무언가가 딱 소리를 냈다. 그녀가 부채를 열두 조각으로 부스러뜨린 것이다.'

자, 이런 도입부를 어떻게 생각하십니까? 무언가 중요한 일이 일어나고 있다는 것을 당장 말해 주지요."

"난 소설은 읽지 않습니다." 카야패스는 부루퉁하게 말했다.

"하지만 소설이 얼마나 사람을 즐겁게 해 주는지 생각해 보세요." 작가가 외쳤다. "긴 겨울밤이나 발목을 삐어서 누워 있을 때—그런 일은 누구한테나 일어날 수 있지요. 또는 별장에 초대를 받고 지내러 갔는데 계속 비가 내리고 당신을 초대한 안주인은 우둔하기 짝이 없고 다른 손님들은 참을 수 없이 따분하다면, 당신은 편지를 써야 한다는 핑계를 대고 당신 방으로 가서 담뱃불을 붙이고 3실링 9펜스만 내면 비어트리스 컬럼턴 부인과 그 패거리의 사회에 뛰어들 수 있을 겁니다. 누구나 여행을 떠날 때는 내 소설 한두 권을 비상용품처럼 짐 속에 챙겨 넣어야 합니다. 요전 날 친구 하나는 마크 멜로켄트의 소설 두어 권을 여행 가방에 넣지 않고 남을 방문하러 가기보다는 차라리 키니네* 없이 열대 지방에 들어가는 편이 낫다고 말했답니다. 어쩌면 선정적인 작품이 당신 성미에 더 잘 맞을지도 몰라요. 『비단뱀의 키스』라는 책이 한 권 있지 않을까 싶은데……"

그러나 카야패스는 그 오싹한 소설에서 골라낸 발췌문에 유혹당할 때까지 기다리지 않았다. 그는 원숭이처럼 남의 말을 그대로 흉내 낸 이야기에 낭비할 시간은 없다고 투덜거리면서 무시당한 자기 책을 그

* 말라리아 치료의 특효약으로, 해열제 · 건위제 · 강장제 따위로도 쓴다.

러모아 떠났다. "안녕히 가세요"라는 멜로켄트의 쾌활한 인사에 귀로 들을 수 있는 대답도 하지 않았지만, 멜로켄트는 외판원의 차가운 회색 눈에 존경과 미움이 뒤섞인 표정이 언뜻 떠올랐을 거라고 상상했다.

고슴도치
The Hedgehog

젊은 남녀들이 목사관에서 열린 가든파티에서 테니스 '혼합복식' 경기를 하고 있었다. 지난 25년 동안, 적어도 젊은이들의 혼합복식 경기는 해마다 거의 같은 시기에 같은 장소에서 똑같이 열렸다. 시간의 흐름과 함께 경기에 참가하는 젊은이들은 바뀌었고 다른 젊은이들에게 자리를 내주었지만, 그 밖에는 거의 아무것도 달라진 것 같지 않았다. 현재의 선수들은 이 경기의 사교적 성격을 충분히 의식하고 있어서 옷차림과 외모에 특히 신경을 썼고, 경기에 완전히 열중할 만큼 스포츠를 사랑했다. 그들의 노력과 외모는 테니스 코트가 바로 내려다보이는 벤치에 공식 관객으로 앉아 있는 네 부인에게 사중으로 엄격한 검사를 받았다. 테니스에 대해서는 거의 모르고 선수들에 대해서는 많이 아는 네 부인이 그 특정한 자리에 앉아서 경기를 관람하는 것은 목사관 가든파티의 조건 가운데 하나로 널리 인정되고 있었다. 또한 이들 네 부인이 상냥한 두 여자에 돌 부인과 맬러드 부인이어야 하는 것도 하나의 전통이 되어 있었다.

"에바 조널렛의 헤어스타일은 이상하게 어울리지 않는군요." 맬러드 부인이 말했다. "상황이 좋은 때에도 꼴사나운 머리지만, 우스꽝스러워 보이게 할 필요까지는 없잖아요. 누군가 에바한테 말해 줘야 돼요."

에바는 돌 부인이 제일 예뻐하는 조카딸이었는데, 이런 사실을 맬러드 부인이 잊을 수 있었다면 에바의 머리는 맬러드 부인의 비난을 면할 수 있었을지도 모른다. 맬러드 부인과 돌 부인이 목사관에 따로따로 초대받을 수 있었다면, 그게 아마 서로 편했을 것이다. 하지만 가든파티는 1년에 한 번 열렸고, 두 부인 가운데 한 명을 초대 손님 명단에서 삭제하면 교구의 사회적 평화는 구제할 길 없이 파괴되었을 것이다.

"이맘때는 주목이 정말 아름다워 보여요." 한 부인이 친칠라 토시를 연상시키는 부드럽고 낭랑한 목소리로 끼어들었다.

"이맘때라는 게 무슨 뜻이죠?" 맬러드 부인이 물었다. "주목은 1년 내내 언제 보아도 아름다워요. 그게 주목의 가장 큰 매력이죠."

"주목은 어떤 상황에서도, 연중 어느 때라도 그저 기괴해 보일 뿐이에요." 돌 부인이 남의 말에 반박하는 기쁨을 위해 반박하는 사람의 말투로 천천히 힘주어 말했다. "주목은 묘지에 어울릴 뿐이에요."

맬러드 부인은 빈정거리듯 콧방귀를 뀌었다. 그것을 해석하면, 가든파티보다 묘지에 더 잘 어울리는 사람이 있다는 뜻이었다.

"지금 점수가 어떻게 되죠?" 친칠라 같은 목소리를 가진 여자가 물었다.

그녀가 원하는 정보는 얼룩 하나 없는 하얀 플란넬 양복을 입은 젊은 신사가 제공했다. 그 말쑥한 옷차림의 전체적인 효과는 불안보다는 오히려 갈망을 암시하고 있었다.

"버티 딕슨은 정말 밉살스러운 젊은이가 되었네요!" 버티가 맬러드 부인의 귀여움을 받고 있다는 사실을 갑자기 기억해 낸 돌 부인이 말했다. "요즘 젊은이들은 20년 전과는 달라요."

"물론이죠." 맬러드 부인이 말했다. "20년 전에 버티 딕슨은 겨우 두 살이었으니까, 그때와 지금은 외모며 태도도 상당히 달라진 게 당연하죠."

"아시겠지만, 부인이 재치 있는 말을 할 작정으로 그런 말을 했다 해도 난 놀라지 않을 거예요." 돌 부인이 비밀이라도 털어놓는 것처럼 소곤거리는 소리로 말했다.

"노베리 부인, 부인네 집에 초대 받고 오는 사람들 가운데 재미난 사람이 있나요?" 친칠라 같은 목소리를 가진 부인이 서둘러 물었다. "부인은 대개 이맘때 하우스 파티를 열잖아요."

"정말 재미난 여자 분이 오기로 되어 있어요." 어떻게든 화제를 안전한 방향으로 바꿀 기회를 잡으려고 말없이 애쓰고 있던 노베리 부인이 얼른 대답했다. "내가 오래전부터 알고 지낸 에이다 블리크……"

"정말 듣기 싫은 이름이네요." 맬러드 부인이 말했다.

"에이다는 유서 깊은 명문가인 드 라 블리크 집안의 후손이에요. 투렌*의 위그노** 가문 말이에요."

"투렌에는 위그노가 없었어요." 맬러드 부인은 300년 전의 일이라면

---

* 프랑스 서북쪽에 있는 지방.
** 16~17세기 프랑스의 칼뱅파 신교도.

어떤 사실에 반론을 제기해도 위험할 게 없다고 생각했다.

"글쎄요. 어쨌든 그 여자가 우리 집에 와서 지낼 예정이에요." 노베리 부인은 이야기를 얼른 현재로 끌어와 말을 이었다. "에이다는 오늘 저녁에 도착하는데, 놀라운 통찰력을 가진 천리안이에요. 일곱 번째 딸이 낳은 일곱 번째 딸이라고 하나요? 뭐 그런 거예요."

"정말 흥미롭군요." 친칠라 같은 목소리를 가진 부인이 말했다. "엑스우드는 그런 여자가 오기에 딱 알맞은 곳이잖아요? 그곳엔 유령들이 출몰하는 것으로 알려져 있죠."

"에이다가 여기 오고 싶어 한 이유가 바로 그거예요." 노베리 부인이 말했다. "에이다는 내 초대를 받아들이려고 다른 약속을 뒤로 미루었어요. 에이다가 지금까지 본 환상이나 꿈이나 그런 것들은 놀랄 만큼 정확하게 실현되었지요. 하지만 실제로 유령을 본 적은 없기 때문에 그 경험을 간절히 원하고 있어요. 아시다시피 에이다는 심령연구회 회원이에요."

"그 여자는 엑스우드의 유령들 중에서 가장 유명한 그 불행한 컬럼턴 부인을 만날 거예요." 돌 부인이 말했다. "내 조상인 거베이스 컬럼턴 경은 엑스우드를 방문했을 때 질투에 사로잡혀 자신의 젊은 신부를 죽였죠. 함께 승마를 즐기고 돌아온 직후에 마구간에서 등자를 매다는 가죽끈으로 아내를 목 졸라 죽였어요. 컬럼턴 부인은 해질녘에 이따금 초록색 승마복을 입고 잔디밭과 마구간 마당을 돌아다니며 목에 감긴 가죽끈을 풀려고 애쓰면서 신음 소리를 내는 게 목격되곤 하죠. 정말 흥미로운데요, 나도 꼭 듣고 싶어요. 부인 친구가 그 유령을 보면……"

"왜 그 여자가 이른바 컬럼턴 유령처럼 쓸모없는 전통적 유령 따위를 볼 거라고 예상하는지 모르겠네요. 컬럼턴 유령을 보았다고 말하는 건 하녀들과 술 취한 마부들뿐이에요. 그런데 엑스우드의 소유자였던 우리 삼촌은 비극적이기 이를 데 없는 상황에서 자살했으니까 그곳에 나타날 게 확실해요."

"맬러드 부인은 포플이 쓴 『지역사』를 읽어 본 적이 없는 게 분명해요." 돌 부인이 차갑게 말했다. "그 책을 읽어 보았다면, 컬럼턴 유령의 존재를 뒷받침하는 증거가 많다는 걸 알 텐데 말예요."

"오오, 포플!" 맬러드 부인이 경멸하듯 외쳤다. "하찮은 옛날이야기도 그 사람은 믿을 수 있는 사실로 다루죠. 하지만 우리 삼촌의 유령은 치안판사도 지낸 교구 감독님이 직접 목격했어요. 그건 누구한테나 충분한 증거가 될 거라고 생각해요. 노베리 부인, 부인의 천리안 친구가 우리 삼촌의 유령 말고 다른 유령을 본다면, 나는 그것을 고의적인 모욕으로 받아들이겠어요."

"에이다는 아마 아무것도 보지 못할 거예요. 유령은 아직 본 적이 없으니까요." 노베리 부인이 거기에 기대를 거는 듯한 얼굴로 말했다.

하지만 나중에 노베리 부인은 친칠라 같은 목소리를 가진 부인에게 한탄했다.

"그건 내가 지금까지 꺼낸 화제 중에서 가장 불운한 화제였어요. 엑스우드는 맬러드 부인의 소유고, 우리는 단기간 임대 계약으로 잠시 빌렸을 뿐이에요. 맬러드 부인의 조카가 얼마 전부터 거기서 살고 싶어 하니까, 어떤 식으로든 우리가 부인의 감정을 해치면 부인은 임대 계약 경신을 거절할 거예요. 이런 가든파티를 여는 건 잘못이라는 생각이 들 때가 있어요."

노베리 부부는 그 후 사흘 동안 밤 1시까지 브리지 게임을 했다. 그들은 이 게임을 좋아하지 않았지만, 그렇게 하면 달갑지 않은 유령의 방문 시간이 그만큼 줄어들었다.

"에이다가 로열 스페이드와 그랜드 슬램으로 머리가 빙빙 도는 상태로 잠자리에 들면 유령을 볼 기분은 나지 않을 거야." 휴고 노베리가 말했다.

"나는 몇 시간 동안이나 에이다에게 맬러드 부인의 삼촌 이야기를 했어요." 그의 아내가 말했다. "그리고 그 삼촌이 자살한 정확한 위치도 가르쳐 주고, 인상적인 온갖 세부를 꾸며 냈어요. 그리고 존 러셀 경의 오래된 초상화를 찾아서 에이다의 방에 걸어 놓고, 그게 맬러드 부인의 삼촌이 중년에 그린 초상화로 보인다고 에이다한테 말했어요. 에이다가 유령을 본다면, 그 유령은 반드시 맬러드 부인의 삼촌 유령이어야 돼요. 어쨌든 우리는 최선을 다했어요."

예방책은 헛수고였다. 그 집에 머문 지 사흘째 되는 날 아침, 에이다 블리크는 아침 식사를 하러 늦게 아래층으로 내려왔다. 그녀의 눈은 몹시 피곤해 보였지만 흥분으로 번득였고, 머리는 적당히 아무렇게나 매만진 상태였다. 그녀는 겨드랑이에 갈색 표지의 커다란 책 한 권을 끼고 있었다.

"드디어 초자연적인 걸 봤어요!" 그녀는 외치고, 그런 기회를 준 것을 감사하는 것처럼 노베리 부인에게 열렬한 키스를 했다.

"유령을 봤다고요?" 노베리 부인이 외쳤다. "설마!"

"의심할 여지가 없을 만큼 분명하게 보았어요!"

"약 50년 전의 의상을 입은 늙수그레한 남자였나요?" 노베리 부인이 기대에 찬 얼굴로 물었다.

"천만에요. 하얀 고슴도치였어요." 에이다가 말했다.

"하얀 고슴도치!" 노베리 부부는 둘 다 당황하고 놀란 목소리로 외쳤다.

"소름 끼치는 노란 눈을 가진, 하얀색의 거대한 고슴도치였어요. 제가 침대에 누워 반쯤 잠이 들었을 때, 갑자기 설명할 수 없는 무언가가 방을 지나가는 듯한 느낌을 받았죠. 침대에 일어나 앉아서 주위를 둘러보니, 창문 밑에 살금살금 기어 다니는 사악한 것이 보이더군요. 더러운 흰색을 띤 일종의 거대한 고슴도치였어요. 역겨운 검은색 발톱으로 달각달각 소리를 내면서 마룻바닥을 스치듯 지나갔고, 노란 실눈은 형언할 수 없을 만큼 사악했어요. 고슴도치는 잔인하고 소름 끼치는 눈으로 나를 계속 노려보면서 2미터쯤 미끄러지듯 나아가다 열려 있는 두 번째 창문에 이르자 창턱으로 기어 올라가서 사라졌어요. 나는 당장 일어나서 창문으로 달려갔지만 고슴도치의 흔적은 어디에도 없었어요. 물론 그게 다른 세계에서 온 존재가 분명하다는 걸 알았지만, 포플의 책에서 이 지방의 전설을 다룬 부분을 조사할 때까지는 그게 무엇인지를 깨닫지 못했어요."

그녀는 갈색 표지의 큼직한 책에서 그 부분을 열심히 찾아서 읽었다.

"늙은 수전노인 니컬러스 헤리슨은 그가 몰래 감추어 둔 재물을 우연히 발견한 농장 머슴을 죽인 죄로 1763년에 배치퍼드에서 교수형에 처해졌다. 그의 유령은 때로는 하얀 올빼미, 때로는 흰색의 거대한 고슴도치의 모습으로 시골을 돌아다닌다고 한다.'"

"당신은 어젯밤에 포플의 이야기를 읽었고 그래서 반쯤 잠이 깼을 때 고슴도치를 보았다고 생각하게 되었을 거예요." 노베리 부인은 위험을 무릅쓰고 그런 추측을 말해 보았지만, 그 추측은 아마 진실과 아주 가까웠을 것이다.

에이다는 자기가 본 유령을 그런 식으로 설명할 수는 없다고 잘라 말했다.

"이 일은 비밀로 해야 돼요." 노베리 부인이 재빨리 말했다. "하인들이 알면……"

"비밀로 한다고요?" 에이다는 분개하여 외쳤다. "나는 거기에 대해 장문의 보고서를 써서 심령연구회에 제출할 거예요."

휴고 노베리는 원래 뛰어난 기지를 타고난 남자가 아니었지만, 난생처음으로 이 순간 정말 쓸모 있는 묘안을 생각해 냈다.

"우리가 장난이 너무 심했습니다, 블리크 양." 그가 말했다. "하지만 일이 계속 커지게 내버려 두는 것은 부끄러운 일이겠지요. 그 하얀 고슴도치는 우리 집에 전해 내려오는 오랜 장난이에요. 우리 아버지가 자메이카에서 가져온 알비노 고슴도치의 박제예요. 거기서는 고슴도치가 거대한 크기로 자라지요. 우리는 거기에 끈을 묶어서 방에 감추어 두고, 끈의 한쪽 끝은 창문을 통해 밖으로 늘어뜨립니다. 그런 다음 밑에서 끈을 잡아당기면 고슴도치 박제는 당신이 묘사한 것처럼 마룻바닥을 스치듯 움직이다가 결국 창문 밖으로 휙 떨어지죠. 지금까지 많은 사람들이 속아 넘어갔어요. 그들은 모두 포플의 책을 읽고, 그 고슴도치가 늙은 해리 니컬슨의 유령이라고 생각한답니다. 하지만 우리는 그 사람들이 거기에 대해 신문에 기고하는 것을 항상 말립니다. 그랬다가는 일이 너무 커질 테니까요."

맬러드 부인은 당연히 임대 계약을 경신했지만, 에이다 블리크는 끝내 자기 우정을 경신하지 않았다.

황소
The Bull

톰 요크필드는 이복형 로렌스를 본능적으로 혐오했지만, 세월이 흐르면서 그 혐오감은 너그러운 무관심으로 누그러졌다. 그를 싫어할 구체적인 이유는 전혀 없었다. 로렌스는 단지 육친일 뿐, 톰과는 공통된 취미나 관심사가 하나도 없었고, 동시에 톰과 말다툼할 기회도 전혀 없었다. 로렌스는 일찍 농장을 떠나, 몇 년 동안은 생모가 남겨 준 약간의 유산으로 먹고살았다. 그는 화가를 직업으로 택하여 꽤 잘해나가고 있다는 소문이었는데, 어쨌든 끼니를 잇기가 어려울 정도는 아닌 모양이었다. 그는 동물 그림을 전문으로 그렸고, 그의 그림을 사줄 사람도 적지 않았다. 톰은 자신의 처지와 이복형의 처지를 비교하면 자기가 확실히 낫다는 우월감을 느끼고 위안을 얻었다. 동물화가라고 부르면 왠지 중요한 인물인 것처럼 들릴지 모르지만, 로렌스는 그림쟁이일 뿐, 그 이상은 아니었다. 톰은 농부였다. 물론 농장 규모가 그렇게 크지 않은 것은 사실이지만, 헬서리 농장은 몇 대에 걸쳐 전해 내려온 집안 농장이었고 이곳에서 사육되는 가축으로 좋은 평판을 얻고 있었다. 톰은 자신이 자유롭게 쓸 수 있는 약간의 자본으로 얼마 안 되는 소의 품질을 향상시키려고 최선을 다했다. 실제로 그가 번식시킨 '클로버 페어리'라는 이름의 황소는 이웃 농장의 어떤 황소보다도 우수했다. 중요한 가축품평회에서는 심사위원들의 감동을 일으키지는 못했지만, 소규모 농장의 노련한 농부가 키울 만한 어린 동물로는 가장 활기차고 볼품 있고 건강했다. 킹스헤드에 장이 서는 날이면 많은 사람들이 클로버 페어리를 칭찬했고, 톰 요크필드는 100파운드를 준대도 그 황소를 팔지 않겠다고 선언하곤 했다. 100파운드는 작은 농장에는 큰돈이고, 80파운드 정도면 그는 아마 유혹을 느꼈을 것이다.

로렌스가 오랜만에 농장을 찾아오자 톰은 그 기회를 이용하여 클로버 페어리의 우리로 형을 안내하면서 특별한 즐거움을 느꼈다. 암소들은 목초지에 나가서 풀을 뜯느라 우리에 없었고, 클로버 페어리만 잠시 홀아비가 되어 혼자 우리에 남아 있었다. 톰은 이복형에 대한 옛날의 혐오감이 약간 되살아나는 것을 느꼈다. 화가는 태도가 전보다 더 께느른해져 있었고, 더 어울리지 않는 옷을 입고 있었다. 그리고 말할 때는 무슨 선심이라도 쓰는 듯이 생색을 내는 투로 말하는 경향이 있는 것 같았다. 그는 한창 왕성하게 자라는 토마토에는 전혀 관심을 기울이지 않고, 출입문 옆 구석에 덤불을 이룬 노란 꽃의 잡초에는 열렬한 관심을 보였다. 그 잡초는 사실 농장 주인에게는 짜증스러운 존재였다. 통통하게 살진 새끼 양들을 보여 주었을 때도 마찬가지였다. 새끼 양들은 보란 듯이 큰 소리로 울었고, 그것을 보면 마땅히 칭찬할 수도 있었을 텐데 로렌스는 맞은편 언덕에 우거진 참나무 숲의 나뭇잎 색깔에 대해서만 감탄하며 열변을 토했다. 하지만 이제 그는 헬서리 농장 최고의 자랑거리이자 기쁨인 클로버 페어리를 보게 될 터였다. 그가 아무리 칭찬에 인색해도, 그가 아무리 축하하기를 싫어하고 쩨쩨하게 굴어도, 그 놀라운 동물의 숱한 장점을 보지 않을 수는 없을 것이고, 보면 인정할 수밖에 없을 것이다. 몇 주 전 톤턴으로 출장을 갔을 때 톰은 이복형의 초대를 받고 그 도시에 있는 스튜디오를 방문한 적이 있었다. 로렌스는 무릎까지 잠기는 늪 속에 서 있는 황소를 그린 커다란 유화를 그 스튜디오에 전시하고 있었다. 그런 부류의 그림으로는 확실히 좋은 그림이었고, 로렌스는 그 그림에 터무니없이 만족한 것 같았다. "내가 지금까지 그린 그림 가운데 최고 걸작"이라는 말을 몇 번이나 되풀이했고, 톰은 그림 속의 황소가 살아 있는 것처럼 보인다는 데 동의했다. 이제 그림물감을 다루는 남자는 진짜 그림을 보게 될 터였다. 액자 속에 변치 않는 한 가지 자세로 고착된 채 서 있는 대신 매 순간 새로운 자세와 행동을 보여 주는, 힘과 아름다움의 살아 있는 본보기를 보게 될 것이다. 톰은 튼튼한 나무문을 열고 짚이 깔린 마당으로 앞장서서 들어갔다.

곱슬곱슬한 붉은 털로 덮인 젊은 황소가 미심쩍은 듯한 태도로 그들에게 다가오자 화가가 말했다.

"녀석은 얌전해?"

"때로는 장난을 좋아해." 로렌스는 황소의 장난이 자유형 레슬링 같은 것인지 어떤지 궁금하겠지만, 톰은 궁금증을 풀어 주지 않고 내버려 두었다. 로렌스는 동물의 생김새에 대해 한두 마디 형식적인 논평을 하고, 황소의 나이나 그런 세부에 대해 한두 가지 질문을 했다. 그런 다음 냉정하게 화제를 다른 데로 돌렸다.

"톤턴에서 내가 보여 준 그림을 기억하겠지?" 그가 물었다.

"응, 기억해." 톰은 투덜거리는 투로 말했다. "하얀 얼굴의 황소가 진창 같은 곳에 서 있는 그림이었지. 나는 그런 헤리퍼드종 소를 별로 좋게 생각지 않아. 덩치가 커서 다루기가 어렵고, 별로 활기가 없는 것 같아. 그런 식으로 그리기는 아마 헤리퍼드종 소가 더 쉽겠지. 그런데 이 녀석은 항상 쉬지 않고 움직여. 그렇지, 페어리?"

"나는 그 그림을 팔았어." 로렌스가 상당히 만족스러운 목소리로 말했다.

"그래? 그 말을 들으니 기쁘군. 그림값도 충분히 받았겠지?"

"300파운드 받았어." 로렌스가 말했다.

톰은 로렌스 쪽으로 돌아섰다. 분노가 서서히 얼굴로 올라오는 듯 얼굴이 붉게 상기되었다. 300파운드라고? 시장 상황이 가장 좋을 때 그가 애지중지하는 클로버 페어리를 매물로 내놓아도 100파운드를 받기가 어려울 텐데, 이복형이 그린 유화 한 점이 그 세 배나 되는 값으로 팔리다니! 그것은 잘난 체 생색을 내면서 자기만족에 빠져 있는 로렌스의 승리를 강조했기 때문에 훨씬 더 뼈에 사무치는 잔인한 모욕이었다. 젊은 농부는 제 소유의 가축 가운데 보석과도 같은 황소를 자랑하여 화가라고 우쭐대는 이복형의 콧대를 꺾어 줄 작정이었다. 그런데 이제 형세가 역전되어 그의 소중한 황소는 대단치도 않은 그림 한 점의 값과 비교되면서 하찮은 싸구려로 보이게 되었다. 그것은 터무니없이 부당했다. 그 그림은 기껏해야 실물을 교묘하게 모사한 가짜일 뿐이지만 클로버 페어리는 진짜야. 자신의 작은 세계에 군림하는 왕이고, 이 일대에서 이름난 존재야. 클로버 페어리는 죽은 뒤에도 여전히 유명할 거야. 페어리의 자손은 이 일대의 골짜기와 언덕 비탈에 있는 목초지에서 풀을 뜯을 테고, 외양간과 우리와 착유장을 가득 채울 테고, 아름다운 붉은색 모피는 풍경을 점점이 수놓을 테고, 사람들은 유망한 어린 암소나 균형이 잘 잡힌 수송아지를 알아보고 이렇게 말하겠지. "아아, 저 소는 클로버 페어리의 후손이군." 그러는 동안 그 그림은 먼지에 덮인 채, 생명도 변화도 없이 벽에 걸려 있을 거야. 벽에 뒤집어서 걸어 놓으면 아무 의미도 없는 가재도구일 뿐이야. 이런 생각들이 꼬리를 물고 분노에 찬 톰 요크필드의 마음속을 지나갔지만, 그는 그 생각을 말로 표현할 수가 없었다. 마침내 감정을 입 밖에 냈을 때 그는 퉁명스럽고 거칠게 말했다.

"어떤 멍청한 바보들은 하찮은 그림 나부랭이에 300파운드를 내던지고 싶어 할지도 모르지. 내가 그 사람들의 취향을 부러워한다고는 말할 수 없어. 나는 그림보다는 실물을 갖는 게 더 좋으니까."

그는 젊은 황소를 고갯짓으로 가리켰다. 황소는 코를 높이 쳐들고 그들을 노려보다가 장난스럽게 뿔을 내리고 초조하게 머리를 흔드는 동작을 번갈아 되풀이하고 있었다.

로렌스는 즐겁게 웃었다. 남을 약 올리면서도 너그럽게 눈감아 주는 듯한 웃음이었다.

"네 말대로 내 하찮은 그림 나부랭이를 산 사람이 자기 돈을 내던진 것을 걱정할 필요가 있다고는 생각지 않아. 내가 좀 더 유명해지고 인정을 받게 되면 내 그림은 값이 올라갈 거야. 그 그림도 아마 5, 6년 뒤에는 경매장에서 400파운드를 호가할걸. 제대로 된 작품을 고를 만한 안목이 있으면 그림은 나쁜 투자 대상이 아니야. 그런데 너의 소중한 황소는 네가 오래 키울수록 가치가 더 높아질 거라고는 말할 수 없어.

언젠가는 전성기가 지날 테고, 그래도 네가 계속 키우면 결국에는 몇 실링어치의 발굽과 가죽만 남겠지. 그때쯤 내가 그린 황소는 아마 어느 유명한 미술관이 거액을 내고 사들일 거야."

이것은 너무 지나쳤다. 진실과 비방과 모욕이 합세하여 톰 요크필드의 자제력에 무거운 압력을 가했다. 그는 오른손에 참나무 몽둥이를 쥐고, 왼손으로는 로렌스의 실크 셔츠의 옷깃을 움켜잡았다. 로렌스는 싸움꾼이 아니었다. 톰이 억누르기 힘든 분노 때문에 평정을 잃었듯이, 로렌스는 물리적 폭력에 대한 두려움 때문에 평정을 잃었다. 그래서 클로버 페어리는 여물통 속에 보금자리를 짓고 알을 낳으려고 애쓰는 암탉처럼 한 인간이 꽥꽥 소리를 지르며 우리를 가로질러 달리는 전례 없는 광경을 구경하게 되었다. 행복에 가득 찬 다음 순간, 황소는 왼쪽 어깨 너머로 로렌스를 던지고, 로렌스가 아직 공중에 있을 때 갈빗대를 뿔로 치받고, 로렌스가 바닥에 떨어지자 그의 몸뚱이 위에 무릎을 꿇으려 애쓰고 있었다. 톰이 강력하게 개입했을 때에야 겨우 황소는 제 프로그램의 마지막 항목을 단념했다.

톰은 이복형이 부상에서 완전히 회복될 때까지 헌신적으로 보살폈다. 로렌스는 어깨뼈가 탈구되고, 갈비뼈가 한두 대 부러지고, 가벼운 신경쇠약에 걸렸을 뿐 심각한 중상을 입지는 않았다. 어쨌든 젊은 농부는 더 이상 깊은 원한이나 증오심을 마음에 품을 이유가 없었다. 로렌스가 그린 황소는 300파운드나 600파운드에 팔릴지 모르고, 유명 미술관에서 수천 명의 찬탄을 받을 수도 있겠지만, 그 황소가 인간을 어깨 너머로 내던지고 그 인간이 땅바닥에 떨어지기 전에 갈빗대를 뿔로 치받지는 못할 것이다. 그것은 클로버 페어리의 주목할 만한 위업이었고, 아무도 그에게서 그 위업을 빼앗아 갈 수는 없었다.

로렌스는 동물화가로서 계속 인기를 누리고 있지만, 그가 다루는 주제는 항상 새끼 고양이나 새끼 사슴이나 새끼 양이다. 황소는 절대로 그리지 않는다.

몰베라

Morlvera

'올림픽 장난감 백화점'은 번화한 웨스트엔드 가에서 눈에 잘 띄는 자리를 차지하고 있었다. 그 가게에 장난감 백화점이라는 이름을 붙인 것은 잘한 일이었다. 그 완구점에다 친숙하지만 맥박이 빨라지는 이름을 붙이는 것은 아무도 생각조차 하지 않았을 것이기 때문이다. 수많은 진열창에 전시된 물건들은 차갑고 화려하게 빛났지만 공들인 실패작 같은 분위기를 풍겼다. 그 물건들은 크리스마스 때 피곤한 점원이 보여 주고 설명하면 부모들은 감탄하고 아이들은 따분해서 입을 다무는 그런 종류의 장난감들이었다. 동물 장난감은 어떤 나이의 어린이가 침대에 가져가고 싶어 하고 욕실에 몰래 갖고 들어가고 싶어 하는 편안하고 마음이 통하는 친구라기보다는 자연사 박물관에 전시된 모형처럼 보였다. 기계 장치가 되어 있는 장난감은 끊임없이 어떤 동작을 되풀이하고 있었지만, 장난감이 수명을 다할 때까지 그 동작을 여섯 번 이상 하기를 바랄 사람은 아무도 없었다. 마음이 바른 아이의 육아실에서는 장난감의 수명이 확실히 짧을 거라고 생각하면 그나마 다행스럽다.

정면 진열창의 한 구역을 가득 메우고 있는 우아한 옷차림의 인형들 사이에서 유난히 눈에 띄는 인형이 하나 있었다. 여성의 복잡한 의상을 포괄적인 한 마디로 편리하게 묘사할 수 있다면, 그 커다란 여자 인형은 표범 가죽으로 만든 액세서리로 공들여 장식한 분홍빛 벨벳 저고리에 무릎 아래를 좁힌 긴 치마를 입고 있었는데, 최신 유행 복장을 상세히 보여 주는 도판에서 볼 수 있는 것은 하나도 빠짐없이 모두 갖추고 있었다. 사실 그 인형은 보통 패션 도판에 실린 모델이 갖고 있는 것 이상의 무언가를 가졌다고 말할 수 있었다. 패션모델의 퀭하고 무표정한 눈빛 대신, 그 인형의 얼굴에는 개성이 있었는데, 그 개성이 냉정하고 적대적이고 캐묻기 좋아하는 나쁜 성격이라는 것은 인정할 수밖에 없었다. 인형은 한쪽 눈썹을 흉측하게 내리고, 입꼬리에는 냉혹함이 감돌고 있었다. 한 시간에 얼마씩 받고 그녀의 내력을 상상할 수도 있었을 것이다. 그녀의 내력을 보면 비열한 야심과 돈에 대한 욕망이 두드러진 역할을 맡을 테고, 품위 있는 감정 따위는 전혀 존재하지 않을 것이다.

사실 그녀가 진열창에 장식되어 있는 이 단계에서도 그녀를 비판하거나 그녀의 전기를 쓰는 사람이 없지 않았다. 열 살인 에멀린과 일곱 살인 버트는 어두운 뒷골목에서 잉어가 가득한 세인트제임스 공원의 연못으로 가는 길에 걸음을 멈추고, 무릎 아래를 좁힌 긴 치마를 입은 그 인형을 비판적인 눈으로 살펴보며 별로 너그럽지 않은 기분으로 그녀의 성격을 분석하고 있었다. 가난 때문에 부득이 헐벗은 사람과 쓸데없이 지나치게 옷치장을 한 사람 사이에는 아마 잠재적인 적개심이 존재하겠지만, 후자가 조금만 친절과 우정을 보이면 전자의 적개심이 찬탄과 애정으로 바뀌는 경우가 많다. 분홍빛 벨벳과 표범 가죽으로 치장한 여자가 정교한 액세서리만이 아니라 상냥한 표정까지 짓고 있었다면 에멀린은 적어도 그녀를 존경했을 것이고 어쩌면 애정도 느꼈을지 모른다. 그런데 표정이 너무 차가웠기 때문에 에멀린은 그녀를 지독한 악녀로 판단했다. 그 평판은 주로 감상적인 삼류 소설을 읽는 데 능숙한 사람들의 대화에서 주워들은, 부자들의 악행에 대한 간접 지식에 근거를 두고 있었다. 버트는 자신의 한정된 상상력으로 여기저기 구멍 난 세부를 채웠다.

에멀린은 오랫동안 적대적인 눈으로 그녀를 노려본 뒤에 선언했다.

"저 여자는 나쁜 여자야. 저 여자 남편도 저 여자를 미워해."

"남편은 저 여자를 들볶고 두들겨 패." 버트가 열심히 말했다.

"아니야, 그렇지 않아. 남편은 죽었으니까. 저 여자가 아무도 모르게 조금씩 서서히 남편을 독살했어. 지금 저 여자는 돈이 엄청나게 많은 영주님과 결혼하고 싶어 해. 영주한테는 아내가 있지만, 저 여자는 그 영주 부인도 독살할 거야."

"저 여자는 악녀야." 버트는 점점 커지는 적개심을 드러내며 말했다.

"저 여자 어머니도 저 여자를 미워하고 두려워하기도 해. 저 여자는 항상 남을 비꼬고 빈정거리니까. 저 여자는 탐욕스럽기도 해. 생선 요리가 나오면, 자기 몫만이 아니라 어린 딸 몫까지 먹어 치워. 어린 딸은 정말 허약한데."

"저 여자는 전에는 어린 아들도 있었어." 버트가 말했다. "하지만 아무도 보지 않을 때 저 여자가 물속에 밀어 넣었대."

"아니야, 그러지 않았어." 에멀린이 말했다. "저 여자는 아들을 가난한 사람들한테 보내서 키우게 했어. 아들이 어디 있는지 남편이 알지 못하게. 아들을 맡은 사람들은 아들을 잔인하게 학대했어."

"저 여자 이름이 뭐야?" 버트는 그렇게 흥미로운 여자한테는 명칭을 붙여야 한다고 생각하고 물었다.

"저 여자 이름?" 에멀린은 열심히 생각하면서 말했다. "저 여자 이름은 몰베라야." 그것은 영화에 주역으로 등장한 여자 모험가의 이름으로 에멀린이 생각해 낼 수 있는 가장 그럴듯한 이름이었다. 그런 이름을 가진 여자가 어떤 짓을 할 수 있을까를 아이들이 마음속으로 궁리하는 동안, 잠시 침묵이 흘렀다.

"저 여자는 저렇게 비싼 옷을 맞춰 입고도 돈을 주지 않았어. 아마 앞으로도 주지 않을 거야." 에멀린이 말했다. "저 여자는 돈 많은 영주한테 옷값을 치르게 할 작정이지만, 영주는 옷값을 내지 않을 거야. 영주는 벌써 수백 파운드어치의 보석을 저 여자한테 주었거든."

"그래, 영주는 절대로 옷값을 치르지 않을 거야." 버트는 확신을 가지고 말했다. 돈 많은 영주들은 마음이 약하고 온후하지만, 거기에도 한계가 있다.

그 순간 제복 차림의 하인들을 태운 자동차 한 대가 장난감 백화점 입구에 멈춰 섰다. 새된 목소리로 서둘러 말하는 덩치 큰 부인이 차에서 내렸고, 어린 사내아이가 부루퉁한 얼굴로 천천히 뒤따라 내렸다. 아이는 먹구름이 잔뜩 낀 하늘처럼 오만상을 했지만, 얼굴을 제외한 나머지 부분은 새하얀 세일러복으로 감싸고 있었다. 여자는 아마도 포트먼 광장에서 시작되었을 잔소리를 아직도 계속하고 있었다.

"빅터, 빨리 들어와서 네 사촌 버사에게 줄 멋진 인형을 사렴. 버사는 네 생일에 병사 모형이 잔뜩 들어 있는 아름다운 상자를 주었잖니. 그러니까 너도 버사의 생일에 선물을 주어야 돼."

"버사는 바보 뚱땡이야." 빅터는 어머니만큼 큰 소리로 말했고, 그 목소리에는 어머니보다 더 강한 확신이 담겨 있었다.

"빅터, 그런 말을 하면 못써. 버사는 바보도 아니고 뚱뚱하지도 않아. 어서 들어와서 버사에게 줄 인형을 골라."

두 모자는 가게 안으로 들어가서, 뒷골목 출신인 두 아이의 눈과 귀에서 사라졌다.

"저 아이는 화가 나서 심술을 부리고 있어." 에멀린은 외쳤지만, 에멀린도 버트도 그 자리에 없는 버사보다는 그 아이를 편들고 싶은 마음이 들었다. 버사는 그 아이가 묘사했듯이 정말로 뚱뚱한 멍청이일 것이다.

"인형을 보고 싶어요." 빅터의 어머니가 가장 가까이에 있는 점원에게 말했다. "열한 살 된 여자아이한테 선물할 거예요."

"열한 살 된 뚱뚱한 계집애예요." 빅터가 보충 설명을 덧붙였다.

"빅터, 네 사촌에 대해 그런 말을 하면, 집에 가자마자 너를 침대로 보낼 거야. 차도 못 마실 줄 알아."

"이게 우리 가게에 있는 인형들 중에서 가장 최신 상품입니다." 점원이 진열창에서 분홍빛 벨벳 저고리와 무릎 아래가 좁혀진 긴 치마를 입은 인형을 꺼내면서 말했다. "표범 가죽과 모피 목도리는 최신 유행이랍니다. 어디에서도 이보다 더 새로운 것은 구할 수 없을 겁니다. 독점적인 디자인이에요."

"저것 좀 봐!" 에멀린이 밖에서 속삭였다. "저 사람들이 몰베라를 꺼냈어."

흥분과 어떤 상실감이 에멀린의 마음속에서 뒤섞였다. 그녀는 지나치게 치장한 타락의 화신과도 같은 그 인형을 조금만 더 오래 보고 싶었다.

"나는 저 여자가 돈 많은 영주와 결혼하러 차를 타고 떠날 거라고 생각해." 버트가 대담하게 말했다.

"저 여자는 아무 쓸모도 없어." 에멀린은 막연하게 말했다.

가게 안에서는 손님이 그 인형을 사기로 결정했다.

"아름다운 인형이야. 버사가 기뻐할 거야." 빅터의 어머니가 큰 소리로 단언했다.

"알았어요." 빅터는 부루퉁하게 말했다. "그걸 상자에 집어넣고 포장하는 동안 한 시간이나 기다릴 필요는 없어요. 내가 그냥 그대로 가져갈게요. 집으로 가는 길에 맨체스터 광장에 들러서 그걸 버사한테 주면 돼요. 그걸로 일이 깨끗이 끝나는 거죠. 그러면 나는 쪽지에다 '사랑하는 버사에게, 빅터의 사랑을 담아서'라고 쓰는 수고도 덜 수 있어요."

"좋아." 그의 어머니가 말했다. "집으로 가는 길에 맨체스터 광장에 들르면 돼. 너는 내일의 생일을 축하하고 버사한테 인형을 주어야 돼."

"그 작은 짐승이 나한테 입 맞추는 건 허락하지 않겠어요." 빅터는 계약 조건을 내세웠다.

빅터의 어머니는 아무 말도 하지 않았다. 지금까지 빅터는 어머니가 예상한 것의 절반도 말썽을 부리지 않았다. 빅터는 마음만 먹으면 정말로 지긋지긋하게 말을 듣지 않는 골칫거리가 될 수도 있었다.

에멀린과 버트가 진열창 앞을 막 떠나려 할 때 몰베라가 빅터의 품에 조심스럽게 안긴 채 가게에서 나왔다. 꼬치꼬치 캐묻는 듯한 그녀의 냉혹한 얼굴에 사악한 승리의 표정이 빛나는 것 같았다. 빅터는 좀 전의 찌푸린 표정 대신 차분하게 경멸하는 표정을 지었다. 그는 상대를 경멸하면서도 패배를 선뜻 인정한 게 분명했다.

덩치 큰 부인은 제복 차림의 하인에게 지시를 내리고 차에 올라탔다. 하얀 세일러복을 입은 아이는 여전히 우아하게 차려입은 인형을 품에 안은 채 어머니 옆으로 올라갔다.

차가 방향을 돌리려면 몇 미터를 후진해야 했다. 빅터는 남몰래 아주 살금살금, 아주 조용히, 아주 무자비하게 몰베라를 어깨 너머로 던져서 후진하는 바퀴 바로 뒤에 떨어뜨렸다. 인형이 부서지는 부드럽고 유쾌한 소리와 함께 차는 길바닥에 엎어진 형체 위를 지난 다음, 다시 한 번 우두둑 소리를 내면서 다시 앞으로 나아갔다. 차는 달려갔고, 버트와 에멀린은 기름 범벅이 된 벨벳과 톱밥과 표범 가죽의 비참한 잔해를 놀라움과 기쁨이 뒤섞인 눈으로 바라보았다. 밉살스러운 몰베라에게서 남은 것은 그것뿐이었다. 그들은 날카롭게 환성을 지르고 몸서리를 치며 그렇게 순식간에 공연된 비극의 현장에서 달아났다.

그날 오후, 세인트제임스 공원의 연못가에서 잉어를 쫓던 에멀린이 작은 소리로 버트에게 진지하게 속삭였다.

"나는 지금까지 줄곧 생각하고 있었어. 그 애가 누군지 알아? 그 애는 바로 몰베라가 가난한 사람들과 함께 살라고 보내 버린 어린 아들이었어. 그 애가 돌아와서 그런 짓을 한 거야."

충격 전술
Shock Tactics

늦은 봄 어느 날 오후, 엘라 매카시는 켄싱턴 공원에서 초록 페인트를 칠한 의자에 앉아 밋밋한 풍경을 멍하니 바라보고 있었다. 그런데 기대했던 인물이 중경에 나타나자 지루하던 풍경이 갑자기 열대 지방처럼 강렬하게 빛나기 시작했다.

엘라는 그 인물이 그녀의 의자와 가장 가까운 의자에 도착하자 침착하게 외쳤다.

"안녕, 버티!"

그는 페인트칠한 의자에 재빨리, 그러면서도 바지에 상당한 주의를 기울이면서 털썩 주저앉았다. 그러자 엘라가 덧붙였다.

"오늘은 완벽한 봄날 오후였지?"

이 말은 엘라 자신의 감정에 비추면 명백한 거짓말이었다. 버티가 도착할 때까지 그날 오후는 전혀 완벽하지 않았기 때문이다.

버티는 적당한 대답을 했지만, 그 대답 속에는 의문부호가 맴돌고 있는 것 같았다.

"아름다운 손수건을 줘서 고마워. 정말 내가 갖고 싶었던 손수건이었어." 엘라는 버티가 입 밖에 내지 않은 질문에 대답하듯 말했다. 그러고는 입을 삐죽거리며 덧붙였다. "그런데 당신 선물을 받고 무척 기뻤지만 내 즐거움을 망친 게 딱 하나 있어."

"그게 뭔데?" 버티는 어쩌면 자기가 고른 손수건이 여자 손수건으로는 너무 컸던 게 아닐까 걱정하면서 불안한 얼굴로 물었다.

"나는 손수건을 받자마자 당신한테 편지를 써서 고맙다고 말하고 싶었어." 엘라가 말하자 버티의 하늘이 당장 흐려졌다.

"어머니가 어떤지 당신도 알잖아." 그가 항변했다. "어머니는 내 편지를 모두 뜯어보고, 내가 누군가에게 선물을 준 걸 알면 앞으로 보름 동안 두고두고 잔소리를 할 거야."

"설마 스무 살이나 된……" 엘라가 말하기 시작했다.

"내가 스무 살이 되려면 9월까지 기다려야 돼." 버티가 엘라의 말을 가로막았다.

"나이가 열아홉 8개월이나 되었으면……" 엘라는 고집스럽게 말을 이었다. "자기 편지에 대한 프라이버시를 지키는 것쯤은 허락받을 수 있을 텐데."

"당연히 그래야겠지만 세상일이 항상 그렇게 되는 건 아니야. 어머니는 누구한테 온 편지든 집에 오는 편지는 모두 뜯어봐. 누이들과 나는 이따금 거기에 대해 항의했지만 어머니는 여전히 그렇게 하고 있어."

"내가 너라면 그걸 막을 방법을 찾아낼 거야." 엘라는 용감하게 말했다.

버티는 마음을 졸이고 심사숙고하여 선물을 보내도 편지를 둘러싼 까다로운 제약 때문에 감사 인사를 받지 못하니까 선물의 매력도 빛이 바랜 듯한 느낌이 들었다.

그날 저녁, 버티의 친구 클로비스는 수영장에서 버티를 만나자 물었다.

"무슨 문제라도 있어?"

"왜?"

"네가 수영장에서 우울한 표정을 짓고 있을 때는 다른 표정을 거의 짓지 않으니까 더욱 눈에 띄지. 엘라가 손수건을 좋아하지 않았어?"

버티는 상황을 설명하고 나서 덧붙였다.

"정말 짜증나는 상황이야. 여자가 비밀스럽게 에둘러 보내는 방법 말고는 편지를 보낼 수 없다면 짜증나는 게 당연하지."

"사람은 자기가 받은 축복을 누리는 동안은 절대로 그 축복을 깨닫지 못해." 클로비스가 말했다. "나는 지금 사람들한테 편지를 쓰지 않은 핑계를 꾸며 내느라 상당량의 창의력을 소비해야 돼."

"농담할 일이 아니야." 버티는 분개하여 말했다. "네 어머니가 네 편지를 모조리 뜯어본다면 그걸 재미있다고 생각지는 않겠지."

"나는 어머니가 편지를 뜯어보게 내버려 두는 네가 이상해."

"그런데 아무리 그러지 말라고 해도 소용없어. 어머니가 그러는 걸 막을 수가 없어. 내가 무슨 말을 해도……"

"말하는 방법이 틀렸을 거야. 네 편지가 개봉될 때마다 식사 시간에 식탁 위에 벌렁 드러누워서 발작을 일으키거나, 한밤중에 블레이크*

514

의 「순수의 노래」를 낭송하는 걸 들으라고 가족을 모두 깨우면, 앞으로는 어머니도 네 항의를 훨씬 귀담아들어 주실 거야. 사람들은 실연의 아픔보다 망친 식사나 중단된 밤의 휴식을 더 중요하게 생각하니까."

"말도 안 되는 소리 마!" 버티는 지르퉁한 얼굴로 말하고는 물속으로 첨벙 뛰어들어 클로비스의 머리끝에서 발끝까지 물을 튀겼다.

버티 헤전트에게 온 편지 한 통이 그의 집 우편함으로 들어갔다가 그의 어머니 손으로 들어간 것은 수영장에서 그런 대화가 오간 지 이틀 뒤였다. 헤전트 부인은 남의 일에 끊임없이 흥미를 갖는 정신 나간 사람들 가운데 하나였다. 남의 은밀한 사생활과 관련된 것일수록 그들은 더욱 강렬한 흥미를 느낀다. 헤전트 부인은 어쨌든 이 편지를 뜯어보았을 것이다. 겉봉에 '친전'이라는 말이 쓰여 있고 은은한 향을 발산하고 있다는 사실은 오히려 그녀로 하여금 신중한 태도가 아니라 서둘러 봉투를 뜯게 했을 뿐이다. 그 뛰어난 감각은 그녀에게 예상을 훨씬 뛰어넘는 수확을 안겨 주었다.

친애하는 버티,

당신에게 그럴 용기가 있을지 걱정이에요 그것도 상당한 용기가 필요할 거예요. 보석을 잊지 마세요. 그건 사소한 문제지만, 나는 사소한 데 관심이 많아요.

당신의 변함없는 클로틸드.

* 윌리엄 블레이크(1757~1827): 영국의 시인·화가. 신비로운 체험을 시로 표현했는데, 그 첫 번째 결실이 『순수의 노래』(1789)이다.

추신: 당신 어머니가 내 존재를 알면 안 돼요. 어머니가 물어보시면 나에 대해서는 들어 본 적도 없다고 잡아떼세요.

몇 년 동안 헤전트 부인은 아들이 방탕한 짓을 저지르거나 복잡하게 얽힌 남녀 관계에 말려든 흔적을 찾으려고 버티의 편지를 부지런히 살펴 왔다. 그런데 남의 일을 탐색하는 그녀의 열정을 자극한 의심이 이 멋진 노획물로 마침내 정당화된 것이다. '클로틸드'라는 이국적인 이름을 가진 누군가가 '당신의 변함없는'이라는 유죄 선언과 함께 버티에게 편지를 쓴다는 것은 보석에 대한 놀라운 언급이 없어도 그녀를 흥분시키기에 충분했다. 헤전트 부인은 보석이 손에 땀을 쥐게 하는 역할을 맡은 소설과 드라마를 생각해 낼 수 있었다. 그런데 이제 그녀의 지붕 밑에서, 말하자면 바로 그녀의 눈앞에서 그녀의 아들이 뭔가 음모를 꾸미고 있었다. 그 음모에서 보석은 단지 흥미로운 세부일 뿐이었다. 버티는 한 시간 뒤에나 집에 돌아오겠지만, 그의 누이들은 집에 있으니까 이 수치스럽고 놀라운 소식에 짓눌린 마음의 부담을 당장 덜 수 있었다.

"버티가 어떤 여자 협잡꾼의 올가미에 걸려들었어." 그녀가 비명을 질렀다. "그 여자 이름은 클로틸드야." 그녀는 딸들이 최악의 소식을 당장 아는 게 낫다고 생각하는 것처럼 덧붙여 말했다. 젊은 아가씨들이 인생의 통탄할 현실을 알지 못하게 보호하면 득보다 실이 많은 경우도 있기 때문이다.

버티가 집에 도착했을 때쯤 어머니는 이미 그의 수치스러운 비밀에 대해 온갖 추측과 억측을 모두 검토한 뒤였고, 누이들은 버티가 사악하다기보다는 나약했을 뿐이라는 의견을 제시하는 데 그쳤다.

"클로틸드가 누구냐?" 이것이 버티가 현관에 들어서기도 전에 부닥친 질문이었다. 그런 사람은 알지도 못한다고 부인하자 신랄한 웃음소리가 터져 나왔다.

"가르침을 아주 잘 받았구나!" 헤전트 부인이 외쳤다. 하지만 그녀가 알아낸 사실을 버티가 해명할 생각이 전혀 없다는 것을 알아차리자, 신랄한 빈정거림은 격렬한 분노로 바뀌었다.

"모든 것을 자백할 때까지는 저녁을 주지 않겠다." 그녀는 호통을 쳤다.

버티의 응답은 식품 저장실에서 즉석 파티용 재료를 서둘러 긁어모아 제 침실에 틀어박히는 것이었다. 어머니는 자물쇠가 채워진 그의 침실 문까지 몇 번이나 찾아가서, 질문을 충분히 되풀이하면 결국에는 대답을 들을 수 있을 거라고 생각하는 사람처럼 끈질기게 큰 소리로 질문을 던졌다. 버티는 그 생각을 부추길 만한 짓은 전혀 하지 않았다. 이 일방적인 교섭이 아무 성과도 거두지 못한 채 한 시간이 지났을 때, 수신인이 버티로 되어 있고 '친전'이라고 쓰여 있는 편지 한 통이 또다시 우편함에 출현했다. 헤전트 부인은 생쥐 한 마리를 막 놓치고 뜻밖에 두 번째 생쥐를 발견한 고양이처럼 열심히 그 두 번째 편지에 덤벼들었다. 그녀가 더 많은 폭로를 기대했다면 실망하지 않았을 게 분명하다.

편지는 다짜고짜 이렇게 시작되었다.

그러니까 당신은 정말로 그 일을 해냈군요! 가엾은 다그마르! 그 여자는 이제 완전히 끝났어요. 동정심이 생길 정도예요. 당신은 아주 잘했어요. 정말로 못된 악당이에요. 하인들은 모두 그게 자살이었다고 생각하니까

공연한 소란은 일어나지 않을 거예요. 하지만 검시가 끝날 때까지 보석
은 건드리지 않는 게 좋겠어요.

클로틸드.

헤전트 부인이 전에 항의하고 반대하는 수단으로 했던 어떤 일도
이번에 계단을 뛰어 올라가 아들의 침실 문을 미친 듯이 두들긴 것과
는 비교가 되지 않았다.

"야비한 놈, 다그마르한테 무슨 짓을 한 거냐?"

"이번에는 다그마르인가요?" 그는 고함을 질렀다. "다음에는 제럴딘
이겠군요?"

"밤에는 너를 집에 붙잡아 두려고 그렇게 애썼는데 이런 일이 일어
나다니." 헤전트 부인은 흐느껴 울었다. "나한테 사실을 감추려고 애써
도 소용없어. 클로틸드의 편지가 비밀을 다 누설하고 있으니까."

"그 여자가 누구인지도 누설하고 있나요?" 버티가 물었다. "그 여자
이름을 하도 많이 들으니까 그 여자의 가정생활이 어떤지도 알고 싶
네요. 진정으로 하는 말인데, 어머니가 계속 이런 식으로 나오면 의사
를 부르겠어요. 나는 아무것도 아닌 일로 설교를 들은 적이 많았지만,
실재하지도 않는 상상 속의 하렘을 이야기 속에 끌어들인 적은 없었
어요."

"이 편지들이 상상이라고?" 헤전트 부인은 소리를 질렀다. "보석이
니 다그마르니…… 자살인지 뭔지는 어떻고?"

이 문제에 대한 어떤 해답도 침실 문을 통해 나오지 않았다. 그날 저
녁에 배달된 마지막 우편물에는 버티에게 온 편지가 또 한 통 섞여 있
었고, 그 편지 내용은 아들이 이미 어렴풋이 알아차리기 시작한 깨달

음을 헤전트 부인에게 가져다주었다.

친애하는 버티,
내가 클로틸드라는 가명으로 보낸 장난 편지로 네 머리를 괴롭히지 않았기를 바란다. 요전 날 너는 누군가가 네 편지를 네 허락도 없이 함부로 뜯어본다고 나한테 말했지. 그래서 나는 편지를 뜯은 사람에게 흥미진진한 읽을거리를 주기로 마음먹었어. 그들에게는 충격이 효과가 있을지도 몰라.

너의 벗 클로비스 생그레일.

헤전트 부인은 아들의 친구인 클로비스를 조금 알았고, 그를 약간 두려워했다. 그의 성공적인 장난질 뒤에 숨은 뜻을 알기는 어렵지 않았다. 그녀는 한결 누그러진 기분으로 다시 한 번 버티의 침실 문을 두드렸다.

"생그레일한테서 편지 왔다. 그건 다 어리석은 장난이었어. 다른 편지들도 모두 그 녀석이 썼대. 아니, 너 어디 가니?"

버티가 문을 열었다. 그는 모자를 쓰고 코트를 입고 있었다.

"의사를 데려와서 어머니한테 무슨 문제가 있는지 보려고요. 물론 그건 다 짓궂은 장난이었지만, 제정신을 가진 사람이라면 아무도 살인이니 자살이니 보석이니 하는 그 온갖 허무맹랑한 소리를 믿지 않았을 거예요. 어머니는 지난 한두 시간 동안 집이 무너져 내릴 만큼 소란을 피웠다고요."

"하지만 내가 그 편지들을 어떻게 생각할 수 있었겠니?" 헤전트 부인은 애처롭게 하소연했다.

"나 같으면 그 편지들을 어떻게 생각해야 할지 알았을 거예요. 어머니가 남의 편지를 읽고 흥분한다면 그건 어머니 탓이에요. 어쨌든 의사를 부르러 가겠어요."

버티에게는 절호의 기회였다. 버티도 그것을 알았다. 어머니는 그 소문이 퍼지면 자기가 좀 우스꽝스러워 보일 거라는 사실을 깨달았다. 그녀는 소문이 퍼지는 것을 막기 위해 기꺼이 대가를 치를 터였다.

"알았다. 다시는 네 편지를 뜯어보지 않으마." 그녀는 약속했다.

그리고 지금 클로비스에게 버티 헤전트보다 더 충실한 노예는 없다.

일곱 개의 크림통

The Seven Cream Jugs

"윌프리드 피전코트는 남작 작위와 많은 돈을 물려받게 되었으니까, 이제 여기서는 그 사람을 볼 수 없을 거예요." 피터 피전코트 부인은 남편에게 유감스러운 듯이 말했다.

"그래, 그건 거의 기대할 수 없겠지." 남편이 대답했다. "우리는 그 애가 아무 전망도 없는 하찮은 존재였을 때 우리를 만나러 오는 것을 꺼리고, 항상 어떻게 해서든 오지 못하게 했으니까. 나는 그 애가 열두 살 소년일 때 이후로는 한 번도 만난 적이 없는 것 같아."

"그와 친하게 사귀고 싶지 않은 이유가 하나 있었어요. 악명 높은 결점을 갖고 있어서, 누구나 집에 들여놓기를 꺼리는 사람이었죠."

"그 결점은 지금도 여전히 갖고 있잖아? 아니면 당신은 물려받은 영지와 함께 성격도 개조된다고 생각해?"

"물론 그 결점은 여전해요." 아내는 솔직히 인정했다. "하지만 앞으로 집안의 우두머리가 될 사람이니까, 단순한 호기심 때문에라도 그 사람과 사귀고 싶을 거예요. 게다가 빈정거리는 건 일단 제쳐 놓고, 그 사람이 어마어마한 부자면 사람들이 그 결점을 보는 눈도 달라질 거예요."

월프리드 피전코트는 사촌 형인 월프리드 피전코트 소령이 폴로 경기를 하다가 사고로 다친 후유증으로 죽는 바람에 갑자기 삼촌 월프리드 피전코트 경의 상속자가 되었다. (옛날 월프리드 피전코트라는 사람이 말버러 공작*의 원정 때 많은 공을 세워 온몸을 훈장으로 뒤덮었고, 그 후 월프리드라는 이름은 피전코트 집안사람들이 못 견디게 좋아하는 세례명이 되었다.) 이 집안의 작위와 영지를 물려받게 된 새 상속자는 스물다섯 살 된 젊은이였고, 친척들은 그를 직접 알기보다 소문을 들어서 아는 정도였다. 그리고 그 소문은 별로 유쾌하지 않은 것이었다. 그 집안에 많이 있는 월프리드들은 허블다운의 월프리드나 포병대원 월프리드처럼 주로 사는 곳이나 직업으로 다른 월프리드들과 구별되었지만, 이 상속자는 '날치기꾼 월프리드'라는 불명예스러운 꼬리표로 알려져 있었다. 그는 학창 시절이 끝날 무렵부터 심한 도벽에 사로잡혔는데, 그는 수집가의 탐욕스러운 본능을 가졌지만 수집가의 안목은 전혀 갖고 있지 않았다. 찬장보다 작고 운반하기 쉽고 9펜스보다 가치 있는 물건이라면 뭐든지, 그리고 그 물건이 다른 사람의 소유여야 한다는 조건을 충족시키기만 하면 그는 거기에 저항할 수 없는 매력을 느꼈다. 어쩌다 시골에 있는 대지주의 저택에서 열리

---

* 제1대 말버러 공작, 존 처칠(1650~1722): 영국의 군인이자 정치가. 9년 전쟁(1688~1697)과 스페인 왕위 계승 전쟁(1701~1714) 때 크게 활약했다.

는 하우스 파티의 손님 명단에 그가 포함되면, 주인 부부는 그가 떠나기 전날 밤에 '실수로' 남의 물건을 자기 짐 속에 넣었는지를 확인하기 위해 그의 짐을 친절하게 조사해 주는 것이 보통이었고 꼭 필요한 일이기도 했다. 짐 수색은 대개 크고 다양한 수확을 거두었다.

"이거 재미있군." 피터 피전코트는 아내와 대화를 나눈 지 약 30분 뒤에 아내에게 말했다. "윌프리드한테서 전보가 왔는데, 차를 타고 이 부근을 지나갈 예정이라 여기 들러서 우리한테 인사를 하고 싶대. 우리가 불편하지 않다면 하룻밤 묵어도 좋다는군. 그리고 '윌프리드 피전코트'라고 서명했어. 그 날치기꾼이 분명해. 다른 사람은 아무도 자동차를 갖고 있지 않으니까. 우리 은혼식을 축하하는 선물을 가져올 거야."

"어머나, 큰일났네!" 부인은 문득 어떤 생각이 떠오르자 외쳤다. "지금은 그런 결점을 가진 사람을 집에 들이기가 곤란해요. 은혼식 선물이 모두 응접실에 진열되어 있고, 우편물이 올 때마다 계속 선물이 도착하고 있어요. 앞으로 어떤 선물이 올지도 모르고, 그 선물들을 모두 어딘가에 집어넣고 자물쇠를 채워 둘 수도 없어요. 그 사람은 선물을 보고 싶어 할 게 뻔하니까요."

"빈틈없이 감시해야 돼. 방법은 그것뿐이야." 남편은 안심시키듯이 말했다.

"하지만 그 노련한 날치기꾼들은 너무 교활해요." 아내는 불안한 듯이 말했다. "그리고 우리가 감시하고 있다는 것을 그 사람이 눈치채면 거북할 거예요."

나그네가 대접받던 그날 저녁의 분위기는 실제로 아주 거북했다. 그들은 특정한 개인과 관계가 없는 일반적인 화제를 신경질적으로 이것저것 서둘러 바꾸었다. 손님의 친척인 주인 부부는 그가 교활하게 남의 눈길을 피하고 좀 미안한 듯한 태도를 보일 거라고 예상했지만, 손님에게는 그런 태도가 전혀 없었다. 그는 예의 바르고 자신만만하고 좀 '젠체하는' 경향이 있었다. 반면에 주인 부부는 부자연스러운 태도를 취하고 있었다. 그것은 의식적으로 나쁜 짓을 하는 사람의 특징이었을지도 모른다. 저녁을 먹은 뒤 응접실에서 그들의 태도는 더욱 신경질적이 되고 어색해졌다

"우리가 받은 은혼식 선물을 보여 드리지 않았군요." 피터 부인은 문득 손님을 즐겁게 해 줄 멋진 생각이 떠오른 것처럼 불쑥 말했다. "선물은 모두 이 방에 있어요. 정말 멋지고 유용한 선물들이죠. 물론 겹치는 물건도 몇 개 있지만요."

"크림통을 일곱 개나 받았지 뭔가." 피터가 끼어들었다.

"그건 정말 골칫거리잖아요." 피터 부인이 말을 이었다. "크림통이 일곱 개라니. 우리는 평생 동안 크림만 먹고 살아야 할 것 같아요. 물론 몇 개는 다른 물건으로 바꿀 수 있어요."

월프리드는 주로 골동품 선물에 관심을 갖고, 그런 물건 한두 개를 램프 쪽으로 가져가서 특징을 조사했다. 그 순간 주인 부부의 불안은 갓 낳은 새끼를 여러 사람이 돌아가면서 살펴보는 것을 지켜보는 어미 고양이의 걱정과 비슷했다.

"잠깐만요. 겨자 단지를 저한테 돌려주셨나요? 겨자 단지는 여기 놓여 있었는데." 피터 부인이 큰 소리로 말했다.

"미안합니다. 제가 그걸 포도주 단지 옆에 놓았군요." 월프리드는 말하고, 다른 물건을 살펴보느라 바빴다.

"그 설탕 거르는 체는 저한테 돌려주세요." 피터 부인은 신경을 곤두

세우면서도 집요한 결심을 분명히 드러내며 요구했다. "잊기 전에 꼬리표를 달고 누가 그걸 보냈는지 적어 둬야 해요."

그렇게 경계를 게을리하지 않았지만, 그것이 승리감으로 완전한 결실을 맺지는 못했다. 손님에게 "안녕히 주무세요"라고 말한 뒤, 피터 부인은 그가 무언가를 훔친 게 분명하다고 자신 있게 말했다.

"그의 태도로 보아 아무래도 무언가를 슬쩍한 것 같아." 남편도 아내의 말을 확인했다. "뭐 빠진 거 없어?"

아내는 서둘러 선물 개수를 헤아려 보았다.

"서른네 개밖에 없어요. 서른다섯 개가 있어야 하는데. 그 서른다섯 개에, 아직 도착하지 않은 주교님의 양념병 받침대가 포함되었는지 어떤지 기억나지 않아요."

"우리가 어떻게 알 수 있겠어? 그 비열한 돼지는 우리한테 선물 하나도 가져오지 않은 주제에 남의 선물을 슬쩍 가져간다면 절대로 가만두지 않겠어."

"내일 그가 목욕을 하고 있을 때 열쇠를 어딘가에 놓아둘 테니까, 그때 그 사람 여행 가방을 뒤질 수 있어요. 방법은 그것뿐이에요."

이튿날 아침, 공모자들은 반쯤 닫힌 문 뒤에서 잠시도 방심하지 않고 감시했다. 이윽고 윌프리드가 목욕가운을 걸치고 욕실로 들어가자 두 사람은 손님방으로 재빨리 달려갔다. 부인은 밖에서 망을 보았고, 남편은 서둘러 열쇠를 찾은 다음 불쾌할 만큼 양심적인 세관 관리 같은 태도로 여행 가방을 뒤지기 시작했다. 수색은 간단히 끝났다. 은제 크림통 하나가 셔츠 속에 묻혀 있었다.

"교활한 놈." 피터 부인이 말했다. "크림통이 많으니까 크림통을 훔친 거예요. 하나쯤 없어져도 모를 줄 알았겠죠. 빨리 서둘러요. 그걸 갖고 내려가서 다른 크림통들 사이에 돌려놔요."

윌프리드는 아침 식사를 하러 늦게 내려왔다. 그의 태도는 무언가가 잘못되었음을 분명히 보여 주었다.

"불쾌한 말씀을 드려야겠군요." 그가 말했다. "이 집 하인들 가운데 도둑놈이 있는 게 분명합니다. 내 여행 가방에서 무언가가 없어졌어요. 우리 어머니와 내가 당신네 은혼식을 축하하려고 마련한 작은 선물인데요. 어젯밤 저녁 식사가 끝난 뒤에 드렸어야 하는 건데, 공교롭게도 그게 크림통이었고 당신들은 크림통을 너무 많이 받아서 곤란한 것 같았기 때문에 크림통을 또 하나 드리는 건 좀 곤란하다고 생각했지요. 그래서 다른 물건으로 바꿀 작정이었는데 그게 없어졌네요."

"그게 모친과 자네가 마련한 선물이었다고?" 피터가 물었다. 그가 알기로 날치기꾼은 고아가 된 지 오래였다.

"예, 어머니는 지금 카이로에 계시는데, 드레스덴에 있는 저한테 편지를 보내셨어요. 당신들한테 줄 축하 선물로 멋있고 예쁘고 오래된 은제품을 구해 보라고. 그래서 저는 크림통을 골랐지요."

이 말을 듣고 피터 부부는 둘 다 창백해졌다. 드레스덴이라는 말을 들었을 때 상황이 갑자기 분명해진 것이다. 그들이 날치기꾼 윌프리드인 줄 알고 대접한 손님은 그들의 사교 범위에 들어온 적이 없는 젊은 외교관인 윌프리드였다. 그의 모친인 어니스틴 피전코트는 피터 부부의 능력이나 야심을 훨씬 뛰어넘는 사교계에서 활동했고, 아들은 아마 언젠가는 대사가 될 터였다. 그런데 그들은 그의 여행 가방을 뒤져서 물건을 훔친 것이다. 피터 부부는 절망적인 눈으로 멍하니 서로를 바라보았다. 먼저 묘안을 생각해 낸 것은 아내였다.

"집에 도둑이 있다고 생각하니 끔찍하군요! 밤에는 물론 응접실 문을 닫아 두지만, 우리가 아침을 먹고 있을 때 무언가를 훔쳐 갈 수도 있어요."

그녀는 일어나서, 응접실의 은제품이 도둑맞지 않았는지를 확인하려는 것처럼 서둘러 밖으로 나갔다가 잠시 후 크림통 하나를 두 손으로 받쳐 들고 돌아왔다.

"지금은 응접실에 크림통이 일곱 개가 아니라 여덟 개가 있어요." 그녀가 외쳤다. "이 크림통은 전에 없었던 거예요. 기억은 정말 묘한 장난을 치죠. 윌프리드 씨, 당신은 어젯밤에 이걸 갖고 아래층으로 살며시 내려와서, 우리가 응접실 문을 잠그기 전에 거기에 이걸 놔두고는 아침에는 그 일을 까맣게 잊어버린 게 분명해요."

"사람의 마음은 종종 그런 사소한 장난을 치지." 피터 씨도 필사적으로 열심히 말했다. "바로 요전 날에도 나는 청구서를 지불하려고 시내에 갔는데, 그걸 깜박 잊어버리고는 이튿날 또 시내에 가서⋯⋯"

"이건 제가 드리려고 산 크림통이 분명합니다." 윌프리드는 크림통을 자세히 살펴보고 나서 말했다. "오늘 아침에 목욕하러 가기 전에 가운을 꺼냈을 때는 분명히 여행 가방 속에 있었는데, 목욕을 하고 돌아와서 다시 가방을 열었을 때는 거기에 없었어요. 제가 방을 비운 사이에 누군가가 그걸 꺼낸 겁니다."

피터 부부는 전보다 더욱 창백해졌다. 아내에게 마지막 영감이 떠올랐다.

"여보, 내 각성제 좀 갖다 주세요. 아마 드레스룸에 있을 거예요."

남편은 구원이라도 받은 것처럼 방에서 뛰쳐나갔다. 그에게는 지난 몇 분이 너무 길게 느껴졌기 때문에, 금혼식이 얼마 남지 않은 것처럼 여겨질 정도였다.

피터 부인은 은밀한 속사정을 털어놓으려는 듯이 약간 수줍어하는 태도로 손님 쪽으로 돌아섰다.

"당신 같은 외교관은 이런 일이 마치 일어나지 않은 것처럼 다루는 법을 아시겠죠. 남편에게는 한 가지 작은 결점이 있어요. 집안 내림이죠."

"맙소사! 그분도 우리 친척인 날치기꾼 윌프리드처럼 도벽을 갖고 있다는 말씀인가요?"

"꼭 그렇지는 않아요." 피터 부인은 남편을 자기가 말한 것보다 좀 덜 나쁜 사람으로 얼버무리고 싶어서 그렇게 말했다. "남편은 아무렇게나 내버려져 있는 물건에는 절대로 손을 대지 않지만, 자물쇠를 채워서 잘 간수해 둔 물건을 보면 훔치고 싶은 욕망을 억제하지 못해요. 의사들은 거기에 특별한 병명을 붙이더군요. 남편은 당신이 목욕을 하러 가자마자 당신 여행 가방에 덤벼들어 맨 처음 눈에 띈 물건을 훔친 게 분명해요. 물론 남편이 크림통을 훔칠 동기는 전혀 없었어요. 아시다시피 우리는 크림통을 이미 일곱 개나 갖고 있으니까요. 물론 그렇다고 해서 당신과 어머님이 주신 선물을 소중하게 여기지 않는 건— 쉿, 남편이 오고 있어요."

피터 부인은 약간 당황하면서 말을 끊고, 비틀거리며 복도로 나가 남편을 맞았다.

"잘됐어요." 그녀는 남편에게 속삭였다. "내가 다 설명했어요. 이제 거기에 대해서는 더 이상 아무 말도 하지 마세요."

"당신은 정말 대단한 여자야." 피터는 안도의 한숨을 내쉬며 말했다. "나 같으면 절대로 해내지 못했을 거야."

          *

　외교관은 입이 무겁다지만, 집안일에까지 과묵한 것은 아니다. 이듬해 봄에 피터 부부와 함께 지내러 온 콘수엘로 반 부용 부인은 보석함이라는 것을 분명히 알 수 있는 상자 두 개를 항상 욕실까지 가져갔고, 복도에서 누군가와 우연히 마주치면 그것을 얼굴 화장 도구라고 설명하곤 했다. 피터 피전코트는 반 부용 부인이 그러는 이유를 끝내 이해하지 못했다.

임시 정원
The Occasional Garden

"시내 정원에 대해서는 나한테 말하지 마." 엘리너 랩슬리가 말했다. "물론 그 말은 내가 앞으로 한두 시간 동안 시내 정원에 대해서만 말할 테니까 그동안 잠자코 내 말을 들어 주었으면 좋겠다는 뜻이야. 우리가 처음 여기로 이사 왔을 때 사람들은 '딱 알맞은 크기의 정원을 얻으셨어요' 하고 말했지. 그 말은 우리가 정원을 꾸미기에 딱 알맞은 크기의 부지를 손에 넣었다는 뜻일 거야. 그런데 실제로는 크기가 정원에는 전혀 맞지 않아. 마당으로 취급하기에는 너무 넓고 기린을 키우기에는 너무 좁아. 우리가 거기서 기린이나 사슴 같은 초식동물을 키울 수 있다면, 정원에 식물이 없는 것을 그 동물들 탓으로 설명할 수 있겠지. '큰사슴과 다윈튤립을 함께 키울 수는 없어요. 그래서 우리는 작년에 구근을 하나도 심지 않았어요'라고 말할 수 있어. 하지만 실제

530

로는 큰사슴 같은 건 키우지 않고, 다윈튤립은 동네 고양이들이 화단에 모여서 의회를 열었기 때문에 하나도 살아남지 못했어. 우리는 버려진 것처럼 보이는 그 좁고 긴 땅에 제라늄과 조팝나무를 번갈아 심어서 테두리를 두른 화단으로 만들 작정이었는데, 고양이 의회는 그곳을 대기실로 활용했지. 고양이들은 요즘 불시에 의회를 열어 표결 처리를 하는 일이 좀 잦아진 것 같아. 제라늄이 꽃을 피우는 것보다 훨씬 잦을 정도야. 보통 고양이라면 나도 그렇게 싫어하진 않겠지만, 채식주의 고양이들이 내 정원에 모여서 회의를 여는 건 불만이야. 그 고양이들은 채식주의자가 분명해. 스위트피 모종들 사이에서는 어떤 파괴 행위를 저질러도 참새들은 전혀 건드리지 않는 것 같으니까 말이야. 토요일에도 우리 집 정원에는 항상 월요일만큼 많은 참새가 있어. 막 깃털이 난 새끼들은 말할 것도 없고. 선인장은 땅에 뿌리를 박고 똑바로 서 있는 게 보기 좋은지 아니면 줄기가 싹둑 잘린 채 가로누워 있는 자세가 보기 좋은지에 대해 참새들과 하느님 사이에는 시간이 시작되었을 때부터 줄곧 화해할 수 없는 의견 차이가 있었던 것 같아. 참새들은 항상 그 문제에서 최종적인 의견을 말하지. 적어도 우리 정원에서는 그래. 하느님은 원래 수정법안이랄까, 명칭이야 어떻든 간에 뭐 그런 걸 제출할 작정이었던 게 분명해. 그래서 덜 파괴적인 참새나 파괴에 저항하는 힘이 더 강한 선인장을 세상에 보급할 작정이었을 거야. 우리 정원에서 한 가지 위안이 되는 점은 응접실이나 흡연실에서 정원이 보이지 않는다는 거야. 그래서 사람들이 점심 식사나 저녁 식사를 우리와 함께 하지 않으면 정원이 헐벗은 것을 알 수 없어. 내가 그웬다 포팅던한테 그렇게 화가 난 건 바로 그 때문이야. 그웬다는 사실상 억지로 다음 수요일에 우리 집에서 점심을 먹기로 했어. 내가 폴

코트네 딸한테 그날 시내로 쇼핑하러 오면 점심을 대접하겠다고 말하는 것을 그웬다가 듣고는 자기도 가도 되냐고 묻잖아. 그웬다는 지저분하고 꽃이라고는 하나도 없는 우리 화단을 보면서 고소하고 징그러울 만큼 지나치게 잘 가꾸어진 자기네 정원을 자랑하러 오는 거야. 그게 우리 집에 오는 유일한 목적이지. 나는 그웬다네 정원이 동네 사람들의 부러움을 사고 있다는 말을 듣는 데 신물이 나. 그건 그웬다가 갖고 있는 다른 것들도 모두 마찬가지야. 자동차, 디너파티, 심지어는 두통까지도 그웬다한테 속한 것은 뭐든지 최고야. 다른 사람은 아무도 그런 걸 가진 적이 없어. 그웬다의 큰아들이 받은 견진성사는 그 여자 이야기에 따르면 너무나 센세이셔널한 사건이어서 하원에서도 거기에 대한 질의가 나올 거라고 예상할 정도였대. 지금 그웬다는 내 스위트피 화단에 남아 있는 볼품없는 팬지 몇 포기와 비어 있는 공간을 바라보면서 자기네 장미 정원에 피어 있는 희귀하고 화려한 꽃을 열심히 자랑하려고 우리 집에 오는 거야."

"사랑하는 엘리너." 남작 부인이 말했다. "O.O.S.A.에 가입해서 매년 회비만 내면, 참새에 대한 걱정은 말할 것도 없고 그 모든 가슴앓이와 정원사에게 주는 돈도 많이 줄일 수 있어."

"처음 듣는 얘긴데. 그게 뭐지?" 엘리너가 받았다.

"'임시 오아시스 공급 협회(Occasional-Oasis Supply Association)'야." 남작 부인이 말했다. "그건 바로 당신 같은 사람들의 요구를 충족시키기 위해 존재하지. 정원용으로는 사실상 아무 쓸모도 없는 뒷마당이지만, 오찬회나 만찬회를 계획할 때 일정한 간격을 두고 장식적인 무대 배경으로 꾸밀 필요가 있을 경우에 도움을 주는 곳이야. 예를 들어 1시 반에 사람들이 점심을 먹으러 올 예정이라고 해. 당신은 그날 아침 10시에 협회로 전화를 걸어서 '점심 정원'이라고 말하기만 하면 돼. 당신이 해야 할 수고는 그것뿐이야. 그러면 12시 반까지는 당신네 마당에 벨벳 같은 잔디가 깔리고, 라일락이나 붉은 꽃이 핀 산사나무나 계절에 맞는 나무로 된 산울타리가 배경을 이루고, 꽃이 활짝 핀 벚나무 한두 그루가 서 있고, 꽃을 잔뜩 매단 철쭉 덤불이 멀리 떨어진 구석을 채우고, 전경에는 불타는 듯한 카네이션이나 양귀비나 활짝 핀 참나리가 서 있게 되지. 점심 식사가 끝나고 손님들이 떠나면 정원도 떠나고, 기독교 세계의 모든 고양이들이 당신네 마당에 모여 회의를 열어도 당신은 전혀 걱정할 필요가 없어. 주교님이나 골동품 애호가나 그런 사람이 당신네 집으로 점심을 먹으러 온다면, 정원을 주문할 때 그런 사실을 말해 주기만 하면 돼. 그러면 가지를 자른 주목 울타리와 해시계와 접시꽃, 그리고 아마 뽕나무가 있는 구세계의 정원이 당신네 뒷마당에 생겨날 거야. 가장자리에는 패랭이꽃과 풍경초가 피어 있고, 한쪽 구석에는 구식 벌통이 한두 개 서 있겠지. 그런 것들은 오아시스 협회가 책임지고 공급하는 일반 상품이지만, 1년에 몇 기니만 추가로 더 내면 긴급 E.O.N. 서비스를 받을 자격이 생겨."

"E.O.N. 서비스는 또 뭐야?"

"그웬다 포팅던의 침입 같은 특별한 경우를 나타내는 관습적인 암호일 뿐이야. 그건 '동네의 선망(Envy Of Neighbourhood)'인 정원을 가진 사람이 점심이나 저녁을 먹으러 당신네 집에 올 예정이라는 뜻이지."

"그러면 무슨 일이 일어나는데?" 엘리너는 약간 흥분하여 외쳤다.

"『아라비안나이트』에 나오는 기적 같은 일이 일어나. 당신네 뒷마당은 석류와 아몬드 나무, 레몬 나무 숲, 꽃핀 선인장으로 이루어진 울타리, 눈부시게 화려한 진달래꽃으로 도발적인 아름다움을 뽐내게 되고, 대리석 분수 안에서는 이국적인 수련 사이를 밤색과 흰색의 왜가리들이 우아하게 거닐고, 황금빛 꿩들이 설화석고로 만들어진 테라스를 뽐내는 걸음으로 돌아다니게 되지. 전체적인 효과는 신의 섭리와 노먼 윌킨슨*이 서로 질투하는 것을 그만두고 협력하여 러시아 발레단의 야외 공연을 위한 무대 배경을 만들어 낸 것 같다고나 할까. 사실 그건 당신의 오찬회를 위한 배경일 뿐이야. 그래도 그웬다 포팅던이나 당신의 E.O.N. 손님에게 여전히 반발력이 남아 있다면, 채스워스에 있던 덩굴성 푸텔라가 지난겨울에 죽어 버렸기 때문에 당신네 정원에 있는 게 영국에 하나뿐인 덩굴성 푸텔라라고 자연스럽게 말해 주기만 하면 돼. 물론 덩굴성 푸텔라라는 식물은 없지만, 그웬다 포팅던 같은 사람은 남이 알려 주지 않으면 이 꽃과 저 꽃을 구별하지 못하는 게 보통이니까."

"빨리 그 협회 주소를 알려 줘." 엘리너가 말했다.

*

그웬다 포팅던은 점심 식사를 즐기지 못했다. 소박하지만 우아한 식사였고, 요리도 훌륭했고 하인들의 시중도 나무랄 데가 없었지만, 그녀 자신의 대화에 통쾌한 재미가 부족했다. 그녀는 훌륭한 원예술의 효과를 보여 주는 자기네 정원의 경이로움을 장황하게 찬미할 준비를 갖추었는데, 시베리아 매자나무로 이루어진 울창한 산울타리가 그녀

---

* 영국의 화가(1878~1971). 주로 포스터 화가로 활동했다.

의 화제를 사방에서 완전히 둘러싸 버렸다. 그 산울타리는 보는 사람이 어리둥절할 만큼 불가사의한 도원경의 눈부신 배경을 이루고 있었다. 석류와 레몬 나무, 테라스가 달린 분수에서는 황금 잉어가 아름다운 빛깔의 붓꽃 뿌리 사이를 꿈틀거리며 헤엄치고, 둑을 이루고 있는 이국적인 꽃들, 탑 모양의 우리 안에서는 일본 오소리들이 장난을 치고 있었다. 이 모든 것이 그웬다의 식욕을 빼앗고 정원에 대해 이야기할 의욕을 누그러뜨리는 데 이바지했다.

"내가 덩굴성 푸텔라에 감탄한다고는 말할 수 없어요." 그녀는 냉랭하게 말했다. "그리고 어쨌든 영국에 그런 종류의 푸텔라가 하나뿐인 건 아니에요. 나는 햄프셔에도 그게 있다는 걸 알고 있어요. 원예는 이제 인기를 잃어 가고 있어요. 요즘 사람들은 정원을 가꿀 시간이 없는 것 같아요."

전체적으로 보면 그것은 엘리너가 주최한 오찬회 중에서 가장 성공적인 오찬회였다.

그런데 나흘 뒤 그웬다가 점심시간에 갑자기 엘리너의 집으로 뛰어들어와 초대하지도 않았는데 멋대로 식당에 들어온 것은 분명 예기치 않은 재난이었다.

"우리 일레인이 그린 수채화가 '유망 화가 조합'에 채택되었다는 소식을 당신한테 알려 드려야 한다고 생각했어요. 그 그림은 해크니 화랑에서 열리는 그 조합의 여름 전시회에 전시될 예정이에요. 분명 화단에 센세이션을 일으킬 거예요. 아니, 도대체 당신 정원에 무슨 일이 일어난 거죠? 정원이 없어졌네요!"

"여성참정권론자들 때문이에요." 엘리너는 즉석에서 말했다. "그 얘기 못 들었어요? 그 여자들이 쳐들어와서 약 10분 만에 모든 걸 엉망으로 만들어 버렸어요. 나는 너무 낙심해서 정원을 말끔히 치우게 했죠. 더 공을 들여서 정원을 다시 꾸밀 작정이에요."

나중에 그녀는 남작 부인에게 말했다.

"내가 긴급 두뇌를 가졌다고 말하는 건 바로 그걸 두고 하는 말이야."

네모난 달걀

The Square Egg

연못
The Pond

모나는 항상 자신을 비극적인 삶의 주인공으로 생각했다. 그녀의 이름, 크고 검은 눈, 그녀에게 가장 잘 어울리는 헤어스타일, 이 모든 것이 그 인생관을 뒷받침하는 데 이바지했다. 그녀는 불운을 당했거나 어쨌든 이제 곧 불운을 당할 거라고 생각하는 사람의 태도를 습관적으로 취하고 있었다. 그녀는 걸핏하면 '저승사자'를 입에 올리곤 했는데, 마치 다른 사람들이 지정된 시간에 그들을 데리러 오려고 자가용 운전기사가 길모퉁이에서 기다리고 있다고 말하는 것처럼 익숙한 말투로 이야기하곤 했다. 점쟁이들은 그녀의 기질에서 이런 경향을 알아차리고, 반드시 그녀의 운명에 정해진 무언가를 암시하지만 그것을 너무 명백하게 말하려 하지는 않았다.

본드 가에서 2기니를 받고 손금을 봐 주는 사람은 그녀에게 이렇게 말했다.

"당신은 당신이 고른 남자와 결혼하겠지만, 나중에 이상한 화재를 겪을 겁니다."

"분명히 말해 주어서 고맙지만, 그건 나도 알고 있었어요." 모나는 말했다.

모나는 존 와다콤과 결혼했다. 모나는 그녀가 반쯤 보인 세계라고 부르는 곳에서 일어나는 그림자 같은 비극을 잘 알고 있었지만, 그런 것을 전혀 모르는 남자와 결혼한 것이다. 남편은 좀처럼 파악하기 어렵고 의심스럽고 마음을 혼란에 빠뜨리는 그런 비극을 보려고 굳이 눈을 부릅뜨지 않아도 자신의 세계 속에 이미 걱정해야 할 실질적인 비극을 충분히 갖고 있었다. 그래서 그의 시야에서 훨씬 벗어난 영역에 속해 있을 뿐만 아니라 그의 관심 범위에서도 훨씬 벗어난 영역에 속해 있는 일 때문에 마음을 어지럽힐 생각은 전혀 없었다. 감자잎마름병, 돼지콜레라, 정부의 농지법, 그 밖에 농장을 괴롭히는 온갖 골칫거리가 그의 에너지만이 아니라 그의 관심까지 모두 빨아들였고, 모나가 열한 가지 변종을 인정한 마음의 병 같은 질병이 존재할 가능성을 설령 그가 인정했다 해도 그런 마음의 병은 대부분 불치병이었고, 그는 아마 2주 동안 바닷가에서 보내는 것을 가장 유망하고 자연스러운 치료법으로 처방했을 것이다. 존 와다콤이 비옥한 땅 같은 사람인 것은 틀림없는 사실이었다. 그가 정계에 들어가고자 했다면 그는 분명 '정직한 존 와다콤'으로 알려졌을 테고, 그 뒤에는 더 이상 덧붙일 말이 없었다.

모나는 결혼한 지 이틀쯤 뒤에 비극적인 사실을 발견했다. 그녀와 공통점이 거의 없고, 그녀에게 공감하고 이해해 주기를 전혀 기대할 수 없는 사람과 평생의 반려자로 묶여 버린 것이다. 그녀와 존을 둘 다 알고 각자의 기질을 아는 사람이 있었다면, 약혼이 발표된 순간 그 정보를 그녀에게 미리 알려 주었을 것이다. 존은 나름대로 그녀를 좋아했고, 그녀도 다른 방식으로 그를 적잖이 좋아했지만, 그들의 주고받는 생각에는 공통된 언어가 거의 없었다.

모나는 처음부터 남편이 자기를 오해할 게 뻔하다고 예상하면서 결혼 생활을 시작했고, 얼마 후 존도 도저히 아내를 이해할 수 없다는 명백한 결론에 도달했다. 그리고 상황을 '그냥 내버려 두는 것'으로 만족했다. 아내도 처음에는 둔감하고 무관심한 그의 태도에 안달하다가 다음에는 낙담했다. '말은 적을수록 좋다'는 것이 그에게 위안을 주는 신조였지만, 그 신조가 아내의 과묵함에 적용되었을 때는 위안을 주는 데 완전히 실패했다. 그녀는 남편과 영적 교감을 나누지 못하는 것 때문에 불행했고 심란해했다. 남편도 거기에 대해 슬퍼하고 고민해야 마땅한데, 왜 남편은 그것을 괴로워하지 않을까? 사실 모나는 처음에는 연극적으로 비참했지만, 갈수록 더욱 심각한 슬픔에 잠기게 되었다. 그녀가 타고난 성격의 병적인 기질이 마침내 먹이로 삼을 만한 구체적인 대상을 찾아내어 왕성한 식욕으로 먹어 대기 시작했다. 존은 농장 일을 하느라 고생하고 고민도 했지만 늘 바쁘고 그런대로 행복했던 반면, 모나는 지루하고 할 일이 없어서 따분하고 자신의 고민 때문에 엄청나게 불행했다.

그녀가 우연히 연못을 발견한 것은 이 무렵 우울한 기분으로 어슬렁어슬렁 거닐고 있을 때였다. 그 일대는 백악질 토양이어서 고여 있는 물이 드물었다. 농장에 인공적으로 만든 오리 연못과 소들이 물을 마시는 웅덩이 한두 곳을 제외하면 반경 몇 킬로미터 이내에 모나가 아는 연못은 하나도 없었다. 그 연못은 가파른 언덕 비탈에 방치된 너도밤나무 농장 한복판에 오목하게 파인 진흙 웅덩이에 고인 물이었다. 웅덩이에 고인 검은 물은 사악해 보였고, 음침한 주목과 기괴하게 썩어 가는 너도밤나무가 울타리처럼 연못을 둘러싸고 그 위까지 가지를 뻗고 있었다. 기분 좋은 곳은 아니었다. 그곳이 갖고 있는 아름다움은 모두 우울한 쪽이었다. 웅덩이와 관련하여 연상할 수 있는 인간의 모습은 수면에 떠 있는 시체뿐이었다. 모나는 이곳에 당장 매혹되었다. 그곳은 그녀의 기질에 어울렸고, 그녀의 기분에도 잘 어울렸다. 산책을 나가면 그녀의 발걸음은 거의 언제나 너도밤나무 숲으로 그녀를 데려갔고, 그 숲의 중심은 언제나 잔잔하고 어두운 연못이었다. 무한한 깊이를 암시하는 검은 물빛에 악의적일 만큼 절망적인 분위기가 감도는 조용한 연못이었다. 기뻐하는 언덕이나 미소 짓는 골짜기를 상상할 만큼 비약적인 공상에 탐닉할 수 있는 사람이라면, 부루퉁한 표정으로 심술궂게 오만상을 찌푸린 연못을 상상할 수도 있을 것이다.

모나는 그 연못에 대한 온갖 이야기를 지어냈고, 대부분의 이야기 속에는 운명에 농락당한 불행한 사람, 유혹하듯 손짓하는 깊은 물 위에 지친 듯이 늘어져 있다가 결국 수면 위의 수초들 사이에 음울하지만 놀랄 만큼 편안하게 누운 자세로 떠 있는 사람이 등장했다. 그녀는 이야기를 다시 지을 때마다 희생자를 점점 더 그녀 자신과 동일시했다. 그녀는 연못을 둘러싸고 연못 위로 돌출한 둑 위에 서거나 앉아서 물속을 들여다보며, 발이 미끄러지거나 부주의하게 물가로 지나치게 가까이 다가가면 일어나게 될 결과를 생각하곤 했다. 깊이를 알 수는 없지만 수초가 자란 깊은 바닥에서 얼마나 오랫동안 몸부림쳐야 그녀가 지어낸 이야기에서 물에 빠져 죽은 여주인공처럼 조용히 누워 있게 될까. 그리고 뚜껑이 없는 영구차처럼 물 위에 아치를 그리고 있는 주목과 너도밤나무 가지 사이로 비쳐드는 햇빛과 달빛을 받으며 얼마나 오랫동안 거기에 평화롭게 떠 있어야 비로소 수색대가 그녀를 발견하고 그녀의 주검을 끌고 가서 검시니 매장이니 하는 야단스러운 절차를 밟을 것인가? 편히 쉬고 싶은 생각을 불러일으키는 그 어두운 웅덩이에서 자신의 절망과 영혼의 고통을 끝낸다는 생각은 점점 더 확고한 형태를 취하게 되었다. 그곳에는 정령이 있는 것 같았다. 그 정령은 깊은 물속에 숨어 있거나 수면 위에서 미소를 지으며 물 위로 몸을 점점 더 많이 기울이라고, 연못 위로 돌출한 가파른 비탈 위에 점점 더 무모하게 서 있으라고 그녀를 유혹하는 듯했다. 그녀는 그 연못을 찾을 때마다 그녀의 마음을 사로잡는 매력이 얼마나 더 커졌는지, 그리고 그녀가 자초하고 있는 파국에 대한 두려움이 얼마나 더 줄어들었는지를 확인하는 데에서 미묘한 즐거움을 느꼈다. 그녀가 마지못해 그곳을 떠날 때마다 주위의 공기 속에서 비웃음과 비난이 반씩 섞인 속삭임이 들려오는 듯했다. "오늘은 왜 안 돼?"

그러다가 때를 맞춰 황소처럼 튼튼하고 아무리 거센 비바람을 맞아도 끄떡없을 것 같던 존 와다콤이 갑자기 폐병으로 쓰러져 중태에 빠졌다. 폐병은 의사와 간호사의 열성과 환자 자신의 완강한 저항력도 제압하고 승리를 거의 눈앞에 두고 있었다. 모나는 남편이 중태에 빠져 있는 동안 아내로서 정성껏 환자를 보살폈다. 교활하고 음험하게 그녀를 사로잡았던 자살의 유혹과 싸울 때 그녀가 보여 주었던 것보다 훨씬 열정적으로 남편을 위협하는 죽음과 맞서 싸웠다. 환자가 고비를 넘기고 회복기에 접어들었을 때 그녀는 오랜 와병 생활로 허약해지고 까다로워진 남편이 원기 왕성했던 시절보다 훨씬 사랑스럽고 동정적이고 마음이 잘 통하는 것을 알았다. 서로 마음을 터놓지 않고 상대를 참지 못하고 짜증을 냈던 두 사람 사이의 장벽이 무너진 것이다. 남편과 아내는 한때 가능하다고 생각했던 것보다 훨씬 많은 공통점을 갖고 있다는 것을 알았다. 모나는 연못을 잊었다. 어쩌다 가끔 생각나면 몸서리를 쳤다. 그녀는 자신의 병적인 나약함과 어리석음을 건강하게 경멸하기 시작했다. 회복기를 거치고 있는 것은 존만이 아니었다.

모나는 자기 연민에 빠져 자살에 대한 유혹을 갖고 놀았지만, 그것은 이제 새로운 공감과 관심에 밀려 말끔히 사라졌다. 하지만 병적인 저류는 모나가 타고난 본성의 일부여서 당장 내버릴 수는 없었다. 어느 가을날 그녀가 그토록 나약한 마음으로 어리석고 사악한 생각과 유혹을 갖고 놀았던 곳을 찾아가도록 모나를 부추긴 것은 바로 이 병적인 저류였다. 그곳의 매력과 잠재적 비극이 다 사라진 지금 그곳에 다시 가 보면 야릇한 기분이 들 거라고 그녀는 생각했다. 겉보기에 그곳은 전보다 더 황량하고 음침한 어둠에 싸여 있었다. 나무들은 초가을의 화려함을 잃었고, 빗물이 땅에 떨어진 너도밤나무 잎을 흠뻑 적셔서 검은 진창이 발밑에서 질척거렸다. 헐벗은 너도밤나무 사이에서 주목은 더욱 두드러지게 무성하고 더욱 음울한 색을 띠고 왠지 범접하기 어려운 분위기를 풍기고 있었다. 썩어 가는 식물들 사이에서 병약하게 자라는 버섯이 두드러지게 눈에 띄었다. 모나는 어둡고 위험한 웅덩이를 내려다보며, 수면에 끈적끈적한 물질이 떠 있고 물에서 사는 벌레들이 기어 다니고 수초가 무성하게 자라는 그 웅덩이, 물이 고여 썩어 가는 그 더럽고 깊은 연못 바닥에서 숨이 막혀 헐떡이다 끔찍하게 죽어 갈 계획을 어떻게 세울 수 있었을까 생각하며 몸서리를 쳤다. 그녀는 혐오감을 느끼며 연못에서 뒷걸음쳤지만, 연못은 오랫동안 미루어 두었던 포옹을 하려는 것처럼 그녀 쪽으로 올라오는 것 같았다. 그녀의 발이 빗물에 젖은 낙엽과 진창이 섞인 미끄러운 지면에서 넘어진 것이다. 그녀는 웅덩이로 곧장 떨어지는 가파른 둑을 무력하게 미끄러져 내려갔다. 그녀는 가느다란 나무뿌리와 비에 젖어 미끄러운 지면을 미친 듯이 움켜잡고 손톱으로 할퀴었다. 그리고 그녀를 아래쪽으로 끌어내리는 몸무게의 추진력이 점점 더 강해지는 것을 느꼈다. 그녀가 일찍이 매혹되었다가 경멸하고 돌아섰던 소름 끼치는 연못이 밑에서 입을 딱 벌리고 그녀를 기다리고 있었다. 그녀가 수영 선수라 해도 수초가 얽혀 있는 깊은 물속에서 헤엄쳐 나오기는 어려워 보였다. 전에는 그렇게 되기를 바라기까지 했었는데. 이윽고 존은 거기에서 아내를 발견할 것이다. 그녀를 사랑했고 그녀를 어느 때보다도 사랑하는 법을 배운 존, 그녀가 마음을 다 바쳐 진심으로 사랑한 존. 그녀는 목청 높여 몇 번이고 그의 이름을 불렀지만, 그가 2, 3킬로미터나 떨어진 곳에서 농장 일을 하느라 바쁘다는 것을 알고 있었다. 그녀는 둑을 미끄러져 내려가면서 검고 더러운 얼룩이 몸에 묻는 것을 느꼈고, 그녀가 건드린 돌멩이와 나뭇가지가 발밑의 물속에 떨어질 때 나는 부드러운 풍덩 소리를 들었다. 머리 위의 주목이 까마득히 멀게 느껴졌다. 주목은 거무스름한 가지를 납골당 지붕처럼 활짝 펼치고 있었다.

"맙소사! 어디서 그렇게 진흙투성이가 된 거요?" 존이 놀라서 물은 것도 당연했다. "돼지들과 레슬링이라도 했소? 눈까지 진흙이 튀었구려."

"미끄러져서 연못에 빠졌어요." 모나가 말했다.

"뭐? 말들이 목욕하고 물을 마시는 웅덩이에 빠졌단 말이오?"

"아뇨. 숲 속에 있는 연못이에요."

"사방 몇 킬로미터 이내에 그런 연못이 있는 줄은 몰랐는걸."

"그걸 연못이라고 부르는 건 아마 과장일 거예요." 모나는 약간 분한 듯한 목소리로 말했다. "깊이가 한 뼘도 안 되니까요."

달력
The Almanack

"일반인들이 50만 부씩 사는 달력처럼 예언적인 문구를 넣어서 달력을 만들어 팔면 꽤 짭짤한 수입을 올릴 수 있을 거야." 베라 더못이 클로비스에게 말했다.

"수입을 올릴 수는 있겠지." 클로비스가 말했다. "하지만 그 수입이 짭짤하지는 않을 거야. 예언자는 고향에서 환영받지 못한다는 속담도 있지. 너는 미래를 예언하는 사람들과 밀접하게 얽혀 있으니까 그 일을 하는 게 속 편할 수는 없을 거야. 유럽 군주들에게 비극적인 사건이 일어날 거라고 예언하는 사람이 매주 하루걸러 열리는 오찬회와 다과회에서 그 군주들을 만나야 한다면 자기 일을 속 편하게 생각할 수는 없겠지. 특히 비극이 일어날 거라고 예고한 기한이 다 되어 가는 연말에는 더욱 곤란할 거야."

"나는 새해가 되기 직전에 달력을 팔겠어." 베라는 입장이 곤란해질 수도 있다는 암시를 무시하고 말했다. "하나에 18펜스를 받고, 타이프 치는 일은 친구한테 부탁할 거니까, 달력 하나를 팔 때마다 나는 순이익을 올릴 수 있지. 모두 호기심에서 그걸 살 거야. 얼마나 많은 예언이 빗나갈지를 보기 위해서라도."

"나중에는 견디기 어려울 만큼 괴로운 시간이 되지 않을까? 예언이 '확실치 않다'는 게 드러나기 시작하면?"

"중요한 건 예언이 그렇게 터무니없이 틀릴 수 없도록 예언을 조정하는 거야. 나는 교구 목사가 신약의 『골로새서』에 나오는 한 구절을 제목으로 새해의 감동적인 설교를 할 거라는 예언으로 시작할 거야. 내가 기억하는 한, 그 목사는 지금까지 항상 그렇게 했고 그 나이가 되면 사람은 변화를 싫어하는 법이지. 그리고 1월에 대해서는 '이 지방에서 유명한 집안이 심각한 경제적 전망에 직면하겠지만 그것이 실제 위기로 발전하지는 않을 것이다'라고 예언하면 안전해. 이 지방에서는 해마다 1월쯤 되면 두 집에 한 집 꼴로 지출이 수입보다 많아서 경비 절약이 필요하다는 것을 깨닫게 되니까. 4월이나 5월쯤에는 디브커스터 집안의 딸 하나가 인생에서 가장 행복한 선택을 할 거라고 암시할 거야. 그 집에는 딸이 여덟이니까, 그중 하나가 결혼하거나 배우가 되거나 소설을 쓰기 시작해도 좋을 때지."

"그 집 딸들은 지금까지 사람의 기억에 남을 만한 일은 아무것도 한 적이 없어." 클로비스가 말했다.

"사람은 어느 정도는 위험을 무릅써야 돼." 베라가 말했다. "2월부터 11월까지는 하인과 관련하여 심각한 골칫거리가 생길 거라고 예언하면 비교적 안전할 거야. '이 지방 최고의 주부와 가정부들이 하인과 관런하여 성가신 어려움에 직면하겠지만, 일시적으로 그 어려움을 극복할 것이다' 정도로 예언하면 돼."

"안전한 예언이 또 하나 있어." 클로비스가 제안했다. "골프장에서 메달을 따기 위해 경쟁하는 대회가 열리는 날짜에 딱 들어맞지. '가장 뛰어난 현지 골프 선수들 가운데 한두 명이 이례적으로 계속 불운을 당해서, 좋은 경기의 대가로 마땅히 받아야 할 보상을 받지 못할 것이다'라고 예언하면 돼. 그러면 적어도 열두 명은 네 예언이 정말로 영감을 받아서 나온 예언이라고 생각할 거야."

베라는 그 제안을 메모했다.

"너한테는 견본을 반값에 줄게. 하지만 네 어머니는 정가로 하나를 사도록 해 줘."

"우리 어머니는 두 개를 살 거야." 클로비스가 말했다. "하나는 아델라 부인한테 주면 돼. 아델라 부인은 무엇이든 남에게 빌릴 수 있는 건 절대로 사지 않는 사람이니까."

달력은 잘 팔렸고, 거기에 적힌 예언들은 대부분 18펜스 수준의 예언력을 가졌다는 달력 편집자의 주장을 입증할 만큼 거의 실현되었다. 디브커스터 집안의 딸들 가운데 하나는 간호사가 되기로 결심했고 또 다른 딸은 피아노 연주를 포기했는데, 그것은 둘 다 적절한 결정으로 여겨질 수 있었다. 한편 하인과 관련하여 골치 아픈 문제가 생긴다는 예언과 골프장에서 부당한 불운을 당한다는 예언은 집과 골프장의 연대기에서 정확성이 충분히 입증되었다.

"내가 일곱 달 동안 요리사를 두 번 바꾸리라는 걸 베라가 어떻게 알았는지 모르겠어요." 자기가 그 지방에서 최고의 주부들 가운데 하나로 언급되었다고 쉽게 인정한 더프 부인이 말했다.

"그리고 여기 밭에서 기록적인 채소 생산량을 기록하게 될 거라는 예언도 정확하게 실현됐죠." 오펜쇼 부인이 말했다. "그 예언은 '아름다운 꽃으로 오랫동안 이 지방 사람들의 찬탄을 받은 밭이 올해는 놀라운 채소를 생산할 것이다'라고 말했어요. 사람들은 모두 우리 밭을 보고 찬탄하는데, 어제 헨리가 밭에서 당근을 몇 개 캐 왔더군요. 어떤 품평회에서도 그런 당근은 볼 수 없을 거예요."

"하지만 그건 우리 밭에 대한 예언이라고 난 생각해요." 더프 부인이 말했다. "우리 밭도 꽃 때문에 항상 찬사를 받았는데, 지금 우리가 재배한 '남쪽의 영광' 방풍나물은 내가 지금까지 본 어떤 것보다도 뛰어나요. 우리는 그 방풍나물의 치수를 쟀고, 필리스를 시켜서 사진도 찍었어요. 내년에 달력이 또 나오면 나는 반드시 살 거예요."

"나는 벌써 주문했는걸요." 오펜쇼 부인이 말했다. "우리 밭에 대한 예언이 실현되었기 때문에 반드시 사야 된다고 생각했죠."

전반적인 평가는 호의적이었다. 대다수는 달력이 영감의 소산이거나 어쨌든 성공적인 예언의 집합이라고 평가했다. 하지만 예언된 사건들 대부분은 한 해 동안 어떤 형태로든 일어날 수 있는 성질의 것들이라고 지적하는 비판적인 사람들도 있었다.

12월 말쯤 베라는 클로비스에게 말했다.

"어떤 특정한 사건에 대해 명확하게 예언하는 위험은 무릅쓸 수 없었어. 하지만 조슬린 배너에 대해서는 좀 과감하게 예언했지. 11월과 12월에는 사냥터가 그녀에게 안전하지 않을 거라고 암시했는데, 사실 사냥터는 언제라도 조슬린한테 안전한 곳이 아니야. 조슬린은 펄쩍 뛰어오르는 말에서 떨어지거나 말을 타고 마구 내달리거나 그런 일을 당하고 있으니까. 그런데 조슬린은 내 예언에 놀라서, 이제는 사냥을 떠나기 전에 집합하는 장소까지 걸어서 와. 그런 상황에서는 조슬린한테 심각한 일은 절대로 일어날 수 없어."

"그래서는 사냥 시즌을 망칠 텐데." 클로비스가 말했다.

"그건 내 달력의 평판을 망치고 있어." 베라가 말했다. "명백하게 실패한 예언은 그거 하나야. 나는 조슬린이 분명히 말에서 떨어질 거라고 확신했거든. 그건 심각한 사고로 과장될 수 있지."

"나는 말을 타고 조슬린을 짓밟겠다고 제의할 수도 없고 조슬린이 여우인 줄 알고 갈기갈기 찢어 죽이라고 사냥개들을 부추길 수도 없어." 클로비스가 말했다. "내가 그렇게 해 주면 너는 나한테 영원토록 헌신적인 애정을 바치겠지만, 그랬다가는 피곤한 소동이 벌어질 테고, 나도 앞으로는 다른 사냥개 무리와 함께 사냥해야 할 텐데, 그건 몹시 불편할 거야."

"네 어머니 말대로 넌 정말 이기심 덩어리구나." 베라가 말했다.

며칠 뒤, 이타적인 사람이 될 기회가 클로비스를 찾아왔다. 블러드베리 게이트 근처에서 사냥개들이 요리조리 도망치며 좀처럼 잡히지 않는 여우 한 마리를 나무가 우거진 골짜기에서 몰아내고 있을 때, 클로비스는 조슬린이 가까운 거리에 있는 것을 발견했다.

"냄새는 희박하고, 여우가 숨을 곳은 끝없이 많군요." 클로비스가 안장에 앉아서 투덜댔다. "여우를 잡으려면 여기서 몇 시간은 기다려야 할 겁니다."

"그만큼 당신이 나한테 말을 걸 시간은 길어지겠죠." 조슬린이 짓궂게 말했다.

"문제는 내가 당신과 이야기하는 것을 남들에게 보여 주어도 괜찮은지, 그게 문제예요. 나는 당신을 어떤 일에 끌어들이고 있는지도 모롭니다."

"맙소사! 나를 무엇에 끌어들이고 있다는 거예요?" 조슬린은 헐떡거리며 물었다.

"부코비나*에 대해 뭔가를 알고 있습니까?" 클로비스는 엉뚱해 보이는 질문을 했다.

"부코비나요? 그건 소아시아 어딘가에 있잖아요? 아니면 중앙아시아나 발칸 반도에 있나요?" 조슬린은 되는 대로 말했다. "지금은 생각나지 않아요. 정말로 잊어버렸어요. 그건 정확히 어디죠?"

"거기서는 혁명이 일어나기 직전입니다." 클로비스는 인상적으로 말했다. "내가 당신한테 경고하고 싶은 건 바로 그겁니다. 나는 고모님과 함께 부쿠레슈티**에 머물렀을 때(무슨 이야기를 날조할 때 고모를 끌어들이는 것은 클로비스가 흔히 써먹는 수법이다), 내가 어떤 일을 당하게 될지도 모른 채 그 일에 관여하게 됐지요."

"그런 일에는 항상 아름답고 매혹적인 공주가 등장하죠." 조슬린이 아는 체하며 말했다.

"동유럽에서 가장 못생기고 따분한 여자였어요. 점심 직전에 찾아와서 저녁 식사를 위해 옷을 갈아입어야 할 시간까지 죽치고 있는 그런 부류의 여자요. 그런데 어떤 루마니아계 유대인이 광산 채굴권을 확실하게 얻을 수 있다면 혁명 자금을 기꺼이 지원해 줄 것 같았죠. 그 유대인은 영국 해안 근처 어딘가에서 요트를 타고 떠돌아다니는 중인데, 공주는 그 유대인에게 광산 채굴권 서류를 전달하기에 가장 안전

---

* 동유럽의 루마니아 동북부에서 우크라이나 서남부에 이르는 지역. 카르파티아 산맥과 드네스트르 강 사이에 위치한다.
** 루마니아의 수도.

한 사람이 나라고 판단한 겁니다. 우리 고모는 속삭였지요. '제발 공주님 말대로 하겠다고 해. 그러지 않으면 공주는 저녁 식사 때까지 가지 않고 버틸 거야.' 그 순간에는 어떤 희생도 그보다는 나을 것 같았지요. 그래서 이렇게 내 가슴 주머니는 위험한 서류로 불룩하고 내 목숨은 경각에 달려 있는 겁니다."

"하지만 여기 영국에 있으면 안전하잖아요?"

"저기 있는 저 사람, 하얀 얼룩이 있는 밤색 말을 탄 사람이 보이시죠?" 클로비스는 풍성한 콧수염을 기른 남자를 가리키며 물었다. 그 남자는 아마 이웃 도시에서 온 경매인이지만, 어쨌든 사냥꾼들한테는 낯선 사람이었다. "내가 공주를 마차까지 배웅했을 때 저 남자가 우리 고모네 집 밖에 서 있었어요. 그리고 내가 부쿠레슈티를 떠날 때도 기차역 플랫폼에 저 사람이 있었지요. 내가 영국에 도착했을 때도 부두에 저 사람이 있었고요. 나는 어디에 가도 저 사람이 가까이에 있는 것을 발견하게 돼요. 그래서 오늘 아침 사냥꾼 집합소에서 저 사람을 보고도 놀라지 않았어요."

"하지만 저 사람이 당신한테 무슨 짓을 할 수 있겠어요?" 조슬린은 몸을 떨면서 물었다. "내가 이렇게 보고 있는데, 당신을 죽일 수는 없어요."

"피치 못할 상황이 아니면 목격자 앞에서는 죽이지 않을 겁니다. 사냥개들이 여우를 찾고 사냥꾼들이 흩어지는 순간이 저놈한테는 절호의 기회가 될 거예요. 저놈은 오늘 이 서류를 빼앗을 작정이니까요."

"하지만 당신이 그 서류를 갖고 있다는 걸 저 사람이 어떻게 확신할 수 있죠?"

"글쎄요, 우리가 이야기하는 동안 내가 당신한테 무심코 정보를 누설했는지도 몰라요. 저놈이 결정적인 순간에 우리 둘 가운데 누구를 노려야 할지를 결정하려고 애쓰는 것은 바로 그 때문이죠."

"우리라고요?" 조슬린이 비명을 질렀다. "그럼 당신 말은……"

"나와 이야기하고 있는 것을 남이 보면 위험하다고 경고했을 텐데 요."

"하지만 이건 끔찍해요! 난 어떡하죠?"

"사냥개들이 움직이는 순간 덤불 속으로 슬쩍 들어가서 토끼처럼 도망치세요. 당신이 목숨을 건질 수 있는 기회는 그것뿐입니다. 그리고 명심하세요. 무사히 도망치면 아무한테도 말하면 안 됩니다. 내가 당신한테 한 말을 한 마디라도 누설하면 많은 사람의 목숨이 위험해질 거예요. 부쿠레슈티에 있는 우리 고모님……"

그 순간 아래 골짜기에서 사냥개들이 낮고 구슬픈 소리를 냈다. 말을 타고 여기저기 흩어져서 기다리던 사냥꾼들이 잔물결을 일으키듯 일제히 움직이기 시작했다. 골짜기에서 더 크고 더 우렁차게 짖는 소리가 들려왔다.

"개들이 찾았다!" 클로비스가 외쳤다. 그러고는 우르르 달려가는 사냥꾼들과 합류하려고 재빨리 몸을 돌렸다. 무언가에 부딪히는 요란한 소리와 우지끈 부서지는 소리가 들려왔다. 누군가가 자작나무 덤불과 죽은 고사리 사이를 재빨리 뚫고 나아가는 소리였다. 조금 전까지 그와 이야기를 나누었던 말벗이 그에게 남긴 것은 그게 전부였다.

조슬린과 가장 가까운 친구들도 그날 그녀가 사냥터에서 당한 위험이 정확히 어떤 것이었는지는 알지 못했지만, 세간에 알려진 것만으로도 3실링으로 값이 오른 달력이 날개 돋친 듯 팔려 나가기에는 충분했다.

숙소 문제
A Housing Problem

"나는 지금 곤경에 빠져 있답니다." 처블리 부인은 안락의자에 몸을 묻고 괴로운 광경은 보지 않겠다는 듯이 눈을 감았다.

"그래요? 무슨 일이 있었는데요?" 팰리천 부인은 부엌에서 일어난 비극을 들을 준비를 하고 물었다.

"하우스 파티라는 건 성공시키려고 애쓰면 애쓸수록 실패를 자초하게 되는 것 같아요." 비극적인 대답이 돌아왔다.

"지금까지는 무척 즐거웠잖아요." 손님은 공손하게 말했다. "물론 날씨는 변덕스러워서 믿을 수 없지만, 다른 점에서는 잘못된 걸 아무것도 찾을 수 없어요. 나는 부인에게 축하의 말을 할 생각이었어요."

처블리 부인은 목쉰 소리로 쓸쓸하게 웃었다.

"후작 부인 말인데요, 그분이 여기 와 주신 건 정말 좋았어요. 후작 부인은 둔감하고 패션 감각도 형편없지만, 그래도 이 지역 사람들은 그분을 대단한 사람으로 생각하고 있답니다. 그래서 후작 부인을 잡는 건 사교적으로 대단한 성공이죠. 그분의 총애를 받는 건 아주 중요해요. 그런데 그분이 느닷없이 우리 집을 떠나시겠다는 거예요."

"정말요? 그건 정말 유감스럽군요. 하지만 이렇게 매력적인 파티를 도중에 떠나는 걸……"

"후작 부인은 아쉬워하면서 떠나는 게 아니에요. 그게 아니라 화가 나서 떠나시겠다는 거예요."

"화가 나서요?"

"바비 베이컨이 후작 부인을 맞대 놓고 '시대에 뒤떨어진 늙은 암탉'이라고 불렀지 뭐예요. 그건 후작 부인한테 할 말이 아니죠. 나도 나중에 바비 베이컨한테 그렇게 말했어요. 그랬더니 바비는 그 여자가 후작 부인이 된 건 후작과 결혼했기 때문일 뿐이라는 거예요. 하지만 그건 얼빠진 소리죠. 태어날 때부터 후작 부인인 사람은 없으니까요. 어쨌든 바비는 사과하지 않았고, 후작 부인은 바비와 같은 지붕 밑에 머물고 싶지 않대요."

"상황이 그렇다면……" 팰리천 부인이 말했다. "베이컨 씨가 되도록 빨리 런던 시내로 돌아가는 열차를 타도록 당신이 도와줄 수 있을 거예요. 점심 전에 떠나는 열차가 하나 있는데, 베이컨 씨의 하인은 아마 20분도 지나기 전에 짐 꾸리는 일을 마칠 수 있을 거예요."

처블리 부인은 말없이 일어나서 문으로 걸어가더니 주의 깊게 문을 닫았다. 그런 다음 천천히 인상적으로, 마치 경제적 견지에 서 있는 의회에 해군 예산 증액을 요청하는 장관 같은 태도로 말했다.

"바비 베이컨은 부자예요. 대단한 부자죠. 게다가 언젠가는 지금보다 훨씬 더 부자가 될 거예요. 그의 고모는 우리가 극장표를 사는 것처럼 쉽게 자동차를 살 수 있고, 바비는 그 고모의 상속자가 될 테니까요. 그리고 나도 이제 지긋한 나이가 되었어요. 그렇게 보이진 않을지도 모르지만."

"그렇게 안 보여요." 팰리천 부인이 보증했다.

"고마워요. 그래도 사실은 사실이에요. 나는 나이를 먹었고, 내가 낳은 자식들도 꽤 많지만, 나도 이젠 사위를 얻고 싶은 열망을 느껴요. 바비는 어젯밤에 마거릿한테 꿈꾸는 마돈나 같은 눈을 갖고 있다고 말했답니다."

"과장해서 말하는 버릇은 그 사람을 성가시게 따라다니는 특징인 것 같아요." 팰리천 부인이 말했다. 그러고는 서둘러 말을 이었다. "아니, 물론 마거릿이 꿈꾸는 마돈나 같은 눈을 갖고 있지 않다는 뜻은 아니에요. 그 비유는 훌륭하다고 생각해요."

"마돈나에도 여러 종류가 있죠." 처블리 부인이 말했다.

"맞아요. 하지만 알게 된 지 얼마 안 된 여자한테 하기에는 좀 지나치게 노골적인 말이에요. 내가 말했듯이 바비는 좀 노골적인 젊은이인 것 같아요."

"하지만 바비는 그 말만 한 게 아니에요. 마거릿이 가비 뭐라는 여자를 연상시킨다고…… 스페인 왕이 그렇게 칭찬하는 그 매력적인 여배우 말이에요."

"포르투갈이에요." 팰리천 부인이 중얼거렸다.

"그리고 바비는 멋진 말만 한 게 아니에요." 마거릿의 어머니는 열심히 말을 이었다. "행동이 말보다 더 효과적으로 말하는 법이죠. 바비는 어젯밤 저녁 식사를 할 때 장식으로 옷에 달라고 난초 몇 송이를 마거릿한테 주었어요. 그 난초는 우리 온실에서 가져온 거였지만, 그래도 바비는 일부러 거기까지 가서 꽃을 땄어요."

"그건 상당히 헌신적인 애정을 보여 주는군요." 팰리천 부인도 동의했다.

"그리고 바비는 밤색 머리를 좋아한다고 말했어요. 마거릿의 머리카락은 아주 아름다운 밤색을 띠고 있죠."

"그 사람은 마거릿을 안 지 얼마 안 되었잖아요."

"마거릿의 머리카락은 항상 밤색이었어요." 처블리 부인은 외쳤다.

"내 말은 그런 뜻이 아니었어요. 머리 색깔이 아니라 마거릿이 그 사람의 애정을 획득한 게 너무 갑작스럽다는 뜻이었어요. 그렇게 갑자기 열중하는 게 가장 진심에서 우러난 경우가 많을 거예요. 남자는 누군가를 처음 보고, 그 사람이 자기가 찾던 바로 그 여자라는 걸 한눈에 알게 되죠."

"내가 얼마나 곤경에 빠졌는지 알겠죠? 후작 부인이 화가 나서 우리 집을 떠나거나, 아니면 바비와 마거릿이 잘되어 가고 있는데 내가 바비를 내쫓아야 하는 입장이에요. 그렇게 되면 봉오리를 따 버리는 거나 마찬가지예요. 어젯밤에는 정말 한숨도 못 잤어요. 아침에도 아무것도 먹지 못했고요. 내가 잉어들이 헤엄치는 우리 집 연못에 떠 있는 시체로 발견되면, 적어도 당신은 그 이유를 알 거예요."

"정말 곤란한 상황이군요. 이렇게 하면 어떨까요?" 그녀는 천천히 생각하면서 덧붙여 말했다. "후작 부인이 여기 머무는 동안 마거릿과 바비를 우리 집에 와 있으라고 초대하면? 남편은 남자들만의 파티를 열고 있지만, 인원을 몇 명 늘리는 것은 어렵지 않을 거예요. 당신 손님들 가운데 나까지 세 명이 빠져도 손님 수가 지나치게 줄지는 않을 거예요. 그건 오래전에 예정된 일인 것처럼 하면 돼요."

"당신한테 키스해도 될까요?" 처블리 부인이 말했다. "앞으로는 우리 서로 이름을 부르도록 해요. 내 이름은 엘리자베스예요."

"그건 반대예요." 팰리천 부인은 고분고분 키스를 받은 뒤에 말했다. "엘리자베스라는 이름에는 품위와 매력이 있지만, 나의 대부모님은 나에게 셀레스트라는 세례명을 붙여 주었거든요. 나처럼 뚱뚱한 여자가……"

"안 그래요." 여주인은 논리를 무시하고 외쳤다.

"그리고 나는 아주 변덕스러운 기질을 물려받았으니까, 내가 셀레스트라는 이름에 대답하면 전혀 어울리지 않는 느낌이 있어요."

"당신은 천사 같은 일을 하고 있어요. 그 이름은 당신한테 딱 어울리는 것 같아요. 나는 앞으로 계속 당신을 그 이름으로 부르겠어요."

"우리 집에서는 난초를 키우지 않아요." 팰리천 부인이 말했다. "하지만 온실에 아주 좋은 월하향이 있어요."

"그건 마거릿이 제일 좋아하는 꽃이에요!" 처블리 부인이 외쳤다.

팰리천 부인은 한숨을 억눌렀다. 그녀도 월하향을 좋아했다.

바비와 마거릿이 팰리천 부인네 집으로 옮겨 간 이튿날, 처블리 부인에게 전화가 걸려 왔다.

"엘리자베스, 당신인가요?" 그것은 팰리천 부인의 목소리였다. "아무래도 바비를 도로 데려가셔야겠어요. 안 된다고는 말하지 마세요. 무슨 일이 있어도 다시 데려가야 하니까요. 시삼촌인 소코트라*의 주교님이 여기 머물고 계세요. 그런데 바비가 어젯밤 기독교의 전도 활동

* 아라비아 반도 남쪽, 인도양에 있는 섬.

에 대해 어떻게 생각하는지를 주교님한테 말했답니다. 나도 같은 말을 자주 했지만, 주교님한테 그런 적은 한 번도 없어요. 그렇게 무례하고 모욕적인 말로 내 생각을 표현한 적도 없고요. 주교님은 바비와 같은 지붕 아래에서는 하룻밤도 더 머물 수 없대요. 그 주교님은 그냥 삼촌이 아니라 사유재산을 갖고 있는 총각 삼촌이에요. 주교님이 너그럽고 자비로운 정신을 보여 주신다고 말하는 건 정말 좋지만, '자비는 내 집부터 시작한다'고 하잖아요. 그분은 식민지의 주교예요. 소코트라라고 내가 계속 당신한테 말하고 있잖아요. 그게 어디 있는지는 중요하지 않아요. 문제는 그분이 지금 여기 계시고, 우리는 그분이 화가 나서 우리 집을 떠나도록 내버려 둘 수 없다는 거예요."

"그럼 후작 부인은 어떻게 해요?" 처블리 부인은 그녀의 말이 들리는 거리에 아무도 없다는 것을 확인하려고 주위를 둘러본 다음, 전화기에 대고 새된 소리로 외쳤다. "소코트라인지 어딘지 그곳 주교가 당신한테 중요한 만큼, 나한테는 후작 부인이 중요하다고요. 기독교 전도 활동이 비판을 받았다고 해서 그것을 모욕으로 받아들이는 이유를 모르겠네요. 그런 문제에 대해서는 누구나 자기 의견을 피력할 수 있는 거잖아요. 상대가 식민지에서 일하는 주교라 해도 말이에요. 그건 맞대 놓고 시대에 뒤떨어진 늙은 암탉이라고 부르는 것과는 전혀 달라요. 나는 후작 부인이 이번 겨울에 클라우들리에서 여우 사냥꾼들의 무도회를 열 거라는 소식을 들었어요. 후작 부인은 아마 나를 거기에 초대할 거예요. 그런데 당신은 내가 그 남자를 다시 내 지붕 밑에 받아들여서 모든 걸 망치고 가장 불쾌한 불행을 당하기를 바라는군요. 나한테 그걸 기대하지는 마세요. 게다가 우리는 베이컨 씨를 변덕스러운 시계의 조절장치처럼 이리저리 자리를 옮길 수는 없어요."

560

"주교님은 바비가 오늘 밤에 떠나지 않으면 하룻밤도 더 머물지 않으실 거예요." 엄격하고 단호한 목소리가 수화기에서 들려왔다. "나는 바비한테 벌써 말했어요. 점심 식사가 끝나면 바로 떠나야 한다고. 그리고 바비를 태우고 갈 자동차도 준비하라고 일러두었어요. 마거릿은 내일 뒤따라가면 돼요."

이어서 전화선의 팰리천 쪽에서는 무자비한 침묵이 계속되었다. 처블리 부인은 몇 번이고 되풀이하여 다시 전화를 걸고, 응답 없는 차갑고 텅 빈 공간을 향해 "여보세요, 내 말 듣고 있어요?"라는 필사적인 질문을 되풀이했지만 아무 효과도 없었다. 팰리천 부인은 전화를 끊어 버린 것이다.

"전화는 겁쟁이의 무기야." 처블리 부인은 화가 나서 중얼거렸다. "그 뚱뚱한 금발 여자들은 언제나 이기심 덩어리지."

그러고는 셀레스트의 선의에 마지막으로 호소하기 위해 의자에 앉아 전보문을 썼다.

'나는 연못에서 잉어를 꺼내게 했어요. 나는 물에 빠져 죽을 수는 있지만 잉어한테 물어뜯기지는 않을 거예요. 엘리자베스.'

사실을 말하면 바비 베이컨과 후작 부인은 같은 열차를 타고 런던 시내로 돌아갔다. 바비는 하우스 파티를 연 어느 집에서도 그의 참석을 바라지 않는다는 사실을 받아들였고, 후작 부인은 남편이 갑자기 병에 걸렸기 때문에 서둘러 런던으로 소환되었던 것이다. 남편은 며칠 뒤에 세상을 떠나서 그녀는 남편의 칭호와 재산을 물려받은 귀족 미망인이 되었다. 바비는 밤색 머리와 꿈꾸는 듯한 마돈나의 눈에 열중했지만, 다시는 처블리네 집을 방문하지 않았다. 그는 이집트에서 겨울을 보냈고, 열 달쯤 뒤에는 과부가 된 후작 부인과 결혼했다.

불가피한 희생
A Sacrifice to Necessity

앨리시아 페븐리는 쇼프행거 저택의 장미 산책길에 있는 정원용 의자에 앉아서 마지막 작별 인사를 하는 따뜻한 10월 아침의 온화함을 즐기며, 맛있는 아침 식사를 하고 아름답게 차려입고 저도 모르는 사이에 유쾌하게 나이를 먹어 어느새 마흔두 살이 된 여성에게 찾아오는 자족의 분위기를 경험하고 있었다. 약 10년 전에 남편을 잃은 것은 그녀의 생활에 슬픔의 실 한 가닥을 짜 넣었지만, 대체로 그녀는 평온한 마음으로 세상에 순응하며 세상 돌아가는 방식을 상냥한 눈으로 바라보았다. 그녀와 열일곱 살 된 딸은 불편할 만큼 적은 수입에 의존한 채 어떻게든 체면을 차리며 살고 있었지만, 수입을 제대로 관리하고 선견지명이 조금만 있으면 그 수입으로도 충분했다. 운용할 수 있는 여유 자금이 너무 적었기 때문에 그녀는 살림을 알뜰히 꾸려 나가고 장래 계획을 세우는 데 많은 열의를 쏟았다.

'생계가 궁핍한 것과 그냥 검소하게 살기만 하면 되는 것은 전혀 달라.' 페븐리 부인은 그렇게 혼잣말을 하곤 했다.

그녀는 자신의 개인적인 문제를 신중하고 평온하게 바라보았고, 세상에서 일어나는 더 큰 사건들로 마음의 평화를 어지럽히지도 않았다. 그녀는 코노트의 아서 공*의 결혼에 따뜻하지만 개인감정이 전혀 섞이지 않은 관심을 가졌고, 그리하여 폭넓은 공감대를 갖고 자기가 살고 있는 시대와 지적 접촉을 유지하는 여성으로 여겨질 자격을 확립했다. 반면에 그녀는 아일랜드에 자치를 허용해야 하느냐 마느냐 하는 문제에는 별로 흥분하지 않았고, 알바니아의 남부 국경선을 어디에 그려야 하는지, 또는 애당초 국경선을 과연 그려야 하는지에 대해서는 완전히 무관심했다. 그녀의 본성에 호전적 경향이 존재했다 해도, 그 경향은 전혀 발달하지 않았다.

페븐리 부인은 9시 반쯤 아침 식사를 끝냈지만 그때까지 딸은 모습을 드러내지 않았다. 하우스 파티를 주최한 이 저택의 안주인과 손님들도 대부분 똑같이 늦었으니까 베릴의 늦장이 사교적 죄악으로 여겨질 리는 없었지만, 베릴의 어머니는 아름다운 10월 아침의 상쾌함을 놓치는 건 유감이라고 생각했다. 베릴 페븐리는 누군가에게 '왈가닥의 화신'이라는 말을 들은 적이 있었고, 그 꼬리표는 그녀를 정확하게 요약하고 있었다. 페븐리 부인은 딸이 뭐든지 자기 마음대로 하는 기질이라는 것을 이미 인식하고 있었다. 그녀가 아직 알아차리지 못한 것은 베릴이 자기보다 약한 성격을 가진 사람과 접촉하게 되면 그 사람

---

* 영국의 왕족(1883~1938). 빅토리아 여왕의 손자들 가운데 하나. 1913년에 파이프 공녀 알렉산드라와 결혼했다.

을 자기 마음대로 지배할 가능성이 아주 높다는 것이었다.

'그 애는 아직 어린애일 뿐이야.' 페븐리 부인은 열일곱 살과 일흔 살이 인간의 일생에서 가장 독재적인 나이라는 것을 잊고 자주 그렇게 혼잣말로 중얼거리곤 했다.

"아아, 드디어 아침 식사를 끝냈구나!" 딸이 장미 산책길에 있는 어머니와 합류하려고 나오자 그녀는 짐짓 딸을 꾸짖는 체하며 소리쳤다. "지난 이틀 동안 나처럼 일찍 잠자리에 들었다면 아침에 그렇게 피곤하지 않을 거야. 너 같은 어리석은 사람들이 침대에 누워 있는 동안 여기는 너무 상쾌하고 매력적이었어. 너 설마 판돈이 큰 브리지 게임을 하진 않았겠지?"

베릴의 눈에 떠오른 피곤하고 반항적인 표정이 어머니 입에서 그런 걱정스러운 말을 끌어낸 것이다.

"브리지라고요? 아뇨. 우리는 그저께 밤에 브리지 게임을 한두 판하는 것으로 시작했지만, 도중에 바카라로 바꾸었어요." 베릴이 말했다. "우리 가운데 몇 사람한테는 그게 실수였던 것 같아요."

"설마 돈을 잃은 건 아니겠지?" 페븐리 부인은 더욱 불안해진 목소리로 물었다.

"첫날 저녁에는 돈을 많이 잃었어요." 베릴이 말했다. "아무리 해도 도저히 잃은 돈을 갚을 수 없었기 때문에, 이튿날 저녁에는 잃은 돈을 되찾으려고 물주를 상대로 돈을 걸었어요. 그리고 바카라는 나한테 맞는 게임이 아니라는 결론에 도달했죠. 둘째 날 저녁에는 첫날 저녁보다 훨씬 큰 실수를 했어요."

"이건 보통 일이 아니구나. 나는 너한테 잔뜩 화가 났어. 빨리 말해. 잃은 돈이 얼마야?"

베릴은 손에서 접었다 폈다 하고 있던 종이쪽지를 들여다보았다.

"첫날 밤에 300과 10, 둘째 날 밤에 700과 16이에요."

"단위가 뭐야?"

"파운드요."

"파운드라고?" 어머니는 비명을 질렀다. "베릴, 도저히 믿을 수가 없구나. 그건 1천 파운드야."

"정확히 말하면 1,026파운드죠." 베릴이 말했다.

페븐리 부인은 너무 놀라서 소리도 지르지 못했다.

"우리가 어디서 1천 파운드를 마련할 수 있다고 생각하니? 1천 파운드는커녕 그 비슷한 돈도 마련할 수 없어. 우리는 수입을 거의 다 생활비로 쓰고 있고 온갖 절약법을 실천하고 있어. 그런데 얼마 안 되는 자산에서 1천 파운드를 뺄 수는 없지. 그러면 우리는 파산하게 될 거야."

"우리가 판돈을 걸고 도박을 했는데 잃은 돈을 갚지 못하거나 갚으려 하지 않는다는 소문이 나면 우리는 사회적으로 매장될 거예요. 아무도 우리를 초대하려 하지 않을 거예요."

"도대체 어째서 그런 무서운 짓을 했니?" 어머니는 울부짖었다.

"그런 질문을 해 봤자 아무 소용도 없어요." 베릴이 말했다. "이미 엎질러진 물이에요. 나는 조상님들한테서 도박 본능을 물려받은 것 같아요."

"절대로 그렇지 않아." 페븐리 부인은 화를 내며 외쳤다. "네 아버지는 카드에 손도 대지 않았고, 경마에도 관심이 없었어. 나는 여러 가지 카드 게임을 구별할 줄도 몰라."

"이런 건 때로는 격세 유전이 되고, 다음 세대에는 훨씬 더 강하게 나타나는 법이죠. 일요일마다 주일학교에서 설교 주제가 성서의 어느

편에서 나올 것인가를 놓고 내기를 걸곤 했던 엄마의 삼촌은 어때요? 그분이 노름꾼이 아니라면, 나는 그보다 더 지독한 노름꾼 이야기는 들어 본 적이 없어요."

"말다툼은 그만두자." 어머니는 더듬더듬 말했다. "앞으로 어떻게 해야 할지에 대해 생각해 보자꾸나. 너는 몇 사람한테 돈을 갚아야 하니?"

"다행히 한 사람뿐이에요. 애쉬콤 그웬트한테만 빚을 졌어요. 그 사람은 이틀 밤 동안 거의 줄곧 땄죠. 나름대로 꽤 좋은 사람이지만, 불행히도 별로 유복하지 못해요. 그러니까 자기가 받을 돈이 있다는 사실을 모른 체하고 넘어가 주기를 기대할 수는 없어요. 그 사람도 우리만큼이나 모험적인 투기꾼인 것 같아요."

"우리는 투기꾼이 아니야." 페븐리 부인이 항의했다.

"하지만 시골 저택에 묵으러 와서, 지면 내기돈을 갚을 전망도 없는데 큰돈을 걸고 내기를 하는 사람들은 투기꾼이에요." 베릴은 자신의 행동에 적용될 도덕적 비난에 어머니도 포함시키기로 작정한 것 같았다.

"네가 어떤 곤경에 빠져 있는지를 그 사람한테 말한 적이 있니?"

"말했어요. 나는 지금 엄마한테 그 이야기를 하러 온 거예요. 우리는 오늘 아침에 식사를 마치고 당구실에서 잠깐 이야기를 나누었어요. 이 혼란에서 빠져나갈 길이 딱 하나 있는 것 같아요. 그 사람은 좀 연애 기질이 있죠."

"연애 기질이 있다고?" 어머니는 외쳤다.

"결혼과 관련하여 그렇다는 뜻이에요. 사실 우리 둘 다 짐작도 못 했지만, 그 사람은 여자한테 쉽게 열중하는 사람인 것 같아요."

"그 사람은 확실히 정중하고 친절했어. 말이 많은 사람은 아니고, 남이 하는 말에 귀를 기울이는 사람이지. 그럼 네 말은 그 사람이 정말로 결혼하고 싶어 한다는 뜻이냐?"

"그 사람이 원하는 게 바로 그거예요. 그 사람이 남에게 칭찬받을 만한 남편감인지 어떤지는 모르겠지만, 충분히 먹고살 만한 재산은 있는 것 같아요. 어쨌든 우리가 익숙해져 있는 검소한 생활을 하기에는 충분해요. 그리고 그 사람은 남들 앞에 내놓기가 부끄러울 만큼 볼품없는 사람도 아니에요. 다른 대안은 얼마 안 되는 우리 자산의 대부분을 처분하는 거예요. 그리고 나는 가정교사나 타이피스트로 일하러 나가야 할 테고, 엄마는 삯바느질을 해야 할 거예요. 지금까지 그런대로 생활을 꾸려 왔고 여기저기 사람들을 방문하면서 즐거운 시간을 보냈지만, 거기서 갑자기 신분은 높지만 가난한 사람들의 지위로 뚝 떨어질 거예요. 엄마는 어떻게 생각하실지 모르지만, 나는 반대할 이유가 가장 적은 것은 결혼 계획이라는 생각이 들어요."

페븐리 부인은 손수건을 꺼냈다.

"그 사람은 몇 살이지?" 그녀가 물었다.

"서른일곱이나 여덟이에요. 어쩌면 한두 살 더 많을지도 몰라요."

"그 사람을 좋아하니?"

베릴은 소리 내어 웃었다.

"그 사람은 전혀 내가 좋아하는 타입이 아니에요."

페븐리 부인은 흐느껴 울기 시작했다.

"정말 통탄할 상황이구나." 그녀는 흐느끼면서 말했다. "얼마 안 되는 돈과 사회적 체면 때문에 터무니없는 희생을 치르다니! 그런 비극이 우리 가족한테 일어나다니! 나는 책에서 그런 일들을 자주 읽었어.

경제적 재난 때문에 좋아하지도 않는 남자와 결혼을 강요당하고 있는 소녀에 대한 이야기도 있었지."

"그런 쓰레기 같은 책은 읽으시면 안 돼요." 베릴은 단언했다.

"하지만 지금 그런 일이 실제로 일어나고 있잖니!" 어머니는 외쳤다. "자기보다 훨씬 나이 많은 남자, 전혀 좋아하지도 않는 남자와의 결혼으로 내 자식의 삶이 희생되다니. 그리고……"

"엄마!" 베릴이 어머니의 말을 가로막았다. "내가 이 점을 밝히지 않은 것 같군요. 그 사람이 결혼하고 싶어 하는 건 내가 아니에요. '왈가닥'은 자기한테는 매력이 없다고 나한테 분명히 말했어요. 성숙한 여성미가 그 사람이 특히 좋아하는 거예요. 그리고 그 사람이 홀딱 반한 대상은 바로 엄마예요."

"나라고?"

그날 아침 두 번째로 페븐리 부인의 목소리가 비명에 가깝게 올라갔다.

"그래요. 그 사람은 엄마가 이상형이고, 햇볕을 받아 따뜻해진 잘 익은 복숭아처럼 맛있고 탐난다고 말했죠. 그 밖에도 아마 스윈번이나 에드먼드 존스의 글에서 인용한 다른 비유도 많아요. 나는 그 사람한테 이렇게 말했어요. 다른 상황이었다면 당신이 우리 엄마한테 호의적인 반응을 얻어 낼 수 있을 거라는 희망을 거의 품지 않았겠지만, 우리가 당신한테 1,026파운드를 빚졌으니까 엄마도 결혼이 그 의무에서 벗어날 수 있는 가장 편리한 방법이라고 생각할 거라고. 이제 몇 분만 지나면 그 사람이 직접 엄마와 이야기하러 나올 거예요. 하지만 내가 먼저 와서 엄마한테 마음의 준비를 시키는 게 좋겠다고 생각했죠."

"하지만 애야."

"물론 엄마는 그 사람을 거의 모르지만, 나는 그게 중요하다고는 생각지 않아요. 엄마는 전에 한 번 결혼한 적이 있고, 두 번째 남편은 항상 첫 남편보다 격이 떨어지게 마련이니까요. 저기 애쉬콤이 오네요. 나는 두 분만 남겨 놓고 떠나는 게 좋겠어요. 두 분이 서로 하고 싶은 이야기가 많을 거예요."

결혼식은 두 달 뒤에 조용히 치러졌다. 결혼 예물은 수가 많지는 않았지만 값비쌌고, 주로 취소된 '차용증'으로 이루어져 있었다. 그것은 신랑이 신부의 딸에게 주는 선물이었다.

헛방놓다

A Shot in the Dark

필립 슬레더비는 유쾌하고 유익한 순례 여행을 떠나는 걸 기분 좋아하면서 거의 빈 객차에 자리를 잡았다. 그는 새로 알게 된 솔트펜-제이고 부인의 시골 저택인 브릴 장원에 가는 길이었다. 호노리아 솔트펜-제이고는 런던 사교계에서 중요한 인물이었고, 초크셔 주에서도 상당한 영향력을 가진 유력 인사였다. 초크셔 주, 또는 적어도 그 주의 동부 지역은 필립 슬레더비와 개인적으로 직접적인 관계가 있었다. 현재 의회에서 초크셔 주를 대표하는 의원은 재선을 노릴 생각이 전혀 없었고, 그래서 당 간부들은 슬레더비를 유망한 후계자로 진지하게 고려하고 있었다. 다수당이라 해도 표 차이가 크지 않으니까 장관 후보가 그 의석에 입후보해도 안전하다고 할 수는 없었지만, 효율적인 지방 조직이 존재하니까 운이 좋으면 의석을 유지할 수 있을 터였다. 솔트펜-제이고 집안의 영향력은 무시할 수 없었고, 그래서 정치 지망생은 우호적인 분위기의 소규모 오찬회에서 호노리아를 만난 것을 기뻐했다. 그녀가 다음 금요일부터 화요일까지 자기네 시골집에 와서 지내라고 초대했을 때는 더욱 기뻤다. 그는 '사귀어 보고 괜찮으면 지지하겠다는 조건부 승인'을 얻은 게 분명했고, 그가 여주인의 호의를 확보할 수만 있다면 후보 지명은 따 놓은 당상이었다. 그가 그녀의 눈에 들지 못하면, 지구당 지도자들이 그에게 품기 시작한 열의도 아마 차갑게 식어 버릴 것이다.

플랫폼에는 열차를 기다리는 승객들이 드문드문 서 있었다. 그들 틈에서 슬레더비는 클럽에서 사귄 친구를 발견하고, 잡담이나 나누려고 그를 객차 창문으로 손짓해 불렀다.

"주말 동안 솔트펜-제이고 부인과 함께 지낼 예정이군? 분명 즐거운 시간을 보낼 수 있을 거야. 그 부인은 뛰어난 여주인이라는 평판을 얻고 있지. 자네한테 도움이 되기도 할 거야. 그 의회 프로젝트가…… 아니, 자네 기차가 출발하는군. 그럼 잘 가게."

슬레더비는 친구에게 손을 흔들어 작별 인사를 하고 무릎 위에 놓인 잡지로 관심을 돌렸다. 하지만 그가 두어 페이지를 훑어보자마자 그와 같은 객실을 차지한 유일한 다른 승객이 작은 목소리로 욕설을 했기 때문에 그는 서둘러 그에게 눈길을 던졌다. 그의 길동무는 스물 두어 살쯤 되어 보였고, 검은 머리와 생기 넘치는 안색, 말쑥함과 단정치 못함이 혼합된 옷차림은 시골 축제에 가는 '멋쟁이'의 전형적인 모습이었다. 그는 요리조리 피하면서 좀처럼 나오지 않거나 처음부터 존재하지 않는 무언가를 맹렬히 찾고 있었지만 효과가 없었다. 이따금 그는 조끼 주머니에서 6펜스짜리 동전을 꺼내 슬픈 듯이 바라본 다음, 헛된 수색 작업을 재개하곤 했다. 담배케이스, 성냥갑, 열쇠, 은제 필통, 기차표가 그의 옆 좌석에 정렬되었지만, 이 물건들은 어느 것도 그에게 만족감을 준 것 같지 않았다. 그는 전보다 조금 큰 소리로 다시 욕설을 했다.

이 격렬한 무언극은 슬레더비한테서 어떤 논평도 끌어내지 못했다. 슬레더비는 다시 잡지를 들여다보기 시작했다.

"저어, 이보세요!" 젊은 목소리가 외쳤다. "당신은 브릴 장원에서 솔트펜-제이고 부인과 함께 지내러 가는 길이라고 하지 않았나요? 정말 놀라운 우연의 일치로군요! 그 부인은 우리 어머니예요. 나는 월요일 저녁에 거기 갈 테니까, 거기서 또 만나겠군요. 사실은 나도 아주 오랜만에 가는 겁니다. 적어도 여섯 달 동안은 어머니를 보지 못했거든요. 나는 둘째 아들인 버티인데, 지난번에 어머니가 런던에 가셨을 때 요트를 타고 떠났지요. 지금 이 순간 어머니를 아는 분을 만난 건 나한테 엄청난 행운이에요. 실은 내가 아주 곤란한 짓을 저질렀거든요."

"무언가를 잃어버렸나요?" 슬레더비가 말했다.

"꼭 그렇지는 않지만 뒤에 남겨 두고 왔어요. 그것도 잃어버린 것만큼이나 곤란하고, 어쨌든 불편한 건 마찬가지예요. 나는 1파운드 금화 네 잎이 들어 있는 지갑을 놓고 왔어요. 지금 당장은 그게 내 전 재산입니다. 출발하기 직전에는 지갑이 주머니에 잘 들어 있었어요. 그런데 그때 문득 편지를 봉하고 싶더군요. 지갑에는 봉인에 찍는 문장이 박혀 있지요. 그래서 그걸로 봉인을 찍으려고 지갑을 꺼낸 다음, 바보처럼 탁자에 놔두고 온 게 분명합니다. 주머니에 은화가 몇 닢 있었지만, 택시비를 내고 기차표를 샀더니 이 6펜스짜리 동전 하나만 달랑 남았네요. 나는 사흘 동안 브론드키 근처에 있는 시골 여관에 머물면서 낚시를 할 예정입니다. 그곳에는 나를 아는 사람이 아무도 없는데, 주말 숙박비와 역까지 오가는 택시비, 그리고 브릴까지 가는 기찻삯을 합하면 2, 3파운드는 되지 않겠습니까? 2파운드 10실링만 빌려주시면 정말 고맙겠습니다. 아니, 이왕이면 3파운드를 빌려주세요. 그 정도면 밑 빠진 구멍에 빠진 나를 궁지에서 구해 줄 겁니다."

"그 정도는 빌려 드릴 수 있을 겁니다." 슬레더비는 잠시 망설인 뒤에 말했다.

"정말 고맙습니다. 친절하시군요. 어머니의 친구분을 우연히 만나다니, 이런 행운이 또 어디 있겠습니까. 이번 일은 지갑이 반드시 주머니 안에 있어야 할 경우에는 지갑을 어딘가에 아무렇게나 놓아두면 안 된다는 교훈이 될 겁니다. 이번 일의 교훈은 무엇이든 본래의 목적이 아닌 다른 것에 전용하려고 애쓰지 말라는 것이겠지요. 하지만 지갑에 봉인용 문장이 박혀 있을 때는……"

"그런데 당신 문장紋章은 뭡니까?" 슬레더비가 무심하게 물었다.

"별로 흔한 것은 아닙니다. 앞발에 '크로스-크로스리트'*를 안고 있는 사자의 반신상이에요."

"당신 어머니가 편지로 나한테 기차 일람표를 보내 주었을 때, 내 기억이 맞다면 편지지에 찍힌 문장은 '달리는 그레이하운드'던데요." 슬레더비가 말했다. 그의 목소리가 조금 냉랭해졌다.

"그건 제이고 집안의 문장이랍니다." 젊은이는 당장 대답했다. "그리고 사자의 반신상은 솔트펜 집안의 문장이죠. 우리는 둘 다 쓸 권리가 있지만, 나는 항상 사자를 씁니다. 어쨌든 우리는 정말로 솔트펜-제이

---

* 네 개의 작은 십자가로 이루어진 십자가.

고 집안사람들이니까요."

몇 분 동안 침묵이 흘렀다. 젊은이는 선반에서 낚시 도구와 그 밖의 소지품을 내리기 시작했다.

"나는 다음 역에서 내립니다."

"나는 당신 어머니를 한 번도 만난 적이 없어요." 슬레더비가 갑자기 말했다. "편지는 여러 번 주고받았지만요. 나는 같이 정치를 하는 친구를 통해 당신 어머니를 소개받았지요. 어머니의 이목구비가 당신과 비슷한가요? 어머니가 나를 마중하러 플랫폼에 나와 계신다면, 내가 그분을 알아볼 수 있으면 좋을 것 같아서요."

"나와 닮았다고들 하더군요. 나처럼 짙은 갈색 머리에 혈색이 좋습니다. 그건 어머니 집안의 내림이에요. 그런데 여기서 나는 내립니다."

"안녕히 가세요." 슬레더비는 말했다.

젊은이는 객실 문을 열고 여행 가방을 플랫폼으로 던지면서 말했다.

"3파운드를 잊으셨네요."

"당신한테 3파운드는커녕 3실링도 빌려줄 생각이 없소." 슬레더비는 엄격하게 말했다.

"하지만 아까는 빌려주겠다고……"

"내가 그렇게 말한 건 알고 있소. 당신 이야기를 곧이곧대로 믿은 건 아니지만, 그래도 그때는 아직 의심하는 마음이 일어나지 않았으니까. 봉인의 문장에 대한 모순이 내 경계심을 불러일으켰지요. 당신은 그걸 멋지게 설명했지만. 그래서 나는 당신한테 덫을 놓았던 거요. 솔트펜-제이고 부인을 한 번도 만난 적이 없다고. 하지만 사실은 지난 월요일 점심때 부인을 만났지요. 부인은 금발이었소."

열차는 격렬하게 욕설을 퍼붓고 있는 솔트펜-제이고 집안의 자칭

574

막내아들을 플랫폼에 남겨 둔 채 달려갔다.

'녀석은 얼간이를 낚는 것으로 낚시 여행을 시작하려 했지만 실패했어.' 슬레더비는 킬킬거렸다. 그날 저녁 식사 시간에 이야기할 재미있는 화젯거리가 생겼다. 그가 놓은 영리한 덫은 기지가 풍부하고 빈틈없는 사람이라는 찬사를 그에게 안겨 줄 것이다. 그는 열차가 목적지에 도착했을 때에도 여전히 저녁 식탁에서 다른 손님들에게 모험담을 이야기하는 상상에 잠겨 있었다. 플랫폼에서 그는 키 큰 하인의 침착한 인사와 클로드 피플 변호사의 시끄러운 인사를 받았다. 클로드 피플은 그와 같은 열차를 타고 온 게 분명했다.

"아아, 슬레더비! 자네도 브릴에서 주말을 보낼 예정인가? 잘됐군, 정말 잘됐어. 내일 함께 골프나 치세. 호일레이크에서 진 걸 복수해 주겠어. 여기 코스도 나쁘지 않아. 내륙 코스로는 아주 괜찮은 편이지. 아, 다 왔군. 이게 우리를 기다리고 있는 자동차야. 아주 멋지군!"

변호사에게 인정받은 자동차는 사치스러워 보이는 승용차였고, 우아함과 안락함과 추진력에서 완벽한 최신형을 구현하고 있는 것 같았다. 우아한 선과 대칭적 디자인은 그것이 호텔 라운지와 기관실의 특징을 겸비한 바퀴 달린 구조물이라는 사실을 은폐하고 있었다.

"우리 할아버지들이 여행할 때 사용한 역마차와는 다른 종류의 탈것이야. 그렇지?" 변호사가 감탄하듯이 외쳤다. 그리고 슬레더비를 위해 부속품과 기계장치의 완벽한 점을 설명하기 시작했다.

슬레더비는 한 마디도 듣고 있지 않았고, 변호사가 설명하는 어떤 세부에도 주의를 기울이지 않았다. 그의 눈은 문의 패널에 고정되어 있었다. 거기에는 두 개의 문장—달리는 그레이하운드와 앞발에 '크로스-크로스리트'를 안고 있는 사자의 반신상—이 그려져 있었다.

변호사는 상대가 무언가에 몰두하여 침묵을 지키고 있는 것을 알아차릴 사람이 아니었다. 변호사는 한 시간 동안이나 열차에서 입을 다물고 있었기 때문에, 이제 그의 혀는 잃어버린 시간을 벌충하고 있었다. 차가 시골길을 달리는 동안, 정치적 가십과 개인적 일화, 일반적인 의견이 그의 입에서 끊임없이 흘러나왔다. 더블린 노동쟁의의 내막과 알바니아 군주 지명자의 사생활에서 샌드위치 골프장 9번 홀에서 일어났다는 사건으로 유창하게 화제를 바꾸는 것도 그에게는 아주 쉬운 일이었고, 칵테일과 차를 마시는 다과회에서 패스셔 공작 부인이 한 말을 그대로 보고하기도 했다. 차가 방향을 돌려 브릴 장원의 정문으로 들어섰을 때, 변호사는 브릴 장원 안주인에 대한 이야기로 화제를 바꾸어 슬레더비의 관심을 사로잡았다.

"뛰어난 여성이야. 분별 있고 명석하고, 개인이나 명분을 정확히 언제 후원하고 언제 버려야 하는지를 알고 있지. 영향력 있는 여성이지만, 너무 활동적이어서 자신과 기회를 망치는 게 결점이야. 쉬지 않고 끊임없이 활동하니까. 외모도 나무랄 데가 없어. 적어도 그 바보 같은 변신을 할 때까지는."

"변신? 무슨 변신?" 슬레더비가 물었다.

"무슨 변신이냐고? 설마 자네는…… 아아, 그래. 자네는 최근에야 부인을 알았지. 부인이 전에는 아름다운 갈색 머리를 갖고 있었어. 그건 부인의 좋은 혈색과 아주 잘 어울렸지. 그런데 어느 날, 달포 전에 번쩍번쩍 빛나는 금발로 나타나서 모든 사람을 깜짝 놀라게 했다네. 그건 부인의 외모를 완전히 망쳐 놓았어. 이제 다 왔군. 그런데 자네 왜 그러나? 어디 아픈 것 같은데."

네모난 달걀
The Square Egg

이 참호전*에 참여한 인간과 가장 비슷한 동물은 분명 오소리다. 우중충한 갈색 모피를 입고 해질녘과 어두운 야간에 활동하는 동물, 땅을 파고 굴을 파고 귀를 세우고 불리한 상황에서도 몸을 최대한 청결하게 유지하고, 때로는 벌집처럼 구멍투성이가 된 땅 몇 미터를 차지하려고 필사적으로 싸우는 그 동물 말이다.

오소리가 세상살이를 어떻게 생각하는지 우리는 영원히 모를 것이다. 유감스러운 일이지만 어쩔 수 없다. 참호 속에 있는 병사도 자기가 뭘 생각하는지 알기는 어렵다. 의회, 세금, 사교 모임, 경제, 지출, 그리고 문명의 무수한 공포는 헤아릴 수 없이 멀게 느껴지고, 전쟁 자체도

---

* 제1차 세계대전을 말한다. 특히 서부전선에서 참호전이 지루하게 이어지는 가운데 엄청난 인명 피해를 낳았다. 사키도 제1차 세계대전에 참전하여 솜 전투에서 전사했다.

그에 못지않을 만큼 멀게 비현실적으로 느껴진다. 200~300미터 떨어진 곳, 너저분해 보이는 황량한 땅과 녹슨 철조망 너머에 적병이 엎드려 있다. 그들은 총알을 분배하면서 잠시도 방심하지 않고 경계 태세를 취하고 있다. 그 맞은편 참호에 숨어서 노려보고 있는 적병은 아무리 머리가 둔한 사람의 상상력도 자극할 수 있다. 그들은 몰트케와 블뤼허, 프리드리히 대왕, 브란덴부르크 선제후 프리드리히 빌헬름, 발렌슈타인, 작센 선제후 모리스, '곰'이라는 별명으로 불린 브란덴부르크 후작 알베르트, 작센의 비테킨트 장군 휘하에서 싸운 병사들의 후손이다. 그들이 그곳에서 당신과 대치하고 있다. 남자 대 남자로, 총대 총으로 맞서 있다. 그것은 아마 근대 역사상 가장 엄청난 싸움이겠지만, 놀랍게도 적에 대해서는 거의 생각지 않는다. 적이 거기에 있다는 것을 잠시라도 잊는 것은 현명하지 않겠지만, 사람의 마음은 적의 존재를 깊이 생각지 않는다. 적이 따뜻한 수프를 마시고 소시지를 먹는지 어떤지, 아니면 추위에 떨면서 배를 주리고 있는지 어떤지, 적이 《메겐도르프 블래터》*나 가벼운 문학 작품을 충분히 공급받고 있는지 어떤지, 아니면 말로 표현할 수 없는 지루함에 넌더리를 내고 있는지 어떤지에 대해서는 거의 생각지 않는다.

저쪽에 있는 적이나 유럽 전역에서 벌어지고 있는 전쟁보다 훨씬 많이 생각하는 것은 바로 눈앞에 있는 진흙이다. 진흙은 치즈가 치즈벌레를 삼키듯 이따금 당신을 삼켜 버린다. 동물원에서 당신은 기름투성이 진구렁 속에 무릎까지 빠진 채 마음대로 어슬렁거리는 엘크사슴이나 들소를 뚫어지게 바라보며, 그렇게 더러운 진구렁 속에 몇 시

---

* 1889~1928년에 독일에서 발간된 풍자 잡지.

간 동안이나 몸을 담그고 온몸이 진흙투성이가 되면 기분이 어떨까 하고 궁금하게 여긴 적이 있을 것이다. 우리는 이제 그 기분을 안다. 폭이 좁은 보조 참호 속에서 눈 녹은 물과 폭우가 서리 위에 갑자기 쏟아질 때, 주위의 모든 것이 캄캄할 때, 그래서 빗물이 줄줄 흐르는 진흙 벽에 의지하여 손으로 길을 더듬으며 비틀걸음으로 걸을 수밖에 없을 때, 참호 속으로 기어 들어가기 위해 수프처럼 걸쭉한 몇 센티미터 깊이의 진구렁 속을 두 손과 무릎으로 엉금엉금 기어가야 할 때, 깊은 진구렁 속에 서서 진흙 벽에 등을 기댄 채 진흙이 덕지덕지 달라붙은 손가락으로 진흙투성이가 된 물체를 쥐고 눈에 묻은 진흙을 털어내려고 눈을 깜박이고, 귀에서 진흙을 털어 내고, 진흙 묻은 이로 진흙 묻은 건빵을 씹을 때, 적어도 그때는 당신도 진구렁에서 뒹구는 것이 어떤 기분인지 철저히 이해할 수 있는 입장에 있다. 반면에 들소가 어떤 상태를 유쾌하게 생각하는지는 점점 더 이해할 수 없게 된다.

진흙에 대해 생각하고 있지 않을 때는 아마 '에스타미네'에 대해 생각하고 있을 것이다. 에스타미네는 주위에 있는 대부분의 마을에서 흔히 볼 수 있는 안식처다. 지붕이 없는 버려진 집들 사이에서 여전히 번창하고 있는 에스타미네는 필요한 경우에는 부서진 집을 임시변통으로 수리하고, 많은 시민을 대신한 병사들한테서 새로운 고객을 찾아냈다. 에스타미네는 술집과 카페의 합성물이다. 한쪽 구석에는 작은 바가 있고, 긴 목로와 벤치 몇 개, 요리용 화덕 하나, 뒤쪽에는 대개 작은 식료품 가게가 있고, 항상 두세 명의 아이들이 뛰어다니다가 손님 발에 걸려 넘어진다. 에스타미네의 아이들은 뛰어다닐 수 있을 만큼 크고 사람 다리 사이로 들어갈 수 있을 만큼 작아야 한다는 규칙이 정해져 있는 것 같다. 그런데 전쟁 지역 마을의 아이에게는 상당한 이점이 있는 게 분명하다. 아무도 아이한테 말쑥하고 깨끗해야 한다고 훈계하려 하지 않는다. '모든 것에는 걸맞은 자리가 있고 모든 것을 제자리에 놓아두라'는 지겨운 격언이 있지만, 지붕의 대부분이 뒷마당에 놓여 있고 이웃집의 부서진 침실에서 날아온 침대틀이 순무 뿌리 더미 속에 반쯤 묻혀 있고, 포탄이 닭장 지붕과 벽과 정면을 날려 보냈기 때문에 닭들이 버려진 찬장 속에 보금자리를 틀고 있을 때는 아무도 그 격언을 강요할 수 없다.

에스타미네는 대개 포탄이 물어뜯은 거리의, 포탄이 갉아먹은 건물에 있다. 앞에 서술한 묘사 가운데 이런 에스타미네가 사람들이 꿈꾸는 낙원이라고 암시하는 말은 아마 없을 것이다. 하지만 얼마 동안 단조로운 진흙과 흠뻑 젖은 모래주머니밖에 없는 흠뻑 젖은 황야에서 살다 보면, 뜨거운 커피와 싸구려 와인을 마실 수 있는 에스타미네야말로 축축하고 질척거리는 세계에서 위안을 주는 따뜻하고 아늑하고 편안한 곳으로 여겨진다. 참호에서 막사로 가는 병사에게 에스타미네는 동양의 유목민 카라반에게 쉼터가 되었던 숙사宿舍와 같다. 우연히 모인 사람들 속으로 들어왔다 나가고, 원한다면 남의 눈에 띄게 드나들 수도 있고 눈에 띄지 않게 살짝 다녀갈 수도 있다. 모두 똑같이 카키색 군복을 입고 각반을 두른 자기와 같은 부류의 무리 속에서는 누구나 초록빛 양배추 잎 위에 있는 초록빛 애벌레처럼 남의 눈에 띄지 않을 수 있다. 자기 혼자, 또는 친구들과 함께 방해받지 않고 앉아 있을 수도 있고, 수다를 떨고 싶거나 남의 이야기를 듣고 싶으면 모자에 다양한 휘장을 단 남자들이 실제 경험이나 즉석에서 지어낸 경험을 교환하고 있는 무리 속에서 쉽게 자기 자리를 찾을 수 있다.

진흙 묻은 카키색 군복을 입은 사람들이 끊임없이 들락거릴 뿐만 아니라 현지의 민간인들, 제복을 입은 통역관들, 그리고 정규군 사병에서부터 전문가들만이 이름을 알 수 있는 중간 부대의 정체 모를 사람들까지 다양한 외국 군복을 입은 사람들도 바람에 날리는 나뭇잎처럼 에스타미네를 드나들었다. 그리고 물론 지표면의 대부분 지역에서 평시에나 전시에나 쉬지 않고 작전을 벌이는 그 모험적인 사기꾼 대표자들도 있다. 당신은 영국과 프랑스, 러시아와 콘스탄티노플에서 그들을 만난다. 아마 아이슬란드에서도 그들을 만날 수 있겠지만, 그 점에 대해서는 직접 증거를 갖고 있지 않다.

'행운의 토끼'라는 에스타미네에서 나는 나이도 분명치 않고 아무 특징도 없는 군복을 입은 남자 옆에 앉게 되었다. 그는 성냥불을 빌리는 것이 정식 소개와 명함 구실을 한다고 멋대로 결정한 게 분명했다. 그는 몹시 지쳐 보였지만 근심 걱정 없는 쾌활한 태도를 취하고 있었다. 일시적으로 살갑게 굴지만 먹이를 찾아다니는 까마귀 같은 표정을 짓고 있었다. 경험을 통해 항상 경계 태세를 취해야 한다는 것을 배웠고, 필요 때문에 뻔뻔스러울 만큼 대담해지는 사람이었다. 코와 콧수염은 깊은 생각에라도 잠긴 것처럼 아래로 축 늘어졌고, 남몰래 곁눈질을 하는 버릇이 있었다. 그는 전 세계 사기꾼의 통상적 장비인 이런 것들을 모두 갖추고 있었다.

"나는 전쟁 피해자입니다." 그는 잠시 예비적인 대화를 나눈 뒤 그렇게 외쳤다.

"달걀을 깨뜨리지 않으면 오믈렛을 만들 수 없는 법이죠." 나는 수십 제곱킬로미터의 황폐한 시골과 지붕 없는 집들을 목격한 사람답게 냉담한 어조로 대답했다.

"달걀이라고요?" 그는 큰 소리로 외쳤다. "나는 바로 달걀에 대해 지금 막 말하려던 참입니다. 훌륭하고 가장 유용한 달걀의 큰 결점이 뭔지 생각해 본 적이 있습니까? 시장에서 팔리고 요리에 쓰이는 평범하고 일상적인 달걀 말입니다."

"빨리 부패한다는 것이 때로는 달걀의 결점이지요." 나는 과감하게 말해 보았다. "미국은 오래될수록 점점 더 존경할 만해지고 자존심도 강해지지만, 미국과는 달리 달걀은 오랫동안 끈질기게 버텨도 얻는 게 전혀 없습니다. 그건 프랑스의 루이 15세와 비슷해요. 루이 15세는 사는 동안 해마다 대중의 인기를 잃었지요. 역사가들이 그의 기록을 잘못 전한 게 아니라면 말입니다."

"아닙니다." 술집에서 알게 된 남자는 진지하게 대답했다. "달걀의 문제는 시간이 아니라 모양입니다. 그 둥근 모양이 문제죠. 달걀이 얼마나 쉽게 구르는지 생각해 보세요. 탁자에서, 선반에서, 가게 판매대에서 조금만 밀어도 달걀은 바닥으로 떨어져 깨져 버립니다. 가난한 사람들, 알뜰하게 절약하며 사는 사람들한테는 얼마나 큰 재난입니까!"

나는 그 생각에 공감하듯 어깨를 으쓱했다. 여기서 달걀은 한 개에 6수*다.

"그건 내가 머릿속에서 자주 생각하고 곱씹은 문제입니다." 그가 말을 이었다. "가정에서 흔히 볼 수 있는 이 달걀의 경제적 기형 말입니다. 타른**에 있는 베르셰 레 토르토라는 작은 마을에서 우리 고모님이 작은 낙농장과 양계장을 운영해서 많지도 적지도 않은 수입을 얻고 있답니다. 우리는 가난하지는 않았지만, 항상 부지런히 일하고 연구하고 알뜰하게 절약할 필요가 있었지요. 어느 날 나는 우연히 암탉 한 마

---

* sous, 프랑스의 옛 화폐단위.
** 프랑스 남서부에 있는 주.

리가 보통 달걀처럼 둥근 모양이라고는 말할 수 없는 알을 낳은 걸 알아차렸습니다. 머리가 자루걸레처럼 생긴 우당종 암탉이었지요. 그 달걀은 네모라고는 말할 수 없었지만, 명확한 모서리를 갖고 있었습니다. 나는 그 특정한 암탉이 항상 그런 특정한 모양의 달걀을 낳는다는 것을 알았습니다. 이 발견은 나에게 새로운 자극을 주었지요. 약간 모난 알을 낳는 경향이 있는 암탉을 찾아서 모두 모아 놓고, 그 암탉들이 낳은 알에서만 병아리를 부화시키는 겁니다. 그리고 마침내 인내심과 모험심을 갖고 가장 네모난 달걀을 낳는 닭만 고르고 또 고르는 작업을 계속하면, 결국에는 네모난 달걀만 낳는 새로운 품종의 닭을 만들어 내게 될 겁니다."

"몇 백 년 뒤에는 그런 결과에 도달할 수 있을지도 모르지요." 나는 말했다. "아니, 몇 천 년이 걸릴 가능성이 더 높을 겁니다."

"북부의 보수적이고 굼뜬 당신네 암탉이라면 그럴지도 모르지요." 술집에서 알게 된 남자는 초조하게 그리고 약간 화난 듯이 말했다. "우리 남부의 활발한 닭은 다릅니다. 들어 보세요. 나는 우리 마을의 양계장을 찾아가서 실험하고 조사했습니다. 그리고 주변 도시의 시장도 샅샅이 찾아다녔지요. 그리고 약간 네모난 달걀을 낳는 암탉을 발견할 때마다 구입했습니다. 나는 모두 똑같은 경향을 가진 닭을 제때에 모아서 거대한 군집을 이루었어요. 나는 그 닭들의 자손 중에서 정상적인 둥근 달걀과 가장 두드러지게 다른 모양의 달걀을 낳는 암탉만 골랐습니다. 나는 그 작업을 계속했고 끝까지 버텼지요. 그렇게 해서 아무리 밀어도 절대 구르지 않는 달걀을 낳는 새로운 품종을 만들어 냈습니다. 내 실험은 성공한 정도가 아니라 근대 산업의 위대한 모험담 가운데 하나였습니다."

나는 그것을 조금도 의심하지 않았지만, 입 밖에 내어 그렇게 말하지는 않았다.

"내 달걀은 유명해졌습니다." 자칭 양계업자는 말을 이었다. "처음에는 신기하고 기묘하고 기괴해서 사려는 사람이 있었지만, 차츰 상인과 주부들은 그 달걀이 유용하고 보통 달걀보다 개량된 것이고 보통 달걀에는 없는 이점이 있다는 것을 깨닫기 시작했지요. 나는 우리 달걀을 시장 가격보다 상당히 높은 값으로 팔 수 있었습니다. 그래서 돈을 벌기 시작했지요. 나는 독점권을 갖고 있었습니다. '네모난 달걀을 낳는 암탉'은 팔기를 거절했고, 시장에 내다 파는 달걀들은 살균 처리를 해서 아예 부화하지 못하도록 조치했습니다. 나는 부자가 되어 가고 있었습니다. 아무 불편 없이 안락하게 살 수 있는 부자가 되어 가고 있었지요. 그때 그렇게 많은 사람한테 불행을 가져다준 이 전쟁이 일어난 겁니다. 나는 내 암탉들과 내 고객들을 떠나 전선으로 떠나야 했습니다. 고모님은 여느 때처럼 사업을 계속하여 네모난 달걀을 팔았습니다. 그건 내가 창안하고 개량하여 수익을 올린 달걀이었지요. 그런데 고모님은 그렇게 번 돈을 나한테 한 푼도 보내 주지 않았어요. 상상이나 할 수 있는 일입니까? 고모님은 자기가 닭을 돌보고 사료값을 지불하고 달걀을 시장에 내다 팔고 있으니까 돈은 자기 거랍니다. 물론 법적으로 그건 내 돈입니다. 법정에 소송을 제기할 여유만 있다면, 전쟁이 시작된 이래 달걀을 팔아서 번 돈을 몽땅 되찾을 수 있습니다. 아마 수천 프랑은 될 겁니다. 그런데 소송을 제기하려면 꽤 많은 돈이 듭니다. 변호사로 있는 친구가 나를 위해서 저렴한 비용으로 문제를 해결해 줄 텐데, 불행하게도 내 수중에는 충분한 자금이 없습니다. 아직도 80프랑이 더 필요합니다. 전시에 말입니다! 돈을 빌리기는 정말 어려워요."

나는 항상 전시에는 특히 돈을 빌리는 버릇이 들기 쉽다고 생각했기 때문에 그렇게 말했다.

"대규모라면 그렇죠. 하지만 나는 아주 작은 문제에 대해 말하고 있는 겁니다. 80프랑이나 90프랑 같은 푼돈을 빌리는 것보다 오히려 수백만 프랑을 빌리기가 더 쉬워요."

자칭 금융업자는 긴장하여 잠시 말을 끊었다. 그러다가 좀 더 자신만만한 어조로 다시 말을 시작했다.

"당신네 영국 병사들 중에는 개인 자금을 가진 재력가도 있다고 들었습니다. 그렇지 않은가요? 당신 동료들 가운데 푼돈을 기꺼이 선불할 사람 있을지 몰라요. 어쩌면 당신 자신일지도 모르죠. 그건 안전하고 유리한 투자입니다. 곧 돌려받을 수 있고……"

"며칠 휴가를 얻으면 베르셰 레 토르토에 가서 네모난 달걀을 낳는 암탉 농장을 시찰하겠습니다." 나는 진지하게 말했다. "그리고 그곳의 달걀 장수들한테 그 사업의 현재 상황과 향후 전망에 대해 물어보겠습니다."

에스타미네에서 알게 된 남자는 알아볼 수 없을 만큼 가볍게 어깨를 으쓱하고, 자기 자리에서 자세를 바꾸고는 우울하게 담배를 말기 시작했다. 나에 대한 그의 관심은 갑자기 사라졌지만, 체면상 자기가 그렇게 애써서 시작한 대화를 형식적으로 마무리 지으려 했다.

"그러니까 당신은 베르셰 레 토르토에 가서 우리 농장에 대해 조사할 작정이군요. 네모난 달걀에 대해 내가 말한 게 모두 사실이라는 걸 알면 그때는 어떻게 할 겁니까?"

"당신 고모님과 결혼하겠습니다."

영국식 유머가 무성한 풍자문학의 밀림

사키의 책(또는 문학)이 우리나라에 거의 소개되지 않은 것을 알고, 한편으로는 놀라고, 또 한편으로는 기뻤다.

대학 1학년 때 배운 교양 영어 교과서에 사키의 단편「열린 창문」이 실려 있었는데, 발음이 내 이름과 비슷해서 반갑게 만났던 기억이 생생하다. 대학 교재에 수록될 정도로 평가받은 작가라면 당연히 그의 작품들도 우리나라에 번역되어 나온 줄 알았다. 그랬는데, 현대문학으로부터 '세계문학 단편선' 시리즈에 대한 번역 청탁을 받고, 혹시나 해서 여기저기 뒤져 보았더니 사키는 우리나라 출판계(와 영문학계)에서 완전히 눈 밖에 (벗어)나 있었다. 그러니 놀랄 수밖에. 그래서 사키를 추천하여 그의 책을 처음으로 (더구나 그의 사망 100주기에 맞춰) 번역 출간하게 되었으니, 이 행운이 그저 고맙고 기쁠 수밖에.

1

　사키는 1870년 12월 18일, 버마 서북부의 아키아브(지금의 미얀마 시트웨)에서 태어났다. 본명은 헥터 휴 먼로Hector Hugh Munro. 형 찰스와 누나 에셀이 있었다. 당시 버마는 영국령의 일부로서, 영국 식민지인 인도의 캘커타(지금의 콜카타)에 주재하는 총독의 지배를 받았다. 먼로 집안은 대대로 군인을 배출한 중상류층에 속했는데, 할아버지는 육군 대령으로 퇴역했고, 아버지 찰스 오거스터스 먼로는 버마 헌병대 감찰감으로 근무하고 있었으며, 어머니 메리 프랜시스 먼로는 육군 소장인 새뮤얼 머시의 딸이었다.

　어머니가 거의 연년생으로 세 아이를 낳은 뒤 넷째 아이를 임신하자 아버지는 어머니를 본국의 집으로 보냈다. 하지만 어머니는 평화로운 들판을 산책하다가, 도망친 암소의 습격을 받고 그 충격으로 유산한 끝에 사망하고 말았다. 그러자 아버지는 어린 세 남매를 영국으로 데려가 반스터플(잉글랜드 남서부 데번 주 북쪽)에 있는 모친과 두 누이에게 맡기고 버마로 돌아갔다. 그 후 세 남매는 할머니 댁에서 미혼인 두 고모의 보살핌을 받으며 자랐다. 그런데 고모들은 둘 다 독신이고 서로 사이가 나쁜 데다 아동 심리를 전혀 이해하지 못해서 세 조카에게 예의범절을 아주 엄격하게 가르쳤고, 덕분에 소년 헥터는 상당한 괴로움을 겪은 모양이다.

　학력다운 것은 거의 없다. 헥터는 허약한 탓도 있어서 가까운 마을의 초등학교에 다니거나 때로는 가정교사에게 배우기도 했다. 할머니가 세상을 떠난 이듬해인 1882년에 드디어 엑스머스(데번 주 동남쪽)에 있는 기숙학교인 펜카위크 스쿨로 보내졌고, 이곳에서 3년을 보낸 뒤 열다섯 살 때 베드퍼드(잉글랜드 동부, 런던 북쪽)에 있는 명문 교인 베드퍼드 스쿨(군인 자제 또는 군인 지망생이 많았다)로 전학했지만 1년 만에 중퇴했다. 그 무렵 아버지가 아이들과 함께 지내기 위해 육군 대령으로 퇴역한 뒤 귀국했다. 그 후 아버지는 헥터와 에셀을 데리고 프랑스·독일·스위스 등지의 온천장과 휴양지를 돌아다녔다(찰스는 독일 드레스덴에 유학했고, 귀국한 뒤에는 군인 예비학교에 다녔기 때문에 방학 때만 합류했다). 이런 여행 중에 호텔 생활을 하면서 가정교사에게 배운 것이 헥터가 받은 교육이었고, 이런 체험이 학교 교육보다 더 소중하고 유익했다. 옛날 영국의 귀족이나 상류층에서는 유럽 대륙 편력을 매우 중요한 교육으로 생각했는데, 이때의 대륙 여행도 그것을 연상시킨다.

귀국하여 직업을 선택해야 할 때가 되었을 때 아버지는 버마 헌병대에 자리를 주선해 주었다. 1893년 6월에 헥터는 버마로 떠났지만, 원체 병약한 체질인 데다 버마의 풍토가 몸에 맞지 않아 자주 말라리아에 걸렸다. 그래도 어떻게든 짬을 내어 버마의 동물들을 연구했고 한때는 새끼 호랑이를 키우기도 했다. 영국에 있을 때 시작한 취미인 알 수집도 계속했는데, 버마에서는 관심을 끄는 다양하고 이국적인 동물을 더 많이 발견했기 때문에 야생동물에 대한 그의 사랑은 더욱 깊어졌다. 1894년 가을에 헥터는 유난히 심한 말라리아를 앓은 뒤 이듬해 초에 영국으로 돌아갈 수밖에 없었다.

헥터는 아버지와 누나가 정착한 웨스트워드호(반스터플 근처)에서 한동안 요양하며 건강을 회복한 뒤, 문필가에 뜻을 두고 1896년에 런던으로 나왔다. 에드워드 기번의 『로마 제국 쇠망사』를 읽고 감동한 그는 3년 동안 대영도서관에 다니면서 『러시아 제국 융성사』를 완성하여 1900년에 출간했다. 이 저작은 칭찬과 비난을 반반씩 받았지만, 이 책을 쓰고 있을 때 고향 친구를 통해 당시 가장 인기 있었던 풍자만화가 프랜시스 캐러더스 굴드(반스터플 출신)를 소개받고, 그와 협력하여《웨스트민스터 가제트》지에 정치 풍자 칼럼을 쓰게 되었다. 1865년에 나온 루이스 캐럴의 『이상한 나라의 앨리스』가 인기를 얻고 있었기 때문에, 그는 칼럼에 앨리스를 등장시켜 누구나 알 만한 정치인들에게 급소를 찌르는 질문을 시켰다. 여기에 굴드의 삽화를 넣어 정치인을 풍자한 것이 대단한 인기를 얻었다. 1902년에는 그 칼럼들을 묶어 『웨스트민스터의 앨리스』라는 제목으로 출간했다. 이때부터 그는 '사키'라는 필명을 사용했다.

1902년 초에《모닝 포스트》지의 특파원이 되어 폴란드와 발칸 반도를 취재했고, 1904년 가을에는 러시아의 상트페테르부르크로 가서 2년 동안 지냈는데, 이때 '피의 일요일'* 사건을 목격하기도 했다. 그러는 한편, 태평하고 제멋대로인 사교계 청년 레지널드의 야릇한 언행을 묘사한 짧은 이야기를《모닝 포스트》지에 틈틈이 발표했는데, 이 단편들은 1904년에 『레지널드』라는 단행본으로 출간되었고, 사키는 유머 작가로 인정받게 되었다.

1906년에 사키는 파리로 거처를 옮겼으나, 이듬해 5월에 아버지의 건강이 악화되었기 때문에 서둘러 영국으로 돌아와야 했다. 사키가 도착한 지 3일 만에 아버지가 세상을 떠났다. 그해 여름에 사키는 프랑스의 노르망디 해변에 있는 푸르빌을 거쳐 9월에는 파리에 돌아

---

* 1905년 1월 9일(러시아아력) 일요일, 저임금에 시달리던 노동자들이 황제에게 청원하기 위해 시위행진을 벌이던 중 군대가 발포하여 많은 희생자를 냄으로써 제1차 러시아 혁명의 발단이 되었다.

가 있었다. 1908년 여름에는 런던으로 돌아와 모티머 가 97번지에 정착했다. 클럽인 '코코아나무'에 출입하는 한편, 서리 주(잉글랜드 남동부) 구릉지에 작은 집을 한 채 구입하여 누나와 함께 살면서 《모닝 포스트》 《웨스트민스터 가제트》 《데일리 익스프레스》 같은 신문과 《바이스탠더》 《아웃룩》 같은 잡지에 칼럼과 단편을 기고했다. 작가로서 갑자기 명성이 올라가지는 않았지만, 신랄한 풍자와 간결한 문체로 일부의 주목을 받았다.

1910년에 『레지널드』의 후속 단편집인 『러시아의 레지널드』가, 1911년에는 『클로비스의 연대기』가 출간되었다. 레지널드나 클로비스는 인습적이고 허세를 부리는 어른들의 불편이나 몰락에서 짓궂은 기쁨을 얻는 도시 출신의 젊은이들로, 이들의 꾀부림과 비꼼을 통해 1910년대 영국 사회의 허위의식이 통렬하게 발가벗겨진다. 1914년에는 『짐승과 초짐승』을 출간하여 풍자문학의 한 극점을 이루었는데, 결국에는 사키의 대표작이 되었다. 이 제목은 버나드 쇼의 희곡 『인간과 초인간』을 패러디한 것이다.

그 무렵 장편소설도 두 편 썼는데, 『참을 수 없는 베이싱턴』(1912)과 『윌리엄이 왔을 때』(1913)가 그것이다. 전자는 런던 사교계 안팎을 풍자적으로 묘사한 작품인데, 사키 자신의 정신적 위기를 반영한다고 보는 사람도 있다. 후자는 영국이 독일군에 점령당한 상황을 공상한 가상 소설로('호엔촐레른 왕가의 지배를 받는 런던 이야기'라는 부제가 붙어 있다), 독일의 대외정책에 대한 위험 신호였다(제1차 세계대전이 일어난 것은 1914년이다). 제목의 윌리엄은 독일 황제 빌헬름을 가리킨다.

1914년 7월 28일 제1차 세계대전이 발발했을 때, 사키는 《아웃룩》

지를 위해 「화분 속의 의회」라는 제목의 칼럼을 쓰고 있었다. 그해 말에 전쟁이 선포되었을 때 사키는 43세여서 공식적으로는 연령 초과로 입대할 수 없었으나 12월에 자원입대했다. 장교가 될 수 있는 기회가 두세 번 주어졌지만 그때마다 사양하고 일반 사병으로 복무했다. 벼락 장교는 진짜 장교가 아니라는 생각과 같은 참호에서 생사를 함께한 전우들과 헤어지고 싶지 않았기 때문이라고 한다. 방탕하고 게으른 사교계를 심술궂은 눈으로 바라보던 방관자가 갑자기 변신하여 어려움에 몸을 바친 것이다. 군인을 배출한 가문 출신답게 '노블레스 오블리주'를 실천한 것이리라.

처음에는 '킹 에드워드 기병대'에 배속되었으나, 나중엔 호셤(서식스 주)에 주둔해 있는 '퓨질리어 보병연대'(앞에 '로열'이 붙을 만큼 유서 깊은 부대이다) 제22대대에 배치되었다. 사키의 부대는 세르비아로 파견된다는 소문이 있었으나(사키는 한때 특파원으로 지냈던 발칸 반도에 군인으로서 돌아가고 싶었을 것이다) 1915년 11월에 프랑스로 파견되었다. 1916년 6월에 잠깐 휴가를 얻어 런던으로 돌아가서 형과 누나와 함께 며칠을 보냈다.

9월에 사키의 부대는 솜 전투에 투입되었고, 사키는 하사 대리 병장으로 진급했다. 10월에 또다시 말라리아에 걸려 대대 후송병원에서 한 달가량 보냈으나, 보몽아멜에 대한 공격이 임박했다는 말을 듣고 자대로 복귀했다.

11월 14일 새벽, 동트기 직전의 어두운 참호 속에서 한 전우가 담배에 불을 붙였다. "그 빌어먹을 담배 꺼!" 하고 사키가 외친 순간, 독일군 저격수의 탄환이 날아왔다. 한 시간 뒤, 그 탄환에 맞아 죽은 사키가 발견되었다. 평생을 독신으로 보낸 46년의 생애였다.

그가 죽은 뒤, 누나 에셀은 그의 단편들을 모아 『평화 장난감』 (1919)과 『네모난 달걀』(1924)을 펴냈으며, 사키에 관한 기록을 대부분 파기하는 대신 그들의 어린 시절에 관한 이야기를 전기로 썼다.

사키는 알려진 무덤이 없고, '티에프발 실종 용사 기념탑'(솜 전투에서 실종된 영국군 72,246명을 기리는 탑) 정면 받침대에 그의 이름 헥터 휴 먼로가 새겨져 있다.

2003년에 영국 헤리티지 재단은 사키가 살았던 런던 모티머 가 97번지에 그를 기리는 명판을 설치했다.

사키는 동성애자였고(당시 영국에서는 동성애가 범죄였다), 보수당원이었다.

2

'객실 머리맡에 오 헨리나 사키의 책이 놓여 있지 않으면, 손님을 초대한 여주인으로서 완벽하다고 말할 수 없다'고 E. V. 루카스(영국의 작가)가 비평한 뒤, 사키의 작품을 갖추어 두지 않고는 재치 있는 가정이라고 말할 수 없을 정도가 되었다.

영국이나 미국에서 이만큼 친숙한 작가가 우리나라에서는 아직 소개조차 제대로 안 된 것은 앞에서도 말했듯이 불가사의한 노릇이다. 더구나 오 헨리는 많은 사람이 애독하고 있는데(우리가 얼마나 미국 문화에 편중되어 있는가를 보여 주는 사례라고 할 수 있다).

사키는 장편소설과 희곡도 몇 편 썼지만, 그의 문학적 본령은 역시 단편소설에 있다고 하겠다. 사키의 단편에는 확실한 기승전결이 있고,

의외의 결말이 하나의 특징이다. 단편소설의 형식을 완성했다는 프랑스의 모파상도 유명한 「목걸이」처럼 뜻밖의 결말로 끝나는 단편을 많이 썼는데, 그런 의미에서 사키는 모파상의 계보에 속하는 작가라고 할 수 있다. 사키와 동시대 작가인 미국의 오 헨리도 의외의 결말로 끝나는 단편을 많이 써서 사키와 자주 비교된다. 이 책에 수록된 「앤 부인의 침묵」 「생쥐」 「열린 창문」 「땅거미」 등에는 깜짝 놀랄 만한 결말이 준비되어 있는데, 그 하나하나가 발단부터 결말에 이르기까지 치밀하게 구성되어 있어, 독자들은 교묘한 말투에 이끌려 단숨에 다 읽게 될 것이다.

사키의 전기를 쓴 누나는 그가 변덕스럽고 유머 감각이 풍부하고 동물에 대한 애정이 깊고 스코틀랜드인이라는 데 자긍심이 높았고 금전에는 무관심했다고 말한다. 이런 성격은 그의 현실 생활만이 아니라 작품 속에도 나타나 있어서, 변덕스러움은 거짓말쟁이로, 유머 감각은 풍자로, 동물에 대한 애정은 종종 잔혹할 정도의 동물 이야기로 변형되어 있다.

사키는 이를테면 '진지한 얼굴로 거짓말을 하는 남자'이고, 그가 하는 거짓말은 표면상으로는 유머로 누그러져 있지만 그 이면에는 사람의 마음을 얼어붙게 하는 차가운 풍자를 감추고 있다. 자칫하면 풍자는 독자들에게 어떤 모럴을 가르치기 쉬운 법이지만, 사키의 풍자에는 그런 모럴도 없다. 장편 『참을 수 없는 베이싱턴』 표지에 사키 자신이 '이 이야기에는 모럴이 없다. 어떤 악을 지적하고 있다 해도 거기에 대한 해결책을 제시하지는 않는다'고 썼듯이, 그의 풍자는 객관적이고 냉혹하고 무자비한 것으로밖에 여겨지지 않는다.

사키에게는 원래 괴기 취미가 있었는지, 초자연적인 작품이나 공포를 주제로 한 작품이 많다. 영국 괴기문학에는 오랜 역사가 있고, 옛날의 민담이나 민요에서도 괴기적인 요소를 찾아볼 수 있다. 멀리 거슬러 올라가면, 영국에서 가장 오래된 서사시라는 『베오울프』도 섬뜩한 괴물을 퇴치하는 이야기다. 또한 엘리자베스 여왕 시대에 쓰인 셰익스피어의 희곡에도 유령이 나타나거나(『햄릿』) 마녀가 등장하기도(『맥베스』) 한다. 18세기가 되면 영국에서 고딕 소설이 탄생하고, 그 후 차례로 비슷한 작품들이 쓰여졌다. 그러다가 19세기에 미국에 에드거 앨런 포라는 귀재가 출현하여 괴기소설을 문학으로 완성시키고 다른 작가들에게 큰 영향을 주게 된다. 19세기에서 20세기에 걸쳐, 즉 사키 시대 이전이나 사키와 동시대에 영미에서는 저명한 작가들이 많든 적든 초자연적이거나 공포를 주제로 한 작품을 많이 썼다. 너새니얼 호손, 찰스 디킨스, 윌키 콜린스, 앰브로즈 비어스, 토머스 하디, 헨리 제임스, 러디어드 키플링 같은 사람들이다. 이런 환경에서 사키가 초자연적이거나 공포를 다룬 단편소설을 썼다 해도 전혀 이상하거나 불가사의하지 않다.

또한 사키가 조상한테 물려받은 스코틀랜드인의 피도 간과할 수 없다. 스코틀랜드는 자유분방한 상상력을 타고난 이야기 작가를 많이 배출한 곳이다. 월터 스콧, 로버트 루이스 스티븐슨, 코난 도일 등은 모두 뛰어난 괴기소설을 남겼다. 또한 산문작가는 아니지만, 스코틀랜드의 국민시인으로 알려진 로버트 번스는 민담을 소재로 한 『샌터의 탬』이라는 괴기적 장편 이야기시를 썼다.

사키의 괴기적 작품으로 맨 먼저 거론해야 하는 것은 「열린 창문」일 것이다. 이 작품은 사키의 단편 중에서 특히 짧은 작품이지만, 잘 정리되어 있고 단편소설의 본보기 같은 작품이다. 특이하고 익살스러운 괴기소설의 걸작이다. 「가브리엘 어니스트」도 흥미를 끄는 작품이다. 유럽에는 옛날부터 인간이 늑대로 변신한다는 늑대인간 전설이 있는데, 사키는 그 전설을 교묘히 도입하고 합리적 해설을 덧붙여 환상적인 작품으로 마무리했다. 「스레드니 바슈타르」도 한번 읽으면 잊을 수 없는 으스스한 작품이다. 괴기적 소재는 다루는 방법에 따라서는 허황된 작품이 될 우려가 있지만, 사키는 그것을 아주 교묘하고 자연스럽게 다루고 있다.

사키는 인생의 얄궂은 면을 즐겨 묘사한 작가다. 예컨대 「거미줄」이라는 작품을 보라. 어떤 젊은 여성이 농가로 시집을 가지만 그곳엔 집주인 같은 고참 하녀가 있어서 집안일을 마음대로 척척 처리하고, 새로 시집온 새댁은 어떻게 해볼 엄두도 내지 못한다. 새댁은 몹시 고민하다가 속으로 이 노파의 죽음을 바라게 된다. 그런데 새댁의 기대와는 달리 엉뚱한 사람에게 죽음이 찾아온다. 사키는 얄궂은 운명이나 그 결과에 희롱당하는 인간의 모습을 생생하게 묘사한다.

또한 사키의 작품에는 잔혹한 이야기가 많다. 「스레드니 바슈타르」는 그 경향이 가장 두드러진 작품이다. 이 작품을 읽으면, 역시 동물이 등장하는 모파상의 「복수」라는 단편이 생각난다. 「복수」는 어떤 남자에게 사랑하는 외아들을 살해당한 과부가 개를 훈련시켜 상대 남자를 습격하게 하는 방법으로 복수한다는 이야기다. 사키는 결말부에서 족제비의 행동을 암시할 뿐 직접적인 묘사는 피한 반면, 모파상은 상당히 적나라하고 생생하게 복수 장면을 묘사하고 있다. 모파상의 단편에는 잔혹 이야기가 많고, 그 점에서 사키와 아주 비슷하다. 그리고 둘다 서사성이 풍부한 단편과 괴기적인 단편을 즐겨 썼기 때문에, 두 작가의 비교는 흥미로운 주제일 것이다.

사키의 단편에는 동물이 자주 등장한다. 여기에 수록된 작품만 보아도 사냥개와 고양이, 생쥐, 돼지, 족제비, 늑대 등 다양하다. 게다가 이런 동물이 등장하는 작품 중에 걸작이 많다. 이런 작품에서 동물들은 중요한 역할을 맡고 있다. 예를 들면 「생쥐」는 성인 남자가 기차 안에서 겨우 생쥐 한 마리 때문에 쩔쩔매는 이야기인데, 인간과 생쥐의 관계가 익살스럽게 묘사되어 있다. 제목이 보여 주듯 이 이야기에서는 생쥐가 주인공이라고 해도 좋을 것이다. 사키 남매를 떠맡은 고모네 집에서는 거북이, 토끼, 비둘기, 모르모트 등을 애완동물로 키우고 있었고, 사키도 그 동물들을 귀여워했다고 한다. 이런 환경에서 자란 사키가 작품에 다양한 동물을 등장시키는 것은 자연스러운 일이었을 것이다.

'사키'는 영국인의 필명치고는 이상하고, 오늘날의 영국 독자들도 이 필명에는 당황하는 기미가 있다.

그의 전기를 쓴 A. J. 랭거스에 따르면 이 이름의 유래는 이러하다. 1859년에 에드워드 피츠제럴드가 12세기의 페르시아 시인인 오마르 하이얌의 4행시집을 『루바이야트』라는 제목으로 번역 출판했다. 이것은 인생의 덧없음을 이야기하고 술을 예찬한 시인데, 이윽고 영국 전역에서 평판을 얻어 많은 시인이나 문인에게 큰 영향을 주었다. 헥터와 누나인 에셀도 이 시를 애독한 모양이다. 헥터가 하이얌의 시편을 몇 편 베껴 쓴 노트는 그가 받은 감동의 근거가 되는데, 에셀은 이 노트를 만년까지 옆에 두었다고 한다. 이 『루바이야트』에서 오마르 하이얌이 호소하는 상대가 바로 '사키'다. 그래서 19세기 말의 지식인에게 '사키'는 아마 친숙한 이름이었을 것이다.

하지만 헥터가 이 이름을 빌려서 무엇을 나타내려 했느냐고 묻는다면 좀 당혹스러워진다. 사키는 술을 따라 주는 하인이기 때문이다. 사키는 '보통은 여자가 아니라 홍안의 미소년이고, 자주 동성애의 대상이 되었다'고 한다. 그러니 헥터는 그런 미소년을 빙자하여 자신을 표현했을지도 모른다.

크리스토퍼 몰리(미국의 작가·비평가)는 『사키 단편집』 서문에서 '사키의 단편은 분석되고 비판받기 위해 존재하는 것이 아니라, 읽고 즐기기 위해 존재한다'고 말했다. 번역자도 즐겁게 번역했다. 독자들도 즐겁게 읽어주기를 기대한다. 이런 단편집은 작품 몇 편을 한꺼번에 통독하지 말고 한 번에 한 편이나 기껏해야 두 편씩 읽으라고 권하고 싶다. 그러면 인상이 깊어지고 재미도 깊어져 좋은 독후감을 얻을 수 있을 거라고 생각하기 때문이다. 사키의 단편은 모두 142편인데, 그중 절반인 71편을 번역했다. 그레이엄 그린이 편찬한 『사키 걸작선』에 실린 작품들에 역자가 재미있게 읽은 작품들을 더했다.

1870   12월 18일, 버마 서북부의 아키아브(지금의 미얀마 시트웨)에서 태어남(2남 1녀 중 막내). 본명은 헥터 휴 먼로. 아버지(찰스 오거스터스 먼로)는 영국령 버마 헌병대의 감찰감이었고, 어머니(메리 프랜시스 먼로)는 육군 소장 새뮤얼 머시의 딸이었음.

1872   어머니가 출산하러 영국에 갔다가 암소의 공격을 받고 유산한 끝에 사망하자 아버지는 세 남매를 영국으로 데려가 반스터플에 살고 있는 모친(과 두 누이)에게 맡기고 버마로 돌아감. 그 후 세 남매는 엄격하고 청교도적인 집안에서 할머니와 두 고모의 보살핌(또는 감독) 속에서 가정교사의 가르침을 받으며 성장함.

1881	할머니 사망.
1882	엑스머스에 있는 기숙학교 펜카위크 스쿨에 입학.
1885	베드퍼드에 있는 명문교인 베드퍼드 스쿨로 전학(1년 뒤에 중퇴).
1887	아버지가 아이들과 함께 지내기 위해 육군 대령으로 퇴역한 뒤 귀국. 이후 세 남매를 데리고 유럽의 온천장과 휴양지로 여행을 다님(형 찰스는 군인 예비교에 재학 중이어서 방학 때만 합류). 이런 여행과 호텔 생활을 하는 동안 가정교사에게 배운 것이 헥터에게는 학교 교육보다 더 소중했음.
1893	6월, 아버지의 주선으로 버마 헌병대에 취직. 그러나 원체 병약한 체질인 데다 버마의 풍토가 몸에 맞지 않아 자주 말라리아에 걸림.
1895	건강이 악화되자 결국 퇴직하고 영국으로 돌아감. 아버지가 정착한 웨스트워드호에서 요양하여 건강을 회복함.
1896	런던으로 나와서 언론계에 들어감. 특히 《웨스트민스터 가제트》지에 정치 풍자 칼럼을 기고하기 시작. 프랜시스 굴드의 삽화와 함께 발표됨.

1900   『러시아 제국 융성사*The Rise of the Russian Empire*』출간. 사키의 첫 번째 저술이자 유일한 논픽션으로, 에드워드 기번의『로마 제국 쇠망사』를 본뜬 역사 연구서임.

1902   《웨스트민스터 가제트》지에 발표한 글들을 묶어『웨스트민스터의 앨리스*The Westminster Alice*』라는 제목으로 출간. 당대의 정치가들을 루이스 캐럴의『이상한 나라의 앨리스』에 나오는 인물들에 빗대어 풍자한 것으로, 이때부터 '사키'라는 필명을 사용함.
이 무렵《모닝 포스트》지의 해외 특파원이 되어, 그 후 6년 동안 발칸 반도, 러시아, 폴란드, 파리 등지를 여행하며 기사를 보내는 한편, 태평하고 제멋대로인 청년 레지널드의 기행을 묘사한 단편 소설을《모닝 포스트》지에 틈틈이 발표함.

1904   레지널드 이야기를 묶은 첫 번째 단편집『레지널드*Reginald*』출간. 유머 작가로 인정받음.

1907   5월, 아버지의 건강이 나빠지자 서둘러 귀국함. 그가 도착한 지 3일 만에 아버지 사망. 9월에 파리로 돌아감.

1908   여름에 런던으로 돌아와 모티머 가 97번지에 머물며 클럽에 출입하는 한편, 서리 주에 집을 한 채 구입하여 누나(에셀)와 함께 살면서《모닝 포스트》《웨스트민스터 가제트》《데일리 익스프레스》같은 신문과《바이스탠더》《아웃룩》같은 잡지에 단편과 칼럼을 기고함.

1910   후속 단편집 『러시아의 레지널드*Reginald in Russia*』 출간.

1911   단편집 『클로비스의 연대기*The Chronicles of Clovis*』 출간.

1912   첫 장편소설 『참을 수 없는 베이싱턴*The Unbearable Bassington*』 출간. 런던 사교계의 안팎을 풍자한 작품임.

1913   두 번째 장편소설 『윌리엄이 왔을 때*When William Came*』 출간. 독일의 야욕을 경고한 작품으로, 여기서 윌리엄은 독일 황제 빌헬름을 가리킴.

1914   단편집 『짐승과 초짐승*Beasts and Super-Beasts*』 출간. 이 제목은 버나드 쇼의 희곡 『인간과 초인간』을 패러디한 것임.

7월 28일, 제1차 세계대전 발발. 이때 사키는 《아웃룩》에 기고할 칼럼 「화분 속의 의회」를 쓰고 있었음.

전쟁이 선포되었을 때 사키는 43세여서 공식적으로는 연령 초과로 입대할 수 없었으나, 12월에 장교 임관 권유를 뿌리치고 일반 사병으로 자원입대. 처음엔 '킹 에드워드 기병대'에 배속되었으나 나중엔 호섬에 주둔해 있는 '퓨질리어 보병연대' 제22대대에 배치됨.

1915   11월, 사키의 부대가 프랑스로 파견됨.

1916   6월, 휴가를 얻어 런던으로 가서 형과 누나와 함께 며칠 보냄.

9월, 솜 전투에 투입됨. 하사 대리 병장으로 진급.

10월, 말라리아에 걸려 후송병원에 한 달가량 입원했으나, 보몽 아멜에 대한 공격이 임박했다는 말을 듣고 자대로 복귀.

11월 14일, 동트기 전의 어두운 참호 속에서 독일군 저격수의 탄환을 맞고 전사함. 그의 마지막 말은, 담배를 피워 문 전우에게 소리친 "그 빌어먹을 담배 꺼!"였음.

1919   단편집 『평화 장난감 *The Toys of Peace*』 사후 출간.

1924   단편집 『네모난 달걀 *The Square Egg and Other Sketches*』 출간.

희곡 『브라이어니 장莊의 여주인 *The Mistress of Briony*』(찰스 모드와 공저) 출간.

『사키 전기 *The Biography of Saki*』(에셀 먼로 저) 출간.

1926~27 『사키 작품 전집 *The Works of Saki*』(전 8권) 출간.

1930   『사키 단편 전집 *The Complete Short Stories of Saki*』 출간.

1950   『사키 걸작선 *The Best of Saki*』(그레이엄 그린 편) 출간.

1981   『사키 전기 *Saki, a biography*』(A. J. 랭거스 저) 출간. 기존의 작품집에 실리지 않은 단편 6편 수록.

1988   『사키 전집 *The Complete Saki*』(펭귄판) 출간.

2003   영국 헤리티지 재단은 모티머 가 97번지에 사키를 기념하는 명판을 설치.

세계문학 단편선을 펴내며

　세상의 모든 이야기는 단편으로 시작되었다. 성서와 그리스 신화를 비롯해 인류의 많은 신화와 설화는 단편의 형식으로 사물의 기원, 제도와 금기의 탄생, 운명이라는 이름의 삶의 보편적 형식을 설명했다.

　〈세계문학 단편선〉은 모든 산문의 형식 중 가장 응축적이고 예술성이 높은 단편소설에 포커스를 맞추어 세계문학을 바라보는 새로운 관점을 제시하고자 한다. 단편소설을 언급할 때 빼놓을 수 없는 작가들의 작품들은 물론이고, 한두 편의 장편소설로만 우리에게 알려진 세계적 작가들이 남긴 주옥같은 단편들을 통해 대가의 진면모를 총체적으로 바라볼 수 있게 할 것이다. 또한 우리에게 문학의 변방으로 여겨져 왔던 나라들의 대표적 단편 작가들도 활발히 소개할 것이며 이미 순문학과의 경계가 불분명해진 장르문학의 형성과 발전에 크게 기여한 작가들의 작품 역시 새롭게 조명해 나갈 것이다.

　에드거 앨런 포는 문학작품은 독자가 앉은자리에서 다 읽을 수 있을 정도로 짧아야 한다고 했다. 바쁜 일상의 삶을 사는 현대인들에게 〈세계문학 단편선〉은 삶과 사회, 나아가 세계를 바라볼 수 있게 하는 더할 나위 없이 좋은 친구가 될 것이라 확신한다.

　21세기인 현재에 이르기까지 단편소설은 그리스 신화가 그러했듯이 삶의 불변하는 조건들을 응축된 예술적 형식으로 꾸준히 생산해 왔다. 그리고 새로운 문학적 기법과 실험적 시도를 통해 단편소설은 현재도 계속 진화, 확장되고 있다. 작가의 치열한 예술적 열정이 가장 뜨겁게 반영된 다양한 개성으로 빛나는 정교한 단편들을 통해 문학의 진정한 존재 이유를 독자들이 느낄 수 있기를 소망하며 이번 〈세계문학 단편선〉을 펴낸다.

현대문학 편집부

사키

초판 1쇄 펴낸날 2016년 9월 23일
초판 2쇄 펴낸날 2018년 1월 19일

지은이 사키
옮긴이 김석희
펴낸이 김영정

펴낸곳 (주)현대문학
등록번호 제1-452호
주소 06532 서울시 서초구 신반포로 321(잠원동, 미래엔)
전화 02-2017-0280
팩스 02-516-5433
홈페이지 www.hdmh.co.kr

ⓒ 2016, 현대문학

ISBN 978-89-7275-753-5 04840
세트 978-89-7275-672-9

* 책값은 뒤표지에 있습니다.